D1722975

BEN OKRI
VERFÄNGLICHE LIEBE

Ben Okri

Verfängliche Liebe

Roman

Aus dem Englischen
von Uli Wittmann

Kiepenheuer & Witsch

Die Übersetzung aus dem Englischen wurde mit Mitteln
des Auswärtigen Amtes unterstützt durch die Gesellschaft
zur Förderung der Literatur aus Afrika, Asien und
Lateinamerika e. V. in Zusammenarbeit mit dem Institut
für Auslandsbeziehungen.

1. Auflage 1996

Titel der Originalausgabe *Dangerous Love*
Copyright © 1996 by Ben Okri
Aus dem Englischen von Uli Wittmann
© 1996 by Verlag Kiepenheuer & Witsch, Köln
Alle Rechte vorbehalten. Kein Teil des Werkes darf in irgendeiner Form
(durch Fotografie, Mikrofilm oder ein anderes Verfahren) ohne schriftliche Ge-
nehmigung des Verlages reproduziert oder unter Verwendung
elektronischer Systeme verarbeitet werden.
Umschlaggestaltung Silke Niehaus, Düsseldorf
Satz Jung Satzcentrum, Lahnau
Druck und Bindearbeiten Pustet, Regensburg
ISBN 3-462-02563-5

Für die Belegschaft von Orion und insbesondere
für Maggie McKernan für ihre Unterstützung.

Und für R. C.

Sollen nicht endlich uns diese ältesten
Schmerzen fruchtbarer werden?

Rainer Maria Rilke

Ich ging durch einen dunklen Wald, als es geschah. Die Bäume wurden zu Nebel. Und als ich zurückblickte, sah ich das tote Mädchen. Es kam unverwandt auf mich zu, hatte weder Nase noch Mund. Nur zwei glänzende Augen. Es folgte mir überallhin. Ich sah ein Licht am Rand des Waldes und rannte darauf zu. Ich erreichte es nicht.

ERSTES BUCH

1

Omovo hatte eine lange Zeit der Dürre hinter sich. Als er sich im
Spiegel betrachtete und sah, daß er sich das Haar schneiden lassen
mußte, wußte er noch nicht, daß die Zeit der Dürre überwunden
war. Der Friseurladen war gleich nebenan, und als er dorthin kam,
sagte ihm ein Lehrling, daß sein Chef für ein paar Tage nach Hause
gefahren war, nach Abeokuta. Omovo fragte, ob er sich trotzdem
das Haar schneiden lassen könne, und der Lehrling antwortete be-
geistert:»Was ist das denn für ne Frage? Ich hab heut schon fünf
Köpfe geschnitten. Ich schneide gut.«
Omovo döste während des Haareschneidens ein. Als er aufwachte,
stellte er fest, daß er wie ein Polizeirekrut aussah. Er sagte dem
Lehrling, er solle das Haar kürzer schneiden. Und als sein Haar immer kürzer wurde, hatte er das Gefühl, immer schlechter auszu-
sehen. Verärgert sagte er dem Lehrling, das ganze verdammte Zeug
abzuschneiden. Als der Friseur fertig war, wirkte Omovos Kopf in
dem großen Spiegel knochig und kantig. Zuerst war Omovo
entsetzt. Dann gewöhnte er sich allmählich an diese neue Erfahrung. Nachdem er den Lehrling bezahlt hatte, hob er die dunklen
Büschel seiner auf dem Boden verstreuten Haare auf, steckte sie
in eine Zellophanhülle und ging unter dem Spottgesang»Afari-
corodo, Glanz-Glanz-Glatzkopf« der Kinder ringsumher nach
Hause.
Am nächsten Morgen machte er einen Spaziergang durch das
Getto von Alaba. Er war erst wenige hundert Meter von zu Hause
entfernt, als es plötzlich leicht zu regnen begann. Seine Kopfhaut
kribbelte. Er beschloß, nicht zu rennen, um sich unterzustellen,
sondern ging weiter. Er kam an einem Gebäude vorbei, das in der
letzten Nacht niedergebrannt war. Nicht weit von diesem Gebäude
schlugen ein paar Männer von einem vertrockneten Baum die Äste
ab, um sie als Brennholz zu verwenden. In der Nähe des Baumes
prügelten ärmlich gekleidete Kinder mit Stöcken auf eine Ziege ein.
Er blieb stehen und starrte die Kinder an, gleichzeitig spürte er, wie
ihm ein Schauer von oben nach unten durch den Körper lief. Irgend etwas ließ ihn erstarren und durchzuckte ihn dann. Irgend

etwas flimmerte am Himmel. Plötzlich schrie er:»Laßt die Ziege in Ruhe!«

Die Kinder hielten inne. Sie starrten auf seinen knochigen, kantigen Schädel. Die Ziege, auf die sie eingeschlagen hatten, trottete langsam auf den Baum zu. Die Männer sahen sich an; einer von ihnen warf einen Ast mit vertrockneten Blättern auf den Boden, und der andere rief:»Was ist los?«

Omovo war verlegen. Er konnte es nicht erklären.»Tut mir leid«, murmelte er.

Dann eilte er nach Hause, holte seinen Zeichenblock hervor und zeichnete wie besessen. Immer wieder veränderte er die Linien, Krümmungen und Schattierungen, Dutzende von Malen. Und dann kam ihm der Gedanke, einen Kohlestift zu benutzen. Er spürte, daß das ursprünglich Erlebte dadurch einen noch seltsameren, realistischeren Charakter bekam, und er freute sich.

Als die Zeichnung fertig war, legte er den Kohlestift aus der Hand und ging durch den Gang zum Hinterhof. Er ging an den Wohnungen des Compounds vorbei, der aus einer Doppelreihe von ebenerdigen Gebäuden bestand. Er fühlte sich von der stehenden, stickigen Hitze, den muffigen Gerüchen und der lärmenden Geschäftigkeit ringsumher bedrängt. Der Zementboden war grau, schmutzig und voller tiefer Löcher. Zwischen den Rändern der Wellblechdächer sah man den Himmel.

Im Hinterhof diskutierten ein paar Männer aus dem Compound lautstark über irgend etwas in den Schlagzeilen. Nasenflügel blähten sich wütend auf, Arme fuchtelten in der Luft, Stimmen prallten aufeinander. Als Omovo vorbeikam, wandte sich einer von ihnen nach ihm um und rief:»He, Malerknirps...«

Omovo antwortete gereizt.»Bitte, nenn mich nicht ›Malerknirps‹.«

»Okay. Omovo...«

»Ja?«

»Ich sehe, du hast wieder angefangen zu zeichnen.«

Omovos Gesicht hellte sich auf.

»Ja«, sagte er.»Ja.«

Der Mann nickte und starrte auf Omovos glänzenden Kopf. Omovo ging zur Gemeinschaftstoilette. Der Gestank war überwältigend. Beim Urinieren blickte er auf den Schmutz, der sich vor der Abflußrinne angesammelt hatte. Sobald er fertig war, lief er schnell hinaus.

Auf dem Rückweg kam er wieder an den diskutierenden Männern vorbei. Die Auseinandersetzung war noch heftiger geworden, als sei sie nicht nur durch die Hitze entfacht worden. Er wußte, worüber sie sich stritten. Es hatte in allen Zeitungen gestanden. Er wollte mit dieser Angelegenheit nichts zu tun haben. Er durfte seine Gefühle nicht vergeuden.

Ein paar Leute hatten sich vor der Veranda versammelt, auf der er gearbeitet hatte. Sie starrten auf die Zeichnung und flüsterten sich gegenseitig etwas zu. Omovo blieb stehen. Während er noch unentschlossen verharrte, ging einer der Männer aus dem Compound an ihm vorbei, machte kehrt, kam zurück und klopfte ihm auf die Schulter. Es war Tuwo. Er war tiefschwarz, kräftig, eher untersetzt und sah trotz seiner vielleicht vierzig Jahre noch gut aus. Er sprach mit einem gekünstelten britischen Akzent, an dem er schon Gott weiß wie lange gearbeitet hatte. Das brachte ihm eine gewisse Anerkennung ein und bestätigte neben all den anderen Dingen, für die er berüchtigt war, seinen Ruf.

»Schön, daß man dich mal wieder beim Pinseln sieht. Ehrlich. Das ist ja ein seltsames Bild, ehrlich. Erinnert mich an den Krieg.« Er hielt inne. »Gute Arbeit«, fuhr er fort und fügte dann hinzu, »aber sei vorsichtig mit den Mädchen. Vor allem, wenn sie verheiratet sind.«

Er lächelte, und seine behaarten Nasenlöcher weiteten sich. Während Omovo Tuwos Nasenlöcher betrachtete, sah er aus den Augenwinkeln, wie sich die Vorhänge bewegten. Er nahm an, daß es die Frau seines Vaters war. Tuwo blickte auf den zur Seite geschobenen Vorhang, und sein Gesicht hellte sich unmerklich auf. Anscheinend ohne es zu merken, steckte er die Hand tief in die Tasche, kratzte sich beiläufig und ging aus dem Compound zur Vorderseite des Hauses, um mit den kleinen Mädchen zu schwatzen, die dort Wasser kauften. Als er weiterschlenderte, fiel der Vorhang zurück, und die Falten bewegten sich bald nicht mehr.

Omovo stand vor seiner Zeichnung. Er ging langsam Schritt für Schritt zurück, um sie aus unterschiedlichen Entfernungen zu begutachten. Dann stolperte er über einen Hocker. Als er das Gleichgewicht wiederfand, betrachtete er mit zusammengekniffenen

Augen die Figuren, an denen er so gewissenhaft gearbeitet hatte. Die Zeichnung stellte Kinder dar, die unter einem Baum spielten. Der Baum hatte einen dicken, alten Stamm. Seine Äste waren nah am Stamm willkürlich abgehackt worden. Die Kinder waren nackt, gekrümmt und hatten aufgeblähte Bäuche. Ihre Beine waren spindeldürr. Der Himmel über dem Baum und den Dächern war durch unterschiedlich schattierte Wolken angedeutet, die einem Haufen lebloser Körper glichen. Die Zeichnung war streng und elementar. Sie hatte etwas Grausames, das tief in ihr bebte.

Er sagte in Gedanken: »Ja. Ja. Seltsam.«

Er hob die Hand, faßte sich an den Schädel und spürte wieder, wie klamm seine Handfläche war. Er sagte ruhig zu der Zeichnung: »Ich habe dich noch nie gesehen. Doch es ist wunderbar, daß du da bist.«

Dann merkte er plötzlich, welche Auseinandersetzung seine Arbeit hervorgerufen hatte.

»Omovo, was hast du da gemalt?« fragte einer der Jungen aus dem Compound.

»Das ist ein Baum«, sagte ein anderer.

»Das ist kein Baum.«

»Was dann?«

»Das sieht aus wie ein großer Pilz.«

»Das sieht nicht aus wie ein großer Pilz.«

Als Omovo seinen Blick über die vielen schwitzenden, aufmerksamen Gesichter schweifen ließ, stieg plötzlich eine unbestimmte Angst in ihm auf. »Hört zu,« sagte er laut. »Warum geht ihr nicht einfach weg und laßt mich in Ruhe!«

Es wurde still, doch nichts geschah. Die Leute rührten sich nicht von der Stelle. Dann kam von einem unbekannten Gesicht in der Menge die Frage, ob Omovo die Zeichnung verkaufen wolle. Der Junge sagte, er kenne ein paar »Europäer«, die ganze zwanzig Naira für so ein Bild zahlten, wenn es richtig gerahmt war. Omovo betrachtete eingehend das ältliche Gesicht des Jungen. Es war hager und trotz seiner Jugend bereits faltig. Die Augen funkelten wie frisch geprägte Münzen. Omovo hatte hier schon viele solcher Augen gesehen. Doch dieser Junge schien den Weg zur Unabhängigkeit gerade erst betreten zu haben.

»Nun sag schon was«, sagte der Junge gereizt. Er war größer als

Omovo, dunkel, schlank und keck. Er trug verwaschene Jeans und ein weißes T-Shirt mit dem in Rot aufgedruckten Namen Yamaha. Omovo schüttelte den Kopf. »Da gibt's nichts zu sagen.« Lautlose Spannung entstand, während der Junge Omovo finster anstarrte, so daß eine Schlägerei unvermeidlich schien. Doch dann grinste er albern, zuckte die Achseln und sagte: »Is doch nur Spiel.« Unmittelbar darauf drehte er sich um, bahnte sich einen Weg durch die Menge und verschwand. Omovo nahm einen Bleistift. Er signierte die Zeichnung am unteren Rand und schrieb daneben: »Verwandte Verluste.«

Er trat ein paar Schritte zurück. Er fühlte, wie in ihm alles wunderbar klar wurde. Eine uneingeschränkte Klarheit. Er wußte, daß es nicht so bleiben würde. Er ging in sein Zimmer und nahm die Zeichnung mit. Er beachtete seinen Vater kaum, der voller Erwartung am Eßtisch saß.

Das Zimmer bedrückte ihn. Auf seinem Bett spürte er die Anwesenheit eines Geistes, und über dem Tisch schwebte ein Schatten, der hastig ein Gedicht zu schreiben schien. Seine beiden Brüder. Der Schatten machte eine unruhige Bewegung, und der Geist hob den Kopf.

»Hallo, Brüder.«

Er machte das Licht an. Auf dem Bett war eine leichte Kuhle, und auf dem Tisch lag ein offenes Notizbuch. Alles war noch so, wie Omovo es zurückgelassen hatte. Seine Phantasie hatte den leeren Raum ausgefüllt. Der Raum war einst für alle drei zu klein gewesen, und jetzt, nachdem sie fortgegangen waren, war er gelegentlich noch immer übervoll.

Er legte das Zeichenbrett vorsichtig, fast ehrfürchtig auf den Tisch, mitten in das Durcheinander. Und dann lehnte er das Zeichenbrett gegen die Wand. Er stand da und sagte sich: »Ich kann jetzt nicht in diesem Zimmer bleiben. Hier sind zu viele Dinge.«

Die dunklen Schatten und Halbwesen tauchten wieder auf, als er das Licht ausmachte. Er verließ den Raum. Sein Vater aß jetzt am Tisch Yamswurzeln und Ragout. Blackie, die ihm gegenüber saß, sah ihm zu, machte ein paar persönliche Bemerkungen und lachte über seine Antworten. Der Anblick der beiden in einem so innigen Verhältnis steigerte noch Omovos Gleichgültigkeit. Er ging so schnell er konnte durch das Wohnzimmer.

19

Draußen setzte er sich auf eine Mauer der Wohnung gegenüber und sah den Männern beim Diskutieren zu. Der Anblick faszinierte ihn. Der amtierende Vizejunggeselle aus dem Compound sagte etwas über einen großen Sack Würmer. Tuwo sagte mit seinem gekünstelten Akzent etwas darüber, daß Korruption die neue Moral sei. Und ein Mann, den Omovo nicht sehen konnte, schrie: »Die pissen uns auf den Kopf. Wir sind wie die Gosse.«

Sie foppten sich, zogen sich gegenseitig auf und machten theatralische Gesten. Sie scherzten, und zugleich waren sie ernst. Nacheinander gingen einige weg, bis einer der Männer den übrigen vorschlug, sie sollten alle auf sein Zimmer kommen und sich betrinken. Es wurde geklatscht, und sie zogen gemeinsam zu dem Raum des Mannes, scherzten dabei und waren zugleich ernst.

Als die Männer gingen, überkam Omovo ein Gefühl der Ruhelosigkeit. Auf dem Hinterhof spielten die Kinder oder waren auf Botengängen unterwegs. Die Frauen flochten sich gegenseitig das Haar oder wuschen am Brunnen die Wäsche. Vor dem Compound kochten kleine Mädchen in leeren Tomatendosen auf Scheinfeuern Phantasiesuppen. Zwei Männer, die auf dem Kopf einen Eimer Wasser balancierten, gingen an ihnen vorbei. Omovos Gefühl der Ruhelosigkeit verwandelte sich in das Bewußtsein, daß vertraute Dinge neue Bilder in ihm hervorriefen.

Die Freude, die er empfunden hatte, war inzwischen verflogen. Er sprang von der Mauer herunter und ging zur Vorderseite des Compounds. Dann machte er sich wieder einmal zu einem Spaziergang auf.

Dieser Spaziergang sollte sein Leben unmerklich ändern.

2

Die Dämmerung brach herein. Es wurde Abend, doch die Sonne
fiel noch auf seinen kahlgeschorenen Kopf. Er spürte das Brennen.
Er ging zur Schnellstraße, die nach Badagry führte. Auf allen Seiten waren Slums. Die stickige Hitze machte ihn gereizt. Schweiß
tropfte ihm von der Haut wie kleine Maden, und die Gerüche
ringsumher verschmolzen in seiner Nase. Hinter ihm hupte laut
ein Auto, ein klappriger Volkswagen, der wie eine Ziege meckerte.
Omovo sprang zur Seite, prallte gegen eine dicke Frau und wurde
halb über die Straße geschleudert. Die Frau stolperte nicht einmal.
In erbostem Ton sagte sie:»Du dummer Eierkopf! Kannst du nicht
aufpassen, wo du hingehst?«
Omovo rappelte sich auf.»Madam, Sie sind ja ein richtiger Lastwagen!« schrie er zurück. Sie nahm keine Notiz von ihm und ging
mit schleppenden Schritten an den Verkaufsständen vorbei, die die
Straße auf beiden Seiten säumten. Neben den Ständen saßen
Frauen mit hageren Gesichtern. Sie verkauften von der Sonne
ausgeblichene Waren. Omovo wich einer Pfütze aus und floh, als
ein Motorradfahrer mit angezogenen Beinen vorbeifuhr und die
Straße mit Schlamm bespritzte.
Omovo bog um eine Ecke. Sein Blick glitt über eine Autowerkstatt. Die Wände des kleinen Schneiderladens waren phantasievoll
mit Kleidungsstücken bemalt. Er ging an den Buden und Ständen
vorbei, und seine Augen wurden müde. Als er zu Dr. Okochas
Werkstatt kam, sah er plötzlich ein lebensgroßes Gemälde vor sich,
das an einem Lichtmast befestigt war. Irgend etwas geschah mit der
Müdigkeit seiner Augen. Es war das Porträt eines bekannten nigerianischen Ringkämpfers. Das Gemälde war in schwarz-weiß. An
der starken körperlichen Präsenz des Ringers und der herausfor-
dernden Haltung, die es vermittelte, war das Talent des Künstlers
zu erkennen.
Der Schuppen, der dem Künstler als Werkstatt diente, lag an einer
Straßenecke. Die breite Holztür war offen. Omovo ging hinein
und fragte sich, ob der alte Maler wohl da sei. Er hatte Dr. Okocha
schon länger nicht mehr gesehen. Der Schuppen war stickig, be-

klemmend und verschmutzt. Es roch nach Terpentin, Petroleum, Ölfarbe und frisch gehacktem Holz. Ein starker erdiger Muffgeruch hing in der Luft. Unvollendete Schnitzereien und mit der Hand zugesägte Bretter lagen in großem Durcheinander auf dem ungemachten, schmuddligen Bett. Schilder in verschiedenen Formen und Größen lehnten an den Wänden, und einige lagen auf dem Boden. Auf dem Tisch häuften sich Gemälde. Unter dem Tisch waren Stapel alter Bücher und eine Sammlung staubbedeckter Kunstfernkurse. Sie sahen aus, als wären sie lange nicht benutzt worden – wie Dinge, die man in einem plötzlichen Bildungsdrang billig kauft.

Omovo bemerkte das niedrige Dach mit den langen, dunklen Sparren. Eine große Glühbirne, die eine seltsam trockene Hitze verströmte, pendelte mitten im Raum hin und her. Das trübe Licht beleuchtete nur spärlich die dicke Schicht aus Spinnweben unter den Sparren. Als Omovo sich zum Gehen wandte, veränderte sich das Licht im Schuppen. Ein Mann stand im Eingang.

»Ja? Was wollen Sie, hm?« sagte eine tiefe Stimme mit starkem Ibo-Akzent.

»Dr. Okocha, ich hab dein Bild draußen gesehen.«

»Ach du bist es, Omovo. Lange nicht gesehen. Wo warst du, oder bist du mir etwa aus dem Weg gegangen?«

»Nein. Es ist die Regenzeit. Die Straßen stehen alle unter Wasser, darum fahre ich auf der anderen Seite ins Büro.«

»Setz dich. Such dir irgendwo einen Platz. Wirf ein paar von den geschnitzten Dingern in die Ecke, ja, gut. Also, wie geht's dir?«

»Nicht schlecht.«

Dr. Okocha, so nannte man ihn, war stämmig wie ein Ringer. Sein Gesicht war energisch und schweißglänzend, die Stirn ausladend. Die kleine Nase hatte dieselben geschwungenen Linien wie die ziemlich breiten, freundlichen Lippen. Er hatte einen durchdringenden Blick und dicke, buschige Augenbrauen. Sein Haar begann sich zu lichten. Sein stämmiger Körper war in eine braune *agbada* gehüllt, die ihn kleiner erscheinen ließ, als er wirklich war.

»Weißt du, ich hab dich erst gar nicht erkannt.«

»Ja. Mein Schädel, nicht?«

»Ist doch hoffentlich nichts passiert. Nichts Schlimmes?«

»Nein«, sagte Omovo ohne Überzeugung.

Es herrschte eine Weile Schweigen. Dr. Okocha bewegte den Fuß.

»Ach ja, willst du ein bißchen Palmwein, hm?«

»Nein, laß man. Ich trinke nichts.«

»Nicht mal eine Cola?«

»Nein. Aber danke.«

Jedesmal wenn die Glühbirne hin und her pendelte, wurden die Spinnweben unter den Dachsparren sichtbar. Der muffige Geruch betonte noch das allgemeine Durcheinander. Schatten glitten über die Wände. Zwei Fliegen tanzten durch den Raum, und eine Eidechse huschte unter dem Tisch hervor und rannte hinter die Schilder.

»Wie geht die Arbeit voran?«

»Gut, mein Lieber, gut. Hast du das Bild draußen gesehen?«

»Ja. Es ist gut. Als wenn er selbst dort stände. Hat er es schon gesehen?«

»Ja. Ich habe es ihm gezeigt, und er sagt, daß er mir fünfzig Naira dafür gibt. Ich habe einen Monat daran gesessen. Gefällt es dir?«

»Ja. Es ist sehr gut.«

Dr. Okocha strahlte. Sein Gesicht mit den feinen Falten wurde väterlich. Seine Augen verengten sich vor Freude. Er raffte die weiten Ärmel der *agbada* zusammen und zeigte auf ein paar Gemälde.

»An den beiden arbeite ich jetzt für die Ausstellung, die bald stattfindet.«

Er stand auf, hielt mitten in der Bewegung inne und setzte sich wieder. Er sprudelte über vor Erregung. Omovo nickte und betrachtete aufmerksam die Bilder. Er hatte sie nicht gesehen, als er hereingekommen war. Aus irgendeinem Grund gefielen sie ihm nicht. Sie wirkten gezwungen, ihnen fehlte die Leidenschaft. Sie sahen aus wie schlechte Fotos und waren offensichtlich ohne Modell gemalt. Doch sie waren aufrichtig.

Das eine stellte einen alten Mann dar. In seinem Blick lag ein leerer Ausdruck. Seine Brust war nackt und knochig, und sein runzliges Gesicht ein Bild graubraunen Elends. Er hatte dünne Arme und wiegte darin etwas unbeschreiblich Lebendiges.

»Der alte Mann hält ein Baby im Arm, Omovo. Sie sind beide Babys.«

Das andere Gemälde war größer. Es stellte eine Gruppe junger

Männer dar, die sehr genau dargestellt waren. Sie trugen Drillich-shorts und wirkten grimmig, entschlossen und unbarmherzig. Der Grimm kam vor allem in der Form ihrer Gesichter zum Ausdruck. Ihre Augen waren eher ausdruckslos.

Dr. Okocha sang leise ein Ibo-Lied. Er beobachtete Omovo.

»Die sind gut. Die sind gut. Die gefallen mir.«

»Weißt du, daß du der erste bist, der sie sieht? Das ist ein gutes Zeichen.«

Plötzlich bewegten sich die Schatten an den Wänden. Die tanzenden Fliegen hatten sich gegenseitig in eine Ecke des Raumes gejagt und summten unter den Spinnweben. Die Glühbirne pendelte immer noch hin und her.

»Bist du an der Bude des Schneiders vorbeigekommen?«

»Ja.«

»Die Malereien auf den Wänden hab ich gemacht.«

»Ah ja, gut. Dann scheinst du ja genug Aufträge für Schilder zu haben.«

»Ja, die Aufträge trudeln nur so ein. Ich hab mehr, als ich zur Zeit schaffen kann.«

Wieder Stille.

»Hast du von der Ausstellung gehört?« fragte der alte Maler.

»Ich hab mal was über eine private Ausstellung gelesen, aber irgendwie hab ich es nicht ernst genommen.«

»Doch, in der ersten Oktoberwoche findet eine große Ausstellung in der Ebony Gallery statt. Da kommen viele Leute: Kritiker, reiche Leute, Studenten und sogar ein hohes Tier aus der Armee. Ich weiß nicht, ob alle Teilnahmescheine schon verteilt worden sind, denn ohne so einen Zettel kannst du deine Arbeit nicht ausstellen. Aber es ist gut, daß ich dich jetzt treffe, denn ich gehe in der nächsten Woche in die Stadt, und dann kann ich rausfinden, wie das mit einem Schein für dich aussieht. Und wie kommst du mit deiner Arbeit voran?«

Omovo lächelte. »Gut. Ich habe gerade eine Zeichnung fertig. Ich habe sie ›Verwandte Verluste‹ genannt – warum, weiß ich auch nicht. Ich war glücklich.« Er hielt inne und fuhr dann fort: »Ich bin immer wieder um den grünen Schmutztümpel in der Nähe unseres Hauses gegangen.«

»Warum?«

Omovo wandte sich dem alten Maler zu. »Ich weiß nicht. Um ihn mir anzusehen vermutlich. Ich sehe ihn mir oft an.«

Schweigen. Die Fliegen summten nicht mehr. Die Spinnweben waren unheimlich geworden. Die Schatten sprangen an den Wänden entlang. Der muffige Geruch, der aus der Erde aufstieg, erfüllte den Schuppen. Omovo blickte auf und sah ein weißes Säckchen, das an der Plane neben der Tür hing. Es war ein Juju. Omovo hatte es vorher nicht gesehen. Plötzlich wollte er gehen. Die Schatten hatten Gestalt angenommen.

»Dr. Okocha, vielen Dank für den Hinweis auf die private Ausstellung. Ich muß jetzt gehen. Ich hoffe, du hast nichts dagegen.«

»Nein. Das verstehe ich. Die Pflicht ruft, hm?«

Omovo lächelte und nickte.

»Versuch auf jeden Fall in einer Woche wiederzukommen. Sonst komme ich zu dir. Mit ein bißchen Glück kann ich dir einen Schein besorgen.«

»Danke. Ich habe nicht gewußt, als ich herkam, daß so was ansteht.«

»Das ist in Ordnung. Mach einfach mit der Arbeit weiter. Und ich hoffe, deine Haare wachsen schnell nach. Du siehst seltsam aus.«

Omovo lächelte wieder, sein Blick war verschwommen. Sie gaben sich die Hand. Der alte Maler warf sich die weiten Ärmel seiner *agbada* über die Schulter und wischte sich den Schweiß vom Gesicht.

»Bis nächste Woche.«

Omovo verließ den Schuppen. Er war wieder von den Geräuschen, der Kulisse und den Gerüchen des Gettos umgeben. Die Dinge ringsumher waren deutlich.

Und dann zuckte ein Blitz am Himmel auf. Ein feiner Regen ging nieder. Der Himmel war schlecht gelaunt. Omovo ging schneller. Er spürte, wie ihm der Kopf leicht schwirrte, eine Empfindung wie ein plötzlicher Blutstrom zum Gehirn. Es war ein angenehmes und zugleich seltsames Gefühl. Die Nacht fiel wie Ruß aus den Wolken. An den Ständen wurden Petroleumlampen angezündet. Ihre Flammen wurden vom Wind klein gehalten.

Als Omovo nach Hause kam, hatte der Regen aufgehört, und die Kinder spielten im Sand Hüpfspiele in abgeteilten Feldern. Zwei Frauen aus dem Compound flochten neben der Apothekerbude das Haar zweier anderer Frauen. Ein paar Leute waren da, um Wasser aus dem grauen Aluminiumtank zu kaufen.

Dann sah er *sie*. Und als er sie sah, durchliefen ihn Wellen der Schwäche und der Sehnsucht. Blut rötete ihm die Ohren, und Hitze stieg ihm ins Gesicht. Sie stand am Eingang des Compounds. Als sie ihn sah, beugte sie sich nieder und flüsterte einem kleinen Jungen mit länglichem Gesicht etwas zu. Ihr Haar war zu feinen, mit Fäden umwickelten Zöpfen geflochten. Sie wirkte melancholisch, hübsch und zurückhaltend. Als sie ihn voll ansah, kam ein wundervolles und gefährliches Gefühl in ihm auf. Ihr Gesicht verdunkelte sich in glücklicher Trauer. Er verlangsamte nicht den Schritt. Er wollte unbedingt etwas tun, sich ihr irgendwie nähern. Doch er blieb nicht stehen.

Kaum hatte er die niedrige Zementmauer vor seiner Wohnung erreicht, da trat ihr Mann aus Tuwos Zimmer. Er war klein und wirkte bedrohlich. Er hieß Takpo. Omovo fühlte, wie etwas anderes in ihm erwachte: ein ungeahnter Schmerz der Einsamkeit. Da Omovo spürte, daß es leicht zu einem Angriff kommen könnte, machte er sich kleiner.

Takpo ging langsamer, starrte ihn an, lächelte und sagte dann mit lauter Stimme: »He, Malerknirps, wie geht's?«

Omovo versagte die Stimme, und einen Augenblick geriet er in Panik. Er fühlte sich entblößt. Er hatte das Gefühl, als sei ihm all sein unterdrücktes Verlangen auf die Stirn geschrieben und vom Gesicht abzulesen.

»He, Malerknirps, warum haste dir den Kopf rasiert, hm? Vorher sahste gut aus. Und jetzt biste ein...«

Im Zimmer hinter ihm lachte jemand roh. Jemand anders rief: »Glatzkopf.«

Omovo ging auf den kleinen ummauerten Vorplatz seiner Wohnung. Das Lachen verebbte allmählich. Er dachte: »Das darf ich mir nicht bieten lassen. Ich muß stark sein.«

Ifeyiwas Mann war nicht mehr zu sehen. Der Junge, dem sie etwas zugeflüstert hatte, kam auf ihn zu und ging einfach in den Raum. Omovo folgte ihm. Der Junge versteckte sich hinter der Tür.

»Sie sagt, das soll ich dir geben.«

Es war ein Zettel. Omovo tätschelte dem Jungen den Kopf, holte eine Münze hervor, gab sie ihm und sagte: »Danke.« Der Junge nickte und rannte aus dem Zimmer in den nichtsahnenden Compound.

Der Zettel war von Ifeyiwa. Darauf stand:

Du fehlst mir. Ich habe Dich eine ganze Woche nicht gesehen. Was ist los? Ich hoffe, Dir geht es gut. Ich habe die Zeichnung gesehen, die Du gemacht hast. Bist Du jetzt damit fertig? Omovo, können wir uns morgen, am Sonntag, auf der Badagry Road treffen? Ich will Dich unbedingt sehen. Morgen um diese Zeit oder etwas früher. Ich warte auf Dich. Deine Ifi.

Omovo las den Brief kein zweites Mal. Er knüllte ihn zusammen, holte eine Schachtel mit Streichhölzern und verbrannte ihn. Er sah zu, wie das Papier, das sich wie vor Schmerz krümmte, von der weiterwandernden Flamme verzehrt wurde. Er verspürte eine freudige Unruhe. Das Zimmer schien zu klein geworden zu sein. Seine Erregung erfüllte den ganzen Raum. Draußen im Compound herrschte reges Treiben. Es war laut. In seinem Kopf hämmerte es. Die Nacht war angebrochen, und auf allen Gängen brannten die Lichter. Die trüben Glühbirnen schwangen kläglich hin und her. Mücken kamen, machten dem bescheidenen Frieden ein Ende und stachen ihn überall.

Dann drang aus dem Wohnzimmer hinter ihm das laute, anhaltende Gelächter einer Frau. Der Vorhang glitt zur Seite, und sein Vater trat heraus. Er kam mit Blackie. Ein feines Parfüm umgab ihn und erfüllte die Luft mit einer zarten, unechten Anwesenheit. Sein Vater war gut gekleidet. Er trug ein sauberes weißes Hemd über einem prächtigen Wickeltuch. Und er hatte einen modischen Filzhut auf, den Omovo noch nie gesehen hatte. An dem grauen Hutband steckte eine Feder. In der rechten Hand hielt er einen Fächer aus Pfauenfedern.

Auch Blackie war hübsch gekleidet. Sie trug ebenfalls ein teures Wickeltuch, eine weiße Bluse, einen hohen farbigen Kopfputz, glänzende Armreifen und Ohrringe, und eine Halskette aus unechtem Gold. Die beiden waren ein schönes Paar.

Omovo wich in eine Ecke zurück. Doch das wäre nicht nötig gewesen. Sein Vater machte vor der Türöffnung ein paar spontane Tanzschritte. Er tanzte mit hingebungsvollem Lächeln. Er bemerkte Omovo nicht.

Als die kurze Darbietung zu Ende war, wurde sein Verhalten wieder normal. Er nahm seine Frau an die Hand, lief energisch den Gang entlang und erwiderte die Grüße, während er zur Straße ging. Die Leute aus dem Compound starrten sie an, manche spendeten sogar Beifall. Kinder rannten aufgeregt hinter ihnen her. Dann waren die beiden verschwunden. Zu einer Party, zu einem Treffen oder wer weiß wohin. Es kam nicht oft vor, daß der Mann so ausging. Er hatte zwar etwas von einem geborenen Schauspieler, doch seit Omovos Mutter gestorben war, seit es mit seinen Geschäften abwärts ging und zwei seiner Söhne aus dem Haus verjagt worden waren, hatte er offenbar nie Gelegenheit gehabt, sein schauspielerisches Talent unter Beweis zu stellen. Dies war ein Neubeginn. Er schien das Leben mit seiner neuen Frau feiern zu wollen. Doch Omovo wußte es besser; er sah unter der Würde, der schönen Kleidung und dem Hut mit der Feder einen inneren Bruch, eine drohende Leere.

Omovo fühlte sich verlassen und versuchte, nicht zu denken. Ihm schwirrte der Kopf. Die Glühbirne pendelte sanft hin und her. Der Wind pfiff durch den Compound. Mücken griffen in Schwärmen an. Und die Kinder kreischten. Omovo fühlte sich weit entfernt von dem Leben, das ihn umgab. Ein heftiges, unbestimmtes Aufbegehren gärte in ihm und verflüchtigte sich wieder. Der Parfümgeruch hing noch in der Luft. Der Compound vibrierte von dem üblichen schrillen Lärm.

Er schaltete das Licht nicht ein, als er in sein Zimmer ging. Er versuchte verzweifelt zu schlafen. Der Raum änderte seine Form, und die Dunkelheit lastete auf seinem Hirn wie ein Schreckgespenst. Der alte klapprige Ventilator, der auf dem Tisch lief, blies muffigen Schweißgeruch in das Zimmer. Und in seinem Kopf wurde das Surren der Ventilatorblätter zu zusammenhanglosen Geräuschen und Bildern der Unruhe. Und dann hörte er scheinbar aus weiter Entfernung, wie diese Geräusche verstummten. Der Lärm aus dem Compound, der in das Zimmer drang, hörte plötzlich auf. Und er freute sich, denn nichts, nicht einmal die Dunkelheit, konnte ihn für sich beanspruchen. Als er tiefer und tiefer in die helle Leere fiel, hatte er das seltsame Gefühl, daß er starb und daß alles mit ihm starb.

3

Sie gingen schweigend daher. Sie schwiegen schon, seit Ifeyiwa zu der Autowerkstatt gekommen war, vor der er stand, ihm auf die Schulter getippt und gesagt hatte:»Omovo, da bin ich. Laß uns gehen.«
Vor ihnen erstreckte sich wie ein Trugbild die Badagry Road. Sie war vollständig geteert. Sie war aber auch voller tückischer Schlaglöcher. Autos verschiedener Marken und in unterschiedlichen Stadien des Verfalls fuhren lärmend vorbei und erfüllten die Luft mit ekelerregenden Dunstschwaden. Die beiden schwiegen, als sie die Straße überquerten. Autos sausten dicht an ihnen vorbei. Omovo streifte ihre Hand. Sie wandte sich ihm halb zu und öffnete den Mund, als wolle sie etwas sagen. Doch dann besann sie sich anders und schob ihre Finger in seine Hand. Einen Augenblick waren die beiden Hände vereint, und als er so tat, als wolle er sich am Kopf kratzen, lösten sie sich wieder. Der Himmel war klar und rein; eine grenzenlose blaue Kuppel. Die Luft änderte sich ständig, war bald frisch und prickelnd, bald voller Rauch und Abgase. Vögel schossen zwitschernd vorbei, und er spürte deutlich ihre Gegenwart. Und dann wurden sie zu vereinzelten schwarzen Flecken am Himmelszelt. Plötzlich ergriff ihn ein Gefühl für Dinge, die unwiderruflich verloren, für Orte, die unerreichbar waren.
»Ich habe etwas geträumt, Omovo.«
Ifeyiwa sagte überraschend etwas. Ihre Stimme war da, verschwand und war nicht mehr da. Ein Schatten hatte sich über ihr Gesicht gelegt. Er hielt den Atem an, sein Herz klopfte ein wenig schneller, als er darauf wartete, daß sie weitersprach.
»Was hast du gesagt, Ifeyiwa?«
»Ich bin nicht einmal sicher, ob ich geträumt habe«, sagte sie.
»Gut, aber erzähl doch. Ich höre zu.«
Stille. Und dann wurde selbst die zerstört. Autos fuhren vorbei. Ein Hubschrauber flog über ihre Köpfe, und Motorräder brausten die sonnenüberflutete Straße entlang. Sie begann zu sprechen.
»Ich war in einer Halle. Die Halle hat sich in einen Sarg verwan-

delt. Dann begannen die Ratten mich im Sarg anzunagen. Ich habe mich freigekämpft, und auf einmal war ich in einem Wald. Die Bäume waren häßlich. Und als ich versuchte, einen Weg hinaus zu finden, hat sich der Wald wieder in die Halle verwandelt. Diesmal ist nichts geschehen, ich habe nur gehört, wie etwas kratzte und kaute. Ich hatte keine Angst. Als ich aufwachte, habe ich festgestellt, daß unter dem Bett eine dicke Ratte in der Falle saß.«

Omovo blickte sie an, und als sie unwillkürlich zu ihm aufsah, wandte er den Blick ab.

»Dann habe ich angefangen, das ganze Haus zu putzen. Ich habe die Spinnweben weggefegt, die Ecken saubergemacht, die Insektennester entfernt, die an der Decke klebten, und alle Geckos und Eidechsen verscheucht. Er ist ins Haus gekommen und hat gesehen, daß ich putzte, und war wütend, daß ich nicht in den Laden gegangen bin, als er zum Essen nach Hause kam. Und er hat mich schon wieder geschlagen. Omovo, was bedeutet das alles? Habe ich etwas falsch gemacht?«

Ihre Stimme hob und senkte sich beim Sprechen. Als sie verstummte, schlug sie die Hände vors Gesicht. Diese Geste erinnerte Omovo daran, wie seine Mutter immer die Hände schützend hochgehoben hatte, wenn sein Vater sie schlug. Der Traum, den Ifeyiwa beschrieben hatte, nahm in seiner Vorstellung tausend Formen an, und irgendwie machte er sich ihre Erfahrung zu eigen. Er schüttelte den Kopf.

»Ich weiß nicht, Ifeyiwa.«

»Ich habe keine Angst oder so was.«

»Hast du ihm etwas gesagt?«

»Omovo, du weißt genau, daß ich ihm nichts sagen kann.«

»Ja, ich weiß.« Er blickte sie an. »Ich habe deine Nachricht bekommen, Ifi. Ich habe mich darüber gefreut.«

»Ich habe dem Jungen Süßigkeiten kaufen müssen, damit er sie dir brachte.«

»Ich habe ihm ein bißchen Geld gegeben.«

Ifeyiwa lächelte und schlenkerte mit den Armen. Ihre Stimmung war besser geworden und der Schatten aus ihrem Gesicht verschwunden. Sie sah schön aus in ihrer schlichten weißen Bluse. Eine funkelnde goldfarbene Kette hing um ihren Hals und ruhte in der Mulde zwischen ihren Brüsten, die sich leicht hoben und senkten. Er wußte, daß sie keinen Büstenhalter trug. Bei der Vorstellung verspürte er einen Stich der Leidenschaft.

»Gestern ist er übrigens nach Hause gekommen und hat gesagt, daß er deine Zeichnung sehr seltsam findet.«

»Als er an mir vorbeigegangen ist und etwas über meinen Kopf gesagt hat, habe ich gedacht, er würde sich auf mich stürzen.« Auf einmal wurde es ziemlich still. Etwas veränderte sich am Himmel. Die Luft verdunkelte sich. Der Himmel war inzwischen gelb, aschgrau gesprenkelt und von einem wehmütig zarten Blau. Der Schatten der Dämmerung legte sich sanft über alles. Es geschah unmerklich.

»Omovo?«

»Ja.«

»Ich wollte dich fragen, warum du dir den Kopf rasiert hast.« Er hob den Arm und strich sich über den Schädel. Fleisch berührte Fleisch. Sein Kopf fühlte sich kahl wie eine Kalebasse an.

»Ach, das war der Friseur. Ein Lehrling. Ich habe es plötzlich beschlossen. Einfach so. Ich weiß auch nicht.«

»Du siehst dadurch so aus, als würdest du um jemanden trauern.«

»Gibt es nicht vieles, worüber man trauert?«

»Denkst du oft an deine Mutter?«

»Ja. Immer. Auf die eine oder andere Weise. Sie ist immer da.«

»Entschuldige, daß ich gefragt habe.«

»Dafür brauchst du dich nicht zu entschuldigen. Es ist lieb von dir, daß du fragst. Man fühlt sich einsam, wenn niemand so etwas fragt.«

»Ja, sehr.«

»Denkst du auch an deine Eltern? Ich meine, oft?«

»Nein. Ich hasse sie, weil sie mir das angetan haben. Und ich liebe sie. Aber ich mache mir Sorgen um Mutter. Es ist schwer.«

»Ja, das ist wahr.«

»Weißt du, als ich dich zum erstenmal mit dieser Frisur gesehen habe, habe ich dich nicht wiedererkannt.«

»Ich erkenne mich selbst nicht.«

»Warum malst du nicht ein neues Selbstporträt?«

»Das ist eine gute Idee. Vielleicht male ich es.«

»Und was ist mit dem Bild von mir beim Wäschewaschen auf dem Hinterhof, das du malen wolltest?«

»Das male ich bald.«

»Wird es so gut werden wie die Mona Lisa?«

»Hast du etwas, worüber du rätselhaft lächeln könntest?«

»Ja, dich«, sagte sie. Sie gingen an einem verrosteten Autowrack, das am Straßenrand lag, vorbei, dann an einem Streifen mit staubbedeckten Büschen. In einer Mulde standen ein paar hohe Palmen. Neben den Bäumen befand sich eine große Lichtung, auf der ein Gebäude errichtet wurde. In der Ferne bildete sich ein Stau. Plötzlich erhob sich der Wind, und Omovos Hemdzipfel flatterten. Ifeyiwas Bluse blähte sich. Einen Augenblick später legte sich der Wind wieder, und eine kleine Stille folgte.

»Ich male das Bild, das verspreche ich dir.«

»Gut. Es ist schon lange her, daß du nichts Richtiges mehr gemalt hast.«

»Ja.«

»Die Regenzeit ist schon fast vorbei. Dann wird es wieder besser für dich.«

»Ich freue mich über meine Zeichnung.«

»Ich freue mich für dich. Du hast deine Kunst. Ich habe nichts. Höchstens vielleicht dich.«

»Tuwo hat mich gestern gewarnt. Ich weiß nicht warum. Er hat gesagt, ich soll vorsichtig sein, vor allem mit verheirateten Mädchen.«

»Er ist eifersüchtig.«

»Weiß er, daß wir uns treffen?«

»Ich weiß es nicht. Er hat sich an meine Freundin Julie rangemacht, mit der ich in der Abendschule war. Dann hat er mir eine Nachricht geschickt, daß er mich treffen will. Er ist schon lange heimlich hinter mir her. Er ist eifersüchtig, das ist alles.«

»Was hat er eigentlich für ein Problem?«

»Er ist mit meinem Mann befreundet. Sie betrinken sich manchmal zusammen und reden über Frauen und klatschen über alles mögliche. Laß uns über was anderes sprechen.«

»Ja.«

»Übrigens habe ich ihn mit... Nein, das erzähle ich dir besser nicht.«

»Warum nicht? Erzähl!«

»Na gut... Ich habe ihn mit der Frau deines Vaters gesehen, mit Blackie. Sie sind neulich zusammen durch Amukoko gegangen.«

»Die Frau meines Vaters kennt Tuwo von früher. Sie haben in derselben Straße gewohnt.«

»Laß uns über was anderes sprechen.«

»Ja.«

»Omovo?«

»Ja?«

Sie schwieg eine Weile, blieb dann plötzlich stehen und ergriff seine Hände. Ihre Augen glänzten feucht. Omovo dachte: »Man könnte sich in diesen Augen verlieren.«

»Ich gehöre nicht hierher«, sagte sie. Auf ihrem Gesicht zeichnete sich eine gewisse Qual ab. Omovo berührte ihre Wangen.

»Seit man mich von zu Hause weggeholt hat, gehöre ich nirgendwo mehr hin. Ich hasse meinen Mann, und ich hasse dieses Leben, zu dem meine Eltern mich gezwungen haben.«

»Sag nicht sowas.« Omovos Stimme war heiser. Er blickte sie an. Ihr Gesicht war hübsch und zart, von hellem Kaffeebraun. Ihre Augenbrauen waren feine, schwarze Linien. Sie hatte schmale, feste Lippen und eine zierliche Nase. Doch ihn rührten vor allem ihre Augen. Sie waren klug und voller Hoffnung. Sie hatten eine geheimnisvolle Tiefe. Er blickte ihr in die Augen, und wieder spürte er, daß ihn dieses wundervolle und gefährliche Gefühl überkam.

Ein Lastwagen der Armee fuhr langsam an ihnen vorbei. Die Ladefläche war voller Soldaten. Alle trugen Waffen. Sie schrien und sangen mit heiseren Stimmen. Sie verbreiteten eine gewalttätige Atmosphäre um sich. Der Stau wurde immer länger, und der Lastwagen mußte halten. Als Omovo und Ifeyiwa vorbeigingen, machte einer der Soldaten eine Bemerkung und zeigte auf die beiden. Die anderen starrten sie an und lachten dann. Ifeyiwa nahm Omovos Hand und schmiegte sich an ihn.

»Ifeyiwa.«

»Ja?«

»Nichts. Mach dir keine Sorgen.«

Der Himmel war klar und traurig. Das Abendlicht ließ die staubigen grünen Blätter der Büsche aufleuchten. Ein sanft stöhnender Wind, der von Regen flüsterte, kam und ging. Der Stau löste sich auf, und der Armeelastwagen fuhr weiter. Der Lärm der Soldaten verlor sich in der Ferne. In der Luft hingen schwere Dieselschwaden.

»Laß uns nach Hause zurückgehen«, sagte Omovo schließlich. Sie machten kehrt und gingen schweigend zurück. Als sie in die Nähe der Autowerkstatt kamen, vor der sie sich getroffen hatten, sagte sie ruhig: »Ich gehe vor. Du kommst auf einem anderen Weg.«

Er nickte und sah ihr tief in die Augen.

»Ich bin glücklich.«

»Geh jetzt lieber. Er wartet sicher schon ärgerlich auf dich.«

»Ich bin glücklich«, sagte sie noch einmal.

Omovo lächelte. »Ich auch. Wirklich. Ich mache mir nur über andere Dinge Sorgen.«

»Kann ich die Zeichnung bald sehen?«

»Ja. Ich zeig sie dir. Das habe ich doch immer getan.«

Sie lächelte. Ihre siebzehn Jahre standen ihr gut. Doch in ihren Augen lag etwas Hartes. Er küßte sie sanft auf die Lippen und zog sie an sich.

»Ich bin glücklich, daß du gekommen bist. Ich freue mich, daß ich dir meinen Traum erzählt habe.«

»Ich bin auch glücklich.«

Sie wandte sich um und entfernte sich in ihrer unnachahmlichen Art, halb rennend, halb hüpfend. Als er wieder hinblickte, war sie schon hinter den neuen Gebäuden verschwunden, die in dieser Gegend errichtet wurden.

Er drehte sich um und ging langsam die Badagry Road hinunter. Er starrte vor sich hin, ohne etwas wahrzunehmen. Er versuchte an die Zeichnung zu denken, die er gemacht hatte. Doch er wußte, daß er in Wirklichkeit an Ifeyiwa und ihren Mann und an viele andere geheime Dinge dachte.

4

Als erstes fiel ihm auf, daß seine Zeichnung nicht mehr da war. Er war mit dem Wunsch ins Zimmer gekommen, sich die Zeichnung noch einmal anzusehen. Er wollte sie Ifeyiwa zeigen, die später in den Hinterhof kommen würde. Es war anregend für ihn, seine Arbeit mit ihren Augen zu betrachten.

Er blickte auf den Tisch, auf den er die Zeichnung zuletzt gelegt hatte, blickte dann unter den Tisch, weil er dachte, sie sei heruntergefallen. Sie war nicht da. Er wurde immer aufgeregter: Er durchstöberte alles auf dem Tisch, drehte seine Matratze um, blickte unter das verblichene Linoleum, durchblätterte seine Zeichenblocks und durchsuchte seine Taschen. Doch er konnte sie nicht finden. Er setzte sich auf das Bett und atmete tief. Er versuchte sich zu erinnern. Er begann zu schwitzen.

Er erinnerte sich, daß die Zeichnung fertig gewesen war. Er erinnerte sich, daß er zur Toilette gegangen, zurückgekommen war, die Zeichnung auf den Tisch gelegt und sie dann an die Wand gelehnt hatte. Das war alles. Es pochte in seiner Stirn. Er stand auf und suchte noch einmal unter dem Tisch, wo seine Zeichnungen und die ausrangierten Jujus lagen, die Schildkrötenpanzer, die zerbrochenen Kämme und andere seltsame Gegenstände, die er ab und zu benutzte. Und dann schaute er unters Bett, wo er ein paar von seinen Bildern in großen Plastikhüllen aufbewahrte. Er öffnete die Schublade und durchwühlte alles. Ihm fiel die Zellophanhülle mit den Büscheln seiner abgeschnittenen Haare in die Finger. Er starrte die Haare lange an, und in Gedanken drehte er sie in alle möglichen Formen. Dann legte er die Büschel zurück in die Hülle. Er war verwirrt und müde, in seinem Kopf pochte es wieder. Er hatte eine halbe Stunde lang gesucht.

Und dann erinnerte er sich an den jungen Mann mit den gierigen Augen, der ihn gefragt hatte, ob er die Zeichnung verkaufen wolle. Er erinnerte sich an das trotz der Jugend schon faltige Gesicht und die unausgesprochene Drohung. Omovo überkam ein betäubendes Gefühl des Verlustes. Als er viele Jahre später in eine Buchhandlung ging, entdeckte er ein Buch, das ein Engländer über die Lebensbedingungen in Afrika geschrieben hatte. Seine seit langem verlorene Zeichnung, von der Zeit verwandelt, sprang ihm auf dem Einband in die Augen. Der Name des Künstlers war: Anonymus.

Nachdem er eine Weile kummervoll dagesessen hatte, stand er auf und ging ins Wohnzimmer. Die alten Bilder starrten von den schmutzfarbenen Wänden auf ihn herab. Niemand war zu sehen. Der Gedanke, seinen Vater zu fragen, ob der die Zeichnung gesehen hatte, ging ihm durch den Kopf. Er verwarf ihn sogleich wieder. Er wußte, daß er nicht einmal die Frage stellen konnte. Er dachte, »vielleicht ist jemand ins Haus geschlichen und hat sie gestohlen. Vielleicht dieser begierige junge Mann.« Doch auch das ergab keinen Sinn. Er erwog viele andere Möglichkeiten und redete sich schließlich ein, sein Vater habe sie genommen, um sie ungestört betrachten zu können. Schließlich hatte sein Vater, als Omovo noch klein war, bei ihm das Interesse für Kunst gefördert, und sein Vater hatte es immer vorgezogen, Omovos Werke allein zu betrachten. Doch Omovo wußte, daß all das zu dem weit entfernten Reich gehörte, das man Kindheit nennt. Die Gefühle in seiner zerrissenen Familie waren für solche empfindsamen Gesten zu kompliziert geworden.

Doch als Omovo auf dem harten Stuhl im kargen, muffigen Wohnzimmer saß, nagte ein sentimentaler Zweifel an ihm.

Die gelb gestrichene Tür zum Zimmer seines Vaters, von der die Farbe abblätterte, stand halb offen. Omovo wollte gerade anklopfen, als er Geräusche aus dem Raum hörte. Er hielt inne und blickte hinein.

Sein Vater, nackt, behaart und mager, war mit Blackie im Bett. Seine stoßenden Bewegungen hatten etwas Gewaltsames, und Blackie, die stöhnend unter ihm lag, ging auf seine Stöße ein. Omovo war bestürzt, er wußte, daß er etwas gesehen hatte, was er nicht hätte sehen dürfen. Es war alles so unerwartet geschehen. Dann hörte er, wie sein Vater einen langen, erschütternden Schrei ausstieß, und Omovo glaubte, den Namen seiner Mutter in diesem Schrei zu hören. Omovo rang keuchend nach Luft. Das Stöhnen hörte auf, die Bewegungen hörten auf, und auch die anderen Geräusche ringsumher hörten auf.

Omovo schlich erregt auf den Zehenspitzen in sein Zimmer

zurück. Er setzte sich aufs Bett und starrte auf die Wand. Von einer starken Woge der Einsamkeit übermannt, rief er sich etwas anderes ins Gedächtnis zurück, das er ungewollt mitangesehen hatte. Damals war Omovo neun gewesen. Er war krank. Sein Vater hatte ihm gesagt, er solle bei ihm im Zimmer schlafen. Omovo wachte nachts auf und stellte fest, daß sein Vater nicht neben ihm lag. Die Tür zum Zimmer seiner Mutter stand offen. Sein Vater und seine Mutter waren ins Liebesspiel versunken. Es war seltsam, ihnen dabei zuzuschauen, sie kamen ihm wie Fremde vor, doch irgendwie konnte er sie verstehen. Er fühlte sich nicht allein gelassen. Er hatte nicht das Gefühl, etwas Verbotenes getan zu haben. Er ging zurück und schlief ein. Damals lebten sie noch in Yaba, und alles war anders. Doch was er eben zufällig miterlebt hatte, verwirrte ihn. Der Name seiner Mutter, den er zu hören geglaubt hatte, schwamm in seinem Kopf umher wie ein wahnsinniger Goldfisch.

Er hörte schwere Schritte. Jemand fluchte und murrte. Die Tür zum Zimmer seines Vaters wurde zugeschlagen. Der Schlüssel wurde ungeschickt im Schloß gedreht. Und dann war es lange still. Omovo starrte auf die Rußspiralen an der Decke. Mit leeren Augen. Erst eine ganze Weile später bemerkte er, daß das Elektrizitätswerk wieder einmal völlig willkürlich den Strom abgeschaltet hatte. Er spürte, wie die angestaute Hitze unter seiner Haut aufstieg. Die Dunkelheit in den Winkeln an der Decke bedrückte ihn. Mücken ließen sich auf seinem Kopf nieder, als hätte jede von ihnen etwas gegen ihn. Unruhiger Schlaf brachte ihm etwas Erleichterung. Omovo hatte die lange Zeit der Dürre kaum überwunden, und schon war seine erste richtige Frucht geschändet worden.

Von den Mücken belästigt, wachte er mitten in der Nacht auf. Er spürte eine unnatürliche Stille. Als er zum Fenster blickte, traten die Formen im Raum aus der gestaltlosen, bedrängenden Dunkelheit hervor. Sie verschmolzen mit der weißen Decke, dem Kleiderständer, den großen Schneckenhäusern, die in den Winkeln des Raumes herabhingen, den bizarren Formen zerbrochener Kalebassen und seinen Lieblingsbildern.

Als er sich an die klingende Stille gewöhnt hatte, tauchten in seiner Vorstellung andere Dinge auf. Er wollte nicht, daß sie präzise Umrisse annahmen. Ein tiefes Gefühl des Verlustes durchzog seine innere Stille.

Dann war etwas im Wohnzimmer zu hören. Einzelne Geräusche. Das Rücken eines Stuhl. Schritte. Jemand ging auf und ab. Ein plötzliches undeutliches Selbstgespräch. Ein tiefer Zug an einer Zigarette. Ein leises, zischendes Ausatmen. Dann wurde es wieder still. Omovo drehte sich im Bett auf die andere Seite. Im Wohnzimmer brannte Licht. Omovo wußte, daß der Mann wieder einmal an Schlaflosigkeit litt.

Omovo kletterte aus dem Bett, zog seine khakifarbene Latzhose an und ging ins Wohnzimmer. Sein Vater saß jetzt am Eßtisch. Sein Kopf war über einen Stapel Papiere gebeugt. Er trug ein Unterhemd und hatte ein weites weißes Bettuch um die Hüften gewickelt. Das Licht fiel auf eine Seite seines Gesichts. Die andere Seite lag im Dunkeln. Seine Stirn war tief gefurcht. Das Auge, das zu sehen war, war rot geädert und eingefallen. Er gab ein trostloses Bild ab, wie er so im Halbdunkel dasaß. Als Omovo aus seinem Zimmer kam, wandte sein Vater leicht den Kopf.

»Alles in Ordnung, Papa?«

»Ja. Ich kann nicht schlafen. Das hat nichts auf sich. Das geht großen Männern oft so.«

Omovo zögerte. Er hoffte, sein Vater würde durch seine Anwesenheit umgänglicher werden. Omovo erinnerte sich, wie liebevoll sein Vater früher mit ihm gesprochen hatte, wie sie beide nachts wachgeblieben waren, während alle anderen schliefen, und wie er manchmal Geschichten aus den »alten Zeiten« erzählt hatte. Doch sein Vater blieb stumm. Dann zog er an der Zigarette und wandte sich wieder den Papieren auf dem Tisch zu.

Omovo ging nach draußen. Im Compound war es still. Hier und da brannte ein Licht auf einer Veranda. Durch den Compound wehte ein starker Wind, der ihn seinen geschorenen Kopf spüren und die Wäsche auf der Leine vor den Räumen flattern ließ. Als er auf den Hinterhof ging, hallten seine Schritte durch den Compound und dröhnten in seinem Kopf. Die Gemeinschaftstoilette war dunkel, übelriechend und unheimlich. In dem bedrückenden Raum mit den schmierigen Wänden voller Risse und Schatten empfand er etwas Vertrautes. Er blickte auf und entdeckte wieder eine erschreckende Masse von Spinnweben. Das Dach war kaum zu sehen. Nachdem er uriniert hatte, ging er zur Vorderseite des Compounds. Er öffnete das schmiedeeiserne Tor. Die Angeln ächzten und quietschten in der Dunkelheit.

Er stand vor dem Gebäude und ließ sich vom kühlen Wind einhüllen. Im Zimmer war es so heiß gewesen. Und nun war es so kühl. Er blickte zum Himmel auf und sah ein dunkelblaues Zelt voller Löcher. Das Getto war still. Ein oder zwei Gestalten stolperten die leere Straße entlang. Hier und da leuchtete eine trübe Lampe wie eine Kerze neben dem Eingang der stillen Gebäude. Vor mehreren Häusern befanden sich Stände. Das sonst so laute Hotel war geschlossen und in Dunkel gehüllt. Omovo ließ den Blick über die Wellblechdächer der Gebäude schweifen und sah dann zu Ifeyiwas Haus hinüber. Die Lampe über dem Eingang leuchtete matt, doch Omovo entdeckte eine Gestalt, die auf der Türschwelle saß. Er fragte sich, ob es wohl Ifeyiwa sei. Er spürte, wie ihm das Blut ins Gesicht stieg und ihn ein Schauer überlief. Zwischen ihm und diesem menschlichen Wesen lag die dunkle, schmutzige Straße. Die Dunkelheit zwischen ihnen war fast greifbar, eine fließende, von allem getrennte Masse, und dennoch ein Teil von allem. Omovo stand eine ganze Weile da und rührte sich nicht, während die Gestalt sich traurig auf die Beine schlug, aufstand, auf dem Zementabsatz auf und ab ging und sich wieder setzte. Die Gestalt hob die Hände zum Himmel und ließ sie dann wieder fallen.

Kurz darauf öffnete sich die Haustür, und ein Mann in einem Wickeltuch kam heraus. Er rief etwas, das vom Wind verschluckt wurde. Dann zog der Mann die Gestalt ins Haus.

Omovo starrte lange auf die Tür. Die Nacht wurde kalt, und das dunkle Himmelszelt lastete schwer auf seinem Schädel. Der Schmutztümpel verbreitete einen üblen Gestank. Das schmiedeeiserne Tor ächzte und quietschte. Omovos Schritte hallten durch den Compound und in seinem Schädel.

Als er wieder in seinem Zimmer war, holte er Farbkästen, Palette und Staffelei hervor. Er versuchte, nicht an seine verlorene Zeichnung zu denken. Er begann zu malen. Der Raum war heiß und stickig. Und die Mücken sirrten und stochen ihn an empfindlichen Stellen. Er arbeitete mit unerschütterlicher Entschlossenheit. Mit Pinselstrichen in trübem dunklen Grün fuhr er liebevoll über die weiße Leinwand. Dann betupfte er die grüne Flut mit braunen, grauen und roten Punkten. Aus all dem malte er einen rotzfarbenen Schmutztümpel voller unheilvoller Silhouetten und Köpfe mit funkelnden, falsch stehenden Augen. Er wußte, was er malen wollte. Und er war glücklich.

Er arbeitete an dem Gemälde, entfernte hier und da etwas, besserte eine Ecke nach, wischte ein paar Einzelheiten weg, begann auf einer neuen Leinwand und beschloß, daß die erste seinen Vorstellungen entsprach. Als er weitermalte, glaubte er die Schritte seines Vaters hinter der Tür zu hören. Er hielt inne, um zu horchen. Ab und zu wurde die Stille vom durchdringenden Sirren einer Mücke unterbrochen. Omovo versuchte sich vorzustellen, was sein Vater vor seiner Tür tat oder dachte. Einen Augenblick später hörte er Schritte, die zum Wohnzimmer gingen. Widersprüchliche Gefühle durchströmten ihn.

Er wandte sich wieder dem Gemälde zu. Er arbeitete eifrig und merkte nicht, wie die Zeit verging. Als er zum Fenster sah, war er überrascht, ein paar scheue Lichtstrahlen zu sehen, die durch die gelben Vorhänge drangen. Plötzlich war er erschöpft und fühlte sich alt. Seine Augen brannten vor Müdigkeit. Sein Körper schmerzte und juckte an den Stellen, wo die Mücken ihn gestochen hatten. Er war schweißgebadet.

Als er mit der nächtlichen Arbeit fertig war, nahm er einen Farbstift und schrieb »Treibgut« auf den unteren Rand der Leinwand. Er signierte (auch wenn er genau wußte, daß er noch weiter daran arbeiten mußte) und lehnte das Bild mit der bemalten Seite an die Wand. Er räumte das Zimmer auf und entfernte die üblichen Farbflecke, die überall hingespritzt waren.

Als er auf den Hinterhof gehen wollte, sah er seinen Vater, der auf einem Polsterstuhl schlief. Er hatte die Beine ausgestreckt, und sein Kopf war auf die Brust gesunken. Omovo stand im Eingang, und sein Vater tat ihm leid. Dann erinnerte er sich an allerlei anderes, und sein Vater tat ihm nicht mehr ganz so leid. Im Hinterhof entfernte sich Omovo mit Benzin und Terpentin die Farbflecke von den Händen und duschte kurz. Als er in sein Zimmer zurückkam, zog er die Vorhänge zur Seite. Er hatte den Eindruck, daß ihm die eigenen Gefühle einen Streich gespielt hatten, und fühlte sich leer und ausgelaugt. Da er nichts Besseres zu tun hatte, suchte er wieder nach seiner verschwundenen Zeichnung. Schließlich gab er auf.

Dann rieb er seine trockenen Hände mit Vaseline ein und legte sich ins Bett.

Er betrachtete ein dichtes Netz von Spinnweben, das eine Ecke an der Decke schmückte, als sich, wie die stille Weite des Himmels, sanft der Schlaf auf ihn herabsenkte.

In der folgenden Woche arbeitete er wie besessen, um das Gemälde zu vollenden. Doch als er fertig war, kamen ihm Zweifel, und er war sich nicht ganz sicher, was er da geschaffen hatte. Das Bild kam ihm seltsam und zugleich vertraut vor. Er wußte, was er, ohne Worte, auszudrücken versucht hatte. Er war hundertmal um den großen grünen Schmutztümpel gewandert. Er hatte dessen warmen, ekelerregenden Gestank gespürt und auf die grüne Oberfläche gestarrt, als läge darin die Antwort auf ein seit langem ungelöstes Rätsel. Er fürchtete sich auch ein wenig vor den ungeahnten Dingen, die sich in ihm abgespielt hatten: die dunklen, widerlichen Zusammenhänge – rotzfarben, klebrig, beunruhigend –, die auf der Leinwand zum Ausdruck gekommen waren.

Am Dienstagabend ging Omovo zu Dr. Okochas Werkstatt. Sie war geschlossen. Soeben gemalte Schilder lehnten an der Tür, auf der sich ein großes verblichenes Gemälde befand. Es war ein grübelndes grünes Auge mit einer schwarzen Pupille und einer roten Träne, die sich gerade bildete. Das Auge starrte allwissend auf die überfüllten Straßen und zugleich in seine eigene Dunkelheit.
Die Woche verfloß quälend für Omovo. Abend für Abend, wenn er nach draußen ging, »um frische Luft zu schnappen«, schloß er seine Zimmertür ab. Der Verlust der Zeichnung setzte ihm noch immer zu. Am Donnerstagabend stand er vor dem Haus und spielte mit den Kindern, als der amtierende Vizejunggeselle auf ihn zukam. So wurde er genannt, weil er der älteste Junggeselle im Compound war. Er war ein hagerer Mann von Anfang Vierzig, mit schmalem Brustkorb und scharfen Zügen, ein Ibo, der einen kleinen Laden im Stadtzentrum besaß, wo er Lebensmittel und alles mögliche verkaufte.
»Malerknirps, wie geht's?«
Omovo wirbelte gerade einen verlotterten kleinen Jungen im Kreis durch die Luft, und als er den amtierenden Vizejunggesellen sah,

setzte er den Jungen ab, strich ihm über den Kopf und sagte ihm, er solle mit den anderen Kindern spielen.

»Ich heiß nicht Malerknirps, ist das klar?«

»Okay. Is ja gut. Was macht die Gesundheit?«

»Geht so, und selbst?«

»Man tut, was man kann. Was bleibt einem schon anders übrig?« Omovo sah, wie er sein Wickeltuch von den Hüften löste und es zurechtzog.

»Kuck ma, kuck ma«, flüsterte er und stieß Omovo an. »Die beidn Mädchen da am Tank, die meinen, die können mein Jonny sehn, wenn ich mein Tuch wegzieh!« Er lachte und rief dann: »He, was gibs da zu kucken, hm?«

Die beiden Mädchen wandten selbstbewußt den Kopf, hoben die Wassereimer auf und gingen schwankend auf die Straße. Omovo wollte den Mann los sein. Er gähnte. Doch das Gähnen bewirkte nichts.

»Warum gähnste? Biste müde? Ihr jungn Kerls! Seid müde, dabei geht das Leben doch grad ers los. Wovon bloß, hm, wovon? Von Arbeit, ficken, Palaver mit Weibern oder was oder wie? Als ich so jung war wie ihr, hab ich das von morgens bis abends gemacht und war nie müde.«

Omovo grunzte. Zwei Frauen aus dem Compound gingen schnatternd vorbei, sie trugen Hocker und blieben neben dem Laden des Apothekers stehen. Sie wollten sich das Haar flechten. Eines der Kinder rannte an Omovo vorbei, ein zweites lief hinterher. Sie versteckten sich hinter dem alten Junggesellen, zogen an seinem Wickeltuch, verkrochen sich darunter, dann rannten sie wieder davon. Der alte Junggeselle sagte mit gespielter Wut: »Diese verdammten Blagen. Die wolln bloß an mein Jonny ziehn!«

Sie lachten beide. Ein anderer Mann aus dem Compound kam auf die Straße, und als er den amtierenden Vizejunggesellen sah, ging er auf ihn zu. Sie waren bald in eine nicht enden wollende Auseinandersetzung vertieft.

Omovo ging erleichtert davon. Ein sanfter Wind wehte über den Schmutztümpel. Omovos Kopfhaut prickelte. Der Himmel war mit Wolken übersät. Das Licht über Alaba wurde dunkler. Ein paar halbwüchsige Jungen fuhren mit dem Fahrrad klingelnd die Straße auf und ab und jagten streunende Hunde. Kleine Mädchen kochten Scheinsuppen auf Scheinfeuern. Sie hatten sich Puppen auf den Rücken geschnürt. Jemand winkte. Omovo reckte den Kopf. Es war Dr. Okocha. Er trug mehrere Schilder unter dem Arm. Omovo ging auf ihn zu.

»Ich habe dir einen Teilnahmeschein besorgt.«

»Danke, Dr. Okocha. Vielen Dank.«

»Das ist in Ordnung. Ich habe ihnen gesagt, du bist ein guter Künstler, und die Leute würden sich sicher für deine Bilder interessieren.«

»Nochmal vielen Dank.«

»Der Geschäftsführer der Galerie will deine Bilder sowieso sehen. Bring sie ihm am besten morgen. Wenn er nicht gleich Platz dafür hat, dann vielleicht später, wenn andere Bilder verkauft sind oder so. Ich hab's jetzt eilig. Ich muß noch eine ganze Menge Schilder malen. Ich sehe mir dann deine neuesten Arbeiten auf der Ausstellung an, okay?«

Omovo spürte einen Stich der Erregung. Irgend etwas regte sich tief in ihm, stieg immer höher und dehnte sich aus. Er fühlte sich wunderbar. Es war die gleiche Beschwingtheit, die er empfand, wenn er Ifi sah. Er ging mit dem alten Maler die überfüllte Straße entlang. Er hörte den schweren Atem des alten Mannes, das Rascheln seiner fadenscheinigen *agbada*, die Schritte und unzählige andere Geräusche. Doch sie kamen alle von außen. Tief in sich hörte er andere Geräusche: scharfe, feine, lautlose Geräusche.

Der alte Mann begann zu sprechen. Seine Stimme zitterte leicht. Omovo glaubte jetzt den Grund für die Besorgnis des alten Mannes zu spüren.

»Meinem Sohn geht es nicht gut. Ich habe ihn gerade ins Krankenhaus gebracht.«

»Das tut mir aber leid. Was hat er denn?«

»Ich weiß nicht. Letzte Nacht war sein Körper heiß wie Feuer. Der Junge ist sehr mager, seine Augen... wie soll ich sagen... eingefallen. Tief eingefallen.«

Sie gingen weiter. Eine ganze Weile sagten beide nichts. Lärmender Trubel umgab sie. Sie kamen an dem Hotel vorbei, dessen Wände Dr. Okocha mit lustigen Fresken bemalt hatte.

»Und wie geht's deiner Frau?«

»Gut, ganz gut. Sie ist schwanger und macht sich Sorgen über Obioco. Sie ist eine gute Frau.«

Das Gesicht des alten Mannes verdüsterte sich. Die Falten auf seiner Stirn wurden tiefer, die Haut seines Gesichts spannte sich, und das Fleisch darunter zog sich zu Wülsten zusammen. Er sah seltsam aus. Die Dunkelheit des Abends nahm zu, als würde sie von seiner Traurigkeit beeinflußt. Omovo spürte, daß das Himmelszelt die Wölbung seines eigenen Kopfes nachbildete und darauf lastete.

»Ich hoffe, Obioco geht's bald besser.«

»Und ich erst!«

Wenig später sagte Omovo zu dem alten Maler, er wolle jetzt zurückgehen. Der alte Maler nickte und ging schleppend weiter zu seiner Werkstatt. Omovo machte kehrt und schlängelte sich in der anbrechenden Dunkelheit zwischen den Abfällen und den vorbeiströmenden Leuten hindurch nach Hause.

Omovo verließ das Haus und ging zu dem stinkenden grünen Schmutztümpel. Er hatte sich im Durcheinander seines Zimmers wohlgefühlt. Er hoffte, niemand würde sein Gemälde stehlen, und spielte mit dem Gedanken, es versichern zu lassen. Er dachte: »Was gibt es Schöneres, als einen Einfall zu haben und ihn zu verfolgen, bis er Wirklichkeit geworden ist?« Er war einfach überrascht, daß er auf der Leinwand etwas geschaffen hatte, das es vorher nicht gegeben hatte. Er war immer noch vom Schock und von der Überraschung überwältigt. Er dachte: »Wenn dich deine eigene Arbeit überrascht, dann hast du etwas begonnen, das der Mühe wert ist.« Er fragte sich, ob er wohl daran denken würde, diesen Satz in sein Notizbuch zu schreiben. Er bezweifelte es. Er fragte sich auch, ob er nicht dadurch, daß er das Gemälde vollendet hatte, etwas anders beeinträchtigt oder verschoben hatte. Er hatte irgendwo gelesen, daß diese Gefahr bestand. Als er den Gedanken nicht vertiefen konnte, gab er ihn auf.

Nachdem er den Schmutztümpel hinter sich gelassen hatte, kam eine Gruppe wild aussehender Männer auf Omovo zu, als wollten sie über ihn herfallen. Er wartete nervös. Er sah schon, wie er in das schmutzige Wasser geworfen wurde. Nichts geschah. Die Männer marschierten grimmig an ihm vorbei, als hätten sie einen ewigen Terrorauftrag zu erfüllen.

Er erinnerte sich daran, was Ifeyiwa am Brunnen im Hinterhof gesagt hatte, als er ihr erzählt hatte, daß seine Zeichnung verschwunden war, gestohlen. Sie blickte auf einen Vogel, der über sie hinwegflog, und sagte: »Omovo, etwas ist uns allen gestohlen worden.«

Omovo hatte gespürt, wie sie ungewollt etwas Wesentliches gesagt hatte.

»Weißt du, ich habe die Zeichnung nicht verstanden«, sagte sie nach einer Weile.

»Sie war einfach, aber ich habe sie auch nicht verstanden.« Dann fuhr Omovo fort: »Warst du das heute nacht, hast du draußen gesessen?«

»Ja. Ich habe gewußt, daß du es warst. Es war dunkel, und dann ist er gekommen und hat mich reingeholt.«

Er erinnerte sich, und dann versuchte er die Sache zu vergessen. Dann erinnerte er sich an etwas anderes. Sie hatte nach Luft gerungen, als er ihr das neue Bild gezeigt hatte. Sie hatte ihn dann lange angesehen und nichts gesagt.

Beim Verlassen des Zimmers hatte er in dem Gemälde nach einem Vorzeichen gesucht, nach einem Hinweis auf die Zukunft. Er hatte versucht, das Leben aus dem Bild herauszulesen, konnte aber die dargestellten Dinge, die widerlich kräftigen Farben nicht durchdringen.

Doch durch Ifeyiwas Schweigen hindurch hatte er intuitiv eine Form gesehen, ein sumpfiges Etwas, das zähflüssig dahinströmte, sich wandelte und verwandelt wurde. Verschwommen hatte er da gespürt, daß die Zukunft irgendwo in seiner Vorstellung enthalten war.

Er wanderte nicht länger ziellos umher und beschloß plötzlich, nach Hause zurückzugehen.

5

Am Freitagmorgen erhielt er von seinem Bürovorsteher die Erlaubnis, sein Gemälde in der Galerie auszustellen. Die Ebony Gallery befand sich in Yaba. Die Straßen waren gut asphaltiert, und Trugbilder waberten in der Hitze des frühen Nachmittags über der Teerdecke. Palmen säumten, sich wiegend, die Straße. Ihre Schatten erstreckten sich bis zu den Häusern gegenüber. Frauen, die Waren verkauften, saßen im Schatten dieser Palmen. Wenn irgend jemand vorbeikam, rappelten sie sich auf und priesen ihre Waren an.

Die Ebony Gallery hatte ein großes Schild, auf das eine Benin-Plastik als Emblem gemalt war. Das zweistöckige Gebäude war im amerikanischen Stil gebaut und hatte eine Veranda. Es war schwarz gestrichen. Die Fensterscheiben waren weiß, und einige Fenster hatten Milchglas. Am Empfangstisch saß ein junges Mädchen mit übertrieben gebleichter Haut, das Omovo bat, einen Augenblick zu warten, bis sie den Geschäftsführer der Galerie benachrichtigt hätte. Sie sprach mit einem gekünstelten englischen Akzent. Kurz darauf wurde Omovo hereingebeten.

Der Geschäftsführer der Galerie war ein hochgewachsener Mann. Er schwankte, als er sich erhob, um Omovo die Hand zu schütteln. Seine Hand war knochig, seine Arme behaart, und er hatte einen ziemlich langen Hals. Er trug eine schwarze Hose und ein schwarzes Seidenhemd. Um den Hals hatte er ein goldenes Kreuz hängen. Sein Gesicht wurde von einem sorgfältig geschnittenen schwarzen Bart verdeckt. Der Geschäftsführer trug eine dunkle Brille, und Omovo konnte nur verschwommen seine schief stehenden Augen erkennen. Der Mann schwitzte erbärmlich und betupfte sich mit einem tropfnassen weißen Taschentuch, obwohl die Klimaanlage in dem nach Kiefernnadeln duftenden Raum laut surrte. Seine Bewegungen waren nervös, doch er war sehr wachsam. Er sprach qualvoll langsam, als müsse man ihm die Worte wie einen kranken Zahn aus dem Mund ziehen.

»Okocha hat meinem Mitarbeiter von Ihnen erzählt.«

Omovo nickte und sah sich dann in dem Raum um. Ein Gecko verschwand hinter der Plastik eines Yoruba Chiefs. Dann huschte das

Tier die Wand hinauf und verschwand hinter einem lose herunterhängenden Poster von einem afrikanischen Kunstfestival. Omovo dachte: »Das ist ein richtiger Zoo hier.«

»Ist das Ihre Arbeit?«

Omovo nickte wieder. Durch das Fenster sah Omovo draußen eine Frau, die geröstete Erdnüsse verkaufte. Jemand hielt sie an und kaufte ein paar. Omovo lief das Wasser im Mund zusammen.

»Kann ich sie bitte sehen?«

Omovo nickte noch einmal. Er hatte einen Augenblick das Gefühl, eine Statistenrolle in einem stummen Drama zu spielen. Ein Gecko, der kleiner war als der, den er eben gesehen hatte, lief querfeldein über die schwarze Wand, blieb stehen. Seine Regungslosigkeit war bedrohlich: Eine Fliege schwebte in der Luft. Eine Zunge schoß hervor. Verfehlte das Ziel. Und wieder Regungslosigkeit. Die Fliege sauste unter der Decke her. Der Gecko schlug einen Purzelbaum und fiel auf den Boden. Dann huschte er davon. Omovo sah, daß das Tier in Wirklichkeit eine gezackte Eidechse war.

Omovo nahm sein Bild und zeigte es dem Geschäftsführer, der seinen Stuhl zurückschob, das Gemälde auf dem Mahagonitisch aufrichtete und es eingehend betrachtete.

Eine Weile geschah nichts. Omovo horchte auf den schweren Atem des Geschäftsführers. Irgendwo im Haus schrillte ein Telefon. Die Klimaanlage surrte, schaltete um, ächzte und surrte noch lauter. Omovo hatte das Gefühl, sein Herz bliebe stehen. Er schloß die Augen. Dunkelheit überfiel ihn. Und er dachte: »Innere Dunkelheit ist schwärzer als äußere Dunkelheit.« Er holte tief Luft und atmete ganz langsam wieder aus, so wie er es vor langer Zeit gelernt hatte, als er noch Yoga machte.

Der Geschäftsführer sagte: »Hmmmmm. Interessant.«

Omovos Herz schlug unregelmäßig.

Der Geschäftsführer hielt inne, blickte aus dem Fenster und sagte noch einmal: »Hmmmmmm. Sehr interessant.«

Zum erstenmal bemerkte Omovo die Fotos von Terrakottafiguren und die geschnitzten Köpfe afrikanischer Kinder: Négritude in Ebenholz. Sie alle schienen vorwurfsvoll von den Wänden auf ihn herabzustarren. Er betrachtete die erdrückenden Erscheinungen, und ihm schoß die Frage durch den Kopf: »Seid ihr alle tot?«

»Ja. Es ist wirklich... ja, interessant. Ein sich auflösender Schmutz-tümpel...«, sagte der Geschäftsführer und blickte Omovo über das Bild hinweg prüfend an. Omovo wurde unbehaglich zumute.
»Ist das ein... ein...?«
Omovo verspürte das Bedürfnis, ihm zu helfen. Die stockenden Worte gingen ihm auf die Nerven.
»Ja, das ist ein Gemälde.«
Der Geschäftsführer erdolchte ihn mit den Augen. »Ja. Ein Gemälde. Das weiß ich. Sind Sie ein... ein...?«
»Nun, ich arbeitete bei...«
»Ja, natürlich. Ich weiß. Ja.«
Omovo war verwirrt. Der ganze Verlauf des Gesprächs hatte etwas Beklemmendes. Er fragte sich, ob der Geschäftsführer wohl Künstler oder Akademiker sei. Der Mann machte einen ziemlich gebildeten Eindruck.
»Was hat Sie... äh... ich meine... veranlaßt... äh, das zu malen?«
Selbst wenn sich die Luft in eine riesige gezackte Eidechse verwandelt hätte, die ihn am Kragen packte, hätte Omovo nicht über-raschter sein können.
»Ich habe es einfach gemalt. Das ist alles.«
»Gut. Kann ich es... einen ganzen Tag... äh, hierbehalten? Ich möchte die... die... Eigen...schaften... in mich aufnehmen. Mit der besten... Be... Be...leuchtung und dem... be... besten Platz.«
»Selbstverständlich. Klar. Soll das heißen, daß sie es...?«
»Ja.« Es kam heraus wie ein unterdrücktes Niesen.
Die beiden saßen sich gegenüber. Zwischen ihnen war der Tisch, auf dem ein paar Zettel lagen, schwarze Kugelschreiber, Ousmanes Roman *Gottes Holzstücke*, die Serviette eines Palmweinrestaurants und ein großer Terminkalender. Und dann diese Stille. Omovo fragte sich, wo all die Geräusche geblieben waren. Er beschloß, daß es Zeit sei, ins Büro zurückzugehen.
Der Geschäftsführer nahm eine Prise Schnupftabak. Und dann nie-ste er wieder.
»Ja. Wenn ein paar von den Bildern verkauft sind, stellen wir Ihr Bild aus. Es ist ein gutes Gemälde. Und ja, hmmmmmm. Und außerdem müssen Sie wissen, daß eine wichtige Persönlichkeit von der Armee uns die Ehre erweist, am ersten Abend dabeizusein. Gut. Das war's wohl.«

Wo war nur all das Stottern geblieben und die nervös in die Länge gezogenen Worte?

»Künstler haben immer diese Wirkung auf mich. Ich stottere, wenn ich ihre Arbeiten sehe. Ja.«

Omovo witterte eine Enttäuschung. Er hatte recht gehabt. Es war ein stummes Drama gewesen, und der Geschäftsführer hatte ihm die ganze Zeit etwas vorgespielt.

Omovo verabschiedete sich. Der Geschäftsführer grinste, nieste, als meinte er es ernst, und fragte dann: »Ihr kahl rasierter Schädel, war das ein... ein...?«

Omovo ließ ihn ausreden.

»...ein...ein Gag, ein Künstlertrick, um Aufmerksamkeit zu erwecken?«

Omovo wandte sich um und ging aus dem Büro. Hinter sich hörte er ein ziemlich selbstzufriedenes Brabbeln. Als er den Raum verließ, sah er noch, wie eine Eidechse einen sinnlosen Querfeldeinlauf über ein Poster machte, auf dem die Skulptur eines alten afrikanischen Chiefs abgebildet war.

Die bleichsüchtige Empfangsdame lächelte verstohlen, als Omovo an ihr vorbei nach draußen floh. Auf der Straße, im farblosen Glanz des Sonnenlichts, warf er noch einen Blick zurück. Er sah, wie ein schwarzer Vorhang herabgelassen wurde. Er fragte sich, warum sich manche Erfahrungen zu wiederholen schienen.

Er ging durch den gesprenkelten Schatten hoher Palmen, die sanft den Kopf schüttelten, und achtete nicht auf die müden, aufdringlichen Frauen, die ihn umdrängten, um ihm ihre wundervollen Waren aufzuschwatzen. Er ging ins Büro zurück, zur täglichen Arbeit, zu den ränkevoll drohenden Geistern und dem Druck wichtigtuerischer Kunden.

Als er am Samstag zu der Ausstellung ging, war die gebleichte Empfangsdame verschwunden. Das ganze Gebäude war erfüllt von endlosem Gemurmel, lautstarken Gesprächen, hitzigen Reden, vom Klirren der Gläser, von heiseren Monologen und nachgemachten Akzenten in allen Tonlagen. Waltons »Belshazzar's Feast« dröhnte im Hintergrund.

Omovo fühlte sich in der dichten Menge verloren. Irgendwo mitten in dem allgemeinen Lärm schrie ein Kind. Omovo bahnte sich einen Weg, hindurch zwischen dicken Frauen, fauchenden Frauen, hübschen Frauen, hochgewachsenen bärtigen Männern, unbeschreiblichen Männern, stotternden Männern, durch stechende Schweißgerüche, Düfte von erfrischendem Parfüm und schalem Rasierwasser, alle möglichen Gerüche. Getränke wurden verschüttet, Gespräche blieben im gewohnten Gleis, Lehrbuchtheorien über Ursprung und Vitalität moderner afrikanischer Kunst wurden wie Fußangeln in den Raum gestellt. Und das Kind im Auge des Orkans schrie noch lauter.

An den schwarzen Wänden hingen Bilder, kleine, gerahmte Ölgemälde, große Radierungen, Gouachen, Nachahmungen, Stoffe mit aufgestickten Perlen, Cartoons. Es gab Karikaturen über die Ankunft der ersten Weißen. Manche dieser Zeichnungen waren die übliche Wiedergabe eines mit Bibel, Spiegel und Gewehr bewaffneten weißen Missionars. Andere waren groteske, unwirkliche Darstellungen. Es gab Gemälde, die die nationale Einheit beschworen; Angehörige unterschiedlicher Stämme, die gemeinsam Palmwein tranken und breit lächelten. Gemälde mit traditionellen Motiven: Frauen, die Mangos aßen, Frauen mit Kindern auf dem Rücken, Frauen, die Yamswurzeln stampften, spielende Kinder, Männer beim Ringkampf, Männer beim Essen. Omovo sah die beiden Gemälde von Dr. Okocha und fand, daß sie etwas von ihrer verzweifelten Kraft verloren hatten, weil sie einfallslos Seite an Seite mit den anderen an die Wand gehängt worden waren.

Kunsttheorien gellten Omovo in den Ohren. Die vielen redenden Münder besprühten sein Gesicht mit Speichel. Worte stürmten auf ihn ein, bis er innerlich aufschrie. Er ging an Dr. Okochas Gemälde des Ringers vorbei. Es wirkte einsam, derb und aller Lebendigkeit beraubt. Omovo floh vor diesem Anblick und tauchte in der lärmenden Menge unter. Er schwitzte heftig. Er hob die Hand, um sich die Schweißperlen von der Stirn zu wischen, und zog dabei den Rock einer Frau hoch. Die Frau kreischte: »Huch, ich werd vergewaltigt, Hilfeee!« Die Menge brüllte vor Lachen.

Jemand schrie: »Picassos Zeigefinger.«

Jemand anders sagte: »Joyce Carys schelmischer Maler!«

Omovo murmelte etwas. Sein Finger fühlte sich klebrig an. Das Kind brüllte noch immer mitten in der Ausstellung.

Und dann bannte etwas seine Aufmerksamkeit. Es war ein wildes Gemälde von zwei roten Gerippen. Ihre Gesichter waren hohl, ihre Augen harte weiße Flecken. Hinter den Gerippen verzweigte sich mehrfach die spiegelnde Oberfläche eines Flusses. Ein weißer Vogel kreiste über ihnen. Ringsumher war ein goldgelber Himmel. Das Bild faszinierte Omovo. Es trug den Titel:»Hommes vides.« Omovo warf einen Blick auf die Referenzen des Malers:»A. G. Agafor. Ausstellungen in aller Welt. Studium in Nigeria, London, Paris, New York, Indien.« Ein glattrasierter Mann kam auf Omovo zu.»Mögen Sie das Bild? Es explodiert im Kopf mit der visuellen Wucht des beherrschenden Rots. Ich denke, daß Mr. Agafor ein Pionier darin ist, apokalyptischen Motiven visuelle Risse zu geben...« Gereizt murmelte Omovo:»Das haben Künstler schon lange vor den ersten Illustrationen zu Dante getan.« »Aber der erste Nigerianer... Nicht ganz, aber...« Ein anderer Mann mit dunkelblauer Brille rempelte sie an.»Ich meine...« Omovo machte sich aus dem Staub. Worte knallten ihm an den Kopf. Verwirrt fragte er sich, wo sein Gemälde war. Waltons »Belshazzar's Feast« dröhnte im Hintergrund, als hätte jemand arglistig die unsichtbare Stereoanlage lauter gestellt. Als Omovo sein Bild sah, rang er nach Atem. Zum erstenmal sah er sein eigenes Gemälde mit den Augen eines Fremden. Es hing direkt neben einem Gemälde, das einen Yoruba in einer *agbada* darstellte. Der rotfarbene Schmutztümpel sah aus, als sei er dadurch entstanden, daß man mit der Leinwand die schmierigen Wände der Toilette zu Hause abgewischt hatte. Das Bild kam Omovo obszön und schlecht ausgeführt vor. Am liebsten hätte er sofort die verdammten Leute fortgetrieben, die es begutachteten, und das anstößige Werk zerfetzt. Er starrte das Bild an und haßte es in diesem Augenblick ebensosehr wie sich selbst. Eine Welle der Übelkeit durchlief ihn, das Kind brüllte im Innern seines Kopfes, und er schrie:»Es ist alles für den Arsch...« Dann verstummte das Gebrüll. Verzerrte Gesichter und alte Augen starrten ihn aus der Nähe an. Die Menge drängte ihn weiter, die Leute atmeten ihm ins Gesicht. Er fühlte sich bedroht. Jemand lachte und rief:»Gimseys eitrige Mandeln.«

Eine Frau, deren Gesicht er undeutlich wiedererkannte, sagte: »Van Goghs geröstete Ohren.«

Omovo verlor die Nerven und weinte. Irgend etwas in ihm fühlte sich falsch an. Die Gespräche wurden wieder aufgenommen, die Leute kehrten zu ihren endlosen Argumenten zurück, und Omovo spürte, daß die durchdringenden, miteinander verschmelzenden Gerüche in dem Raum ihn fast erstickten. Und dann löste sich jemand aus der Menge, tippte ihm auf die Schulter und sagte: »Hallo, Omovo. Was ist los?«

Omovo blickte auf. Durch die dicken Tränen hindurch sah er wie benommen vor Trunkenheit das Gesicht. Die Tränen lösten sich und rannen ihm über die Wangen. Omovo wandte sich ab und trocknete sie schnell. Erst nach mehreren Minuten fand er seine Stimme wieder.

»Hallo, Keme. Schön, dich zu sehen«, sagte er schließlich. Er warf einen Blick auf das Gemälde. »Hör zu, Keme, laß uns woandershin gehen.«

»Gut, aber ist alles in Ordnung?«

»Ja.«

»Ich habe dein Gemälde gesehen. Es ist seltsam und gut gemacht. Wirklich.«

Die Menge hatte sich entfernt.

»Es ist sehr gut. Und ein verdammt guter Kommentar über unsere Gesellschaft!«

Keme war Journalist bei der *Everyday Times*. Er war ein guter Freund. Schlank, gutaussehend, intelligent und etwa genauso groß wie Omovo. Er hatte ein schmales Gesicht, funkelnde Augen und eine breite Nase. Wenn er lächelte, strahlte sein ganzes Gesicht. Er war selbstbewußt, wenn auch körperlich schwach, und sein Minderwertigkeitsgefühl trieb ihn dazu, sich selbst zu beweisen. Er hatte auch etwas von einem Einzelgänger.

»Was hast du in der letzten Zeit gemacht? Jemand hat mir erzählt, daß du dir den Kopf kahlgeschoren hast. Ich habe es nicht glauben wollen. Mein Gott, siehst du komisch aus.«

Omovo tauchte aus seiner Bedrückung auf. Die Erregung, die ihn ergriffen hatte, ließ nach. Die Galerie war immer noch zum Bersten voll. Mehrere Frauen neben ihm trugen Wickeltücher mit farblich dazu passenden Spitzenblusen. Das Gemurmel schwoll an und ebbte wie das Schnarchen eines Riesen wieder ab. Das Kind inmitten der Menge hatte aufgehört zu schreien. Omovo sah den Geschäftsführer der Galerie mit seiner dunklen Brille, er stand lachend und gestikulierend bei einer Gruppe von Frauen. Die gebleichte Empfangsdame versuchte ein paar jungen Männern ein schwarzes Büchlein zu verkaufen.

»Keme, ich habe deinen Artikel über den alten Mann gelesen, den die Behörden aus seinem Haus geworfen haben. Ein sehr guter Artikel. Ich nehme an, du hast viel Post von Leuten bekommen, die dieses Vorgehen verurteilen.«

»Ja. Es war nicht leicht, aber es hat sich gelohnt. Der Mann schläft immer noch draußen. Sie haben ihm sein Zimmer noch nicht zurückgegeben.«

»Und das nur, weil er eine Monatsmiete nicht bezahlt hat?«

»Ja. Die Leute haben sogar Schecks in Höhe der Summe geschickt. Schön, daß es noch Leute gibt, die einen Sinn für Gerechtigkeit haben.«

»Ja. Das hat deinem Ego sicher gutgetan.«

»Es hat meinem Herzen gutgetan.«

Eine Weile sagten sie nichts. Beide starrten auf die Menge, dieses seltsame Tier. Getränke wurden gereicht. Eine Stimme erwähnte sehr laut T. S. Eliot. Eine andere Stimme redete unabläßlich über Terrakottafiguren. Eine schrille, autoritäre Frauenstimme übernahm die Führung und hielt einen Vortrag über Mbari-Häuser.

Omovo sagte: »Worte, Worte, Worte. Stimmen. Ein verdammter Zoo.«

Keme lächelte. »Sag mal, Omovo, was stellt dein Bild denn wirklich da?«

»Einen Schmutztümpel, Keme. Was glaubst du denn?«

»Es ist beunruhigend. Das ist doch ein Kommentar über unsere verdammte Gesellschaft, oder? Wir treiben alle davon, schwimmen in einem schmutzigen Tümpel, hast du das damit gemeint?«

»Keme, du kannst es interpretieren, wie du willst... Hast du Dr. Okocha gesehen?«

»Ja. Dahinten«, sagte er und zeigte mit dem Finger in eine Richtung. »Zwei Leute haben die Gemälde gekauft, die er ausgestellt hat. Er ist glücklich und redet viel.«

»Ich mochte die Bilder, als ich sie in seiner Werkstatt gesehen habe. Hier wirken sie irgendwie fehl am Platz.«

»Omovo, warum hast du diesen Schmutztümpel mit diesen verwirrten Augen gemalt?«

»Weißt du, ich habe diesen Schmutztümpel in der Nähe von unserem Haus oft gezeichnet. Und eines Abends hatten die Männer aus unserem Compound eine hitzige Diskussion über die Entlassung der korrupten Beamten...«

»...als der gefeuerte Regierungskommissar gesagt hat: ›Alle sind korrupt... das Ganze ist ein dicker Sack Würmer...‹« Mann, ein Freund von mir hat diesen Bericht geschrieben...«

»Ja, ja. Auf jeden Fall, während sie sich noch gestritten haben und plötzlich ins Haus gegangen sind, um einen zu trinken, ist mir etwas eingefallen. Auf einmal hatte ich das Gefühl... weißt du..., als ob sich etwas zusammenfügt... Du wirst es mir nicht glauben, aber jetzt hasse ich dieses Bild. Wer immer es kauft, ist ein verdammter Narr.«

Keme lachte. Da Omovo spürte, wie verworren sich das angehört haben mußte, lachte er auch. Neben ihnen erläuterte eine Frau einem eingeschüchterten, schwitzenden Mann, der gierig an einer Zigarette zog, mit lauter Stimme ihre Auffassung von zeitgenössischer afrikanischer Kunst. Omovo erkannte in ihr die Frau wieder, die sich über ihn lustig gemacht hatte, als er kurz zuvor die Nerven verloren hatte. Er glaubte zu wissen, daß sie Beiträge für den Kulturteil einer Zeitung schrieb. Die Frau war nicht sonderlich attraktiv. Sie hatte zu dick aufgetragenen roten Lippenstift, und ihr Haar war schwer mit Perlen durchflochten. Sie hatte eine heisere Stimme. Sie sagte: »...wir haben keinen Van Gogh, keinen Picasso, keinen Monet, keinen Salvador Dalí, keinen Sisley. Unser richtiges Leben und unser Durcheinander sind noch nicht angemessen gemalt worden. Ein Ort, ein Schauplatz oder eine Figur lassen sich nicht mit Bezug auf einen afrikanischen Maler beschreiben – es gibt keine Maler! Wir haben keine visuellen Verweise. Man kann nicht sagen, diese Palmweinkneipe geht direkt auf das Gemälde von... dem, dem und dem zurück, man kann nicht sagen, ein Treffen in traditionellem Stil erinnert mich an an ein Gemälde von... dem und dem. Uns fehlen wesentliche Werke. Alles ist so nichtssagend. Warum?«

Eine weiße Frau stand mit ihnen zusammen. Sie trug ein schwarzes Kostüm und schwitzte ebenfalls. Sie wirkte bekümmert und sagte immer wieder: »Aber nein, aber nein, aber die Négritude...«

Kurz darauf kam Dr. Okocha herüber. Er trug einen engsitzenden Anzug europäischen Schnitts aus einem Nylongewebe. Auch er schwitzte und redete schnell. Er war sehr angeregt. Wenn er lächelte, vertieften sich seine Wangen wie Muscheln. Laut lachend und halb betrunken ging er weiter, um mit Studenten zu sprechen, die sich für seine Arbeit interessierten.

Dann bemerkte Omovo eine gefährliche Stille in dem Teil des Raumes, wo sein Gemälde hing. Ein Mann in Zivil, offensichtlich ein Soldat, offensichtlich mächtig, stand starrend da. Seine Gesten waren gebieterisch. Er war von seinen Adjutanten umgeben. Plötzlich passierte etwas Rätselhaftes. Es wurde unruhig. Die Stille breitete sich in Fetzen verstummenden Gemurmels aus. »Belshazzar's Feast« dröhnte unsinnig. Der Geschäftsführer der Galerie bahnte sich einen Weg in die Mitte des Raums und sagte, den Lärm von »Belshazzar's Feast« übertönend: »Mr. Omovo, bitte kommen Sie sofort her! Mr. Omovo, kommen Sie bitte sofort!«

Die Musik hörte auf. Keme begann zu protestieren. Eine ganze Weile stand Omovo wie angewurzelt da. Unzusammenhängende Gedanken schossen ihm durch den Kopf. Dann überkam ihn Trauer. Und dann Entsetzen. Entsetzen, das ihn persönlich betraf. Ein riesiger Schatten. Omovo und Keme gingen zu dem Geschäftsführer, der sie in eine Ecke des Raumes führte. Dort herrschte lastende Stille, die jeden Laut erstickte. Gesichter starrten sie an. Leute stießen sich heimlich an. Der Mann in Zivil sagte etwas von Verhöhnung des nationalen Fortschritts, von Besudeln der nationalen Einheit. Das Blitzlicht eines Fotografen leuchtete zweimal auf.

»Sie können weiter hinten warten«, sagte ein tiefschwarzer Mann zu Keme.

»Ich bin Journalist bei der *Everyday Times*«, sagte Keme und zeigte seinen Presseausweis.

»Und wenn schon! Warten Sie hinten!«

Omovo sagte: »Ist schon gut. Paß auf dich auf!«

In dem Raum befanden sich ein paar schwarzgestrichene Stühle. Omovo mußte sich mit dem Rücken an die Wand stellen. Der Geschäftsführer war nirgendwo zu sehen. Nur unbekannte Gesichter.

»Warum haben Sie das Bild gemalt?«

»Ich habe es einfach gemalt.«

»Sie sind ein Reaktionär.«

»Ich habe gemalt, was ich zu malen hatte.«

»Sie wollen uns wohl auf den Arm nehmen, hm?«

»Ich habe einen Zeitungsbericht gelesen. Ich habe eine Auseinandersetzung gehört. Ich habe eine Idee gehabt. Ich mußte das malen, also habe ich es gemalt.«

»Sie sind ein Reaktionär.«

»Sie legen eine verborgene Bedeutung in das Bild hinein!«

»Sie verhöhnen unsere Unabhängigkeit.«

»Ich bin kein Reaktionär. Ich bin ein ganz normaler Mann, ein Mensch. Ich mühe mich ab, in den Bus zu kommen, ich werde beiseite geschubst, ich gehe zur Arbeit, und jeden Tag komme ich an dem schmutzigen Bach in Ajegunle vorbei.«

»Sie verhöhnen unseren großen Fortschritt.«

»Meine Mutter ist gestorben. Meine Brüder sind zu Hause rausgeworfen worden, und ich bin nicht glücklich. Nichts ist so, wie es sein könnte.«

»Wir sind eine große Nation.«

»Ich bin ein Mensch.«

»Sie haben nicht das Recht, uns zu verhöhnen.«

»Ich mußte es einfach malen, und so habe ich es getan.«

»Sie sind ein Aufrührer. Warum haben Sie sich den Kopf kahlgeschoren?«

»Es war so eine plötzliche Laune. Da habe ich ihn kahlgeschoren. Das ist Freiheit oder nicht? Verstößt das gegen den nationalen Fortschritt?«

»Ihr Name? Wie ist Ihr Name?«

»Omovo.«

»Ihr voller Name?«

»Om...ovo...«

»Wir werden das Gemälde ›Treibgut‹ beschlagnahmen.«

»Warum?«

»Dies ist ein dynamisches Land.«

»Warum wird mein Bild beschlagnahmt?«

»Wir lassen uns in diesem Land nicht treiben, auch nicht in der Phantasie eines schlechten Künstlers, ist das klar?«

»Malen ist doch nicht illegal, oder?«

»Sie bekommen Ihr Bild zu gegebener Zeit wieder. Wenn überhaupt. Sie können gehen, aber ich warne Sie. Beim nächstenmal kommen Sie nicht so glimpflich davon.«

»Ist es illegal zu malen? Das möchte ich doch wissen.«

»Wenn ich Ihnen einen guten Rat geben kann, stellen Sie keine Fragen mehr!«

»Ist es illegal?«

»SIE KÖNNEN JETZT GEHEN!«

Omovo verließ den Raum. Auf seinen Lippen lag ein seltsames, verhaltenes Lächeln. Dr. Okocha und Keme eilten auf ihn zu. Bevor sie etwas sagen konnten, hob Omovo die Hände und sagte: »Sie haben nur versucht, mich mit Beschuldigungen und Fragen einzuschüchtern. Ich hatte nichts zu befürchten. Ich kann nichts dafür, wenn sie sich irgendwas aus den Fingern saugen.«

Das Gemälde war fotografiert worden, ehe es aus der Ausstellung entfernt wurde. Die für Kunst zuständige Redakteurin, der Omovo zugehört hatte, schrieb später einen intelligenten Artikel über den Seelenzustand der modernen nigerianischen Gesellschaft. Als Aufhänger benutzte sie das Mißgeschick des Bildes und ihre Deutung des Gemäldes. Omovos Name wurde nicht erwähnt. Am folgenden Tag erschien ein zweispaltiger Bericht in der *Everyday Times*. Der Artikel war schlecht gedruckt. Omovos Name war falsch geschrieben, und das Foto des Gemäldes war dunkel und undeutlich.

Omovo verließ die Galerie gleich nach dem unangenehmen Zwischenfall. Er ging die dunkle Straße hinab. Die Palmwedel rauschten und schwankten im Wind. Frauen priesen ihre Waren an. Autos wendeten gefährlich. Omovo machte sich düster seine Gedanken. Keme kam hinter ihm her, er schob sein Yamaha-Motorrad. Nachdem sie eine ganze Weile schweigend die Straße entlanggegangen waren, sagte Keme: »Nimm's nicht so schwer, Omovo. Die ganze häßliche Geschichte bestätigt dich ja nur. Komm, laß uns zum Hotel Ikoyi gehen, und anschließend kannst du ja, wenn du Lust hast, in den Ikoyi Park gehen und über die Sache nachdenken.«

Omovo stieg auf den Rücksitz. Keme trat auf den Kickstarter und fuhr mit hohem Tempo ins Dunkel des verdorbenen Abends.

6

Der Abend verlief schlimmer, als sie sich überhaupt hätten vorstellen können.

Im Hotel Ikoyi traf Keme einen ehemaligen Klassenkameraden, den Sohn eines wohlhabenden Geschäftsmanns. Auf der Schule hatte er Jungen angeheuert, um seine Wäsche zu waschen und Botengänge für ihn zu machen. Er war bei der Abschlußprüfung durchgefallen, und später hörte man, daß er ein »hohes Tier« in der Firma seines Vaters geworden war. Keme winkte ihm zu. Der Klassenkamerad nickte und blickte fort. Keme glaubte, der junge Mann habe ihn nicht wiedererkannt. Omovo sah, wie Keme auf seinen Klassenkamerad zuging, und konnte von Kemes Lippen ablesen, was dieser sagte. Dann rief der ehemalige Klassenkamerad: »Na und? Ich habe weder Geld noch einen Job für irgend jemanden, ist das klar?«

Keme rannte aus der Empfangshalle des Hotels. Omovo folgte ihm. Draußen sah er, daß Kemes Gesicht vor Empörung glühte. Keme stammte aus einer armen Familie, und es verging kein Tag, an dem er nicht daran erinnert wurde. Die Schwierigkeit, im Dschungel von Lagos zu überleben, ließ ihn besonders empfindlich auf Beleidigungen, die sich auf seine finanzielle Lage bezogen, und auf soziale Demütigungen reagieren. Er sprang auf sein Motorrad und setzte es wütend in Gang, als wolle er die Tretmühle seines Lebens leugnen. Das Motorrad machte einen Satz nach vorn. Keme riß an der Handbremse. Omovo stand da und sah zu, wie der Freund seine Wut an der Maschine ausließ. Schließlich kam Keme zur Ruhe, atmete tief ein und sagte: »Laß uns in den Park gehen.«

Kemes Gesicht war noch deutlich von Wut gezeichnet. »Für wen hält sich dieser verdammte Kerl eigentlich! Als ob ich ihn anpumpen oder ihn um einen Job bitten würde, hm! Was glaubt dieser Scheißkerl eigentlich?«

»Keme, laß mich fahren.«

Keiner der beiden sagte ein Wort, als sie zum Park fuhren. Der Wind war kalt. Omovo spürte, wie sein Gesicht brannte. Es war, als ob sich die Luft mit Händen greifen ließ. Die Lichter der Stadt fun-

kelten. Autos hupten und schossen an ihnen vorbei. Motorradfahrer rasten mit flatternden Hemden herausfordernd die Straße
entlang, als peitschte ein wahnsinniger Geist auf sie ein. Der Fahrt-
wind im Gesicht und in den Ohren, allein das Tempo und die Empfindung, daß Dinge vorbeisausten und verschwanden, erfüllten
Omovo mit einem Gefühl des Rausches. Die Maschine surrte unter dem Druck seiner Hand. Er hatte Kopf und Schultern vor-
gebeugt, so daß er wie jemand aussah, der sich einem riskanten
Ritual unterzog. Er hob und senkte den Oberkörper rhythmisch,
schwenkte mit dem Motorrad nach links und rechts und fuhr in
Kurvenlinien über die breite Straße. Dann blendete in der Ferne ein
Auto ab, das mit hohem Tempo auf sie zukam. Keme klammerte
sich an ihn. Omovo umklammerte die Bremse und verlangsamte.
Der Augenblick ging vorüber. Omovo fühlte sich richtig lebendig.
Sein Inneres war von Musik erfüllt. Seine ganze Welt konzentrierte
in einer Vision reibungsloser Bewegung durch seltsame Stätten.
Keme zitterte vor Angst hinter ihm. Er war sich nicht sicher, ob
Omovo auf diesem ekstatischen Niveau das Motorrad noch unter
Kontrolle hatte.

Die Leute kamen aus dem Park, als die beiden eintrafen. Es wurde
allmählich Abend. Der Himmel über den Bäumen wirkte wie eine
fahle, aschgraue Beleuchtung. Die Wolken mit ihrem schwachen
inneren Schimmer warfen ein gespenstisches, silbriges Licht auf die
Baumwipfel.

Die beiden gingen unter den Bäumen spazieren und redeten über
das Leben. Keme erzählte von seiner armen Mutter, die hart arbeitete und an ihn glaubte, und von seiner kleinen Schwester, die seit
drei Jahren verschwunden war. Sie hatten sich damit abfinden müssen, daß sie wohl tot war. Der Gedanke an sie ließ Keme nicht los.
Er fühlte sich für ihren Tod verantwortlich. An jenem verhängnis-
vollen Tag hatte er ihr aufgetragen, Brot zu holen und ja nicht ohne
Brot wiederzukommen. Er hatte es im Scherz gesagt. Zu jener Zeit
war Brot sehr knapp. Sie ging los und kehrte nie zurück. In der Zeitung wurden Anzeigen veröffentlicht. Kemes Familie veranlaßte
die Polizei, Nachforschungen anzustellen. Sie beauftragten Kräuterheiler. Sie suchten endlos. Ohne Erfolg. Sie wurde nie gefunden.
Als sie durch den Park liefen, zerbrachen Zweige knackend unter
ihren Füßen. Blätter raschelten. Leere Blechdosen, an die sie zu-

fällig stießen, schepperten in der Dunkelheit. Keme kletterte auf einen Baum und schaukelte an einem Ast. Omovo setzte sich an einem Bach, der kaum breiter war als eine Schlange, auf den Boden. Nicht weit von der Stelle, an der er saß, befanden sich schmale Holzstege. Omovo betrachtete das Spiel von Licht und Schatten auf der metallisch glänzenden Wasseroberfläche. Dabei bemerkte er die verzerrten Umrisse von Bäumen, Wolken, Vögeln und Menschen. Er dachte über die surrealistische Eigenschaft verzerrter Spiegelungen nach und darüber, wie außergewöhnlich die wahrgenommene Welt wird, wenn sich vertraute Bilder durch eine objektive Sicht zu neu arrangierten Teilen ordnen.

Während er dort saß, von Gelassenheit erfüllt, ließ der Schmerz darüber, daß er sein zweites Gemälde verloren hatte, nach. All das war irgendwo in Zeit und Raum geschehen. Ein Hauch von Lebendigkeit durchzuckte ihn. Er atmete tief ein und konzentrierte sich auf seine Gedanken. Er versuchte, sich im Geist das Bild vor Augen zu halten, wie er malte, lebte und sich abmühte. Vorübergehend erfüllte ihn das mit Freude.

Keme schlug vor, zum Strand auf der anderen Seite des Parks zu gehen. Sie machten sich auf den Weg. Das Gras war dunkel. Die kräftigen Wurzeln der Bäume lagen wie braune Schlangen über der Erde. Überall bewegten sich Zweige hin und her. Blätter fielen wirbelnd zu Boden. Omovo hörte den Schrei einer Eule. Die Bäume waren würdevoll wie Hüter furchtbarer Geheimnisse. Der ganze Park war durchdrungen von der Stille und Nebelhaftigkeit von Dingen, die man in vergessenen Träumen erlebt hat.

Das Gemurmel des Ozeans lockte die beiden an. Der Sand schimmerte. Das Ufer lag weiß im Mondlicht. Ein paar Leute waren noch da. Keme setzte sich ans Ufer und versuchte Krebse zu fangen. Omovo legte sich auf den Boden und beobachtete, wie die Wellen heranrollten, anwuchsen und vorwärtsstürmten wie ein riesiger flüssiger Kolben, ein endloser Gefühlsausbruch. Dann schlugen die Wellen am Ufer auf, und die Wassertropfen spritzten überallhin. Wenn die Bewegung vollendet war, rollten die Wellen in sich zurück, und Omovo spürte bis in den Magen, wie ein Beben durch die Erde ging. Das anhaltende Brausen des Meeres wurde zu einem urzeitlichen Geräusch.

Die Nacht kam Omovo wie eine ruhige Geliebte vor, die die Leidenschaften des Ozeans erduldete. Keme saß dort, schlief und träumte. Omovo fühlte sich befreit. Seine ganze Welt ballte sich zu einem kristallenen Moment zusammen. Die Zeit verschwand. Meer, Nacht und Himmel verhüllten sich und verschmolzen zu einem Ganzen.

Dann wurde der erhabene Moment gestört. Mücken kamen in boshaften Scharen. Die Kälte drang bis in die Knochen. Das Gemurmel des Ozeans wurde eintönig. Der Dunst des Himmels wirkte betäubend. Die Geräusche wurden durchdringend und anhaltend. Das Wesen der Nacht wandelte sich unmerklich. Keme stand auf und rannte am Strand auf und ab.

»He, Omovo, laß uns gehen. Es sieht so aus, als wären wir die einzigen hier.«

Seine Stimme war schrill und verschmolz mit dem Flüstern der Nacht. Omovo stand auf, klopfte sich den feuchten Sand von der Hose und machte ein paar Kung-Fu Bewegungen.

»Ich hab nicht gewußt, daß du Karate kannst.«

»Früher mal. Meine Beine sind verdammt steif. Ich hab es schon lange nicht mehr gemacht.«

»Laß uns gehen.«

Omovo konnte Kemes Gesicht nicht sehen. »Herrjeh! Es ist ja schon ganz dunkel!«

»Hast du das etwa nicht gemerkt?«

»Nein. Ich hatte mich ganz in mich zurückgezogen.«

Sie gingen los und versuchten den Weg zum Eingang wiederzufinden. Plötzlich war die Nacht noch schwärzer. Und das beunruhigte sie.

»Omovo, wir haben uns verirrt.«

Kemes Stimme, von der Nacht erstickt, klang dadurch scherzhaft. Sie gingen ans Ufer zurück und versuchten den Weg wiederzufinden, auf dem sie anfangs hergekommen waren. Es war hoffnungslos. Irgendwo in der Dunkelheit schrie dreimal eine Eule. In der Ferne erklang schrilles Glockengeläut. Das Rauschen der Brandung vergrößerte ihre Angst.

»Wir können uns nicht verirrt haben. Irgendwo muß es doch einen Ausgang geben.«

Omovo erkannte die eigene Stimme nicht wieder. Doch er erkannte die Angst in ihrem schroffen Ton. Die Nacht verschlang alles, eine protoplasmaartige Masse. Die Dunkelheit war lebendig. Die Sicht beschränkt. Omovo, dessen Sinne wie gelähmt waren, nahm eine Gestalt wahr, die in ihrer Nähe stand. Die Dunkelheit verlieh ihr ein unheimliches Äußeres.

»Keme, da ist jemand!«

»Wer?«

»Wie soll ich das wissen?«

Sie waren still. Sie warteten. Ihre Nerven wurden von der Zeit auf die Probe gestellt. Kemes Atem ging schwer, schien von der aufsteigenden Angst schneller zu werden.

»Das ist kein menschliches Wesen.«

»Woher weißt du das?«

»Das ist ein Stock oder ein Baum.«

»Dann geh hin und faß ihn an.«

»Ich gehe nicht.«

»Du Feigling!«

»Na gut, dann bin ich eben ein Feigling.«

Sie gingen um Bäume herum, über Stege, und gelangten auf ein freies Gelände mit Gras und Blumen. Wohlgerüche erfüllten die Luft.

»Was sollen wir tun, hm?«

»Sollen wir rufen?«

»Nein, das bringt nichts.«

Über ihnen schrie mehrmals eine Eule. Sie schwiegen. Der geisterhafte Klang schwebte wie ein schlechtes Omen durch die Luft. Keme schrie auf. Omovo spürte, wie seine Eingeweide zu Eis erstarrten. Kälte durchlief seinen ganzen Körper. Er dachte verzweifelt: »Dies ist ein stummes Drama. Bald ist es vorbei.«

Keme umklammerte seinen Arm. »Da ist ein Licht neben diesen Häusern.«

»Das ist kein richtiges Licht.«

»Woher weißt du das? Das ist ein Hoffnungsschimmer.«

Sie gingen auf das Licht zu. Sie stolperten. Sie stießen mit dem Fuß gegen irgendwelche Dinge. Sie traten in kleine Bäche, und ihre Schuhe wurden naß. Sie kletterten über Holzstege und erschraken über den Hall ihrer Schritte. Es war eine Sackgasse. Das Licht kam aus einem Haus, das noch im Bau und durch Wasser und Stacheldraht vom Parkgelände getrennt war.

»Laß uns hindurchwaten.«

»Damit uns ein abgerichteter Hund den Schwanz abbeißt, hm?«
Sie machten kehrt und bahnten sich aufs Geratewohl einen Weg
durch die Hindernisse in der Dunkelheit.
»Das ist ein verdammter Reinfall.«
»Nein, Mann, die Nacht zieht Bilanz und fordert, was ihr zusteht.«
»Dann ist sie verdammt selbstsüchtig.«
Omovo dachte: »Mann, das stumme Drama wird gefährlich.« Die
Nacht war zum Ritual geworden: zu einem Stück, das von den
dunklen Bäumen aufgeführt wurde.
»Hör zu, Omovo, das ist kein Scherz mehr. Meine Mutter wartet
zu Hause. Auf diese Weise ist meine Schwester...«
»Sei still, Keme! Du machst es nur noch schlimmer.«
»Omovo, tu doch nicht so! Du hast doch genau solche Angst wie
ich!«
»Noch mehr sogar.«
Die Bäume waren brütende, wachsame Gestalten. Das Buschwerk
nahm verschiedene Formen an. Der Wind heulte wie besessen, und
die tosende Brandung untermalte die verschiedenen Schrecken.
Zum Glück entfaltete dann der Mond seinen sanften Glanz. Doch
als die bleichen Strahlen des Mondlichts hinter einer dicken Wolke
verschwanden, wurde das Parkgelände wieder dunkel.
»Gott treibt sein Spiel mit uns.«
»Wir sind im Zoo.«
Blätter raschelten. Zweige knackten und zerbrachen unter ihren
Füßen. Leere Blechdosen schepperten. Schritte tapsten davon.
Keme stieß mit dem Fuß gegen etwas und stolperte schwer.
Omovo knurrte: »Du alter Dummkopf. Steh auf und laß uns ma-
chen, daß wir hier rauskommen, solange der Mond noch seine
Scherze treibt.«
Seine Stimme klang gekünstelt. Dann schrie Keme auf. Es war ein
einsamer Laut. Omovo blieb das Herz fast stehen, und es war ihm,
als habe eine eisige Faust seine besseren Teile mit gnadenlosem
Griff gepackt. Keme schrie noch einmal auf. Und diesmal wußte
Omovo, daß der Alptraum Wirklichkeit geworden war.
»Omovo, Omovo, komm und sieh dir das an...«
Omovo stürmte hinter das Gebüsch. Sein Freund kniete neben
einem Körper.
»Omovo...«

»Hör auf, meinen Namen zu schreien!«

»Entschuldige. Ich glaube... das ist...«

»Tot?«

»Ja...«

»Hast du ein Streichholz?«

Sie zündeten ein Streichholz an und schirmten die Flamme mit der hohlen Hand ab. Es war die Leiche eines Mädchens. Sie war verstümmelt. Das Haar war grob geschoren worden. Die Augen waren halboffen. Die Lippen waren unnatürlich geschwollen. Die Zähne schimmerten. Um den Hals hing ein Bronzekreuz. Es baumelte dicht über der Erde. Das geblümte Baumwollkleid des Mädchens war zerrissen und blutbefleckt. Der Unterkörper war mit einem weißen, übelriechenden Tuch bedeckt. Die Kleine war barfuß. Sie war höchstens zehn. Und sie war hübsch. Auf ihrem Gesicht lag ein bleicher, leerer Ausdruck. Omovo stieß einen leisen, hilflosen Schrei aus. Dann flackerte das Streichholz. Schatten hüpften, und das Licht erlosch. Die Nacht war still. Der Schock entlud sich in ihren Köpfen. Omovo überkam ein seltsames bitteres Gefühl. Und dann hatte er den Eindruck, all das schon einmal erlebt zu haben.

»Das ist ein Ritualmord.«

Für Keme hatte die Nacht den Sperrgürtel zum Alptraum überschritten. Sie brachte jäh das Entsetzen zurück, den Vater und die Schwester verloren zu haben. Ein undeutliches Bild des Bösen tauchte beschwörend vor ihm auf.

»Wir müssen etwas unternehmen.«

»Ja, das müssen wir.«

Omovo blickte Keme an. Das aufleuchtende Mondlicht schimmerte auf seinem Gesicht. Irgend etwas war mit Kemes Gesicht geschehen. Es hatte sich in etwas steinhartes Abstraktes verwandelt. Omovo spürte, wie seine Kopfhaut vor Kälte erstarrte, als hätte sich ein Paar unsichtbarer, eisiger Hände auf seinen Schädel gelegt. Er erschauerte. Dann wurden die Auswirkungen von Angst und Entsetzen deutlich.

»Wir können sie nicht mitnehmen und auch nicht einfach eine Anzeige machen.«

»Ja, sonst werden wir als erste verdächtigt. Mein Gott, das ist ja verrückt...«

»Sinnlos…«

»Mein Gott, ich muß die Sache bis zum Schluß verfolgen. Das ist idiotisch…«

»Laß uns zu Dele gehen und die Polizei anrufen. Anonym.«

»Ja. Aber erst müssen wir sehen, wie wir hier rauskommen.«

»Ich hoffe, daß dein Motorrad noch da ist.«

»Das sehen wir später. Das ist alles…«

»Hast du keine Angst mehr?«

»Nein. Ich bin wütend. Was für eine Scheißnacht…«

»Los, komm, laß uns gehen. Ich hab das Gefühl…«

Sie gingen schleppend los und suchten noch weitere zehn Minuten, bis sie schließlich den Ausgang gefunden hatten. Es war, als hätte die Nacht sie aus ihrem schrecklichen Bann befreit. Der Mond schien hell. Kemes Motorrad stand noch hinter dem Busch, wo er es versteckt hatte. Sie stiegen auf.

»Das war ein verdammter Alptraum.«

»Es kann sein, daß er noch nicht zu Ende ist.«

Schweigend fuhren sie zu Dele. Sein Vater öffnete die Tür, als sie klingelten. Er war klein und gutaussehend. Er hatte fingerbreite Stammesmale im Gesicht. Er rief: »Dele, awon ore wa ibiyi-o. Deine Freunde sind da.«

Dele kam herunter. Er hatte in seinem Zimmer ferngesehen. Sie nahmen ihn beiseite, sagten ihm, was sie vorhatten, und erzählten, was sie erlebt hatten. Keme machte den anonymen Anruf bei der Polizei. Eine uninteressierte, schläfrige Stimme am anderen Ende nahm mürrisch die Meldung entgegen und versprach, der Sache nachzugehen. Dele erzählte Omovo, daß eine seiner Freundinnen ein Kind von ihm erwarte. Er hatte versucht, das Mädchen zu einer Abtreibung zu überreden, doch es hatte sich geweigert. Omovo hörte nicht zu. Er gab zustimmende Geräusche von sich und sagte kurz darauf, daß er gehen müsse. Auf dem Weg nach draußen sagte Dele: »Da sieht man mal wieder, wie Afrika seine Jugend zugrunde richtet…« Dann fügte er hinzu: »Afrika ist kein Land für mich. Deshalb gehe ich in die Staaten…«

Auf der Fahrt nach Hause sprachen sie kein Wort. Keme setzte Omovo an der Badagry Road ab. Es war sehr dunkel. Er sah alles noch deutlich vor sich. Die Erfahrung war noch ganz neu: neu und furchtbar.

7

Als Omovo nach Hause ging, nahm er das rege nächtliche Treiben um sich herum nicht wahr. Die Orangenverkäuferin erhob die Stimme, als er mit schwerem Schritt an ihr vorbeiging. Eine Frau, die *akara* und *dodo* verkaufte, rief ihm etwas zu. Als er an ihr vorbeilief, ohne den Kopf zu heben, murmelte sie:»He Kahlkopf! Du tust wohl die ganze Welt auf deine Glatze tragen, was?« Omovo beschleunigte den Schritt. Aus dem Hotel drang laute, schrille Musik. Auffallend gekleidete Prostituierte lungerten betrunken auf der Straße herum. Omovo ging vorüber, ohne einen Blick auf die Wandmalereien zu werfen, die von Dr. Okocha stammten und das ansonsten düster wirkende Hotel verschönerten.

Omovo wurde zunehmend aufmerksamer, als er die Büsche in der Nähe seines Compounds erreichte. Sie wirkten in der Dunkelheit wie eine Masse aus Schatten. Babys waren an dieser Stelle ausgesetzt, Frauen dort vergewaltigt worden, und klagende Laute ertönten aus den Büschen, als sei teuflisches Leben in sie gefahren.

Omovos Herz schlug schneller, als er die vertraute Stimme der Frau seines Vaters hörte. In jenem heiseren, wenn auch sanften Ton, der typisch für sie war, unterhielt sie sich lachend mit einem Mann in einem Wickeltuch. Nichts war klar. Omovo war verwirrt. Er wußte nicht, ob er weitergehen oder umkehren sollte. Seine Beine trugen ihn weiter. Er ging so dicht am Rand der Straße entlang, daß er mit dem Hemd die Zweige und trockenen Blätter streifte.

Als Omovo das Haus betrat, war sein Vater wütend auf ihn. Er hielt plötzlich im Hin- und Hergehen inne, wandte sich um und redete hastig auf Omovo ein. Der Grund für seine Wut war nicht klar. Er brummte ein paar Worte, aus denen Omovo nur alten Groll und vergessenen Hader heraushören konnte. Irgend etwas über die Hexerei von Omovos Mutter, und daß sie für seinen augenblicklichen Zustand verantwortlich sei. Und dann noch etwas über Schulden. Während der Vater redete, traten die Falten in seinem Gesicht und die blutroten Äderchen in den Augen deutlich hervor. Sein Gesicht schien geschrumpft und sein Mund vor wirrer Leidenschaft zusammengepreßt. Im ersten Moment empfand Omovo Wärme und Liebe. Im nächsten matte Gleichgültigkeit.

»Papa, wo ist Blackie?«

»Das geht dich nichts an. Laß sie aus dem Spiel. Ich habe sie losgeschickt, um Milch zu kaufen.«

Omovo entgegnete nichts. Er sah zu, wie sein Vater immer wieder rund um den Eßtisch ging. Und dann erinnerte er sich an so manches: Sein Vater war hinter anderen Frauen hergewesen, während seine Mutter im Sterben lag, seine Brüder waren aus dem Haus gejagt worden, als sie mit dem Vater darüber gesprochen hatten, wie ziellos ihr Leben war. Sein Vater blieb stehen und beschwerte sich nun darüber, wie nutzlos all seine Kinder waren und wie grausam Gott ihm gegenüber in dieser Hinsicht gewesen war. Er sagte es mit betrübter, leidenschaftlicher Überzeugung. Und all seine Handlungen riefen den Eindruck hervor, als entsprängen sie einer fieberhaften Besessenheit.

Die weißen Schriftstücke lagen noch immer auf dem Tisch. Sie waren offensichtlich nicht angetastet worden, seit Omovo sie zuletzt gesehen hatte. Ihr Anblick weckte in Omovo die Erinnerung an grenzenlos überzogene Konten, an Prozesse, an ein Heer von Gläubigern, an Zahlungsforderungen, an gescheiterte Einfuhrgeschäfte.

Sein Vater hob eine Flasche *ogogoro* an die Lippen. Omovo ging hastig in sein Zimmer, während sein Vater die *ogogoro*-Flasche mit einer gewissen Würde absetzte und seine nörgelnden Worte dem trübseligen Wohnzimmer entgegenhielt.

In seinem Zimmer wirbelten Omovo die Ereignisse des Tages durch den Kopf. Er holte sein Notizbuch hervor und schrieb:

Gedanken nehmen Form an und verfolgen mich. Meine Zeichnung ist gestohlen worden. Heute ist mein Gemälde von Regierungsbeamten beschlagnahmt worden. Das Ganze ist ein Teufelskreis. Das böse Omen hat sich erfüllt: ein stummes Drama des Verlusts. Heute abend bin ich durch eine Landschaft von Alpträumen gegangen. Die friedliche Nacht hat sich in Entsetzen verwandelt. Keme war zutiefst verletzt: So habe ich ihn noch nie erlebt. Dele ist bald ungewollt Vater; er hat eine Bemerkung über Afrika gemacht, das seine Jugend zugrunde richtet. Armes, verstümmeltes Mädchen – warum hat man dir das angetan? Ein Opfer an die afrikanische Nacht? Was kann ich oder jemand anders tun? Mich verstecken? Anonym bleiben? Eine schmutzige Geschichte.

Er hielt inne. Dann schrieb er weiter:

Als wir klein waren, haben uns unsere Eltern oft vor der Dunkelheit Angst gemacht. ›Geh bloß nich hin da. Da is das Juju‹, sagten sie. Als wir älter wurden, hat die Angst nachgelassen. Wir haben gemerkt, daß wir unter den Bäumen hergehen konnten, ohne daß uns die Dunkelheit einen Schlag auf den Kopf versetzte. Der Tag ist hell. Alles scheint gegenwärtig zu sein. Wir haben die Angst vor der Dunkelheit verloren. Aber wir haben nie die Angst vor dem verloren, was möglicherweise in der Dunkelheit verborgen war, die Angst vor ihrem schrecklichen Geheimnis. Das ›Juju‹ nimmt verschiedene Formen im Kopf und im Land an. Jetzt hat das ›Juju‹ eine Menschenseele gefordert. Die Erde fordert, was übrig bleibt. Das Wasser wäscht sich die Hände…

Er hörte auf zu schreiben. Schreiben schien zwecklos zu sein. Wellen der Übelkeit durchliefen ihn, und in einem Anflug von Ekel warf er das Notizbuch an die Decke. Das Buch flog in hohem Bogen durch die Luft und schlug gegen die Wand, so daß einige der Schneckenhäuser, die dort hingen, herabfielen. Die Schneckenhäuser prallten auf dem Boden auf und zersplitterten. Dieses Geräusch hallte in seinem Kopf wider. Als alles wieder ruhig war, dachte er: »Gut. Etwas Überflüssiges hat den Platz gewechselt.«
Er legte sich ins Bett und schlief ein.
In jener Nacht hatte er einen Traum. Er wachte schweißgebadet auf. Er griff nach dem Notizbuch und schrieb den Traum so auf, wie er sich an ihn erinnerte. Im restlichen Teil der Nacht konnte er nicht schlafen, das glaubte er jedenfalls. Doch der Schlaf kam. Barmherzig.

AUSZUG AUS EINEM NOTIZBUCH

Ich ging durch einen dunklen Wald, als es geschah.
Die Bäume wurden zu Nebel. Und als ich zurückblickte, sah ich das tote Mädchen. Es kam unverwandt auf mich zu, hatte weder Nase noch Mund.
Nur zwei glänzende Augen. Es folgte mir überallhin.
Ich sah ein Licht am Rand des Waldes und rannte darauf zu. Ich erreichte es nicht.

Zweites Buch

1

Omovo kam von dem toten Mädchen nicht los. Es verfolgte ihn bis in seine Träume und suchte seine Erinnerung heim. Es ließ ihn an ein Ereignis denken, das er während des Bürgerkriegs in seiner Heimatstadt Ughelli miterlebt hatte. Damals war er neun gewesen. An jenem Abend hatte sein Vater ihn losgeschickt, um ein paar Kräuter zu kaufen. Omovo hatte sich auf den Weg gemacht, um das Haus des Kräuterheilers zu suchen, und sich sehr bald verirrt. Er kam an einen großen Iroko-Baum. Er stellte sich unter den Baum und begann zu weinen. Niemand war in der Nähe. Er hatte die Sperrstunde überschritten.

Während er dort stand und weinte, sah er, wie eine Schar wilder Leute die Straße herunterkam. Sie waren mit Knüppeln und Keulen bewaffnet. Sie sangen und riefen in ihren Liedern dazu auf, die Ibos umzubringen. Dann gingen sie zu einer Hütte, die nicht weit von der Stelle entfernt war, wo Omovo stand. Sie liefen singend um die Hütte, schlugen die Tür ein und stürmten hinein. Dann sah er, wie sie einen alten Mann und ein Mädchen hinauszerrten. Sie schlugen auf den Mann ein, bis er nur noch ein blutiges, wimmerndes Häufchen Elend war. Das Mädchen nahmen sie mit. Omovo begriff nicht, was da passierte. Dann sah er, wie die Menge mit einem kräftigen Holzstamm auf die Hütte losging. Sie rammten die Hütte mehrmals. Plötzlich gaben die Wände nach, und das Dach stürzte ein. Die Menge brach in ein Freudengeheul aus. Und aus dem Inneren der Hütte drangen gedämpfte Schreie, die ihn aus unerklärlichen Gründen an Käfer erinnerten, die mit einer Flasche zerquetscht werden.

Als er nach Hause kam, schlugen ihn seine älteren Brüder, weil er so lange fortgeblieben war. Doch er weinte nicht, denn er wußte, daß er etwas Furchtbares gesehen hatte. Er hatte sich nie mit diesem verbotenen Anblick, mit dem Schandfleck dieser Nacht abfinden können. Immer wenn sich etwas Gewalttätiges vor seinen Augen abspielte, wurde er wieder zu jenem kleinen Jungen, der hilflos die Szene beobachtete. Und er konnte sich nie der Tatsache entziehen, daß auch er dadurch besudelt war.

In jener Woche erschien in der Zeitung ein einspaltiger Artikel über das tote Mädchen. In dem Artikel wurde nur zu sagen gewagt, daß es sich vermutlich um einen Ritualmord handele, und der Kommentar eines ungenannten Polizisten zitiert, daß solche Mordfälle fast unmöglich aufzuklären seien. Omovo sah Keme die ganze Woche über nicht, doch er konnte nicht den versteinerten Ausdruck vergessen, den Kemes Gesicht in jener Nacht angenommen hatte.

Am Samstagmorgen war Omovo in seinem Zimmer, als jemand anklopfte. Er öffnete die Tür. Es war sein Vater. »Ein Brief von Okur«, sagte er und warf den Brief auf den Tisch. Dann ging er wieder. Omovo hatte das Gefühl, als habe ihn plötzlich eine Geisterhand berührt. Er hatte sich mit seinen älteren Brüdern gut verstanden, auch wenn sie ihn oft geschlagen hatten, als er noch klein war. Im Laufe der Jahre schienen sie sich immer weiter auseinander entwickelt zu haben. Jeder zog sich in sich selbst zurück und kämpfte mit den eigenen Qualen. Omovo wußte nur sehr wenig über seine Brüder. Als er heranwuchs, waren sie in einem Internat in einem anderen Ort. Als er ins Internat kam, hatten sie die Schulzeit beendet. Immer wenn er in den Ferien nach Hause kam, sah er, wie sie niedergeschlagen, zerlumpt und unfreundlich im Haus herumlungerten. Und sie bekämpften sich oft gegenseitig. Erst nachdem sein Vater sie aus dem Haus geworfen hatte, ahnte Omovo, was für schwere Jahre sie hinter sich haben mußten. Besonders als die Mutter starb.

Omovo saß am Eßtisch und las den Brief. Er war kurz. Er hatte weder Datum noch Adresse. Die Handschrift war krakelig. Der Briefumschlag schmutzig. Und der Brief enthielt ein Gedicht. Okur schrieb oft Gedichte, wenn er deprimiert oder high war. Niemand nahm seine Gedichte ernst. Doch Verse daraus riefen oft ein Echo in Omovos düsterem Inneren hervor.

Der Brief lautete:

Hallo kleiner Bruder,
Ich mußte Dir einfach schreiben. Ich schlage mich auf einem Schiff durch. Es ist nicht leicht. Ich denke oft an Dich und an zu Hause, und dann würde ich am liebsten weinen, doch ich tue es nicht. Ich denke auch an Papa und versuche, ihn zu verstehen und ihm zu vergeben,

aber ich kann es nicht. Aber Du mußt versuchen, ihn zu verstehn und ihn so zu lieben, wie Du es immer getan hast. Versuch auch, ihm zu vergeben. Er ist schwach und müde. Ich habe kein Zuhause und kein Ziel, und jeden Tag, wenn ich mich betrinke, sehe ich die gefährlichen Dinge, die mir begegnen. Und ich prügele mich ziemlich viel. Umeh läßt grüßen. Er ist krank. Verletzt. Malst Du übrigens noch? Ich lege ein Gedicht bei, das ich gestern geschrieben habe. Omovo, wir haben alle einen schweren Verlust erlitten. Ich weiß, daß Du stark sein wirst. Deine Dich liebenden Brüder, Okur und Umeh. Paß auf Dich auf.

Omovo las den Brief mehrmals, hoffte, das Licht zu erkennen, das er in seinem Traum vergeblich zu erreichen gesucht hatte, hoffte ein Anzeichen des Lebens zu sehen, auf das Umeh an dem Tag, als die Brüder fortgegangen waren, angespielt hatte. Doch Omovo sah nur Selbstzerstörung. Als er den Brief hinlegte, wußte er, daß das Leben seiner Brüder dort in der Ferne ihm immer verborgen bleiben und daß das, was er als ihre Schande betrachtete, ihn immer belasten würde. Doch als Omovo das Gedicht seines Bruders las, empfand er etwas anderes: eine erwachende Einsicht in neue Möglichkeiten.

Als ich ein kleiner Junge war,
lief ich am weiten Strand entlang,
suchte nach seltsamen Korallen,
nach glänzenden Steinen.
Doch ich fand Zeichnungen im Sand,
und im Wind besangen Stimmen
den Schlüssel zu geheimen Wegen
über die endlosen Meere.

Das Gedicht sprach Omovo an: und er antwortete auf das Gedicht etwas. Als er sein Gedächtnis anstrengte, um zu versuchen, die weit verzweigten Fäden des eigenen Lebens und das seiner Brüder zu verknüpfen und ein Muster darin zu erkennen, dachte er: »Das Leben hat weder Muster noch Fäden. Ist es nicht sinnlos, in diesem Labyrinth etwas erkennen zu wollen?«
Er war unfähig, eine Antwort auf diese Frage zu finden, stand auf, ging in die Küche und holte sich sein Essen, das lieblos auf das

oberste Regal des schmutzigen Speiseschranks gestellt worden war.
Er bewegte sich wie benommen. Zerstreut begann er zu früh-
stücken. Es gab *eba* zu essen, und das war ihm zum Frühstück
etwas zu schwer. Der Brei war voller Klumpen, die in Raspel von
nicht eingeweichtem *garri* zerfielen, als er eine Handvoll davon
nahm. Die Soße war kalt und das Öl zu einer festen Masse erstarrt.
Das Frühstück schmeckte nicht, aber es war eßbar. Er schlang
mühsam den Teller *eba* hinunter.

Während er lustlos aß, dachte er über seinen letzten Traum nach.
Er erinnerte sich nur an Bilderfetzen und an die Worte, die er in
sein Notizbuch geschrieben hatte. Seine Gedanken drehten sich
auf einer wackligen Achse im Kreis, und kurz darauf spürte er, wie
sich pochende Kopfschmerzen ankündigten.
Widerstrebend wandte er seine Gedanken wieder der unmittel-
baren Wirklichkeit seines Lebens zu. Er blickte hinunter und sah
die Sprünge in dem *eba*-Teller. Der weiße Emailleüberzug der
Soßenschüssel war abgesprungen, und das Metall war verrostet.
Omovo nahm das einzige Stück Fleisch aus der Soße und steckte es
in den Mund. Es hätte genausogut ein Stück Gummi sein können.
Er sah sich im Wohnzimmer um. Es diente auch als Eßzimmer und
war durch ein kleines Bücherregal unterteilt. Seine Mutter hatte das
Regal vor langer Zeit gekauft, als sie noch in Yaba wohnten, und
jetzt war es das einzige irgendwie bemerkenswerte Möbelstück in
dem Raum.
Das Wohnzimmer war dürftig eingerichtet. Es gab vier gepolsterte
Stühle. Die Gestelle waren von Alter und Abnutzung mehrfarbig
geworden. Wenn sich jemand hinsetzte, knarrten die Stühle wie ein
kaum unterdrückter Furz. Die Polsterschonbezüge hatten eine
verblichene rote Farbe. Blackie wusch sie alle vierzehn Tage.
Omovo entdeckte mehrere Löcher in einem der Bezüge. Durch
die Löcher schimmerte unter den verwaschenen Bezügen die ursprüngliche Farbe des Polsterstoffes hindurch.
Zwischen den beiden Stuhlreihen stand ein überdimensional
großer Tisch. Der Tisch, der früher dort gestanden hatte, war an
dem Tag kaputt gegangen, an dem Umeh und Okur das Haus verlassen hatten. Omovo war sich nicht mehr sicher, ob nicht Umeh
nach hinten gestolpert und über den Tisch gefallen war, als sein

Vater ihn verprügelt hatte. Doch Omovo erinnerte sich noch gut an den Tag, als sein Vater dieses neue, überdimensionale Möbelstück mit nach Hause gebracht hatte. Sein Gesicht hatte einen Ausdruck, der besagte: »Ich bin immer gut zurechtgekommen und komme auch allein zurecht.« Als er den Tisch zwischen die Stühle stellte, blieb in dem Raum kaum noch Platz. Der Tisch war lächerlich groß. Das Gesicht seines Vaters nahm einen anderen Ausdruck an. Er zuckte die Achseln und räumte ein: »Zugegeben, er ist groß... Aber wir brauchen ein paar große Sachen in diesem Haus. Ja.« Später fand Omovo heraus, daß sein Vater den Tisch bei einem Zimmermann in der Nähe des Alabamarkts gebraucht gekauft hatte. Die Oberfläche war inzwischen voller Kratzer, Brandstellen und Flecken; das Ergebnis gleichgültigen Gebrauchs. Eines der Tischbeine war inzwischen kürzer als die anderen. Es war zerbrochen, als ein betrunkener Besucher auf einer Party seines Vaters gegen den Tisch gestolpert war. Der Zimmermann, der nicht richtig Maß genommen hatte, hatte ein zu kurzes Bein angebracht und für ein neues Bein mit den richtigen Maßen mehr Geld gefordert. Er war ein hünenhafter, lärmender Mann. Omovos Vater, der ihm nicht gewachsen war, brachte den Tisch mit gespielter Würde niedergedrückt nach Hause.

Die Wände waren ursprünglich marineblau gewesen. Inzwischen waren sie bis in eine Höhe außer Reichweite voller Fingerabdrücke und Schmutzflecken. Omovo konnte sich nicht erklären, wie die Flecken dorthin gekommen waren. Plötzlich überkam ihn eine Vision von Flecken und Schmutz. Er konnte nicht mehr atmen. Und erst, als er sich vorstellte, wie er die Wände neu streichen und das Haus putzen würde, verwandelte sich die Atmosphäre wie durch ein Wunder. Doch dann huschte eine Eidechse über die Wand, zerstörte seinen Wachtraum und holte ihn jäh in die Welt unzusammenhängender Geräusche zurück. Sein Blick fiel auf das Linoleum. Es war das deutlichste Symbol für den Zustand des Hauses. Es war verblichen. Der rotgestrichene Boden war durch die Löcher im Linoleum zu sehen.

Das Eßzimmer roch muffig. Es war der Geruch einer Küche, die einmal gründlich geputzt werden mußte.

Omovo dachte an seinen Vater, den er auf stumme Weise liebte. Der Mann tat Omovo leid und zugleich auch nicht. Omovo sah seinen Vater als Versager. Und doch bewunderte er ihn ein wenig dafür, daß er mit allen Mitteln den Schein einer gewissen Würde, die ihm noch blieb, aufrechtzuerhalten suchte: Versagen war kein Verbrechen. Omovo dachte an die impulsiven Handlungen seines Vaters. Dann bemühte er sich, nicht mehr daran zu denken. Die verschiedenen Gedanken mischten sich, nährten sich voneinander und verschwanden aus seinem Kopf. Dann machte sich das Gefühl des Verlusts wieder in Form einer leichten Übelkeit im Magen bemerkbar. Dann verschwand es wieder. Und ihm wurde da klar, daß er seine Begabung jeden Tag in irgendeiner Weise nutzen mußte; wenn er es nicht tat, würde er denselben zerstörerischen Trieben erliegen, denen seine Familie zum Opfer fiel.

Seine Gedanken wandten sich der Malerei zu, und er sah sich einer anderen Art von Leere ausgesetzt. Da waren nur nackte Bilder, Gespenster, Schatten. In diesem Augenblick wurde ihm auch klar, daß er aus seinem Traum etwas machen mußte. Er dachte: »Das wird nicht einfach sein. Eine Art Pilgerfahrt durch meine Gedankenwelt.«

Er seufzte, schüttelte den Kopf, wusch sich die Hände im Küchenausguß und ging in sein Zimmer.

Omovo mühte sich mit ein paar Skizzen ab. Die Versuche machten ihn ärgerlich. Er mußte die Umrisse erst in Gedanken vor sich sehen, ehe er zu malen begann. Gewöhnlich konnte er spontan arbeiten. Aber diesmal war die Sache anders. Dieses Bild mußte überredet, abgestimmt, erfaßt und freigesetzt werden. Bevor er es malen konnte, mußte er damit leben, davon besessen sein, die inneren Risse verbreitern und vertiefen, dunkle Zonen des Seelenleidens überwinden, alles Elend und alles Schöne hineinlegen und innerlich wachsen. Aber die Skizzen wirkten lächerlich. In einem Wutanfall zerriß er das Papier. In diesem Zustand befand er sich, als er durch lautes Hämmern gegen die Tür aufgeschreckt wurde. Er schrie voller Wut: »Wer hämmert wie ein Wilder gegen meine Tür?«

»Omovo! Omovo!... komm her und mach den Platz sauber, da wo du gegessn hast! Für was fürn Sklaven läßte dein Teller stehn, hm? Ich will hier kein Ärger, hörste?« ertönte Blackies Stimme, absichtlich so laut, um Aufmerksamkeit zu erregen.

»Was für einen Teller, sag mal?«

»Was fürn Teller? Das fragste mich? Erst ißte, was ich koche, und dann fragste mich, was für ein Teller, hm?«

»Das nennst du Essen? Diese Soße, die wie Spülwasser schmeckt, und das Fleisch, das so zäh ist wie Gummi?«

»Omovo, das hab ich gekocht, ich sags dir, ja, ich!«

Omovos Laune verbesserte sich: Er spürte die Provokation, die beim leisesten Anlaß zum offenen Streit werden konnte. Blackie war unbesiegbar im Streiten. Omovo hatte miterlebt, wie sie mehrere Frauen aus dem Compound mit Worten niedergemacht hatte. Er hatte auch gesehen, wie sie einem Mann auf den Leib gerückt war, der Omovos Vater wegen einer längst überfälligen Schuld zur Rede gestellt hatte. Der Mann floh, ehe sie mit ihm fertig war. Und er kam nie wieder, um sein Geld zu fordern.

»Okay, ist ja schon gut, ist ja schon gut«, schnurrte Omovo, als er aus seinem Zimmer trat. Er verstand die Zeichen auf ihrem tiefschwarzen Gesicht. Sie war klein, leicht reizbar und hinterlistig. Sie hatte saubere weiße Zähne, kleine Stammesmale auf den Wangen, einen wohlgeformten Körper, breite Hüften und eine streitsüchtige Veranlagung. Sie konnte aus scheinbar nichtigem Anlaß aufbrausen: eine Anspielung darauf, daß sie kinderlos war, konnte den Ton einer Unterhaltung gefährlich verändern; und jeder, der ihren Eimer benutzte, um Wasser zu holen, und ihn nicht an den richtigen Platz zurückstellte, bekam ihre scharfe Zunge zu spüren. Sie war eine unverbesserliche Klatschbase und verriet anderen Frauen oft »Familiengeheimnisse«, die in darauffolgenden Streits regelmäßig gegen sie verwandt wurden.

Sie war anfangs, nachdem sie ins Haus gekommen war, herzlich, verständnisvoll und aufopfernd gewesen. Omovos Brüder behandelten sie mit leichter Herablassung. Sie strengte sich sehr an, ihnen zu gefallen, und machte sich dabei manchmal zum Narren. Dann offenbarte sie allmählich ihre wahre Natur. Sie konnte gut heucheln. Sie horchte bei wichtigen Unterhaltungen am Schlüsselloch. Und als die beiden älteren Söhne das Haus verließen, sah sie ihre Chance. Da Omovo sich wenig um die Angelegenheiten im Haus kümmerte, konnte sie sich in das Herz seines Vaters einschleichen. Wegen der notwendigen kleinen Freuden des Lebens wurde der nach und nach von ihr abhängig. Und er schloß sogar mit ihr Geschäfte ab, von denen Omovo nichts wußte. Sein Vater entdeckte in ihr etwas, das Omovos Mutter nicht besessen hatte: die Bereitschaft, sich zu fügen, allem zuzustimmen, was er sagte, und den Wunsch, ihn stumm zu verehren. Nicht lange, nachdem sie ins Haus gekommen war, wurde sie schwanger.

Doch dann verlor sie das Kind: sie hatte eine Fehlgeburt. Sie starb fast vor Scham. Sie wurde krank und unfruchtbar. Sie entwickelte einen grausamen Zug. Sie beteiligte sich an geheimen Ritualen, unternahm seltsame Reisen, wurde an seltsamen, dunklen Orten gesehen. Omovos Vater stellte sie zur Rede, und sie bekannte, daß sie einen Kräuterheiler aufgesucht hatte, um herauszufinden, warum sie ihr Kind verloren hatte. Die Beziehungen im Haus wurden unausgewogen: Blackie verhielt sich Omovos Vater gegenüber loyal, kochte ihm die erlesensten Gerichte, aber behandelte Omovo mit Gleichgültigkeit. Sie hatten sich einmal heftig über das Essen gestritten, und danach begann Omovo, aus Angst, sie könne ihn vergiften, auswärts zu essen. Reste dieser schwelenden Spannungen fügten sich hin und wieder zusammen – und entluden sich in einem Streit. Omovo spürte, daß es wieder einmal so weit war.

»Blackie, ist ja schon gut«, sagte er noch einmal in ebenso lautem Ton wie sie. »Das hast du mir ja schon gesagt, warum schreist du dann noch? Warum machst du wegen dieser Kleinigkeit so einen Krach?«

Omovos Stimme war bewußt freundlich. In seinen Augen lag ein spöttisches Glitzern. Er blickte auf sie hinunter. Sie war ernst. Seine Stirn glänzte, und sein kahlgeschorener Kopf glich der Wölbung einer länglichen, zusammengedrückten Yamswurzel. Er wußte, daß er ulkig aussah. Normalerweise hätte sie gelacht, wie an dem Tag, als er sich den Kopf hatte rasieren lassen. Doch ihr Gesicht blieb ernst. Sie schien es darauf abgesehen zu haben, einen Streit mit ihm zu beginnen. Sie sah ihn nicht an, sondern starrte angespannt und kampfbereit zu Boden.

Als sie aufblickte, war Omovo entsetzt. Er sah Haß in ihren Augen. Es war nicht das erstemal. Er erinnerte sich, daß sie ihn mit ebensolcher Gehässigkeit angesehen hatte, als sie sich zum erstenmal begegnet waren. Ihre Ehe mit Omovos Vater war traditionell geschlossen worden. Erst am Morgen vor der Hochzeit erzählte der Vater Omovo und seinen Brüdern, was geschehen würde. Ihre

Mutter war erst ein knappes Jahr zuvor gestorben, und es traf die Söhne hart.

Keiner von ihnen nahm an der Feier teil. Okur und Umeh blieben bei Freunden, betranken sich und kifften sich zu. Sie kehrten erst zwei Wochen später nach Hause zurück. Omovo blieb nur während der Feier fort. Als er spät abends heimkam, sah er sich seinem Vater und Blackie gegenüber, die allein im Wohnzimmer saßen. Es hatte einen Stromausfall gegeben, es gab kein Licht, und die flackernde Kerze auf dem überdimensionalen Tisch deformierte ihre Gesichter und Schatten. Der Mann sah zu seinem Sohn auf. Und Omovo sah in seinen Augen lange Jahre des Leidens, des Verheimlichens und der Niederlagen. Dies war der erste richtige Sieg des Mannes, und keiner seiner Söhne war dagewesen, um diesen Augenblick mit ihm zu teilen. Nach langem, quälenden Schweigen bat er Blackie, niederzuknien und Omovo in traditioneller Form willkommen zu heißen. Es verging eine ganze Weile, ehe sie schließlich niederkniete. Und in ihren Augen lag dieser gehässige Blick, als sie ihn grüßte und hastig wieder aufstand. Er lächelte ihr zu, und sie starrte ihn grimmig an. Anschließend ging Omovo nach draußen und lief um das ganze Getto, um zu versuchen, sich von den Gefühlen zu befreien, die ihn zu ersticken drohten. Von jenem Tag an spürte Omovo, daß er nicht mit Blackie unter einem Dach leben konnte.

Ihre Stimme brachte ihn in die Gegenwart zurück. Sie sagte etwas und zog sich mit übertriebenen Gesten, in einer Art, die immer Streit bedeutete, das Wickeltuch enger um die Hüften.

»Ich mach Krach, sagste? Willste mich beleidign? Biste etwa so alt wie ich? Deine Mama hat überall so'n Krach gemacht, aber überall!« Omovo geriet in Wut. Jede, auch nur leicht geringschätzige Anspielung auf seine Mutter versetzte ihn in Wut. Genau das sollte diese Bemerkung erreichen: und das wußte er. Er ballte unwillkürlich die Fäuste.

»Wen willste denn verhaun? Du kannst doch nichts machn, hörste, du kannst nichts machn. Wills wohl mit mir kämpfn, was, mit mir kämpfn hm?«

Sie geriet außer sich, streckte dann die Hand aus und packte ihn am Hemd. Ihre entblößten Zähne blitzten, und ihr Atem streifte wütend seine Wange.

»Ich glaub, du willst mit mir kämpfn. Verhau mich doch! Verhau
mich doch, das will ich sehn! Verhau mich, jaaaa!«
Sie hob die Hände, als wolle sie ihm die Augen auskratzen. Er
zögerte. Um sich in Sicherheit zu bringen, blieb ihm nichts anderes
übrig, als Blackie zurückschieben. Unwillkürlich drückten seine
Hände gegen ihre Brüste. Er war verwirrt; und plötzlich erinnerte
er sich wieder daran, wie er seinen Vater mit ihr im Bett überrascht
hatte. Er fühlte sich seltsam, als schaute er sich selbst bei seinem
Tun zu. Er hatte sie wohl stärker als beabsichtigt zurückgeschoben,
denn sie wankte nach hinten, stürzte und schrie durchdringend:
»Omovo will mich um-bring-en, jaa!... Omovo will mir den Hals
bre-chen, jaa!«
Vom Lärm aufgeschreckt, kam der Vater aus seinem Zimmer gestürzt. Das Wickeltuch hing ihm lose auf den schmalen Hüften,
und sein Oberkörper war nackt. Die Falten, die sich deutlich auf
seinem Gesicht abzeichneten, zeigten, daß er aus dem Schlaf gerissen worden war. Das Alter, das Trinken und die Not hatten seinem
Gesicht ihren Tribut abverlangt. Er war unrasiert und roch schal
aus dem Mund nach Bier und Übermüdung. Blackies Schrei hatte
ihn erschreckt.
»Blackie, was ist los...? Omovo...!«
Sein Schrecken wurde zu echter Sorge, als er sie auf dem Boden
liegen sah. Sie rollte seltsam mit den Augen, rang nach Luft und
stöhnte.
»Dein Sohn hat mich verprügelt. Omovo hat mich verprügelt und
mir auf die Brust gehaun!!«
»Das ist nicht wahr, Papa. Sie tut nur so. Ich habe nur...«
»Omovo, halt den Mund!« schrie sein Vater, und seine geröteten
Augen blitzten auf. Dann fragte er sie:»Warum hat er das ge-
macht?«
Sie schluchzte eine Weile, ohne Tränen zu vergießen, und sagte
dann:»Nur weil ich zu ihm gesagt hab, er soll den Tisch abräumen,
wo er gegessen hat. Bin ich vielleich seine Sklavin? Soll ich das etwa
machn?«
Omovos Vater blickte auf und sah das Geschirr, das noch auf dem
Tisch stand.»Warum hast du nicht den Tisch abgeräumt, als du mit
dem Essen fertig warst? Warum? Warum kannst du einen armen
Mann nicht schlafen lassen, der den ganzen Tag gearbeitet hat, da-

mit ihr alle *eba* essen könnt? Warum habe ich keine Ruhe, wenn ich nach Hause komme? Was soll das alles? Omovo, paß auf, daß du mich nicht in Wut bringst, hörst du?«

Omovo sagte nichts. Er stand nur da und sah seinen Vater mit ruhigen, gleichmütigen Augen an, als könne dessen Ausbruch ihm nichts anhaben.

»Omovo, es gibt Dinge, die ich mir von dir nicht gefallen lasse, hörst du? Und hau jetzt ab, ich will dich hier nicht mehr sehen, du nutzloser Junge...«

Omovo blickte seinen Vater an. Aus den Augenwinkeln glaubte er ein triumphierendes Lächeln auf Blackies Lippen zu sehen.

»Ja, Papa. Ich erinnere mich, daß du das schon mal gesagt hast. Deswegen sind sie fortgegangen. Ich habe nicht vor, mich mit ihr um dich zu schlagen...«

»Omovo, halt den Mund. Bist du verrückt, daß du so mit mir sprichst? Du bist wohl nicht ganz klar im Kopf...« Der Vater richtete sich zu seiner vollen Größe auf.

»Is ja gut, mein Schatz, is ja gut«, flötete Blackie liebenswürdig.

Omovo ging aus dem Haus. Als er die Tür hinter sich zuschlug, hörte er, wie sein Vater ihn verwünschte und irgend etwas darüber sagte, daß er sich wie seine älteren Brüder benähme.

Draußen war es warm. Aber einen Augenblick lang erstarrte etwas in ihm zu Eis.

2

Als seine Brüder aus dem Haus geworfen worden waren, hatte Omovo sich innerlich genauso erstarrt gefühlt. Seine Brüder hatten sich dem Vater entfremdet. Diese Entfremdung machte sich in Gesten, unausgesprochenen Worten und Blicken bemerkbar. Die Brüder ergriffen immer Partei für die Mutter, wenn diese vom Vater geschlagen oder schlecht behandelt wurde. Insgeheim war Omovo über die Haltung seiner Brüder, die sich immer mehr vom Vater lösten, erschrocken. Er hatte oft gehört, wie sie sagten, sie würden sich zusammentun und den Vater verprügeln. Sie taten es nie. Ihre Verbitterung nahm zu, als der Vater sich weigerte, ihnen ein Studium an der Universität zu finanzieren. Sie waren beide klug und hatten ein gutes Abgangszeugnis. Sie erhielten die Zulassung zur Universität, doch ihr Vater sagte, er könne ihre Ausbildung nicht bezahlen. Es gab nur wenige Stipendien, und diese wurden innerhalb eines informellen Systems von Korruption und Vetternwirtschaft verteilt. Immer wenn das Thema Ausbildung im Haus angesprochen wurde, war der Vater mit ein paar aufmunternden Worten zur Stelle: »Ihr müßt selbst für euch sorgen. Das habe ich auch getan. Und wenn ihr nicht studieren könnt, macht eine Lehre. Glaubt ihr, ich wäre der geworden, der ich heute bin, wenn ich immer darauf gewartet hätte, daß jemand anders für mich sorgt? Nein! Außerdem habe ich auch nicht studiert.«
Da sie ihren Studienplatz an der Universität nicht in Anspruch nehmen konnten, weil sie die Gebühren nicht bezahlen konnten, und auch keine Arbeit fanden, weil es einfach keine Stellen gab, wurden sie unzufrieden und verbittert. Im Haus wurde die Kluft zwischen dem Vater und den Söhnen immer tiefer. Ihr Herz verhärtete sich. Sie zogen sich in sich selbst zurück. Sie verkörperten für den Vater eine schicksalhafte Strafe.
Als die Mutter starb, nahm die Spannung noch zu. Stundenlang, tagelang gingen die beiden Brüder aufgebracht im Haus auf und ab und beschuldigten den Vater, für den Tod der Mutter verantwortlich zu sein. Sie gingen weg und tauchten erst am Tag der Beerdigung wieder auf. Danach wurde ihre Auflehnung noch dreister. Sie

liefen mit struppigem Haar herum. Sie rauchten Marihuana. Sie brachten seltsame, wilde Freunde mit nach Hause. Sie tranken viel. Sie rauften sich. Und sie blieben abends lange fort. Sie lungerten im Wohnzimmer herum, und ihre Anwesenheit wurde unerträglich, bedrohlich. Sie sprachen selten mit ihrem Vater, und wenn, dann mit unmißverständlicher Frechheit. Dann entwickelten sie eine neue Leidenschaft. Sie wollten nach Amerika auswandern, wo sie hofften, gleichzeitig arbeiten und studieren zu können. Alle jungen Leute hatten diesen Wunschtraum, der durch Hollywoodfilme und Plattenhüllen beliebter Popmusiker genährt wurde. Doch für Omovos Brüder war es wirklich eine Flucht. Sie schmiedeten trotzig Pläne. Sie sprachen über das viele Geld, das sie verdienen, über die Leute, die sie treffen, und das neue Leben, das sie dort beginnen würden. Omovo wußte, daß diese Hirngespinste eine Reaktion auf den Schock waren, den der Tod der Mutter verursacht hatte.

Die Dinge nahmen eine dramatische Wendung an, als der Vater ankündigte, daß er wieder heiraten wolle. In der darauffolgenden Woche kam die zweite Frau ins Haus. Omovo und seine Brüder erfuhren, daß der Brautpreis ziemlich hoch gewesen war. Sie erfuhren auch, daß der Vater eine verschwenderische Hochzeitsfeier im Haus seiner Schwiegerelten veranstaltet hatte. Nach der Ankunft dieser Frau in ihrem Haus fühlten sich Omovos Brüder aus dem Leben des Vaters ausgeschlossen. Sie fühlten sich wie Fremde. Das Haus wurde zu klein für sie alle. Die Stimmung war gespannt. Omovos Brüder schlichen an ihrem Vater vorbei, streiften ihn fast, doch sie wechselten kein Wort mit ihm. Niemand konnte in diesem Haus mehr richtig atmen.

Seltsamerweise konnte Omovo in diesem Durcheinander roher Gefühle das Verhältnis zu seinem Vater aufrechterhalten. Jede Handlung Omovos, die nicht so abweisend war wie die seiner Brüder, hatte etwas Positives. In Wirklichkeit war Omovo unfähig, Partei zu ergreifen: Er kannte die Schwierigkeiten seines Vaters und verstand den Zorn seiner Brüder. Und obwohl er wußte, wie schlecht die Beziehungen im Haus waren, war er nicht darauf vorbereitet, daß die Streitigkeiten offen zutage treten und ihrer aller Wege sich endgültig trennen würden, wie es an einem Samstagmorgen geschah.

Omovo wurde an jenem Morgen vom Lärm eines Streits geweckt.

Er ging ins Wohnzimmer und sah seinen Vater, der vor der Haustür stand. Er hielt einen blutbefleckten Gürtel in der Hand. Er zitterte vor kaum beherrschter Wut. Umeh stand mit gesenktem Kopf neben dem Bücherregal. Er hatte einen breiten Striemen am Hals. Okur befand sich am anderen Ende des Raums, neben dem Eßtisch. Er stand aufrecht da, und in seiner Haltung lag etwas Berechnendes. Er schwitzte. Blackie stand an der Küchentür und tat so, als verlese sie auf einem Tablett den Reis. Sie verfolgte die Ereignisse aus den Augenwinkeln.

Umeh hob den Kopf. Tränen rannen ihm übers Gesicht. Omovo wußte, daß er nicht weinen wollte. Die Tränen waren nicht gewollt. Der Tisch vor ihm war umgestürzt, eines der Tischbeine zerbrochen. Eine gepackte Reisetasche stand neben Umeh auf dem Boden. Da begriff Omovo plötzlich, daß Umeh von zu Hause fortging.

Die Leute aus dem Compound hatten sich draußen versammelt und beobachteten die Ereignisse durch das Fenster und die offene Tür. Unter ihnen waren auch Kinder und Fremde. Mit starrem Blick sahen sie ernst und regungslos zu. Omovo konnte sich vorstellen, wie sie die Geschichte seiner Familie in der Öffentlichkeit weitererzählen würde. Er war traurig. Er gehörte dazu und schien dennoch nichts tun zu können.

Dann begann sein Vater zu schreien. Seine Wut richtete sich gegen Umeh, doch was er sagte, schien allgemeiner gemeint zu sein.

»Ich will, daß du jetzt mein Haus verläßt. Geh weg von hier! Hier ist kein Platz für uns beide. Du bist erwachsen, geh hinaus in die Welt und schlag dich allein durchs Leben, so wie ich es getan hab. Dann wollen wir mal sehen, ob du es besser machst. Na schön, ich bin also kein guter Vater gewesen, hm? Dann geh doch und such dir einen anderen... geh nur...«

Omovo hatte seinen Vater noch nie so wütend gesehen. Nicht einmal bei den heftigen Auseinandersetzungen mit seiner Mutter. Er schien sich aufgebläht zu haben. Sein zitternder Hals war kerzengerade. Seine Wut erschütterte das ganze Haus.

»Ich kann dich in diesem Haus nicht länger dulden. Es ist höchste Zeit, daß sich unsere Wege trennen. Du sagst, ich sei ein schlechter Vater gewesen, hm, daß ich nichts für dich getan habe, daß ich mich geweigert habe, dir ein Studium zu bezahlen, daß ich als Vater versagt habe... und du wagst es, mich aus dem Schlaf zu reißen, um mir das zu sagen. Du hast kein Schamgefühl, du achtest mich nicht. Ich bin dein Vater, und trotzdem kämpfst du nicht an meiner Seite. Wenn ich heute tot umfiele, würdest du mir keine Träne nachweinen, du weißt nicht mal, was ich alles habe ausstehen müssen, was für Schulden ich versucht habe abzutragen. Du weißt nichts von meinen Schwierigkeiten. Du kennst meine Feinde nicht. Ich habe soviel Qualen ausgestanden, um für dich zu sorgen, als du noch ein Kind warst, und soviel Geld ausgegeben, um dich zur Schule zu schicken, und trotzdem besteht dein ganzer Dank darin, mir Vorwürfe zu machen. Du bist jetzt ein erwachsener Mann, aber du lebst immer noch zu Hause. Deine Freunde sind alle verheiratet. Sie stehen auf eigenen Füßen, haben Kinder, und mit ihnen geht es vorwärts. Du treibst dich nur herum, rauchst Marihuana, prügelst dich und kommst nach Hause, wann es dir paßt. Du bist hier und tust nichts. Du bist ein Taugenichts, ein richtiger Taugenichts... Verlaß mein Haus und mach dich aus dem Staub, geh, wohin du willst, mach, was du willst, das ist mir gleich. Was geht dich das an, wenn ich eine andere Frau heirate? Was geht dich das schon an, hm?«

Er unterbrach seinen Wortschwall und holte tief Luft. Er hatte sich verausgabt. Omovo hielt es nicht mehr aus. Er hatte das Gefühl, in einem furchtbaren Traum zu sein. Er spürte, daß er etwas tun, daß er eingreifen mußte.

»Was soll das heißen, Papa?« sagte er und trat ein paar Schritte vor. Doch sein Vater drehte sich zu ihm um und schlug mit dem Gürtel nach ihm. Omovo wurde auf dem Rücken getroffen. Er wand sich, während ihn ein brennender Schmerz durchfuhr.

»Geh weg, du kleiner Dummkopf! Oder willst du vielleicht deinen Brüdern nachlaufen?«

Omovos Augen füllten sich mit Tränen. Und hinter dem feuchten Schleier schien sich alles zu drehen. Omovo kniff die Augen halb zu, bis der Schleier verschwand. Umeh starrte Omovo mit schwerem, leerem Blick an. Okur rührte sich nicht, seine Haltung wirkte berechnender denn je. Blackie blies weiterhin die Spreu aus dem Reis. Die Leute aus dem Compound standen immer noch vor dem Fenster und vor der Tür. Sie warteten gespannt auf die letzte Szene in diesem Familiendrama.

Omovo schloß die Augen und sagte ein stummes Gebet. Er betete, daß das alles nur ein Traum und die Eintracht bald wieder hergestellt sein möge. Wenn es ein Wort gegeben hätte, mächtig wie mystische Silben, das er hätte aussprechen können, um die Familie vor dem Zerfall zu retten, er hätte alles darum gegeben, es in Erfahrung zu bringen und es zu sagen. Als er die Augen wieder öffnete, tat es ihm weh, wie gleichgültig die Wirklichkeit ist.

Er hörte, wie Umeh sagte: »Ich gehe jetzt, Alter. Ich hoffe, du wirst mit dir selbst glücklich, wenn ich weg bin.«

Dann nahm Umeh die Reisetasche und ging an seinem Vater vorbei. Auf dem Gang brüllte er den Leuten, die vor dem Fenster standen, unflätige Worte zu. Dann hörte man, wie er mit schwerem Schritt den Compound verließ.

Omovo hörte seinen Vater sagen: »Du kannst gehen.«

Bevor er etwas tun konnte, zog Okur plötzlich seine eigene Tasche hervor, die er unter dem Eßtisch versteckt hatte. Er hob die Tasche auf und ging auf seinen Vater zu. Omovo spürte, wie die unerbittliche Macht der Ereignisse ihn selbst in ihren Bann zog.

»Wenn Umeh geht, geh ich auch«, sagte Okur, der groß und drohend vor seinem Vater stand.

Die Spannung hing wie eine riesige düstere Wolke über dem Raum. Niemand rührte sich. Dann holte der Vater tief Luft. Er reckte den Hals. Sein Brustkorb weitete sich. Dann warf er einen Blick nach links und nach rechts, als wäre die Anwesenheit aller unerläßlich für das, was er nun sagen würde. Okur ging zur Tür. Der Vater verzog das Gesicht. Omovo konnte sich vorstellen, wie dieser viel später bei einem Trinkgelage sagen würde: »Ich lasse mir von niemand etwas gefallen. Ich habe sie rausgeworfen. Ohne lange zu fackeln.« Dann sagte der Vater mit schleppender, erschöpfter Stimme: »Wenn du deinem Bruder in den Wahnsinn folgen willst, dann kannst du ihm folgen. Ihr wart beide schlechte Kinder für mich. Es war alles für nichts und wieder nichts.«

Dann ging er schwankend auf den umgekippten Stuhl zu. Er richtete ihn auf, ließ sich auf das Polster fallen und nahm einen tiefen Schluck direkt aus der *ogogoro*-Flasche.

Omovo blickte auf und sah die alten gerahmten Fotos an der Wand. Auf einem der Bilder starrte sein Vater, der einen Fächer in der Hand hielt, mit würdiger Miene stolz auf das Wohnzimmer hinunter. Omovo durchzuckte es. Er erschauerte bei dem Gedanken an das Unwiderrufliche. Er fühlte sich von seiner Mitschuld und dem nicht faßbaren Kummer wie ausgehöhlt. Okur ging auf ihn zu, legte ihm die Hand auf die Schulter und sagte: »Nimm's nicht so schwer, kleiner Bruder. Was geschehen ist, mußte geschehen. Wir werden versuchen, den wahren Sinn unseres Lebens zu finden. Dies ist ein Traum, aus dem wir vielleicht eines Tages aufwachen.«

Einen Augenblick später war Omovo allein. Die Hand lag nicht mehr auf seiner Schulter. Es war geschehen. Es war geschehen. Die Leute aus dem Compound wandten sich wieder ihren jeweiligen Aufgaben zu, nachdem sie das Ende des Dramas miterlebt hatten. Die Fremden gingen fort. Die Kinder rannten im Spiel den Gang auf und ab. Omovos Vater trank seinen *ogogoro*. Seine Augen waren blutunterlaufen, sein Blick verstört. Blackie verschwand in der Küche. Nur das leise Rascheln der hin und her geschüttelten Reiskörner war zu hören. Omovo ging zur Tür und blickte nach draußen. Der Gang war leer. Es war kaum zu glauben, daß kurz zuvor noch so viele Menschen vor ihrer Wohnungstür gestanden hatten. Der Schaden war angerichtet, und das Leben nahm seinen veränderten Lauf. Nichts schien wirklich zu sein.

Omovo ging vor das Haus. Auf der Straße herrschte geschäftiges Treiben. Von überallher ertönten lebhafte Geräusche. Der Tümpel war grün und voller Schmutz. Zahlreiche Menschen strömten daran vorbei. Kinder spielten. Mädchen kamen, um Wasser zu kaufen. Eine Straßenhändlerin in zerlumpten Kleidern bot geröstete Erdnüsse feil und rief im Vorbeigehen mit melodischer, hoher Stimme: »Ele ekpa re-o!« Omovo konnte seine Brüder nirgendwo in dem Tumult entdecken. Er rannte zum Fuhrplatz. Doch auch dort fand er sie nicht. Er lief nach Hause zurück, stellte sich auf den Zementabsatz, lehnte sich gegen die Wand und schloß die Augen. Als er sie wieder öffnete, blickte er zu dem unbewegten, weiten Himmel auf. Er dachte:»Es ist ein Traum, aus dem wir vielleicht eines Tages aufwachen.« Er hoffte, daß sie nicht zu spät aufwachen würden, wenn der Alptraum zu weit gegangen und nichts mehr zu machen war.

Seit jenem Tag trank sein Vater. Omovo suchte Zuflucht in der Malerei. In seiner Kindheit war Malen ein Hobby gewesen. Nach dem Tod seiner Mutter wurde es zu einer Welt voller seltsamer Gefühle. Seit seine Brüder fort waren, wurde es zu einer Leidenschaft. Es wurde zu einem Mittel, den verborgenen Sinn des Lebens zu durchdringen und die chaotischen Landschaften zu erforschen, die Omovo umgaben. Malen wurde zu einem Teil seiner Antwort auf das Leben: ein persönliches und öffentliches Kaleidoskop.

3

Omovo horchte auf die Geräusche und Aktivitäten im Compound. Kinder, mehr oder weniger nackt, rannten auf dem Gang auf und ab. Ihre schrillen Stimmen erfüllten die Luft. Die Kinder mochten ihn, weil er ihnen gegenüber freigiebig war. Und auch er mochte sie. Doch während sie dort auf und ab rannten, beachteten sie ihn nicht, als spürten sie seine düstere Stimmung, die sie nicht teilen konnten. Omovo fühlte sich weit weg von dem Trubel, der ihn umgab. Er blickte durch die Lücke zwischen den Rändern der Wellblechdächer in die Höhe. Vor dem zurückhaltenden Himmel fügten sich seine Gedanken zusammen. Irgend etwas wärmte sich in ihm auf. Er lächelte. Sein Gesicht begann zu glühen. Die Kinder, die um ihn herum spielten, mußten wohl bemerkt haben, daß sich seine Stimmung gebessert hatte, denn einige von ihnen umringten ihn bald.

»Bruder Omovo, gib uns Geld. Wir wollen Erdnüsse kaufen«, sagten sie, als hätten sie die Bitte einstudiert.

Er lächelte ihnen zu. Es gefiel ihm, sie im Chor »Bruder Omovo« rufen zu hören.

»Bruder Omovo, gib uns fünf Kobo, hörst du?«

Er steckte die Hand in die Brusttasche. Er war in ausgelassener Stimmung. Er zog die Hand aus der Tasche und blickte die Kinder mit gespielter Strenge an. Sie verstummten. Omovo begann zu schielen. Die Kinder lachten. Dann beugte er sich hinab und sagte:

»Das Geld, das kriegt ihr nur, wenn ihr Kopfrechnen könnt.«

Die Kinder nickten. Omovo starrte eine Weile auf den vorstehenden Bauch eines kleinen Mädchens. Es hatte eine gelbbraune Hautfarbe. Ein Junge mit einem birnenförmigen Kopf brach das Schweigen.

»Na sag schon. Was solln wir rechnen?«

Omovo wandte sich an den Jungen. »Also gut, du da, wieviel ist drei mal sieben?«

Der Jungen zählte an seinen schmutzigen Fingern ab und strengte sein Gehirn an. »Ich hab's!« verkündete er dann. »Is einundzwanzig! Na, wo is's Geld?«

Omovo gab den Kindern einundzwanzig Kobo. Sie jubelten wie aus einem Mund und rannten aus dem Compound, um sich irgendwelche Dinge zu kaufen, die ihnen Freude machten. Als sie wegliefen, rief ihm eines der Kinder »Glanz-Glanz-Glatzkopf« zu. Er konnte nicht erkennen, welches es war, und lächelte nachsichtig. Er wandte den Blick wieder dem Himmel zu. Mit weit geöffneten Augen versuchte er, sich Dinge vorzustellen. Er versuchte, sich Dunkelheit vorzustellen. Es gelang ihm nicht. Dann schloß er die Augen und versuchte, sich Bäume vorzustellen. Er sah wohl die Umrisse der Bäume vor sich, doch hatten sie keine festen Formen. Er merkte, daß er wie immer das Bild innerlich erschaffen, es ins Leben rufen mußte, als würde er es im Geist malen. Als er die Augen öffnete, fühlte er sich heiter und gelassen.

Mit dieser Gelassenheit versuchte er über das Bild nachzudenken, das er zu malen beschlossen hatte. Doch die Vorstellung war zu abstrakt, und er hatte den Eindruck, sich selbst etwas vorzumachen. Er spürte, daß ihm irgend etwas entging. Aber er war sich nicht sicher, was es war. Er dachte gerade über die besonderen Grundlagen aller Ideen nach und über die langen Phasen der Stille, die er gebraucht hatte, ehe er das Bild der Tümpellandschaft auf der Leinwand hatte festhalten können, als sich seine Stimmung trübte.

Das Leben um ihn herum machte sich störend bemerkbar. Ein Baby schrie, ein Mann und seine Frau stritten sich öffentlich, und man hörte das Zischen von brutzelndem Essen. Aus einer Musiktruhe plärrte traditionelle Musik. Eine Frau erkundigte sich mit lauter Stimme, wessen Kind auf ihrer Türschwelle einen Haufen gemacht habe. Ein Mann mit einem breiten Mund und Zähnen, die vom Kolanußkauen verfärbt waren, rief gnadenlos immer wieder nach seinen Kindern. Und da war der ständige Lärm von Passanten. Die Kakophonie war ein pulsierender Angriff auf seine Sinne.

Omovos Gedanken wanderten durch das Stimmengewirr. Dann versuchte er sich darin, den Lärm nicht mehr wahrzunehmen. Er konzentrierte sich auf eine Fernsehantenne auf dem Dach. Einen Augenblick lang hörte er nichts. Als er sich bemühte, herauszufinden, ob er wirklich nichts mehr hörte, vernahm er wieder die tosenden Geräusche der Welt. Er lächelte. Er begann sich auf die räumlichen Gegebenheiten zu konzentrieren, auf die Lücke zwischen Dach und Himmel. Er versuchte gerade seine Augen daran zu gewöhnen, als ihre helle Stimme in sein Bewußtsein drang.

»Was ist denn mit dir los?«

Es war Ifeyiwa.

»Omovo, warum starrst du denn so in die Luft?«

Ihre Stimme war sanft. Im Geist versuchte er ihre Stimme festzuhalten, die da gewesen, doch jetzt wieder verschwunden war. Ifeyiwa blickte ihn spöttisch an.

»Omovo, hast du gehört?«

»Ja, ja.«

Plötzlich wurde ihm bewußt, daß sie dicht neben ihm stand. Sie hatte einen Eimer Wasser in der Hand. Er spürte die Ausstrahlung ihres erhitzten Körpers. Ein warmer, erdiger Geruch ging von ihr aus, erfüllte ihn mit Erinnerungen an Momente der Leidenschaft. Ihre klaren, braunen Augen waren wie vor Erstaunen geweitet. Um den Kopf hatte sie einen blauen Schal gebunden, der ihr Gesicht einrahmte. Ihr Gesichtsausdruck erregte ihn. Ein unbehaglicher Schauer durchlief ihn. Er spürte, wie die Leute aus dem Compound sie anstarrten.

Ifeyiwa sagte im Ton älterer Frauen: »Worüber muß sich denn ein junger Mann wie du Gedanken machen? Du hast keine Frau, keine Kinder, warum mußt du dann so lange in den Himmel starren?«

Sie lächelte. Omovo lächelte zurück und sagte: »Ich habe es gern, wenn du mich aufziehst.«

Sie trat noch einen Schritt näher an ihn heran. Ihre Brüste hoben und senkten sich, als ringe Ifeyiwa nach Atem, ihre einfache Bluse rundete sich aufreizend. Omovos Augen wurden unwiderstehlich davon angezogen.

»Ich habe gerade an meine Brüder gedacht. Heute morgen habe ich einen Brief von Okur bekommen.«

Ifeyiwa kannte Omovos Brüder nicht. Sie kannte nur das, was sie aufgeschnappt, dem Klatsch entnommen und was er ihr erzählt hatte. Vor einiger Zeit hatte er ihr auf dem Hinterhof Fotos von ihnen gezeigt. Seitdem erzählte er ihr von seinen Brüdern, als sei sie ihnen tatsächlich begegnet.

Sie sagten beide nichts. Der Kokon, in den sie sich eingesponnen hatten, schützte sie nicht vor dem Compound. Leute drängten sich streitend, rufend, fluchend an ihnen vorbei. Aus offenen Fenstern plärrte Musik. Kinder schrien. Ein paar Männer aus dem Compound warfen den beiden ziemlich neidische Blicke zu. Die Männer zwinkerten, wenn sie Omovos Blick erhaschten. Die Luft war mit Neugier und Verschwörung geladen.

Ifeyiwa ließ den Blick über den Compound schweifen. Ihre Haltung wurde trotzig. Ihre Augen bekamen einen härteren Zug. Sie starrte auf einen Farbfleck in Omovos Halsgrube. Ihm wurde unbehaglich zumute. Er fühlte, wie die Augen des Compounds sie durchbohrten. Er spürte, daß Ifeyiwa und er das Thema der nächsten Klatschrunde abgeben würden.

»Hast du wieder Ärger mit Blackie gehabt?«

Er blickte sie an und dachte: »Wie errät sie nur solche Dinge?«

»Nur ein kleines Mißverständnis«, sagte er.

Es war still. Dann fuhr er fort. »Meinst du nicht, daß du jetzt das Wasser wegbringen solltest? Er könnte auf dich warten.«

Ihr Gesicht veränderte sich. Die Heiterkeit wurde zu Härte, ihr Gesicht zu einer Maske. Erregt sagte Omovo: »Nein... ich... ich wollte dich nicht...«

»Ist schon gut«, erwiderte sie kühl. Ihr Gesicht war ausdruckslos. Dann begannen ihre Lippen zu zittern. In diesem Augenblick ahnte er ihre Zweifel und Ängste. Während er sie betrachtete, erinnerte er sich an ihren Traum, dessen Bilder ihm durch den Kopf gingen und mit Fetzen seiner eigenen Träume verschmolzen. Er dachte: »Wie sehr sie das Leben liebt! Was für ein Geschenk!«

»Omovo«, sagte sie sanft.

Er nickte. Ihr Gesicht hellte sich auf. Er lächelte. Er wußte es.

»Ja«, sagte er. »Wir treffen uns nachher. Du willst mir etwas sagen.«

Ihre Augen leuchteten auf. Er fuhr fort. »Danke, daß du meine Wäsche gewaschen hast. Das ist wirklich lieb von dir.«

»Das tue ich gern.«

»Aber du verwöhnst mich zu sehr.«

»Das macht nichts.«

»Ich bin so faul. Ich schäme mich, daß ich immer die Wäsche zum Einweichen auf dem Hinterhof lasse.«

»Ich würde gern mehr für dich tun.«

»Aber du wäschst sie schon so gründlich.«

»Sie könnte noch sauberer sein.« Nach kurzem Schweigen sagte sie: »Dann treffen wir uns also heute abend.«

96

Er nickte.

»Woher hast du gewußt, daß ich dich darum bitten wollte?«

»Das frage ich mich auch«, erwiderte er und setzte eine geheimnisvolle Miene auf. Er war gut gelaunt. Keine Wolke überschattete sein Inneres. Bei dem Gedanken, was ihm der Abend versprach, zitterte er leicht. Er hatte das Gefühl, daß er auf einmal den Pulsschlag eines süßen, vibrierenden Lebens spürte.

»Wo wollen wir uns treffen?« fragte sie und beugte sich hinab, um den Eimer zu nehmen.

»Mach dir keine Sorgen darüber. Ich komme nach draußen. Wenn du mich siehst, gehst du einfach los. Dann folge ich dir.«

Sie hob den Aluminiumeimer hoch. Ihre Augen strahlten. »Nimm das Leben nicht so schwer, Omovo. Es macht mich unruhig, wenn du so in den Himmel starrst.«

Sie ging ein paar Schritte weg. Dann kam sie zurück. Sie sah ihm fest in die Augen und sagte: »Genau das hat mein älterer Bruder getan, ehe er sich umgebracht hat.«

Dann verließ sie den Compound. Sie mühte sich mit ihrem Eimer ab. Wasser schwappte über und hinterließ eine feuchte Spur. Er blickte ihr nach, während sie durch das Tor ging und einen Bogen um die Wassertanks machte, die in der Sonne glänzten. Er bemerkte den Schweiß in ihrem Nacken. Die Bluse klebte ihr am Rücken. Ihre letzten Worte hatten ihn mit Trauer erfüllt, und er fühlte sich ein wenig schuldig, daß er die sanfte Bewegung ihres Hinterns nicht aus den Augen gelassen hatte.

Als sie nicht mehr zu sehen war, bemerkte er, daß Tuwo ihn anstarrte. Ihre Blicke trafen sich, und Tuwo winkte. Omovo nickte ihm zu. Tuwo schien ihm überallhin zu folgen. Immer wenn Omovo mit Ifeyiwa auf dem Hinterhof war, tauchte aus irgendeinem Grund Tuwo auf. Dann sprach er mit Ifeyiwa, erkundigte sich nach ihrem Mann und ging ihr auf die Nerven.

Tuwo hatte einen schlechten Ruf, was die Frauen aus dem Compound anging. Er hätte ständig ein Verhältnis mit der Frau, der Tochter oder der Schwester von irgend jemandem. Die Männer aus dem Compound hatten daher ein wachsames Auge auf ihn. Er war früher einmal verheiratet gewesen. Doch die Frau war stärker gewesen als er und hatte ihn fast zugrunde gerichtet, ihm »die Haare vom Schädel gekratzt«, wie die Leute sagten.

Omovo sah, daß die Männer sich daran machten, wie alle vierzehn Tage, den Compound zu säubern. Sie klapperten mit Eimern und Schaufeln. Sie zogen an Seilen und schwangen Macheten. Sie sangen traditionelle Arbeitslieder und führten aus dem Stegreif barfuß ein paar Tänze vor. Sie blieben vor Tuwos Zimmer stehen und riefen ihm zu, er solle ihnen beim Reinemachen helfen. Sie sangen seine zahlreichen Spitznamen. Sein Gesicht verdüsterte sich. Er stand auf, ging ins Haus und kam kurz darauf in schmutzigen, knielangen Khaki-Shorts wieder heraus, was die Männer zutiefst belustigte.

»He!« rief einer von ihnen. »Du bist wohl früher mal Oberlehrer gewesen, was?«

Die anderen Männer lachten. Einer von ihnen zupfte an der schlabberigen Hose.

»Von was für ein Kolonialen haste denn diese Shorts-Hose her?« fragte der amtierende Vizejunggeselle.

»Die hat ihm sein Großvater gegeben.«

Die Männer lachten wieder.

»Die habe ich bei einer Riesenauktion in England gekauft«, erwiderte Tuwo mit unerschütterlicher Würde.

»Er weiß doch nich mal, wo der Flughafen is«, sagte jemand, und die Männer brachen in lautes Gelächter aus und schlugen sich auf die Schenkel, während ihnen Tränen über das Gesicht liefen.

Wenig später verstummte das Gelächter, und die Männer wandten sich ernsthaft der Aufgabe zu, den Hof zu säubern. Der Reinemachetag hatte seine eigene Geschichte. Sie hatte damit begonnen, daß die Frauen sich dagegen wehrten, die ganze Schmutzarbeit im Compound machen zu müssen, den Gang und den Hinterhof zu fegen, die verstopften Abflüsse im Waschraum zu reinigen und die Toiletten zu scheuern. Die Frauen setzten sich zusammen und beschlossen, die Männer vor die Wahl zu stellen: entweder sie halfen mit oder sie bezahlten den Frauen die Arbeit. Doch die Männer lachten sie nur aus. Die Sache war einfach unvorstellbar. Am folgenden Samstag jedoch weigerte sich die Frauen, den Compound zu säubern. Der Waschraum begann zu stinken. Das Wasser, das nicht mehr in die Gosse abfließen konnte, lief bald durch den Compound und verbreitete einen höllischen Gestank. Die Toilette war nicht mehr zu benutzen. Die Männer waren außer sich vor

Wut. Auch sie hielten eine Versammlung ab und beschlossen, den Beweis zu erbringen, daß sie fähig waren, die Arbeit ohne zu murren und unbezahlt auszuführen. Sie taten es, und das wurde im Compound zur Tradition. Und zu einem geselligen Ereignis. Jeden Samstag, wenn sie putzten, erzählten sie sich gegenseitig die wildesten Witze und die unwahrscheinlichsten Geschichten, machten großen Lärm, schwatzten, lachten und brachten die kleinen Streitpunkte zur Sprache. Und wenn sie mit dem Putzen fertig waren, lud einer der Männer die anderen zu sich ein, um den Abend gemeinsam mit Trinken und Männergesprächen zu verbringen.

Omovo beobachtete die Männer und wußte, daß sie als nächsten seinen Vater aufsuchen würden. Und es konnte ihnen auch durchaus einfallen, ihn selbst ranzukriegen. Er sprang von der Mauer und schlich ins Wohnzimmer. Er hörte, wie einer der Männer sagte: »He, Maler, rennst du etwa weg?«

Omovo floh in sein Zimmer und verriegelte die Tür hinter sich. Er hörte, wie die Männer mit den Macheten gegen die Eimer schlugen und seinen Vater, der der »Boß« des Compounds war, aufforderten, herauszukommen und sich ihnen anzuschließen. Blackie ging nach draußen, und die Männer machten neckische Anspielungen: »Du hast wohl unserm Boß nicht erlaubt rauszukommen, hm?« sagte einer.

»Du und dein Mann, ihr tuts nachts aber ganz schön treiben, haha!«

Blackie lachte und sagte, sie würde ihren Mann holen. Bald gesellte er sich zu den anderen, und sie verschwanden lärmend auf dem Hinterhof.

Omovo war recht friedlich gestimmt. Er setzte sich auf den einzigen Stuhl im Raum und dachte über sein Leben nach. In welche Richtung ging er? Wohin führte ihn dieser verschlungene Weg? Sein Leben schien ziellos zu sein. Er hatte keine Existenzgrundlage. Er war ein guter Schüler gewesen. Doch gerade, als er seine Abschlußprüfung ablegen wollte, machte sein Vater eine harte Zeit durch und konnte das Schulgeld nicht mehr bezahlen. Die Sache wurde dadurch noch schlimmer, daß er Omovos Mutter die Wahrheit verheimlichte. Er sagte, es gäbe »keine Probleme«, er habe für alles gesorgt. Der Direktor von Omovos Schule war ein glatzköpfiger, strenger Ibo. Er verhinderte, daß Omovo in sechs Fächern die

Prüfungsarbeit schrieb, weil die Gebühren nicht bezahlt waren. Der Direktor war schon seit langem überzeugt, daß alle Schüler seiner Schule ausnahmslos verdorben waren und daß Omovo das Geld bei einem vergnügten Abend »verpulvert« oder beim Glücksspiel verloren hatte. Omovos Ergebnisse waren unvollständig. Er fiel durch. Ihm fehlte nur etwas Glück. Aber er hatte kein Glück. Durch den Tod seiner Mutter war sein Leben zu einem Labyrinth der Unsicherheit geworden.

Nur die vage, unerklärliche Gewißheit, daß er ungeahnte Höhen erreichen, Werke von Dauer schaffen und ein außergewöhnliches Leben führen würde, hielt ihn aufrecht. Es half ihm, daß seine Brüder an seine künstlerischen Fähigkeiten glaubten. Es schmeichelte ihm, daß seine Mutter die perlenbestickten Stoffe, die Holzschnitzereien und Bilder , die er als Kind geschaffen hatte, insgeheim mit Stolz betrachtet hatte. Es half ihm auch, daß der Vater seit Omovos sechstem Lebensjahr sein Interesse an der Kunst gefördert hatte. Der Vater hatte Omovos Arbeiten immer gewissenhaft begutachtet. Er hatte ihn, als Omovo zwölf Jahre alt war, angespornt, sich an einem Wettbewerb zu beteiligen, den Omovo schließlich gewann. Und der Vater hatte ihm oft Bücher über große Künstler gekauft, aus denen er ihm vorlas.

Omovo zog ruhig Bilanz. Er hatte seine Mutter verloren. Seine Brüder waren in die Welt hinausgezogen und richteten sich nun selbst zugrunde. Er liebte Ifeyiwa, doch sie war verheiratet. Sein Vater und er waren sich fremd geworden. Er hatte ein schlechtes Abschlußzeugnis. Er verrichtete eine stumpfsinnige Arbeit in einem feindseligen Büro. Er dachte: »Tja, so ist das also.«

Es pochte in seinem Kopf. Sein Zimmer war dunkel. Die Vorhänge waren noch zugezogen. Eine einsame Mücke kreiste sirrend über ihm. Er fühlte sich ausgelaugt. Regungslos verharrte er eine ganze Weile so. Er dachte an das Bild, das er malen wollte. Einen Augenblick wurde er aufgeregt. Er hatte das Gefühl, daß er durch das Malen dieses Bildes vielleicht eine Orientierung, einen Sinn finden konnte. Diese Vorstellung durchdrang ihn sanft. Er dachte an das verstümmelte Mädchen im Park. Er fragte sich, was Keme wohl inzwischen unternommen hatte. Er fragte sich, ob die Polizei, die für ihre Langsamkeit bekannt war, schon etwas herausgefunden hatte, um das furchtbare Verbrechen aufzuklären. Als er an das

Mädchen dachte, fühlte er sich schuldig. Er fühlte, daß er etwas unternehmen mußte. Doch er war machtlos. Er empfand das merkwürdige Bedürfnis, etwas wettmachen zu müssen. Er hatte das Gefühl, daß seine Machtlosigkeit und die Machtlosigkeit all der Leute, die keine Stimme hatten, wettgemacht, verändert werden müsse. Durch dieses Gefühl verspürte er einen fieberhaften Drang zu malen.

Omovo entsann sich einer Zeichnung, die er mit dreizehn angefertigt hatte und auf der Zackenlinien waren, die wie dunkle Silhouetten von Pyramiden aussahen, wie Felsenprofile mit Vogelaugen und mit Meer und Himmel verschmelzende Bergketten. Die Linien verloren sich in einem Labyrinth. Sein Vater hatte das Bild betrachtet und es gelobt. Sein Lehrer hatte es grübelnd studiert und an die Wand seines Büros gehängt. Ihr Interesse hatte Omovo verwirrt: Er hatte einfach einen Bleistift genommen und ihn über das Papier bewegt. Als sein Lehrer die Zeichnung sah, hatte er gesagt: »Omovo, weißt du, was du da gezeichnet hast?«

»Nein«, hatte Omovo gesagt.

»Nun, so ist das Leben. Aber du bist noch zu klein, um das zu verstehen. Wenn du Glück hast, wirst du das eines Tages verstehen. Gib diese Zeichnung deinem Vater. Wenn du älter bist, soll er sie dir wiedergeben. Dann kannst du die Dinge sehen, die du in deiner kindlichen Unschuld gemalt hast.«

Später zeichnete Omovo andere Linien, die sich in sich selbst, in unklar gestalteten Formen verloren. Doch sein Vater schüttelte ernst den Kopf und blieb stumm. Und sein Lehrer lächelte nachsichtig und schüttelte ebenfalls den Kopf. Omovo begriff ohne ein Wort, daß er es einmal geschafft hatte und es erst dann wieder schaffen würde, wenn er wirklich wußte, wie er es machen mußte. Und dann waren die Zeichnungen bei einem Umzug in ein anderes Haus verloren gegangen, so als wollte ihm das Leben keine Wahl lassen.

Omovo saß im dunklen Zimmer und wußte nicht recht, warum er sich an diese Dinge erinnerte. Er hatte das Gefühl, daß sein Unterbewußtsein ihm etwas mitteilen wollte. Er wußte nur nicht was. Dann erinnerte er sich daran, daß er später am Abend mit Ifeyiwa verabredet war. Das machte ihn glücklich. Er stand auf, öffnete die Vorhänge und holte Zeichenblock und Bleistift hervor. Er zeich-

nete Linien, die zu dunklen Silhouetten von Menschenmengen auf
Märkten wurden, zu einer Mutter mit einem Kind am Rand eines
Abgrunds, zu Wolken voller Gesichter. Er zeichnete Linien, ohne
zu versuchen, die entstehenden Formen zu deuten oder bewußt einen Sinn hineinzulegen. Und die Linien verloren sich immer in sich
selbst. Als er genug davon hatte, hörte er auf. Er hatte zehn verschiedene Zeichnungen angefertigt. Oben auf das erste Blatt
schrieb er kühn: »Lebenslinien.« Doch dann, als er die Blätter noch
einmal durchsah, dachte er: »Blödsinn.« Er trennte die Blätter vom
Zeichenblock ab und riß sie in Fetzen.

Es pochte in seinem Kopf. Die Geräusche aus dem Compound waren seltsam gedämpft. Er wußte, daß es mal wieder keinen Strom
gab. Er legte sich ins Bett, um seine Verwirrung durch den Schlaf
zu heilen.

4

Als Ifeyiwa am Fenster ihres Zimmers vorbeiging, sah sie, daß ihr Mann auf dem Bett saß. Er hatte die Beine nachlässig von sich gestreckt. Seine Lippen öffneten sich zu einem Gähnen. Sie eilte mit ihrem Eimer Wasser weiter.

»Ifeyiwa!« rief er laut. »Was hast du gemacht, hm? Warum hast du so lange gebraucht?«

Als sie seine krächzende Stimme hörte, bekam sie vor Angst weiche Knie. Ihr Herz schlug schneller. Sie beschleunigte den Schritt und ging an dem Zimmer vorbei, ohne seine Fragen zu beantworten. Sie lief durch den elenden Hinterhof und betrat den stinkenden Waschraum. Sie setzte den Eimer auf einem der Steine ab, auf die sich die Leute stellten, wenn sie duschten. Dann schloß sie die Tür. In diesem Augenblick war der Waschraum ihre einzige Zuflucht. Das Wellblechdach war niedrig und der Raum klein. Die Risse in den Wänden wirkten nachts breiter und sahen am Tag aus wie Schlangen. Streifen fahlen Lichts drangen durch die trübe Dunkelheit. An den Wänden klebte schmieriger Unrat. Der Boden war ständig mit einer Pfütze aus schmutzigem Wasser bedeckt. Als Ifeyiwa dort stand, wurde sie plötzlich von einem Geräusch aufgeschreckt: irgend etwas zappelte im Wasser. Es war eine Ratte. Ifeyiwa öffnete die Tür und sah zu, wie die Ratte strampelnd im schmutzigen Wasser des Waschraums herumschwamm. Als sie durch das Abflußloch nach draußen huschte, ging Ifeyiwa in die Küche und setzte sich auf einen Hocker.

Im Compound war es ruhig. Ein Huhn lief über den Hinterhof. Eine Frau kam aus einem der Räume, eilte an der Küche vorbei und verschwand hastig in der Toilette. Ifeyiwa hörte Geräusche. Nach einer Weile öffnete sich die Toilettentür knarrend, und die Frau ging gemächlich zu ihrem Zimmer zurück.

Ifeyiwa ließ den Blick über den Hinterhof schweifen. Trotz all ihrer Ehrlichkeit, ihrer Energie, ihrer Träume war sie schließlich hier gelandet. Hier hatte das Leben sie angeschwemmt. Ihre Mutter hatte sie Ifeyiwa genannt. Der Name bedeutete: »Es geht nichts über ein Kind.« Hier war das Kind gestrandet. Mit Ratten. Mit einem Mann, den Ifeyiwa haßte. Mit jemandem, den sie liebte, den sie aber nicht bekommen konnte. Ifeyiwa weinte.

Sie weinte oft. Mehr konnte sie nicht tun, wenn sie an ihre kurze Schulzeit zurückdachte. Damals hatte sie abends mit ihren Freundinnen auf dem Feld gesessen und vom Leben geträumt oder war nachts, wenn sie nicht schlafen konnte, auf Zehenspitzen zum Bett ihrer Freundin geschlichen, und sie hatten sich dann hingesetzt und über die Zukunft gesprochen, über die Männer, die sie heiraten, die Kinder, die sie bekommen, die berufliche Laufbahn, die sie einschlagen würden. Doch Ifeyiwas Leben war wie durch einen finsteren Plan von dem Weg abgebracht worden, den es hätte nehmen können. Zuerst erhielt sie eine furchtbare Nachricht. Ihr Vater war eines Abends mit seiner Flinte auf die Jagd gegangen. Er war allein. Er sah eine Antilope. Er folgte ihr tief in den Wald und verlor ihre Spur. Kurz darauf sah er, wie sich das Tier im Unterholz bewegte. Er zielte auf den Kopf und drückte ab. Doch er traute seinen Augen nicht, als er sah, wie sich das sterbende Tier in ein kleines Mädchen verwandelte, das eine blutige, klaffende Wunde am Kopf hatte. Ihr Vater glaubte, Opfer einer Sinnestäuschung zu sein. Er schrie auf. Mehrere Leute kamen hinzu und sahen das Mädchen, das er erschossen hatte. Das war seine Geschichte. Anschließend verlor er fast den Verstand. Ifeyiwa wußte wenig über das, was danach geschah, außer daß ein alter Grenzstreit mit einem Nachbardorf wieder aufflammte und es zum Kampf zwischen den beiden Dörfern kam.

Ihr Vater magerte ab, wurde hager, verlor die Lebenslust und konnte nicht mehr schlafen. Seine Augen starrten immer öfter ins Leere. Er wanderte ziellos umher. Von ständigen Qualen verfolgt, beklagte er sich darüber, Gespenster zu sehen. Er murmelte immer wieder:»Ich habe ein Mädchen erschossen. Ich habe ein Mädchen erschossen.«

Eines Morgens wurde das Dorf von einem weiteren Schuß aufgeschreckt. Man begrub ihren Vater mehrere Meilen vom Dorf entfernt auf einem Hügel.

Ifeyiwa mußte die Schule verlassen. Ihre Familie konnte das Schulgeld nicht mehr bezahlen. Das Mädchen kehrte nach Hause zurück und half seinen Angehörigen auf dem Hof. Unheil suchte Ifeyiwas Leben heim.

Etwa um diese Zeit kehrte Takpo in sein Heimatdorf zurück, um sich eine Frau zu suchen. Er wollte ein junges Mädchen heiraten, um jemanden zu haben, der sich im Alter um ihn kümmerte. Freunde seiner Familie hatten ihm von einem hübschen Mädchen erzählt, das die höhere Schule besucht hatte. Er hielt bei den Ältesten aus Ifeyiwas Familie um die Hand des Mädchens an. Der Brautpreis wurde bezahlt, und fast alle anderen Vorbereitungen waren auch schon getroffen, als Ifeyiwa erst erfuhr, was sie erwartete. Die Ehe wurde ihr aufgezwungen, ohne daß sie eine Wahl gehabt hätte.

Sie riß von zu Hause aus, doch sie wurde geschnappt, ehe sie die Dorfgrenze erreicht hatte, und zurückgebracht. Sie versuchte mehrmals, sich zu vergiften, gab jedoch jedesmal im letzten Augenblick auf.

Während sich die Verhandlungen über die Eheschließung in die Länge zogen, traf sie ein weiterer Schicksalsschlag. Niemand wußte, warum das geschah. Es hing mit ihrem Bruder zusammen. Manche Leute sagten, er sei wirr im Kopf, starre mit leerem Blick in den Himmel und habe sich vom Leben, das ihn umgebe, zurückgezogen. Er führte sich wie ein Wahnsinniger auf. Er behauptete, er habe gesehen, daß Raumschiffe auf den Feldern gelandet seien. Er sprach von einem jungen Mädchen, das ein Loch im Kopf hatte und ihn in den Fluß zu locken versuchte. Er schimpfte über einen alten Mann, der tief im Wald seinen Namen rief. Dann stampfte er durch den Busch und rannte wie ein Liebhaber, der den Verstand verloren hat, hinter einer Verrückten her. Er schrie, er wolle weit weg, wolle in die Welt hinausziehen, ins Leben, und die Geheimnisse, die er entdecken würde, für sich behalten. Als er in unzusammenhängenden Worten von leblosen Körpern, die mitten in der Nacht die Äcker bestellten, und von Gespenstern, die die Feldfrüchte vor der Ernte aufaßen, zu erzählen begann, wurde klar, daß er sich einer gründlichen Behandlung würde unterziehen müssen. Am nächsten Tag wurde seine Leiche im angeschwollenen Fluß gefunden.

Sein Tod brachte für Ifeyiwa die Entscheidung. Sie mußte aus dieser zerstörten, trostlosen Gegend fliehen. Ihr Kopf war erfüllt von Geistererscheinungen, von Toten, die auf den Hügeln tanzten, und Stimmen junger Mädchen, die im Morgengrauen auf dem Grund des Flusses sangen. Dann wurde sie von Träumen heimgesucht, in denen sie in einem tiefen Fluß ertrank. Sie ertrank in diesen Träumen ganz langsam, es dauerte endlos. Und immer wachte sie mit dem unerträglichen Gefühl auf, zu ersticken.

Die Hochzeit verlief ohne Störung. Die Mutter hatte Ifeyiwa dazu gedrängt und gesagt, das Leben würde schon für das übrige sorgen. Ifeyiwa tröstete sich nur mit dem Gedanken, daß der Brautpreis eine Hilfe für ihre Mutter sein würde. Ifeyiwa war die einzige Tochter, und sie träumte heimlich davon, ihre Mutter im Alter zu versorgen. Ihre Mutter weinte nicht einmal, als Ifeyiwa mit ihrem Mann nach Lagos ging. Ifeyiwa hatte dieses Zugeständnis gemacht, um den Schrecken, die ihre Familie und ihr Dorf bedrohten, zu entfliehen. Sie hatte sich zur Hochzeit mit Takpo überreden lassen, weil sie hoffte, daß die älteren Frauen im Dorf recht behalten würden. Sie hatten ihr gesagt, daß sie es mit der Zeit lernen würde, mit ihm zusammenzuleben und ihn vielleicht sogar lieben könne.

Doch kaum war sie in Lagos eingetroffen, da wurde ihr klar, daß dieses Zugeständnis ihrer Lebensfreude für immer Fesseln angelegt hatte. Ein Gefühl der Einsamkeit und die Überzeugung, zu viele Dinge zurückgelassen zu haben, setzten ihr in den ersten Monaten nach ihrer Ankunft zu. Sie hatte den ersten Schritt getan. Jeder weitere Schritt führte noch tiefer in eine Landschaft der Verluste. Ifeyiwa fand ihren Mann abstoßend. Er hatte einen kleinen Kopf, strenge Augen, einen breiten, weichen Mund und bräunliche Zähne. Er war ziemlich groß, ein wenig gebeugt und hatte lange Arme. Seine Gewohnheiten schreckten sie ab. Den ganzen Morgen biß er auf seinem Kauhölzchen herum und spuckte die zerquetschten Fasern überall im Haus aus. Ihm fehlte der Stil. Er war unglaublich behaart. Und er behandelte sie wie eine Sklavin, und sich damit abzufinden, das fiel ihr besonders schwer. Sie verbrachte den ganzen Tag damit, das Essen zu kochen, das Zimmer zu säubern, die schmutzigen Hemden und altmodischen khakifarbenen Unterhosen ihres Mannes zu waschen, ihm dreimal am Tag Wasser zum Duschen zu holen, Feuerholz zu zerkleinern, den Gang zu fegen und zum Markt zu gehen, und danach fand sie kaum eine freie Minute, um zu essen. Wenn sie in einem Winkel des Zimmers saß und aß, kam es häufig vor, daß er rücksichtslos furzte. Erst hörte sie das Geräusch, und bald danach kam der sie überwältigende Gestank, den sie inzwischen schon im voraus roch. Dann verlor sie augenblicklich den Appetit. Doch sie war unfähig, aufzustehen und den Raum zu verlassen, weil sie Angst hatte, Takpo zu verärgern. Seine Launen waren unberechenbar. Und er war sehr eifersüchtig. Vor längerer Zeit hatte im Compound ein Fotograf gewohnt, der sehr nett zu Ifeyiwa gewesen war. Es hatte sich überhaupt nichts zwischen ihnen abgespielt. Doch eines Tages bezahlte Takpo zwei Männer, um den Fotografen zusammenschlagen zu lassen. Der verlor zwei Schneidezähne und hatte ein geschwollenes Auge. Die Schaufenster seines Ladens wurden zertrümmert. Eines Nachts machte er sich heimlich davon, verließ den Compound und das Viertel. Ifeyiwas Mann machte es sich zur Gewohnheit, eine Machete in seinem Laden und eine weitere in seinem Zimmer aufzubewahren. Er sagte, die Macheten seien für Leute, die »dumm« genug seien, mit ihr anzubändeln.

Über einen Monat weigerte sie sich strikt, sich von ihm berühren zu lassen. Er versuchte es mit schmeichelnden Worten. Er flehte sie an. Er versuchte sogar, sie mit Geld und Geschenken gefügig zu machen. Doch ihr Abscheu war unbezähmbar. Takpo wurde wütend. Er schlug sie. Er bestrafte sie. Er ließ sie hungern. Es war ein sinnloser Kampf: sein Wille gegen ihre Verweigerung. Manchmal lief er nachts nackt durchs Haus und zwang sie, sich seine Erektion anzusehen. Sie vergaß nie den Tag, an dem sie ihn zum erstenmal nackt sah. Die Größe seines Glieds erfüllte sie mit Entsetzen. Es erinnerte sie an eine lange, gekrümmte Banane. Schreiend lief sie aus dem Zimmer. Eines Tages packte er sie, bevor sie entweichen konnte, drückte sie auf den Boden, mühte sich auf ihr ab, sank plötzlich fluchend zusammen und kam. Sein Samen beschmierte ihren Bauch und ihr zerrissenes Kleid. Sie wälzte sich unter ihm zur Seite, schlang sich ein Wickeltuch um, ging nach draußen und erbrach sich auf dem Hinterhof. An jenem Abend duschte sie dreimal.

An einem anderen Tag kam er lächelnd und gutgelaunt aus seinem Laden zurück und brachte ihr Geschenke mit. Er machte einen glücklichen Eindruck, einen harmlosen Eindruck. Dann begann er von sich zu erzählen. Er sprach über den Kampf ums Dasein in »dieser Hölle, die man Lagos nennt«. Er schien Humor zu haben. Er lachte. Er sprach über seine ehrgeizigen Zukunftspläne. Sie wurde weniger ablehnend, während er erzählte. Er war ihr gegenüber ungewöhnlich aufmerksam. Sie lächelte sogar über die eine oder andere witzige Bemerkung, die er machte. Sie empfand eine gewisse Rührung. Sie gewann den Eindruck, daß er vielleicht doch nicht so schlecht war, wie sie gedacht hatte. Dann schickte er sie los, um Getränke zu kaufen. Sie machte sich gut gelaunt auf den Weg. Als sie ihm nach ihrer Wiederkehr gerade einmal den Rücken zuwandte, ließ er zwei Schlaftabletten in ihre Cola fallen. Sie fühlte sich taumelig davon. Sie wurde schläfrig. Und sie konnte nicht die Kraft oder den Willen aufbringen, sich zu wehren, als er sie auszog und auf sie stieg. Sie versuchte ihn zurückzustoßen, doch ihre Glieder waren schwer, und sie bewegte sich, als habe man sie in Öl getaucht. Sie spürte, wie sich die verschwommene Gestalt ihres Mannes auf ihr abmühte. Sie hatte das seltsame Gefühl, all das widerfahre jemand anderem, jemandem, den sie nicht kannte. Dann spürte sie, wie er mit einem Stoß in sie drang und sie aufriß. Sie spürte, wie ihr Blut heraustropfte. Sie begann zu weinen. Da ließ er von ihr ab. Sie hielt den Atem an. Er stand auf, machte ein Glas Vaseline auf, kam zurück und schob ihre Beine auseinander. Nachdem er die Vaseline aufgetragen hatte, mühte er sich wieder auf ihr ab und drang mit roher Gewalt in sie ein. Sie spürte, wie ihr Fleisch riß, und schrie auf. Sie blutete stark und weinte ununterbrochen bei seinen groben Bewegungen. Der Akt bereitete ihm kein Vergnügen. Als er sich von ihr löste und sich anzog, versetzte er ihr einen lähmenden Schlag ins Gesicht.

Sie konnte nie vergessen noch vergeben, in welchem Zustand sie sich befunden hatte. Am nächsten Morgen hatte sie wieder einen klaren Kopf. Sie verbrachte den größten Teil des Tages im Bett und dachte über die Vergewaltigung nach. Sie weinte. Sie schlief. Sie wachte auf und rief hilflos nach ihrer Mutter. Sie wusch sich wie besessen. Sie weigerte sich tagelang, etwas zu essen. Sie redete ständig davon, daß sie sterben wolle. Sie war teilnahmslos, ihre Augen wurden stumpf, ihre Bewegungen träge. Sie saß da und starrte aus dem Fenster. Sie hatte wochenlang einen seltsamen Gang.

Ihr Zugeständnis hatte sie in eine Falle geführt. Zum erstenmal wurde ihr klar, wie allein sie in Lagos war. Sie hatte niemanden, an den sie sich wenden konnte, nirgendwo eine Zuflucht. Das war die erste bittere Lehre. Sie gab sich den Anschein der Unterwürfigkeit.

Dank dieser Maske überkam sie eine seltsame Ruhe. Doch innerlich wurde sie von einer brodelnden Unruhe verzehrt, die sich vom Morast ihres Lebens nährte. Ifeyiwa lernte geduldig zu sein. Sie lernte zu warten.

Etwa zu dieser Zeit ereignete sich etwas Ungewöhnliches in ihrem Leben.

Ifeyiwa und ihr Mann waren von Ajegunle nach Alaba gezogen, von einem Getto ins andere. Das Zimmer in Ajegunle hatte in der Regenzeit ständig unter Wasser gestanden. Ihr neuer Compound befand sich genau gegenüber von Omovos Haus. Ifeyiwa holte Wasser in Omovos Compound, weil beide Häuser denselben Eigentümer hatten. In Ifeyiwas Compound gab es keinen Brunnen. Ifeyiwa hatte schon seit einiger Zeit Wasser aus dem gegenüberliegenden Compound geholt, ohne etwas von Omovo zu wissen. Sie bemerkte ihn zum erstenmal, als er eines Tages vor seinem Zimmer malte. Sie hatte einen Eimer Brunnenwasser auf dem Kopf. Er wandte sich um, sah sie und blickte dann fort. Nach einer Weile blickte er sie wieder an, länger. Sie spürte, wie ihr Herz ungewöhnlich schnell schlug. Er starrte sie noch immer an. Zu ihrer Verwunderung lächelte er dann. Um ihr klopfendes Herz zu beruhigen und zu vermeiden, daß sie den Eimer einfach wegen der unerwarteten Verwirrung fallen ließ, sagte sie: »Malen Sie?«

Er blickte auf die Leinwand. Er hatte die Acrylstudie einer Frau, die das Haar einer anderen jüngeren Frau flocht, fast beendet. Zu Füßen der Frau, deren Haar geflochten wurde, spielte ein Kind. Rings um die Frauen war der schwärende Verfall des Compounds zu sehen. Ein grüner Vogel hockte auf der Mauer neben ihnen. Der Vogel schien auf das Kind zu starren.

»Ja«, erwiderte Omovo schließlich. »Ja, ich male.«

Mit einem Hauch des Staunens in der Stimme sagte Ifeyiwa: »Ihr Gemälde ist wie ein Zauberspiegel.«

Nach einer Weile sagte Omovo: »Sie sind mir schon seit längerer Zeit aufgefallen. Sind Sie neu im Compound?«

»Ja. Aber ich wohne im Haus gegenüber, auf der anderen Straßenseite.«

Dann schwiegen sie. Omovo blickte sie eine Weile forschend an. Ganz langsam wandte er den Kopf ab und widmete sich wieder dem Bild. Sie wartete ein wenig, ohne zu wissen warum. Dann sagte sie »auf Wiedersehen« und ging.

Als sie ihn zum zweitenmal sah, saß er vor seinem Zimmer und las einen Roman, den sie gerade ausgelesen hatte. Es war Ngugi wa Thiong'os *Weep not Child*. Er blickte nicht auf, als sie stehenblieb und ihn ansah. Zum erstenmal fiel ihr auf, wie sanft seine Züge und wie durchdringend sein Blick war. Erst als sie mit dem Eimer zurückkam und etwas Wasser neben ihm verschüttete, blickte er auf. Er lächelte. Von da an bemerkte sie, daß, wenn er sie ansah, immer eine geheime Flamme der Anziehung in seinen Augen aufflackerte. Die Begegnungen auf dem Hinterhof waren nun nicht mehr ganz so zufällig. Eines Tages wusch sie draußen die Wäsche. Er kam hinaus, um ebenfalls ein paar Teile zu waschen, und sie unterhielten sich über Ngugis Roman.

»Ich habe geweint, als ich das Buch ausgelesen hatte«, sagte sie.

»Mir hat nicht gefallen, daß sich der Held umbringen wollte.«

»Die Welt sollte so etwas nicht zulassen.«

»Er war jung und zu prophetisch, aber die Menschen auf der Welt gehen oft in die Falle gesellschaftlicher Rollen.«

»Ich mag den Titel.«

»Er ist von Walt Whitman.«

»Weep not Child.«

»Keiner von uns soll weinen.«

Omovo hielt inne. Seine Augen verengten sich. Er fuhr fort.

»Weinen ändert so gut wie nichts. Es reinigt nur etwas und bereitet uns auf weitere Tränen vor. Und in der Zwischenzeit bleibt die verrückte Welt nicht stehen. Es passieren weiterhin üble Dinge. Die Welt hat vergessen, was Liebe ist. Die Götter reagieren nicht mehr auf Tränen.

»Kennst du die Götter, Omovo?«

»Sie sind hier. Irgendwo.«

»Was liest du denn jetzt für ein Buch?«

»Eine Novellensammlung von einem russischen Schriftsteller, der Tschechow heißt.«

»Gefallen dir die Geschichten?«

»Ja. Sie sind sehr seltsam. Anfangs kommen sie einem ganz gewöhnlich vor. Doch der Autor nimmt alles wahr, aber er urteilt nicht. Seine Figuren sind so lebensnah, daß ich sie hier in Alaba sehe. Aber ich fand die Erzählung ›Eine langweilige Geschichte‹ nicht sehr spannend. Vielleicht liegt es am Titel, oder ich habe sie nicht verstanden.« Und so brachte sie ihr harmloses Gespräch einander näher. Sie standen unter keinem Zwang. Jedesmal, wenn sie sich trafen, fanden sie etwas, über das sie sich unterhalten konnten. Ihre aufkeimenden Gefühle lieferten ihnen immer irgendeinen Vorwand, um sich auf dem Hinterhof zu treffen. Und was immer zwischen ihnen keimte, wuchs mitten im Schmutz heran, mitten in der Enge und den elenden hygienischen Verhältnissen des Compounds. Ifeyiwa ging häufiger in Omovos Compound, als nötig war. Sie wusch dort ihre Wäsche öfter als zuvor. Sie holte mehr Wasser, als sie und ihr Mann verbrauchen konnten. Und jede Besorgung, die sie machte, benutzte sie, um durch Omovos Compound zu gehen. Ihn zu sehen und zu wissen, daß es ihn gab, war eine Notwendigkeit für sie geworden.

Er stellte für sie die Verbindung zu allem her, was liebenswert war. Ihre Zuneigung zu ihm wurde so stark, daß der Gedanke an ihn sie den ganzen Tag nicht verließ. Manchmal gab sie sich Omovo im Traum hin. Sie sah in ihm ihren spirituellen Ehemann, einen Mann, den sie nur in ihren Träumen und in der Phantasie in die Arme schließen konnte. Das ging so weit, daß sie, wenn ihr Mann sie zwang, mit ihm zu schlafen, diese Folter nur überstand, wenn sie sich vorstellte, daß in Wirklichkeit Omovo auf ihr lag. Doch wenn sie Omovo anschließend traf, schämte sie sich ihrer Phantasien. Und so ertrug sie die Qualen in den Armen ihres Mannes, indem sie an den Tod dachte, bis ihr Mann erschöpft aufhörte. Anschließend ging sie Omovo ein oder zwei Tage aus dem Weg. Und falls sie ihn dennoch traf, fühlte sie sich zutiefst unglücklich und zugleich äußerst glücklich. Er wurde für sie zum Retter aus der Wirklichkeit.

In seinen Augen sah sie, welche Möglichkeiten der Liebe ihr vorenthalten waren. Sie war von der Verzweiflung und dem Glanz seiner Gemälde fasziniert. Sie mochte die Art, wie er in die Ferne starrte, die Art, wie er in einen anderen Bereich vorzudringen schien, wenn ihn ein Gedanke fesselte. Sie mochte die Art, wie sich sein Gesicht in Augenblicken tiefer Erregung aufhellte. Und ihre Liebe wuchs auch durch die Unschuld vertrauter Vorstellungen,

111

die sie von ihm hatte. So stellte sie sich Omovo vor, wie er mit dem Pinsel in der Hand vor der Leinwand steht, die Kleider voller Farbflecke, und in eine andere Dimension der Wirklichkeit starrt. Und dann der Anblick von Omovo, der mit bleichem Gesicht, das von Staub, Schweiß und Erschöpfung gezeichnet ist, müde von der Arbeit nach Hause kommt. Wenn sie ihn so sah, hatte sie den Wunsch, ihm die Müdigkeit von den Gliedern zu waschen. Aber wenn er in sein Zimmer ging, eine Dusche nahm, schlief und dann wieder im Compound auftauchte, war sie jedesmal aufs Neue von seinem Aussehen fasziniert, das dem eines klugen Kindes glich, und vom strahlenden Glanz seines verträumten Charmes. Er erinnerte sie an ein Kind, das sich verirrt hat, sich aber nicht ängstigt. Manchmal erinnerte er sie auch an ihren Bruder, der ertrunken war.

Die Zuneigung, die sie verband, entwickelte sich in einer Atmosphäre der Gefahr. Diese Gefahr machte die Sache vermutlich noch reizvoller. Sie gingen dazu über, sich nicht nur auf dem Hinterhof, sondern auch auf der Straße zu treffen. Sie verabredeten sich an bestimmten Orten. Wenn sie von einer Besorgung zurückkehrte, kam er ihr manchmal entgegen. Sie unternahmen gemeinsam lange Spaziergänge. Sie liefen über Buschpfade, schlammige Wege und namenlose Straßen. Sie gingen an Hütten vorbei, die der Regen zerstört hatte. Kinder mit sandverkrusteten Köpfen spielten und schrien auf der Straße. Und selbst der Schmutz auf der Straße, das faulende Obst und Gemüse und die Gerippe toter Tiere am Straßenrand wurden Teil des Zaubers ihrer Spaziergänge. Ifeyiwa dachte oft an diese Stunden, die sie zusammen verbrachten. Sie gingen durch Gegenden unerträglicher Armut, während ihre Gesichter von der Sonne erhellt wurden. Ifeyiwa erzählte ihm manchmal von ihren Ängsten. Er erzählte ihr Geschichten, sprach über seine Vorstellungen, seine Visionen, seine Qualen. Sie sprachen meistens über traurige Dinge. Und dennoch erinnerte sich Ifeyiwa hauptsächlich an die Freude dieser Tage voller vibrierender, goldener Augenblicke.

Und sie konnte auch eine bestimmte Nacht nicht vergessen, in der ihr Mann sie angeschrien und geschlagen hatte. Als er nach draußen ging, war sie von unbeherrschbarer Wut und Bitterkeit erfüllt gewesen. Sie dachte daran, sich umzubringen. Dann beschloß sie, die dreihundert Meilen, die sie von ihrem Heimatdorf trennten, zu Fuß zurückzulegen. Mit diesem wahnwitzigen Plan packte sie ihre Sachen und verließ das Haus. Doch an der Bushaltestelle traf sie Omovo, und nachdem sie sich an seiner Schulter ausgeweint und ihm von ihrem Schmerz erzählt hatte, überredete er sie, dazubleiben und genauer über dieses Vorhaben nachzudenken. Sie machten einen langen Spaziergang. Er trug ihre Tasche. Anschließend kehrte sie nach Hause zurück. Sie war ihm dafür dankbar, daß er sie vor ihrem eigenen Wahn gerettet hatte. Sie liebte auch den Gedanken, daß er sie für sich gerettet hatte. Ihre heimliche, gefährliche Liebe zu ihm wurde sorgloser. Ifeyiwas Sinne waren in einem Tumult von Begehren, Schmerz und Kompromissen, aber auch von Liebe gefangen. Doch sie hatte das Gefühl, daß sie ihr Glück finden und sich zufriedener fühlen konnte.

Zwischen diesen erhebenden Augenblicken lagen jedoch zahllose Stunden trübseligen Lebens. Morgens putzte sie den Waschraum, holte Wasser, damit ihr Mann duschen konnte, bereitete sein Essen zu, fegte das Zimmer, spülte das Geschirr. Wenn ihr Mann in die Stadt gegangen war, wusch sie sich, aß etwas, ging zum Markt und blieb im Laden, um seine Waren zu verkaufen. Wenn sie ein wenig Zeit hatte, las sie einen Roman oder eine Zeitschrift, oder sie tat einer der Frauen aus dem Compound den Gefallen, ihr das Haar zu flechten.

Sie war über den Verfall des Lebens ringsumher empört. Die Frauen in ihrer Umgebung schienen so schnell zu altern. Sie bekamen viele Kinder und hatten Mühe, sie zu ernähren und zu kleiden. Sie stritten sich endlos über alle möglichen Kleinigkeiten. Sie ließen sich in unbedeutende Intrigen im Compound hineinziehen. Heiße Nachmittage durchzogen ihr Leben und ließen sie viel älter aussehen, als sie in Wirklichkeit waren. Sie bekamen schlaffe Brüste, wurden gleichgültig, geistesabwesend, unterwürfig. Ifeyiwa wollte nicht so werden wie die anderen. Sie wollte keine ärmlich gekleideten, elenden Kinder haben, die weinend um sie herum rannten. Sie war insgeheim stolz auf ihre Ausbildung und gab sich Mühe, gepflegt zu bleiben und ihr jugendliches Äußeres gegen den gnadenlosen Lauf der Zeit zu verteidigen. Ihr Stolz hob sie von den anderen ab, machte sie zu einer Außenseiterin.

Als sie merkte, daß ihr Leben verrann und keine gleichaltrigen Mädchen da waren, mit denen sie sich unterhalten konnte, überredete sie ihren Mann dazu, ihr zu erlauben, zur Abendschule zu gehen. Sie wußte, daß sie den Gedanken, sich eine Stelle zu suchen, gar nicht zu erwägen brauchte. Er willigte schließlich ein, vor allem weil sie immer wieder bei ihm nachhakte und er das für eine versöhnliche Geste ihrerseits hielt, aber auch, weil er damit seine Freunde ausstechen konnte. (Später brüstete er sich damit bei einer abendlichen Trinkerei und sagte:»Weißt du auch, daß meine Frau zur Abendschule geht. Sag mal, kann deine Frau eigentlich Zeitung lesen, hm?«) Sie meldete sich für eine Sekretärinnenausbildung an, die Kurse in Schreibmaschinenschreiben, Buchhaltung und Stenographie umfaßte. Doch als sie nach der ersten Probewoche mehrmals später heimkam, als er erwartet hatte, wurde er unruhig. Eines Abends, als er grübelnd im Zimmer saß und auf sie wartete, begann er, sich alles mögliche auszumalen. Er stellte sich vor, daß sie mit den Lehrern krumme Sachen machte. Von Zweifeln getrieben zog er sich an und ging zur Schule, um Ifeyiwa nachzuspionieren. Die Schule war eine kleine halbfertige Holzhütte, in der es unglaublich stickig war. Es gab keine Ventilatoren. Der Strom war ausgefallen, und der Unterricht fand im Schein von Sturmlampen statt. Takpo sah sich einer Schar von Gettobewohnern gegenüber, jungen Männern und Frauen, die wegen ihres großen Wissensdursts, ihres Verlangens nach ein paar armseligen Fähigkeiten, nach Diplomen, die ihnen eine Stellung verschaffen sollten, geschickt ausgenommen wurden. Sie waren in Klassen zusammengepfercht, in denen alles fehlte: Tische, Stühle, Wandtafel, Lehrer, Schreibmaschinen und Bücher. Und was Takpo sah, überzeugte ihn. Er entdeckte Ifeyiwa in einer Gruppe von lachenden Jungen und Mädchen. Ihr Gesicht glänzte vor Schweiß. Ihre Augen strahlten. Sie war so munter und ungezwungen, wie er es nie zuvor bei ihr erlebt hatte. Es versetzte ihm einen Stich, als er feststellen mußte, daß sie sich mit Gleichaltrigen natürlicher verhielt als mit ihm. Außerdem hatte er das Gefühl, daß sie, sobald sie nicht mehr mit ihm zusammen war, ein anderer Mensch wurde, sich in jemanden verwandelte, der für ihn unerreichbar schien. In einem Anfall von Eifersucht stürmte Takpo mitten unter die schwatzenden jungen Männer und Frauen, packte Ifeyiwa am Arm und zog sie hinter sich her nach Hause. Er verbot ihr, weiterhin die Abendschule zu besuchen.

Jeder neue Tag erfüllte sie mit Verzweiflung. Ihre Geduld und Ruhe verließen sie allmählich. Ihr Verstand ging seltsame Wege. In der Phantasie stellte sie sich vor, ihren Mann umzubringen. Diese Phantasien wurden so beherrschend und deutlich, daß sie allmählich um ihren Verstand bangte. Dann träumte sie hin und wieder, daß ihr Mann sich in ein haariges Ungeheuer verwandelte, das sie in einen Keller einschloß. In einem dieser Träume bekam sie ein Messer zu fassen und schaffte es, ihn umzubringen, und lachte, bis Dunkelheit sie umgab. Dann wachte sie auf und merkte, daß ihr Mann sie schüttelte. Er sah sie mit seltsamem Blick an und fragte sie, warum sie im Schlaf gelacht habe. Sie war über den Widerspruch der Situation entsetzt. Doch sie murmelte etwas, drehte sich auf die andere Seite und tat, als sei sie wieder eingeschlafen. Von dieser Nacht an gewöhnte sie sich an, auf dem Boden zu schlafen. Wenige Tage später wurde ihr Mann krank, und sie war überzeugt, sie habe ihn irgendwie auf seltsame Weise, ohne sich dessen bewußt zu sein, vergiftet. Sie entwickelte einen krankhaften Sinn für Heimsuchungen, Verfall und Strafen. Sie wurde von Träumen mit Ratten und stickigen Wäldern geplagt. Sie sah sich selbst als eine Botin der Trauer.

5

Ifeyiwa entfachte ein Feuer, um einen frischen Topf Suppe zu kochen. Ihre Hände machten die gewohnten Bewegungen. Doch in Gedanken war sie in einer dämmrigen Landschaft, an die sie sich nur noch schwach erinnerte. Sie dachte an einen Artikel, den sie in der Zeitung gelesen hatte. Ihr Dorf befand sich noch immer im Kriegszustand mit dem Nachbardorf Ugbofia. In dem Artikel stand:»Bauernhöfe sind verwüstet und mehrere Menschen getötet worden. Es wird berichtet, daß bewaffnete, kräftige Männer die Dorfgrenzen bewachen.« Eine Abordnung war entsandt worden, um Waffenstillstand zu schaffen. Der Bericht endete mit der Feststellung, daß»der Friede auf einer wackligen Grundlage ruhe«.
Die beiden Dörfer lagen etwa eine Meile voneinander entfernt. Der Fluß, der an beiden Dörfern vorbeiführte, verband sie auf vielfache Weise. In der Vergangenheit hatten die Leute untereinander geheiratet. Dann war ein Grenzstreit aufgekommen und hatte bedrohliche Ausmaße angenommen. Jetzt begegneten sie sich mit starkem, gegenseitigem Mißtrauen. Die Dinge, die sie verbanden, gaben auch der Zwietracht Nahrung. Alte Geschichten wurden ausgegraben. Über das eine Dorf wurde gesagt, seine Bewohner stammten von Sklaven ab. Das andere Dorf reagierte darauf mit ebenso heftigen Worten. Der Wald, der sie trennte, der Fluß, der sie verband, die Luft, die beide atmeten, waren von Gewalt durchdrungen. Ifeyiwa fragte sich bitter, warum denn all diese Kämpfe nötig waren.
Frauen aus dem Compound kamen in die Küche und klapperten mit den Töpfen. Draußen kreischten Kinder. Ein Huhn verirrte sich in die Küche und begann zu gackern. Ifeyiwa scheuchte es hinaus. Das Feuer knisterte, und Ifeyiwa legte weitere Reiser in die Glut. Die Stimme ihres Mannes riß sie aus ihren Gedanken.
»Ifeyiwa, ist mein Wasser fertig?«
Die Stimme ließ sie erschauern. Sie erstarrte.
Er stand draußen vor der Küche. Als er keine Antwort bekam, steckte er den Kopf hinter der Blechtür hervor. Dann kam er herein. Ifeyiwa hockte in einer Ecke und fachte die Glut an. Mit von

Tränen geröteten Augen blickte sie zu ihm auf. Er hatte ein Wickel-tuch um die Hüften und ein Handtuch um den Hals. Seine Brust war stark behaart.

»Ifeyiwa! Du bist hier in der Küche, warum antwortest du dann nicht?« fragte er mit dröhnender Stimme. Er stellte sich vor, daß er einen umso herrischeren Eindruck machte, je lauter er sprach, und ihm umso mehr Leute zuhören würden.

Doch Ifeyiwa blieb stumm. Sie blies verzweifelt in die Glut, bis die Küche von dickem, grauen Rauch erfüllt war. Er lachte leise, schüt-telte den Kopf und ging zum Waschraum.

Ifeyiwa fachte weiter das Feuer an. Das Feuerholz war feucht. Rauch stieg ihr ins Gesicht. Sie hustete, und Tränen rannen ihr über die Wangen. Ihr Mann kam zurück und sagte: »Ifi!Ifi! Da ist schon wieder eine Ratte in der Falle, hörst du? Wenn du fertig bist, bring sie weg, bevor sie anfängt zu stinken. Und ich möchte, daß du da-nach in den Laden gehst und dich um die Geschäfte kümmerst, bis ich komme, hörst du?«

Sie blieb stumm. Dann hustete sie.

»Warum kommst du denn nicht aus der Küche raus, wenn du so hustest, hm?«

Stille.

»Verrücktes Mädchen. Dann erstick doch, wenn du willst, haha!«

Stille.

Gereizt schlug er die Blechtür zu und ging in den schmutzstarren-den Waschraum.

Doch als er fort war, loderte das Feuer auf. Die gelben Flammen beleuchteten ihr schweiß- und tränenüberströmtes Gesicht. Sie stand auf, öffnete die Tür und ging nach draußen, um frische Luft zu schnappen. Sie setzte sich auf einen Hocker und horchte, wie ihr Mann duschte. Sie ließ den Blick über den schlammigen Hinterhof schweifen, wo ein Durcheinander aus schmutzigem Geschirr, ver-rosteten Eimern und Kindertöpfchen herrschte. Die Mauer war oben mit ausgezackten Glasscherben gespickt, um Diebe abzu-halten. Erst als Ifeyiwa wieder einfiel, daß sie abends mit Omovo verabredet war, lächelte sie. Etwas flammte in ihr auf.

Doch später am Nachmittag stattete Tuwo Ifeyiwas Mann wie zu-fällig einen Besuch ab. Er klopfte an die Tür und wartete. Eine laute

Stimme rief von drinnen: »Hereinspaziert, wenn's kein böser Geist ist!« Tuwo trat ein. Takpo saß auf dem Bettrand. Vor ihm auf dem kleinen Tisch stand ein Teller mit dampfendem *eba* und eine Schüssel Gemüsesoße. Er blickte kaum auf, als Tuwo hereinkam. »Willkommen, alter Dorffreund. Komm und iß von meinem Armeleuteessen mit«, sagte Takpo und verschlang eine Handvoll *eba*, an der ein kleinerer Mann womöglich erstickt wäre.

»Danke, aber ich hab schon gegessen«, entgegnete Tuwo, dem es schwerfiel, diese würdevolle Ablehnung nicht im Wasser, das ihm im Mund zusammenlief, ertrinken zu lassen. Der Appetit, mit dem Takpo aß, kitzelte ihm in der Kehle und machte ihn hungrig.

»Was macht die Frau?« fragte Tuwo nach kurzem Schweigen, das seine heuchlerischen Worte gebührend abschwächte.

»Ach, ganz gut. Sie ist im Haus.«

Dann herrschte wieder Stille. Takpo war es nicht gewohnt zu sprechen, wenn er aß. Er hatte einen ausgezeichneten Appetit und schlang das Essen mit schamlosem, ungeschmälertem Behagen herunter. Tuwo nutzte die Gelegenheit, sich in dem Raum umzusehen, obwohl er diesen schon kannte. Der Raum war ziemlich groß. Es standen drei billige Polsterstühle darin, in der Mitte ein Tisch, ein breites Bett, eine alte Musiktruhe, die aussah, als hätte sie seit vielen Jahren keinen Ton mehr hervorgebracht, und ein niedriger Tisch, auf dem ein paar von Ifeyiwas Büchern und Zeitschriften lagen. In einer Ecke des Raums war ein mannshoher Spiegel, der alles verzerrt wiedergab. An den Wänden hingen Kalender mit den Abbildungen der Würdenträger aus ihrer beider Heimatstadt und Fotos von Takpo und Ifeyiwa. Auf einem der Fotos saß sie ziemlich steif, ohne zu lächeln, auf einem Stuhl. Takpo stand neben ihr, dominierend und stolz, er trug ein traditionelles Wickeltuch und ein weißes Hemd. Auf anderen Fotos sah man Takpo, wie er breitbeinig vor seinem Laden stand oder die Zeitung las. Dann gab es noch stockfleckige Plakate von weißen Frauen, die Coca-Cola tranken, und verblichene Ansichtskarten aus verschiedenen Städten der Welt. Als Takpo mit dem Essen fertig war, wusch er sich die Hände, wischte sich den Mund ab und nahm einen tiefen Zug aus dem Bierglas. Er stand auf und setzte sich auf einen Polsterstuhl. Er zupfte mit den Fingernägeln an Fleischresten, die zwischen den Zähnen steckengeblieben waren.

»Also, Tuwo, wie geht's denn so? Rennst du immer noch hinter allen Mädchen der Gegend her, hm?« sagte Takpo schließlich und riß die Augen auf. Dann lachte er in sich hinein. Sein Gesicht legte sich in heitere Falten.

Tuwo lächelte ein wenig kühl. Er dachte vielleicht daran, daß er gerade erst mit knapper Not die Ehe mit einer rabiaten, leicht bärtigen Frau überlebt hatte. Er hatte ein leidenschaftliches Verlangen nach ihr entwickelt und sie entgegen allen Vorbehalten seines Vaters geheiratet, der ihn gewarnt hatte, daß »sie die Art Mannweib ist, das dir die Haare vom Schädel kratzt, jaja. Und eh du dich versiehst, bist du kahl«. In ihrer ersten gemeinsamen Nacht gab sie es ihm so gründlich, daß er, wie erzählt wurde, vorübergehend einen krummen Rücken hatte und eine ganze Woche am Stock gehen mußte. Wenn sie Yamswurzeln stampfte, tat sie es mit derselben unbeherrschten Energie, demselben symbolischen Schwung, und im ersten Monat ihres Zusammenseins machte sie drei Mörser und zwei Betten kaputt. Sein Irrtum wurde ihm schnell klar. Sie war schrecklich eifersüchtig und tyrannisch. Er lebte bald ganz unter ihrem Pantoffel. Sie begann all seine Gewohnheiten umzukrempeln, begleitete ihn überallhin. Sie war laut, tatkräftig und suchte überall Streit, auf dem Hinterhof und sogar auf Festen. Sie kritisierte ihn gnadenlos. Sie trugen tagelange Kämpfe aus. Ihre Streitlust wurde höchstens noch von ihrer Leidenschaft für Sex übertroffen. Innerhalb von drei Monaten ging jeder Wertgegenstand, den er besaß, in einem Streit zu Bruch. Zermürbt, halb wahnsinnig und immer kurz davor, seine Arbeit zu verlieren, hielt Tuwo es schließlich nicht mehr aus. Eines Morgens, mitten in einem neuen Streit, nahm er eine Machete und jagte seine Frau kreuz und quer durchs Zimmer. Zweimal schlug er mit der Machete nach ihr, doch er verfehlte sie jedesmal. In seinen Adern pulsierte Mordlust. Er verfolgte sie auf den Hof des Compounds, rannte auf der Straße hinter ihr her. Er war an jenem Tag wie besessen. Er erwischte sie nicht, doch er stürmte nach Hause zurück und warf all ihre Habseligkeiten auf die Straße. Nachts kehrte sie zurück und packte ihre Sachen in einen Lieferwagen. Man hörte, wie sie die verhängnisvolle Drohung ausstieß, daß jemand ihn eines Tages mit der Machete vor sich herjagen werde, so wie er es mit ihr getan hatte. Dann verschwand sie für immer aus seinem Leben.

Als der Wirbelwind dieser stürmischen Leidenschaft vorüber war, fand Tuwo einen neuen Zeitvertreib: Er entdeckte junge Frauen. Man hatte ihn schon immer in Verdacht, daß er heimlich ein Verhältnis mit Frauen aus dem Compound hatte, doch er hatte eine Vorliebe für jüngere Frauen. Das mag der Grund gewesen sein, warum er immer auf Omovo und Ifeyiwa stieß, wenn sich die beiden auf dem Hinterhof unterhielten. Es mag auch der Grund gewesen sein, warum er Omovo ständig zu beobachten schien. Es war ihm durch den Kopf gegangen, daß Omovo vielleicht mit der gewandten, begehrenswerten Ifeyiwa ein Verhältnis hatte. Und er war ein wenig eifersüchtig. Er hatte sich vom ersten Tag an, als er sie gesehen hatte, für sie interessiert. Doch sie nahm ihn nie zur Kenntnis und schien ihm ständig auszuweichen. Er hatte das Gefühl, daß ihr Mann sie nicht verdiente, weil er zu grob mit ihr umging. Und Omovo war noch zu jung, um sie richtig zu würdigen. Außerdem mußte Omovo in seine Schranken gewiesen werden.

Seit Tuwo eine Frührente vom Ministerium bezog und sich vorgenommen hatte, ins Geschäftsleben einzusteigen, hatte er nichts Besseres zu tun.

Sein Lächeln war nicht mehr so abweisend und wurde ironisch, als amüsiere er sich über einen heimlichen Scherz. »Ja«, erwiderte er schließlich. »Die Mädchen sind toll. Sie werden immer reifer.«

Takpo lachte laut. »Also, was möchtest du trinken?«

»*Ogogoro* wäre nicht schlecht.«

Takpo holte eine Flasche und zwei Gläser, und dann tranken sie eine Weile schweigend.

»Mein Lieber«, sagte Tuwo ein wenig unsicher. »Ich wollte dir nur sagen, du solltest deine Frau mal ein bißchen im Auge behalten...«

Takpo richtete sich kerzengerade auf. Seine Augen wurden wachsam. »Du denkst an diesen Jungen, nicht?«

Tuwo antwortete nicht.

»Ich habe gehört, wie zwei Frauen sagten, daß er etwas mit Ifeyiwa hat und daß die beiden immer auf dem Hinterhof was zu schwatzen haben.« Takpo hielt inne. »Ich mag den Jungen. Er ist ruhig. Glaubst du...?«

Tuwo zuckte die Achseln. Takpo ließ sich auf den Stuhl zurücksinken und schloß die Augen.

»Ich habe Ifeyiwa danach gefragt. Sie hat mir gesagt, daß sie nur über Bücher sprechen, das ist alles. Aber sie hat mich nicht angesehen, als sie das gesagt hat. Sie war schon immer etwas seltsam, seit ich sie geheiratet habe. Aber jetzt...« Takpo sah alt und müde aus. Unter den Augen zeichneten sich blaue Schatten ab. »Der Junge hat wieder angefangen zu malen.«

»Ja. Ich habe ihn gesehen.«

»Neulich wollte ich ihn bitten, mich und Ifeyiwa zu malen. Doch als ich seinen kahlen Kopf gesehen habe, ist mir die Lust vergangen. Er ist ein netter Junge, ein seltsamer Junge. Aber er würde es nicht wagen, meine Frau anzurühren.«

Tuwo lächelte ein wenig mitleidig und sagte: »Heute morgen, bevor wir den Compound saubergemacht haben, habe ich gesehen, wie sich die beiden unterhalten haben. Du hättest sie sehen müssen. Der ganze Compound hat sie beobachtet. Du müßtest mal sehen, wie ihre Augen glänzen, wenn sie ihn ansieht. Sie hat nicht mal gehört, wie ich sie gegrüßt habe.«

Takpo wurde unruhig. Er leerte sein Glas *ogogoro*. Dann schenkte er sich ein zweites ein.

»Ich muß die beiden erst mit eigenen Augen gesehen haben, ehe ich etwas unternehme.«

»Das ist richtig.«

»Vielleicht hat er auch gehört, was ich mit dem dummen Fotograf gemacht habe.«

»Was hast du mit ihm gemacht?«

Er warf Tuwo einen seltsamen, furchterregenden Blick zu. »Ich habe eines Nachts zwei kräftige Männer zu ihm geschickt und ihn verprügeln lassen. Sie haben ihm einen Denkzettel verpaßt, und dann hat er den Compound verlassen und das Weite gesucht.«

»Du bist ein harter Bursche.«

»Hast du das nicht gewußt? Tja, dann weißt du es jetzt. Aber ich muß sie erst mit eigenen Augen gesehen haben.«

Einen Augenblick später kam Ifeyiwa ins Zimmer. In ihrer violetten Bluse und dem einteiligen Wickeltuch, das ihr knapp übers Knie reichte, sah sie sehr hübsch aus. Ihre Augen waren immer noch von all dem Rauch in der Küche gerötet. Auf ihrem zarten Gesicht lag ein Ausdruck verletzter Unschuld. Sie grüßte Tuwo nach traditioneller Art und fragte ihren Mann, ob er mit dem Essen fertig sei. Er entgegnete nichts. Sie begann den Tisch abzuräumen.

121

Mit der Hand fegte sie die Knochen vom Tisch in die Suppenschüssel. Dann wischte sie den Tisch mit einem Tuch ab. Sie stellte die beiden Teller und das Glas auf ein Tablett. Sie sagte zu ihrem Mann: »Möchtest du noch etwas Wasser?«
Er entgegnete immer noch nichts. Da fiel ihr plötzlich die Stille im Raum auf. Sie spürte, daß bei ihrem Eintreten etwas in der Schwebe geblieben war. Sie spürte, daß die beiden wohl über sie gesprochen hatten. Sie riß sich innerlich zusammen, um ihre Verlegenheit nicht zu zeigen. Mit ruhiger Stimme fragte sie noch einmal, ob er noch etwas Wasser wolle. Es blieb lange still. Takpos Augen waren schmal und abweisend.
Tuwo lehnte sich vor. »Hör zu, Takpo«, sagte er, »gib deiner Frau eine Antwort.«
Takpo starrte erst ihn, dann Ifeyiwa an. Seine Stimme bebte vor kaum verhehltem Zorn, als er sagte: »Nimm das Tablett und geh. Geh! Siehst du denn nicht, daß wir uns unterhalten? Diese dummen Mädchen von heute, hah! Sie sieht, daß sich zwei Männer unterhalten, und stellt mir dann so eine blöde Frage nach dem Wasser. Raus jetzt, sonst knallt's!«
Takpo geriet in Erregung, schrie, stand auf und versetzte Ifeyiwa einen Schubs. Sie stolperte und stürzte gegen die Tür. Tuwo sprang auf, um ihr zu helfen.
»Takpo, muß das sein?«
Ifeyiwa richtete sich auf und sammelte das Geschirr auf dem Boden zusammen. Die beiden Teller waren zerbrochen. Die Knochen waren überall verstreut. Nur die Becher hatten den Sturz überstanden. Ifeyiwa hob die Scherben und die Knochen auf und legte sie auf das Tablett. Sie holte den Besen und das Kehrblech neben dem Schrank hervor und fegte die Scherben auf. Sie tat das alles systematisch und geduldig. Ihr Gesicht war ausdruckslos, und ihre Augen waren hart wie Kristall. Als sie fertig war, verließ sie den Raum genauso, wie sie ihn betreten hatte: gleichgültig, ungerührt und ruhig. Mit einer Miene düsterer Würde ging sie hinaus, das Tablett in den Händen.
Als sie die Tür hinter sich schloß, atmete Tuwo tief aus. Er stand auf und setzte sich dann wieder. Er sagte etwas, hielt dann inne. Dann blickte er sich im Zimmer um und sah Takpo an, als sähe er das alles zum erstenmal. Er hatte wohl gespürt, was an der Atmo-

sphäre im Zimmer schon seit langem nicht mehr stimmte. Ihm wurde klar, wie unwirklich diese Ehe war. Takpo hatte sich ihm gegenüber unzählige Male mit seiner schönen Frau gebrüstet, erzählt, wie gehorsam und respektvoll sie sei und wie sehr sie sich liebten. Er hatte damit geprahlt, daß er ihr eine Ausbildung bezahlte und ihr, sobald sie ihre Sekretärinnenprüfung bestanden hatte, die Leitung seines Ladens überlassen und ein neues Geschäft eröffnen würde. Er hatte sogar erzählt, sie sähen sich gemeinsam indische Filme an und gingen am Wochenende tanzen. Plötzlich wußte Tuwo, daß das alles Lügen waren, und das verwirrte ihn. »Das hättest du dir sparen können«, sagte er. »Sie ist noch jung. Das lernt sie schon. Wenn ich gewußt hätte, daß du sie so behandelst, hätte ich den Mund gehalten.«

Takpo starrte wie versteinert auf die Tür. Nach einer langen, unbehaglichen Stille sagte er: »Kein Wunder, daß dich deine Frau verprügelt hat. So muß man mit einer Frau umgehen, damit sie sich vor ihrem Mann fürchtet. Du bist zu nachgiebig bei Frauen. Darum hat sich deine Frau daneben benommen und mit dir gestritten und getan, was sie wollte.«

»So, meinst du?«

»Ja.«

Tuwo rutschte unruhig hin und her. Dann stand er auf. »Mein Dorffreund«, sagte er. »Ich muß gehen.«

»Ich danke dir.«

»Wofür?«

»Daß du mir das alles erzählt hast.«

»Dafür brauchst du dich nicht zu bedanken.«

»Schon gut. Ich weiß, wie man mit Frauen umgeht.«

Tuwo ging zur Tür. Takpo sah ihn wieder mit jenem seltsamen, furchterregenden Blick an. Dann sagte er: »Trotzdem vielen Dank. Aber erstmal muß ich sie mit eigenen Augen gesehen haben, dann sehen wir weiter.«

Seine Stimme war nüchtern. Seine Augen wurden ausdruckslos. Tuwo öffnete die Tür und schloß sie sanft hinter sich. Takpo blieb in dem einförmigen Raum auf dem Stuhl sitzen und dachte nach.

6

Omovo schlief nicht sehr lange. Als er aufwachte, war er schweißgebadet. Er stand auf und trocknete sich mit einem Handtuch ab.
Als er ins Wohnzimmer ging, erschreckte er seinen Vater, der allein
auf einem Stuhl saß und einen Brief las. Vor ihm auf dem Tisch
lagen ein Umschlag und mehrere Fotos. Die Handschrift auf dem
Umschlag sah aus, als stamme sie von Okur, doch Omovo war sich
nicht sicher. Als der Vater ihn sah, reagierte er seltsam. Er nahm
hastig den Brief, den Umschlag und die Fotos und lief in sein Zimmer. Er sah älter und mutloser aus, als Omovo ihn je gesehen hatte.
Omovo blieb im Wohnzimmer und hoffte, daß sein Vater zurückkommen würde. Nach einer Weile hörte er, wie sein Vater Selbst-
gespräche hielt. Es klang, als erkläre er einem nur in seiner Vorstellung anwesenden Gläubiger etwas. Omovo wartete nicht länger
und ging nach draußen.
Der Himmel war klar. Die Sonne wirkte wie eine flache, feurige
Orange. Alle Konturen zeichneten sich deutlich ab. Die Straße war
staubig. Omovo konnte weit sehen. Er konnte die Häuser sehen,
die Buden, die spielenden Kinder, die Männer, die vor Plattenläden
tanzten, und die blaue Silhouette des Waldes. Er glaubte sogar die
Hitzewellen erkennen zu können, die die Form der Dinge leicht
verzerrten.
Während er die Straße entlangging, versuchte er leeren Milchdosen
auszuweichen, nicht in den Schlamm zu treten oder über verwilderte
Hunde zu stolpern, deren verletzte Ohren von Fliegenschwärmen
umgeben waren. Er paßte auch auf, nicht in Häufchen eingetrock-
neten Kots zu treten, die auf der Straße lagen. Es bedrückte ihn, daß
er immer auf den Boden gucken mußte, um dem Schmutz der Gesellschaft aus dem Weg zu gehen. »Das ist das Problem mit mir«,
dachte er. »Ich sehe zuviel. Ich frage mich, ob das gut ist.«
Er war nachdenklich weitergegangen, als er einen Schatten neben
sich spürte.
»Hallo, Omovo. Wie geht's?«
Er war einen Augenblick verdutzt. Es war Dr. Okocha, der alte
Maler. Er trug ein mit Farbe bekleckertes blaues Hemd und eine

Khakihose. Er hatte Farbflecken im Haar und im Gesicht. Er sah müde aus. Omovo lächelte.

»Habe ich dich überrascht?«

Omovo nickte und dachte:»Das ist auch so ein Problem mit mir. Ich ziehe mich zu sehr in meinen Kopf zurück. Vielleicht ist das nicht gut.« Dann sagte er laut:»Ja, du hast mich überrascht.«

»Wie geht's denn?«

»Ganz gut.«

»Ich habe dich seit der Ausstellung nicht mehr gesehen.«

»Ja.«

»Weißt du, daß ich zwei von meinen Bildern verkauft habe?«

»Ja, das freut mich für dich.«

»Danke. Ich war neulich ziemlich betrunken, und später habe ich gehört, daß sie dein Bild beschlagnahmt haben.«

»Das habe ich schon fast vergessen.«

»Das glaube ich dir nicht, aber es tut mir leid. Niemand hat das Recht, das Werk eines Künstlers zu beschlagnahmen.«

Omovo blieb stumm.

»Ich habe nicht einmal die Möglichkeit gehabt, es mir richtig anzusehen. Was für einen Grund haben sie denn genannt?«

Omovo zuckte die Achseln.»Sie haben gesagt, ich würde mich über den Fortschritt unseres Landes lustig machen.«

»Und dann machen sie sich über unsere Freiheit lustig.«

»Ich habe mich über nichts lustig gemacht.«

»Ich weiß. Aber was sollen wir tun? Wenn man die Wahrheit sagt, bekommt man Schwierigkeiten. Aber wenn man die Wahrheit sieht und den Mund hält, dann geht das Schöpferische in uns kaputt. Der Künstler hat eine verdammt schwere Stellung.«

Omovo sagte nichts.

»Hast du versucht, es zurückzubekommen?«

»Nein. Ich habe kein Interesse mehr daran. Außerdem, an wen soll man sich schon wenden?«

Dr. Okocha blickte Omovo fest an. Dann sagte er:»Na, ich hoffe, sie geben es dir wieder. Wenn diese Geschichten noch schlimmer werden, stecken wir alle in der Klemme.«

»Wir stecken sowieso in der Klemme.«

Sie schwiegen kurz. Omovo versuchte das Thema zu wechseln.

»Wie geht's mit der Arbeit voran?«

»Mit welcher?«

»Nicht mit den Schildern, ich meine, mit der richtigen Arbeit.«

Der alte Maler sah noch müder aus. Er verzog das Gesicht. Seine Augen wurden stumpf. Er sah aus, als blicke er irgendeiner Niederlage ins Auge.

»Ich habe nicht ein einziges Bild gemalt, seit du in meiner Werkstatt warst.«

Er hielt inne, blickte sich um und fuhr fort. »Diese Schilder, mit denen ich mir mein Brot verdiene, stehlen mir meine ganze Zeit.«

Diesmal wechselte der alte Maler das Thema. »Na, wo gehst du denn hin?«

»Ich will zu Okoro und dann vielleicht zu Keme.«

»Dein Freund, der Journalist ist?«

»Ja. Wir waren zusammen in der Ausstellung.«

»Ich habe ihn gesehen.«

»Aber danach ist etwas passiert.«

»Nachdem sie dein Bild beschlagnahmt haben?«

»Ja.«

»Nichts Schlimmes, hoffe ich?«

»Doch, etwas Schlimmes«, antwortete Omovo, aber er sagte nichts weiter.

»Malst du noch? Hast du was Neues angefangen?«

»Ich versuche es. Es ist schwer. Nach der Ausstellung haben Keme und ich etwas Schreckliches gesehen. Ich habe schon zweimal davon geträumt. Es verfolgt mich ständig. Es läßt mich nicht los. Und ich habe versucht, es zu malen, um das, was ich gesehen habe, in irgendeiner Form festzuhalten.«

»Hast du schon damit angefangen?«

»Ja. Aber ich habe alles wieder zerrissen.«

»Warum?«

»Ich bin mir nicht sicher. Das Thema ist sehr schwierig. Und es dauert lange, ehe ich richtig verstehe, was ich gesehen habe. Und dann gibt es ein paar Dinge, die ich einfach nicht zu malen wage.«

»Warum?«

»Das weiß ich auch nicht. Vielleicht habe ich immer noch Angst vor dem ursprünglichen Erlebnis.«

Dr. Okocha dachte darüber nach und fragte dann: »Und vor was für einem, zum Beispiel?«

Omovo blickte ihn an. »Zum Beispiel vor ein paar Dingen, die ich im Bürgerkrieg gesehen habe.«

Der alte Maler sah ihn nun eindringlich an. Seine Runzeln vertieften sich zu Hieroglyphen innerer Qual. Omovo zögerte. Er sprach nicht oft über diese Dinge. Doch der eindringliche Blick des alten Malers zwang ihn weiterzusprechen.

»Damals war gerade Ausgangssperre, und ich bin durch die Straßen von Ughelli gelaufen. Man hatte mich gewarnt, nicht zu weit von zu Hause wegzugehen. Doch in der Luft oder in der Stimmung der Stadt war irgendwas, was mich nicht zur Ruhe kommen ließ. Flugzeuge sind über uns weggeflogen, flogen im Kreis um die Stadt. Aus der Ferne habe ich Schüsse gehört. Ich habe Leute schreien hören. Ich wollte unbedingt sehen, was da vor sich ging. Ich hatte diesen Hang zum Herumstromern. Ich war noch ein Kind, und ich wußte nicht, was Krieg bedeutet. Ich habe gedacht, Krieg wäre nur ein Spiel, wie es die Kinder spielen. Auf der Hauptstraße, in der Nähe des Polizeireviers, habe ich die Leiche eines Mannes gesehen.«

»Einen Ibo.«

»Ja, einen Ibo. Ich habe da jedenfalls gestanden und auf den Toten gestarrt. Die Leiche war schon angeschwollen. Der Bauch war zerfetzt, eine Mischung aus Fleisch und grünlichem Blut. Die Leiche stank. Fliegen tummelten sich darauf. Ich habe den Mann unentwegt angestarrt.«

Omovo hielt inne. Auf dem Gesicht des Malers zeichneten sich dunkle Schatten ab. Omovo verwünschte sich selbst.

»Dann ist ein Geier an mir vorbeigesegelt. Die Fliegen sind nach allen Seiten davongestoben. Dann habe ich die Augen des Toten gesehen. Das eine war groß und herausgequollen. Das andere war normal. Und auf einmal habe ich gemerkt, daß der Tote mich unverwandt anstarrte. Es sah aus, als beobachte er mich. Ich war wie gelähmt. Erst als mir jemand einen Schlag auf den Kopf versetzt hat, bin ich wieder zu Bewußtsein gekommen. Ich habe den Mund aufgerissen, doch da ist kein Laut rausgekommen. Ich habe aufgeblickt und den Mann gesehen, der mich geschlagen hat. Er schielte und hatte ein furchteinflößendes Gesicht. ›Hau ab‹, hat er gesagt. ›Was ist mit dir los? Warum starrst du eine Leiche an?‹ Ich habe angefangen zu weinen. Dann habe ich das Durcheinander bemerkt, das ringsumher herrschte. Leute sind vorbeigerannt, als flohen sie vor einem Feuer. Frauen mit Kindern auf dem Rücken haben gellend geschrien. Überall sind Männer herumgerannt. Die Welt war wie ein Alptraum. ›Wer ist dein Vater?‹ hat der Mann gefragt. Da habe ich erst gemerkt, daß es ein Soldat war. Ich habe auf die Augen des Toten gezeigt. ›Warum sind sie offen?‹ muß ich wohl gefragt haben. Doch bevor der Mann etwas sagen konnte, hat sich eine Menschenmenge zwischen uns gedrängt. Ich habe gespürt, wie ich von den kräftigen Füßen der Erwachsenen hin und her geschubst wurde. Irgend jemand ist gestolpert und auf den Toten gestürzt. Ich bin schließlich am anderen Ende der Straße, an einer Ecke wieder zu mir gekommen. Ich bin aufgestanden und durch das Chaos der Stadt geirrt. Dann hat mich mein Vater gesehen, ist auf mich zugelaufen, hat mich hochgehoben und ist mit mir nach Hause gerannt.«

Omovo hielt wieder inne. Das Gesicht des alten Malers war verzerrt.

»Zwei Wochen lang habe ich von den Augen des Toten geträumt. Wegen dieser Augen konnte ich nicht schlafen. Wenn das Licht ausging, habe ich die roten Augen gesehen, an der Wand, an der Decke, sie haben mich angesehen, mich angestarrt. Und dann habe ich sie überall gesehen. Mitten beim Spiel habe ich plötzlich angefangen zu schreien. Ich war damals zehn, aber diese Augen haben mich fast verrückt gemacht. Mein Zustand war so beunruhigend, daß mein Vater mich aufs Dorf zu einem Kräuterdoktor bringen mußte, der mich heilen sollte. Ich habe die Augen schließlich nicht mehr gesehen, aber der Kräuterdoktor hat mich nicht richtig geheilt, denn ich habe die Augen nie vergessen. Ich erinnere mich nicht mehr genau, wie sie ausgesehen haben, und ich werde sie nie malen, aber diese Augen werden mich nie verlassen.«

Als Omovo schwieg, fühlte er sich leer und erschöpft. Er hatte das Gefühl, daß er zuviel geredet, sich in etwas Unwirkliches hineingesteigert hatte. Er hörte, wie der Wind leise heulte. Er stellte sich vor, er könne hören, wie das Sonnenlicht auf den Boden traf. Das Gesicht des alten Malers wurde düster. Schließlich sagte er mit hohler Stimme: »Mir geht es genauso. Ich habe niemandem erzählt, was ich im Krieg erlebt habe, außer meiner Frau. Und ich habe auch nichts davon gemalt. Ich erinnere mich an so viele Dinge, daß ich mich im Grunde an nichts mehr erinnere. Das ist eines der Probleme des Künstlers.«

Dann schwieg Dr. Okocha. Nach einer Weile sagte er: »Das ursprüngliche Erlebnis muß als Richtschnur dienen. Aber was man daraus macht, was man davon ableitet, die Vision, nenn es, wie du willst, ist das Wichtigste. Was du vergißt, kommt auf hunderterlei Weise in anderer Form wieder. Es wird zur Basis des Schöpferischen. Wenn du lernen willst, wie man die Erinnerung schöpferisch nutzt, mußt du lernen, was es heißt, zu fühlen. Aber wenn du diese Träume malen willst, von denen du gesprochen hast, mußt du dich auf eine lange Reise in dein Inneres gefaßt machen. Das bedeutet auch, daß du lernen mußt, anders zu denken. Ich freue mich für dich, denn du bist jung und stehst noch am Anfang.«

Er schwieg wieder. Während sie sich unterhielten, hatten ein paar Jungen angefangen, neben ihnen auf der Straße Fußball zu spielen. Der alte Maler sah ihnen mit abwesendem Blick zu. Auch Omovo sah ihnen zu. Die Jungen begannen zu schreien. Es hätte fast ein Tor gegeben, doch der Torwart schoß den Ball in den grünen Schmutztümpel. Die Jungen fischten ihn mit einem Stock aus dem Wasser und setzten das Spiel fort, doch einer der Jungen schoß den Ball so ungeschickt, daß er einen alten Mann am Kopf traf. Der Mann war auf einem ebenso alten Fahrrad mitten über das Spielfeld gefahren. Die Jungen kugelten sich vor Lachen. Der alte Mann stieg vom Fahrrad und rannte hinter den Jungen her. Sie stoben nach allen Seiten davon. Da er keinen von ihnen zu fassen bekam, rannte er schließlich hinter dem Ball her.

»Die Jugend von heute hat keinen Respekt mehr vor dem Alter«, murmelte er, als er den Ball ergriff, der auf Dr. Okocha und Omovo zugerollt war. Der alte Mann ließ den Ball auf die Erde prallen, doch er sprang ihm aus der Hand. Er holte ihn wieder, nahm die Sicherheitsnadel, die seinen Hosenschlitz zusammenhielt, und bohrte ein Loch in den Ball. Er lächelte Dr. Okocha, der ihm nickend zuschaute, mit verkniffenem Gesicht zu, stieg dann aufs Fahrrad und fuhr mit stillvergnügtem Lachen davon. Die Jungen riefen ihm Schimpfworte nach. Das Spiel war zu Ende. Dr. Okocha und Omovo gingen weiter.

»Ja, ich freue mich für dich«, fuhr der alte Maler fort. »Das ist ein Gemälde, das dich verändern wird. Handwerkliches Können ist wichtig. Je besser die Idee ist, umso mehr handwerkliches Können erfordert sie. Aber wenn du die richtigen Farben und die richtigen Formen findest, um diesen Traum einzufangen, dann wirst du in dir ungeahnte Dimensionen entdecken.«

Sie gingen an dem grünen Schmutztümpel vorbei. Omovo starrte auf die Oberfläche des Wassers. Er starrte auf den Müll, der in den Tümpel geworfen worden war. Er entdeckte eine Matratze, auf der leuchtend rote Schimmelpilze wuchsen. Er erschauerte. Dann wurde ihm allmählich klar, warum Ifeyiwa stumm geblieben war, als er ihr das Bild von der Tümpellandschaft gezeigt hatte.

»Wir sehen uns nicht oft genug häßliche Dinge an«, sagte er.

»Häßlichkeit ist etwas, wovor wir immer den Blick abwenden«, sagte der alte Maler. »Wenn etwas schlecht ist, wollen die Menschen der Wahrheit nicht ins Auge sehen. Ich weiß nicht, warum die Maler in früheren Zeiten die Wahrheit immer als schöne Frau dargestellt haben. Die Wahrheit ist eine häßliche Frau. Doch ihre Häßlichkeit existiert nur in den Augen des Betrachters. Als ein gutes Bild der Wahrheit würde ich das Gesicht der Medusa wählen. Sie ist eine äußerst schöne Frau, und wir können sie nur mit Hilfe eines Spiegels sehen. Dieser Spiegel ist die Kunst.«

»In der Häßlichkeit«, sagte Omovo, »sehen wir uns so, wie wir es nicht wahrhaben wollen.«

»Und so frißt sich die Häßlichkeit weiter, während die Leute nach Bildern der Schönheit, nach Illusionen schreien.«

»Aber wie sollen wir glücklich sein, wenn wir von soviel Häßlichkeit umgeben sind und die häßliche Wahrheit malen?«

»Wie sollen wir glücklich sein, wenn wir uns selbst belügen?«

»Das können wir nicht.«

»Die Dinge müssen besser werden. Aber erst müssen wir uns so sehen, wie wir sind.«

»Aber du malst doch nicht die Häßlichkeit«, sagte Omovo.

Der alte Maler lächelte. »Früher habe ich das getan. Ausschließlich. Ich habe schlechte Straßen gezeichnet, ich habe Frauen auf schmutzigen Hinterhöfen gemalt. Und das so oft, daß mein Leben vom Elend überschattet wurde. Man reproduziert seine Arbeit im eigenen Leben. Und ich bin arm. Mein Leben ist unerträglich geworden. Und da habe ich angefangen, strahlende Dinge zu malen, fröhliche Themen, das Lächeln eines Kindes am Meeresufer, den stolzen Hunger der Karrenschieber, die herausfordernde Haltung der Kundenschlepper auf dem Fuhrplatz. Mein Leben ist offener geworden. Jetzt versuche ich, beides zu tun, sowohl die Häßlichkeit zu zeigen wie auch die Träume.«

»Ich kann anscheinend nichts tun. Ich lasse mich oft vom Unglück übermannen.«

Der alte Maler blieb stehen und blickte ihn liebevoll an. Dann legte er Omovo die Hand auf die Schulter und sagte: »Du bist noch jung. Alles, was du jetzt siehst und empfindest, ist etwas, woraus du später schöpfen kannst. Aber du überläßt dich zu sehr den Empfindungen. Die Kunst ist ein schlechter Ersatz für das richtige Leben. Ich mag dich. Aber koste das Leben voll aus! Handel immer dann, wenn du es für nötig hältst. Leb nicht nur in deiner Phantasie. Du stehst mitten in der Welt.«

Dr. Okocha ging weiter. Omovo stand noch da, ohne sich zu rühren. Er war zutiefst mit sich selbst beschäftigt. Dann faßte er sich an den Kopf und spürte die neuen Haarstoppeln und seine schwitzende Haut. Er konnte nicht über die baufälligen Häuser und die staubbedeckten Büsche hinaussehen. Leute gingen an ihm vorbei, während er so dastand. Er nahm sie nicht wahr. Nach einer Weile lief er schnell hinter dem alten Maler her, der sagte: »Während der nächsten zwei Wochen bin ich wegen eines Auftrags nicht in der Stadt. Wenn ich zurückkomme, besuche ich dich, um zu sehen, wie es dir geht. Wir haben die Pflicht, den schönen Träumen und den schöpferischen Visionen, die uns gegeben sind, Ausdruck zu verleihen. Ein indischer Dichter hat einmal geschrieben: ›In den Träumen beginnt die Verantwortung.‹ Ich ziehe in diesem Zusammenhang das Wort ›Vision‹ dem Wort ›Träumen‹ vor.«

Er blieb wieder stehen. Und diesmal wußte Omovo, daß Dr. Okocha es eilig hatte und gehen mußte. Dankbar für das Interesse, das der ältere Mann ihm entgegenbrachte, stand Omovo da und wußte nicht, was er sagen sollte. Der alte Maler lächelte. Seine Augen glänzten. Mit einer theatralischen Gebärde schwenkte er die Hände, als wolle er Konfetti in die Luft werfen, und sagte: »Wir legen unsere Netze ins Dunkel aus und holen uns selbst darin ein. Und manchmal, wenn das Glück uns lacht, fangen wir auch…«

»Leuchtende Korallen.«

»Leuchtende Dinge.«

»Voller Licht und Wunder.«

»Ich besuche dich, wenn ich zurück bin.«

Dr. Okocha wandte sich ein wenig abrupt zur Seite und ging zu dem Schuppen, der ihm als Werkstatt diente. Omovo blickte ihm nach. Er empfand eine tiefe Zuneigung zu dem alten Mann. Während er sich auf den Weg zu Okoro machte, dachte er über die Worte des alten Malers nach. Er war so in seine Gedanken vertieft, daß er mitten in eine Gruppe junger Männer geriet. Sie stritten sich um Geld. Sie bemerkten ihn nicht. Er ging ein paar Schritte zur Seite und lehnte sich mit dem Rücken an eine Hauswand. Er beobachtete sie. Je länger er sie betrachtete, desto genauer nahm er die Züge der einzelnen wahr. Jeder von ihnen sah anders aus, gleich war nur ihr verzweifelter Drang, Geld zu verdienen. Er lauschte ihnen, wie sie über Geschäfte, Verträge und Darlehen sprachen. Er stellte sich vor, daß sie von Geschäften träumten. Er hatte schon andere gesehen, die ihnen ähnelten, Opfer der Armut. Wenn sie abends von der Arbeit zurückkehrten, redeten sie wirres Zeug, rechneten mit den Fingern und waren gegenüber der Welt, die sie vielleicht eines Tages regieren würden, blind. Ihre Gesichter waren faltig und vorzeitig gealtert. Omovo machte sich wieder auf den Weg zu seinem Freund und hatte plötzlich das Gefühl, die Welt nicht mehr zu verstehen. Angesichts ihres Erscheinungsbilds und ihrer unterschiedlichen Wirklichkeiten schien es für ihn nur Verwirrung und krankhafte Faszination zu geben.

7

Als er an den Holzsteg kam, eine Abkürzung durch den Sumpf, der Alaba und Ajegunle voneinander trennt, wollte die Frau im Kassenhäuschen ihn nicht herüber lassen, weil sie kein Wechselgeld hatte. Er mußte warten, bis weitere Leute kamen. Die Frau hatte herunterhängende Lippen und große Augen. Sie saß hinter einem Kassentisch, aß mit den Fingern Bohnen von einem Teller und blickte Omovo verächtlich an. Als sie genug Wechselgeld hatte, bezahlte Omovo seine fünf Kobo.

»Geh nicht zu schnell«, sagte die Frau, als er den Steg betrat. Der Holzsteg wackelte. Er hatte kein Geländer. Während Omovo auf die andere Seite ging, fühlte er sich in Gefahr, spürte, daß er, wenn er nur einen falschen Schritt machte, in den Sumpf fallen würde. Ringsumher trillerten die Vögel. Üppige Gräser wuchsen in dem Sumpf, der schon seit langem zur Müllgrube für den Abfall der umliegenden Viertel geworden war. In der Luft hing ein feuchter, beißender Gestank. Der Sumpf war von einer Wand aus Bäumen umgeben.

Omovo spürte, wie jemand das andere Ende des Stegs betrat, der bedrohlich schwankte. Omovo wartete. Eine Frau in hochhackigen Schuhen kam ihm entgegen. Sie trug ein leuchtend gelbes Kleid und wackelte beim Gehen mit den Hüften. Außer Omovo war niemand anderes in der Nähe, der ihre verführerischen Bewegungen hätte würdigen können. Der Holzsteg schaukelte. Omovo sagte: »Sachte, sachte. Machen Sie hier nicht so eine Show auf dem Steg.« Doch die Frau wackelte immer noch mit den Hüften. Sie rauschte mit solch temperamentvoller Unbekümmertheit an ihm vorbei, daß ihn nur ein beherzter Schritt zur Seite davor bewahrte, in den Sumpf zu fallen. Omovo ging weiter. Er näherte sich dem anderen Ende, als er hörte, wie sie mit dem Absatz gegen ein loses Brett trat. Er hörte, wie sie aufschrie. Dann hörte er das gefürchtete Platschen. Er rannte hinüber und schaffte es, sie aus dem Morast zu ziehen. Sumpfwasser lief aus ihrem Büstenhalter. Ihr gelbes Kleid war mit schwarzgrünem Schlamm bedeckt. Sie war zutiefst unglücklich und aufgebracht. Sie beschimpfte unentwegt Omovo, als sei es seine Schuld. Einer ihrer hochhackigen Schuhe war ganz im Sumpf verschwunden. Omovo führte sie zu der Frau im Kassenhäuschen, die ihr etwas Wasser gab, damit sie sich die Füße waschen konnte. Dann beobachtete Omovo, wie sie fortging. Sie dankte ihm nicht. Sie war immer noch aufgebracht und hielt den Saum ihres schmutzbedeckten Kleids hoch, während sie affektiert die Straße hinabging.

Als Omovo bei seinem Freund Okoro eintraf, verabschiedete sich dieser gerade von seiner neuen Freundin.

»Hey! Hallo Mann! Lange nicht gesehen«, rief Okoro mit seinem unverbesserlichen amerikanischen Akzent.

Okoro war mittelgroß und gutaussehend. Seine trotz seiner Jugend schon faltige Stirn glänzte vor Schweiß. Er hatte hohe Backenknochen und Schatten unter den Augen und die Andeutung eines Schnurrbarts. Er trug eine blaue Jacke mit großen Schweißflecken unter den Achseln, eine weiße Hose und schwarze Schuhe mit hohen Absätzen. Er glühte vor Begeisterung. Seine neue Freundin war hübsch und picklig. Sie hatte kluge Augen. Sie trug eine weiße Bluse und einen roten Rock. Okoro legte den Arm um ihre vielversprechenden Hüften und sagte: »Mann, wo kommst du her?«

»Von zu Hause.«

»Wie geht's?«

»Gut, und dir?«

»Okay. Super.«

»Schön.«

»Ich hab Keme getroffen.«

»Was war los?«

»Das erzähle ich dir, wenn ich zurückkomme.«

»Willst du mich nicht mal vorstellen?«

»Oh, kennst du sie nicht?«

»Nein.«

»Das ist Julie, die Würze aller Monate. Julie, das ist Omovo, ein Maler aller Jahreszeiten.«

Sie gaben sich die Hand.

»Sie geht auf die Technische Hochschule.«

Sie standen einen Augenblick da und blickten sich an. Dann sagte Okoro: »Ich bring sie eben zur Bushaltestelle, oder willst du mitkommen?«

»Ich warte hier. Ist die Tür offen?«

»Ja. Alle sind weg. Ich bin sofort wieder da.«

Omovo blickte ihnen nach. Als sie die ungeteerte Straße ein Stück hinaufgegangen waren, legte Okoro mit Besitzermiene den Arm um Julies Schultern, wandte sich um und winkte. Omovo lächelte und ging in Okoros Compound. Das Zimmer seines Freundes war klein und stickig. Die Fenster mußten immer geschlossen bleiben, weil es aus dem Hinterhof nach Abwässern stank. Obwohl es draußen noch hell war, waren alle Vorhänge zugezogen, das Zimmer war ziemlich dunkel, es brannte nur ein blaues Licht. Die blaue Glühbirne sollte dem Raum eine romantische Atmosphäre verleihen. Weil es nach Sex roch, öffnete Omovo die Fenster. Licht und undefinierbare Abwässergerüche drangen herein. Da Omovo nichts anderes zu tun hatte, betrachtete er das Zimmer seines Freundes mit den Augen eines Fremden. Er besaß darin Übung, denn er war überzeugt, daß er lernen mußte, ohne Zwang und ohne Vorurteil genauer hinzusehen, schärfer zu beobachten. Er mußte seine Augen daran gewöhnen, sich nicht vom äußeren Erscheinungsbild irreführen zu lassen, und lernen, Erscheinungen als Zeichen und Chiffren des Inneren zu verstehen.

An der blauen Zimmerwand hing ein Poster von Fela Anikulapo Kuti, der die Faust in einer revolutionären Geste erhob. Neben dem Poster hing ein Kalender der Nigerian Airways mit farbenfrohen Fotos von London, New York, Paris und Amsterdam. Der Kalender war zwei Jahre alt. Ein breites Bett nahm den größten Teil des Raums ein. Neben dem Bett stand ein kleiner runder Tisch mit zwei Stühlen davor. Mehrere Paar Schuhe und Pantoffeln waren über den Boden verstreut. Am Fußende des Betts befand sich ein Kleiderständer, der unter der Last der jüngsten Mode zusammenzubrechen drohte. Omovo setzte sich an den einzigen großen Tisch im Zimmer, auf dem eine eindrucksvolle Stereoanlage stand. Der Rest des Tisches war mit Antragsformularen, Kassetten, Schlüsseln, Adreßbüchern, Broschüren von amerikanischen Universitäten und Lehrbüchern eines Fernkurses übersät, den Okoro zum drittenmal belegt hatte, um sein Abschlußdiplom zu bekommen.

Omovo war nach dieser eingehenden Betrachtung vom Zimmer seines Freundes richtig erschöpft.

Normalerweise, wenn er herkam, erbebte das ganze Zimmer vor lauter Musik. Die Stille und die Hitze machten Omovo schläfrig. Er legte den Kopf auf den Tisch und war gerade eingedöst, als Okoro zurückkehrte und ihm aufgeregt auf die Schulter klopfte. »Wie findest du die Kleine, hm?« fragte er. Doch ohne auf eine Antwort zu warten, legte er eine Platte auf. Dann stellte er die Musik auf volle Lautstärke.

»Sag, wie findest du sie, hm? Ist sie nicht stark, hm?« schrie er, um die Musik zu übertönen.

Omovo machte eine vage Geste. Dann sagte er: »Ich hab Freitag auf dich gewartet.«

»Ich war mit Dele auf einer Party.«

»Hat er dir erzählt, daß wir ihn besucht haben?«

»Ja. Die Party war toll. Da hab ich übrigens Julie kennengelernt. Also, wie findest du sie, hm?«

»Stell die Musik leiser.«

»Was?«

»Stell die Musik leiser.«

Okoro drehte die Musik leiser.

»Ich hab gedacht, du hättest Angst vor den Mädchen von der Uni.«

»Ja, hab ich auch. Sie sind zu eingebildet. Aber die ist in Ordnung. Das kann man bei denen vorher nie wissen, Mann.«

»Richtig.«

»Warum machst du denn so ein saures Gesicht?«

»Ich?«

»Ja. Nur weil du eine Freundin gehabt hast, die dir den Laufpaß gegeben hat, als sie die Zulassung für die Uni bekam.«

»Was hat das denn damit zu tun?«

»Ehrlich gesagt, so ein Mädchen hat dich bestimmt auch vorher nicht wirklich geliebt.«

»Richtig.«

Okoro starrte ihn an. Die Musik erreichte den Punkt, an dem Okoro sich gewöhnlich fortreißen ließ. Er stellte die Musik wieder lauter, bewegte die Hüften und rollte die Augen im Disco-Fieber. Okoro sang den Text mit, es ging um Sehnsucht und Liebe. Als das Stück zu Ende war, schloß Okoro das Fenster und blieb neben dem Tisch stehen. Mit deutlich wollüstig glänzenden Augen sagte er: »Ich hab das Mädchen auf einer Party kennengelernt. Bevor ich sie getroffen hab, war ich einsam, Mann. Ich weiß nicht, was über mich gekommen ist, aber ich bin zu ihr hin und hab gefragt: ›Hätten Sie was dagegen, mit mir zu tanzen?‹ Ich hatte meine neue Jacke an, nicht diese, eine andere. Sie hat eine Stange Geld gekostet. Ich hatte auch neue Schuhe an. Egal, sie hat mich jedenfalls kühl angesehen und ›Nein‹ gesagt. Du wirst es mir nicht glauben, Mann, aber ich hab einen Augenblick lang sprachlos dagestanden. Ich wußte nicht, wie ich es schaffen würde, durch den ganzen Raum zurückzugehen. Ich dachte, sie hat ›Nein‹ gesagt, weil sie nicht mit mir tanzen will.«

»Sie hat doch ›Nein‹ gesagt.«

»Ja, sicher. Aber dann ist sie aufgestanden und hat mich angesehen, als müßte ich irgendwas machen. Und dann ist mir klar geworden, daß sie ›Ja‹ gemeint hatte. Mann, diese verflixte Sprache kann einen ganz schön durcheinanderbringen. Jedenfalls haben wir getanzt. Sie tanzt gut. Du solltest mal ihren Körper spüren, Mann. Oder besser nicht, wenn du weißt, was ich meine.«

»Na klar.«

»Na, jedenfalls hab ich ihr die Arme um die Hüften gelegt. Wir haben eng umschlungen getanzt. Ich hab sie gefragt, was sie anfängt. Erst nach der dritten Platte hat sie etwas gesagt. Ich hab meinen besten Akzent aufgesetzt und ihr von mir erzählt, und wenn nötig hab ich auch mal gelogen, weißt du.«

Okoro zwinkerte mit den Augen. Omovo lächelte.

»Dann hab ich sie abgeschleppt. Ihre Freunde schienen darüber nicht sehr erfreut zu sein, aber was macht das schon. Man hat nur einmal Glück. Und bevor die Party zu Ende war, hab ich Dinge mit ihr angestellt, von denen ich nie geträumt hätte. Ich war so glücklich, Mann. Ich kann dir gar nicht sagen, wie. Ich hatte die Sache im Griff. Ich hatte das Gefühl, ich könnte die Welt auf den Kopf stellen und alles tun, wozu ich Lust hatte. Ich war so richtig glücklich.«

Omovo wurde es etwas unbehaglich zumute, er wurde unruhig. Er war nicht sonderlich an all den Einzelheiten interessiert, die Okoro anscheinend zum Besten geben wollte. Omovo nahm eine der Broschüren über die Regierung vom Tisch und legte sie wieder hin.

»Omovo, du weißt ja, wie schwer es ist. Wir sind alle verrückt nach Liebe, Mann. Ich fühle mich ganz einsam, wenn ich die Straße entlanggehe und zusehen muß, wie jeder eine Frau im Arm hat.«

Omovo sagte nichts. Er spürte Verzweiflung in der Stimme seines Freundes. Sie schwiegen beide. Okoro sah ein wenig verlegen aus. »Wie kommst du mit dem Unterricht voran?« fragte Omovo und wünschte sich dann, er hätte nicht gefragt. Okoro blickte weg. Er stellte die Musik so laut, daß der Raum richtig zitterte. Dann ging Okoro mit wankendem Schritt zum Bett, als sei er erschöpft oder aus einem Traum gerissen worden, und setzte sich. Traurig starrte er mit leerem Blick vor sich hin. Dann streckte er sich auf dem Bett aus, ohne die Schuhe auszuziehen, und schloß die Augen. Die Falten auf seiner Stirn wurden tiefer.

Omovo betrachtete ihn, betrübt über den schmerzlichen Ausdruck auf dem Gesicht seines Freundes. Der Krieg hatte Okoro für immer gezeichnet, auch wenn er es sich nicht ohne weiteres anmerken ließ. Als Omovo ihm zum erstenmal begegnet war, hatte Okoro gerade die höhere Schule beendet und redete ständig über den Krieg. Er war damals ziemlich durchgedreht. Okoro hatte im Krieg gekämpft, und zwar zunächst als Pfadfinder, der einem Offizier unterstellt war. Er schlich in Dörfer in der Nähe der Kampfschauplätze und stahl Nahrungsmittel. Er diente auch als Späher, der auf Bäume kletterte und nach vordringenden Soldaten Ausschau hielt und alles, was er sah, in Zeichensprache übermittelte. Er überlebte drei Bombenangriffe, ohne im Bunker gewesen zu sein. Er sah zu, wie sein Dorf bei einem Luftangriff zerstört wurde. Er trug Verwundete über Minenfelder. Mit regulären Spähtrupps zog er nachts tief in die Wälder durch übelriechende Sümpfe, um die Stellung der Truppen auszukundschaften. Er mußte erleben, wie in einem solchem Spähtrupp drei seiner Freunde von Sprengminen getötet wurden. Er erhielt im Schnellverfahren eine militärische Ausbildung und wurde dem Hauptheer zugeteilt. Er war noch keine siebzehn. Er sprach oft über den Krieg, der seine Schulausbildung unterbrochen hatte, und erzählte von den furchtbaren Dingen, die er erlebt hatte: von einer Frau, die durch einen Brustschuß getötet wurde, oder von einem Baby, das schreiend mitten im Bombenhagel saß, oder von einem fünfzehnjährigen Soldaten, der mit einem von Kugeln zerfetzten Bein durch die Wälder lief. Er sprach über die langen Nächte im Sumpf, ohne Wolldecken, im strömenden Regen, während die Dörfer ringsumher brannten, die Bomben fielen, die Blitze nicht mehr vom erbarmungslosen Granatfeuer und der Donner nicht mehr vom Bombenlärm zu unterscheiden waren. Er sprach über Freunde, die desertiert waren und von ihren Kameraden aufgegriffen und kurzerhand erschossen worden waren. Er sprach darüber, was für ein Glück er gehabt hatte, daß er von Verwundung und Tod verschont geblieben war, und daß sein Vater gefallen und in einem Massengrab beerdigt worden war. Nach dem Krieg nahm Okoro seine unterbrochene Ausbildung wieder auf. Und als Omovo ihm zum erstenmal begegnete, brannte Okoro vor Lebenskraft und Feuer, vor Verzweiflung und Hoffnung. Er war wild entschlossen, etwas im Leben zu erreichen und die verlorenen Jahre wieder wettzumachen. In Omovos Augen war er ein Held, jemand, der die unauslöschliche Erinnerung an die Gewalt in sich trägt, jemand, der im Hinterhalt, im Bombenhagel aufgewachsen war, der den Tod gesehen und das Sterben mit den Augen eines Kindes verfolgt hatte. Doch die Jahre vergingen. Okoro bekam verschiedene Stellen, und sein brennender Lebensdurst ließ allmählich nach. Die langen, sinnlosen Jahre im Büro, das Leben im leeren Trott des grauen Alltags hatten seine unbändige Energie verbraucht. Er sprach nicht mehr über den Krieg und versank oft in tiefe Verbitterung. Doch er hatte ein fröhliches Wesen, und wenn er sich nicht gut fühlte, stürzte er sich in den Trubel von Parties und Diskotheken, machte Frauen an und lachte laut, während sich die Falten in seinem Gesicht anspannten. Omovo wußte, daß sein Freund von mehr Schrecken heimgesucht wurde, als man je würde verstehen können.

Die Platte war zu Ende. Es wurde still im Raum. Omovo dachte daran, wie er seine eigene Kindheit in einem ständigen Hin und Her zwischen Lachen und Einsamkeit verlebt hatte. Die Jahre des Heranwachsens waren durch die mühsame Entdeckung hoffnungslos verdorben worden, daß die Menschen schwer kämpfen müssen, um letztlich nicht mehr als einen elenden Kompromiß zu erreichen. Es kam ihm wie ein Wunder vor, daß die Leute dieses schwere Leben ertrugen, ohne verrückt zu werden.

Okoro bewegte sich auf dem Bett. Seine Augen waren weit offen, und seine Züge hatten sich verhärtet. »Du kannst das Establishment nicht austricksen«, sagte er. »Leg Musik auf.«

Omovo drehte die Platte um und stellte den Apparat leiser.

»Du fragst mich nach meinem Studium? Die Bücher liegen da. Ich bin es langsam satt, Prüfungen vorzubereiten«, sagte Okoro.

»Dann hör doch danach auf.«

»Ganz sicher.«

Sie schwiegen. Okoro richtete sich auf dem Bett auf und stützte den Kopf in die Hände.

»Meine Mutter hat mir geschrieben. Ihr geht's nicht gut. Sie ist schon lange krank. Ich schick regelmäßig Geld nach Hause. Das Leben ist schrecklich. Alles ist ein Kampf. Man kommt nie zur Ruhe. Ich fühl mich wie ein alter Mann. Ich bin müde.«

Omovo sagte eine Weile nichts. Dann wechselte er das Thema und sagte: »Hast du Keme gesehen?«

»Ja. Ich weiß nicht, was in ihn gefahren ist.«

»Was soll das heißen?«

»Ich bin gestern bei ihm gewesen. Er war wütend. Die Polizei hat ihn einen Tag lang festgehalten. Er hat mir nicht erzählt warum, er war zu wütend. Er hat irgendwas davon gesagt, daß sein Chefredakteur sich weigert, seinen Artikel zu drucken. Jetzt droht er damit, wegzugehen. Weißt du, warum er so wütend ist?«

»Wir waren vor ein paar Tagen im Park und haben die Leiche eines Mädchens gefunden.«

»Was?«

»Wir haben die Leiche eines Mädchen gesehen. Sie war verstümmelt. Kahlgeschoren.«

»Wirklich?«

»Ja. Wir sind zu Dele gegangen und haben die Polizei angerufen. Vielleicht hat sich daraus was entwickelt. Ich hab doch gleich gewußt, daß Keme die Sache weiterverfolgt.«

Sie schwiegen wieder. Okoro stand auf und ging in dem engen Raum auf und ab. Er fuchtelte mit den Händen, ohne etwas zu sagen. Er schien erregt zu sein. Dann setzte er sich wieder. Plötzlich verzog sich sein Gesicht, und er lachte. Schließlich beruhigte er sich wieder und sagte: »Aber warum macht er sich solche Sorgen über eine Leiche? Ich meine, ich hab im Krieg so viele Leichen gesehen, die stinkend auf der Straße lagen. Ich meine...«

»Aber wir sind nicht im Krieg.«

»Wer sagt das? Unsere Gesellschaft ist ein Schlachtfeld. Armut, Korruption und Hunger sind die Kugeln. Schlechte Regierungen die Bomben. Und wir werden immer noch von Militärs regiert.«

»Okay. Okay. Ich will mich nicht streiten.«

Sie schwiegen wieder.

»Okay. Das ist dir also nahe gegangen. Aber du bist zu empfindlich für unsere Gesellschaft. Wenn du dir darüber zu viele Gedanken machst, wirst du verrückt. Oder du bringst dich um. Du mußt lernen, zu vergessen, nichts an dich herankommen zu lassen und dich nur um deinen eigenen Kram zu kümmern.«

»Das sehe ich ganz anders, aber ich will mich nicht streiten.«

»Was kannst du denn schon in dieser Sache tun? Kannst du das Mädchen wieder lebendig machen? Kannst du die Leute schnappen, die sie umgebracht haben? Wann siehst du denn mal keine Leiche auf der Straße? Und was kannst du dagegen tun, daß ein betrunkener Soldat ganz einfach jemanden über den Haufen schießt? Was kannst du gegen die bewaffneten Räuberbanden tun?«

»Ich will mich nicht streiten.«

»Warum nicht? Aber sag mir doch: was kann man denn tun? Man ist entweder ruhig, oder man tut was.« Okoro lachte. »Oder willst du etwa ihre Leiche malen? Was bringt das schon, hm?«

Okoro wurde immer erregter. Er gestikulierte heftig. Omovo dachte daran, zu gehen. Okoro kam auf ihn zu, packte ihn energisch an der Schulter und wollte gerade einen Schwall weiterer Fragen vom Stapel lassen, als es klopfte. Okoro rief: »Hereinspaziert, wenn's kein böser Geist ist!«

Dele kam grinsend herein. »Sehe ich vielleicht so aus, du Idiot?« sagte er.

Okoro lachte, und die Spannung im Raum ließ etwas nach.

»He, Dele, wie geht's?«

»Prima!«

»Mann, weißt du was?«

»Was denn?«

»Ich hab mir gerade eine neue Freundin zugelegt.«

»Toll, Mann!«

»Hallo Dele«, sagte Omovo.

»Hallo, Omovo, bist du auch da?«

»Na klar.«

»Dich sieht man ja nie. Wie geht's dir?«

»Gut. Vielen Dank übrigens für neulich abend. Ich hoffe, wir haben deinen Vater nicht gestört.«

»Das ist in Ordnung. Weißt du, als ich dich an dem Abend gesehen hab, hab ich dich erst gar nicht erkannt. Mit deinem kahlen Schädel siehst du aus wie ein Fremder. Du solltest dir einen Hut zulegen.«

Omovo lächelte. Okoro sagte: »Nimm meinen Hut, Mann. Das ist ein teures Stück.«

»Es geht auch so.«

»Nimm ihn, Mann. Das schützt die Birne vor der Sonne.«

Okoro stand auf und holte den Hut, der an einem Nagel hinter dem Kleiderständer gehangen hatte. Er staubte den Hut ab und stülpte ihn Omovo auf den Kopf.

»Hey, du siehst ja aus wie ein künstlerisch angehauchter Gangster!«

Okoro brachte ihm einen Spiegel. Omovo betrachtete sich darin. Er sah noch mehr wie ein Fremder aus. »Das ist eine gute Verkleidung, wenn man sich verstecken will«, sagte er.

»Versteck deine Glatze, mein Lieber«, sagte Dele. »Sonst halten die Leute sie noch für eine Trommel.«

Okoro lachte. Omovo nahm den Hut ab und legte ihn auf den Tisch. »Ich nehm ihn«, sagte er.

»Prima«, sagte Okoro. Dann wandte er sich an Dele und sagte: »Mann, jetzt hör dir aber meine Geschichte an.«

Dele stand neben der Tür und lächelte erwartungsvoll. Er war groß, hübsch und hatte eine gleichmäßige Gesichtsfarbe. Er trug eine Sonnenbrille, die er in dem verhältnismäßig dunklen Raum nicht absetzte, und wirkte dadurch wie ein zweitklassiger Filmstar. Sein Vater war ein reicher, ungebildeter Geschäftsmann. Dele gehörte zu den Leuten, die nach einem sorglosen Leben im Überfluß trachteten. Er verachtete das Elend ringsumher. Für ihn gab es nur ein Ziel – in Amerika zu studieren. Dele glaubte, dort würde für ihn das Leben beginnen. Er hatte das Gefühl, daß er in seinem eigenen Land das Dasein eines Scheintoten führte. Er arbeitete in einer der Firmen seines Vaters als stellvertretender Geschäftsführer.

»Erzähl mir die schöne Geschichte«, sagte er und setzte sich aufs Bett.

Okoro war so aufgeregt, als erzähle er die Geschichte, wie er Julie
»geangelt« hatte, zum erstenmal. Sein Gesicht strahlte vor Vergnügen. Er schilderte ein paar intime Einzelheiten, bis Dele lachte
und sich auf die Schenkel schlug. Als Okoro mit seiner Geschichte
fertig war, gab Dele ein paar seiner eigenen Heldentaten aus der
letzten Zeit zum Besten. Während sie sich unterhielten, hörte
Omovo zu und lächelte, wenn sie sich ihm zuwandten, um ihn
nicht auszuschließen. Und er fragte sich beim Zuhören, was seinen
Freunden wohl am meisten Spaß machte: das Erlebnis selbst oder
dessen Schilderung. Als es keine Geschichten mehr zu erzählen
gab, stand Okoro auf, um eine andere Platte aufzulegen. Dele
wandte sich an Omovo und fragte:»Hey Mann, was ist eigentlich
mit diesem toten Mädchen?«
»Ich weiß es nicht. Ich hab Keme seitdem nicht mehr gesehen.«
»Was ist denn eigentlich in dieser Nacht passiert? Erzähl mal von
Anfang an.«
Omovo erzählte ihm kurz von der Ausstellung, vom Park und von
der Leiche. Als er fertig war, schwiegen sie beide. Dele wurde ernst.
»Sie haben also dein Gemälde beschlagnahmt, hm?«
»Ja.«
Okoro stellte die Musik leiser.»Aber warum?«
»Sie haben gesagt, daß es den Fortschritt unserer Nation durch den
Schmutz zieht.«
Dele lachte sarkastisch. Okoro sagte:»Ich muß schon sagen, das ist
seltsam. Was kann denn ein Gemälde irgend jemandem antun, hm?
Ein Gemälde kann dich nicht schlagen, kann dich nicht erschießen,
kann dich nicht in Ohnmacht fallen lassen, kann dich nicht ver-
rückt machen. Und trotzdem haben sie dein Gemälde beschlag-
nahmt. Äußerst seltsam.«
»Richtig geärgert hab ich mich eigentlich nur über eins«, sagte
Omovo,»nämlich darüber, daß der Offizier gesagt hat, ich sei ein
schlechter Künstler. Aber vermutlich hat er recht.«
Dele lachte wieder.»Warum sollte er sich die Mühe machen, es zu
beschlagnahmen, wenn es so schlecht ist, hm? Und außerdem, was
verstehen Soldaten schon von Kunst? Sie haben dein Bild beschlagnahmt, weil sie es nicht verstanden haben.«
»Das seh ich anders«, sagte Okoro.»Sie haben es beschlagnahmt,
weil sie es verstanden haben.«

»Aber ihr habt das Bild ja beide nicht gesehen«, sagte Omovo. »Das macht nichts«, erwiderte Dele. »Sie haben es beschlagnahmt, weil es wahrscheinlich die Wahrheit zum Ausdruck bringt. Die Leute an der Macht mögen die Wahrheit des Volkes nicht. Ich meine...«, und nun kam Dele auf sein Lieblingsthema zu sprechen, »ich meine, in Amerika wäre so etwas nicht möglich gewesen. Warum sind wir nur so unterbelichtet? Darum will ich aus diesem Land weg. Man muß so frei und ungebunden leben können, wie es nur geht. Ich wette, dieses Mädchen ist einem Geheimbund zum Opfer gefallen, wißt ihr, einem von diesen entsetzlichen Geheimbünden. Leute aus unserem eigenen Volk. Wir richten unsere Jugend zugrunde, einfach so... ohne nachzudenken...«

Dele verstummte, weil er einen Augenblick lang nicht mehr in der Lage war, seine Gedanken auszudrücken. Er saß auf der Bettkante. Er nahm die Sonnenbrille ab und starrte vor sich hin. Dann begann er sich unruhig zu bewegen, als habe ihn ein seltsamer Gefühlsausbruch überkommen. Er lehnte sich vor. Sein Gesicht verfinsterte sich. Er fuchtelte hilflos mit den Händen und fuhr dann fort: »Das ganze Leben ist ein einziger Kampf. Morgens mußt du kämpfen, um aufzuwachen und dich zu waschen, du mußt kämpfen, um den Bus zu kriegen, zur Arbeit zu fahren und ein erträgliches Leben führen zu können. Du mußt kämpfen, um von der Arbeit zurückzukommen, dich zu entspannen, um Strom und fließendes Wasser zu bekommen, um eine gute Frau zu finden und aufzupassen, daß sie dir nicht wegläuft. Ich hab das Gefühl, man muß sein ganzes Leben lang nur kämpfen. Darum will ich weg. Ich will dahin, wo die Leute jeden Tag etwas Neues, etwas Aufregendes schaffen.« Er schwieg eine Weile. Doch durch das Schweigen verstärkte sich seine Leidenschaft nur noch.

»Mann, seht ihr nicht, wie ich ins Flugzeug steige, gute Luft atme, mich unterhalte und mit irgendeiner hübschen Frau Adressen austausche? Könnt ihr euch denn nicht vorstellen, wie ich in Gottes eigenem Land ankomme, mich umsehe und rumlaufe wie so ein echt wichtiger Typ? Ich kann die Freiheit jetzt schon fühlen. Ich sehe schon, wie ich schwarzen Amerikanern die Hand schüttele, und höre, wie mein amerikanischer Akzent schnell besser wird. Dann ziehe ich mich nur noch schick an, Mann. Ich trage keinen Schund mehr. Nur noch die besten Klamotten der Stadt. Und ich schicke euch Fotos von mir. Ich mach Fotos mit hübschen Miezen, in Nachtklubs, in Parks, und mein Fotoalbum wird immer dicker. Ihr werdet mich nicht mit billigen Mädchen sehen, Mann. Immer nur das Beste. Vollbusige weiße Frauen, schwarze Frauen, Spanierinnen. Ich werde mich richtig amüsieren und mir einen Sportwagen kaufen. Ich hab nicht vor, mich mit diesen stumpfsinnigen Jobs abzuplagen, die die Nigerianer übernehmen, wenn sie nach Amerika gehen, Mann. Kellner oder Fensterputzer – ich nicht. Nein danke! Ich hab vor, ernsthaft zu studieren, alle ihre Tricks zu lernen, und dann komme ich zurück und leiste meinen Beitrag in unserer Gesellschaft, Mann. Aber wenn ich drüben bin, besuche ich das Empire State Building, das Weiße Haus, Disneyland, den Wilden Westen – und vielleicht kann ich mir sogar irgendeine berühmte Schauspielerin angeln, Mann.«

Okoro lachte nervös.

»Lach nicht, Mann. Natürlich kann ich mir eine berühmte Schauspielerin angeln, man kann nie wissen, Mann, und vielleicht kümmert sie sich auch richtig um mich. Ich muß da unbedingt hin! Und wenn ich zurückkomme«, sagte er und schlug Okoro auf die Schulter, »dann erkennt ihr mich nicht wieder, so hab ich mich verändert. Ihr könnt ja hierbleiben und euch hier rumärgern. Aber in Gottes Namen, ich muß hier raus!«

Dele hatte erregt und völlig ungezwungen gesprochen. Es wurde still im Zimmer. Omovo starrte auf die Poster an den Wänden. Auf Okoros Gesicht zeichnete sich die Verzweiflung eines Menschen ab, der immer zu kurz kommt. Er sah traurig aus. Es war klar, daß Dele Okoros eigene Wünsche angesprochen hatte. Und Dele hatte das mit solcher Kraft und solcher Gewißheit getan, daß er Okoros Gefühl von Hilflosigkeit ungewollt noch verstärkt hatte.

Omovo öffnete die Vorhänge. Er blickte durch das einzige Fenster des Raumes nach draußen auf die schlammige Straße. Auf seinen Lippen lag ein Lächeln. Die Wunschträume, von denen Dele gesprochen hatte, bedeuteten ihm nichts. »Wir sind eine neue verlorene Generation«, dachte er. Er spielte eine Platte mit Fela Anikulapo Kutis spöttischem Stück »Follow, Follow«. Dann legte er sich auf Bett.

Eine Weile waren alle still. Omovo spürte den Drang, tief zu atmen, doch die Luft war zu stickig. Dann redete Dele weiter und weiter darüber, daß es außer dem Leben in »Gottes eigenem Land« da drüben nichts Wahres gäbe. Omovo war erschöpft. In seinem Kopf drehte sich alles. Er war unruhig. Er wollte etwas tun. Okoro tanzte sich die Verzweiflung aus dem Leib. Dele erzählte weiter über das schöne Leben, das es nur in seiner Vorstellung gab. Dann sagte Okoro, er wolle etwas zu trinken holen. Dele wollte ihn nicht begleiten. Als Okoro hinausging, sagte Dele leise: »Omovo, ich sitze in der Klemme.«

»Was ist los?«

»Erinnerst du dich an das Mädchen, von dem ich dir erzählt hab?«

»Meinst du die, die ein Kind von dir erwartet?«

»Richtig.«

»Was ist mit ihr?«

»Sie will es unbedingt behalten.«

»Na und?«

»Hör zu, ich will in ein paar Tagen nach Amerika.«

»Das hast du mir ja gar nicht erzählt.«

»Das hat sich gerade erst ergeben.«

»Das freut mich für dich.«

»Aber ich weiß nicht, was ich mit dem Mädchen machen soll.«

»Wie meinst du das?«

»Ich kann sie nicht heiraten. Ich will das Kind nicht. Was schlägst du vor?«

Omovo stotterte.

»Nun sag schon!«

»Ich... ich... ich meine...«

»Was ist los, Mann?«

»Nichts. Ich weiß nur nicht recht, hm, was ich dazu sagen soll. Ich meine, das hängt von dir ab.«

»Na sicher.«

»Das tut mir leid.«

»Was tut dir leid?«

»Daß du in der Klemme sitzt.«

»Na sicher. Weißt du übrigens, was ich gemacht habe?«

»Nein.«

»Ich habe sie unter einem Vorwand zu einem Freund mitgenommen, und dann haben wir sie bedroht und ihr ein paar Tabletten gegeben. Später hat sie sich über Bauchschmerzen beklagt. Der Arzt hat gesagt, es sei alles in Ordnung. Was soll das heißen? Kriegt sie nun das Kind oder nicht, hm?«

»Ich weiß es nicht.«

»Mann, ich will keine Komplikationen in meinem Leben. Die ganze Sache macht mir angst.«

»Was denkt denn dein Vater darüber?«

»Anfangs war er furchtbar wütend. Und dann hat er sich mit dem Gedanken angefreundet, ein Enkelkind zu haben. Und zu allem Übel ist ihr Vater auch noch mit meinem Vater befreundet, und ich hab das Gefühl, sie haben beschlossen, uns zu verheiraten. Mein Vater hat sogar angeboten, für das Mädchen zu sorgen, bis ich zurück bin. Und später hat er gesagt, er will nicht, daß ich nach Amerika gehe. Ich hab Angst, Mann. Ich hab Angst.«

»Warum?«

»Ich weiß es nicht.«

Sie schwiegen beide. Dann sagte Dele so leise, daß Omovo ihn kaum verstehen konnte: »Er hat gedroht, mich zu enterben.«

»Warum denn das?«

»Wenn ich ihm nicht gehorche.«

»Und was willst du jetzt tun?«

»Ich hab nicht vor, ihm zu gehorchen. Entweder ich bleibe hier und versaure. Oder ich gehe weg, entdecke die Welt und finde die Freiheit. Aber ich hab Angst.«

Omovo sagte nichts. Ihm fiel nichts ein. Dele war in Gedanken versunken und schwieg. Die Platte war abgelaufen. Dann stand Dele auf und sagte: »Ich mache einen kleinen Spaziergang.«

Er ging mit hängendem Kopf hinaus.

Als Dele fort war, starrte Omovo immer mehr in Gedanken verloren auf die Tür. Dann fiel ihm ein, daß er noch Öl- und Wasserfarben benötigte. Er dachte an die zusammenklappbare Staffelei, die er in dem Kunstartikelladen gesehen hatte, und beschloß, den größten Teil seines nächsten Gehalts dafür auszugeben. Es geht nichts über das Malen draußen in der Natur, dachte er und stellte sich vor, am Meer oder auf dem Dorf zu sein. Er fühlte sich wohl bei dem Gedanken an Dinge, die er in Zukunft malen würde. Er nahm sich vor, offen und aufgeschlossen zu bleiben. Er war von den Möglichkeiten der Wahrnehmung, den Dingen, die es zu sehen gab, die sich in der Kunst ausdrücken ließen, wie berauscht und hatte das Gefühl, das Leben riefe ihn mit der Stimme des Gettos, mit der Stimme seiner Erfahrung.

Omovo lag auf dem Bett und wartete. Eine Welle der Euphorie überkam ihn. Er ließ sich auf den Wogen von Melancholie und Freude treiben. Er atmete tief ein, und als er wieder ausatmete, stürmte Okoro mit Getränken beladen ins Zimmer.

»Zeit zum Saufen!« verkündete er.

Omovo bewegte sich.

»Wach auf! Zeit zum Besaufen!«

Omovo hatte plötzlich das Bedürfnis zu malen.

»Wo ist Dele?«

»Er macht einen Spaziergang.«

Okoro stellte die Flaschen auf den Tisch, holte ein paar Gläser und legte eine Platte auf. Dele kam zurück, er hatte seine Sonnenbrille wieder auf, und auf seinen Augenbrauen glänzte der Schweiß. Omovo stand vom Bett auf und nahm einen Bleistift und ein Blatt Papier. Er begann Dele zu zeichnen, der am Tisch saß und mit geschlossenen Augen Stevie Wonder hörte.

»Nimm die Sonnenbrille ab, Dele.«

Dele nahm sie ab und nickte im Rhythmus der Musik. Omovo zeichnete Deles Gesicht und gab den exakt wiedergegebenen Zügen einen Ausdruck trauriger Verblendung. Dele blickte das Bild an und sagte, Omovo sei »ein Teufel«.

Okoro sagte: »Das bist du wirklich auf dieser Zeichnung. Du siehst aus wie ein Kind.«

Dele wandte sich Omovo zu. »Bin ich ein Kind?«

»Hör nicht auf das, was Okoro sagt.«

Okoro lächelte und sagte: »Mach es genauso wie die Soldaten. Beschlagnahm es.«

Dele lachte. Omovo blieb ernst.

»Das war nur ein Scherz«, sagte Okoro.

»Na klar.«

Sie schwiegen alle. Nach einer Weile sagte Omovo, er wolle gehen. Okoro versuchte, ihn zu überreden, noch zu bleiben und etwas zu trinken, doch Omovo blieb hart. Er nahm den blauen Hut und setzte ihn auf. Seine beiden Freunde begleiteten ihn bis auf die Straße.

»Wann fährst du nach Amerika?« fragte Omovo Dele.

»Okoro wird es dir sagen. Es steht noch nicht fest. Ich gebe eine kleine Party. Ich hätte dich gern mal besucht, aber die Straßen in deinem Viertel sind so schlecht.«

»Gut, wenn ich dich nicht mehr sehe, bevor du fährst, paß auf dich auf und laß dich nicht unterkriegen.«

»Darauf kannst du dich verlassen.«

»Schreib uns mal.«

»Das tue ich. Laß es dir auch gut gehen. Und sieh dich vor, daß dir nichts passiert.«

»Na klar.«

»Der Hut steht dir gut«, sagte Okoro.

»Ja, danke. Ich seh dich am Montag in Waterside. Paß gut auf.«

Omovo nickte und ging fort. Die Straße war leer. Alles war leer. Er nahm den Hut ab. Der Holzsteg wackelte, als er ihn betrat. Die Frau im Kassenhäuschen nahm das Geld entgegen, ohne ihn anzublicken. Er fühlte sich wieder einsam. Die Sonne verblaßte am Horizont, und der Himmel leuchtete orangerot mit hellblauen Streifen. Der Wind wehte Omovo Abfälle entgegen. Jungen spielten mit Auto- und Faßreifen und trieben sie auf der Straße vor sich her. Omovo hatte das Gefühl, klar zu sehen. Die Dinge fügten sich zusammen. Als er nach Hause kam, duschte er und zog frische Kleider an. Dann ging er nach draußen und wartete darauf, daß Ifeyiwa erschien.

8

Während er wartete, färbte sich der Abendhimmel aschgrau, und es wurde dunkel.

Die Männer aus dem Compound saßen draußen. Sie hatten sich vor dem Laden versammelt. Sie saßen auf Hockern, hatten kleine Tische vor sich stehen, tranken und schwatzten. Die meisten ihrer Frauen standen im Kreis um sie herum. Die Kinder spielten vor dem Haus auf der Straße.

Omovo konnte die lauten Stimmen der Männer hören. Er beobachtete Tuwo, der mit viel Gestik von einem Ringkampf erzählte, den er als junger Mann in seinem Heimatdorf gewonnen hatte. Die anderen schienen nicht zu glauben, daß Tuwo je im Leben einen Kampf gewonnen hatte, und lachten über seine ulkigen Übertreibungen. Ein anderer Mann unterbrach ihn und sprach über eine Familie aus dem Compound, die niemand so recht leiden mochte, weil sie nicht an den Ereignissen des Compounds teilnahm, und die seit Tagen ihr Geschirr nicht gespült hatte.

Omovos Vater kam nach draußen zu den Männern. Die anderen holten ihm einen Stuhl und füllten sein Glas mit *ogogoro*. Mit einem Ausdruck unbeteiligter, altväterlicher Belustigung hörte er sich die Unterhaltung an.

Je betrunkener die Männer wurden, umso obszöner wurden ihre Worte. Der amtierende Vizejunggeselle erzählte, wie er in einen großen nassen Schlüpfer gelaufen war, der zum Trocknen auf der Leine hing. Es sei eines Nachts gewesen, sagte er, und er habe erst geglaubt, jemand habe ihn geohrfeigt. Erst als er der Sache genauer nachgegangen war, hatte er festgestellt, daß es sich um ein Stück Damenunterwäsche gehandelt hatte.

»Das Ding war so groß wie ein Sack«, sagte er und konnte das Lachen nicht unterdrücken. »Ein Riesending, ja, die Frau muß einen Hintern haben, der dicker ist als ein Faß!«

Die anderen brachen in Gelächter aus. Sie krümmten sich und schlugen sich gegenseitig auf den Rücken. »Genau die richtige Frau für Tuwo ist das, ja«, sagte einer der Männer.

»Du, lüg nicht!« entgegnete Tuwo und begann mit betrunkenen

Vorstellungen von den Abmessungen die Figur seiner Traumfrau zu beschreiben.

»Sie muß schlank sein«, begann er.

»Und verheiratet«, sagte jemand anders.

»Und sie muß schöne Brüste haben, stolze Brüste, und die zeigen nach...«

Die Männer brüllten vor Vergnügen. Die Frauen verzogen das Gesicht. Omovos Vater lächelte.

»Wo sollen sie hinzeigen?« fragte jemand.

»In meine Richtung«, sagte Tuwo.

»Beide?«

»Alles.«

»Und wie ist es mit dem Arsch?«

»Du meinst doch wohl den Hintern, den Popo, hm«, sagte Tuwo und ließ den Blick über die Frauen schweifen.

Die Männer lachten wieder. Der amtierende Vizejunggeselle, der sich wie immer nützlich machte, füllte die Gläser nach und rief nach mehr *ogogoro*. Tuwo trank genußvoll einen Schluck, bevor er seine Schilderung fortsetzte.

»Der Hintern ist was für die Hände und die Augen. Ein Mann muß was zum Festzuhalten haben, sonst ist er verloren.«

»Du bist also für dicke Hintern, hm?«

»Zu dick auch wieder nicht. Nicht wie ein Elefant.«

»Laßt euch nichts vormachen«, sagte der amtierende Vizejunggeselle. »Der Tuwo, der tut die Weiber doch nur am Hintern erkennen. Eines Tages...«

Und dann erzählte er die Geschichte, wie er Tuwo auf dem Markt gesehen hatte. Tuwo hatte nichts gekauft, sagte er. Der Anblick so vieler mächtiger Hintern und so vieler vollbusiger Marktfrauen hatte Tuwo völlig verwirrt. Die Männer lachten wieder, schlugen sich auf die Schenkel und warfen sich auf den Hockern zurück. Ein Mann fiel vor Lachen runter. Die anderen wieherten vor Vergnügen. Die Frauen halfen dem Mann wieder auf.

Die Dunkelheit brach an. Die Stände waren von Petroleumlampen schwach beleuchtet. Der Himmel war klar. Es waren keine Sterne und keine Wolken zu sehen. Der Himmel war eine geheimnisvolle schwarze Weite.

Omovo hörte zu, wie der amtierende Vizejunggeselle, der noch lauter und betrunkener als die anderen redete, eine andere Geschichte erzählte, die er im Compound erlebt hatte. Er sagte, daß er eines Nachts, als er gerade pinkeln ging, etwas bemerkt habe. Die anderen wurden leiser, um zu hören, was es wohl war. Er sagte, er habe Geräusche aus dem Lokus gehört, und nach genauerer Überprüfung habe er festgestellt, daß sich ein Mann und eine Frau in dem Raum befunden hätten.

»Was haben die denn da gemacht?« fragte jemand.

»Was is das denn für'ne Frage? Was glaubste wohl, was die gemacht haben, hm?«

»Willste damit sagen, die haben es da getrieben?«

»Da kannste Gift drauf nehmen. Du hättest die Frau mal hören sollen.«

»Was, in dem stinkenden Raum?«

»Du hättest den Mann mal hören sollen.«

»Ehrlich?«

Die Männer lachten ein bißchen, aber nicht so wild wie vorher. Plötzlich wehte der Wind. Omovo erschauerte. Die Männer schwiegen eine Weile. Die Dunkelheit hüllte sie ein.

»Und wer waren die beiden?«

»Neee! Das kriegste nie aus mir raus, was glaubste denn«, sagte der amtierende Vizejunggeselle, während er Tuwo nachschenkte.

»Aber hast du sie gesehen?«

Der amtierende Vizejunggeselle weigerte sich, noch deutlicher zu werden. Er wich den Fragen betrunken aus, bis die Männer seine Worte in Zweifel zu ziehen begannen.

»Laßt euch nicht von unserm Dauerjunggesellen beeindrucken«, sagte Tuwo. »Er hat noch nie eine Frau gehabt, und die Phantasie geht'n bißchen mit ihm durch.«

»Und woher weißte, daß du dich nicht selbst überrascht hast, hm?« sagte einer der Männer zum Vizejunggesellen.

»Ehrlich gesagt«, erwiderte er, »ich hab sie nicht gesehen. Aber wenn ich noch mal höre, wie sie's treiben, dann brech ich die Tür auf.«

»Und wenn's ein Ehepaar war?«

»Dann sollen sie das in ihrem Zimmer machen. Wir haben nur ein Klo für den ganzen Compound. Die Tür ist alt, und sie hängt an einem schwachen Haken. Wenn sie nicht überrascht werden wollen, dann sollen sie's in ihren Betten tun.«

Alle schwiegen. Allen war unbehaglich zumute.

»Ich hab ein großes Bett«, sagte Tuwo.

Die Männer lachten nervös. »Aber benutzt du es auch?«

»Soll ich dir zeigen, wie schwach die Sprungfedern geworden sind?«

Die Männer kamen wieder in Form.

»Die Frau, die du mal gehabt hast«, sagte der amtierende Vizejunggeselle, »die muß ganz schön...«

»Ich kann dir ihre Adresse geben, wenn du willst«, unterbrach ihn Tuwo.

»Vielen Dank, aber ich muß mich um mein Geschäft kümmern.«

»Wir sollten dem Junggesellen einen neuen Namen geben«, schlug Tuwo vor. »Wie wär's mit Lust-ohne-Geschäft?«

Doch die Männer zogen den alten Namen vor, der durch gemeinschaftliche Beiträge entstanden war. Sie hatten ihn zunächst den ersten Junggesellen genannt, und dann hatte jeder weitere Dienstgrade hinzugefügt.

»Wir können Tuwo ja Geschäft-ohne-Lust nennen«, sagte der Vizejunggeselle.

Doch die Männer waren auch damit nicht einverstanden, und da sie insgeheim einen Verdacht hatten, verstummten sie nach einer Weile. Nur noch der Lärm der Kinder und die Geräusche des Gettos waren zu hören.

Der Wind wehte vom Schmutztümpel herüber, und eine frische Brise vermischte sich mit dem Gestank. Omovo empfand eine seltsame Freude, daß der Strom noch nicht ausgefallen war.

»Aber wer«, sagte plötzlich einer der Männer, »würde es denn mit seiner Frau auf dem Klo treiben?«

»Ein komischer Kerl.«

»Vielleicht waren sie nicht verheiratet«, sagte der Vizejunggeselle.

Alle blieben wieder still.

»Hört mal, das ist eine ernste Angelegenheit«, sagte einer der Männer und ließ den Blick über die Runde schweifen, als kämen ihm plötzlich Zweifel. Die Männer sahen sich ein wenig argwöhnisch an.

»Mehr *ogogoro*!« rief der Vizejunggeselle. Dann stand er auf, setzte sich wieder und sagte: »Wenn meine Frau das machen würde, würde ich sie umbringen.«

»Dann sperren sie dich lange ein«, sagte Omovos Vater mit unerschütterlicher Würde. Der »Boß« des Compounds hatte gesprochen. Die anderen Männer stimmten ihm zu.

»Ja«, sagte einer. »Dann sperren sie dich einfach ein.«

»Wegen Mord«, sagte ein anderer.

»Wegen Totschlag«, sagte der Vizejunggeselle.

»Es kann sogar sein, daß sie dich am Strand in der Nähe des Hafens hinrichten«, sagte Tuwo.

»Bei Mord richten sie dich nicht hin, nur bei bewaffneten Überfällen und bei einem fehlgeschlagenen Umsturzversuch«, sagte Omovos Vater. »Aber wenn du einen guten Rechtsanwalt hast«, fuhr er fort, »und ich kenne ein paar, dann kannst du bei so einer Sache davonkommen. Wißt ihr übrigens, wie man so was nennt?«

Die Männer hörten aufmerksam zu.

»Ein im Affekt begangenes Verbrechen.«

»Das kenne ich«, sagte Tuwo. »Als ich in England war...«

Die Männer schrien ihn nieder. Der Vizejunggeselle schaltete sich wieder ein.

»Vielleicht würde ich sie dann doch nicht umbringen.«

Tuwo stand auf. Er fuchtelte mit den Armen, schwang die Faust durch die Luft, als hielte er einen schweren, unförmigen Gegenstand in der Hand, und sagte: »Ich bring ihn um. Wenn ich ihn kriege, bring ich ihn um. Dann schneid ich ihm den Schwanz ab!«

Die Männer krümmten sich vor Lachen über Tuwos Gefühlsausbruch. Auch er begann zu lachen. Er lachte, während er mit dramatischen Gesten beschrieb, wie er den Mann verfolgen, durch den ganzen Compound jagen und zusammenschlagen würde.

»Und die Polizei«, sagte er laut, »kann mir nichts anhaben.«

»Warum nicht? Bist du Gott?« fragte jemand.

»Gott fickt nicht die Frauen anderer Männer«, sagte jemand.

»Weil ich im Affekt gehandelt habe«, sagte Tuwo triumphierend.

»Habt ihr nicht gehört, was unser Boß gesagt hat?«

»Ich würde das nicht tun«, sagte der Vizejunggeselle. »Ich bin ein Mann Gottes. Ich würde meiner Frau nichts antun und dem Mann auch nicht.«

»Das sagst du, weil du keine Frau hast.«

»Seine Frau ist das Geschäft.«

»Und wenn dir jemand das Geschäft klaut, verteidigst du es dann nicht?« fragte Tuwo.

»Mein Geschäft ist nicht meine Frau.«

»Ich seh das wie der Vizejunggeselle«, sagte Omovos Vater.»Man muß vergeben lernen.«

»Paß auf, daß deine Frau das nicht hört«, sagte jemand.

»Vergeben! Was is denn das fürn Unsinn? Soll das heißen, du vergibst ihr einfach so, wenn du sie erwischst? Nein, das glaub ich dir nicht«, sagte einer der Männer, vom Trinken mutig geworden.

»Hör zu mein Lieber«, sagte Omovos Vater zu dem Mann,»ich wär natürlich wütend, aber das ist kein Grund, jemanden umzubringen und den Rest des Lebens im Gefängnis zu verbringen. Es gibt genug andere Frauen auf der Welt.«

»Im Gefängnis findest du keine Frau«, sagte der Vizejunggeselle.

Omovos Vater fuhr fort:»Ich werf sie raus und sorg dafür, daß sie mir nie wieder ins Haus kommt, aber ich würd doch niemanden umbringen. Nur Narren und Verbrecher tun so was.«

»Das ist richtig«, sagte jemand.

Die Männer nickten betrunken.

»Aber es kann einen Mann schon verrückt machen«, sagte der Vizejunggeselle und schwenkte sein leeres Glas.»Ich kenne einen Mann, der seine Frau mit einem anderen Mann im Bett erwischt hat. Er hat keinen Finger gerührt. Sie sind aus dem Zimmer gerannt. Später ist seine Frau mit Verwandten und Ältesten zurückgekommen und hat ihn um Verzeihung gebeten. Doch er hat keinen Ton gesagt. Die Frau ist weggegangen und nie wiedergekommen. Bis heute hat dieser Mann kein Wort gesagt.«

»Das kann einen Mann schon verrückt machen.«

Einer der jungverheirateten Männer aus dem Compound sagte:»Ich habe von einem Mittel gehört, das man einer Frau geben kann…«

»Damit sie besser im Bett wird?«

»Nein. Wenn du deiner Frau das Mittel gibst und sie treibt es mit einem anderen Mann, dann bleiben sie zusammen kleben und können sich nicht mehr losmachen…«

»Wie zwei Hunde.«

»…bis du kommst und die beiden voneinander trennst. Ich kenne sogar einen Kräuterdoktor, der dieses Mittel herstellt.«

»Das gefällt mir nicht«, sagte Tuwo laut. »Das könnte ich nicht ertragen. Was kann denn einem Mann daran liegen, seine Frau mit einem anderen Mann nackt im Bett zu erwischen, hm? Mir ist lieber, ich weiß nichts davon. Das ist zuviel für mich.«

»Wie war noch die Adresse von diesem Kräuterdoktor?« fragte der Vizejunggeselle im Scherz.

Die Männer lachten wieder. Die Frauen neckten ihn und machten sich über ihn lustig.

»Lacht nicht«, sagte er. »Ich sag euch, wenn ich dieses Mittel verwende und erwische sie, dann binde ich die beiden mit einem Strick zusammen und schmeiß sie in den nächsten Fluß.«

Omovo wurde unruhig und nervös. Sein Schuldgefühl machte ihn schwermütig. Die Kinder wollten mit ihm spielen. Doch er war nicht recht bei der Sache, und sie spürten es. Sie rannten bald darauf in den Compound zurück und drängten sich um das Fenster eines Nachbarzimmers, um fernzusehen. Omovos Schwermut verstärkte noch seinen Wunsch, Ifeyiwa zu sehen.

Tuwo redete immer noch, lauter denn je.

»In England ist so was durchaus üblich. Die nennen das Partnertausch. Es gibt Klubs für Ehepaare, wo sich beide einen anderen Partner suchen.«

»Bist du sicher?« fragte jemand.

»Woher weißt du das denn, Tuwo?« fragte der Vizejunggeselle. »Hast du etwa auch so was gemacht?«

»Natürlich nicht. Aber ich weiß das, ich habe sogar gehört, daß es englische Männer gibt, die gern zusehen, wie ein anderer Mann mit ihrer Frau ins Bett geht.«

»Neiiin!«

»Doch.«

Die Ungläubigkeit nahm zu. Das Gespräch uferte aus. Die Männer tranken kräftig, und ihr Gelächter schallte durch das nächtliche Getto. Die Frauen begnügten sich nicht länger damit, als stumme Zuhörer einen Kreis um die Männer zu bilden, und begannen, sie zu necken. Dann erfanden auch sie Strafen für Ehemänner, die bei einem Seitensprung erwischt wurden.

Unruhig und niedergeschlagen entfernte sich Omovo vom Compound. Er ging zweimal am Laden von Ifeyiwas Mann vorbei. Sie war nicht da. Er sah, wie Takpo sein Geld zählte und sich mit einem alten Mann über das Wechselgeld stritt. Omovo ging wieder nach Hause zurück. Die meisten Männer und Frauen waren inzwischen in ihre Zimmer zurückgekehrt. Nur die jungen Leute waren noch da. Sie diskutierten immer noch über dasselbe Thema. Omovo stand in einiger Entfernung von ihnen und ließ Ifeyiwas Haus nicht aus den Augen. Mücken umschwirrten ihn. Die Dunkelheit breitete sich aus.

Was ist nur mit mir los, dachte er. Er hatte sich noch nie so unglücklich gefühlt, so sehr als Opfer seiner eigenen verbotenen Liebe. Er hatte geglaubt, die Grenzen zu kennen: sie war Takpos Frau. Doch er begriff nicht, was in ihm vorging, was ihn antrieb und ihn mit unerträglicher Vorahnung bedrückte.

Er begann sich einzureden, daß sie nicht kommen würde und es besser so sei, als ihm aus der Ferne eine Gestalt zuwinkte. Er erschauerte. Ein Licht durchzuckte ihn. Seine Sinne erwachten. Die Gestalt winkte wieder. Sie war es. Ja, sie war es. Er blickte sich um. Niemand beobachtete ihn. Er ging mit langsamen Schritten die Straße hinauf. Er fühlte sich großartig. Er spürte, daß keiner ihm etwas anhaben und nichts ihn von dem, was er begehrte, abbringen konnte. Er dachte: »Ich sehe die Entfernung ganz deutlich. Die Nacht ist so schön. Wenn ich zurückkomme, male ich noch ein bißchen. Die Luft ist so mild.«

9

Er hatte kaum begonnen, hinter Ifeyiwa herzugehen, als sich ein starker Wind erhob. Sand und Staub wurden aufgewirbelt. Trockenes Laub fegte über die Straße. Der Wind drückte ihn zurück, und Omovo zog den Kopf ein, weil ihm Sand in die Augen geriet. Er stemmte sich gegen den Wind. Blätter, die der Sturm aufgewirbelt hatte, flogen ihm ins Gesicht. Zeitungsseiten flatterten ihm entgegen. Eine Seite mit schauerlichen Nachrichten blieb ihm am Kopf kleben. Als er sie fortriß und hinter sich fortwehen ließ, stellte er fest, daß um ihn herum ein Strom von Leuten war. Die Straße war voller Menschen, die in alle Richtungen gingen und an ihm vorbeieilten. Er schlängelte sich zwischen Frauen hindurch, die zum nächtlichen Markt gingen. Er bahnte sich einen Weg durch Hausierer und Straßenhändler, durch Kinder und Kräuterheiler, durch Nachtarbeiter und Amulettverkäufer.

An den Straßenrändern drängten sich die Menschen aus dem Viertel, Männer und Frauen, die aus den übervollen Compounds kamen, Kinder, die spielten und sich balgten. Eine Gruppe junger Männer verfolgte ein kleines Mädchen um einen Verkaufstand herum. Die Dunkelheit wurde hier und da vom rötlichen Schein der Petroleumlampen erhellt. Einige der Straßenhändler saßen dösend auf ihren Waren. Andere priesen mutlos ihre Güter an. Omovo ging an Hütten mit Wellblechdächern vorbei, an ungestrichenen einstöckigen Häuschen, an unfertigen Wohnhäusern, vor denen auf zerbröckelnden Zementsockeln Wassertanks aus Aluminium standen.

Ifeyiwa ging so, daß immer ein gewisser Abstand zwischen ihnen blieb. Omovo hatte Mühe, ihre gelbe Silhouette in der dunklen Menge zu erkennen. Er beeilte sich, hastete an der Menschenmenge vorbei, um Ifeyiwa nicht aus den Augen zu verlieren. Als er die Kreuzung erreichte, wäre er fast von einem klapprigen Lastwagen überfahren worden, der unter der Ladung von Zementsäcken zusammenzubrechen drohte. Omovo rannte zurück, und der Fahrer schrie ihn an. Der Lastwagen fuhr mit höllischem Hupen die Straße hinauf und wirbelte Wolken von Staub und Zement auf. Als

Omovo die Straße überqueren wollte, setzte der Lastwagen plötzlich zurück. Omovo mußte wieder zurückweichen. Der Lastwagen fuhr aus unverständlichen Gründen mehrmals vor und zurück und blockierte völlig die Straße. Die Räder drehten im Sand durch und wirbelten Omovo Staub ins Gesicht, so daß er nichts mehr sehen konnte. Zementwolken rieselten auf seinen Kopf. Ein paar Männer beschimpften den Fahrer und verfluchten seinen Erzeuger, während andere ihm zuschrien, er solle in diese Richtung zurücksetzen und das Steuer in jene Richtung drehen. Schließlich blieb der Lastwagen stecken und mußte geschoben werden. Nachdem dieses Hindernis beseitigt war, rannte Omovo an dem Fahrzeug vorbei. Er suchte Ifeyiwa in der Menge und fand sie nicht. Die Angst, sie verloren zu haben, machte ihn rasend. Er suchte jeden Winkel mit den Augen ab, bis ihm schwindlig wurde. Er war vor Unruhe ganz erschöpft. Das hektische Treiben auf der Straße brachte ihn aus der Fassung. Seine Augen begannen zu brennen. Dann hörte er auf zu suchen, blieb stehen und atmete ruhig. Ein Stern leuchtete flimmernd am Himmel auf. Omovo löste sich aus der Menge und ließ die Unruhe von sich abgleiten. Während die Leute an ihm vorbeieilten und kreuz und quer durch sein Blickfeld liefen, wunderte er sich, wie unkompliziert seine Gefühle waren. Er wünschte sich in diesem Augenblick nur noch, bei Ifeyiwa zu sein, sie neben sich zu spüren.

Dieser schlichte Wunsch und seine Ruhe wurden belohnt. Unter dem vorstehenden Dach einer leeren blauen Bude rief ihn aus dem Schatten eine Stimme. Omovo pochte das Blut in den Ohren. Die plötzliche Erkenntnis, daß Ifeyiwa sein unruhiges Hin und Her beobachtet haben könnte, verwirrte ihn und ließ ihn stolpern, als er auf die Stimme zuging. Ifeyiwa lehnte an dem rohen Holzgestell der Bude wie eine wunderbare Erscheinung in der Gettonacht. Sie trug ein gelbes Kleid mit einem weißen Gürtel und weiße Schuhe. Ihr Haar wurde von einem roten Band zurückgehalten. Über die Schultern hatte sie wie einen kleinen Schal ein weißes Kopftuch geworfen. Sie sah aus, als wäre sie einer Glanzpapier-Zeitschrift entstiegen. Sie war schön und wirkte zugleich ein wenig linkisch, als habe sie sich die Kleider von jemand anderem geliehen. Als er Ifeyiwa sah, wunderte er sich über ihr verändertes Aussehen. Ihre Gegenwart verwandelte die Luft. All seine Zweifel, all seine

Schuldgefühle, die durch das Gerede der Männer geweckt worden waren, wurden durch ihre Anwesenheit vertrieben. Auf ihren Lippen lag das strahlendste und zugleich traurigste Lächeln, das er je gesehen hatte. Ihr Parfüm war ihm neu. Sie wirkte glücklich. Er wußte nicht, was er tun, was er sagen sollte. Sie verwirrte ihn. Wenn sie sich nicht so gekleidet und selbst diese Verwandlung vollzogen hätte, hätte er nie gemerkt, daß sie so schön sein konnte und in ihrer Schönheit so exotisch, so unberührbar, so geheimnisvoll. Er folgte ihr stumm. Sie führte ihn in die Gettonacht.

Sie gingen die Straße hinauf und gelangten an eine weitere Kreuzung. Er blieb stehen. Sie ging weiter und machte wenig später halt, als sie merkte, daß er nicht kam. Sie wandte sich um und blickte ihn fragend an, als sei sie sanft aus einem Traum erwacht. Er rannte zu ihr. Einen Augenblick standen sie dicht nebeneinander. Dann trat er so nah an sie heran, daß ihre Brüste ihn berührten. Das rege Treiben der Leute ringsumher gab ihm das Gefühl, als bilde die Welt einen Ring um sie. Ifeyiwa stand da und rührte sich nicht, nur ihre Brüste hoben und senkten sich sanft, und ihre Regungslosigkeit wirkte sinnlich, einhüllend. Er spürte ihre Gegenwart so sehr, daß ihm die Knie zitterten. Er wollte sie küssen, doch er brachte den Mut nicht auf. Er wußte nicht warum.

»Laß uns weitergehen«, sagte er mit belegter Stimme. »Es ist kalt hier.«

Doch als er sich bewegte, hatte er das Gefühl, die Beine würden ihn nicht tragen.

»Du bist wie ein Traum«, sagte er mit schwacher Stimme. »Du bist so schön.«

Sie schwieg. Sie lächelte nicht einmal. Als sie das Hotel erreichten, wurde die Stille zwischen ihnen noch lastender. Aus dem Hotel drang laute Highlife-Musik und der Lärm der Kundschaft, überall stolzierten Prostituierte auf und ab. Ein starker Geruch nach schalem Bier, nach schalem Sex und Schweiß drang aus der offenen Hoteltür. Als sie daran vorbeigingen, sprachen Prostituierte mit seltsam aufgeblähten Bäuchen die potentiellen Kunden an. Eine von ihnen sagte laut zu Omovo: »Glanz-Glanz-Glatzkopf, laß deine Frau stehen und komm mit«.

Die anderen Prostituierten lachten.

»Ich mach dir ein schönes Stündchen«, sagte sie dann.

Omovo war verlegen. Ifeyiwa lief mit schnellen Schritten weiter und ließ ihn zurück. Omovo versuchte mit ihr Schritt zu halten, doch sie rannte fast, und hinter ihnen ertönte das rohe Gelächter der Prostituierten. Als Omovo Ifeyiwa einholte, hatte sie das Kopftuch von den Schultern genommen und band es zu einem Knoten. Er berührte ihren Arm, und sie stieß seine Hand zurück. Er verlangsamte den Schritt. Er ging hinter ihr her, und sein Blick blieb auf der Bewegung ihrer Hüften hängen. Die beiden kamen an Männern vorbei, die vor dem Haus auf stabilen Hockern saßen, *ogogoro* tranken und lachten. Die Männer verstummten, als Ifeyiwa vorüberging. Sie beobachteten sie. Einer von ihnen stieß einen anerkennenden Pfiff aus. Ein anderer sagte:»He, Frau, renn nicht weg, heirate mich oder ich sterbe!« Ifeyiwa ging hastig weiter. Omovo rannte hinter ihr her und legte ihr, als er sie eingeholt hatte, den Arm um die Schulter. Sie lehnte den Kopf leicht an ihn, während sie an Kindern vorbeigingen, die mit gellenden Schreien am Straßenrand standen, als seien sie von allen guten Geistern verlassen. Ihre mürrischen Väter rauchten Zigaretten, während sich die erschöpften Mütter, die billige Waren verkauften, müde ihren Kunden widmeten. Omovo spürte den Geruch des brennenden Dochts der Petroleumlampen in der Abendluft.

Ifeyiwa bog plötzlich in eine Straße ein, die keinen Namen hatte. Es war eine dunkle Straße, und die Häuser hatten keinen Strom. Die Luft war vom Sirren der Nachtinsekten erfüllt. Ifeyiwa schlug sich klatschend auf den Arm. Sie gingen schweigend weiter, und Ifeyiwa bog immer wieder in namenlose Straßen ein, die Omovo fremd waren, Gegenden, in denen die Häuser niedrig und ungestrichen waren und die Stromkabel von den Holzmasten herabhingen. Omovo wußte nicht mehr, wo sie sich befanden. Er hatte das Gefühl, als habe man ihn in eine andere Dimension geführt, in ein fremdes Land. Er wußte, wie elend das Amukoko-Getto war, aber er hatte nie geahnt, daß es solch trostlose, abfallübersäte Orte gab wie die Straßen, durch die Ifeyiwa ihn führte. Sie drangen immer tiefer in das Getto vor. Es machte Omovo Angst, daß die Trostlosigkeit kein Ende, keine Grenze zu haben schien.

»Weißt du, wohin wir gehen«, fragte er sie.

»Nein«, erwiderte sie.

Sie kamen an einem ungepflegten Friedhof vorbei, der in ein ödes Gelände überging, auf dem sich der Müll türmte. Plumpe Grabsteine, billige hölzerne Gedenkzeichen für die Toten, Zementkreuze mit herabhängendem Seitenbalken ragten aus der Erde hervor. Ein von sirrenden Insekten erfüllter, dunkler Wald umgab sie, aus dem die schweren Düfte der nächtlichen Pflanzenwelt strömten. Sie kamen an einer blauen Moschee vorbei, deren Farbe verblichen war, als eine rauhe Stimme über einen Lautsprecher das Abendgebet anstimmte. Durch die offene Tür sah Omovo die Moslems, die murmelnd auf ihren Gebetsteppichen knieten und die Gebetskette durch die Finger gleiten ließen. Omovo sah sie lange an und betrachtete dann die erstaunlich schönen arabischen Schriftzeichen auf dem Schild vor der Moschee.

Eine Weile später gingen sie an einer hölzernen Kirche der Aladuragemeinde vorbei, in der die Armen noch beteten und inbrünstig sangen, während der Geistliche über einen knirschenden Lautsprecher predigte. Dann ertönte Musik in der Kirche, und die Gläubigen, die alle einen weißen Umhang trugen, begannen zu tanzen und Hallelujah zu singen. Lautes Trommeln untermalte die Musik, und die Gläubigen tanzten, bis sie in Trance gerieten.

Ifeyiwa führte ihn einen Abhang hinab. Bis auf das Geschrei eines Kinds in der Ferne war alles ruhig. Die beiden gingen wieder bergauf. Omovo fühlte sich in der Stille verloren. Er konnte den blauen Schatten von Büschen erkennen. Er sah einen Holzsteg, der über einen Sumpf führte. Der Steg schien in die Dunkelheit zu führen und dort zu enden. Vor der Silhouette der Palmen und Irokobäume, die sich vom Himmel abhoben, fühlte er sich verloren und überfordert.

»Omovo, glaubst du an Gott?«

Ihre Stimme schreckte ihn auf. Er brauchte eine Weile, ehe er verstand, was sie gesagt hatte.

»Ich bin mir nicht sicher. Ich glaube an etwas. Hat man denn die Wahl?«

»Vielleicht nicht.«

»Und du?«

»Manchmal, jedenfalls meine ich das.«

Sie gingen wieder eine Weile schweigend weiter. Dann sagte

Omovo plötzlich: »Ich kann dir gar nicht sagen, wie glücklich ich manchmal bin.«

»Ich auch.«

»Aber manchmal ist das Leben sehr schwer.«

»Ja.«

»Manchmal habe ich das Gefühl, daß mir die Seele zerspringt.«

»Und ich habe das Gefühl«, sagte sie, »als drückte mich alles zu Boden und versuchte, mich verschwinden zu lassen.«

»Du wirst nie verschwinden«, sagte Omovo leidenschaftlich.

Sie ergriff seine Hand, ließ sie wieder los. Omovo spürte sofort an ihrer verkrampften Haltung, daß irgend etwas passiert war. Er wollte etwas sagen, doch sie war schneller.

»Du hast gesagt, daß deine Brüder dir geschrieben haben. Was denn? Geht es ihnen gut?«

»Nein«, erwiderte er.

Er erzählte ihr von dem Brief und dem Gedicht. Er sagte: »Weißt du, jeder geht seinen eigenen Weg.«

Sie nickte.

»Ich habe Angst um meine Brüder«, fuhr er fort. »Als sie gingen, hatte ich das Gefühl, ich würde sie nie wiedersehen.«

»Als ich aus dem Dorf wegging, hatte ich das Gefühl gehabt, ich würde meine Mutter nie wiedersehen.«

»Sag so was nicht.«

»Gut, ich verspreche es dir.«

Sie blieben ein Weile stumm. Dann lächelte Ifeyiwa strahlend, drückte seinen Arm und sagte: »Komm. Erzähl mir von deinen Brüdern.«

Omovo schwieg einen Augenblick und sagte dann: »Manchmal versuche ich mich an sie zu erinnern, und es gelingt mir nicht. Sie verschwinden immer mehr. Ich habe ihre Gesichter fast vergessen.«

Ifeyiwa drückte seinen Arm noch fester. Sie gingen an einer Palme vorbei. Die Straße wurde immer schmaler und war schließlich nur noch ein Buschpfad. Mücken sirrten ihnen in den Ohren. Die beiden gingen den Pfad entlang und gelangten zu einer anderen Straße. Ifeyiwa stieß mit dem Fuß an eine Bournvita-Dose, es schepperte. Dann erzählte sie Omovo, daß ihr Mann sie am Nachmittag nach ihm ausgefragt habe.

Omovo blieb stehen. »Warum? Was war denn los?«

Sie erzählte ihm von Tuwos Besuch.

»Danach hat er mich geschlagen, aber ich bin aus dem Zimmer gerannt. Und seither droht er mir ständig.«

Omovo wollte etwas sagen, doch sie unterbrach ihn.

»Ich kann alles ertragen«, sagte sie, »solange ich nur mit dir zusammen sein kann.«

»Du weißt, daß es ein Spiel mit dem Feuer ist.«

»Ja.«

Sie gingen stumm weiter. Ifeyiwa ergriff Omovos Hand. Ihre Finger verschränkten sich. Omovo blickte sie an und stellte fest, daß sie das Haar gelöst hatte. Ein verzagtes Lächeln umspielte ihre Lippen.

»Laß uns doch mal irgendwann an den Strand gehen.«

Omovo erwiderte nichts.

»Ich habe geträumt, wir hätten es getan.«

»Bitte, träum nicht sowas. Träume können das Leben verraten. Es ist schwer.«

»Schon gut. Ich habe sowieso Angst vorm Wasser.«

»Kannst du nicht schwimmen?«

»Doch, aber ich habe Angst vorm Meer.«

Sie schwiegen eine Weile, während sich der Wind legte. Omovo blieb stehen und wandte sich ihr zu. Sie wirkte im Halbdunkel wie ein Kind. Das Licht aus einem benachbarten Haus fiel auf ihr Gesicht. Er bemerkte zum erstenmal, daß sie Lidschatten und Wimperntusche trug, und er sah die leichte Spur des Lippenstifts. Sie ging weiter, bis sie den Lichtkreis hinter sich gelassen hatte, und er folgte ihr. Er berührte sie, und sie blieb stehen, ihr Gesicht ein Rätsel, das in der sanften Dunkelheit verborgen war.

Er stand angespannt und beherrscht vor ihr. Ein Mann in einem Wickeltuch kam die Straße herunter auf sie zu. Omovo glaubte plötzlich, Ifeyiwas Mann zu erkennen. Als der Mann näherkam, sah Omovo, daß er eine Machete in der Hand hielt. Doch als Omovo sich umwandte und weitergehen wollte, ergriff Ifeyiwa seine Hände und zog ihn an sich. Omovo blieb still stehen und beobachtete den Mann über Ifeyiwas Kopf hinweg. Der Mann verlangsamte den Schritt und starrte sie im Vorübergehen an. Als er in der Dunkelheit verschwand, seufzte Omovo. Ifeyiwa warf ihm die Arme um den Hals und küßte ihn mitten auf den Mund. Ihre Lip-

pen waren sehr warm. Mit großer Behutsamkeit nahm Omovo sie
zärtlich in die Arme. Er spürte ihren warmen Körper und ihre weichen Brüste, die sich an ihn drückten. Ringsumher wehte der
Wind. Omovo drückte sie fest an sich, und seine Lippen gaben sich
ganz der Sprache ihres Verlangens hin. Doch plötzlich wich sie
zurück, kam wieder näher und legte leise schluchzend den Kopf an
seine Schulter. Omovo blickte starr auf die Bäume, deren Silhouetten sich vom Nachthimmel abhoben, und er spürte, wie ein selt-
sames Glücksgefühl in ihm aufstieg. Dann umwehte sie wieder der
Wind. Omovo war kalt. Ifeyiwa erschauderte.
»Mir läuft's kalt über den Rücken«, sagte sie.
»Das ist nur der Wind.«
Ifeyiwa zog ihn am Arm. Sie gingen weiter. Ifeyiwa lief munter daher; ihr Gesicht strahlte vor Freude. Sie warf die Arme in die Höhe.
»Ich bin noch nie so glücklich gewesen«, sagte sie.
»Ich bin genauso glücklich.«
»Aber ich spüre, daß uns Traurigkeit erwartet.«
»Ich habe Angst.«
Ifeyiwa lachte. Ihr Lachen verwandelte die Nacht. Ifeyiwa kam
ihm vor wie ein strahlender gelber Glanz, und jeder Schritt, mit
dem er ihr folgte, war schwer von Nichtbegreifen. Er hatte das Gefühl, in eine goldene Kindheit zurückzukehren, in eine Vergangenheit, die es nie gegeben hatte. Er hatte das Gefühl, in einen Traum
versetzt zu sein. Die Dunkelheit glühte. Er hörte Fetzen seltsamer
Melodien in sich. Er hörte liebliche Stimmen in der Luft. Als er sich
umblickte, stellte er fest, daß sie in der Nähe des verdreckten Flusses waren. Der Wind wehte immer stärker und schien die Dunkelheit zum Schwanken zu bringen. Und plötzlich, als solle dieser
Augenblick für immer hervorgehoben werden, sah Omovo am
Ufer des Flusses zwei Vögel. Er hörte das Geräusch von fließen-
dem Wasser, als hätte der Wind die Müllberge, die das Wasser stau-
ten, fortgetragen. Vom Geflüster des Winds über dem Wasser umgeben, flogen die beiden Vögel, die durch seine Anwesenheit
aufgeschreckt worden waren, über den Fluß. Als sie nicht mehr zu
sehen waren, empfand Omovo eine tiefe Ruhe. Seine Gedanken
waren auf einmal wunderbar klar. Er konnte jenseits der einstöckigen Häuser den Kerzenschein in einzelnen Hütten und die dunklen stummen Bäume sehen. Der Himmel wirkte wie mit dunkel-

blauer Tinte übermalt. Zwei Sterne glitzerten. Ifeyiwa begann plötzlich zu reden, als drängten die Worte, ausgesprochen zu werden.

»Ich habe geträumt, ich hätte meinem Mann mit einem scharfen Messer die Kehle durchgeschnitten.«

Ihre Stimme klang unendlich traurig. Der Kummer und die Trauer in ihrer Stimme schienen aus solcher Tiefe zu kommen, daß es ihn ängstigte.

»Das Seltsame daran war, daß er nicht geblutet hat.«

Omovo drückte sie an sich.

»Ich habe Angst vor dem, was ich selbst anrichten kann«, sagte sie und gab sich Omovos Umarmung hin.

Er liebkoste ihr Gesicht mit den Händen. Ihr Körper bebte. Omovo küßte sie auf die Stirn. Dann sang sie leise etwas vor sich hin. Er lächelte. Ihre Augen blickten durch ihn hindurch. Er konnte sie nicht verstehen, konnte sie nicht erreichen. Um ihr eine Freude zu machen, begann er zu tanzen. Als sie lächelte, hörte er auf. Dann sagte er: »Du hast recht gehabt.«

»Warum?«

»Keiner von uns gehört hierhin«, sagte Omovo. »Erstmal, weil wir hier in Lagos sind. Wir sind Opfer, Fremde, die vor der Armut im Inneren des Landes geflohen sind. Und selbst wenn wir in unsern Dörfern wären, wären wir immer noch Fremde. Es ist seltsam, daß wir in unserem eigenen Land kein Zuhause haben. Vielleicht sind meine Brüder deshalb weggegangen.«

In einiger Entfernung sahen sie an der Straße den Stand einer Frau, die Akara, gebratenen Fisch und gebratene Bananen verkaufte. Der Ölgeruch hing in der Luft. Dieser Stand, an dem die große Bratpfanne der Frau auf einem Rost über dem glühenden Feuerholz stand, war die einzige Lichtquelle in der Straße. Aus der Dunkelheit dahinter drangen Klänge traditioneller Musik. Ifeyiwa und Omovo gingen zu dem Stand. Die Frau saß hinter einem Tisch, auf dem ihr Tablett mit gebratenem Essen stand. Ihre Tochter stand neben dem Feuer und ließ Klöße aus gestampften Bohnen in das siedende Öl fallen. Das Gesicht des Mädchens war schweißüberströmt. Seine Kleider waren fettig und zerlumpt. Ifeyiwa fragte Omovo, ob er etwas essen wolle. Er nickte. Sie kauften etwas zu essen. Ifeyiwa bestand darauf, zu bezahlen. Sie aßen aus derselben

Papiertüte. Nach dem Essen gingen sie in einen Laden und kauften Limonade, die sie an Ort und Stelle auftrinken mußten, weil der Ladenbesitzer nicht zuließ, daß die Flaschen mitgenommen wurden.

Sie liefen weiter. Die Straße war abschüssig. Ifeyiwa rannte hinunter, und ihr gelbes Kleid flatterte im Wind. Omovo rannte hinter ihr her. Unten angekommen, waren sie beide außer Atem. Sie gingen die ansteigende Straße hinauf. Ifeyiwas Augen glänzten. Ihre Brüste hoben und senkten sich. Omovo und Ifeyiwa sagten kein Wort und sahen sich unentwegt an. Von allen Seiten ertönte traditionelle Musik.

Sie bogen um eine Ecke und stellten zu ihrem Erstaunen fest, daß auf der Straße ein Fest gefeiert wurde. Tische mit hölzernen Klappstühlen darum standen mitten auf der Straße. Hinter den Stühlen waren Pfähle in den Boden gerammt worden, an denen rote Glühbirnen und blaue Leuchtstoffröhren befestigt waren. Es gab auch einen Notstromgenerator. Es wimmelte von Menschen. Auf den Tischen standen überall Schüsseln mit Bohnen, Jollof-Reis, gebratenen Hähnchen, Moi-Moi und gebratenem Fisch und zahllose Flaschen mit Getränken. Die Gäste waren reich gekleidet, und einige Familien trugen Stoffe in gleichen Mustern und Farben. Auf einer hölzernen Bühne spielte eine Live-Band einen beliebten Apala-Song, ein Loblied auf die Gäste. Männer in prächtigen *agbadas* tanzten um die Tische.

»Komm, wir gehen auch hin«, sagte Ifeyiwa.

»Gut.«

Hand in Hand mischten sie sich unter die Menge. Die Musiker spielten ein anderes Lied. Die Lautsprecher plärrten. In der Nähe der Bühne brach ein Streit aus. Zwei Männer in sich bauschenden, teuren *agbadas* begannen zu schreien. Plötzlich kam es zum Handgemenge. Die Männer benutzten die Fäuste, erhoben ihre Stimmen. Die beiden fielen übereinander her, und es wurde unmöglich, sie auseinanderzuhalten. Sie schienen aus ein und demselben Stoff gewebt zu sein. Die Schlägerei weitete sich aus. Die Musiker sangen über Frieden und grenzenlosen Reichtum. Die Schlägerei ließ nach, und nun widmeten sich die Leute ebenso leidenschaftlich dem Tanz.

Omovo und Ifeyiwa fanden Sitzplätze. Wohin Omovo auch

blickte, überall sah er Leute, die traditionell gekleidet waren. Die Menge wurde immer größer, Leute, die zufällig vorbeikamen, schlossen sich den übrigen an, und Omovo war bald vom Geruch nach arabischem Parfüm und Schweiß benebelt.

»Wir sind hier nicht richtig angezogen«, sagte Omovo.

Ifeyiwa lachte und sagte: »Laß uns tanzen.«

Als Omovo aufstand, kam ein Windstoß und wehte mehrere Pappteller um, auf denen sich noch Essen befand. Omovo sah zu, wie ein Wirbelwind die Abfälle auf der Straße in die Luft wehte. Der Wirbelwind näherte sich dem Festplatz.

»Worauf starrst du so?« fragte Ifeyiwa und zog ihn fort.

»Auf den Wind.«

Sie bahnten sich einen Weg durch die Menge. Omovo war unbehaglich zumute. Ifeyiwa begann zu tanzen, ihr Gesicht wirkte über dem gelben Kleid und im Licht der blauen Leuchtstoffröhre noch strahlender. Sie tanzte hüftschwenkend zu der Yorubamusik. Omovo war erstaunt, wie gut sie tanzte, wie gewandt sie ihren Körper zu der Musik bewegte und wie sehr sie sich auf diesem Gettofest zu Hause fühlte. Er selbst fühlte sich bei dieser Musik nicht so recht in seinem Element.

»Wo hast du denn gelernt, nach dieser Musik zu tanzen?«

»Beim Zusehen«, sagte sie und tanzte um ihn herum.

Während er sie ansah und sich steif bewegte, wunderte er sich plötzlich darüber, wie seltsam es war, daß er sich bei Discomusik viel mehr in seinem Element fühlte als bei traditionellen Tänzen. Ifeyiwa schien mit beidem vertraut zu sein. Sie strahlte vor Lebensfreude. Sie tanzte so schön, mit solcher Ungezwungenheit und Anmut, daß sie die Aufmerksamkeit der Männer in ihrer Nähe erweckte. Sie tanzten um sie herum. Einer der Männer, in einem kostbaren, mit Spitze und Perlen besetzten Gewand und einem Fächer aus blauen Federn in der Hand, ging auf sie zu und klebte ihr einen Zwanzig-Naira-Schein auf die Stirn. Die Menge spendete Beifall. Ifeyiwa war dadurch gezwungen, noch hingebungsvoller zu tanzen, um sich selbst zu übertreffen. Sie tat es, und weitere Männer kamen, tanzten mit vielsagenden Bewegungen um sie herum und klebten ihr Geldscheine auf die schweißüberströmte Stirn. Omovo betrachtete sie mit einer Mischung aus Verwunderung und Unbehagen. Sie erweckte zuviel Aufmerksamkeit. Die

Musiker auf der Bühne widmeten ihr ein Lied, besangen ihre Rundungen, ihre Bewegungen und ihre aufreizende Figur. Der Wind erhob sich. Omovo ging zu ihr und sagte:»Laß uns gehen.«
»Warum?«
»Ich weiß nicht.«
Sie kicherte fröhlich. Sie nahm seine Hände und wirbelte um ihn herum, da packte er sie. Er nahm sie in die Arme, spürte ihre Wärme und das Klopfen ihres Herzens. Sie blieben still stehen. Mehrere Leute tanzten um sie herum. Omovo blickte auf und sagte:»Laß uns etwas trinken.«
»Gern.«
Doch als sie zu ihrem Tisch gingen, entdeckte Omovo ein vertrautes Gesicht in der Menge neben der Bühne.
»Das darf doch nicht wahr sein!«
»Was ist los?«
»Ich glaube, Tuwo ist hier. Laß uns gehen.«
In diesem Moment blickte Tuwo in ihre Richtung. Er trug eine rote *agbada* und einen blauen Hut. Omovo duckte sich, da er nicht sicher war, ob Tuwo sie gesehen hatte. Sie gingen gebückt durch die Menge und verließen das Fest, bemüht, immer im Schatten zu bleiben. Eine Katze mit leuchtenden Augen folgte ihnen.
Sie gingen eine ganze Weile, ohne zu sprechen. Sie kamen an einem einstöckigen Haus vorbei, in dem kein Licht brannte, und aus einem der Zimmer hörten sie die verzückten Schreie einer Frau. Sie gelangten an einen hohen Baum. Vögel raschelten in den Zweigen. Die beiden blieben im Schatten stehen. Omovo wandte sich zur Seite, legte Ifeyiwa den Arm um den Nacken und zog sie an sich. Sie küßten sich leidenschaftlich, als könne die Welt sie jeden Augenblick auseinanderreißen. Omovo spürte den Geschmack ihres Lippenstifts und die Süße ihres Mundes. Als sie voneinander abließen, gab Ifeyiwa einen seltsamen Laut von sich und sagte in beinah jämmerlichem Ton:»Ich bin noch nie verliebt gewesen.«
Omovo vergrub das Gesicht in ihrem Haar. Ifeyiwa schob ihn sanft zurück. Er mißverstand die Geste. Er ging ein paar Schritte weg, kam zurück und lehnte sich an den Baum. Er atmete den Duft von Rinde und Blättern ein. Ifeyiwa wühlte in ihrer Tasche und holte einen Ring hervor. Sie gab ihn Omovo. Er hielt ihn in der offenen

Hand, ging ins Licht und blickte auf den versilberten Ring. Omovo kam zurück, die Hand immer noch geöffnet.

»Der ist für dich«, sagte sie.

Omovo blieb stumm. Er starrte in die Ferne. Er konnte jetzt keinen klaren Gedanken mehr fassen.

»Meine Mutter hat ihn mir gegeben, als ich von zu Hause fort bin.« Er spürte, wie ihm Tränen in die Augen stiegen. Er versuchte hart zu bleiben. »Ich will ihn nicht«, sagte er.

»Warum nicht?«

»Ich weiß es nicht.«

»Es ist ein Glücksbringer, ich schenk ihn dir.«

Er blickte wieder in die Ferne. Er sah nur den Himmel über dem Getto, der bedrückend und schön war. Er spürte einen Kloß in der Kehle.

»Danke, Ifi, aber ich verlier so vieles.«

Ifeyiwa gab wieder diesen seltsamen Laut von sich. Es schnürte ihm das Herz zusammen. Er nahm den Ring und versuchte, ihn über einen Finger zu streifen. Er paßte. Er zog ihn wieder ab, steckte ihn in die Seitentasche und holte ihn dann wieder heraus. Als er den Ring wieder auf den Finger steckte, fragte sie: »Wie kommst du mit dem Malen voran?«

»Überhaupt nicht«, erwiderte er.

Dann erzählte er ihr über seinen Traum von dem Mädchen. Mit kaum beherrschter Erregung sagte er zu Ifeyiwa, er wisse, daß ihm keine andere Wahl bleibe, als das Bild zu malen, und er fuchtelte dabei verzweifelt mit den Händen. Er sagte, er habe keine Ahnung, wie es werden solle und noch keine bildliche Vorstellung davon. Nur die Stimmung war ihm klar, der Geist des Bildes, das ihn innerlich verfolgte und nicht losließ.

»Aber worum geht es denn?« fragte sie.

»Ich muß dir erst eine Geschichte erzählen. Erinnerst du dich an das letzte Bild, das ich dir gezeigt habe?«

»Ja. Das hat mir Angst eingeflößt.«

»Nun, die Regierung hat es beschlagnahmt.«

»Was?«

»Die Regierung hat es beschlagnahmt. Sie haben gesagt, daß ich mich über unser Land lustig mache.«

Ifeyiwa schwieg eine Weile. Dann ging sie immer näher an ihn heran, bis er fast an der rauhen Baumrinde lehnte, und sagte: »Es hat ihnen auch Angst eingeflößt.«

Omovo erzählte ihr nun, wie er und Keme anschließend in den Park gegangen und über die verstümmelte Leiche des Mädchens gestolpert waren. »Irgend etwas hat sich da in mir gerührt«, sagte er. »Es war nicht Angst, sondern irgend etwas anderes. Ich weiß nicht, was es war.« Ifeyiwa wich zurück. »Und danach habe ich von diesem toten Mädchen geträumt. In meinem Traum hatte sie kein Gesicht. Sie hatte nur Augen.« Ifeyiwa stieß heftig den Atem aus. Der Wind erhob sich und raschelte in den Blättern des Baums. Omovo erschauerte. Einen Augenblick lang hatte er das Gefühl, im Schlaf geredet zu haben. Ifeyiwa wich noch weiter vor ihm zurück. Sie ging ein paar Schritte die Straße hinauf. Er hörte, wie sie zurückkam. Nur ihr gelbes Kleid war in der Dunkelheit zu sehen. Das gelbe Kleid und ihre Augen.

»Aber warum soll denn jemand ein Mädchen umbringen?« fragte sie. »Warum?«

»Ich weiß es nicht.«

»Aber warum nur? Warum ist sie verstümmelt worden?«

»Ich weiß es nicht. Vielleicht bei einer Opferzeremonie.« Nach kurzem Schweigen fuhr er dann fort: »Wenn ich daran denke, macht mir die ganze Sache selbst am hellichten Tag Angst.«

»Aber warum nur?« fragte sie immer wieder, fast als müsse Omovo das wissen, als wäre er in irgendeiner Weise für die Sache verantwortlich.

Sie verstummten. Ifeyiwa ging auf ihn zu. Sie blieb stehen. Sie warf die Arme in die Höhe. Dann gab sie wieder diesen seltsamen Laut von sich. Und mit leiser Stimme, so leise, als wolle sie fast nicht, daß der Wind sie höre, sagte sie dann: »Diese Welt ist so schlecht.« Sie sagte es mit großer Bitterkeit. Omovo suchte in der Dunkelheit nach ihrem Gesicht und stellte fest, daß es hart wie Stein geworden war. Sie war merkwürdig reglos. Der Wind wehte, ließ ihr steifes Kleid knistern. Die Blätter am Baum raschelten wie wild. Omovo blickte nach oben. Dann blickte er sich um. Aus dem Wald, der den Sumpf umgab, hörte er in der Ferne Schreie und Kultgesänge. Er hörte unregelmäßige Trommelrhythmen. Er hörte Tierlaute, die

171

auch von Menschen hätten stammen können. Es war sehr dunkel. Er hörte den Wind in den Blättern und den Atem der Bäume in ihrer Nähe. Er sog die Dunkelheit und die Gettogerüche ein. Er schien die Umgebung zum erstenmal wahrzunehmen. Als er sich Ifeyiwa zuwandte, blitzte ein gelbes Licht in seinen Augen auf. Er bekam Ifeyiwa, die halb von der Dunkelheit verhüllt war, flüchtig zu sehen. Einen Moment lang sah er das Gesicht des toten Mädchens in Ifeyiwas Zügen. Der Wind ließ ihn erschauern. Omovo schüttelte den Kopf.

»Omovo, was ist los?«

»Nichts. Überhaupt nichts.«

Dann streckte er die Arme aus, ergriff ihre Hände und zog Ifeyiwa an sich. Er drückte sie an sich, als wolle er sie nie wieder gehen lassen. Er hielt sie lange in den Armen. Auf diese Weise versuchte er sein Entsetzen zu bannen. Omovo drückte sie so fest an sich, daß sie kaum noch atmen konnte. Er ließ sich von der ganzen Kraft ihres Seins durchdringen, sog ihr leichtes Parfüm und den erdigen Duft ihres Körpers ein. Er befühlte ihr Haar, berührte ihr Gesicht und ihre Arme, als habe er sie nie zuvor berührt. Es schien die einzige Möglichkeit zu sein, die furchtbare Überschneidung aus seinem Geist zu vertreiben.

Nachdem er sein Entsetzen darüber, daß er in Ifeyiwas Gesicht die Züge des toten Mädchens gesehen hatte, überwunden hatte, sagte er: »Laß uns gehen. Es ist so dunkel unter diesem Baum.«

In Wirklichkeit wollte er fort, weil er sich plötzlich nicht mehr daran erinnern konnte, wie das tote Mädchen ausgesehen hatte.

Sie machten sich schweigend auf dem Heimweg. Ifeyiwa führte ihn durch ein Gewirr von dunklen Gassen, halbfertigen Straßen, Schlammwegen, Buschpfaden und Abkürzungen zurück. Sie kamen an den Stand einer Obstverkäuferin. Die Frau schlief, und ihr Kopf ruhte auf einer Schale mit Orangen. Ifeyiwa kaufte eine paar Mandarinen. Als sie bezahlten, blies der Wind die Petroleumlampe aus.

»Es gibt bald Regen«, sagte die Frau und packte schnell ihre Sachen ein.

Als die beiden wieder zu der Straße kamen, wo das Fest stattfand, wehte ein starker Wind über die Stühle und Pappteller. Omovo beobachtete, wie ein Geschäftsmann in einer leuchtend weißen *agbada* und mit feinen Hautritzungen im fetten Gesicht Geld unter die tanzenden Frauen warf. Je stärker die Frauen mit ihren riesigen Hintern zur Musik wackelten, umso mehr Geldscheine klebte er ihnen an die Stirn. Der Wind wehte ein paar Nairascheine in die Luft, und die Kinder rannten kreischend hinterher, um sie einzusammeln. Die Musiker schmetterten ihre Lobgesänge durch die Lautsprecher. Und plötzlich prasselte der Regen nieder. Das Fest endete in einem wilden Durcheinander. Die Gäste brüllten. Die Männer in ihren flatternden *agbadas*, die der Wind um sie herum zu wickeln drohte, rannten in alle Richtungen. Einige von ihnen rannten direkt zu ihrem Auto. Andere suchten in Häusern Schutz. Mehrere Leute stolperten über Tische und Stühle. Der Geschäftsmann, der Geldscheine in den Wind geworfen hatte, stolperte über sein sich aufbauschendes Gewand und stürzte mit dem Gesicht in eine Schüssel mit gebratenem Ziegenfleisch. Überall schrien Kinder. Die Frauen besaßen mehr Geistesgegenwart und räumten Tische und Stühle an die Seite und holten die Schüsseln mit Essen und die Kisten mit Getränken herein. Die Musiker packten eilig ihre Anlage zusammen, brachten die Lautsprecher in Sicherheit und stolperten über ihre Instrumente. Das Durcheinander war unbeschreiblich. Der Regen wurde zu einem orkanartigen, unablässigen Wolkenbruch. Rings um den Schauplatz des Festes gingen die Lichter aus.

Der Regen prasselte herunter. Ifeyiwa und Omovo begannen zu rennen. Sie rannten durch die Nässe und fanden keinen Unterschlupf, keinen Dachvorsprung, der ihnen Schutz bieten konnte. Sie rannten ohne Ziel. Nach einer Weile blieb Ifeyiwa stehen.

»Mein Kleid ist mit Schlamm bespritzt«, sagte sie.

Sie rannten nicht länger und gingen ruhig durch den Regen. Sie waren bald völlig durchnäßt. Omovo bemerkte, daß Ifeyiwas Gesicht mit einem wundervollen Glanz strahlte. Er umarmte sie, und sie blieb stehen und blickte ihm in die Augen. Auf ihrem Gesicht lag ein wilder Ausdruck, und ihr Blick war durchdringend. Er küßte sie. Dann liefen sie weiter, mitten durch die entfesselte Leidenschaft der Regenzeit.

Dann blieb Ifeyiwa wieder stehen. Omovo sah sich um und stellte fest, daß sie den Irrgarten der Träume verlassen hatten und sich wieder in einer ihnen vertrauten Umgebung befanden. Sie hatten ihre Straße erreicht. Ifeyiwa war völlig durchnäßt. Das Kleid klebte ihr am Körper, und aus ihrem Haar rieselte das Wasser. Sie sah seltsam trotzig aus.

»Das werde ich nie vergessen«, sagte sie.

Omovo lächelte. Er hatte das Gefühl, als habe eine Gottheit sie einem Ritual unterzogen. Er hatte das Gefühl, als seien sie durch eine unsichtbare Tür gegangen, die sich nur in eine Richtung öffnete.

»Was sagst du ihm, wenn du nach Hause kommst?«

Ifeyiwa starrte ihm ins Gesicht, als entziffere sie einen Text in winziger Schrift.

»Mach dir keine Sorgen. Er ist zu einer Versammlung der Leute aus seinem Heimatdorf gegangen. Er kommt erst spät zurück.« Sie hielt inne. Dann sagte sie: »Ich bin so glücklich. Das laß ich mir von niemand nehmen.«

Omovo starrte in die Ferne. Dann blickte er sie an und sagte: »Wenn du morgen vorbeikommst, mache ich eine Zeichnung von dir.«

»Wir sehen uns auf dem Hinterhof«, sagte sie.

Auf ihren Lippen lag ein verhaltenes Lächeln. Ihre Augen waren traurig. Sie waren auf eine Weise traurig, wie es nur entstellte Schönheit sein kann. Erst verstand er diese Traurigkeit nicht. Dann merkte er, daß der Regen ihre Wimperntusche, den Lidschatten und den Puder abgewaschen und ihr ein fast dämonisches Aussehen verliehen hatte. Er berührte ihr Gesicht. Sie senkte den Kopf. Als sie aufblickte, wurde sie wieder zu dem Mädchen in den schlichten Blusen und dem Wickeltuch mit Suppenflecken, wie Omovo sie immer gekannt hatte. Sie sah aus, als habe sie die Verzauberung abgelegt und in ihre eigene Wirklichkeit zurückgefunden.

»Danke, Omovo«, sagte sie nur.

Dann entfernte sie sich halb gehend, halb rennend auf der nassen Straße. Er sah ihr nach, wie sie an verlassenen Ständen, Plattenläden und Lebensmittelgeschäften vorbeilief, die alle nachts geschlossen waren. Der Regen hatte aufgehört. Für eine Weile war alles ruhig im Viertel. Er beobachtete, wie sie sich vorsichtig dem Streifen mit den Büschen näherte. Er versuchte einen Blick über die Büsche hinweg zu werfen, doch er sah nichts. Als sie mit schnellen Schritten aus seinem Blickfeld verschwand, hinterließ sie einen gelben Schimmer in der Dunkelheit. Omovo hatte das Gefühl, als sei ihm ein Geschenk entrissen worden. Er blieb eine ganze Weile still stehen. Regenwasser sammelte sich um seine Füße. Es waren keine Insekten mehr in der Luft. Während er dort stand und den Lichtschein am Himmel über den Häusern betrachtete, geschah etwas. Die Dunkelheit legte sich wie ein riesiger Mantel über alles. Es war wieder einmal ein Stromausfall. Verwirrt über diese plötzliche Finsternis, erschauerte er. Es war, als sei in seinem Kopf ein Licht erloschen. Der Wind erhob sich, und die Stille dröhnte eine Weile, ehe Omovo den Mut fand, nach Hause zu gehen. Als er sich den Büschen näherte, dachte er: »Wenn die Dunkelheit so plötzlich kommt, gibt es fast nichts mehr, um einen zu führen.« Der Platz vor dem Compound war leer. Die Männer, die über Untreue gesprochen hatten, waren alle fort. Omovo ging in den Compound, ohne einen Blick auf Ifeyiwas Haus zu werfen. Er malte an diesem Abend nichts.

10

Als Ifeyiwa nach Hause kam, stellte sie überrascht fest, daß bei ihnen Licht brannte. Als sie hereinkam, leerte er gerade ein Glas, das zu einem Viertel mit *ogogoro* gefüllt war. Er war auf einer Versammlung gewesen, doch da die im Streit geendet hatte und der Strom in jenem Viertel schon früher abgeschaltet worden war, war er früher als erwartet heimgekehrt.

Er saß kerzengerade auf einem Stuhl. Seine Augen waren entzündet und rot. Sein Gesicht hatte sich verdüstert. Er sah aus, als sei er vom Warten auf sie erschöpft. Er hatte Tränensäcke unter den Augen. Er sah entstellt aus. Seine Hände zitterten. Ifeyiwa stand an der Tür und fragte sich, was sie tun sollte. Ohne aufzublicken, holte er den Gürtel, der auf dem Bett lag. Seine Stimme war laut und von kaum verhohlenem Zorn erfüllt, als er sagte: »Ifi, wo warst du?«

Sie brachte kein Wort heraus. Sie riß sich zusammen.

»Wo warst du?«

»Ich war bei meiner Freundin Mary. Auf dem Rückweg hat mich der Regen überrascht.«

Er blickte zu ihr auf. Seine Hände zitterten noch sichtbarer.

»Warum hast du mir denn nicht gesagt, wohin du gehst?«

»Du warst nicht da.«

»Wenn ich weggehe, dann gehst du also auch weg, hm?«

»Nein.«

Die Spannung in dem Raum war unerträglich. Ifeyiwa stand zitternd in ihrem gelben Kleid da. Ihr Haar war völlig zerzaust. Er blickte sie lange an. Vielleicht fühlte er sich so elend, so ausgestoßen, weil sie so gut angezogen war, weil sie ihr schönstes Kleid trug, in dem er sie noch nie gesehen hatte, die weißen Schuhe, den weißen Schal, und weil sie wie ein strahlendes junges Mädchen aussah, das von einer Party kommt. Offensichtlich hatte sie sich nicht für ihn so schön gemacht. All diese Dinge mochten der Grund dafür sein, daß er aufstand und schrie: »Wenn du so weitermachst, schicke ich dich in dein elendes Nest zurück! Dann kannst du zu deiner armseligen Familie zurückgehen. Ihr dummen Dorf-

mädchen! So macht ihr das wohl, wenn ihr nichts in der Schule gelernt habt, was?«
Er kochte vor Wut. Er schlug mit dem Gürtel nach ihr und traf sie am Hals. Sie schrie auf, sprang zur Seite und prallte gegen den Küchenschrank. Er schlug noch einmal nach ihr. Er riß ihr gelbes Kleid an den Schultern in Stücke. Er peitschte weiter auf sie ein, bis sie den Gürtel zu fassen bekam, zur Tür lief und mit zerfetztem Kleid in die Nacht hinausrannte.
»Ja, renn nur! Renn raus, wenn du willst! Heute nacht kannst du sowieso draußen schlafen«, schrie er.
Dann schloß er die Haustür und die Tür zu ihrem Zimmer ab.
Sie stand vor dem Compound. Sie hörte, wie das Wasser durch die Gossen rauschte. Mücken fielen über sie her. Der feuchte Wind war durchdringend. Sie stand dort draußen, als der Strom abgeschaltet wurde. Zunächst merkte sie es gar nicht. Dann bedrängte sie die Dunkelheit. Sie sah, wie im Zimmer ihres Mannes eine Kerze angezündet wurde. Sie setzte sich auf den schmutzigen Zementabsatz. Das Kleid klebte ihr am Körper, und sie zitterte, während unentwegt der Wind wehte. Sie hörte, wie überall im Sumpf die Frösche quakten. Sie starrte auf Omovos Haus und fragte sich noch, was er wohl anfing, als sie seine hagere Gestalt die Straße entlang kommen und im Compound verschwinden sah. Doch er hätte sie selbst dann nicht sehen können, wenn er den Kopf gehoben hätte. Sie saß verzweifelt mit zerrissenem Kleid und weißen Schuhen in völliger Dunkelheit da, das Parfüm war verflogen. Es juckte sie am ganzen Körper. Sie kratzte sich zerstreut. Und als der Wind nachließ, sank ihr der Kopf auf die Brust. Sie setzte sich anders hin und legte den Kopf auf die verschränkten Arme. Dann zog sie die Knie an. Sie schlief wie ein verirrtes Kind, das sich in den Schlaf geweint hat.
Eine Stunde später ging die Haustür auf. Ihr Mann tauchte auf und befahl ihr mit halb freundlicher, halb ärgerlicher Stimme, sie solle hereinkommen. Sie blieb stumm. Er erhob die Stimme, und sie wachte auf. Er ging auf sie zu. Sie wandte sich ihm zu, sah, wie seine Gestalt bedrohlich auf sie zuschlich, und rannte auf die Straße. Er flehte sie an, sie solle ins Haus kommen, sich abtrocknen und sich schlafen legen. Sie wich ein Stück weiter zurück, bis er nur noch ihre weißen Schuhe erkennen konnte. Er bemühte sich noch

eine Weile, sie zu überreden. Als er sah, wie hoffnungslos seine Bemühungen waren, daß sie seinem Wunsch nach Versöhnung nicht trauen würde, was immer er auch vorbringen mochte, ging er ins Haus zurück. Dann sagte er ihr, er würde die Türen offen lassen, damit sie hereinkommen könne, wann immer sie wolle.

»Nimm dich vor den Dieben in acht«, sagte er und verschwand im Haus. Doch sie blieb die ganze Nacht draußen und schlief auf dem Zementabsatz.

11

Was hatte ihn geweckt? Waren es die Bilder, die auf ihn einstürmten, die Vögel, die mit klagenden Schreien in seinen Schlaf einbrachen, dunkle Vögel, die wie in einer Falle kämpften, so daß in wildem Wirbel Blätter um ihn aufstoben? Er regte sich im Bett, während seine Gedanken noch zwischen Wachen und Alptraum schwebten. Unter dem Tisch hörte er scharrende Geräusche zwischen den Papieren. Dann das Kratzen mehrerer Krallen unter seinem Bett. Er stand auf und dachte:»Verdammte Ratten.« Ihm wurde bewußt, daß der Tag anbrach, als Tausende von Geräuschen an sein Ohr drangen. Ein Wecker klingelte. Hähne krähten. Er vernahm das Rascheln des Besens, als die Frau, die an diesem Morgen an der Reihe war, den Compound fegte. Ein Baby schrie laut auf dem Hinterhof. Ein Mann und seine Frau hatten einen Streit begonnen. Durch den Schleier des Morgengrauens hörte er einer Prophetin zu, die jeden Morgen auf der Straße eine Glocke läutete und die Menschen zur Buße aufrief, ehe die Apokalypse kam. Kurz darauf ließ der Zeitungsverkäufer seine Hupe ertönen und verkündete die spannendsten Begebenheiten der Tagesnachrichten. Und in der Ferne rief der Muezzin die Gläubigen zum Gebet.

Omovo legte sich wieder aufs Bett, und als er die Augen schloß, erinnerte er sich daran, was am Abend zuvor geschehen war. Wie hatte er nur die bewegenden Ereignisse des letzten Abends überstehen können? Er wußte es nicht. Erst als er merkte, daß die Ventilatorblätter ihm kühle Luft zufächelten, wußte er plötzlich, was ihn geweckt hatte. Es waren nicht die Ratten. Es gab wieder Strom. Da fühlte er sich seltsamerweise besser und dachte über die vergangene Nacht nach.

Es hatte als fröhlicher Abend begonnen – der Spaziergang, Ifeyiwas Tanzen, ihr gelbes Kleid, der Regen – und hatte dann traurig geendet – die Stromausfälle, der Abschied, die hoffnungslose Umarmung. Er kniff die Augen zusammen und merkte, daß er schon seit einer Weile unbewußt auf die Worte starrte, die er an die Wand geschrieben hatte:»Der gestrige Tag ist nur ein Traum.«

Er drehte sich um und dachte an Ifeyiwa. Er fragte sich, ob sie ohne Schwierigkeiten nach Hause gekommen war. Er wußte, wie eifersüchtig und nachtragend ihr Mann war. Er hatte von den beiden Kerlen gehört, die in dessen Auftrag den Fotografen zusammengeschlagen hatten, der, wie erzählt wurde, versucht haben sollte, Ifeyiwa zu verführen. Der Fotograf war so arg verprügelt worden, daß er im Schutz der Dunkelheit aus dem Compound geflohen war und nie wieder gesehen wurde. Sein Laden mit den ausgestellten Fotos von Babys, Hochzeitspaaren und Beerdigungen stand lange leer, bis er schließlich in einen Friseurladen umgewandelt wurde. Omovo versuchte, nicht an Ifeyiwa zu denken. Was brachte all das Nachdenken, wohin führte es, in welchen Abgrund? Gelegentliches Beisammensein, eine starke, besonnene Freundschaft, die nach außen hin den Anstand wahrte, mehr konnte er nicht von ihr verlangen. Doch er wollte mehr, sehnte sich nach mehr. Und sie brauchte mehr – wenn es weniger war, würde sie ersticken. Er drehte sich wieder im Bett um, als könne ihn die Bewegung vom Denken abhalten, doch das Bild der beiden Vögel am Ufer des verdreckten Flusses kam ihm erneut in den Sinn. Als sich das Bild verflüchtigt hatte, dachte er plötzlich an sein Gemälde, und diese Gedanken wurden von der wachsenden Angst aufgestört, daß er sich an keine Einzelheit jener Nacht im Park erinnern konnte. Dann fiel ihm wieder Dr. Okochas Satz ein:»In den Träumen beginnt die Verantwortung.« Das beruhigte ihn. Im Verlust beginnt die Kunst, dachte er. Dann starrte er wieder unwillkürlich auf die Wand: »...und der morgige Tag ist nur eine Vision.«

Er richtete sich im Bett auf. Was ist ein Traum und was nicht, fragte er sich. Was ist eine Vision und was ist keine? Ihm dröhnte der Kopf. Er konnte nicht mehr schlafen. Er starrte auf ein Bild, mit dem er ein Gedicht illustriert hatte, das Okur nach dem Tod ihrer Mutter geschrieben hatte. Es war ein Ölgemälde von drei roten Vögeln, die sich in einer erschütternden Weite von Farben verloren. Okur hatte erzählt, daß er das Gedicht unter dem Einfluß von Marihuana geschrieben habe.

Omovo schloß die Augen und versuchte zu vergessen. Doch ein Gedanke brachte den nächsten mit sich. In der Hoffnung, noch ein wenig schlafen zu können, streckte er sich auf dem Bett aus, doch als er die Augen schloß, strömte wieder ein Schwall von Bildern auf ihn ein. Er konnte ihnen nicht entkommen. Vögel stießen mit klagenden Schreien auf ihn hinab. Wohin er sich auch wandte, überall stürzten sich Tausende von weißen Vögeln auf seine Augen. Als er sie abwehrte und fortrannte, stellte er fest, daß sich mehrere von ihnen in seinem Haar verfangen hatten. Er riß sie heraus und schrie, als er feststellte, daß allen diesen Vögeln die Augen ausgestochen worden waren. Er richtete sich auf und öffnete die Augen. In seinem Zimmer war alles an seinem Platz.

Er hatte einen bitteren Geschmack im Mund. Er hätte sich gern die Zähne geputzt, konnte sich aber nicht erinnern, wohin er sein Kauhölzchen gelegt hatte. Er warf das Bettlaken zurück und stand auf. Seine Augen wanderten zu dem Satz an der Wand, als würden sie von den Worten magnetisch angezogen.

»Doch ein gut verlebter heutiger Tag macht jeden gestrigen Tag zu einem glücklichen Traum...«

Er drückte etwas Zahnpasta auf die Zahnbürste und hielt inne, um sich im Spiegel zu betrachten. Er war entsetzt über die längliche Form seines Kopfes. Er verließ das Zimmer und fragte sich, was Ifeyiwa bloß in ihm sah. Draußen war es kalt und feucht. Der Himmel war grau wie der Bart eines alten Mannes. Die Luft war frisch. Und als er den Compound der Länge nach durchquerte, spürte er die neuen Gerüche des Tages, die aus den Zimmern aufstiegen. Kinder thronten auf Töpfchen. Einige Frauen hatten begonnen zu kochen. Einige Männer standen mit verschlafenem Gesicht vor ihrem Zimmer und reinigten sich die Zähne mit Kauhölzchen und kratzten sich am Bauch. Junge Mädchen holten Wasser am Brunnen.

Als Omovo in sein Zimmer zurückkam, machte er sich daran, seinen Tisch, auf dem sich eine Unmenge von Gegenständen häufte, aufzuräumen. Doch sein Zimmer befand sich in einem solchen Durcheinander, daß er den Versuch bald aufgab. Und während er dastand und nicht recht wußte, was er anfangen sollte, und sich besorgt fragte, was der Tag ihm wohl bescheren würde, fiel ihm ein, daß er noch etwas fertigzustellen hatte. Schließlich fiel sein Blick auf die Wand: »...und jeder morgige Tag eine Vision der Hoffnung. Wende dich daher dem heutigen Tag zu.«

Nicht lange danach hörte er, wie es an die Wohnzimmertür klopfte. Dann hörte er, wie sein Vater in gereiztem, wenn auch durchaus beherrschtem Ton mit jemandem sprach. Omovo öffnete die Tür, blickte hinaus und sah, daß es eine Frau, eine Zeugin Jehovas war. Sein Vater erklärte ihr bissig, daß sie sich ihre Predigt sparen könne und er keines ihrer Heftchen wolle. Dann schlug er der Frau die Tür vor der Nase zu. Als er sich umwandte, erblickte er Omovo. Omovo sagte nervös: »Guten Morgen, Papa.«

Sein Vater nickte geistesabwesend. Er rührte sich nicht und sah seinen Sohn nicht an. Die Falten in seinem Gesicht waren noch tiefer geworden. Er hatte den unsteten, wirren Blick eines Menschen, der nichts mehr wahrnehmen will. Er machte einen verlorenen Eindruck, als könne er die Einzelheiten seines eigenen Wohnzimmers nicht erkennen. Omovo wollte etwas zu seinem Vater sagen. Irgend etwas. Er wollte seinen Vater zum Beispiel bitten, ihm eine Geschichte zu erzählen. Irgendeine Geschichte. Eine Geschichte über alte afrikanische Helden, über Helden, die zu Göttern wurden, über Götter, die von der Erde verbannt wurden. Er wollte aus dem Stegreif ein Lied in seiner Muttersprache singen, auf Urhobo. Er wollte seinen Vater fragen, wie es mit seinen Geschäften stand. Ob sie besser gingen. Ob sich die Schulden in Gewinne verwandelt hatten. Omovo wollte all diese Dinge gleichzeitig fragen, doch das eisige Verhältnis zwischen ihnen und die Distanz, die sie frostig trennte, hielten ihn davon ab.

Verwunderlich war nur, daß sein Vater erwartungsvoll neben der Tür stehen blieb, doch das wurde Omovo erst später klar. Nach einer Weile machte sein Vater eine vage Geste, nahm die Sonntagszeitung vom Tisch, zog das Wickeltuch zurecht und ging in sein Zimmer.

Als er den Raum verlassen hatte, empfand Omovo eine leise Sehnsucht, die mit Trauer vermischt war. Er beschloß, ein wenig zu malen. Er malte eine Stunde lang. Anfangs wurden Sehnsucht und Trauer durch diese Beschäftigung verdrängt. Doch nach einer Weile spürte er, daß er sich zwang, den Pinsel über die Leinwand zu führen. Der Drang zu malen hatte nachgelassen. Er hatte nicht das Gefühl, daß sich ihm Bilder aufdrängten. Er arbeitete, ohne daß irgend etwas in ihm Feuer fing, ohne daß ihm irgend etwas aus den Farben, die er auftrug, zufällig ins Auge sprang. Er konnte kein

Interesse für das aufbringen, was er gerade tat. Dann hörte er, wie
eine innere Stimme zu ihm sagte: »Warum machst du das?« Er
nahm es als ein Zeichen und hörte auf zu malen.

Omovo ging in seinem Zimmer auf und ab, als ein Junge an seine
Tür klopfte und ihm von Ifeyiwa ausrichtete, daß sie so weit sei
und auf dem Hinterhof warte. Omovo erinnerte sich an sein Versprechen, eine Skizze von ihr anzufertigen, um sie zu malen. Der
Junge blickte ihn an und wartete auf eine Antwort. Ifeyiwa hatte
ihm aufgetragen, er solle nicht ohne Antwort zurückkommen.
Omovo erwiderte: »Sag ihr, ich komme.«
Als der Junge fort war, befiel ihn die Furcht. Er fürchtete sich vor
dem Schauspiel »Der Künstler und sein Modell«, das dadurch, daß
Ifeyiwa verheiratet war, besonders heikel wurde. Es störte ihn, daß
solch ein unschuldiger Anblick als öffentliches Bekenntnis gewer-
tet werden konnte, als heimliches Eingeständnis seiner Schuld.
Während er sich wünschte, Ifeyiwa würde kommen und an einem
versteckten Ort für ihn Modell sitzen, holte er Skizzenblock und
Zeichenbrett hervor. Er ging zur Tür und blieb plötzlich stehen.
Dann ging er wieder im Raum auf und ab. Er hatte das Gefühl, irgendwie in der Falle zu stecken. Sein brennendes Verlangen und
seine Unfähigkeit zu widerstehen, sich diesem Verlangen zu ver-
weigern, hatten ihn in diese Falle gelockt. Irgendwie war ihm bewußt, daß das, was er jetzt tun würde, möglicherweise Folgen haben könnte. Doch er wollte nicht über Folgen oder sonst irgend
etwas nachdenken. In einer plötzlichen Gefühlsaufwallung schlug
er mit der Faust auf den Tisch. Während die Papiere in all dem
Durcheinander von dem kleinen Tischventilator in alle Richtungen
gewirbelt wurden, besann er sich plötzlich, woher der Alptraum
kam.
Vor acht Jahren, als er noch zur Schule ging, hatte er bei den Pfad-
findern an einem Überlebenstraining in den Wäldern teilgenommen. Sie hatten zwei Tage in der Wildnis verbracht und nur von
dem gelebt, was sie im Busch fanden. Am Abend des dritten Tages
hatten sie sich auf dem Rückweg zu ihren Zelten verirrt. Irgendwo
in ihrer Nähe fiel ein Schuß, und Schwärme weißer Vögel flatterten
auf einmal überall durch den Wald. Omovo floh, um Schutz zu
suchen. Er rannte hinter einen Baum und sah eine Frau, die ihn an-

starrte. Als sie sich bewegte, flogen ihm Fledermäuse, die an ihrem Kleid hingen, ins Gesicht. Er schrie auf und rannte weg, um die anderen zu suchen. Als alle wieder aus ihren Verstecken hervorkamen, war der Himmel heiter und der Wald ruhig, als wäre nichts geschehen. Omovo machte sich mit einer Gruppe von Freunden auf die Suche nach der Frau, doch sie fanden nur eine Vogelscheuche mit den rohen Zügen einer Kultmaske.

Es erfüllte Omovo mit neuem Mut, daß er seine Erinnerung bis zu dem entscheidenden Ereignis zurückverfolgen konnte. Omovo spürte jene Freude, die vielleicht den Sog eines seltsamen Schicksals oder die Anziehungskraft von für immer eine feste Richtung nehmenden Ereignissen begleitet, und schaltete den Ventilator ab. Er hob die Papiere auf, legte sie auf den Tisch und ging nach draußen. Im Wohnzimmer begegnete er Blackie, die auf der Lehne eines Stuhls saß und ihn anstarrte. In ihrem Blick lag nichts Böswilliges, doch sie schien ihn bis in seine geheimsten Gedanken zu durchblicken. Er sagte nichts zu ihr und eilte hinaus in den Compound. Ifeyiwa war auf dem Hinterhof und hängte die Kleider auf, die sie gewaschen hatte. Sie sah verändert aus. Über Nacht schien sie ihren Zauber verloren zu haben. Sie sah blaß aus. Sie schien innerhalb von zwölf Stunden abgenommen zu haben. Ihr Gesicht hatte den Glanz verloren, und sie trug zerlumpte Kleider. Sie schien kaum noch etwas mit dem Mädchen gemein zu haben, mit dem er in der vorhergehenden Nacht in eine Welt der Träume gewandert war. Omovo empfand ein brennendes Verlangen nach ihr, ein Verlangen nach ihrem geheimen Schmerz, ihren stumpfen Augen, ihren eingefallenen Wangen. Er sehnte sich heftig danach, sie zu trösten. Er wünschte sich, ihr Leben wäre glücklicher, doch er wußte nicht, wie er ihr helfen konnte. Als sie ihn sah, hellte sich ihr Gesicht ein wenig auf, und ihr Blick wurde kühner. Sie lächelte ihm zu. Die beobachtenden Augen des Compounds waren ihm so übermächtig bewußt, daß er ihr Lächeln nicht erwiderte.

»Soll ich irgend etwas Bestimmtes tun?« fragte sie.

»Nein.«

Er hatte sie eigentlich bitten wollen, sich mit ihrer Wäsche vor ihn hinzusetzen, doch dann war sie plötzlich zu einem Stimmungsbild geworden, das er für immer festhalten wollte. Er beschloß augenblicklich, sie zu zeichnen, mehrere rasche Skizzen von ihr bei der täglichen Arbeit anzufertigen, während sie wusch und Kleider zum Trocknen aufhängte. Je öfter er beim Zeichnen den Kopf hob, um sie anzusehen, umso bewußter wurde ihm ihre Schönheit. Es war eine herbe Schönheit, gemildert nur durch ein gelegentliches Lächeln. Das Gefühl von Trauer und Liebe, das ihm Ifeyiwa vermittelte, weckte in ihm den Wunsch, alles zu zeichnen, was mit ihr in Verbindung stand, als sei seine Stimmung, ihre Lebensfreude und seine Liebe, ihr Geheimnis und seine Hilflosigkeit, als sei jener Augenblick für immer in den Dingen gegenwärtig, die sie umgaben. Und daher zeichnete er nicht nur sie, sondern auch die Zementmauer des Brunnens, die verrosteten Eimer und das ungespülte Geschirr, die Gemeinschaftsküchen hinter ihr, die nackten, dickbäuchigen Kinder in ihrer Nähe, die verblichenen blauen Wändes des Compounds und die Wäscheleinen voller Kleidungsstücke.

Während er diese Skizzen in großer Eile und mit äußerster Konzentration anfertigte, wurde sie befangen. Sie sprach mit ihm. Sie machte Scherze und versuchte fröhlich zu klingen, doch er hörte sie nicht. Nachdem sie ein paar Kleider zum Trocknen aufgehängt hatte, setzte sie sich daher auf einen niedrigen Hocker und begann ein blaues Bettuch zu waschen. Beim Waschen fing sie an zu singen. Sie sang sehr lieblich, und während sie sang, verlor sie ihre Befangenheit. Er merkte auf einmal beim Zeichnen, daß sie sich nicht mehr rührte. Er blickte sie an und sah, daß der Eimer zwischen ihren Beinen stand und ihr Wickeltuch hochgerutscht war. Er konnte ihre Schenkel sehen. Seine Konzentration ließ nach, und ihm wurde bewußt, daß sich allmählich eine Menschenmenge um ihn versammelt hatte. Er war irritiert. Er fühlte sich angreifbar. Und er spürte auch, wie ihn eine wollüstige Hitze überkam. Um sich von diesem Gefühl, das ihn ohne Zweifel öffentlich bloßstellen würde, zu befreien, beschloß er, auch Ifeyiwas Sinnlichkeit, ihre Rundungen, ihre verheißungsvollen Hüften und ihre sich wölbenden Brüste in der Zeichnung festzuhalten. Das schien ihm zu helfen, denn er war bald wieder in seiner Arbeit versunken, gefangen von ihrer Pose, die in jenem Augenblick genau mit dem Bild, das er von ihr hatte, übereinstimmte.

Omovo arbeitete schnell. Er wollte so viele Dinge im Bild festhalten, die vor seinem inneren Auge auftauchten und rasch wieder verschwanden. Es fiel ihm immer schwerer, sich zu konzentrieren. Das Sonnenlicht wurde greller, der goldgelbe Himmel wurde immer feuriger, und Omovo spürte, wie ihm im Nacken der Schweiß ausbrach. Und dann waren da all diese Zuschauer um ihn herum, die Omovo und Ifeyiwa mit stiller Verwunderung betrachteten, als hätten die beiden gerade in einem Tanz oder einem Ritual innegehalten und würden die Vorstellung jeden Augenblick fortsetzen. Kinder waren nun auch da. Sie stellten Fragen und lachten, wenn er ihnen sagte, sie sollten still sein. Der amtierende Vizejunggeselle ging vorbei und sagte mit anzüglichem Unterton: »Na so was! Es tut noch Wunder geben.«

Omovo zeichnete weiter. Er hatte nichts gehört. Der Bleistift kratzte über die weiße Oberfläche des Papiers. Omovo war so in seine Arbeit vertieft, daß seltsamerweise alle um ihn herum verstummt waren, als ginge ein Bann von ihm aus. Die Fliegen belästigten Ifeyiwa, und sie verscheuchte sie. Omovo merkte, daß sie nicht mehr sang. Er hielt inne und sah die Schatten auf ihrem Gesicht. Als er den Silberfaden dieser einzigartigen Stimmung wiedergefunden hatte, zeichnete er weiter.

Die Kinder wurden ungeduldig. Es schien sich nichts Aufregendes zu ereignen. Ihre Unruhe störte ihn. Einer der Männer aus dem Compound kam näher, stellte sich hinter Omovo, atmete ihm in den Nacken und blickte ihm über die Schulter, um die Skizzen zu betrachten. Omovo hörte auf zu zeichnen.

»Hör mal, ich bin kein Fotograf«, sagte er mit verhaltenem Zorn.

»...tschuldigung«, sagte der Mann und ging zur Toilette.

Omovo mußte eine Weile warten, ehe er wieder in der richtigen Stimmung war. Er staunte über den Bezug zwischen Ifeyiwa, dem Brunnen und dem Eimer und stellte fest, daß sich das Licht auf ihr verändert hatte. Sie sah auf einmal ganz anders aus, als wäre das Sonnenlicht unsichtbares Wasser, das Ifeyiwas Gesicht gewaschen hatte. Ihre Augen waren voller Leben. Angeregt vom Licht auf ihrer weißen Bluse zeichnete er weiter. Er hatte eine Klarheit erreicht, die alles in sich aufzunehmen schien, als plötzlich jemand am Eingang des Compounds schrie: »Vorsicht, gleich geht's rund!«

Omovo war der einzige, der nichts hörte. Oder besser gesagt, er hörte erst eine Weile später etwas, denn als er aufblickte, merkte er, daß die Zuschauer verschwunden waren. Ifeyiwa sprang auf einmal mit entsetzter Miene auf. Omovo folgte ihrem Blick und bemerkte zu spät, daß Ifeyiwas Mann mit eisigem Gesicht und geballten Fäusten durch den Compound auf ihn und Ifeyiwa zukam.

In Omovos Kopf drehte sich alles. Er hielt den Atem an. Eine ganze Weile stand er da wie gebannt von dem, was sich ereignete, und starrte geradeaus. In Windeseile und ohne ein Wort zu sagen, riß Ifeyiwas Mann die obersten Blätter aus Omovos Skizzenblock, zerfetzte sie, packte Ifeyiwa am Arm, stieß sie vorwärts und zog sie durch den Compound zu ihrem Haus. Das ging alles so schnell, daß es Omovo unwirklich vorkam, er hatte das Gefühl, als habe er es nur geträumt. Ohne recht zu wissen, was er tat, machte er sich auf den Weg zu seinem Zimmer.

Sein Vater ging im Wohnzimmer auf und ab, als Omovo hereinkam. Sein Vater blieb stehen, fuchtelte mit den Händen in der Luft und sagte: »Was ist bloß mit euch jungen Leuten heutzutage los, hm? Warum zeichnest du die Frau eines anderen Mannes? Paß auf, du! Frauen machen immer wieder Ärger. Laß die Frauen anderer Männer in Ruhe! Du weißt doch, wie ihr Mann ist, und trotzdem machst du mit diesem Blödsinn weiter. Ihr verrückten jungen Männer...«

Omovo wollte unbedingt etwas sagen, um zu zeigen, daß er unschuldig war, doch die Stimme versagte ihm. Außerdem wußte er, daß sein Vater ihn nicht verstehen würde.

»Es gibt Tausende von jungen Mädchen da draußen...« sagte sein Vater.

Omovo hörte ihn nicht. Wie betäubt wankte er in sein Zimmer und ließ sich aufs Bett fallen.

12

»Wach auf, Omovo, wach auf!«

Omovo bewegte sich und öffnete die Augen. Er sah Keme, der sich über ihn beugte. Er stand auf.

»Ich bin gerade hier vorbeigekommen und da hab ich gedacht, ich schau mal bei dir rein.«

»Keme, wie geht's?«

»Gut.«

»Was gibt's denn Neues?«

»Ich kann nicht lange bleiben. Ich hab mein Motorrad ein paar Straßen weiter abgestellt und hab Angst, daß es jemand klaut.«

»Komm, setz dich, Mann, keine Bange. Ich habe dich schon lange nicht mehr gesehen.«

Keme setzte sich. Er rutschte unruhig hin und her, er machte sich offensichtlich Sorgen um sein Motorrad. Omovo sagte: »Willst du was trinken?«

»Nein, danke.«

Omovo ging nach draußen und wusch sich das Gesicht. Als er zurückkam, ging Keme im Zimmer auf und ab.

»Warum bist du so nervös?«

»Ach, alles mögliche.«

»Und was ist mit dem Mädchen? Hast du die Sache weiterverfolgt?«

»Natürlich habe ich das«, erwiderte Keme fast aufbrausend. »Wofür hältst du mich eigentlich?«

»Für einen Reporter. Und zwar einen guten.«

Keme blickte Omovo an. Dann setzte er sich. Er wurde etwas ruhiger, doch in seiner Stimme schwang Wut und Hilflosigkeit mit.

»Am Tag, nachdem wir das Mädchen gefunden haben, bin ich zur Polizei gegangen.«

Er machte eine Pause.

»Und?« fragte Omovo.

»Ich wollte rausfinden, ob sie sich die Mühe gemacht hatten, Ermittlungen über den Mord anzustellen. Und weißt du, was passiert ist?«

»Nein.«

Keme machte wieder eine Pause. Seine Augen nahmen einen harten Ausdruck an und wurden starr.

»Was ist passiert?«

»Die haben mich doch einen verdammten Tag lang festgehalten und mir gedroht, sie würden mich zusammenschlagen und mich einsperren. Diese Dummköpfe haben sich irgendwie eingebildet, daß ich mehr über die Geschichte weiß, nur weil ich mich für die Sache interessiere.«

»Aber warum denn?«

»Also, die haben gesagt, daß sie einen Anruf gekriegt haben, wegen eines toten Mädchens, und in den Park gegangen sind, das ganze Gelände abgesucht haben und nichts gefunden haben.«

»Was?«

»Sie haben nichts gefunden – nichts Ungewöhnliches.«

»Aber...«

»Ich weiß. Das ist verrückt. Wir haben die Leiche von diesem Mädchen gesehen. Wir haben gesehen, daß sie voller Blut war. Wir haben das Kreuz gesehen, das sie um den Hals hatte. Wir haben gesehen, daß sie hübsch und jung war. Wir haben ihren Gesichtsausdruck gesehen. Aber als die Polizei am nächsten Morgen hingekommen ist, haben sie nichts gefunden. Nicht Ungewöhnliches.«

»Aber...«

»Ich weiß. Es ist merkwürdig. Ich bin über sie gestolpert. Du hast ein Streichholz angezündet. Ich erinnere mich noch an ihr zerrissenes Kleid. Und ich erinnere mich an ihre blutverschmierten Schenkel. Und sie haben nichts gefunden. Als hätte der Atlantik die Leiche fortgespült. Als hätte sich die Erde geöffnet und sie verschlungen. Als wäre sie von der Nacht ganz einfach hinweggefegt worden.«

»Nichts?«

»Nichts Ungewöhnliches.«

Keme hielt wieder inne. Sie schwiegen eine ganze Weile. Dann stieß Keme einen tiefen Seufzer der Erschöpfung aus und sagte: »Vielleicht haben wir diese verdammte Nacht nur geträumt.«

»Aber...«

»Man möchte doch meinen, daß man irgend etwas von ihr findet. Irgend etwas Belastendes. Ein Fetzen von ihrem Kleid. Ihr Kreuz.

Ihr Blut. Ihre Schuhe. Irgendwas, woran man sieht, daß sie umgebracht worden ist, daß es ein unnatürlicher Tod war. Aber was sollen wir mit nichts anfangen?«

Omovo blieb stumm.

»Ich habe am nächsten Tag einen Bericht darüber geschrieben, aber der Chefredakteur hat ihn auf den Bruchteil einer Spalte zusammengestrichen. Er las sich wie ein Lückenbüßer. Ich habe einen anderen Artikel geschrieben, und der Chefredakteur hat gesagt, er würde ihn nicht drucken. Ich habe ihn gefragt, warum, und er hat gesagt, er brauche knallharte Beweise.«

»Knallharte Beweise?«

»Genau das. Es ist verrückt. Ich meine, wir drucken Geschichten über eine Frau, die eine Schlange zur Welt gebracht hat, über einen Mann, der von den Toten auferstanden ist, über eine Stadt, in der die Leute erzählen, sie hätten einen zweiköpfigen Elefanten gesehen. Wir drucken Sachen wie die über den Richter, der mit einer Verrückten ins Bett geht, weil er glaubt, daß er dadurch über Nacht reich wird. Wir drucken sogar Geschichten über ein Dorf, in dem es während des Harmattans Frösche geregnet hat, aber jetzt kann mein Chefredakteur keine Geschichte über ein kleines Mädchen bringen, das einem Ritualmord zum Opfer gefallen ist.«

Omovo stand auf und setzte sich wieder. Keme fuhr fort: »Sobald die Polizei mich gehen ließ, und dazu war ein Anruf meines Chefredakteurs nötig, weil sie mich als eine Art Komplicen festhalten wollten, also, sobald ich frei war, bin ich in den Park gegangen. Ich habe gesucht und nichts gefunden. Das Leben ist so merkwürdig. Damals, in der Nacht, war alles dunkel, und wir wußten nicht mehr, wo wir waren, aber als ich dorthin zurückgekehrt bin, war es noch hell, und trotzdem habe ich die Stelle nicht gefunden, an der wir die Leiche gesehen haben. Ich zweifle langsam an meinem Verstand. Ich weiß nicht mehr, was ich tun soll.«

»Du brauchst nicht an deinem Verstand zu zweifeln. Was wir gesehen haben, haben wir gesehen. Das war so. Da ist wohl einer zurückgekommen und hat die Leiche weggeschafft.«

»Aber wer? Und warum?«

»Ich weiß es nicht.«

»Aber wie willst du dann Nachforschungen anstellen? Wo sollen wir anfangen? Und woher sollen wir wissen, ob die Polizei die Wahrheit sagt?«

»Keme, wir wissen überhaupt nichts.«

»Und was wäre passiert, wenn wir damals in der Nacht die Polizei geholt und sie zu der Leiche geführt hätten?«

»Willst du die Wahrheit hören?«

»Na klar.«

»Dann hätten sie uns wegen Mordes festgenommen.«

»Warum muß das nur so sein?«

»Ich weiß es nicht. Vielleicht, weil es völlig unmöglich ist, überhaupt irgendwelche Nachforschungen in einer Gesellschaft anzustellen, die so chaotisch ist wie unsere gerade jetzt. Aber ich bin sicher, daß wir ganz schön Schwierigkeiten bekommen hätten...«

»Außerdem«, unterbrach ihn Keme, »wäre das für das Image der verdammten Polizei ausgezeichnet gewesen.«

»Ich weiß. Sie sind total verdorben.«

»Der Abschaum.«

Sie verstummten wieder. Dann sagte Keme: »Als ich Mutter davon erzählt habe, hat sie einen Schreck bekommen und geweint. Ich konnte sie gar nicht mehr beruhigen. Sie hat stundenlang geweint.«

»Und was sollen wir jetzt tun?«

»Was kann ich schon tun? Ich bleibe dran und schreibe einen anderen Artikel darüber, oder ich schreibe einen Bericht über rituelle Opferungen, merkwürdige Geheimbünde und Blutsbruderschaften.«

»Sei vorsichtig. Man weiß nie, wer wo seine Finger drin hat.«

»Ich weiß.«

»Wir wissen so wenig über die Welt, wie sie funktioniert, wer was manipuliert, wer Leichen verschwinden läßt und wer welche Informationen zurückhält.«

»Ich weiß. Vielleicht sollte ich besser eine Kurzgeschichte darüber schreiben.«

»Aber wenn du eine Geschichte darüber schreibst«, sagte Omovo, »willst du dann erfinden, was deiner Meinung nach wirklich stattgefunden hat, oder willst du die Sache so erzählen, wie du sie erlebt hast?«

»Ich bin mir nicht sicher. Wenn ich ehrlich bleiben will, kann ich die Sache nur so erzählen, wie ich sie erlebt habe.«

»Aber das hast du doch schon getan.«

»Das reicht nicht. Ich habe nur Tatsachen dargestellt. Ich habe nichts über die Gefühle dabei geschrieben, was für eine Nacht es war, wie alles auf mich gewirkt hat, die Eule, der Mond, die Glocken.«

»Ich weiß. Es ist nicht realistisch genug, oder?«

»Ja.«

»Ich habe sogar davon geträumt.«

»Ich auch.«

»Ich habe geträumt, ich hätte meine verschwundene Schwester gesehen, als du das Streichholz angezündet hast, und sie hätte mich mit dem Blick einer Schlafwandlerin an den Knöcheln gepackt. Und dann hat sie mir die Knochen zermalmt. Ich habe Mutter durch mein Schreien aufgeweckt.«

»Ich habe geträumt, daß sie ständig hinter mir herlief.«

»Laß uns über was anderes sprechen. Die Sache macht mich verrückt. Wie läuft's mit der Malerei?«

»Nicht besonders.«

»Das tut mit leid.«

»Keine Ursache. Das gehört dazu.«

»Hast du den Artikel gelesen, den diese Frau über deine Ausstellung geschrieben hat?«

»Ja.«

»Ich fand es interessant, daß sie dein beschlagnahmtes Bild als Aufhänger genommen hat, um unsere nationale Seelenlage unter die Lupe zu nehmen.«

»Das fand ich auch. Nur hätte ihre Beschreibung auch auf jedes andere Gemälde gepaßt.«

»Wie meinst du das?«

»Ich habe mein Bild in ihrem Artikel nicht wiedererkannt.«

»Hast du schon irgendwas von dem Bild gehört?«

»Was?«

»Geben sie es dir zurück?«

»Nein. Ich rechne nicht damit, daß ich je wieder etwas davon höre. Sollen sie doch das häßliche Bild behalten! Mir gefällt es sowieso nicht mehr. Unser Leben ist schon schwer genug, darum meine ich, sollte die Kunst eher besänftigen und Erleichterung bringen, anstatt den Finger auf all unsere Wunden zu legen.«

»Ist das dein Ernst?«

»Ich weiß nicht. Ich bin mir nicht sicher. Es gibt ein paar Dinge, die vergißt man nie und die sollte man nie vergessen. Die Leiche von diesem Mädchen gehört dazu.«

Omovo hielt inne. Dann änderte sich der Ton seiner Stimme, sie wurde trauriger, weil er langsamer sprach, und er sagte: »Als ich klein war, habe ich oft stundenlang irgendwo gesessen und Spinnweben und Spinnen angestarrt. Mutter war ziemlich entsetzt, nicht so sehr über die Spinnweben, sondern darüber, daß ich so lange darauf starrte. Sie fand es unnatürlich, daß ich Spinnen, sterbende Ratten und Würmer anstarrte. Eines Tages hat sie es nicht mehr ausgehalten und mich erst mit einem Kamm und dann mit dem Absatz ihres Schuhs verdroschen. Das hat nichts geändert – ich habe mich danach höchstens noch mehr für die verborgene, für die dunkle Seite der Dinge interessiert.«

»Warum?«

»Ich bin mir nicht sicher. Ich wollte sie zeichnen, sie erforschen. Sie wirkt geradezu magnetisch auf mich.«

»Zu viele Leute haben Angst davor, die dunkle Seite der Dinge zu betrachten, sich anzusehen, wie es dort aussieht. Das ist das Problem.«

»Und daher gibt es Rituale und Geschichten.«

»Und Gemälde.«

»Ja.«

»Omovo, so habe ich dich noch nie reden hören. Du änderst dich.«

»Ich weiß es nicht. Ich habe das Gefühl, daß wir mit Dingen konfrontiert sind, über die wir nichts wissen.«

Sie schwiegen. Keme stand auf und ging wieder auf und ab.

»Ich muß aus dieser verdammten Stadt raus. Ich brenne darauf, auf Reisen zu gehen. Ich will mir den Wind um die Nase wehen lassen. Hier habe ich das Gefühl, in der Falle zu sitzen. Und ich fühle mich hilflos. Ich habe genug von dieser verdammten Hetzjagd. Mir platzt bald der Kopf. Ich kann mich nicht auf eine Sache konzentrieren. Ich sollte aus diesem Leben etwas machen, schließlich lebt man nur einmal. Ich sollte irgend etwas Konstruktives unternehmen. Ich muß hier weg und zu mir selbst finden.«

Er sagte all das sehr schnell, gestikulierend und mit leidenschaftlichem Gesichtsausdruck, und als er verstummte, setzte er sich erschöpft hin, fast als habe ihn seine eigene Heftigkeit besiegt.

»Du hast recht«, sagte Omovo. »Man verliert in der Stadt zu schnell den Boden unter den Füßen. Man hört auf zu denken. Man gerät in einen Wirbel. Und schließlich hält man eine wirre Bewegung für den Fortschritt.«

Keme hatte begonnen zu schwitzen. Er wurde wieder unruhig.

»Ich geh jetzt besser. Wenn ich zu lange wegbleibe, klaut mir noch jemand das Motorrad.«

»Gut. Ich hab mich gefreut, dich zu sehen.«

»Ich mich auch.«

»Wir sehen uns viel zu selten.«

»Ich weiß. Meine Mutter fragt immer nach dir. Komm doch mal vorbei.«

»Mach ich. Grüß sie von mir.«

»Klar. Was ist eigentlich mit den anderen?«

Omovo lächelte. »Dele fliegt in ein paar Tagen in die USA. Er ist schon völlig aufgeregt. Und Okoro hat eine neue Freundin.«

»Ah ja, ich werd versuchen, sie im Laufe der Woche zu treffen.«

»Ja.«

»Dann bis bald.«

»Ich komm mit bis zum Tor.«

»Hat mir Spaß gemacht, mit dir zu reden.«

»Mir auch.«

Keme stand vor der Tür und blickte hinaus. Dann wandte er den Kopf ab, als täten ihm die Lichter draußen in den Augen weh, und sagte ohne jeden bitteren Unterton: »Es ist schon verrückt, nicht?«

»Was?«

»Daß wir Geschichten über einen Mann drucken, der Metall ißt, über Ratten in Ägypten, die Boote auffressen, über Frauen, die Vierlinge zur Welt bringen, aber wir drucken nicht die Geschichte eines Mädchens, das in einem Park am Ufer des Atlantiks ermordet worden ist.«

»Das ist seltsam«, pflichtete Omovo ihm bei.

Omovo ging mit Keme zum Tor und begleitete ihn dann das ganze Stück bis zum Motorrad, das Keme wegen der schlechten Straßen drei Ecken weiter abgestellt hatte. Sie sagten auf dem Weg kein

Wort. Keme stieg auf sein Motorrad, ließ es an, winkte und fuhr mit einem nachdenklichen Gesicht, als wäre er schon am Ziel, davon.

Omovo, der durch die sonntäglich gedämpfte, fröhliche Atmosphäre des Gettos ging, hatte das Gefühl, auf Grund der Dinge, die Keme erzählt hatte, an leichten Sinnestäuschungen zu leiden. Ihm war seltsam zumute. Als er sich dem Compound näherte, hatte er undeutlich die Ahnung, daß seine Kunst irgendwie nicht geeignet war, die afrikanische Wirklichkeit wiederzugeben.

Als er zu Hause war, setzte er sich aufs Bett und dachte über ihre Unterhaltung nach. Nach kurzer Zeit schwirrte ihm der Kopf von all den Dingen, die auf ihn einstürmten. Er öffnete die Fenster. Die hereinströmende Luft war zunächst frisch, trug dann aber alle Gerüche des Compounds in den Raum. Licht strömte herein. Omovo beschloß zu malen, um dem Wirrwarr seiner Gedanken zu entgehen.

Er holte Staffelei und Ölfarben hervor. Während er die Farben mischte, wurde sein Kopf allmählich von dieser Tätigkeit, vom Ritual der Vorbereitung auf die Arbeit in Anspruch genommen. Er atmete leichter. Seine Gedanken wurden klarer. Dann holte er die Leinwand hervor, an der er früher am Tag gearbeitet hatte. Er betrachtete das häßliche Farbengewirr und die noch schemenhaften Umrisse, die er am Morgen gemalt hatte. Er betrachtete lange die Leinwand. Dann entdeckte er zu seiner eigenen Verwunderung die Möglichkeiten, die in den schemenhaften Formen steckten. Er versenkte sich noch tiefer hinein. Mit instinktiver Abneigung gegen Formen, die keinen Bezug zum Leben und zum Gefühl hatten, und mit einer Vorliebe für den erzählerischen Aspekt der Malerei ließ er sich von seiner Stimmung dazu verleiten, etwas zu versuchen, wovor er sich gewöhnlich scheute, weil ihm die Sache zu schwierig und zu anspruchsvoll erschien. Er begann, einen Verkehrsstau in Lagos zu malen. Als ihm klar wurde, auf was er sich da einließ, war er glücklich, fühlte sich beschwingt und hörte völlig auf zu denken. Er ließ sich auf den einzigartigen Wogen von Vision und Stimmung tragen, und bald merkte er nicht einmal mehr, daß er malte. Und in den Augenblicken, in denen seine Konzentration nachließ und ihm auf einmal bewußt wurde, daß er malte, tat er etwas Seltsames, das er nie zuvor getan hatte. Er gab den Formen, die er schuf, einen

Namen, besang sie wie in einem Gebet, als könne seine Hand durch das Benennen irgendwie geführt werden: »Metall. Heiße Straße. Kupferfarbene Sonne. Schwitzende Fahrer. Geschäftige Straßenhändler. Polizisten, die Bestechungsgelder annehmen. Licht auf lackiertem Metall. Gelbschwarze Taxis. Glitzernde Windschutzscheiben. Verwitterte Gesichter. Sich abmühende Gesichter. Leidende Gesichter. Millionenfache Farben der Sonne und der Stadt. Die Gesichter meines Volks. Halluzination von Sonnenlicht auf der grünen Lagune. Benzindünste. Bettler. Überall Soldaten. Überall Verkehrsstau. Lärm. Chaos. Großes Gedränge. Bewegung. Durcheinander. Enge Häuser. Enge Straßen. Ein Kind ißt eine Mango. Oben Weite, unten Enge. Keine Vögel in der Luft.«

Er formulierte Worte und arbeitete, als übertrüge er Bilder von einer Wolke.

Nach einer Weile war er erschöpft, alles tat ihm weh. Er nahm es als Zeichen, daß er aufhören mußte. Er wußte, daß das Bild fertig war. Er blickte auf seine Armbanduhr, die er sonst nie trug. Er hatte zwei Stunden gemalt, ohne es zu merken. Er war beschwingt. Dann wurde er bedrückt. Ein Gefühl der Starre überkam ihn. Er horchte auf die trägen Nachmittagsgeräusche des Compounds. Er setzte sich aufs Bett und bedeckte die Augen mit den Handflächen. Seine Augen schmerzten. So blieb er eine Weile sitzen und betrachtete die vor seinem inneren Auge tanzenden Farben. Nach einiger Zeit stand er auf, verließ das Zimmer und ging zur Vorderseite des Compounds. Er verschlang die Straße und die Welt ringsumher mit den Augen. Er betrachtete liebevoll die Straßenhändler, die Kinder, die alten Männer, das gleißende Sonnenlicht auf den staubigen Häusern und den Ständen. Er betrachtete die Eidechsen und Geckos, die die Wände hinaufhuschten. Er betrachtete die Kinder, die friedlich über die Straße stolzierten, die Ziegen, die auf weggeworfenen Yamswurzelschalen kauten. Dann gönnte er den Augen Ruhe und ließ den Blick über den Wald in der Ferne schweifen.

Als er in sein Zimmer zurückkehrte, setzte er sich, und nachdem sich seine Augen an das Licht im Raum gewöhnt hatten, betrachtete er sein Gemälde. Es war nicht so gut wie das, was er in seiner Vorstellung gesehen hatte. Aber es war besser als alles, was er seit langem gemalt hatte. Er war ein wenig enttäuscht über die dürftige

Wiedergabe der ausgedachten Wirklichkeit. Er ärgerte sich wieder einmal über das untrügliche Gefühl, daß das, was in seinen Gemälden gelungen war, fast immer auf seine Unfähigkeit zurückging, zu malen, was er beabsichtigte und wiederzugeben, was er sah. In seinem Gemälde war die Stadt zu einem wahnwitzigen Labyrinth geworden, überfüllt und voller gleißender Farben, aber durch einen Dunstschleier wiedergegeben. Er hielt die Karrenschieber, die Lastenträger, die Straßenhändler und die Verkehrspolizisten in ihren orangefarbenen Uniformhemden im Bild fest. Er malte Hunderte von Zubringerstraßen, die Wege, die Straßen, wilde Linien, die in nichts als in ein Wirrwarr führten. Er malte die gewundenen, von Autos verstopften Straßen. Es gelang ihm sogar, die dramatischen Gebärden der Bewohner von Lagos in erstarrter, eckiger Haltung wiederzugeben. Die Qualen und Komödien der Stadt. Die Hast und die Hektik wurden von der Lagune umrahmt. Sie hatte dieselbe grüne Farbe wie sein Bild vom Schmutztümpel. Alle Landstraßen führten in das Labyrinth der Stadt. In das Chaos und die Frustration der Stadt. Hinaus führten nur die Wege zu den Wäldern im Landesinneren und ans Meer.

Er betrachtete seine Arbeit, und mit Verzweiflung und Freude in der Seele dachte er: Kunst ist eine armselige Annäherung, doch immer noch die beste, die wir haben. Er räumte die Pinsel, die Staffelei und die Farben weg. Er stellte das Gemälde zur Seite und ging nach draußen, um sich zu waschen. Als er zurückkam, überließ er sich, erschöpft von der Fertigstellung des Gemäldes, einer Woge von Traurigkeit und Überdruß. Alle Gefühle, die er unterdrückt hatte, die Scham und die Sorge wegen Ifeyiwa, seine Angst, seine Liebe, die Bürde, frei zu sein, während Ifeyiwa in einem Käfig gefangen war, all das stürzte auf ihn ein und ließ ihn zitternd aufs Bett sinken.

Er holte den Brief und das Gedicht seines Bruders hervor und las sie. Er starrte durchs Fenster auf die Mauer, die seinen Compound umgab. Oben auf der Mauer waren Glasscherben einzementiert, um zu verhindern, daß nachts Diebe herüberkletterten. Er fühlte sich ein wenig wie in einem Gefängnis. Er blickte auf die Wolken über der Mauer und über den Dächern. Er holte sein Notizbuch hervor und schrieb:

Ich wollte ein schönes Bild von ihr malen. Um mich immer an sie zu erinnern. Statt dessen habe ich ihr Leben vermutlich noch unerträglicher gemacht. Warum bilden sich die Leute ein, daß etwas Schändliches zwischen uns besteht, nur weil ich sie gezeichnet habe? Und wie kommt es, daß ich anscheinend nichts richtig mache, obwohl ich genau weiß, was verkehrt ist? Ich habe das Gefühl, in einen dunklen Bereich gezogen zu werden. Es sieht fast so aus, als hätte ich es mir selbst zuzuschreiben. Es ist schwer.

Er hielt inne. Er blickte nach draußen auf die Wand und schrieb weiter:

Keme ist heute vorbeigekommen. Hat dauernd verdammt gesagt. Ist ständig auf und ab gegangen wie ein eingesperrtes, kluges Tier. Die Leiche des Mädchens ist verschwunden, und wir können nur noch Mutmaßungen anstellen. Da stehen wir nun: allein und hilflos angesichts furchtbarer Ereignisse. Wer manipuliert unsere Wirklichkeit? Und wie lange sollen wir das noch hinnehmen?
Dele fährt bald in die USA. Er hat dafür gesorgt, daß seine Freundin ihr Kind loswird. Nein. Er hat sie überlistet. Er will keine Komplikationen kurz vor der Reise in seinen Traum. Er sagt, er hat Angst. Er verläßt diese Hölle bald und hat Angst. Seltsam.
Okoro hat sich eine neue Freundin zugelegt. Spricht nicht mehr über den Krieg. Hat sonst immer über den Krieg gesprochen. Über das Verhungern. Soldaten, die halbrohe Frösche essen. Er spricht nicht über den Krieg. Ist mir gerade aufgefallen.
Ich sollte meine Freunde malen – Kinder des Kriegs – Kinder der Öde – die Kriegsgeneration – in den Städten verloren – in den Büros verloren – in Verkehrsstaus verloren – im Wirrwarr des Alltags gefangen – dem Wirrwarr unserer Geschichte –
Ich habe Angst um meine Brüder, aber sie haben mir wenigstens gezeigt, daß es nicht nur einen Weg, sondern viele Wege gibt, die in die Welt führen – jeder erkämpft sich seinen eigenen Weg oder findet ihn – ja –
– der Alptraum des Wirrwarrs übertrifft jedes Märchen – Herr, möge mich dieses Leben stets überraschen – jeden Riß mit Licht erfüllen – wenn wir fallen, Herr, mach uns zur Spinne, die sich das eigene Netz als Nest bauen kann – möge immer Gutes auf uns zukommen – und wenn wir es am meisten brauchen, Herr, zeig uns einen silbernen Weg – einen geheimen Weg –

Als er das niedergeschrieben hatte, fühlte er sich besser. Er zog sich an, um einen Spaziergang zu machen. Sein Vater war nicht im

Haus. Das Wohnzimmer war leer. Die Leute aus dem Compound sahen ihn immer noch merkwürdig an. Als er auf die Straße ging, sah er Ifeyiwa durch das offene Fenster. Er ging zu Dr. Okochas Werkstatt. Der alte Künstler war nicht da. Dann ging Omovo weiter und schaute zu, wie die Autos mit hohem Tempo über die Schnellstraße fuhren.

13

Omovo war von seinem Spaziergang zurückgekommen und saß friedlich in seinem Zimmer, als er laute Stimmen aus dem Wohnzimmer hörte. Erst glaubte er, Ifeyiwas Mann sei gekommen, um Ärger zu machen. Doch als er genauer hinhörte, erkannte er zu seinem Entsetzen die Stimmen seiner gräßlichen Verwandten. Sie schienen auf etwas zu reagieren, was Blackie gesagt hatte. »Wir wissen nicht, wer du bist! Wir kennen dich nicht! Und dich wollen wir auch nicht besuchen!« schrie Onkel Maki.

»Dann haut doch ab!«

»Warum? Wer bist du denn? Doch nur die zweite Frau!«

»Na und? Ich bin hier im Haus die Herrin.«

»In was für einem Haus?«

»In diesem Haus. Also geht. Wenn ihr Omovo sehen wollt, dann wartet draußen vor dem Compound auf ihn.«

»Du unverschämtes Weib. So behandelst du die Verwandten deines Mannes! Du alte Hexe!«

»Wen nennt ihr hier Hexe? Deine Mutter ist eine Hexe. Geht doch Dreck fressen. Gott soll euch strafen.«

»Gott straft dich schon mit diesem leeren Haus.«

Als Omovo gerade hinausgehen wollte, um die erhitzten Gemüter zu beruhigen, hörte er die entrüstete Stimme seines Vaters, der so laut schrie, als schlüge er mit einem Hammer auf den Tisch.

»Wie kannst du es wagen, in mein Haus zu kommen und meine Frau zu belästigen? Für wen hältst du dich eigentlich, du elender Buchhalter? Hau ab, eh ich meine Jungs beauftrage, dich zu verprügeln. Hau ab! Hau ab!«

Es entstand eine peinliche Stille. Dann hörte man, wie der Verwandte mit leiserer Stimme sagte: »Ich möchte mit Omovo sprechen!«

»Hau ab! Du kannst weder mit Omovo noch mit sonst jemand sprechen. Mach dich davon, ehe ich's mir anders überlege.«

Omovo ging ins Wohnzimmer und beobachtete die Szene durch das Fenster. Er wartete auf den geeigneten Augenblick, um einzugreifen, ohne die Angelegenheit noch zu verschlimmern.

Die Männer aus dem Compound waren herbeigekommen, um die Auseinandersetzung zu verfolgen. Es gehörte zur Tradition des Compounds, daß sich die Nachbarn gegenseitig zu Hilfe kamen, wenn Außenstehende an der Sache beteiligt waren. Omovo beobachtete die Frauen, die sich nichts von dem »Ereignis« entgehen ließen. Sensation lag in der Luft.

»Oga, Boß dieses Compounds, was ist los?« fragte einer der Männer.

Der amtierende Vizejunggeselle kam auch dazu. Er hatte eine Flasche Bier in der Hand. Hinter ihm stand Tuwo. Die jüngeren unverheirateten Männer und die Männer, die noch nicht lange im Compound lebten, kamen zur Unterstützung herbei. Sie alle strömten aus Tuwos Zimmer. Sie hörten sich ziemlich betrunken an und schienen über die Aussicht auf einen Aufruhr und einen Streit erfreut zu sein.

»Boß, sucht dieser Mann Ärger mit deiner Frau?« fragte Tuwo.

»Macht euch nichts aus diesen elenden Verwandten von Omovos Mutter. Sie haben keinen Respekt. Sie beleidigen meine Frau. Beschimpfen mein Haus. Und das an einem Sonntag, wenn man sich ein bißchen Frieden wünscht!«

Der Onkel wandte sich an die Männer aus dem Compound und versuchte zu erklären. Zum erstenmal kam er in Omovos Blickfeld. Er trug einen zu engen, alten braunen Mantel, den er wohl vor Jahren gebraucht gekauft hatte. Sein Haar war staubig und hatte einen sorgfältig gezogenen Scheitel. Und trotz der furchtbaren Hitze hatte er einen zusammengerollten roten Schirm dabei, den er als Spazierstock benutzte. Er wandte sich an die betrunkenen Männer aus dem Compound. Sie lauschten ihm mit der Bosheit jener, die alles, was sie hören, bewußt falsch verstehen. Fast flehend, aber ohne seine eigensinnige Würde aufzugeben, sagte Omovos Onkel: »Ich bin der Vetter von Omovos Mutter...«

»Ein weit entfernter Verwandter«, sagte Tuwo.

»Ich habe Omovo schon eine ganze Weile nicht mehr gesehen«, fuhr Omovos Onkel fort, »und da ich gerade hier in der Nähe war...«

»Da haste gedacht, ich komm vorbei und mach Ärger«, unterbrach ihn Tuwo und vollendete zum großen Vergnügen der versammelten Menge Onkel Makis Satz.

»Nein!« entgegnete Omovos Verwandter voller Protest. Er versuchte, auf seine Erklärung zurückzukommen, doch Omovos Vater kam ihm zuvor.

»Verschwinde aus diesem Compound, du Dieb!«

»Ich bin kein Dieb. Hab ich dir vielleicht was gestohlen?« fragte Onkel Maki und fuchtelte mit dem roten Schirm herum. Mit seinem aufgeblasenen Gehabe, den vom Kolanußkauen verfärbten Zähnen und dem engen Mantel, in dem er sich nur mit Mühe bewegen konnte, machte er einen ziemlich komischen Eindruck. Omovo, dem es unangenehm war, daß einer seiner Verwandten von den Männern aus dem Compound lächerlich gemacht werden sollte, war schon im Begriff, nach draußen zu gehen, um die Leute zu beruhigen, als sein Vater einen Schwall unerwarteter Beschuldigungen ausstieß. Er wandte sich an die Männer aus dem Compound und sagte: »Seht ihn euch an, da kommt er nun und redet Unsinn. Ist er vielleicht gekommen, als meine erste Frau krank war, um sie im Krankenhaus zu besuchen, dabei war er mit ihr sogar verwandt?«

»Nein!« antworteten die Männer aus dem Compound.

Omovos Vater wandte sich an Onkel Maki.

»Als es uns schlecht ging, habt ihr uns da nicht hinter unserm Rücken ausgelacht? Seid ihr etwa zu ihrer Beerdigung gekommen? Habt ihr danach versucht, uns zu trösten, hm? Also was willst du jetzt hier, hm? Als wir eure Hilfe gebraucht hätten, da seid ihr nicht gekommen. Wir sind auch ohne euch klargekommen. Wir brauchen dich und deine Rattenaugen nicht, die über jeden urteilen und immer sehen wollen, wie andere leben, um dann den Klatsch in alle Welt hinauszuposaunen. Wir brauchen deine Scheinheiligkeit nicht. Warum kommst du jetzt, um Omovo zu besuchen? Was willst du von ihm, hm? Hast wohl seinen Namen in der Zeitung gesehen, was? Ich sorg für ihn. Er lebt unter meinem Dach. Ich hab ihm einen Job besorgt. Und jetzt tauchst du hier auf und versuchst, ihn auf deine Seite zu ziehen. Hau ab! Los, mach schon!«

Onkel Maki bewegte stumm die Lippen, schwenkte den roten Schirm und schien über den Hagel von Anschuldigungen völlig verblüfft zu sein.

Omovos Vater fügte noch hinzu: »Und obendrein holst du mich noch aus dem Schlaf und beleidigst meine Frau vor den Augen aller Leute hier im Compound!«

Onkel Maki unternahm tapfer den Versuch, zu Wort zu kommen, doch die Männer aus dem Compound begannen ihn zu schubsen. Sie hatten rote Augen, und ihnen juckten die Finger.

»Geh schon!«

»Ja, hau ab!«

»Verschwinde, eh wir dich bei lebendigem Leib rösten.«

»Verschwinde mit deinem blöden Schirm«, sagten die Männer.

Onkel Maki schob sie zurück. Dann trat er vor Omovos Vater, fuchtelte drohend mit dem Schirm und sagte: »Wehe, wenn mich einer anfaßt. Ich komme gerade aus der Kirche und will keinen Ärger.«

»Dann hör auf, mit dem Ding vor meinen Augen herumzufuchteln, oder willst du mir die Augen ausstechen?«

Onkel Maki, der die Stimmung von Omovos Vater völlig falsch einschätzte, dessen Niedergeschlagenheit, finanziellen Druck und Gespür für Verrat nicht erkannte, sagte: »Das ist mein Schirm. Ich mach damit, was ich will.«

Die Stimme von Omovos Vater änderte sich. »Wirklich?« Dann schnalzte er gebieterisch mit den Fingern und sagte: »Blackie, hol meine Machete.«

Blackie ging ins Wohnzimmer. Omovo wich sich duckend zurück. Er hörte, wie sie sich in der Nähe der Schränke zu schaffen machte. Dann hörte er, wie sich ihre Schritte entfernten. Als er wieder nach draußen blickte, hielt sein Vater die Machete in der Hand.

»Nutzlose Verwandten!« sagte er. »Diebe und Schwätzer. Pharisäer! Unruhestifter! Heuchler!«

Omovo hatte das Gefühl, in der Klemme zu sitzen. Er konnte nicht hilflos zusehen und auch nicht nach draußen gehen, denn während der Vater seine Lieblingsklagen vorbrachte, würde Omovos Anwesenheit nur aufhetzend wirken.

»Nenn mich nicht einen Heuchler! Ich bin kein Sadduzäer!«

»Pharisäer habe ich gesagt.«

»Na gut, ich bin auch kein Pharisäer. Ich bin ein guter Christ und bete jeden Tag zu meinem Gott.«

»Und am Sonntag, wenn Gott sich ausruht«, fügte Tuwo betrunken und mit besonders gekünsteltem Akzent hinzu, »dann ziehst du los und machst Ärger mit deinem Schirm!«

Die Männer brachen in Gelächter aus. Onkel Maki hob den Schirm und richtete die scharfe Spitze angriffslustig auf sie.

»Du willst wohl fechten, was?« sagte Tuwo.

»Kümmer dich nicht um ihn«, sagte jemand anders. »Er will mit seinem alten Schirm über die Klinge springen.«

»Du willst gegen eine Machete fechten, was?« fuhr Tuwo fort. Der amtierende Vizejunggeselle hielt in der einen Hand seine Bierflasche und schlug mit der anderen den Schirm unter seiner Nase zur Seite. Die Schirmspitze traf die Wand neben Omovos Vater. Es herrschte eine seltsame Stille, während Omovos Vater einen Schrei der Entrüstung ausstieß, die Machete hochriß und sie unbeweglich in der Luft hielt. Niemand rührte sich. Dann schrie Onkel Makis Frau plötzlich auf. Omovos Vater furzte und schrie gleichzeitig »Heuchler«, während er mit der Machete nach dem Schirm schlug. Die Menge rannte auseinander. Die Männer schrien. Die Frauen kreischten. Der Schirm flog Onkel Maki aus der Hand und öffnete sich, als er auf den Boden fiel. Die Männer brachen wieder in Gelächter aus. Der Schirm war in jämmerlichem Zustand, zerfetzt, klapprig, rostig und voller Löcher. Onkel Maki hob ihn auf und versuchte ihn mehrmals zu schließen, doch er sprang immer wieder auf. Schließlich kam seine Frau, nahm ihm den Schirm weg und ließ ihn mit einer Handbewegung zuschnappen. Dann begann sie, ihren Mann aus dem Compound zu schieben.

Anfangs wollte er nicht gehen. Er redete auf die Männer ein. Die Männer antworteten ihm. Sie begannen zu raufen. Eine der Frauen sagte, es sei Sonntag und die Sache solle »auf gütlichem Wege« geregelt werden. Blackie zischte, ging ins Wohnzimmer und verfolgte den Fortgang der Ereignisse durchs Fenster. Die Männer umringten Onkel Maki, der Omovos Vater vage Drohungen machte. Eine andere Stimme sagte etwas, was im Durcheinander unterging. Onkel Maki machte eine weitere vage Bemerkung, daß Omovos Vater ihm seit langen Jahren noch Geld schulde. Es war eine Weile still, bis dieser Vorwurf ankam. Omovos Vater brauste auf und wollte sich auf Onkel Maki stürzen, doch Tuwo hielt ihn zurück. Onkel Maki wurde von seiner Frau zum Ausgang des Compounds gezerrt, die ihn beschimpfte, daß er bei einem harmlosen Besuch soviel Ärger ausgelöst habe.

Währenddessen gelang es Tuwo endlich, Omovos Vater die Machete wegzunehmen. Sobald Onkel Maki unter einem Hagel biblischer Schimpfworte aus dem Mund von Omovos Vater und der

Schelte seiner Frau den Compound verlassen hatte, stimmten die Männer die Arbeitslieder des Compounds an, priesen und foppten ihren »Boß«. Nach seinem eindrucksvollen öffentlichen Auftritt stürmte Omovos Vater ins Schlafzimmer. Omovo mußte sich noch einmal verstecken. Als er wieder auftauchte, um nun, da alles vorüber war, nach draußen zu gehen, sah er, daß Tuwo die Machete hereinbrachte. Er gab sie Blackie und blieb eine Weile bei ihr. Sie machte ein finsteres Gesicht. Omovo ging hastig an ihnen vorbei, um seine redseligen Verwandten zu treffen.

»He-he!« rief sein Onkel, als er Omovo sah. »Das ist der Typ, den ich besuchen wollte! Nicht diese Hexe, die meine Schwester in den Tod getrieben hat, und diesen Mann, der mich auffordert, sein schmutziges Wohnzimmer zu verlassen, das er sein Haus nennt...«

Omovo stampfte mit dem Fuß auf und rief: »Um Gottes Willen, Onkel, du beleidigst meinen Vater, hörst du?«

Peinliche Stille entstand. Die Verwandten sahen Omovo mürrisch an, dann blickten sie fort. Sein Onkel ging mit schwerem Schritt durch das Compound-Tor und stolperte über eine leere Coladose. Die Menge blickte ihnen eine Weile nach, und als sie merkten, daß die Nachmittagsvorstellung zu Ende war, begannen sie wieder zu arbeiten oder ruhten sich aus.

Omovo blieb eine Weile stehen, bis sich sein Ärger gelegt hatte. Dann folgte er seinen Verwandten. Onkel Maki, dessen Frau und die drei Kinder warteten mitten auf der Straße. Der Onkel stand ein Stück von seiner ärgerlichen Frau entfernt. Er zupfte immer wieder seinen Mantel zurecht, der unter den Achseln zu eng war. Der Stoff war durchgescheuert und abgetragen. Onkel Maki schwitzte heftig. Sein weißes Hemd war voller feuchter Flecken. Die ausgebeulte Hose, die staubigen schwarzen Schuhe mit halbabgerissener rechter Sohle, der ausgefranste Schirm, die vom Kolanußkauen verfärbte Unterlippe, der Scheitel und die devote Kopfhaltung machten ihn zum Bild des halsstarrigen Provinzlers. Seine Frau und seine Kinder waren ebenfalls sorgfältig herausgeputzt, als hätten sie aus den Tiefen einer Kiste Kleider hervorgeholt, die nur für besondere Gelegenheiten bestimmt waren. Das Gesicht seiner Frau war verschwitzt und ernst. Sie war mit billigem Lippenstift geschminkt und hatte eine billige Halskette um. Der

Puder auf ihrem Gesicht war verschmiert. Sie trug eine grüne Bluse, ein buntes Wickeltuch und eine schwarze Handtasche. Der Riemen ihrer Sandalen war zerrissen, und das Laufen fiel ihr schwer. Die beiden Kinder, die sich an das Wickeltuch ihrer Mutter klammerten, sahen elend und hungrig aus. Sie waren barfuß. Omovo begrüßte die Frau und die Kinder. Sie erwiderten ziemlich mürrisch seinen Gruß. Omovo wünschte sich sehnlichst, daß sie einfach verschwinden würden. Er hatte sie eigentlich seit Jahren nicht gesehen, und wenn, dann hatten sie ihn immer fast zur Raserei gebracht. Sein Onkel sagte in vorwurfsvollem Ton: »Wir kommen gerade aus der Kirche und sind an deinem Haus vorbeigegangen, und da habe ich gesagt, heute ist ja Sonntag, und da können wir ja mal sehen, wie es dir geht. Und dann hat man mich so unmöglich empfangen.«

Omovo sagte nichts, er knirschte nur mit den Zähnen.

»Du steckst hier in dieser Hölle, hm, und kommst nicht mal und besuchst uns. Aber wenn wir dich besuchen kommen, dann empfängt man uns so unmöglich.«

»Hoho, nun is aber genug!« sagte seine Frau. »Kannste nich mal aufhören mit die Sache, Mann?«

»Warum? Der Kerl hat mich einen Dieb genannt.«

Seine Frau saugte an ihren Zähnen. »Immer mußte quatschen, hm. Erst besuchste die Leute und dann tuste mit der Frau von deinem Verwandten Streit anfangen, nee sowas, also Kinder wißt ihr.«

»Also, Esther, du hältst jetzt dein Ziegenmaul, klar?«

Omovo hörte nicht mehr zu. Er blieb ein paar Schritte zurück und konzentrierte sich auf die Dinge, die ihn umgaben. Er zog sich vorübergehend in eine andere Welt der Wahrnehmung zurück, saugte Dinge in sich auf, betrachtete die Straße mit den Augen eines Fremden. Ein Mini fuhr vorbei und erfüllte die Luft mit Staub und Rauch. Die Sonne brannte am klaren Himmel. Der Boden war so heiß, daß Omovo die Hitze durch die Sandalen spüren konnte. Er fragte sich, wie die Kinder das nur ertrugen. Die Luft war voller Hitzeschwaden, und die Gesichter der Passanten sahen hohl und ausgetrocknet aus.

Omovo wünschte sich weit weg von seinen Verwandten. Ihretwegen ging ihm die Hitze auf die Nerven. Ihre Anwesenheit störte den Moment der Offenbarung, die ihm unmittelbar bevorzustehen schien. Er rieb sich verzweifelt die Finger. Und während er die Straße mit den Augen eines Fremden betrachtete und sich bemühte, seine Ungeduld in Schach zu halten, nahm er immer wieder Einzelheiten wahr, die sich in Kunst hätten verwandeln lassen. Der gelbe Schmutztümpel voller Ausdünstungen. Die unregelmäßige Reihe der von der Sonne gebleichten Verkaufsstände. Das Gesicht eines Kindes, das in ein Spiel vertieft war. Vögel, die an ihm vorüberschossen. Plötzlich brach eine Woge der Begeisterung, eine unbändige Freude in ihm hervor. Und einen Augenblick lang schien nichts mehr zu sein wie sonst. In Gedanken hielt er am Himmel einen Vogel im Flug an. Der Vogel wurde zu einem schwarzen Blitz des Außergewöhnlichen. Omovo sah die weißen Federn unter der schwarzen Halskrause, und er sah die unter dem zitternden Schwanz eingezogenen Füße. Als er nach unten blickte, sah er, daß er gerade um ein Haar in einen Haufen Kot auf der Straße getreten wäre.

»Also, Omovo, wie geht's dir, hm?« fragte sein Onkel und verlangsamte den Schritt.

»Gut.«

»Wie gut?«

»Gut. Ordentlich. Nicht schlecht.«

»Stimmt es, daß du einen Job gefunden hast?«

»Ja.«

»Gut. Und wo?«

»In einer Chemiefirma.«

»Das ist schön. Wann?«

»Vor sechs Monaten.«

»Ach ja? Gut. Und deswegen sieht man dich wohl nie mehr, hm? Jetzt, wo du Geld verdienst, gehst du der Verwandtschaft aus dem Weg, hm?«

»Das stimmt nicht. Ich war sehr beschäftigt.«

»Zu beschäftigt, um in die Kirche zu gehen und zu Gott zu beten. Zu beschäftigt, um zu unsern Dorfversammlungen zu kommen und deinen Beitrag zu zahlen. Zu beschäftigt, um uns zu besuchen, hm?«

»Die Zeiten sind nicht leicht.«

»Aber du hast doch gesagt, daß es dir so gut geht.«

»Es ist nicht leicht.«

»Aber du hast einen Job, ein Dach über dem Kopf, du bist nicht verheiratet, hast keine Kinder, und trotzdem hast du Schwierigkeiten?«

»Ja.«

Sein Onkel lachte kurz. »Esther«, rief er, »hörst du, was Omovo sagt?«

»Ja. Ja.«

Er wandte sich wieder an Omovo. »Und was haben wir dir angetan, daß du uns nicht mehr besuchen willst, hm?«

»Nichts.«

»Wir sind deine Verwandten, das weißt du doch.«

»Ich weiß.«

»Komm und besuch uns ab und zu.«

»Ja, das mach ich.«

»Schön.«

Sie gingen schweigend weiter. Dann sagte Omovo: »Wie geht's den Kindern?«

»Das siehst du doch.«

»Und wie geht's dir?«

»Ich kann nicht klagen. Unser Leben ist in Gottes Hand.«

»Und was macht die Arbeit?«

»Ich kann mich nicht beschweren. Wir nehmen dankbar alles hin, was Gott uns gibt.«

Sie schwiegen wieder. Sein Onkel zog ein schmutziges Taschentuch heraus und putzte sich so laut die Nase, daß man ein verstimmtes Musikinstrument zu hören glaubte, dann blickte er Omovo fest an und kam näher auf ihn zu. Omovo konnte die Kampferkugeln in seinem Mantel und sein Haaröl riechen.

»Omovo«, sagte er. »Ist alles in Ordnung?«

»Mir geht's gut.«

»Bist du sicher?«

»Ja.«

»Und sie behandeln dich im Haus gut, ich meine die Frau von deinem Vater?«

»Mir geht's ordentlich.«

»Und dir ist wirklich nichts Schlimmes passiert?«

»Mir geht's gut.«

»Und warum hast du dir dann den Kopf rasiert, hm? Das tut man doch nur, wenn man in Trauer ist oder wenn etwas Schlimmes passiert ist.«

»Onkel, das war ein Versehen.«

»Ein Versehen?«

»Ein Mißverständnis. Der Friseur war ein Narr.«

»Bist du sicher?«

»Ja.«

»Und du hast vielleicht nicht zu viel an deine arme Mutter gedacht?«

Omovo unterdrückte eine verärgerte Geste. »Natürlich denke ich an meine Mutter.«

»Gott sei Dank.«

»Aber das ist nicht der Grund, warum ich mir den Kopf rasiert habe. Das war ein Versehen.«

»Das hast du schon gesagt. Aber du siehst alt und müde aus. Mager. Wenn deine Mutter dich so sähe, würde sie nicht aufhören zu weinen. Sie hat so sehr wegen dir und deinen Brüdern gelitten. So sehr. Sie hat so viel ertragen. So viel gekämpft. Sie war eine tapfere Frau. Sie wollte sicher sein, daß ihr alle gut im Leben zurecht kommt. Aber wenn sie sähe, wie die Dinge...«

»Onkel, bitte!«

»Glaub mir, wenn sie sähe, wie die Dinge jetzt stehen...«

»Bitte!«

Es entstand ein kurzes Schweigen.

»Hast du von deinen Brüdern was gehört?«

Boshaft erwiderte Omovo: »Nein.«

»Was für ein Leben ist das nur, hm? Doch wir dürfen uns nicht beklagen. Armer Junge. Wer weiß schon, was das Leben uns bringt. Dabei hatte bei euch alles so gut angefangen. Wir haben gedacht, dein Vater würde ein großer Geschäftsmann, mit viel Geld. Ein Mann, der uns allen helfen würde. Erst habt ihr in Yaba gewohnt, und dann seid ihr in den besten Teil der Stadt gezogen. Und dann, als deine Mutter gestorben ist, ist es langsam mit euch abwärts gegangen. Was für ein Leben! Deine Brüder sind in die weite Welt vertrieben worden. Und die ganze Zeit keine Nachricht von ihnen. Ach! Du mußt dich ziemlich einsam in diesem Haus fühlen. Man sieht, daß sich dein Vater nicht um dich kümmert. Er interessiert sich nur für seine neue Frau. Sie hat ihn runtergezogen. Warum kommst du nicht und wohnst bei uns, statt in diesem Haus zu leiden?«

»Danke für deinen Vorschlag, Onkel. Du bist sehr gütig. Ein wahrer Christ. Aber ich kann dein Angebot nicht annehmen.«

»Ich verstehe. Wir sind arm. Wir leben in einem Zimmer in einem schlechteren Viertel von Lagos als hier.«

»Nein, nicht darum.«

»Ich weiß, daß wir arm sind. Wir können dir kein eigenes Zimmer geben. Du müßtest mit den Kindern auf einer Matte schlafen. Aber das ist besser als die Hölle.«

»Danke, Onkel.«

»Wenn du dich anders besinnst...«

»Ich denk daran.«

Sein Onkel schüttelte mitleidig den Kopf. »Deine Mutter war eine gute Frau. Eine sehr liebe Frau. Sie ist einfach so gestorben. Und in der Zeit ist dein Vater hinter einer anderen Frau hergerannt. Ehrlich. Armer Junge...«

Sein Onkel ritt endlos auf diesem Thema herum, als sollten der ganze Erdball und die sandige Straße Zeugen seines tiefen Mitgefühls werden. Omovo unterdrückte seinen empörten Protest und sagte mit freundlicher Stimme: »Onkel, du tust mir weh.«

Sein Onkel schien ihn nicht zu hören.

»Ich weiß, wie dir zumute ist. Das weiß ich. Du hast also nichts von deinen Brüdern gehört. Ihr habt soviel Glück gehabt als Kinder. Habt gute Schulen besucht. Wir haben gedacht, ihr würdet Rechtsanwälte, Ärzte, Ingenieure. Ach! Nur der Allmächtige weiß, wo deine Brüder jetzt sind. Amerika, England, Ghana? Was machen sie? Wer weiß, wie sehr sie in einem fremden Land leiden? Vielleicht sind sie sogar schon tot, das möge Gott verhindern...«

Omovo ertrug die Worte seines Onkels, bis sie zum Holzsteg kamen. Zum Glück begannen die beiden Kinder zu weinen. Sie hatten Hunger, zerrten am Wickeltuch ihrer Mutter und sagten, sie wollten ein paar Orangen. Omovo kaufte ihnen vier Orangen und gab jedem von ihnen zehn Kobo. Sie blickten ihre Mutter an, und als diese nickte, nahmen sie das Geld. Sie fielen über die Orangen her, als hätten sie seit Tagen nicht gegessen.

Nachdem der Onkel die Brückengebühr bezahlt hatte, ging er zu Omovo, nahm ihn beiseite und sagte: »Wir besuchen jetzt noch einen anderen Verwandten. Du brauchst nicht weiter mitzukommen. Du bist gütig wie deine Mutter. Wenn du irgendein Problem hast, komm und besuch mich. Und sei vorsichtig, was du in diesem Haus ißt. Gott segne dich.«

Dann wandte er sich um, nahm rasch eines der Kinder an die Hand und ging auf den Steg. Omovo fiel zum erstenmal auf, daß sein Onkel einen ungelenken Gang hatte. Er hatte irgendeine Mißbildung, litt an einer Verletzung, und Omovo hatte nie etwas davon gewußt. Als ihm das klar wurde, sah er seinen Onkel in einem etwas anderen Licht.

Die Frau des Onkels kam, um sich zu verabschieden, und bevor sie fortging, wühlte sie in ihrer Handtasche. Mit einem Ausdruck ruhigen Leidens schenkte sie Omovo ein Stück Stoff, groß genug, um ein Hemd daraus zu schneidern, und ein Brot.

»Wir sind arm«, sagte sie, »aber deine Mutter war eine gute Frau.« Dann hob sie ihr jüngstes Kind auf, winkte Omovo zu und folgte ihrem Mann über die wackelnden Bretter des Stegs.

Omovo blickte ihnen nach. Er war erleichtert, aber auch gerührt, wußte aber, daß es lange dauern würde, ehe sie ihn wieder besuchen würden. Sein Onkel hatte ihn so aufgeregt, daß Omovo noch eine ganze Weile, nachdem sie fortgegangen waren, ganz durcheinander war. Vor Enttäuschung und Ärger taten ihm die Knochen weh. Seine Finger zitterten, und er knirschte immer noch mit den Zähnen. Um sich davon frei zu machen und seine Gefühle zu entspannen, wanderte er durch das Getto, ohne die leiseste Vorstellung davon zu haben, wohin er ging. Er lief durch gedämpfte sonntägliche Geräusche und das geschäftige, warme Leben in Alaba. Er ging so lange und war so tief in Gedanken versunken, daß er irgendwann die Lichter, die Geräusche und die Leute nicht mehr wahrnahm. Er war so sehr mit den Dingen beschäftigt, denen er nicht ins Auge blicken, den Wunden, die er nicht betrachten wollte, daß er die schönsten Momente des sich neigenden Tages verpaßte. Der Himmel leuchtete tiefblau. Die Wolken nahmen so herrliche Formen an, daß sie an andere Länder erinnerten, an Reisen an exotische Orte. Der Himmel bot ein großartiges Schauspiel in glänzenden roten und orangefarbenen Tönen, während die Sonne unterging, einem neuen Tag entgegen. Erst als es zu einem kleinen Zwischenfall kam und Omovo ein Mädchen anrempelte, das ihn zurückstieß und sagte:»Mach die Augen auf, du Idiot!«, nahm er erschrocken wahr, daß es Abend geworden war. Und als er aufblickte und den Himmel sah, atmete er tief ein. Er zitterte innerlich wie ein Blatt im Wind. Als er ausatmete, betete er, eines Tages die Schönheit, die Trauer des kosmischen Schauspiels mit Farben auf einer Leinwand zum Ausdruck bringen zu können.

Die Freude dauerte nur einen kurzen Augenblick, denn bald nahm er die Sterne der langsam beginnenden Nacht wahr. Da wurde ihm klar, daß der Sonntag fast vorüber war und der Montag, erbarmungslos und unerbittlich, vor der Tür stand. Er spürte, wie ihn mit dem schwindenen Licht Trübsinn beschlich. Den Blick auf die Straße vor ihm gerichtet, um nicht in Kot zu treten, und von kaltem Wind umweht, machte er sich auf den Weg nach Hause.

Und während er ging und plötzlich feststellte, daß der Sand nicht mehr heiß war, sich wunderte, daß er nicht gesehen hatte, wie das gleißende Sonnenlicht verblaßt und die Hitzeschwaden verschwunden waren, und darüber staunte, wie er so lange in seinen Gedanken hatte versinken können, ohne zu merken, daß die Zeit so schnell vergangen war, da kam ihm auf einmal eine Eingebung. Und die Eingebung löste sich in den Gedanken auf, daß er erst sich selbst ins Auge blicken müsse, ehe er den Dingen und Schrecken dieser Welt ins Auge blicken konnte.

Als er nach Hause kam, traf er auf seinen Vater, der mitten im Wohnzimmer stand und sich in Monologen über Schulden, die böse Welt, selbstsüchtige Verwandte und widerspenstige Kinder erging. Omovo floh in sein Zimmer und legte das Brot und den Kleiderstoff auf den Tisch. Doch selbst in seinem Zimmer konnte er hören, wie sein Vater etwas über Verrat, Ungerechtigkeiten und Vernachlässigung brummte. Die Stimme seines Vaters machte ihn nervös, bedrückte ihn und weckte in ihm ein Gefühl von Versagen und Verzweiflung. Omovo hätte das ertragen können, wenn sein Vater nicht gegen die Tür gehämmert und laut gesagt hätte:»Und bestell diesen niederträchtigen Verwandten deiner Mutter, sie sollen nie wieder mein Haus betreten, wenn sie Ärger machen wollen. Man soll die Toten ruhen lassen.«

Sein Vater hielt inne. Omovo seufzte, doch sein Vater fuhr fort: »Wozu haben sie schon beigetragen, hm?«

Omovo hatte das Bedürfnis, den Vorwürfen seines Vaters zu entkommen. Er holte seinen Zeichenblock, drei Stifte, einen Filz-schreiber und einen Radiergummi hervor und floh aus seinem Zimmer. Als er nach draußen rannte, sagte sein Vater: »Willst du schon wieder die Frau eines anderen Mannes zeichnen, hm?« Omovo war schon auf dem Hinterhof, als ihm klar wurde, daß die bereits bestehenden Spekulationen noch zunehmen würden, wenn man ihn mit seinem Zeichenblock sah. Er ging zur Vorderseite des Compounds. Er traf eins der Kinder aus dem Compound, das weinte, weil die anderen gesagt hatten, es sei zu klein, um mit ihnen zu spielen. Omovo machte vier Zeichnungen von dem weinenden Kind. Als er damit fertig war, hatte er das Gefühl, etwas Sinnvolles getan zu haben. Er schenkte dem Kind die Zeichnungen, und das Kind nahm sie mit, um sie seiner Mutter zu zeigen. Die Frau kam bald heraus, um Omovo zu danken, und sagte: »Die sind besser als Fotos. Ich werde sie einrahmen.«

Ein paar von den anderen Kindern, die auf das Geschenk, das ihr verschmähter Spielkamerad erhalten hatte, neidisch waren, ver-langten lautstark von Omovo, er solle auch sie zeichnen. Doch er gab ihnen ein paar Münzen und besänftigte sie mit dem Verspre-chen, er werde sie ein andermal zeichnen.

Er blieb eine Weile draußen. Die Dunkelheit nahm zu. An ver-schiedenen Ständen, die auch abends geöffnet waren, flackerten Petroleumlampen auf. In den Häusern ging das elektrische Licht an. Omovo betrat das Wohnzimmer. Sein Vater hatte sich für die Nacht zurückgezogen. Omovo aß, las ein paar Seiten aus Wole Soyinkas *Die Ausleger* und unternahm noch einmal den Versuch, seinen Tisch aufzuräumen, um auf die Anforderungen einer neuen Woche vorbereitet zu sein. Er blätterte gerade voller Schwermut in einem alten Tagebuch, als ein Zettel herausfiel. Die Handschrift darauf kam ihm zunächst seltsam vor. Erst als er die zweite Zeile las, wurde ihm klar, daß es eines von Okurs Gedichten war – das Gedicht, das ihn zu dem Gemälde auf der Wand angeregt hatte:

Kleine Vögel im Flug
kämpfen gegen den Sturm.
War eure Mutter so grausam,
euch von diesem hohen Turm
in die Tiefe zu stoßen?

Als er das Gedicht las, dachte er einen Augenblick nach. Dann schüttelte er den Kopf. Er wollte nicht denken. Er löschte das Licht und legte sich hin. Er schlief nicht sofort ein. Er war sich der Dunkelheit und der seltsamen Gefühle bewußt, die sich seiner Sinne bemächtigten und blau und lebendig auf ihn eindrangen. Dann ließ ihn ein Geräusch von draußen aufschrecken. Er sank schwer in seinen Körper zurück. Dann wurde er leichter, und die Dunkelheit überspülte ihn mit unwiderstehlichen Wogen, und er löste sich in Leere auf, die keine richtige Leere war.

…und dann befand er sich in einem Labyrinth, und als er aufblickte, sah er sie in der Ferne, die eine Hälfte von ihr war sichtbar, die andere von einer Hausecke verdeckt. Ihre Augen waren traurig, und auf ihren Lippen lag ein tapferes Lächeln. Dieses Lächeln kannte er gut. So lächelte sie, wenn sie insgeheim litt. Dahinter verbarg sie ihre Seelenqual.

Er folgte ihr durch das Labyrinth, und sie entzog sich ihm immer wieder, verschwand hinter Hausecken, so wie er sie anfangs gesehen hatte. Und da er sie nicht einholen konnte, sprach er sie an und sagte: »Mutter, du hast soviel gelitten, ohne zu klagen, warum bist du von uns gegangen, ohne mir zu sagen, wie ich dich erreichen kann? Flieh nicht vor mir, lauf nicht vor mir fort. Komm und tröste mich, komm und streichle mir das Haar, so wie damals, als ich noch ein Kind war.«

Sie blieb stehen, und zum erstenmal in seinem Leben sah er sie mit den Augen eines Erwachsenen. Sie war kleiner als in seiner Erinnerung. Sie hatte ein faltiges Gesicht, hohle Wangen, sie war eine alte Frau mit den traurigen Augen eines verwirrten Kinds, mit Augen, die weit geöffnet waren und wie Kristall glänzten.

»Steh nicht einfach da, sieh mich nicht nur so an«, sagte er und ging langsam auf sie zu.

Er bemerkte, daß ihre Füße von einem weißen Dunstschleier umgeben waren. Als sich der Schleier lüftete, sah er, daß der Boden, über den er in dem Labyrinth ging, mit Glasscherben übersät war. Ihre Füße waren blutig und aufgerissen. Er sah die Narbe auf ihrem linken Schienbein. Die stammte von jenem Tag, als sein Vater sie in der Küche geschlagen und sie dabei versehentlich geschubst hatte. Sie war gestolpert, hatte sich umgedreht und war ins Feuer gestürzt. Er konnte sich nicht mehr erinnern, warum sein Vater sie geschlagen hatte. Omovo war damals noch klein gewesen, und seine Mutter hatte ihn immer getragen, so daß er manchmal Schläge abbekam.

»Mutter, ich brauche dich. Ich brauche deinen Lebensmut und deine Wärme, denn ich bin einsam. Ich bin in Gefahr, mich zu verirren. Führe mich durch dieses Labyrinth.«

Doch sie stand nur da und sagte nichts.

»Was sollen wir tun, um uns vor den Termiten und Würmern zu retten, die an unseren Träumen nagen?« fragte er.

Er ging schneller auf sie zu. Aus der Ferne gab sie ihm ein Zeichen. War es eine Geste, um ihn zu segnen, oder winkte sie zum Abschied? Zu spät bemerkte er, daß sie immer weiter in die Ferne zu rücken schien, je schneller er ihr folgte. Die Dunkelheit legte sich sanft über alles, und er begann wie wild hinter ihr herzurennen. Er kam an das Ende eines Wegs und gelangte schließlich an einen Platz, in den fünf Straßen einmündeten. Sie stand am Ende jeder dieser Straßen. Jetzt gab sie ihm kein Zeichen mehr: Als sie ihm Zeichen gemacht hatte, hatte er diese nicht verstanden. Verwirrt ging er nacheinander alle fünf Straßen entlang, geleitet von einem seltsamen Gefühl der Ruhe und der Liebe, und erst am Ende der letzten Straße hätte er sie treffen können, wie sie auf ihn wartete. Doch die Dunkelheit verwandelte ihr Gesicht langsam in eine leuchtende Unbeugsamkeit. Als die Verwandlung abgeschlossen war, blieb von ihr nur noch eine Maske übrig, die frei in der Luft schwebte, eine Maske, die er nie zuvor gesehen hatte. Sie hatte dicke Lippen, gefurchte Wangen, und die Augen waren unerträglich zärtlich. Im Gefühl, beschützt zu sein, berührte er die Maske. In dem Blitz, der darauf folgte, sah er, wie seine Mutter im Labyrinth verschwand, für immer für ihn verloren, und er hatte Angst ...

Als er aufwachte, war die Nacht schwärzer, als er sie je erlebt hatte. Diese Dunkelheit hatte etwas Unnatürliches. Sie ließ kein Licht herein. Er sehnte sich nach lebendigen Farben, nach Landschaften, erfüllt von Harmonie. Er sehnte sich nach Kunst, nach stärkenden, nach visionären Erinnerungen. Doch die Nacht war zu dunkel und seine Sinne verwirrt, weil er nichts erkennen konnte.

Enttäuscht, im Sog schwarzer Ströme gefangen, hatte er das Gefühl zu ertrinken und spürte, wie er, von Schatten begleitet, mit erstaunlicher Geschwindigkeit durch urzeitliche Höhlen glitt. Und während er in der neuen Dunkelheit versank, betete er, er möge größere Mächte, größere Visionen und Anzeichen eines größeren Lebens entdecken, das irgendwo in der Landschaft des Inneren schwebte.

DRITTES BUCH

1

Er wachte mit dem Gefühl auf, sein Gesicht sei zu einer Maske geworden. Der Spiegel belehrte ihn nicht unbedingt eines Besseren. Sein knöcherner Schädel mit den wachsenden Stoppeln und die Falte auf der Stirn, die er zum erstenmal bemerkte, verliehen ihm das Aussehen eines Fremden mit müden Augen und schmalem Gesicht. Er nahm Handtuch und Seife und ging zum Waschraum. Ein leichter Nebel lag über dem Compound. Omovo zitterte vor Kälte. Im Compound herrschte die gedämpfte Betriebsamkeit des frühen Montagmorgens. Irgendwo in der Ferne krähte ein Hahn, und ein Kind ahmte den Schrei nach. Die Männer machten sich für die Arbeit fertig, kämmten sich draußen vor ihren Zimmern das Haar und reinigten sich die Zähne mit einem Kauhölzchen. Kinder zogen sich für die Schule an. Frauen fegten den Gang, wärmten Ragout in der Küche auf und holten Wasser vom Brunnen. Omovo trödelte eine ganze Weile im Waschraum herum und versuchte, seinen Körper langsam an das eiskalte Wasser zu gewöhnen, ehe er sich richtig unter die Dusche stellte. Er war von oben bis unten eingeseift und begann gerade zu singen, als er aus der Kabine nebenan ihre Stimme hörte: »Bist du's, Omovo?«

»Ja.«

»Ich habe dein Handtuch an der Wand erkannt.«

Omovo hörte auf zu singen. Er stellte auch die Dusche ab. Plötzlich wurde ihm siedend heiß seine Nacktheit bewußt. Er fand es merkwürdig, daß er so durch ihre Nähe verwirrt war, obwohl sie doch durch eine schmierige Wand getrennt waren.

Mit sanfter und zugleich fremder Stimme sagte sie: »Die Sache von gestern tut mir leid.«

»Du bist nicht daran schuld. Ich hätte es besser wissen müssen. Was ist denn danach passiert?«

»Er hat gedroht, mir das Gesicht mit einer Rasierklinge zu verstümmeln.«

»Warum?«

»Damit die Männer mich nicht mehr belästigen und er seine Ruhe hat. Und dann hat er mich verprügelt.«

»Das tut mir leid. Ich hätte vorsichtiger sein sollen.«
»Das braucht dir nicht leid zu tun.«
Sie schwiegen. Nach einer Weile fragte sie: »Hat er alle Zeichnungen zerrissen?«
»Ja, aber das macht nichts.«
»Warum nicht?«
»Was ich gezeichnet habe, bleibt für immer in mir.«
»Aber er hat alles zerrissen?«
»Ja, aber ich kann dich jetzt auch ohne sie zeichnen.«
»Bist du sicher?«
»Ja.«
»Ich liebe dich so sehr«, sagte sie nur.
Mitten im Schmutz des Waschraums und trotz allem, was sie erlitten hatte, wurde ihm warm ums Herz. Er erwiderte nichts. Ihre Stimme hatte sich verändert, als sie sagte: »Meine Träume werden immer schlimmer. Ich könnte etwas Böses tun. Ich spüre, wie Leid drohend über mir schwebt. Ich will dich nicht ins Unglück stürzen.«
Seine Gedanken wurden wieder klarer.
»Ich muß dich unbedingt bald sprechen«, fügte sie hinzu.
Schwere Schritte näherten sich dem Waschraum. Sie verstummte und drehte den Wasserhahn auf. Er duschte wieder und spülte die Seife vom Körper ab. Der Mann, der zum Waschraum gekommen war, hämmerte nun gegen die Tür, daß der Haken, der sie verschlossen hielt, fast aufsprang.
»Wer ist da?« fragte der amtierende Vizejunggeselle.
Omovo schob seine seifenverschmierte Hand über die Tür.
»Mach schnell, Mann, sonst komme ich zu spät zur Arbeit.«
Dann ging der amtierende Vizejunggeselle zur Toilette. Omovo hörte, wie er ungewöhnlich lange urinierte und dann mit rauher Stimme zu singen begann. Als er fort war, drehte Ifeyiwa den Wasserhahn zu und sagte fast verzweifelt: »Omovo, ich muß dich sprechen, wenn du heute abend von der Arbeit zurück bist. Ich halte nach dir Ausschau und geb dir dasselbe Zeichen. Ich muß jetzt gehen.«
Dann war es wieder still. Omovo wartete. Die Tür zur Kabine nebenan wurde geöffnet und wieder geschlossen. Und dann war Ifeyiwa fort. Einen Augenblick war Omovo verwirrt, fühlte sich

leer und schuldig. Der amtierende Vizejunggeselle kehrte zurück, schlug wieder gegen die Tür und rief:»Mach schnell, mach schnell! Warum tuste dich wie ne Frau waschen? Wasch dich wie'n Soldat! Ehrlich!« Omovo, der über die rasche Rückkehr des Mannes verblüfft war, entgegnete:»Was willste denn? Heut ist Montag. Ich will sauber sein.«
»Warum brauchste dafür so lange? Oder haste ne Frau da drin?«
»Nein, nein!«
»Dann wasch dich schnell, Mann!«
»Aber die Dusche nebenan ist doch frei.«
»Ehrlich? Warum haste das nicht gesagt?«
Omovo beeilte sich. Der amtierende Vizejunggeselle ging zum Duschen in die Kabine neben ihm, brummte etwas über Frauen und Geschäfte und sang mit alles übertönender Froschstimme.

Als sich Omovo auf den Weg ins Büro machte, kam ihm der Morgen wie ein endloser Nebel vor. Er hätte sich eigentlich beeilen müssen, denn es war schwierig, um diese Tageszeit einen Bus zu bekommen. Doch er blieb vor dem Compound stehen, atmete tief den Geruch nach Erde und Tau ein und starrte auf die Scharen von Gettobewohnern, die zur Arbeit eilten. Der Morgen hüllte alles in Nebel, und in diesem Nebel eilten die Leute, wie Schatten in einem irdischen Fegefeuer, zur Bushaltestelle. Mit nach vorn gebeugten Köpfen, als trügen sie unsichtbare Lasten, trotteten sie alle in dieselbe Richtung. Niemand ging in die entgegengesetzte Richtung. Omovo konnte im Nebel die Züge der einzelnen nicht ausmachen, konnte ihre Kleider nicht erkennen, konnte ihre Gesichter nicht sehen, oder erkennen, was für Schuhe sie trugen. Sie wirkten auf seltsame Weise wie Schlafwandler.
Als er sich ihnen anschloß und in den Nebel eindrang, waren die Leute nicht mehr verschwommen, die Schatten nahmen Gestalt an und wurden zu etwas Wirklichem. Die abstrakte Menge löste sich auf, und die Menschen, aus denen sie sich zusammensetzte, wurden einzeln sichtbar. Omovo roch ihren Atem, die Frühstücksgerüche, die sie noch umgaben. Er sah viele unterschiedliche Gesichter. Er sah alte, maskenhafte Gesichter. Er sah runzlige und nüchterne, hagere und verbrauchte Gesichter, alte Gesichter, deren Falten

morgens noch tiefer wirkten. Er sah junge, verwirrte, ungestüme und dem neuen Tag noch nicht angepaßte Gesichter. Wenn er Leute sah, die er kannte, tauschten sie freundlich Grüße aus. Während er mit der Menge zur Bushaltestelle ging, sah er plötzlich alles sehr deutlich. Auch er war zu einem Teil des Nebels geworden, zu einem Teil des »Exodus«, wie Okoro den Menschenstrom oft nannte, der sich aus dem Getto zur Arbeit wälzte. Angesichts der Menschenmassen, die um einen Platz in einem der wenigen Busse kämpften, angesichts der Fülle und des Gedränges hatte er das Gefühl, daß dieser Menschenstrom eine andere Form von Verkehrsstau war, ein Stau, aus dem es kein Entrinnen gab. Wohin gehen wir? dachte er. Und danach, wenn wir schließlich erschöpft am Ziel sind, was ist dann? Er dachte an die Falte auf seiner Stirn: eine Einbahnstraße, eine Linie, die ein Kind gezeichnet hatte. Er eilte zur Bushaltestelle.

An der Haltestelle waren die Hektik, das Durcheinander, das Gedränge so schlimm wie immer. Die Haltestelle war in Wirklichkeit ein freier Platz am Straßenrand, eine Lichtung, auf der Scharen hart arbeitender Menschen jeden Morgen von neuem einen ungleichen Kampf ausfochten. Die Zahl der Kleinbusse angesichts der vielen wartenden Menschen war so gering, daß immer, wenn ein Fahrzeug in die Haltestelle einbog, sich eine Schar wogender Köpfe rücksichtslos darauf zu schob. Die Leute drängten sich nach vorn, stießen sich mit den Ellbogen, Hälse wurden gequetscht, Hemden nach hinten gezerrt, Leute wurden weggeschubst, zu Boden gestoßen oder überrannt. Die Leute taten alles, um in einen Bus zu kommen. Es war ein trauriger Anblick, und es war unmöglich, ohne Einbußen, ohne Schmerz einen Bus zu kriegen: ein geschürftes Handgelenk, ein gebrochener Arm, ein zerrissenes Hemd, ein zerkratztes Auge oder sogar unsanft behandelte Brüste. Das Opfer lohnte sich, wenn man es schaffte, in den Bus zu steigen, aber es gab auch immer Opfer, die verbissen gekämpft hatten, verletzt worden waren, in zerrissenen Kleidern dastanden und denen es nie gelang, in den Bus zu steigen. Omovo wunderte sich immer über die Reaktion der Leute auf den ersten Teil eines Arbeitstags. Manche schienen an dem Durcheinander, dem Gedränge, dem notwendigen Reaktionsvermögen geradezu Gefallen zu finden. Manche lächelten dumm, wenn sie beiseite gestoßen wurden, andere kämpften mit unerbittlicher Härte und schlugen nach allen Seiten um sich, als wären alle anderen Menschen in der Menge ihre Widersacher, als ginge es ihnen nicht nur darum, in den Bus zu steigen. Und es gab Augenblicke häßlicher Unterhaltung, wenn es zu einer Schlägerei kam, oder wenn zwei es aufgaben, rechtzeitig zur Arbeit zu kommen, und sich statt dessen gegenseitig Schimpfwörter an den Kopf warfen, die von Anspielungen auf die Impotenz des einen bis zu versteckten Aussagen über das großväterliche Rektum des anderen reichten. Omovo hatte das morgendliche Schauspiel an der Bushaltestelle immer als vollkommenes Beispiel für die Gesellschaft und darüber hinaus für das Leben betrachtet. Er hatte sich immer davor gescheut, es als Thema für ein Gemälde zu nehmen.

Als er ankam, schien er Glück zu haben, denn es bog gleich ein Bus neben ihm ein. Doch der Fahrer, der diesen Anblick und seine einzigartige Rolle in diesem Schauspiel genoß, bog zu schwungvoll ein und hätte um ein Haar einen Teil der Menge über den Haufen gefahren. Der Schaffner, ein Junge von knapp zwölf Jahren, brüllte das Fahrtziel und sprang aus der Türöffnung, wo er sich während der Fahrt festklammerte. Omovo hatte sich ausgerechnet, an welcher Stelle der Bus halten würde. Dann wartete er sprungbereit darauf, daß der Fahrer, wie vorherzusehen, plötzlich zurücksetzen würde. Omovo stürzte an einer Schar von Menschen vorbei, steuerte auf die vordere Sitzbank zu, riß die Tür auf und sprang mit einem Satz in das Fahrzeug. Doch dann stellte sich heraus, daß er mit einer massigen Frau um den einzigen Sitzplatz kämpfen mußte. Unter Einsatz ihres unförmigen Körpers und ihrer gewaltigen Brüste versuchte sie Omovo gegen die Tür zu quetschen, um ihn hinauszuschieben. Doch Omovo tauchte unter ihrem Arm hindurch und schaffte es, den Sitz zu erobern. Sie zerrte die ganze Zeit an seinem Hemd, und als das nichts bewirkte, da er schon sicher saß, spuckte sie ihn an. Der Fahrer sagte:»He, Madam, er is so alt wie Ihr Sohn. Tun Sie sich nich schämen?«
Omovo wischte sich das Gesicht ab. Die Frau starrte ihn böse an.
»Gott soll dich strafen«, sagte sie.
»Sie sind eine schlechte Verliererin«, rief Omovo ihr zu. Sie machte eine obszöne Geste. Der Schaffner lachte schadenfroh den Leuten zu, die zurückblieben. Die Frau verschwand in der Menge. Der

Bus war schon in voller Fahrt, als Omovo entsetzt feststellte, daß sein neues weißes Hemd beschmutzt war und zwei Knöpfe fehlten. »So ist das Leben«, sagte der Fahrer grinsend.

Nachdem sie die Holzbrücke über die düstere kleine Bucht bei Waterside überquert hatten, mußte Omovo in den Bus nach Apapa umsteigen. Jetzt begann jener Teil der Fahrt zur Arbeit, den einer seiner Freunde »den großen Treck« getauft hatte. Es war die Fahrt durch das Wohnviertel Apapa. Apapa war das Viertel der Reichen, der Ausländer, der stattlichen Häuser mit Veranda, Schaukel, Blumengarten und Swimming-pool. Die Häuser lagen geschützt hinter Hecken und gemähten Rasenflächen. Um die Türen rankten sich Kletterpflanzen. Hohe, rauschende Pinien erfüllten die Luft mit ihrem Duft. Die Vögel sangen. Neben jeder Hauseinfahrt war eine kleine Hütte mit einem Wächter. Die Hunde bellten. Es war wie eine Reise in ein anderes Land.

Omovo lief mit der Menge die staubige Straße entlang. Ein leerer Kleinbus raste auf sie zu, und der Schaffner brüllte das Fahrtziel. Der Bus wendete und hielt. Die Leute strömten darauf zu, unter ihnen auch Omovo. Er mühte sich ab, wurde zur Seite gedrängt und beinah zerquetscht. Er hatte keinen Erfolg. Der Bus fuhr ab, während sich mehrere Menschen an die seitliche Türöffnung klammerten und andere sich am Heck festhielten. Wolken aus Staub und Rauch begleiteten die Abfahrt. Die Leute, die nicht hineingekommen waren, murrten und fluchten über den Fahrer.

Bedrückt und schwer atmend von der Anstrengung ging Omovo weiter. Als er aufblickte, sah er seinen Freund Okoro, der an einem Mandelbaum lehnte. Sein Freund lächelte.

»Ich habe zugesehen, wie du dich fast umgebracht hast«, sagte er.

»Ich bin spät dran.«

»Ich beeile mich nicht mehr. Nur Idioten beeilen sich.«

»Wie, Idioten?«

»Ja.«

Für jemanden, der sich nicht beeilte, sah Okoro ziemlich schlecht aus. Er machte einen erschöpften Eindruck, als hätte er schon den ganzen Tag im voraus gelebt. Sein Haar war staubig, sein Hemd zerknittert, seine Jacke leicht verschmutzt, seine Hose ungebügelt und voller Falten, wie Linien auf einer Landkarte.

»Du siehst aus, als hättest du auf der Straße geschlafen.«

»Ich habe ein tolles Wochenende hinter mir.«

»Das sieht man.«

Die Menge wogte vorbei. Als ein Bus kam, wurden die Leute fast hysterisch. Die Sonne war aufgegangen, und der Nebel hatte sich aufgelöst. Omovo stellte sich die Menge oft wie einen Organismus vor, wie einen einzigen Körper mit vielen Armen und Beinen. Doch jetzt war er sicher, daß die Menge aus vielen einzelnen Zellen bestand, die alle eine eigene Aufgabe erfüllten.

»Wie war die Party?«

»Klasse. Toll. Viele Frauen, viel Wein und viel zu essen. Die Yoruba wissen, wie man Geld ausgibt.«

Die Sonne stieg höher, ihre Strahlen drangen durch die Zweige der rauschenden Pinien. Okoro legte die Hand schützend über die Augen. Omovo wischte sich mit einem Taschentuch den Schweiß vom Gesicht.

»Hast du Julie mitgenommen?«

»Wohin?«

»Zur Party.«

»Nein. Dafür ist sie mir zu schade. Ich behandle meine Frauen mit Stil. Ich hab doch keine Meise, Mann. Wofür hältst du mich denn?«

»Für einen Amerikaner.«

»Was?«

»Du redest in der letzten Zeit wie die Amis.«

»Ich hab viel Hadley Chase gelesen.«

»Ich weiß.«

»Ich habe gerade einen Roman mit dem Titel *Eva* von ihm gelesen. Daraus habe ich mir ne ganze Menge Ausdrücke und Gags gemerkt, verstehst du?«

»Das hätte ich gewettet!«

»Aber paß auf, daß du nicht aufs falsche Pferd setzt.«

»Wußtest du übrigens, daß Hadley Chase Engländer ist und nicht Amerikaner?«

»Das kannst du mir doch nicht erzählen!«

»Ehrlich.«

»Aber er schreibt wie ein Amerikaner, alles andere interessiert mich nicht.«

»Gut.«

»Na klar.«

»Also, wie geht's Julie?«

»Prima. Traumhaft. Schampus für einen verdurstenden Mann. Hab ich dir schon erzählt, daß wir zusammen im Surulere Night Club waren?«

»Nein.«

»Sie hat das Taxi bezahlt, den Eintritt und sogar die Getränke. Super, sage ich dir. Spitze. Eine scharfe Frau. Wir haben getanzt und ein bißchen rumgefummelt. Sie hat nichts dagegen gehabt.«

»Du Glückspilz.«

»Das ist noch nicht alles. Wir sitzen da am Tisch, und plötzlich kommt da so ein langer Typ auf uns zu. So einer mit Sonnenbrille, der aussieht, als hätte er reichlich Kohle. Er grinst, und ich grinse zurück. Dann werfe ich einen Blick auf Julie und sehe, daß sie ihm auch zulächelt. Und da habe ich mich gefragt: ›Hey, kommen jetzt die Karten auf den Tisch?‹ Der lange Typ sagt: ›Hallo Kleine, lange nicht gesehen. Hier trifft man sich also wieder. Willste mir nicht guten Tag sagen?‹ Er hatte so einen angeberischen amerikanischen Akzent, und ich hab gesehen, daß seine Zähne viel zu groß für seinen Mund sind. Da sagt meine Hübsche zu ihm: ›Hallo Amama. Also wahnsinnig freue ich mich grad nicht, dich wiederzusehen. Ich bin hier mit meinem Schatz, am besten verschwindest du gleich wieder mit deinen großen Zähnen.‹ Der lange Typ nimmt die Sonnenbrille ab, setzt sie wieder auf, sieht Julie an, sieht mich an, und dann zieht er mit eingezogenem Schwanz ab. Weißt du, was wir dann gemacht haben?« sagte Okoro und packte Omovo plötzlich am Arm. »Wir haben gelacht, bis uns die Tränen gekommen sind.«

Omovo lächelte, schob seinen Freund weiter und sagte: »Tolle Geschichte, das. Aber wir müssen uns ein bißchen beeilen, sonst kommen wir nie zur Arbeit.«

»Du bist bloß eifersüchtig.«

»Weil ich nicht gelacht habe?«

»Weil du keine Freundin hast, deswegen.«

»Du hast recht.«

Sie gingen weiter.

»Hast du Keme gesehen?«

»Er hat mich besucht. Er will hier weg.«

»Ehrlich?«

»Ja.«

»Und was ist mit dem toten Mädchen? Er hat die Sache doch nicht etwa aufgegeben, oder? Das würde nicht zu ihm passen.«

»Nein, hat er nicht. Aber die Leiche ist spurlos verschwunden. Die Polizei hat gesagt, sie hätten sie nicht gefunden.«

Okoro lachte nervös. Dann wurde er still. Schließlich fluchte er und sagte:»Im Krieg sind die Leichen nicht verschwunden. Sie sind einfach verwest oder wurden von den Hunden gefressen.« Er hielt inne.»Ich erinnere mich, wie ich ein Männerbein unter einem Baum gefunden hab. Ein verbranntes Bein. Ohne Zehen. Es war schon voller Würmer.«

Er schwieg wieder, dann sagte er mit seltsamer Stimme:»Ein paar von uns haben Glück gehabt. Verdammtes Glück. Wir waren jung und haben Glück gehabt.«

»Nimm's nicht so schwer.«

»Na klar, das tu ich auch nicht. Ich vergesse, das ist alles. Man hat den Trick bald raus, wie man vergißt. Du tanzt, wenn es geht, nimmst dir 'ne Frau, gehst zur Arbeit und vergißt.«

»Laß uns über ein anderes Thema reden.«

»Na klar. Und über eine andere Welt, warum nur über ein anderes Thema?«

»Laß uns die Welt verändern.«

»In Wein verwandeln.«

»Vergiß es!«

»Warum?«

»Darum.«

»Weißt du, daß Dele gesagt hat, daß er Angst hat? Wovor bloß? Sein Vater ist reich. Er geht bald nach Amerika. Er haut ab, während ein Mädchen ein Kind von ihm kriegt. Und er hat Angst. Und ich? Ich wache manchmal nachts auf, und dann ist wieder Krieg. Bomben fallen. Ein Mann mit durchschossener Brust ruft meinen Namen. Ich sehe hin. Es ist mein Vater. Minen gehen hoch. Überall pfeifen Kugeln. Reporter verstecken sich auf halb zerfallenen Gängen. Mein Gewehr ist feucht vom Blut von irgend jemand, und ich schieße wie ein Verrückter um mich. Ich renne durch die Stadt und sehe Leichen, die auf der Straße verwesen. Ich gehe zurück, um meinem Vorgesetzten Bericht zu erstatten, und er vögelt eine Frau an der Wand in seinem Bunker. Ich lege mich wieder schlafen, und da fängt ein anderer Alptraum an. So steht's mit uns. Wir leben angeblich in einer Zeit des Friedens, und trotzdem haben wir Angst.«

Omovo blieb stumm. Okoro lachte. Seine Stimme wurde leichter.

»Wir sind Nullen, mehr nicht. Leute, die ganz unten bleiben, Papiere ordnen, Botengänge machen, ein Leben voller Überstunden.«

»Wir sind keine Nullen.«

»Was für ein Leben.«

»Das muß nicht so sein.«

»Ich muß mehr für meine Prüfungen tun. Ich muß zur Uni gehen. Ich muß ein Auto haben, einen guten Job bekommen und viel Geld.«

»Wir sollten uns etwas beeilen. Da sind schon mehrere Busse vorbeigekommen, und wir haben nicht mal versucht, einen zu kriegen.«

»Nur Idioten beeilen sich.«

»Na klar.«

»Wo ich gerade von Idioten spreche, weißt du, was für eine komische Geschichte mir neulich passiert ist?«

»Nein, was denn?«

»Ich war bei einem Treffen von Leuten aus unserm Viertel, und zum Schluß wurde getanzt. Und ich habe nicht mittanzen können.«

»Warum nicht?«

»Ich habe festgestellt, daß ich kaum noch weiß, wie unsere traditionellen Tänze gehen. Ich habe mich richtig geschämt. Die Ältesten haben sich alle über mich lustig gemacht. Ich meine, das ist nun mal so. Ich kenn jeden Disco-Tanz, aber die Tänze meines eigenen Volkes hab ich vergessen. Das ist schon komisch.«

»Ich weiß, was du meinst. Die Sprache meiner Mutter kann ich überhaupt nicht, und mit der meines Vaters habe ich große Schwierigkeiten. Wie konnte es nur dazu kommen, hm?«

»Wir haben wohl unsere Seelen verkauft, ohne es zu merken.«

»Ja. Irgendwas ist uns gestohlen worden. Allen von uns«, sagte Omovo und erinnerte sich an Ifeyiwas Worte.

Sie gingen schweigend weiter.

»Wir sollten uns beeilen«, drängte Omovo.

»Beeilen tun sich nur…«, sagte Okoro gerade, als ein alter Mann, dessen Atem schwer nach *ogogoro* roch, ihn anrempelte.

»Bist du verrückt?« schrie Okoro den alten Mann an. Der Mann hatte erst zu einer Entschuldigung angesetzt, aus der dann aber ein Fluch wurde.

»Dein Vater ist verrückt!« sagte er. »Ist das vielleicht eine Art, mit einem Ältesten zu reden?«

»Du blöder alter Pensionär. Paß doch auf, wohin du gehst.« Der alte Mann starrte Okoro mit einem komischen Ausdruck im Gesicht an und schüttelte mitleidig den Kopf. Er hatte tiefe Falten und einen traurigen, von Enttäuschung gezeichneten Mund. Der Mann zog seine zu weite Hose hoch, schüttelte noch einmal den Kopf und ging weiter. Okoro begann zu lachen, doch dann hielt er inne. Er wurde nachdenklich. Er sah dem traurigen alten Mann nach, der schon so früh an einem Montagmorgen betrunken war. Okoro ließ den Mann nicht aus den Augen, bis dieser in der Menge verschwunden war.

Busse kamen, Leute umdrängten sie. Die Busse füllten sich, wendeten und fuhren mit hohem Tempo davon.

»Wie läuft's mit der Malerei?«

»Schlecht.«

»Wir bauen auf dich, das weißt du doch.«

»Na klar.«

»Du hast ein ungewöhnliches Talent. Mir hat die Zeichnung gefallen, die du von Dele gemacht hast. Er hat gesagt, er will sie einrahmen. Er sieht auf deiner Zeichnung jung und verwirrt aus.«

»Na klar.«

»Jetzt sagst du es auch.«

»Was?«

»*Na klar.*«

»Ach so, das. Das ist ansteckend.«

»Wie kommst du mit deiner Stiefmutter zurecht?«

Omovo sagte nichts.

»Na schön. Eine schlechte Frage. Hast du von deinen Brüdern gehört?«

In diesem Augenblick bog ein alter Kleinbus mit abgeblättertem blauem Lack neben ihnen ein. Staubwolken wirbelten auf. Omovo raffte sich auf und stürmte zum Bus. Er versuchte den Vordersitz zu ergattern, doch ein Mann, dessen Atem nach Sardinen stank, war schneller. Omovo kämpfte sich nach hinten durch und sicherte sich einen Sitz neben der Schiebetür. Er sah, wie Okoro zu spät versuchte, in den Bus zu kommen. »Bus voll!« rief der Schaffner. »Wieso rennt ihr denn, wenn's Essen schon auf is? Die Leute habn keine Augen im Kopf. Los, Fahrer, gib Gas!« Omovo rief durch das Seitenfenster: »Mach's gut, du Idiot.« Okoro lächelte dümmlich. »Du altes Aas«, erwiderte er.

Der Bus fuhr mit hohem Tempo in Richtung der Apapa Werft. Es sah so aus, als würden sie schnell dort sein. Doch nach kurzer Zeit ging es nur noch langsam vorwärts. Der Fahrer nahm rasante Abkürzungen, ging haarsträubende Wagnisse ein und zwängte sich zwischen andere Fahrzeuge, doch schließlich blieb auch er im unvermeidlichen morgendlichen Stau stecken wie alle anderen. Omovo blickte aus dem Fenster und ahnte, wie ermüdend der Tag sein würde, der vor ihm lag. Er spürte, wie es in ihm kochte, wenn er an all die Spannungen im Büro dachte. Der Nebel hatte sich ganz aufgelöst. Omovo musterte die Gesichter der Fahrgäste. Gesichter, die aus dem bitteren Holz erbarmungsloser Wirklichkeit geschnitzt waren. Die Gesichter von Menschen, die hart arbeiteten, ohne an ihrer Arbeit Freude zu finden. Gesichter wie Masken. Omovo freute sich nicht auf seine Arbeit an diesem Tag.

2

Er kam zu spät ins Büro. Als er über den Gang zu seiner Abteilung ging, hatte er das Gefühl, daß ihn das Geräusch seiner Schritte verriet. Er blieb eine Weile vor der Tür zu seinem Büro stehen und starrte auf das Schild mit der Aufschrift CHEMIKALIEN. Er riß sich zusammen, legte die Hand auf die Türklinke und ging hinein. Drinnen war es kalt. Die Klimaanlage lief auf vollen Touren. Er zitterte. In dem Augenblick, da er den Raum betrat, spürte er die Feindseligkeit, die ihm entgegenschlug. Zunächst nahm niemand seine Anwesenheit zur Kenntnis. Als er zu seinem Schreibtisch ging, kam er am Bürovorsteher vorbei und sagte ein wenig zu fröhlich: »Guten Morgen, Akapko.«

Der Vorsteher, der in ein dickes Aktenbündel vertieft war, hob langsam den Kopf und starrte Omovo eisig an.

»*Mr.* Akapko, wenn ich bitten darf«, sagte er mit mürrischer Stimme.

»Guten Morgen, *Mr.* Akapko.«

»Das ist schon besser. Ich möchte, daß mich ab heute jeder in dieser Abteilung mit Respekt behandelt.«

»Hast du ein schönes Wochenende verbracht?« fragte Omovo lächelnd.

Der Vorsteher überging seine Frage und widmete sich wieder dem Studium seines Aktenbündels. Er war seit über zwanzig Jahren in der Firma beschäftigt, hatte als Laufbursche begonnen, war Stufe für Stufe aufgestiegen und vor kurzem zum Bürovorsteher ernannt worden. Es war die Krönung seines Lebens. Das verschaffte ihm Zugang zur Chef-Kantine, das Anrecht auf einen Dienstwagen, auf Spesen und Mietermäßigung. Er wollte nicht, daß seine Untergebenen vergaßen, daß er es zu etwas gebracht hatte, aber dieser Erfolg hatte seine unterwürfige Haltung gegenüber seinen Vorgesetzten nicht verändert. Nach einer Weile blickte er auf. Er hatte das Gesicht eines Gnoms, ein vom Leiden gezeichnetes Gesicht mit einem mottenzerfressenen Backenbart und einem dünnen Schnäuzer. Er sagte: »Der Abteilungsleiter will dich sprechen.«

»Worum geht's?«

Doch bevor der Vorsteher antworten konnte, ging die Tür zum Sekretariat auf und Simon, der Schreibmaschinenschreiber, kam herein. Er trug einen Stapel Schreibmaschinenpapier und Anträge. Als er Omovo sah, der neben dem Vorsteher stand, stieß er sein eigentümliches brüllendes Gelächter aus.

»Unser Maler ist auch schon da.«

»Hallo, Simon.«

Simon lachte wieder. »Habt ihr ihn gehört?« sagte er zu allen im Büro. »Hallo, Simon.« Er ging zu seinem Schreibtisch und legte die Papiere darauf, die er trug. »Was hat er denn diesmal für eine Entschuldigung? Erzählt mir nicht, daß er das ganze Wochenende gesoffen hat. Das kann ich einfach nicht glauben.«

Simon war munter wie eine Heuschrecke und hatte ständig einen ausgehungerten Blick. Er war schlank, lebendig und von einem Humor erfüllt, bei dem sich Schalk und Schadenfreude die Waage hielten. Er hatte ein ungewöhnliches Gesicht voller Falten, Pickel und Flecken. Seine Augen waren lebendig, doch wenn er trübsinnig war, verliehen ihm seine Armesündermiene und sein gequälter Blick das Aussehen von jemandem, dem aller Kummer des Lebens ins Gesicht geschrieben ist. Wenn er lachte, sah er komisch aus, auch wenn sein Gesicht wie zerknittertes braunes Papier wirkte.

»Sei still, Simon«, sagte der Vorsteher.

Omovo ging zu seinem Schreibtisch und holte die Akte über die Zuteilung von Chemikalien an Firmenkunden hervor. Simon machte noch eine Bemerkung über Omovos Verspätung. Er war zu Sticheleien aufgelegt. Omovo nahm keine Notiz von ihm. Er wollte die tägliche Büroarbeit immer mit möglichst wenig Ärger hinter sich bringen. Das bedeutete, daß er an nichts teilnahm und es haßte, Anordnungen auszuführen. Seine Distanz zu den anderen ließ ihn als einen Außenseiter erscheinen und machte ihn verwundbar.

»Ehrlich!« fuhr Simon fort. »Du bist der einzige, den ich in dieser Abteilung kenne, der montags zu spät kommt, ohne Angst zu haben. Seit zehn Jahren arbeite ich schon in dieser verdammten Firma, und ich bin nicht ein einziges Mal montags zu spät gekommen.«

Der Vorsteher schrie: »Sei still, Simon. Tu deine Arbeit. Das geht dich nichts an. Und außerdem will der Abteilungsleiter ihn sprechen.«

»Na so was, Vorsteher!« entgegnete Simon. »Jetzt schreist du mich an, aber nach der Arbeit trinken wir aus derselben Flasche. Für wen hältst du mich eigentlich?«

Der Vorsteher lächelte und wandte sich wieder seinen Akten zu. Omovo vertiefte sich in seine Akten. Bald würden die Kunden hereinströmen, und dann beanspruchte jeder lautstark Aufmerksamkeit, bevorzugte Behandlung, kam mit schwierigen Wünschen, Beschwerden. Omovo mußte noch die Aufstellung der Chemikalien machen, die an diesem Morgen hereingekommen waren. Er holte die entsprechende Kartei aus dem Fach unter seinem Schreibtisch und sortierte die erforderlichen Karten aus, als er hörte, wie Simon boshaft sagte: »Also, sag mal, Maler, warum bist du zu spät gekommen, hm?«

»Ich bin spät aufgewacht und hatte Schwierigkeiten, einen Bus zu kriegen.«

»Ist das alles, was dir dazu einfällt? Das gibt Ärger. Warte nur, bis du beim Abteilungsleiter bist.«

»Simon, setz dich und geh an deine Arbeit«, sagte der Vorsteher. »Du hast genug zu tun.«

»Na so was, Vorsteher!« entgegnete Simon ziemlich laut.

Chako, der Sekretär des Abteilungsleiters und das älteste Mitglied der Belegschaft, schlug mit der Faust auf den Tisch. Er hatte sich bisher so still verhalten, daß ihn niemand bemerkt hatte.

»Simon, du Blödmann, du störst mich bei meiner Konzentration!« rief er.

Er hatte sich in dem Augenblick, als er sich gestört fühlte, gerade mit ungewöhnlichem Eifer den Tippzetteln fürs Fußballtoto gewidmet, die unter einer Akte versteckt waren. Er spielte seit zwanzig Jahren unverdrossen Toto. Er hatte nie einen Pfennig gewonnen, aber die Hoffnung nie aufgegeben. Jeden Montag begann er von neuem. Er war ein sehr religiöser Mensch, was soviel heißt, daß er regelmäßig am Gottesdienst in einer Aladura-Kirche teilnahm und an die Dogmen seiner Kirche glaubte. Er war Mitte Vierzig und stets tadellos gekleidet, wenn auch mit einer Vorliebe für gräßliche Farbkombinationen. Er hatte energische Bewegungen und ein seltsam verkniffenes Gesicht. Seine auffallend dicke Nase mit den

233

buschig behaarten Nasenlöchern war wie geschaffen für seine Angewohnheit, ständig Schnupftabak zu nehmen, oder möglicherweise das Ergebnis davon. Er sah immer schlecht rasiert aus, als würde sein Bartwuchs jeder Rasierklinge widerstehen, und er hatte dauernd vom Rasieren Ausschlag. Er war innerhalb der Abteilung ein ziemliches Original. Selbst ein hartgesottener Menschenverächter konnte ihm nicht böse sein, schon allein auf Grund seiner Exzentrik und seines hohen Dienstalters – er war seit Gründung der Firma dort beschäftigt. Nachdem er mit der Faust auf den Tisch geschlagen und die erwünschte Stille erzielt hatte, konzentrierte er sich wieder auf seinen Totozettel und kreuzte willkürlich die Zahlen 6, 26 und 36 an.

Doch die Stille dauerte nicht lange. Simon war noch nicht fertig.

»Ehrlich, Chako. Jeder, der dich sieht, hat den Eindruck, daß du gewissenhaft bist. Aber wir wissen doch alle, was du tust.«

»Kümmer dich um deinen eigenen Kram.«

»Du machst nach zwanzigjährigem Studium deinen Doktor im Ausfüllen von Totozetteln.«

»Sei still. Ich warne dich.«

»Hast du schon mal ausgerechnet, wieviel Geld du für diese nutzlose Sache ausgegeben hast?«

Omovo beschäftigte sich weiter mit seiner Aufstellung. Als er die Karteikarten aussortiert hatte, die er für die morgendliche Berechnung benötigte, legte er den Rest weg und stand auf.

Der Vorsteher sagte: »Warst du schon beim Abteilungsleiter?«

»Nein.«

»Worauf wartest du dann noch?«

»Er kann nicht rein«, wandte Chako ein. »Der Abteilungsleiter telefoniert gerade.«

Der Vorsteher ließ sich von der allgemeinen schadenfrohen Stimmung anstecken und starrte Chako an. »Ich frage mich, warum ich mit so'nem Pack das Büro teile«, sagte er.

Simon tippte ratternd auf der Schreibmaschine. Chako wandte sich wieder seinen Tippzetteln zu und kreuzte die Zahlen 7, 27 und 37 an. Er lehnte sich auf dem Stuhl zurück und zählte etwas an den Fingern ab.

»Sieh ihn dir an, sieh dir Chako an«, sagte der Vorsteher zu Simon.

»Er nimmt's diese Woche richtig ernst. Wenn er schon soviel studieren tut, warum soll er dann eigentlich nicht Examen machen, hm?«

Simon blickte auf. »Sag, was du willst. Aber wenn er den Jackpot gewinnt, dann komm ihm ja nicht zu nahe. So dumm sind selbst seine Brüder aus der Aladura-Kirche nicht.«

Als Chako den letzten Satz hörte, riß er seinen Stuhl nach hinten, sprang auf und stieß einen Schwall von Schimpfwörtern aus. Er war ziemlich inkonsequent. Er sprach stoßweise und abgehackt, eine Mischung aus Englisch und Ibo, seiner Muttersprache. Wenn er wütend war, begann er stark zu stottern, was die anderen sehr komisch fanden. Der Vorsteher hielt eine Akte hoch und versteckte sein Gesicht dahinter. Simon übertönte mit dem Klappern der Schreibmaschine sein Gelächter. Als Chako nicht mehr konnte, setzte er sich wieder, steckte seine Tippzettel weg und beschäftigte sich mit dem Brief eines Kunden.

Er hätte den Zeitpunkt dafür nicht besser wählen können, denn kurz darauf öffnete sich die Tür hinter ihm, und der Abteilungsleiter kam herein, der den Blick forschend durch das Büro gleiten ließ.

»Was ist hier los?« fragte er auf ibo.

Im Büro wurde geschwiegen. Der Abteilungsleiter war klein und kräftig und war zu seinem Leidwesen in der Vergangenheit von so manchem für einen mittleren Angestellten gehalten worden. Es ging das Gerücht, daß er mit Hilfe der Firmenmafia so schnell so hoch aufgestiegen war. In Wirklichkeit hatte er einen Hochschulabschluß und war kurz zuvor aus England zurückgekehrt, wo er im chemischen Bereich in der Mutterfirma gearbeitet hatte. Wie die meisten Menschen, die in kurzer Zeit an die Macht gekommen sind, und vielleicht auch, um seine geringe Körpergröße wettzumachen, konnte er kein Schweigen dulden.

»Ich habe gefragt, was hier los ist!« sagte er noch einmal mit dröhnender Stimme auf ibo.

Immer noch schwiegen alle im Büro. Keiner rührte sich. Omovo hatte das Pech, im Stehen, auf dem Weg zum Lager überrascht worden zu sein.

»Guten Morgen, Sir«, sagte er und schlich so leise wie möglich zur Tür.

»Omovo, versuchen Sie nicht, mir zu entwischen. Sagen Sie mir lieber, warum Sie heute morgen drei Stunden zu spät gekommen sind.«

»Ich kann nichts dafür.«

»Und warum können Sie nichts dafür, wenn ich fragen darf, Mr. Omovo?«

Simon begann wie wild zu tippen, als würden die Worte mit ihm wegrennen. Auf seinem Gesicht lag ein Ausdruck geflissentlicher Konzentration. Der Vorsteher, der sich in ein paar kürzlich eingegangene Frachtbriefe vertieft hatte, blätterte mit bemerkenswerter Schnelligkeit die Seiten um und klopfte nachdenklich mit den Fingern auf den Tisch. Chako, der eine feuchte Kolanuß zwischen den Lippen hin und her schob, saß grübelnd über dem Brief des Kunden. Omovo drehte die Karteikarten in den Händen hin und her.

»Ich bin spät aufgewacht und mitten in den dichtesten Verkehr geraten… Ich hatte Mühe, einen Bus zu bekommen… mein Hemd ist zerrissen, ich meine die Knöpfe…«

»So so.«

»Es war wahnsinnig viel Verkehr heute morgen.«

»Das haben Sie schon gesagt. Aber jeder in diesem Büro bis auf den Vorsteher und mich kommt aus Ajegunle. Und alle waren pünktlich da. Außerdem, warum sollten Sie sich die Knöpfe nicht selbst abreißen?«

»Das würde ich nie…«

»Seien Sie still! Hören Sie zu, junger Mann, Sie sind der oberflächlichste, unseriöseste, arbeitsscheuste, gewissenloseste und aufsässigste Mitarbeiter in dieser Abteilung. Sehen Sie sich doch die anderen an.« Der Abteilungsleiter wies mit der Hand auf die anderen Angestellten.

Simon riß eindrucksvoll die Blätter aus der Schreibmaschine. Dann las er den Text noch einmal durch. Der Vorsteher nahm einen Kugelschreiber, drehte einen der Frachtbriefe um, schrieb einen Kommentar darauf und wandte sich dann an den Abteilungsleiter, um ihm eine wesentliche Frage nach den letzten Ladungen von flüssigem Chlor zu stellen. Der Abteilungsleiter gab ihm mit lauter Stimme eine ausführliche Antwort. Chako, dessen Kiefer unaufhörlich mahlten, nickte heftig über etwas Bedeutsames, das er im Brief des Kunden bemerkt hatte. Der Abteilungsleiter wandte sich wieder an Omovo und wollte gerade etwas sagen, als Chako sich mit einem Geräusch, das von einer Kreissäge zu kommen schien, die Nase putzte. Simon begann wieder zu tippen.

»Dies ist ein leistungsfähiges Team. Sie sind die einzige Ausnahme. Ein Bummelant. Betrachten Sie dies als Ihre vierte und letzte Warnung.«

Omovo starrte ihn an. Zum erstenmal bemerkte er den gehässigen Zug um den Mund des Abteilungsleiters. Der Abteilungsleiter, der offensichtlich darüber verwirrt war, daß Omovo seine Drohung so kühl aufnahm, zog seine Krawatte zurecht und ging in sein Büro zurück. Chako wandte sich wieder den Tippzetteln zu, fischte eine weitere Kolanuß unter der Schreibmaschine hervor und begann zu kauen. Simon starrte auf das Bild einer vollbusigen halbnackten weißen Frau im Kalender an der gegenüberliegenden Wand. Dann brummte er, daß es im Büro zu kalt sei, legte seinen Teekuchen auf den Tisch und holte sich ein Glas Wasser. Er tauchte den Kuchen immer erst in Wasser, bevor er ihn aß. Der Vorsteher holte seinen Taschenrechner hervor und berechnete mit gierigem Eifer, welche Summe sein Gehalt, das Überstundengeld, der Zuschuß und andere erfundene Ausgaben am Zahltag ergeben würden.

Omovo verließ das kalte Büro und ging ins heiße Lager. Auf dem Weg von der einen in die andere Welt überkam ihn eine untrügliche Vorahnung, daß sich etwas ereignen würde.

Die Arbeit ging im üblichen Tagesrhythmus weiter. Es kamen so viele Kunden, daß die im Lager vorrätigen Chemikalien streng zugeteilt werden mußten. Oft war der Andrang so groß, daß einflußreiche Kunden an höherer Stelle der Abteilung vorsprachen, um ihre Bestellung aufzugeben. Und wenn sie das nicht taten, griffen sie oft zu üblen Tricks, Bestechung, Einschüchterung oder unverblümten hartnäckigen Wortgefechten. Das Büro war dann voller Kunden, die sich zankten, vordrängelten oder versuchten, mehr zu bekommen, als ihnen zustand.

Omovos Aufgabe war es, eine tägliche Zuteilung festzulegen, die Bestellungen der Kunden entgegenzunehmen und dafür zu sorgen, daß sie die Waren abholen konnten. Das bedeutete, daß er ununterbrochen die Gänge hinauf und hinunter gehen mußte, zum Lager, wo die Papiere über die bewilligten Warenverkäufe hingebracht, und dann zur Buchhaltung, wo Kopien der Papiere vorgelegt werden mußten und die Kundenkonten überprüft und belastet wurden. Um halb zwei war Omovo gewöhnlich schweißgebadet, mißgestimmt und erschöpft.

Er war gerade auf dem Rückweg zu seiner Abteilung, als ihm Mr. Babakoko den Weg verstellte, ein Geschäftsmann von massiger Statur in einer prunkvollen *agbada*, mit Perlenketten und Amuletten um den Hals und goldenen Ringen an den Fingern. Er hatte rituelle Hautritzungen im Gesicht und kleine rote Augen. Er roch nach Weihrauch und Bestechung. Sein Gehabe war geziert und durchtrieben. Er war Omovo schon im Büro aufgefallen. Er war lauter als alle anderen Kunden und stolzierte mit seinen herabbaumelnden dicken Armen umher wie ein Chief. Er war ein wichtiger Kunde mit guten Beziehungen in der Firma. Er hatte einen bedeutenden Vertrag mit den staatlichen Wasserwerken, um diese mit flüssigem Chlor zu beliefern.

»Mein Freund, was für ein Unrecht habe ich Ihnen angetan?« fragte er.

»Keins. Warum?«

»Und warum behandeln Sie mich dann so?«

»Ich verstehe nicht, was Sie meinen.«

Mr. Babakoko reagierte erst mit einem verwirrten Blick. Dann lächelte er, legte Omovo seinen schweren Arm um die Schulter und lief mit ihm den Gang entlang. Omovo war es ungemütlich zumute, er hatte das Gefühl, in eine Verschwörung hineingezogen zu werden, die er nicht verstand. Durch den starken Duft von Mr. Babakokos arabischem Parfüm, dem Weihrauch und dem Körpergeruch des Mannes war es Omovo leicht übel. Er wand sich unter Mr. Babakokos Arm hervor. Der Geschäftsmann lächelte ihn wieder an, und Omovo begriff.

Er war solch ein wichtiger Kunde, daß er gewohnt war, seine Lieferung direkt mit dem Abteilungsleiter zu vereinbaren, der entweder Simon oder den Vorsteher beauftragte, die Sache zu erledigen. Doch an diesem Nachmittag war der Abteilungsleiter nicht verfügbar, der Vorsteher war fortgegangen, um sein Auto reparieren zu lassen, und Simon war auf einer Gewerkschaftsversammlung. Und daher mußte sich Omovo um die Zuteilung der Ware kümmern, und er behandelte Mr. Babakokos Papiere nicht anders als die aller anderen.

»Hören Sie zu, mein Freund«, sagte Mr. Babakoko,»Sie sind jung, und ich weiß, was Sie brauchen. Seien Sie offen und vergeuden Sie nicht meine Zeit. Ihre Freunde sprechen offen mit mir, Ihr Abteilungsleiter spricht offen mit mir. Die bekommen, was sie wollen, und ich auch. Und so ist jeder glücklich. Eine Hand wäscht die andere – das ist die Spielregel. Tun Sie sich keinen Zwang an.«

»Wobei?«

»Sagen Sie mir, was Sie wollen, und sorgen Sie dafür, daß ich schnell meine Lieferung bekomme. Die Schlange hier ist mir zu lang. Ich muß noch zu fünf anderen Firmen, und ich kann hier nicht den ganzen Tag verbringen.«

Es entstand eine peinliche Pause. Dann zog Mr. Babakoko die weiten Ärmel seiner *agbada* hoch, steckte die Hand in die Falten seines bauschigen Gewands und wühlte in einer der verborgenen Innentaschen.

»Sie machen einen Fehler«, sagte Omovo und ging auf das Büro zu. Mr. Babakoko fand, was er gesucht hatte, eilte hinter Omovo her und blätterte Geldscheine von dem Bündel, das er in der Hand hatte. Es schien eine stattliche Summe zu sein. Er versuchte, Omovo die Scheine in die Hand zu drücken, doch Omovo wies sie zurück. All das spielte sich auf dem Gang ab, unter den Blicken von Arbeitern, die an ihnen vorbeigingen.

»Ich habe gesagt, Sie machen einen Fehler«, sagte Omovo noch einmal und blieb stehen, um seinen Worten stärkeres Gewicht zu verleihen.

»Seien Sie kein Narr, junger Mann. Nehmen Sie mein Angebot an und erledigen Sie die Angelegenheit schnell.«

»Sie müssen warten, bis Sie dran sind.«

Mr. Babakoko blätterte ihm weitere Geldscheine hin. Omovo hatte plötzlich den Wunsch, dem Mann das Bündel aus der Hand zu schlagen. Statt dessen wandte er sich um, sagte ein paar unzusammenhängende, beleidigende Worte und ging weiter. Mr. Babakoko holte ihn wieder ein. Das Geld war verschwunden. Er hielt Omovo am Arm fest, und auf seinem schwarzen Gesicht lag ein teuflischer Ausdruck, als er sagte:»Die Welt ist größer als Sie. In diesem Land ist das Geld wichtiger als alles Gerede. Sie tun mir leid. Sehr leid.«

Dann eilte er wütend auf dem Gang davon, während seine *agbada* ihn wie obszöne Flügel umflatterte.

Omovo sah ihm nach. Er erinnerte sich daran, was die Männer aus seinem Compound über den großen Sack Würmer gesagt hatten. Er dachte über die Korruptheit der Bürokratie nach und daß die ganze Gesellschaft davon erfaßt war. Er dachte an die ältere Generation, die einen großen Teil der Reichtümer des Landes vergeudet und gestohlen, die Zukunft vernichtet und die Möglichkeiten eingeschränkt hatte. Sie hatten sich selbst bereichert, sich vollgefressen, überall ein wildes Durcheinander geschaffen, die folgende Generation verdorben und das Land dem Aussatz des Hungers überlassen.

Er dachte an all diese Dinge und an sein beschlagnahmtes Gemälde, während er vor einem der großen Fenster auf dem Gang stand. Die Fensterscheibe war sehr sauber, und er blickte nach draußen auf den Hof. Der Zementboden war voller Lichtstreifen, und die Fabrikgebäude waren gelb gestrichen. Er starrte auf riesige Maschinenblöcke und auf die Arbeiter in schmierigen Overalls, ohne sie zu sehen. Er spürte, wie ihm der Schweiß über den ganzen Körper lief. Er spürte, wie mager sein Gesicht, wie knochig sein Schädel war. Er war erschöpft und merkte, daß er leicht zitterte. Er ging den Gang hinunter, entfernte sich von seinem Büro, ohne genau zu wissen, was sein Ziel war. Er war sich jedoch ziemlich sicher, daß sich über seinem Kopf etwas zusammenbraute.

3

»Wo können wir uns unterhalten?« fragte ihn Joe in der Buchhaltung.

»Überall. Hier.«

Joe sah sich um. »Es geht um etwas, das man nicht überall erzählen kann. Und hier erst recht nicht.«

»Dann im Lager.«

»Gut.«

»Aber mach schnell, sonst sagt der Abteilungsleiter wieder, daß ich bummele.«

Joe war einer der wenigen Menschen in der Firma, die Omovo sympathisch waren. Er war groß, trug einen Schnurrbart, war auffällig gekleidet, machte einen aufgeweckten Eindruck, ahmte Filmstars nach, träumte davon, nach Amerika zu gehen, und hatte ein unbeschwertes Wesen. Er war in der chemischen Abteilung gewesen, bis er befördert wurde. Er war ein paar Monate vor Omovo in die Firma gekommen.

Sie gingen zum Lager und standen wie Verschwörer hinter einem Stapel von Chemikalien. Der Geruch all der unterschiedlichen Chemikalien war scharf und stechend. Omovo fiel das Atmen schwer. Und wenn er atmete, brannte ihm der stechende Geruch in der Nase und lähmte sein Hirn. Die Hitze im Lager war unglaublich. Grüne Dämpfe hingen in den hinteren Ecken, und es war, als strömten aus all den Säcken, Lattenkisten und Wänden kochend heiße Schwaden ätzender Essenzen. Auf dem Boden waren seltsame geronnene Flüssigkeiten. Aus den schmierigen Säcken waren pulverige und körnige Materien gerieselt, deren Farbe sich veränderte, als bringe ihre unorganische Substanz Blüten hervor.

»Was wolltest du mir sagen?«

»Nimm nicht alles so ernst.«

»Das tue ich nicht.«

»Wie lange bist schon in der Firma?«

»Sechs Monate.«

»Was verdienst du?«

Omovo blickte ihn an.

»Glaub nicht, daß ich das nicht weiß. Ich arbeite schließlich in der Buchhaltung.«

»Hundert Naira im Monat.«

Joe spielte mit seiner modischen Krawatte. »Mehr nicht?«

»Nein.«

»Bist du inzwischen fest angestellt?«

»Nein, noch nicht.«

»Warum nicht?«

»Das kann noch in diesem Monat kommen.«

Joe lachte seltsam. »Wieviele Überstunden machst du?«

»Das kommt darauf an.«

»Worauf?«

»Ob es Pflicht ist oder nicht. Mich persönlich interessieren Überstunden nicht sehr.«

»Warum nicht?«

»Ich gehe lieber nach Hause und male.«

»Klar. Aber reicht denn dein Gehalt bis zum Ende des Monats? Ich meine, wenn du Essen, Geld für den Bus, Steuern, die staatliche Altersvorsorge, die Vergnügen am Wochenende und natürlich deine Malsachen bezahlt hast?«

»Ich komme irgendwie zurecht.«

»Gibt es in deiner Familie ältere Leute?«

»Joe, was sollen all diese Fragen? Das klingt ja wie ein Verhör.«

Joe lächelte und senkte dann den Kopf. »Ich höre gewisse Dinge. Die Leute reden. Sie flüstern. Sie sagen etwas, wenn du vorbeigehst. Es gibt Leute, die mögen dich nicht.«

»Die Leute müssen mich ja nicht mögen.«

»Klar. Aber sie sagen, daß du ihnen das ›Geschäft‹ verdirbst. Sie sagen, daß du zu stolz bist.«

»Ich tu meine Arbeit und geh nach Hause und male.«

»Klar. Aber genau deshalb bist du ein Narr.«

»Immer sachte, Joe.«

»Du glaubst wohl, du bist cleverer als alle anderen, was?«

»Ich bin kahler als alle anderen.«

»Du glaubst wohl, nur weil du dich weigerst, ein kleines, harmloses Schmiergeld anzunehmen, bist du was Besonderes, hm?«

»Nein.«

242

»Hör zu, ich sag dir das in deinem eigenen Interesse. Dein Chef mag dich nicht.«

»Ich weiß.«

»Ich habe mitgekriegt, wie er in der Kantine über dich gesprochen hat.«

»Was machst du denn in der Chef-Kantine?«

»Ich habe meine Gründe.«

»Klar.«

»Deine Kollegen mögen dich auch nicht.«

»Ich weiß.«

»Du sonderst dich zu sehr ab.«

»Ich werde ausgeschlossen.«

»Du läßt den Leuten nicht die Möglichkeit, dich kennenzulernen.«

»Ich versuch's.«

»Die Arbeit, die du machst, ist wichtig.«

»Wirklich?«

»Natürlich. Deshalb hat dich der Abteilungsleiter beim Einstellungsgespräch gefragt, ob du für gute Zusammenarbeit bist. Du hast doch ja gesagt, oder?«

»Das mußte ich ja. Aber ich wußte nicht, daß es auch bedeutet, Schmiergelder anzunehmen. Außerdem, woher weißt du eigentlich, was bei meinem Einstellungsgespräch gesagt worden ist?«

»Ich habe meine Quellen.«

Omovo blickte ihn wieder an und sah ihn in anderem Licht.

»Hör zu. Wir haben das alle hinter uns. Du mußt mitmachen. Sieh dir deine Kollegen an. Du müßtest mal Johnsons Haus sehen. Das steht zwar in Ajegunle, aber es ist ein halber Palast. Und wohlgemerkt, er ist ein einfacher Angestellter wie du. Oder sieh dir mal an, wie gut Jack angezogen ist. Oder nimm Simon. Du meinst, er ist ein Spaßvogel, nicht? Aber er baut sich eine Villa in seinem Dorf und will sich ein Auto kaufen. Und dann schau dich mal an.«

Jetzt mußte Omovo lächeln. Joe blickte ihn mit leichter, wenn auch liebevoller Verachtung an.

»Deine Kleider sind nicht gerade in bestem Zustand. Putzer und Laufburschen sind besser angezogen als du. Und dazu hast du dir auch noch den Kopf kahl scheren lassen, obwohl es keinen Todesfall in deiner Familie gibt. Gehörst du vielleicht einem Geheimbund an?«

»Na klar.«

Joe warf ihm einen raschen Blick zu und beschloß, es als einen Scherz aufzufassen. Er fuhr fort: »Also, wie ich schon sagte, was glaubst du eigentlich, wie die Leute auskommen, wenn ihnen die Firma so ein dürftiges Gehalt zahlt?«

»Mit harter Arbeit und sparsamen Ausgaben. Was weiß ich.«

»Hör zu, Mann. Es hat doch nichts zu sagen, wenn du ein bißchen Schmiergeld annimmst. Dadurch wirst du doch kein anderer Mensch. Das hält Chako nicht davon ab, ein glühender Christ zu sein, oder?«

»Anscheinend nicht.«

»Und wenn du schon nicht mitmachst, dann hindere wenigstens nicht die anderen daran. Leg ihnen keine Steine in den Weg. Das Leben ist schon so schwer genug.«

»Also, was rätst du mir?«

»Die rechte Hand wäscht die linke, und die linke Hand wäscht die rechte, dann sind beide Hände sauber.«

»Du nimmst die Sache philosophisch.«

»Ich habe gehört, wie Babakoko sich bitter über dich beklagt hat. Er hat gesagt, du hättest ihn beleidigt.«

Omovo ging langsam davon. Er stieg über einen aufgeplatzten Sack mit gelben Körnern.

»Omovo, ich bin noch nicht fertig.«

Omovo ging nach draußen in das gleißende Sonnenlicht. Er ging an den Kisten mit Allopren, den gelben Fässern mit Flüssigchlor und an den lärmenden Maschinen vorbei und nickte den Fahrern zu, die sich in einem Lastwagen stritten. Die Hitze war gnadenlos. Das grelle Sonnenlicht verdrängte seine Gedanken, lähmte seine Poren, tränkte seine Kleider mit Schweiß. Von den Windschutzscheiben und all den Metallflächen drang funkelndes Licht auf ihn ein. Omovo zog sein Taschentuch hervor und wischte sich das Gesicht ab. Joe holte ihn ein.

»Omovo, sei kein Narr. Ich bin als Freund der einzige, der dir das sagen kann.«

»Ich danke dir dafür.« Omovo blieb stehen, um sich unter dem Wasserhahn vor der Kantine das Gesicht zu waschen.

»Hör zu Mann, du bist in dieser Firma nicht unersetzlich.«

»Niemand ist unersetzlich.«

»Du bist hier ein Nichts.«

»Dann kann es wenigstens nicht tiefer abwärts gehen.«

»Niemand merkt, wenn du hier weggehst, niemand spürt das.«

»Du achtest viel zu sehr darauf, was die Leute denken.«

»Klar. Aber du bist unwichtig. Sie können dich einfach an die Luft setzen.«

»Laß mich in Ruhe, Joe.«

»Du bist eine Null. Die können dich einfach an die Luft setzen.«

»Laß mich in Frieden.«

Omovo beugte sich hinab, warf die Krawatte über die Schulter und bespritzte sich das Gesicht mit Wasser. Anfangs war das Wasser kalt, doch dann wurde es lauwarm. Joe sog vor Erbitterung und Verachtung an den Zähnen. Er machte eine Handbewegung, die Omovo nicht recht verstand. Nach einer Weile hörte Omovo, wie Joes Schuhe bei einem vermeintlich bedeutsamen Abgang auf dem Zementboden scharrten.

Als Omovo ins Büro zurückkehrte, sagte der Vorsteher: »Warum hast du dich nicht um all diese Kunden gekümmert, die da warten, hm? Hast du denn nicht das leiseste Mitleid? Sie sitzen schon den ganzen Morgen hier.«

Omovo sagte nichts.

»Ich habe gesehen, daß du dich im Lager herumgetrieben und mit Joe geschwatzt hast. Paß auf, du! Kümmer dich nun endlich um die Kunden.«

Chako sagte: »Omovo, der Abteilungsleiter will dich sprechen.«

Der Vorsteher sagte: »Kümmer dich um diese müden Kunden.«

Simon sagte: »Omovo, bring diese Papiere zur Buchhaltung.«

Omovo stand verwirrt da.

Das Telefon läutete, und Simon nahm den Hörer ab.

»Hallo. Ach Sie sind's. Gut. Tut mir leid. Omovo? Gut. Das macht er sofort.« Simon blickte auf. »Also, Maler, der Chef aus dem anderen Büro hat gesagt, du sollst ihm Kaffee kochen.«

Omovo starrte Simon an. Wenn ihn einer darum bat, Kaffee zu kochen, das wußte er, würden andere folgen, bis er für das ganze Büro und selbst für die Kunden Kaffee kochte. Er sagte: »Es ist Mittagspause.«

»Na und?« sagte Simon.

»Ich tue jetzt nichts.«

Chako rief aus dem Nebenzimmer:»Omovo, der Abteilungsleiter will dich sofort sprechen!«

Der Vorsteher schlug mit der Faust auf den Tisch und sagte:»Willst du dich nicht endlich um die Kunden kümmern?«

»Was ist mit dem Kaffee?« fragte Simon.

Omovo ging zu seinem Schreibtisch. Er spürte, wie er von dem Ansturm widersprüchlicher Anweisungen leicht zitterte. Er spürte, wie ihm der Schweiß den Rücken hinunterlief. Die Klimaanlage summte. Omovo setzte sich hin. Er dachte daran, wie aufreibend die Arbeit sein konnte, dachte an das eigenartige Vergnügen, sich ganz einer Beschäftigung hinzugeben. Er dachte auch daran, wie heimtückisch und stumpfsinnig es war, eine Arbeit zu tun, die man weder interessant noch schöpferisch fand. Nach einer Weile stand er auf, huschte an Chako vorbei und klopfte an die Tür zum Büro des Abteilungsleiters.

Der Abteilungsleiter machte ihm Vorhaltungen. Omovo hörte sich den Monolog ruhig an. Der Abteilungsleiter redete drauflos, ohne Omovo anzusehen, fuchtelte dabei ständig mit der Hand herum und trank ab und zu einen Schluck Kaffee. Omovo bemerkte seine goldene Armbanduhr. Der Abteilungsleiter sagte, er wolle, daß die Abteilung die höchsten Verkaufszahlen der Saison erziele. Er warnte Omovo davor, wichtige Kunden zu beleidigen, sie seien das Rückgrat des Geschäfts, und die Firma sei auf ihr Wohlwollen angewiesen.

»Ich will nicht, daß mir irgend jemand das Geschäft in diesem Jahr verdirbt, ist das klar?«

Omovo nickte.

»Haben Sie verstanden, was ich gesagt habe?«

»Völlig.«

Der Abteilungsleiter musterte ihn. Mit einer Miene voller Zweifel bedeutete ihm der Abteilungsleiter, sein Büro zu verlassen.

Während der Mittagspause versuchten alle, Omovo zu drängen, er solle zu Kingsway gehen und Fleischpasteten kaufen. Er weigerte sich beharrlich. Er saß an seinem Schreibtisch, holte seinen Zeichenblock hervor und fertigte eine Serie von Skizzen an. Als erstes versuchte er einen Teil des Büros zu zeichnen. Simon, Chako und der Vorsteher saßen um einen Tisch herum und waren wieder einmal in eine ihrer endlosen Unterhaltungen über Gehaltserhöhungen vertieft. Omovo beschloß, sie zu zeichnen. Doch das Ergebnis war nur eine Reihe von Karikaturen. Er stellte Simons Gesicht wie eine zerbrochene Kalebasse dar. Er übertrieb dessen Falten noch, als habe das Leben sie nicht schon genug übertrieben. Er zeichnete Chako als einen alten Mann mit bösartigen Gesichtszügen und gab ihm eine ulkig lange Nase. Und dann zeichnete er den Vorsteher als einen enttäuschten Mann und machte aus dessen drahtigem Bart eine Art Stacheldraht und verwandelte die Ohren in Münzen. Als er mit den Skizzen fertig war, begann er zu lachen. Seine Kollegen blickten ihn an, ohne ein Wort zu sagen. Er hörte auf zu lachen und schlug den Zeichenblock zu. Seine Kollegen setzten ihr geheimnistuerisches Gespräch über Gehaltserhöhungen, ihre Pläne und Überstunden fort.

Dann erinnerte sich Omovo an Leonardo da Vincis Porträtstudien, seine meisterhaften Zeichnungen alter Männer, mächtiger Männer, und sagte sich, daß es zu einfach sei, die Machtlosen und Schwachen auf satirische Weise darzustellen und sich über sie lustig zu machen, statt sie so abzubilden, wie sie waren, als Gettobewohner, deren Gesichter vom Leid gezeichnet waren. Er beschloß, seine Kollegen so zu zeichnen, wie sie waren, und die Grenzen seiner Kunst zu erproben, indem er nur das zeichnete, was er sah, ohne sich von seiner Selbstgefälligkeit, seinen Vorstellungen, Meinungen und Abneigungen lenken zu lassen, und das in einem begrenzten Zeitraum zu tun. Er fand es schwer, ihre Gesichter wiederzugeben, und entdeckte unergründliche Tiefen der Schatten und der Zärtlichkeit, die er zuvor nicht bemerkt hatte. Er schämte sich ein wenig.

Das Zeichnen verleitete ihn zum Nachdenken. Er dachte an Joe, an seine verschwundene Zeichnung, an seine beschlagnahmte Zeichnung, an Ifeyiwa. Das kalte Büro erinnerte ihn an einen mittelmäßigen Film, den er vor einiger Zeit gesehen hatte. Der Film handelte von einem paradiesischen Ort. Motive aus Bildern, die er gemalt hatte, Gemälde, die er verworfen hatte, kamen ihm in den Sinn. Er erinnerte sich an ein Lied aus dem Film. Der Liedertext war idealistisch, doch in diesem Augenblick stimmte Omovo mit den Worten überein: Denn deine Gedanken wirken sich auf deine Taten aus. Und deine Taten auf dich...

Er schloß die Augen und begann zu grübeln. Er erinnerte sich an ein anderes Lied aus dem Film: Es gibt einen verlorenen Horizont, den du nur zu finden brauchst...

Er dachte über die Worte nach und versank immer tiefer in eine seltsame Gelassenheit. Die Worte wuchsen in ihm. Sie verwandelten sich in andere Worte und riefen Bilder hervor, Zustände des Seins, Landschaften von Möglichkeiten. Seltsame Blumen öffneten sich vor ihm. Während der Lärm seiner Kollegen nachließ und das Summen der Klimaanlage leiser wurde, spürte er plötzlich in sich eine Erleuchtung, eine Seinserweiterung, und vorübergehend hatte er stumm das Gespür für die allem zugrundeliegende Einheit der Dinge.

Chako schneuzte sich und riß ihn aus seinen Gedanken. Omovo öffnete die Augen, schloß sie wieder und hörte dann so deutlich, als erklängen die Worte direkt hinter ihm, wie sein Bruder eines seiner Gedichte aufsagte:

Doch ich fand Zeichnungen im Sand,
und im Wind besangen Stimmen
den Schlüssel zu geheimen Wegen
über die endlosen Meere.

Omovo klopfte das Herz vor unbändiger Freude. Er spürte, wie er tief in sich alles Verborgene und Strahlende der Welt aufnahm. Dieses Gefühl überkam ihn unerwartet, wie eine Offenbarung. Und dann kam ihm ebenso unerwartet etwas anderes in den Sinn. Er erinnerte sich an das Mädchen im Park. Er stellte sich vor, daß er das Opfer war, sah sich, wie er tot mit geschändetem Geschlecht unerkannt im Park lag. Omovo hatte das Gefühl, in einem Loch zu sitzen, in einem Brunnen, einer Höhle des Entsetzens, das in seinem Geist lauerte. Er konnte nicht hinaus. Dann hatte er in der Dunkelheit plötzlich eine andere Vision. Er sah, wie sich das Volk auflehnte, ergriffen vom Fieber der Revolution. Er sah überall Flammen, sah Gebäude, die in sich zusammenfielen, brennende Gettos, umstürzende Türme, sah Menschen, die in Scharen umherirrten und ihr Leid beklagten, sah weinende Kinder, Frauen mit versengtem Haar und Asche im Gesicht. Er fühlte, wie das Land zutiefst verzweifelt war, als sei das Leben eine Art Inferno, eine Hölle, das

Fegefeuer der Armen. Als er schließlich seiner Vision entkam und die Wirklichkeit wieder wahrnahm, das Büro, das ihn umgab, hatte er Tränen in den Augen. Er wischte sie ab und machte sich wieder an die Arbeit. Niedergedrückt von der Vision kam ihm die Arbeit während der zweiten Hälfte des Tages noch beschwerlicher als sonst vor. Er hatte das Gefühl, seine Lebenskraft würde von den banalen Pflichten aufgebraucht. Er freute sich zugleich darüber, zu leben und zu arbeiten, doch das hielt ihn nicht davon ab, sich darüber zu ärgern, daß die Augenblicke, in denen er vom Drang zu malen oder zu zeichnen besessen war, mit Aufgaben vergeudet wurden, die jeder hätte tun können. Dennoch entging ihm nicht, daß kurz vor Feierabend ein junger Mann neben Chakos Schreibtisch saß. Chako und die anderen behandelten ihn mit einer gewissen Ehrerbietung. Omovo erfuhr später, daß er ein Neffe des Abteilungsleiters war und die Abschlußprüfung in der Schule nicht bestanden hatte. Er suchte eine Anstellung in der Firma. Während Omovo in den Gängen hinauf und hinunter ging und schwitzend zahlreiche Aufträge ausführte, hatte er das sichere Gefühl, daß es jemanden in der Firma gab, der bald seine Stelle verlieren würde.

4

Es war Feierabend, und Omovo ging nach Hause. Die anderen
blieben noch, um Überstunden zu machen. Die meisten von ihnen
erledigten jedoch in dieser Zeit ihre eigenen Angelegenheiten.
Wie immer kam Omovo die Anstrengung, nach Hause zurückzu-
kehren, noch mühevoller vor als der morgendliche Weg zur Arbeit.
Auf Grund von Müdigkeit, Hitze und der unbefriedigenden, zer-
mürbenden Arbeit waren die Leute noch gereizter.
Als er zum Fuhrplatz in Amukoko kam, war überall nur Staub.
Der Staub stieg von den ungeteerten Straßen auf. Zu Staub und
Hitze kamen noch die vielen Gerüche aus dem Getto. Schwaden
von heißem Bratöl und der üble Gestank der Gossen erfüllten die
Luft. Die Straße war mit Unrat übersät.
Die Arbeit des Tages lastete noch auf Omovo. Er war wie ausgelaugt. Er trottete apathisch geradeaus. Schweiß und Staub, die in
der trockenen Hitze erstarrten, ließen sein Gesicht zu einer Maske
der Erschöpfung, der Kraftlosigkeit werden. Der irrwitzige Lärm,
der ihn umgab, zehrte an seinen Nerven. Omovo stolperte die auf-
geheizte Straße entlang wie ein Schlafwandler.

Als er nach Hause kam, sah er sich der trostlosen Öde des Wohnzimmers gegenüber. Er nahm mit ungewöhnlicher Schärfe die verblichenen Bilder auf den fleckigen Wänden, den großen Tisch mit
dem zu kurzen Bein und die erbärmliche Einrichtung wahr. Der
Geruch nach lieblos gekochtem Essen, der Staub, die Spinnweben
und der Mief, der ein Zimmer erfüllt, das lange nicht gelüftet worden ist, setzten ihm zu. Er bemerkte sogar, daß die Stühle nicht an
ihrem Platz standen und daß eines der Polster irgendwie in den
Sprungfedern eingeklemmt war. Neben einem Stuhl entdeckte er
eine leere *ogogoro*-Flasche auf dem Boden. Er vermutete, daß sein
Vater getrunken hatte.
Niemand war im Haus. Fliegen schwirrten um die Essensreste, die
noch auf dem Tisch waren. Omovo fiel auf, daß im Wohnzimmer
eine ungewohnte Atmosphäre herrschte. Alles schien verkehrt zu
sein. Ihm fiel die seltsame Stille auf, die verhängnisvolle Stimmung,

eine kalte Endgültigkeit. Er erschauerte. Er betrat sein Zimmer. Dann ging er auf den Hof und nahm eine kalte Dusche. Als er wieder in seinem Zimmer war und sich auf dem Bett ausstreckte, schlief er sogleich fest ein.

»Wach auf! Omovo, wach auf!«

Omovo regte sich, erwachte und stellte verwirrt fest, daß das Gesicht eines Fremden zum Gesicht seines Vaters wurde, der auf ihn herunterblickte. Omovo blinzelte und rieb sich die Augen.

»Bist du's, Papa?«

»Ja.«

Er richtete sich im Bett auf. Für einen Augenblick entstand ein zärtliches Schweigen.

»Ist irgendwas nicht in Ordnung?«

Sein Vater seufzte und sagte eine Weile nichts.

»Sag, stimmt was nicht?«

Der Vater wich Omovos Blick aus und entgegnete: »Nein, eigentlich nicht.«

Omovo roch die Bitterkeit im Atem seines Vaters, spürte zugleich den von ihm ausgehenden Geruch nach Alkohol, nach Zigarettenrauch und die Verzweiflung. Er roch den Schweißgeruch, den Geruch nach tiefer Erde und eines in der Falle sitzenden Tiers. Er bemerkte die unterdrückte Angst im ruhelosen Blick seines Vaters. Omovo hatte das Bedürfnis, seinen Vater zu umarmen, ihn zu umarmen und fest an sich zu drücken. Doch sein Vater trat seufzend zurück, setzte sich mit hängenden Schultern auf den einzigen Stuhl im Zimmer, stützte den Kopf in die Hände und sagte mit unsicherer Stimme: »Ich möchte dich um einen Gefallen bitten.«

»Du kannst mich um alles bitten, Papa, um alles.«

»Es fällt mir sehr schwer.«

»Sag's nur, Papa. Sag's.«

Sein Vater stotterte. Als er sich wieder in der Gewalt hatte, sagte er: »Ich brauche... Ich habe im Augenblick etwas finanzielle Schwierigkeiten. Ich brauche ein bißchen Geld, um die Miete zu bezahlen. Kannst du das Geld besorgen, ich meine, sobald du deinen Lohn...«

»Ja, Papa. Natürlich. Ist das alles? Gott sei Dank, Papa, das ist doch nichts. Na klar, kann ich das. Sobald ich mein Geld bekomme.«

Ein wenig erstaunt über Omovos Reaktion blickte sein Vater auf.

»Ich danke dir, mein Sohn«, sagte er, seufzte noch einmal und straffte den Rücken. Er fand etwas von seiner gewohnten Autorität wieder. »Ich gebe dir das Geld zurück, sobald alles wieder in der Reihe ist. Es ist nur ein kleiner Rückschlag, das geht vorbei.«
Sie schwiegen einen Augenblick. Omovo wich dem Blick seines Vaters aus. Dann stand sein Vater auf, und als er an der Tür war, fragte er: »Haben dir deine Brüder geschrieben?«
Omovo nickte.
Sein Vater blickte zu Boden und hob dann wieder den Kopf. Und plötzlich gab er ein seltsames Geräusch von sich, als unterdrücke er einen stechenden Schmerz, der ihn durchzuckte.
»Mir schreiben sie auch«, sagte er. »Sie schreiben mir Briefe, die mich verletzen und Wunden in mir aufreißen.«
Dann verließ er jäh das Zimmer.
Omovo starrte auf die Tür, der Kopf schwirrte ihm.

5

Um dem Aufruhr seiner Gefühle zu entrinnen, verbrachte Omovo einen Teil des Abends damit, in aller Ruhe die Werke der Meister zu betrachten. Das Blättern in den *Großen Gemälden der Welt* wirkte beruhigend auf ihn. Während er die Farbdrucke genau ansah und dabei oft eine flüchtige Kopie auf seinem Zeichenblock anfertigte, stellte er fest, daß er bei der Betrachtung der Gemälde immer wieder in seine eigene Welt, seine eigene Wirklichkeit zurückgeworfen wurde. Er studierte Bruegel mit seiner zitternden Welt der Alpträume; Leonardo da Vinci mit seinen geheimen mystischen Zeichen. Er liebte die berühmte Mona Lisa und erinnerte sich, daß Leonardo da Vinci geschrieben hatte, daß »die Perfektion aus Einzelheiten besteht, aber die Einzelheit selbst keine Perfektion ist«. Omovo versenkte sich in die Kunst, von der Höhlenmalerei über die halluzinatorischen Visionen lateinamerikanischer Indianer bis zu modernen Malern wie Cézanne, Van Gogh und Picasso – über den er hatte sagen hören, er sei ein unglaublich schöpferischer Plagiator. Doch Omovo kehrte zu den vier Malern zurück, die ihm am meisten bedeuteten: Leonardo da Vinci, Bruegel, der Mann der wilden Phantasie, Velázquez und seine schwierige Suche nach der Wahrheit und Michelangelo. Dann vertiefte er sich in ein anderes Buch, ein Werk über afrikanische Kunst. Er betrachtete Abbildungen von Skulpturen, geheimnisvollen Monolithen, Jujus, Kultmasken und heiter gelassenen Bronzebüsten. Doch dies alles war seinem Auge zu vertraut, denn er hatte das Gefühl, daß die afrikanische Kunst überall zum Ausdruck kam. Er sah die angsteinflößenden Formen, die Gestalten, die das Böse bekämpften, und die ritualen Mächte, die Teil aller Dinge, Teil einer Ordnung sind. Sie waren in ihm. Erst später sollte er lernen, sie mit fremden Augen zu betrachten, als sähe er sie zum erstenmal, und sich in das wahre Reich seines künstlerischen Reichtums versetzen zu lassen.

Ehe er mit seinen Betrachtungen aufhörte, sah er sich noch einmal Michelangelos David-Skulptur an. Omovo war immer wieder davon beeindruckt, daß Michelangelo David kurz vor dessen Begegnung mit Goliath dargestellt hatte. Jedesmal wurde Omovo erneut von der inneren Spannung dieses Augenblicks ergriffen: David, in tiefer Versunkenheit, kurz davor, für immer aus dem Dunkel zu treten, sich vom Hirten in einen Helden zu verwandeln, kurz davor, in die Geschichte, die Religion, den Mythos einzugehen. Spürte er eine Strömung, die ihn zurückriß, und Stimmen, die ihm von den Freuden der Namenlosigkeit und den Schrecken des Ruhms sangen? Oder griff er gelassen nach der Flut allen Anfangs, der Geburt der Götter, und berührte die Mächte der Luft? Wie schwer wog diese Versunkenheit, als er mit unnatürlich gekrümmtem Handgelenk und einem Stein in der breiten Hand dastand und sein Leben bald für immer durch diesen Stein und eine Schleuder verändert werden sollte, durch die Bestimmung seines Handgelenks, durch die Wahl des richtigen Zeitpunkts, die Anmut, die Zielsicherheit, die Furchtlosigkeit, die nur in einer äußerst geheimen, verzweifelten und unerklärten Lehrzeit vorbereitet worden sein konnte?

Als Omovo an jenem Tag seine Betrachtungen beendete, legte er die Bücher zur Seite und dachte eine Weile nach, um klare Gedanken zu fassen und Kraft für sein eigenes Werk zu sammeln, das einem Tag seines Lebens Sinn verleihen würde.

Eine Stunde später saß er ängstlich vor der Leinwand. Die glatte weiße Oberfläche schüchterte ihn ein. Er saß in erwartungsvoller Stille da, hoffte, daß sich irgend etwas in ihm regte, daß ein Drang in ihm erwachte. Er versuchte, an nichts zu denken, bis sein Kopf ebenso leer und ausdruckslos war wie die Leinwand.

Doch die Mücken stachen ihn selbst durch den khakifarbenen Overall. Sie sirrten in seinen Ohren. Er beachtete sie nicht. Während er auf die Leinwand starrte, wurde ihm bewußt, daß der Drang zu malen nicht stark genug war, spürte aber, wie Bilder in ihm keimten. Und so wartete er weiter, daß die Wogen in ihm aufstiegen, die Flut ihn überraschte. Er wartete voller Vertrauen darauf, daß der Drang zu gegebener Zeit in ihm erwachte, wenn die innere Stimmung mit den Landschaften draußen übereinstimmte. Doch die Erwartung, die Hoffnung auf das Sein, die Vorbereitung auf eine Vision, das Warten auf eine innere Verkündigung, einen Schwall, einen Befehl, eine Richtung, ein vollständiges Bild, eine

einzige wahre Einzelheit, eine genaue Vorstellung machten ihn
unglücklich, machten ihm angst. Er wartete mit ganzem Herzen
auf ein Zeichen, wartete, daß die Wogen des Verlangens einen unerträglichen Höhepunkt erreichten.

Und dann erinnerte er sich an eine Begebenheit, die sich vor vielen
Jahren zugetragen hatte. Okur hatte beim Kochen eine Zwiebel
geschält. Er hatte die Zwiebel ein Symbol für das Geheimnis des
Seins genannt.

»Sieh dir diese Zwiebel an«, sagte er mit tränenden Augen. »Ich
entferne jetzt eine Schale nach der anderen, und da die Zwiebel so
viele Schalen hat, könnte man annehmen, daß ein glänzendes Herz
in ihr verborgen ist. Doch da ist nur das Stengelmark. *Nichts*, siehst
du?«

Er hielt inne und fuhr dann fort: »Es scheint *nichts* da zu sein, doch
wenn man die Zwiebel sich selbst überläßt, sprießt sie, wächst sie.
Es ist scheinbar *nichts* und birgt doch Leben, ununterdrückbares
Leben. Das Geheimnis der Zwiebel kann nicht in seine Einzelteile
zerlegt werden. Omovo, wir brauchen Vertrauen, wir brauchen das
Vertrauen des Paulus als Beweis für die Hoffnung. Da ist *nichts*,
doch wie schon Neruda gesagt hat: ›Der Mensch wächst mit allem
Wachsenden.‹ Wir beginnen mit einer Sache und enden überall.«

Lange Zeit war Omovos einzige Erinnerung an diese Begebenheit
nur der nachdrückliche Ton gewesen, in dem sein Bruder das
Wort »nichts« gesagt und wie sein Gesicht dabei beseelt und voller
Schweiß geglänzt hatte. Doch später kam mehr hinzu, und während er nun da saß und auf die Leinwand starrte, begann er über
ein anderes »Nichts« nachzudenken. Er hatte das Gefühl, daß es
»etwas« geben müsse, daß der Mensch etwas schöpfen müsse, jeder
auf seine Art; und daß wir nur durch die Realisierung von Visionen, durch schöpferische Tätigkeit das negative »Nichts« verändern können. Er fragte sich, ob seine Brüder wirklich von zu Hause
fortgegangen waren, weil sie dort dieses »Nichts« wahrgenommen
hatten. Er fragte sich, welche Variante des »Nichts« Deles Verachtung für alles Afrikanische erklärte, Okoro dazu brachte, seinen
Schmerz unentwegt zu verheimlichen und ihn, Omovo, dazu trieb,
das zu malen, was er malte. Hatte das »Nichts« das Mädchen im
Park ermordet, war das »Nichts« für den Tod seiner Mutter und
die Isoliertheit seines Vater verantwortlich? War das »Nichts«

Machtlosigkeit, Unvermögen, Versagen, das Fehlen einer Vision, das Erbe des Opfers? Warf dieses »Nichts« sein Volk immer wieder in die Dunkelheit zurück? Omovos Gedanken rasten weiter. Er war über die Vielschichtigkeit seiner Gefühle verwirrt, bestürzt über die Unfähigkeit, diese Gefühle zu begreifen, und verärgert, daß sich sein Drang nicht in die wilde Blume der Kunst verwandelt hatte.

Und plötzlich überfiel ihn ein Ansturm von Leere und Panik, als sei etwas in seinem Gehirn geplatzt. Er wurde in eine negative Phase des Seins getaucht, das Gegenteil einer Erleuchtung, wurde von Bildern überfallen, von Sälen ohne Ende, von Mauern, die in den Himmel aufragten, von Ifeyiwas Alpträumen, von leeren Labyrinthen, Abgründen und tiefer Angst vor der Zukunft. Er hatte das Gefühl, in einem endlosen Raum zu sein, ohne Bäume, ohne Menschen, ohne Himmel. Und erst als er einen kurzen animalischen Schrei ausstieß, gelangte er allmählich in eine vertraute Wirklichkeit zurück.

Die Leinwand war immer noch leer. Anfangs wirkte sie düster, unwirklich, empfindlich. Ohne eine bestimmte Vorstellung zu haben, wollte sich Omovo gerade seiner eigenen freien Darstellungsweise hingeben und das erstbeste malen, das ihm in den Sinn kam, je nach Fügung und Laune, als er sich an etwas erinnerte, was Dr. Okocha gesagt hatte. Solange die Leinwand noch leer ist, besitzt sie noch unendliche Möglichkeiten. Ein einziger Farbtupfer begrenzt bereits die Anzahl der Dinge, die ins Leben gerufen werden können. Die leere Leinwand kann ein Tor zu einer Alptraumlandschaft oder zu einer Vision sinnlichen Glücks sein. Jeder Pinselstrich birgt ein großes Risiko, hatte er gesagt, denn jeder Tupfer entspricht den unermeßlichen Stimmungen, Eingebungen, Erinnerungen und Ängsten, die die Kunst im Betrachter entfesselt. Bei einer anderen Gelegenheit hatte er außerdem gesagt, daß der Akt des Malens mit dem des Betens verwandt sei und daß Omovo darauf acht geben solle, in welcher Haltung und wofür er bete.

Omovo zog die Hand zurück und war erleichtert, als er sah, daß er noch keinen Tupfer auf der Leinwand hinterlassen hatte. Glücklicherweise war er sich selbst gegenüber aufrichtig und wußte daher, daß er sich noch nicht sicher war, was er ins Leben rufen, was er bezeugen, was er zeigen wollte.

Und seine Erleichterung verwandelte sich für den Augenblick in ein Kredo, einen kompensierenden Schöpfungsakt. Er beschloß, in seinen Gemälden einfache Visionen zu schaffen, mit dem zu beginnen, was er kannte, was ihn verletzt hatte und was all jene verletzt hatte, mit denen er sich am meisten identifizierte. Er wollte, daß in seine Bilder so viele Dimensionen eingehen würden, wie sie der Mensch besitzt. Nichts sollte zu groß oder zu klein sein, um darin erfaßt zu werden. Er wollte, daß seine Bilder die Gefühle und unbeschreiblichen Gemütszustände erweckten, die ihm vertraut waren, die Zustände, die in Ströme mündeten, die Ströme, die in große Meere mündeten. Er wollte, daß das Einfache die Vielschichtigkeit enthielt und die Vielschichtigkeit das Einfache verkörperte. Doch vor allem, weil ihm zunehmend bewußt wurde, daß der Künstler nichts anderes ist als ein höherer Diener, ein Arbeiter, ein Vermittler, ein Schöpfer von Visionen – vor allem wollte er so viele Geheimnisse der Kunst beherrschen, wie er nur konnte. Denn er glaubte instinktiv, stellte nur selten in Frage, daß die wichtigste Aufgabe der Kunst darin lag, den Menschen dazu zu bringen, mehr zu fühlen und mehr zu sehen, tiefer zu fühlen und deutlicher zu sehen.

Dies ist ein furchtbarer Weg, dachte er, und viele sind auf der Strecke geblieben. Doch in seiner momentanen Versunkenheit war er sich der Leere vor sich nicht mehr bewußt. Er war sich seiner eigenen Gegenwart nicht mehr bewußt. Sein Geist war frei. Er spürte die Erschöpfung dieses Tags nicht mehr. Und seine Gedanken waren klar.

Die Mücken stachen ihn. Er nahm sie allmählich wieder wahr. Er versuchte eine auf seinem Arm zu erschlagen und verfehlte sie. Als er seine entspannte Gelassenheit wiedergefunden hatte, wurde der Raum plötzlich in Dunkel gehüllt. Wieder einmal ein Stromausfall. Omovo fluchte. Er stand auf und zog sich anständigere Kleider an. Er versprühte ein Insektenvertilgungsmittel im Raum, nahm den blauen Hut, den Okoro ihm gegeben hatte, und ging nach draußen, um auf Ifeyiwas Zeichen zu warten.

6

Als sie am Haus vorbeikam, spürte er, wie sein Herz schneller schlug. Sie trug eine billige Spitzenbluse über einem verblichenen, mit Fischmotiven bedruckten Wickeltuch und hatte ihre weißen Schuhe an. Sie sah größer aus. Sie hatte das Haar ausgekämmt und wirkte dadurch kräftiger. Sie hatte einen kerzengeraden, anmutigen Gang, durch den sie im geschäftigen Treiben des Gettoabends auffiel. Während er sie betrachtete, wurde ihm bewußt, daß sein Blut in Wallung geriet. Er bemühte sich, ein paar Karateübungen zu machen, um den Anschein zu erwecken, er sei nur nach draußen gekommen, um ein wenig zu trainieren, doch er kam sich linkisch vor und hatte ein flaues Gefühl im Magen. Ihre Alltagskleidung betonte noch ihre unterdrückte Sinnlichkeit. Und die Art, wie sie sich bewegte, als schwebe sie durch den Abend, erfüllte ihn mit unwiderstehlichem Verlangen. Als sie einer imaginären Gestalt in der Ferne ein Zeichen gab, brannte er darauf, ihr zu folgen. Dann verlangsamte sie bewußt den Schritt und benutzte weiter die Zeichensprache, als stünde sie mit ihrer ganzen Umgebung in Verbindung, ohne zu verstehen, was gesagt wurde.

Er sehnte sich danach, ihr zu folgen, fühlte sich jedoch durch die Anwesenheit der Compoundbewohner, die durch den Stromausfall aus ihren heißen Zimmern getrieben worden waren, daran gehindert. Sie saßen auf dem Zementabsatz, auf Stühlen, auf kleinen Hockern, vor dem Apothekerladen, und sprachen über den letzten Sex-Skandal der Stadt oder diskutierten über Politik. Manche von ihnen standen, umringt von ihren Kindern, vor dem Haus auf der Straße. Andere saßen da und erzählten alte, überlieferte Geschichten. Ihre Gesichter hoben sich kaum vom Halbdunkel ab. Er wußte nicht, ob sie ihn beobachteten.

Während er noch unschlüssig dort stand, kamen Tuwo und der amtierende Vizejunggeselle auf ihn zu. Tuwo trug einen schicken französischen Anzug, der für seine rundliche Figur ziemlich eng war, und sagte: »Sieh dir diesen kleinen Junggesellen an, er wird noch deinen Titel erben.«

Der amtierende Vizejunggeselle protestierte:»Meinen Titel? Unmöglich, jedenfalls nicht so bald.«

Omovo ärgerte sich über ihre Aufdringlichkeit, doch er lächelte.

Tuwo sagte:»Als ich jung war, war es üblich, früh zu heiraten. Und heute heiraten die jungen Leute erst spät. Die Welt bleibt nicht stehen.«

»Eine Frau ist teuer«, sagte der amtierende Vizejunggeselle.

»Was hältst du davon, Omovo?« fragte Tuwo scheinheilig.

Omovo nickte zerstreut. Die beiden Männer begannen ihn zu foppen, wegen seiner Jungend und darüber, wie gefährlich junge unverheiratete Männer in einem Compound voller Frauen und Mädchen waren. Omovo reagierte locker. Doch erst als er wieder eine Serie von Karatebewegungen machte, konnte er sie langsam abhängen. Als er das Gefühl hatte, er habe lange genug gewartet und der Augenblick sei günstig, schlenderte er aus dem Compound. Doch da hörte er, wie Tuwo ihn rief. Omovo beachtete die Stimme nicht und ging zunächst scheinbar ziellos davon, als wisse er nicht, wohin er gehen wolle.

Dann lief er ängstlich entschlossen in ihre Richtung. Er tat so, als wolle er bei den Straßenhändlern ein paar Lebensmittel kaufen und fände nicht die richtige Sorte. Während er noch so tat, suchte er nach ihr und stellte fest, daß sie verschwunden war. Verärgert wandte er sich um und wollte gerade nach Hause zurückkehren, als er sie im Schatten desselben verlassenen Standes entdeckte, an dem sie sich beim letztenmal getroffen hatten.

Er setzte den blauen Hut auf, um sich in dieser Verkleidung ein wenig sicherer zu fühlen, und ging auf sie zu. Doch als er sich ihr näherte, ging sie plötzlich rasch davon. Er war verdutzt. Sie blieb in der Nähe des Hotels stehen und wartete auf ihn. Als er näherkam, setzte sie sich wieder in Bewegung, überquerte die Straße und bog eilig in eine kleine Seitenstraße ein. Er folgte ihr. Sie lief immer weiter und führte ihn im Kreis durch das ganze Viertel, bis sie wieder zu ihrer Straße kamen. Und dann ging sie auf eine Gruppe rauchgeschwärzter niedriger Einzelhäuser zu, die vor allem von Haussa- und Fulani-Händlern bewohnt wurden. Sie war sehr schnell gegangen, hatte völlig ungewöhnliche Umwege gemacht, war hin und wieder in einen Compound eingebogen und über rätselhafte Gänge wieder auf anderen Straßen herausgekommen, so daß er, als sie wieder auf ihrer Straße waren, diese zunächst nicht erkannte. Er war durch Ifeyiwas Verhalten so verwirrt, daß ihm schwindlig wurde, als sie plötzlich stehenblieb und ihm ein Zeichen gab, und vor seinen Augen schwamm eine neue Dunkelheit, die in sanften Farben explodierte.

Einen Augenblick später sah er, wie sie in eines dieser finsteren Häuser ging. Die Außenwände waren verrußt. Vor den verfallenen Stufen war ein Schlammstreifen. In einer offenen Küche an der Seite des Hauses saßen drei Frauen um ein rauchendes Feuer. Ihre glänzenden Gesichter hatten tiefe Hautritzungen, und die Frauen unterhielten sich in einer Sprache, die Omovo nicht verstand. Die Frauen warfen ihm einen düsteren Blick zu. Er sprang über den Schlammstreifen, ging die kurze Zementtreppe hinauf und blieb im Eingang stehen. Die Gerüche des Compounds stiegen zu ihm auf. Die Gerüche von getrocknetem Fisch, von Wurzeln, von Schimmel, von der Kübellatrine, von überfüllten Zimmern, von Petroleumlampen, von ungewaschenen Lumpen und *garri*-Säcken. Der Hausflur war dunkel. Als Omovo aufblickte, sah er dicke Spinnweben, die an den Balken hingen. Die Spinnweben bewegten sich hin und her, bebten ständig. Sie schienen von einem seltsamen Innenleben besessen zu sein.

Omovo konnte Ifeyiwa im Dunkel des Hausflurs nicht finden. Er fürchtete sich ein wenig. Der Wind klagte sanft um ihn. Über Omovo wogten an der Decke die Spinnweben. Hinter ihm wurde die Nacht hier und dort von den Lampen der Straßenhändler durchbohrt. Das Sirren der Mücken drang an sein Ohr. Glühwürmchen leuchteten flüchtig in der Dunkelheit auf, doch das half ihm nicht, etwas zu erkennen.

Erst als er ihre Stimme hörte, die ihn sanft rief, bewegte er sich. Er ging zu dem Raum, aus dem durch das Schlüsselloch und unter der Tür her trübes Licht drang. Er stolperte dabei über Schüsseln und Kindertöpfchen.

Der Raum war kahl. Ifeyiwa saß nervös auf der Kante eines Bettes. Auf ihren Lippen lag ein unsicheres Lächeln, das Omovo veranlaßte, sich umzublicken. Das Zimmer war nicht gefegt und muffig. Der nackte Fußboden war in einer stumpfen roten Farbe gestrichen. Eine Öllampe brannte ruhig auf einem Ständer in der hinteren Ecke. Die untere Hälfte der Wände war blau gestrichen, und der übrige Teil hatte noch die Farbe des Gipsverputzes. Die weiße Decke war von den ständigen Rauchspiralen der Öllampen geschwärzt. Ein starker Geruch nach abgestandenem Essen hing in der Luft.

Ifeyiwa saß auf einem breiten Holzbett, auf dem eine verschlissene Decke lag. Als er sie wieder anblickte, bemerkte er ein rätselhaftes Funkeln in ihren Augen. Die Lampe, die in der hinteren Ecke des Raumes brannte, beleuchtete Ifeyiwa nur zur Hälfte. Die andere Hälfte lag im Dunkel. Ifeyiwa warf einen Schatten wie eine in die Länge gezogene, düstere Riesin. So wie sie da saß, wirkte sie unerklärlich traurig.

»Komm rein«, sagte sie schließlich. »Du brauchst keine Angst zu haben. Das ist das Zimmer einer Freundin.«

Er betrat mit unsicheren Schritten den Raum. Als er in ihrer Nähe war, blieb er stehen. Er atmete die Luft des Raumes tief ein und sogleich wieder aus, weil ihm von den Gerüchen übel wurde.

»Warum stehst du so da?«

Er wußte es nicht. Er stand immer noch still und nachdenklich da, ohne sich bewußt zu sein, woran er dachte, und ohne recht zu wissen, was er fühlte. Dann überlief ihn ein Zittern, das seinen ganzen Körper erfaßte.

»Ich mag deinen Hut«, sagte sie.

Das Zittern hörte auf, und plötzlich wurde alles in dem Raum durch das Wunder ihrer Anwesenheit verwandelt. Er nahm den Hut ab.

Sie lächelte. Ihre Unsicherheit war verschwunden. Ein sanftes Strahlen ging von ihren Zügen aus. Ihre Augen hatten die weiche Kraft des Mondlichts. Ihre Lippen zitterten leicht. Sie stand auf, als wolle sie ihn förmlich begrüßen. Ihr länglicher Schatten krümmte sich auf der Wand. Sie schien irgendwie die Atmosphäre des Raums zu beherrschen. Er ging auf sie zu und legte ihr die Hand auf die Schulter. Dann zog er langsam den Arm zurück. Sie blickte ihn an und blickte wieder weg. Schweigend, wie in einem Ritual, setzten sie sich beide. Das Bett knarrte. Mücken umschwirrten sie sirrend. Dann seufzte sie. Omovo, der die unbeschreibliche Mischung von Gefühlen spürte, die der Seufzer enthielt, wollte Ifeyiwa berühren. Doch das Schweigen vergrößerte den Abstand zwischen ihnen. Omovo wollte gerade etwas sagen, als er draußen einen Schrei hörte. Er erstarrte. Ein Kind begann zu weinen. Die Mutter schalt es. Frauenstimmen in unterschiedlichen Tonlagen wurden laut. Und dann wurde eine Tür zugeschlagen, und es wurde wieder still.

»Omovo?«

»Ja.«

»Fühlst du dich nicht wohl?«

»Doch, doch.«

»Machst du dir Sorgen?«

»Ja.«

»Hast du Angst?«

»Ein bißchen.«

Sie berührte seinen Arm. Ihre Finger zitterten leicht. »Hab keine Angst.«

»Ich werd mich bemühen.«

»Malst du etwas?«

»Das fällt mir im Augenblick schwer.«

»Warum?«

»Ich weiß nicht. Anscheinend bin ich noch nicht bereit.«

Sie schwieg eine Weile.

»Es tut mir wirklich leid, wegen Sonntag.«

»Denk nicht mehr dran.«

»Er ist gerade...« Sie hielt inne. Dann seufzte sie wieder. Er berührte ihren nackten Arm. Ihre Augen füllten sich mit Tränen.

»Warum weinst du?«

Sie schüttelte den Kopf, wischte sich die Tränen aus den Augen und wandte sich ab.

»Warum?«

Sie wandte sich wieder zu ihm und sah ihn voll an. »Ich habe daran gedacht, wie du mich zum erstenmal geküßt hast«, erwiderte sie.

Sie sagten eine Weile nichts. Er spürte, wie ein süßes und zugleich trauriges Verlangen in ihm aufwallte. Sie rückte näher an ihn heran. Unmerklich.

»Ich habe auf dem Hinterhof ein paar Sachen gewaschen, und du bist gekommen und hast mein Gesicht gehalten, mir in die Augen gesehen und mich geküßt.«

Er lächelte.

»Ich war überrascht. Ich habe tagelang danach nicht richtig schlafen können.«

»Ich erinnere mich«, sagte er. »Du hattest eine gelbe Kappe auf dem Kopf, die mit einer Haarnadel befestigt war.«

»Das war ein andermal. Viel später.«

»Bist du sicher?«

»Ja. An dem Tag habe ich einen blauen Rock angehabt, genauso blau wie dein Hut, und eine weiße Bluse. Ich hatte nicht mal Schuhe an.«

»Oh. Dann habe ich es wohl anders in Erinnerung.«

»Du solltest dich schämen.«

»Aber ich erinnere mich an den Kuß. Ich weiß nicht, wo ich den Mut hergenommen habe. Danach bin ich wie benommen rumgelaufen und habe die ganze Zeit von dir geträumt.«

Sie lächelte. Die Luft rings um sie war wie geladen.

»Und wie stehen die Dinge jetzt, meine Ifeyiwa?«

Das Lächeln verschwand. Er verfluchte sich, daß er ausgerechnet in diesem Augenblick die Frage gestellt hatte.

»Ich bin jetzt glücklich. Aber die Dinge stehen schlecht.«

»Was ist passiert?«

»Nachrichten von zu Hause.«

»Was für Nachrichten?«

»Die Kämpfe haben wieder angefangen.«

»Wo?«

»Zu Hause. Zwischen unserm Dorf und dem Nachbardorf.«

»Ist es eine ernste Sache?«

»Ja. Sie bringen sich gegenseitig um und setzen die Felder in Brand. Jetzt laufen die ganze Nacht Männer mit Buschmessern an den Dorfgrenzen auf und ab.«

»O Gott.«

»Der Streit hat schon vor langer Zeit angefangen, aber daß sie sich gegenseitig umbringen, ist neu.«

»Worum geht es denn?«

»Um die Grenzen. Vor vielen Jahren haben die Weißen dem anderen Dorf unser Land gegeben, und nach der Unabhängigkeit sind wir vor Gericht gegangen und haben den Prozeß gewonnen. Aber die anderen wollen das nicht wahrhaben. Und deshalb wird jetzt gekämpft.«

Omovo machte eine gereizte Geste. »Diese verdammten Weißen. Die mischen sich auch überall ein.«

»Wir sind selbst daran schuld. Wir sind zu habgierig.«

»Aber sie hätten sich nicht soviel einmischen sollen.«

»Ich weiß.«

»Es tut mir leid.«

»Ist schon gut.«

»Ich hoffe, daß keiner aus deiner Familie verletzt worden ist.«

»Nein. Aber ich habe auch noch gehört, daß meine Mutter krank ist. Es heißt, sie stirbt wahrscheinlich bald. Ich muß wohl nach Hause und mich um sie kümmern.«

Omovo wußte nicht, was er sagen sollte, wußte nicht, wie er sie trösten konnte. Als sie einen Ton von sich gab, der ihr in der Kehle stecken blieb, und als sie zitterte, während sie die Tränen unterdrückte, ging ihm ein Stich durchs Herz. Er nahm sie fest in den Arm. Sie löste sich aus seiner Umarmung. Er suchte ihr Gesicht. Ihre Augen waren etwas härter geworden und von einer seltsamen, unnahbaren Kühle.

»Du machst mir Sorgen«, sagte er. »Du änderst dich immer wieder.«

Sie blickte ihn an. »Sag das nicht.«

»Warum nicht?«

»Ich weiß nicht. Ich komme manchmal auf seltsame Gedanken.«

»Was für welche?«

»Ich bin mir nicht sicher. Eigentlich sind es keine richtigen Gedanken.«

»Was dann?«

»Es ist schwer zu sagen.«

»Böse Träume?«

»Nein. Die habe ich jetzt nicht mehr. Aber irgendwie bin ich innerlich viel zu ruhig geworden. Wenn ich im Haus bin, empfinde ich nichts mehr. Es ist, als wäre ich tot oder so, als wäre ich nicht mehr aus Fleisch und Blut.«

»Sag so was nicht«, erwiderte er und strich ihr mit der Hand über das dichte Haar.

Sie lachte. Eine Träne lief ihr aus einem Auge. Sie wischte sie weg und sagte: »Aber wenn ich mit dir zusammen bin, dann kommt wieder Leben in mich. Dann atme ich wie eine Frau, fühle mich aber wie ein kleines Mädchen. Du machst mich glücklich.«

»Dann laß uns eine Zeitlang nicht mehr über unangenehme Dinge reden.«

»Gut. Dann laß uns über deinen Hut reden.«
»Warum?«
»Warum nicht?«
»Was willst du über den Hut sagen?«
»Er ist blau.«
»Wirklich?«
»Es ist ein schönes Blau.«
»Wirklich?«
»Wo hast du ihn her?«
»Ein Freund hat ihn mir gegeben.«
»Ich kenne keinen von deinen Freunden. Machmal sehe ich sie, wenn sie dich besuchen.«
»Du wirst sie noch kennenlernen. Oder sie lernen dich kennen.«
»Welcher von ihnen hat dir den Hut gegeben?«
»Okoro.«
»Soll das heißen, er hat ihn dir einfach so gegeben?«
»Ja. Um meinen Kopf zu schützen.«
»Wovor?«
»Vor der Sonne.«
Sie lachte vergnügt. »Bist du sicher, daß ihn dir nicht ein anderes Mädchen geschenkt hat?«
»Ganz sicher.«
»Du hast also ein anderes Mädchen?«
»Nein, das hab ich nicht.«
Sie lächelte. »Jedenfalls siehst du mit diesem Hut aus wie ein Ganove.«
»Du magst also Ganoven?«
»Nur Ganoven wie dich.«
»Ich bin kein Ganove.«
»Setz ihn auf.«
»Nein, setz du ihn auf.«
»Gut.« Sie drückte den Hut auf ihr dichtes schwarzes Haar.
»Er steht dir. Jetzt siehst *du* aus wie ein Ganove.«
Sie blickte sich im Zimmer um. »Es gibt keinen Spiegel hier«, sagte sie.
»Du kannst mir glauben. Du siehst sehr hübsch damit aus.«
Sie nahm den Hut ab und stülpte ihn Omovo in einem feschen Winkel auf den Kopf. Sie kicherte und versuchte einen ande-

ren Winkel. Er nahm den Hut ab und hängte ihn an den Bettpfosten.

»Jetzt sieht das Bett aus wie ein Ganovenbett«, sagte sie.

Er gab ihr ausgelassen einen Schubs.

»Du würdest eine gute Dichterin abgeben«, sagte er zu ihr.

»Ich habe oft daran gedacht, Gedichte zu schreiben«, sagte sie. »Aber ich weiß nicht wie.«

»Mein Bruder hat gesagt, die beste Art, Gedichte zu schreiben, ist, sich einfach hinzusetzen und zu schreiben. Das und viele gute Gedichte lesen. Es klang so, als sei es genau wie beim Malen.«

»Du hast gesagt, du würdest mir seine Gedichte zeigen.«

»Das tu ich auch.«

»Warum sagst du mir nicht eins auf?«

»Welches?«

»Ich weiß nicht. Vielleicht das, von dem du mir Samstag erzählt hast.«

»Das über die Vögel?«

»Nein. Das Gedicht, das er dir vor kurzem geschickt hat.«

»Gut.«

Sie schloß die Augen.

»Warum machst du die Augen zu?«

»Weil ich deine Stimme besser hören will.«

Er sagte das Gedicht seines Bruders in sanftem, zögernden, schlichten Ton auf. Als er fertig war, öffnete sie die Augen ganz weit, klatschte entzückt in die Hände und sagte: »Es ist schön.« Dann küßte sie ihn plötzlich voll auf die Lippen und wich voller Leben, mit leuchtendem Gesicht und strahlenden Augen wieder zurück. »Es ist wirklich schön«, sagte sie.

Dann hielt er ihr Gesicht eine Weile fest, blickte ihr tief in die warmen, braunen Augen und küßte sie sanft und begierig. Erst blickte sie ihn überrascht, fast erschrocken an. Doch er küßte sie weiter auf die Lippen, dann küßte er sie auf die Wangen, den Hals, die Augenbrauen, die Stirn, die Ohren und kam dann wieder zu den Lippen zurück und blieb dort. Ihre Lippen waren warm und weich. Sie bebten. Er rückte näher an Ifeyiwa heran. Sie sanken sich leidenschaftlich in die Arme, doch hatte die Umarmung dadurch, daß sie nebeneinander saßen, etwas Unbeholfenes. Dann standen sie gleichzeitig wie in einem neuen Ritual auf, in dem sie beide ihre

Rollen genau kannten. Sie standen eng umschlungen da. Omovo atmete den kräftigen Duft ihres Haaröls ein. Dann ließ er beide Hände langsam auf ihrem Rücken hinabgleiten bis zur sanften Rundung ihres Hinterns.

Danach ging alles ziemlich schnell. Ihre Hände bewegten sich tastend an seiner Seite hinab, fanden seine Schenkel, fanden seinen Hosenschlitz, spielten am Reißverschluß herum und glitten dann hinauf zu seiner Brust, strichen ihm über den kahlgeschorenen Kopf und streichelten seinen Hals. Er öffnete den Reißverschluß an seiner Hose, knöpfte ihre Bluse auf und zog ihr die Bluse aus. Dann zog er Hose und Hemd aus und stand nackt und stolz vor ihr. Er bedeckte ihren Körper von oben bis unten mit Küssen, und sie öffnete ihr Wickeltuch, zog ihren Slip aus, und er drückte sein Gesicht gegen ihren warmen Bauch und nahm dann ihre Brüste in den Mund. Um die Taille trug sie eine feine Perlenkette, die die Sinnlichkeit ihres Körpers und ihre runden Formen unterstrich, die er sich nie so vorgestellt hätte. Und dann kamen die Wunder des Berührens. Er legte Ifeyiwa auf die harte Matratze und küßte sie von den Füßen aufwärts und malte dabei mit den Fingern Muster auf den Bauch, die Rippen und die Innenseite ihrer Schenkel. Er verfolgte ihre Rundungen und Höhlungen, strich sanft über ihre Spalte, und sie bebte vor Verlangen. Er atmete ihren starken, sinnlichen Geruch nach Begierde ein und streichelte sie zärtlich. Ihre Schenkel waren heiß, und er spielte mit ihrem Schamhaar und staunte über die Schönheit ihres Geschlechts. Es war so klar und unkompliziert, daß er am liebsten aufgeschrien hätte.

Wenn er ihren Körper berührte, zitterte sie. Diese Entdeckung überraschte ihn. Ihre Reaktion verstärkte seine Empfindungen, und als er sie weiter an verschiedenen Stellen sanft streichelte, nahm ihr Zittern zu, wurde unbezähmbar, und er erschrak ein wenig über die Kraft ihrer Gefühle und drückte sie an sich. Er wollte sie sehen, sie spüren, ganz und gar, sie sich für immer einprägen. Er drehte sie um und schrie leise auf, als er den schönen Bogen ihres Rückens und die wundervolle Rundung ihres Gesäßes sah.

»Der Gott, der dich geschaffen hat«, sagte er atemlos, »hat es mit viel Liebe getan.«

Als er sie wieder auf den Rücken legte, sah er die rituellen Hautritzungen auf ihrem Bauch, die Narben auf dem Brustkorb. Er streichelte sie sanft und liebevoll, umfaßte ihre Brüste. Sie stöhnte und malte mit den Fingern eine Reihe von Kreisen, erst auf seine Brust, dann auf den Bauch und weiter hinab bis zu den ersten einzelnen Haarbüscheln, dann hielt sie inne. Und plötzlich ergriff sie mit einer Begierde und Schnelligkeit, die nur aus uralten Strömen der Liebe kommen konnte, sein Glied, hielt es fest in der Hand und rieb es gegen ihren Körper. Er konnte seine Gefühle nicht begreifen, bat sie aufzuhören und betrachtete eingehend ihre bronzebraune Farbe, ihre weiche Haut und ihren glänzenden, fast goldenen Schimmer.

Ganz in ihrer Hingabe verloren, bewegten sie sich in dieser düsteren Umgebung auf das zu, was sie verzehren würde. Und währenddessen brannte die Öllampe ruhig, und die Spinnweben kräuselten sich in den Ecken unter der Decke. Und als er sie wieder berührte und sie mit geschlossenen Augen zitternd auf dem Bett lag, die Hände zur Faust ballte und wieder löste, den Mund öffnete und schloß, nahm ihr Gesicht in den Tiefen der Ekstase eine seltsame Schönheit an, und sie verloren sich in all den Gewalten, von denen sie nichts wußten und die durch ihre Liebe zum Ausbruch kamen. Als er die Augen schloß, sie nicht mehr anblickte, geriet auch er in den Zustand der Besessenheit. Und als sie ihn berührte, überkam ihn eine solch rasende Erregung, daß er sich zurückzog, um nicht schon zu explodieren, bevor er in sie gedrungen war. Das Atmen fiel ihm schwer. Sie sah wie ein seltsames wildes Tier aus, ihre Lippen waren voll, und ihre Brüste hoben und senkten sich in solch unbezähmbarer Leidenschaft, daß er wie gebannt war. Er malte mit dem Finger Linien auf ihren Bauch bis zu ihrem Geschlecht, und dann schob er ihre Beine auseinander. Mit geschlossenen Augen sog er den schweren Duft ihrer Nacktheit ein und fand ihre Scheide feucht und warm. Ein Schrei unbändiger Freude entfuhr ihr, und sie schlang die Beine um ihn. Er fand wieder ihre warme Nässe, und sie lockerte die Beine und überließ sich seiner Zärtlichkeit. Dann stieg er auf sie, glitt über ihren Körper und drang langsam in sie. Sie warf die Arme in die Luft, umklammerte ihn, lockerte dann die Umarmung und gab sich ihm ganz hin. Mit einem wilden Ausdruck in den Augen hob sie den Kopf und sagte: »Ich will ein Kind von dir!«

Und er drang ganz in sie und verharrte dort, und sie stießen wie in

einem Atemzug einen Schrei aus, und Omovo bewegte sich sanft auf ihr, glitt durch Grotten sexueller Träume. Ifeyiwas unbezähmbare Lust brachte das Bett zum Wackeln, und vor Verzückung schrie sie laut auf, bis er ihr den Mund zuhielt. Und während er sich langsam auf ihr auf und ab bewegte und jeden Augenblick genoß, spürte er das rhythmische Pulsieren tief in ihrem Leib. Er spürte, wie sich ihre Scheide um sein Glied verengte und wieder lockerte, irgendwie schien Ifeyiwa ihn immer tiefer in sich hineinzusaugen, und, von starken Strömen unzerstörbarer Liebe erfaßt, bewegte er sich schneller. Er bewegte sich in rasendem Tempo und sie mit ihm, und während sie mit offenem Mund und verzerrtem Gesicht die Beine weit spreizte, als wollte sie ihn ganz in sich aufnehmen, ihn und seine ganze Liebe, küßte er sie. Und der Kuß, die Begegnung ihrer Zungen, verstärkte die Glut des Liebesakts, und der Liebesakt erhöhte die Leidenschaft des Kusses. Und als er spürte, wie er sich aus weiter Ferne dem Höhepunkt näherte, spürte, wie seine Freude mit irrwitziger Macht heranstürmte, hielt er inne, saugte an ihren Brüsten und spielte mit Zähnen und Zunge an ihren Brustwarzen. Und als er sich ein wenig beruhigt hatte, drang er wieder in sie und verbarg schluchzend das Gesicht in ihrem Haar, denn er wollte sie so unendlich glücklich machen, so tief in sie dringen und seine Lust mit ihr so tief auskosten, doch er wußte nicht wie. Da zog sie ihn an sich, drehte ihn auf dem quietschenden Bett um und stieg auf ihn, und er begann mit den Beinen zu strampeln und zu zucken, und sie sagte ihm, er solle ruhig bleiben, und dann bewegte sie sich auf ihm, und als er sich entspannte und ihr vertraute, konnte er es auf einmal nicht länger ertragen und barst in ihr, zerplatzte in Fetzen pulsierenden Seins, stieß einen langen, gellenden Schrei aus und hörte plötzlich, wie draußen jemand laut brüllte und gegen die Zimmertür hämmerte. Ifeyiwa ritt weiter auf ihm, galoppierte wie eine halsstarrige Stute, jagte mit erhobenen Armen ihrem Höhepunkt entgegen, und fiel auf ihn herab, und dann bewegten sie sich gemeinsam ineinander weiter, den Gipfeln trotzend, bis sie beide mit aufgerissenen Augen erstarrten und wie gebannt die Stimme von Ifeyiwas Mann hörten, der laut schrie: »Kommt raus! Ich weiß, daß ihr beide hier drin seid!«
Bestürzt und verwirrt lagen sie still und horchten, wie Takpo draußen tobte, mit den Füßen gegen die Tür trat und wie besessen

an der Türklinke rüttelte, als wollte er sie herausreißen. Omovo geriet in Panik, und Ifeyiwa bedeutete ihm, sich ruhig zu verhalten. Und ihre Gelassenheit, ihre völlige Furchtlosigkeit beruhigten ihn. »Los, kommt raus, ich bringe euch um!« brüllte ihr Mann und trat gegen die Tür, so daß die Angeln quietschten. Staub und Gips fiel aus dem Türrahmen. Das Holz knarrte. »Kommt raus, oder ich schlag die Tür ein! Ich hab gesehen, wie ihr reingegangen seid! Kommt raus!« Dann erklangen andere Stimmen. Kinder begannen zu weinen. Heisere, betrunkene Männerstimmen wurden laut, übertönten das Toben ihres Mannes. Omovo und Ifeyiwa hörten, wie die Männer Takpo drohten, ihn zu verprügeln, weil er in ihren Compound gekommen war und ihre Ruhe gestört hatte. Jemand schlug vor, die Polizei zu holen. Weibliche Stimmen mischten sich ein. Dann ertönte eine Frauenstimme, die noch aufgebrachter klang als die anderen, beschimpfte ihn und sagte, es sei ihr Zimmer, und ihre Schwester und deren Mann seien darin, und Ifeyiwas Mann habe kein Recht, die Tür einzutreten. Jemand anders schlug vor, die Angelegenheit bei einem Glas *ogogoro* zu regeln. Der Lärm ließ ein wenig nach und entfernte sich.

Als der Streit vorbei war und das Hämmern an der Tür aufgehört hatte, zogen Omovo und Ifeyiwa sich hastig an. Dann setzten sie sich, von der Leere des Raums bedrückt, nebeneinander aufs Bett. Die gekalkten, zur Hälfte gestrichenen Wände schienen über sie hereinzubrechen, und plötzlich entstand zwischen den beiden eine tiefe Kluft. Nach einer Weile klopfte es an die Tür, und eine Frauenstimme sagte: »Nu geht aber. Hinten übern Hof. Los, schnell schnell!«

Omovo und Ifeyiwa blickten sich schweigend an, als würden sie sich nie wiedersehen. Immer noch von dem besudelten Wunder gelähmt, küßten sie sich und standen beide gleichzeitig auf. Sex-Gerüche umgaben sie in dem verwahrlosten Raum. Ifeyiwa wirkte furchtlos, keck, strahlend und überhaupt nicht beschämt. Sie lächelte kühn und verschwand mit schnellen Schritten auf dem Flur.

Omovo wartete eine Weile. Dann setzte er den Hut auf. Er öffnete die Tür. Der Wind wehte durch den dunklen Flur. Omovo ging unter den flatternden Spinnweben nach draußen. Verwirrt und benommen stolperte er zur Vorderseite des Hauses und lief hinaus in den Schoß der allgegenwärtigen Nacht, während ihm der Kopf schwirrte und seine Gedanken sich im Kreis drehten.

7

Als er das kleine niedrige Haus verließ, ging er wie ein Schlafwandler ziellos durch einen hellen Nebel. Die Wege und Straßen, die er so gut kannte, kamen ihm fremd vor. Alles, was er sah, verunsicherte ihn. Als er in eine kleine Straße einbog, war die Luft plötzlich von Latrinengestank erfüllt. Und dann sah er sie – wie Gestalten, die aus dem Halbdunkel eines seltsamen Alptraums auftauchen. Gebeugt unter dem Gewicht übervoller Kübel, das Gesicht von Tüchern verhüllt, identitätslos wie bei einem Ritual, kamen die Latrinenleerer auf ihn zu. Sie wankten zu den wartenden Lastwagen, ruhten sich einen Augenblick aus, gingen mit leeren Händen in die verschiedenen Compounds und kamen schwerbeladen zurück. Die ganze Straße stank. Die Leute flohen vor den Latrinenleerern. Die Leute beeilten sich. Sie rannten mit zugehaltener Nase und abgewandten Augen weiter. Die Latrinenleerer bewegten sich schwerfällig, mit zitternden Knien und gebeugtem Rücken. Sie stöhnten. Die Eimer, die sie trugen, waren oft zu voll und schwappten über, so daß der Kot in den Unrat lief, der sich auf den Straßen häufte. Fliegen waren nicht zu sehen. Ein paar Kinder aus einem benachbarten Haus machten sich über einen der Latrinenleerer lustig. Er war der ungeschickteste von allen. Er trug wankend einen riesigen Kübel im Zickzack über die Straße und gab seltsam schnaufende Laute von sich. Die Kinder verspotteten ihn singend. Als er stehenblieb, ihnen das Gesicht zuwandte und seltsame Laute von sich gab, um die Kinder fortzuscheuchen, rannten sie nach Hause und störten die Erwachsenen, die, in ihre Diskussionen vertieft, munter zechten. Nach einer Weile kamen die Kinder wieder auf die Straße und quälten den Latrinenleerer, indem sie Steine nach ihm warfen. Einer der Steine traf den Eimer und erzeugte ein dumpfes Geräusch. Omovo bemühte sich, dem Mann auszuweichen. Der Latrinenleerer blieb wieder stehen. Seine Augen funkelten, er hatte einen stämmigen Hals, und Schweiß tropfte ihm von der Stirn. Er schnaufte ärgerlich und versuchte, mit dem Fuß Sand nach den Kindern zu schleudern, doch er stolperte, schrie auf, gewann aber unter außerordentlichen, dramatischen Anstrengungen das Gleichgewicht wieder, und die Kinder lachten noch lauter. Omovo wollte die Kinder anschreien. Doch bevor er den Mund öffnen konnte, hob der aufgebrachte Latrinenleerer die freie Hand, in der er einen kurzen Besen hielt, und spritzte damit den Kindern den Inhalt des Eimers ins Gesicht. Sie rannten in ihrer unschuldigen Bosheit kreischend und lachend davon. Der Latrinenleerer lief hinter ihnen her. Die gräßliche Last wackelte auf seinem Kopf.

Die Ältesten, die trinkend und spuckend vor dem Haus saßen, ohne auf die Dummheiten ihrer Kinder zu achten, blickten auf und sahen die finstere Gestalt. Einer von ihnen rief:»He, was ist los mir dir?«

»Was willste?«schrie ein anderer.

Die Erwachsenen standen auf. Der Latrinenleerer nutzte diesen Augenblick. Mit der unbeholfenen und manchmal boshaften Würde, die solche Arbeiten verleihen, mühte sich der Latrinenleerer ab, schnaufte und stellte dann den Ältesten zur Strafe für die schlechte Erziehung ihrer Kinder den Eimer direkt vor die Füße. Das tat seine Wirkung.

»He, Träger, bist du verrückt? Hast du'n Stich?«schrien die Leute.

Der Latrinenleerer machte den Hals steif, und wie eine gespenstische Erscheinung entfernte er sich gebeugt im Zickzack von der unglaublichen Hinterlassenschaft. Als die ganze Tragweite seiner Handlung deutlich wurde, war plötzlich die Hölle los. Die Ältesten, die Nachbarn und die anwesenden Frauen schrien und kreischten. Die Leute stoben nach allen Seiten auseinander. Die Ältesten stolperten über ihre Stühle und rissen auf der hastigen Flucht vor dem Gestank die Tische mit Getränken und Kolanüssen um. Es gab ein wildes Durcheinander von empörten Schreien, flehenden Worten, Flüchen. Der Geruch war widerwärtig genug, um ein ganzes Dorf verrückt zu machen.

Als der Tumult ein wenig nachließ, wurde eine Abordnung, die sich aus den Eltern der ungezogenen Kinder zusammensetzte, zu dem Mann geschickt. Sie blieben in ziemlicher Entfernung vor ihm stehen und baten ihn im Namen der Götter und der Ahnen, diese höllische Hinterlassenschaft aus dem Compound zu entfernen. Der Latrinenleerer starrte sie ruhig und verächtlich an. Er machte sich nicht einmal die Mühe, ihnen eine Antwort auf ihre Bitte zu geben. Still wie ein Wächter, still und aufrecht, die Hände auf dem Rücken, stand er da. Die Abordnung ging näher an ihn heran, flehte ihn an, und die Frauen knieten nieder und appellierten an die Liebe zu seiner Mutter und baten ihn, sich in Allahs Namen zu erbarmen, für den Fall, daß er Moslem war. Doch nichts vermochte den Mann zu erweichen.

Die Frauen gingen in den Compound zurück, um die schuldigen Kinder zu suchen, zerrten sie herbei und verprügelten sie dann gnadenlos in aller Öffentlichkeit. Die übrigen Mitglieder der Abordnung drangen weiter flehentlich auf den Mann ein. Sie beteten für den Latrinenleerer. Der älteste unter ihnen betete dafür, daß dem Latrinenleerer Reichtum, Erfolg, ein glückliches Leben und gute Gesundheit beschert sein möge. Doch der Latrinenleerer, der sich anscheinend durch dieses übertriebene Gebet beleidigt fühlte, wandte sich ab und musterte die ganze Szene unbeeindruckt mit funkelnden Augen.

Dann zog sich die Abordnung zurück und kam nach einer kurzen Beratung wieder. Die Männer hatten etwas Geld gesammelt, mit dem sie seinen Zorn zu besänftigen hofften. Er sah sich die Geldsumme an, die sie ihm anboten. Es waren zehn Naira. Beleidigt wandte er den Kopf ab. Die Abordnung rückte wieder ab, beratschlagte hitzig und kehrte mit der doppelten Summe zurück. Doch erst nachdem sie ihn eine weitere Viertelstunde angefleht und die Kinder dazu gebracht hatten, vor ihm niederzuknien und um Vergebung zu bitten, nachdem sie außerdem die Geldsumme auf dreißig Naira erhöht hatten, ließ er sich dazu herab, ihre Bitte zu erhören. Er nahm das Geld, zählte sorgfältig die Banknoten, prüfte jede einzelne auf ihre Echtheit und stopfte sie sich in die Gesäßtasche. Dann machte er den Hals steif, kam zurück und mühte sich mit dem Eimer ab. Als er ihn grunzend und laut furzend hochhob, schwankte er und hätte ihn beinah fallen lassen. Die Frauen kreischten. Doch dann meisterte er die Last. Er bückte sich, um seinen Besen aufzuheben. Schwankend und stolpernd machte er sich mit eigenartiger Würde auf den Weg in die Dunkelheit.

Der Gestank erfüllte die Luft. Noch wochenlang würde er über dem Viertel hängen. Eine erbarmungslose Erinnerung.

Omovo, der die ganze Szene aus der Ferne verfolgt hatte, nahm seine ziellose Wanderung wieder auf.

Er gelangte an einen schmalen Weg. Am Wegrand waren tiefe Reifenspuren. Zu beiden Seiten des Weges waren süß duftende Blumen zerquetscht worden. Plötzlich wehten starke Weihrauchschwaden herüber. Omovo hörte Glockengeläut und ausgelassenen Gesang. Er fragte sich, wer sich wohl in dieser gottverlassenen Gegend die Mühe gemacht hatte, Blumen zu pflanzen. Eine gewisse Ruhe überkam ihn. Als er weiterging, bemerkte er die Bäume, die Büsche und die eigentümliche Dunkelheit. Die Nacht war ein Wald aus Zeichen. Der Weg verbreiterte sich. Der Weihrauchgeruch wurde stärker. Omovo sah ein eingezäuntes Grundstück am Wegrand. Mitten auf dem Grundstück stand ein Haus. Und überall parkten teure Autos. Omovo hörte seltsame Trommelschläge und wurde an die Geräusche erinnert, die er am Strand gehört hatte, bevor er mit Keme auf die Leiche des Mädchens gestoßen war.

Er vermutete, daß er einen geheimen Treffpunkt gefunden hatte, einen Geheimbund. Das Gebäude sah aus wie eine Gettokirche. Am Ende des eingezäunten Grundstücks hörte der Weg auf. Dahinter befand sich ein Sumpfgebiet und ein hölzerner Steg. Er wußte nicht, wohin der Steg führte.

Als Omovo voller Unruhe und Neugier neben der Einfahrt des Grundstücks stand, wurde er plötzlich von Trommelrhythmen und lauten Geräuschen aufgeschreckt. Vermummte Gestalten mit Peitschen in der Hand stürzten aus dem Wald. Dann tauchte hinter ihnen der Egungun auf, eine große Gestalt mit furchterregender Maske. Ein Gefolge von Männern hielt die unberechenbare Ahnenfigur mit Seilen fest. Die untergeordneten Figuren, deren Masken nicht so groß und angsteinflößend waren wie die der zentralen Ahnenfigur, peitschten aufeinander ein. Ringsumher ertönten die Sprechtrommeln. Die Männer aus dem Gefolge sangen Beschwörungen. Sie peitschten sich gegenseitig die Füße. Sie sprangen, ohne zu schreien, hoch und gaben die Schläge zurück. Ihr Verhalten hatte nichts Bösartiges. Sie peitschten sich im Rhythmus der Trommelschläge gegenseitig den Rücken und tanzten auf Omovo zu. Sie tanzten um ihn herum, während sich die Egungunfigur hin und her wiegte und bald in die eine, bald in die andere Richtung lief und von ihrem Gefolge zurückgehalten wurde. Sie peitschten sich gegenseitig die bösen Taten des Jahres aus dem Leib und tanzten um Omovo herum, berührten ihn jedoch nicht. Nachdem sie immer ausgelassener um ihn herum getanzt waren und der Egungun in Trance geraten war, reichten sie eine Maske, die er tragen sollte, herum. Omovo weigerte sich, sie aufzusetzen, und die Männer tanzten an ihm vorbei, in Richtung des Gettos. Er hörte, wie Frauen und Kinder hinter ihm aufschrien, als sich die furchterregenden Gestalten näherten. Omovo ging auf das alleinstehende Gebäude zu. Das Tor war offen. Das Gebäude stand mitten im Wald, als sei es irgendwie aus dem Zauber eines vergessenen Märchens aufgetaucht. Omovo kam an ein großes Schild. Es war nichts darauf gemalt. Neben dem Schild stand ein schwarzes Kreuz. Der Gesang wurde lauter und mißtönender. Omovo hörte den tiefen Ton großer Trommeln und das Klirren von Flaschen. Aus dem Hintergrund hörte er die Klänge eines Akkordeons. Er hörte Schreie.

Ein scharfer Wind wehte ihm ins Gesicht, der nach Weihrauch und der vertrauten Feuchte vermodernder Pflanzen roch. Omovo lauschte den Rufen der Nachtvögel. Er ging zum Haupteingang des Gebäudes und sah ein weiteres Schild, auf dem etwas abgebildet war, was er zunächst für Christus am Kreuz gehalten hatte. Doch als er genauer hinblickte, sah er, daß es sich um ein viel komplexeres Gemälde von seltsamer Schönheit und voller Symbole handelte. Er sah Vögel, die mit den Flügeln eines Adlers, dem Kopf einer Eule und den Füßen eines Bussards dargestellt waren. Fliegende Menschen mit grünen Augen. Schildkröten mit menschlichem Gesicht, Frauen mit dem Körper einer Antilope, Männer mit gelben Flügeln. Das ganze Schild hatte die merkwürdige Harmonie ägyptischer Hieroglyphen. All diese Motive und Symbole umgaben eine schwarze Gestalt auf einem weißen Kreuz, eine Gestalt, die keineswegs einer Christusfigur glich.

Omovo blickte auf die Signatur des Künstlers und stellte erschrocken fest, daß das Bild von seinem Freund Dr. Okocha stammte. Irgend etwas zersprang in seinem Kopf. Er hätte fast einen erstaunten oder gar ängstlichen Schrei ausgestoßen, als er hörte, wie in dem Gebäude furchterregende Beschwörungen angestimmt wurden.

Plötzlich öffnete sich die Tür und traf ihn mitten vor die Brust. Er taumelte vom Schlag der schweren Tür und von dem Lärm, der auf einmal über ihn hereinbrach. Einen Augenblick lang war er wie gelähmt, verwirrt. Einen Augenblick lang konnte er sehen, was drinnen vor sich ging, und hatte das Gefühl, in einen Traum in Zeitlupe zu blicken. Rotes Licht überflutete seine Augen. Er sah Männer, die in einer Reihe standen und sich wie bei einem Ritual langsam bewegten. Sie trugen alle weiße Umhänge. Vor ihnen stand auf einem dreieckigen Podest, umgeben von Dingen, die man nur als mystische Fetische bezeichnen konnte, der Zeremonienmeister, ein glattrasierter hochgewachsener Mann. Sein Umhang war aus Seide, er hatte rote Zeichen auf der Brust, und die eine Gesichtshälfte war mit einheimischer Kreide und Antimon bemalt. Vor ihm kniete ein Mann in bittender Haltung, von Trance geschüttelt. Der Mann hatte die Arme ausgebreitet, und seine Handflächen, die das Licht widerspiegelten, sahen aus, als wären sie blutüberströmt. Plötzlich merkte Omovo, daß der Lärm nur eine Illusion war. Die Versammlung fand in völliger Stille statt, und die Männer bewegten sich fließend wie in einem Traum.

Omovo hatte sich kaum von seinem zweiten Schrecken erholt, als der Türhüter ihn sah und hinauskam. Er trug einen schwarzen Anzug, weiße Handschuhe und einen schwarzen Hut. Er war mittelgroß, gutaussehend, hatte eine aufrechte Haltung und stechende Augen.

»Was wollen Sie?« fragte er.

»Nichts.«

»Wollen Sie sich uns anschließen?«

»Wer ist uns?«

»Das ist unwichtig.«

»Wirklich?«

»Ja.«

Schweigen.

»Nun?«

»Nein.«

»Heute findet die Initiation statt.«

»Was für eine Initiation?«

»Die Initiation der Neuen.«

»Eine Initiation in was?«

»In die Geheimnisse.«

»Was für Geheimnisse?«

»Die Geheimnisse des Todes, der Macht.«

Schweigen.

»Nun? Sie sind der erste heute abend.«

»So?«

»Ja. Und Ihr Aussehen ist in Ordnung. Sie tragen einen Hut, und ich nehme an, Sie sind darunter kahl.«

»Woher wissen Sie das?«

»Das ist unwichtig. Ich weiß auch, daß Sie ein Neuer sind, daß Sie leiden und einsam sind.«

Wieder Schweigen.

»Sie müssen sich jetzt entscheiden. Ich werde drinnen für den nächsten Schritt unseres Rituals erwartet.«

»Tut mir leid.«

»Dann gehen Sie bitte.«

»Warum? Kann ich nicht einfach zusehen?«

»Nein. Durchs Zusehen verpflichten Sie sich.«

»Ach so.«

»Bitte verlassen Sie jetzt dieses Gelände.«

»Warum so eilig?«

»Sie könnten den nächsten Neuen aufhalten.«

Omovo zögerte. Je länger er dort blieb und sich überlegte, ob er der Versuchung nachgeben sollte, umso mehr fiel ihm auf, wie sich das Gesicht des Türhüters veränderte. Seine Züge bekamen einen seltsamen, fast geierhaften Ausdruck. Plötzlich erhob sich ein starker Wind und prallte Omovo wie ein unsichtbarer Schlag gegen den Nacken. Dieser Augenblick verstrich, und Omovo fühlte sich seltsam wach. Er wandte sich um, ging an dem Schild vorbei und warf noch einen letzten Blick auf Dr. Okochas erstaunliches Gemälde. Dann kam er an dem zweiten, unbemalten Schild vorbei und ging durchs Tor hinaus. Er blickte zurück und sah, daß der Türhüter ihn immer noch beobachtete. Nach einer Weile ging der Türhüter ins Haus und schloß die Tür hinter sich.

Omovo ging auf den hölzernen Steg zu. In seinem Kopf drehte sich alles, er roch die Pflanzen und Bäume. Er lauschte den Rufen der Nachttiere. Süße Düfte blühender Gesundheit berührten seine Seele. Er war voller Erstaunen über die Dinge, die er nicht sehen konnte, und voller Angst über die Dinge, die er nicht hätte sehen sollen. Seine Gedanken waren klar, und die Nacht bekam einen Augenblick lang eine sanftere Färbung. Dann ertönte aus der Dunkelheit ein Schrei.

Omovo hatte das Gefühl, das Geräusch sei aus den Sümpfen gekommen, und er ging in diese Richtung. Er konnte nicht weit sehen. Doch er konnte sehen, daß der hölzerne Steg zerstört war. Das Holz war zerbrochen, und es waren nur noch matt schimmernde Bretterreste übrig. Der Sumpf verschmolz mit der Nacht. Neben dem zerstörten Steg begann ein Buschpfad. Omovo betrat den Pfad. Das Zirpen der Grillen durchbrach die Stille. Büsche streiften ihn. Er stolperte über eine Baumwurzel. Als er sich wieder aufrichtete, fiel etwas von den Zweigen eines Baumes herab. Omovo wartete. Nichts geschah. Büsche und Bäume glitten durch seinen Kopf. Er stieß mit dem Fuß gegen eine leere Blechdose. Es schepperte laut. Omovo hatte einen Augenblick das Gefühl, nicht mehr zu existieren, und dann wurden seine Empfindungen ungewöhnlich stark. Wieder ertönte ein Geräusch aus der Dunkelheit. Es hörte sich an, als weinte irgendwo im Wald ein Baby. Omovo eilte in die Richtung, aus der der Schrei gekommen war. Dann hörte er andere Geräusche, das verworrene Rascheln von Blättern und Schritte, die sich hastig entfernten.

Beinah wäre er auf etwas getreten. Was auch immer es sein mochte, es war halb in ein Tuch gewickelt und neben dem Buschpfad zurückgelassen worden. Erst hatte Omovo Angst, weil es zappelte und sich wie ein seltsames Tier bewegte. Dann hörte er den schwachen, trostlosen Schrei eines Babys. In diesem Augenblick wurde ihm alles klar.

Er nahm die Verfolgung auf. Er stürmte durch das Unterholz, stolperte über aus dem Boden ragende Baumwurzeln und wäre beinah in einen Brunnen gefallen, der sich zu ebener Erde neben dem Buschpfad befand. Vor ihm waren in geringer Entfernung schwere Atemzüge und undeutliche Schritte zu hören. An einer Wegbiegung sah er die gehetzte Silhouette der fliehenden Frau. Er rief sie. Sie blickte sich um und stürzte dann über eine hochstehende Baumwurzel. Als er die Frau erreicht hatte, begann sie ihn zu verwünschen. Sie schrie ihn an und machte wilde Gesten mit ihren langen Fingern. Dann schneuzte sie sich die Nase am losen Saum ihres Wickeltuchs und wurde still. Sie trug eine ausgeschnittene Bluse. Nach dem zu urteilen, was er sah, wirkte sie mager und krank. Ihr Haar war ungekämmt. Ihr Mund verzog sich in häßlichen Zuckungen. Sie schnaufte, spuckte ihn an, schneuzte sich noch einmal die Nase und wischte sich das Gesicht ab. Sie blickte die ganze Zeit zu ihm auf, während ihr Körper krampfhaft zuckte. Sie schlug nach einer Mücke auf ihrem nackten Arm. Omovo sagte nichts und rührte sich nicht.

Der Wind ächzte leise. Er raschelte in den Blättern und im Unterholz. Als der Wind sich legte, begann sie zu sprechen. Ihre Stimme war rauh und trotzig, wechselte ständig zwischen einem agressiven Ton und einem kaum hörbaren Flüstern. Die Frau sprach über ihren Mann, einen bewaffneten Straßenräuber. Sie sagte, daß sie eines Abends vom Markt zurückgekehrt sei und ihn tot, mit einem tiefen Loch im Hals, am Straßenrand gefunden habe. Sie erzählte, daß sie kein Geld hatten und daß in jener Nacht die Gläubiger gekommen seien und ihr alles weggenommen hätten. Sie sagte, sie habe weder Eltern noch Geschwister, was sollte sie denn schon im Leben anfangen? Sollte sie sterben, weil sie ein Kind von einem Straßenräuber hatte? Sie senkte die Stimme. Es gab einen anderen Mann, sagte sie, der sie heiraten wollte, doch das Kind war ihr im Weg, war wie ein Klotz am Bein, sie hatte kein Geld, es zu ernähren, und außerdem hatte sie bereits allen vorgelogen, es sei nicht ihr Kind. Sie sagte, es würde ihr nichts ausmachen, wenn das Kind sterben würde, es sei sowieso schon fast tot, und so redete sie immer weiter, sprach in fieberhaftem Ton, brach dann wieder in Tränen aus und redete, als antworte sie verschiedenen Stimmen, die sie ständig unterbrachen. Doch dann änderte sich plötzlich ihr Ton. Sie begann auf alles zu schimpfen, stellte Fragen über Fragen, die alle mit »warum« begannen, und hämmerte mit den Fäusten auf die Erde, so wie man gegen eine Tür schlägt, die sich nicht öffnen will. Dann warf sie sich auf den Boden, riß an ihren Kleidern und raufte sich das Haar. Blut lief ihr in einem feinen Rinnsal über die Stirn, an Augen und Mund entlang.

Omovo hielt ihr ein Taschentuch hin, damit sie das Blut abwischen konnte, doch sie schlug seine Hand zur Seite. Er redete sanft auf sie ein, versuchte sie zu beruhigen, sie zu überreden, ihr Kind aufzunehmen.

Der Wind erhob sich wieder. Sie zitterte.

Der Mond erschien hinter einer Wolke am Himmel und tauchte die Bäume und Büsche in einen silbrigen Glanz. Während die beiden schwiegen, hallte der geisterhafte Schrei des Babys durch den Wald und wurde durch die Stille ringsumher verstärkt. Die Frau stand auf, als sei sie plötzlich aus einem Traum erwacht. Sie glitt an Omovo vorbei und ging steif auf das verlassene Kind zu.

Wieder ertönte der Schrei, klang diesmal jedoch noch einsamer als zuvor. Die Frau rannte mit unglaublichem Tempo durch den Wald. Omovo folgte ihr. Als die Frau die Stelle erreichte, war das Bündel seitlich umgekippt. Eine schwarze Katze stand daneben und floh, als die Frau das Bündel ergriff, fest an sich drückte und es in einem traurigen Tanz in den Armen wiegte, das Gesicht von wechselndem Licht übergossen. Dann befreite sie das Kind aus der Umhüllung, wischte den Schmutz und die Ameisen ab, die dem Baby auf den Leib gekrochen waren, und sang ein altes Lied über die Mühsal des Lebens.

Plötzlich hörte Omovo, wie die Frau den Atem anhielt. Sie hielt das Baby mit ausgestreckten Armen von sich. Es war völlig still. Die Beine des Kinds waren mißgestaltet, es hatte ein seltsames Gesicht, und die Arme hingen herab. Die Frau starrte Omovo mit wildem Blick an, riß den Mund auf und stieß eine gellende Klage aus, die mit entsetzlichen Schwingungen im Wald widerhallte. Dann rannte die Frau mit einem Schrei in die Nacht, als wolle sie die Toten auferwecken und all die aus dem Schlaf reißen, die friedlich in ihren Betten lagen.

Er wußte es. Er wußte es so genau, daß sich irgend etwas in ihm spannte und alle möglichen Stimmen in seinem Kopf durcheinanderplapperten, und plötzlich hatte er eine flüchtige Vision: Ein Vogel stürzte herab und fiel ohne das geringste Geräusch auf den Boden. Omovo war erschöpft. Die Büsche und die Dunkelheit glitten durch seinen Kopf. Und als er aus dem Wald kam, waren da nur das Getto und der klare Himmel, wolkenlos und wie ein Traum.

VIERTES BUCH

1

Sie ging rasch über den Flur und durch den Hinterhof in einen geheimen Durchgang. Als sie auf ihrer Straße ankam, verlangsamte sie den Schritt. Die Nacht um sie herum war voller Leben. Ifeyiwa fühlte sich von all dem ausgeschlossen, von der Feuchtigkeit zwischen ihren Beinen verurteilt. Sie kam an den Ständen der *ogogoro*-Händler und der Frauen vorbei, die Bohnenkrapfen verkauften. Sie kam an dem lärmenden Hotel und den Plattenläden vorbei, aus denen die letzten Highlife-Hits dröhnten. Verwirrt von dem Gefühl, daß sie mitten im Liebesakt unterbrochen worden waren, blieb sie unter dem hervorstehenden Dach eines Stands stehen und brachte ihr Wickeltuch in Ordnung. Die Schatten verbargen ihr Gesicht vor der Straße. Sie versuchte sich zu sammeln, ihre Unruhe zu besänftigen.

Ein Auto bog in die Straße ein, und der Scheinwerferkegel erfaßte sie kurz. Als die blendenden Lichter vorübergeglitten waren, konnte sie sich nicht länger beherrschen und brach in Tränen aus. Alles kam ihr durch Ekel verzerrt wieder in den Sinn. In der letzten Zeit hatte sich so vieles in ihr angestaut, daß sie jedesmal, wenn sie zusah, wie sich ihr Mann abends auszog, wenn sie zusah, wie er sich morgens anzog oder wenn sie seine widerwärtigen Annäherungsversuche über sich ergehen lassen mußte, am liebsten aufgeschrien und sich aus dem Fenster gestürzt hätte. Doch als sie sich erinnerte, wie er gegen die Tür gehämmert hatte, als sie an seine Drohungen zurückdachte, an Omovos Erstarren und das anschließende Schweigen, überkam sie ein Gefühl der Leere. Etwas von den muffigen Gerüchen des Zimmers hatte all die anderen Dinge geweckt, vor denen sie sich in ihrem Leben immer versteckt hatte. Ein anderes Auto bog in die Straße ein, und sie bedeckte das Gesicht mit den Armen und zuckte wie vor etwas Häßlichem zusammen, dem sie nicht entrinnen konnte.

Der Augenblick verstrich. Ein Haussa-Händler ging an ihr vorüber und schwankte bei jedem krummbeinigen Schritt. Kinder rannten um die Ecke. Sie hörte, wie die Prostituierten mit heiserer Stimme den Männern zuriefen: »Ein schönes Stündchen, mein Schatz?«

»He, willst du ein bißchen schnelles Glück?«
»Wohin so schnell, schöner Mann?«
Ifeyiwa glitt aus dem Schatten und stolperte auf die Straße. Sie hatte weiche Knie. Sie fühlte sich nicht gut und spürte die Feuchtigkeit. Sie fühlte sich auf immaterielle Weise alt. Sie schleppte sich voran und gelangte an den dunklen, mit Büschen bewachsenen Streifen, wo, wie man sich erzählt, ausgesetzte Kinder gefunden, Leute überfallen und ausgeraubt, Frauen belästigt worden waren. Sie fand die Dunkelheit dort beruhigend. Ifeyiwa blieb eine Weile stehen, und der Wind wehte ihr durchs Haar. Sie hörte ein seltsames Wimmern aus den Büschen, doch sie hatte keine Angst. Sie ging auf das Geräusch zu, bog die Büsche auseinander und sah nichts. Leute gingen auf dem dunklen Weg an ihr vorbei und sangen laut. Sie erinnerte sich an ein Lied aus ihrer Schulzeit und sang es sich traurig selbst vor.

Ich arbeite fürs Leben
Ich arbeite fürs Leben
Wenn jemand kommt
Und nach mir fragt
Dann sagt ihm bloß
Ich arbeite fürs Leben.

Das Lied erfüllte sie mit Sehnsucht nach ihrer kurzen Schulzeit. Bilder von Begegnungen mit Schulkameraden, von Gottesdiensten, weiten Feldern, Sportveranstaltungen, Bilder von ihren Freundinnen, lächelnd und singend, in gestärkter Schuluniform beim morgendlichen Treffen, stiegen langsam in ihr auf. Das Wimmern ertönte wieder. Sie trat einen Schritt zurück und sah zwischen den Büschen eine Blüte an einem langen Stiel. Im Schatten wirkte die Blume schwarz. Ifeyiwa pflückte sie, roch daran und nieste. Die Blume roch nicht gut. Ifeyiwa lachte leise in sich hinein und ging weiter. Im trüben Schein der Petroleumlampen, der bis zu ihr drang, sah sie, daß die Blume von einer Krankheit befallen, braun gefleckt und von Insekten angefressen war. Sie war gar nicht schwarz, sondern blaßlila. Ifeyiwa nahm die Blume mit.
Von einem lauten Rascheln hinter ihr aufgeschreckt drehte sie sich um und sah einen kleinen Hund, der aus den Büschen hinkte. Er

hatte eine gebrochene Pfote und humpelte zu einem Stand, an dem Bohnenkrapfen verkauft wurden. Der Hund gab klägliche Laute von sich und zog die Aufmerksamkeit der Frau auf sich, der der Stand gehörte. Die Frau verfluchte die Vorfahren des Hundes und schüttete ihm einen Löffel heißes Öl auf den Rücken. Der Hund jaulte auf und rannte mit gesenktem Kopf und herabbaumelnder Pfote über die Straße. Ein paar Kinder, die Fußball spielten und sich balgten, bemerkten den Hund. Sie lachten über seine unbeholfenen Bewegungen. Eines der Kinder verfehlte beim Versuch, ein Tor zu schießen, den Ball und versetzte dem Hund einen Fußtritt. Ifeyiwa schrie auf. Der Hund flog durch die Luft. Als er auf dem Boden landete, rollte er wie ein grotesker Fußball weiter und gab winselnde Laute von sich.

Ifeyiwa rannte zu dem Hund. Er atmete noch. Die Vorderpfote zuckte. Ifeyiwa hob das Tier auf und sah, daß es blutete. Sie lief mit dem Hund im Arm davon, und die Jungen machten sich über sie lustig.

Ohne zu überlegen, ging sie ins Haus und knipste das Licht an. Ihr Mann saß auf einem Stuhl. Er wirkte einsam und traurig. Eine zur Hälfte geleerte *ogogoro*-Flasche stand auf dem Tisch. Takpo hatte sich offensichtlich allein im Dunkeln betrunken. Mit heiserer Stimme sagte er:»Mach das Licht aus. Und schaff das Tier weg.« Seine Augen waren rot. Er goß sich ein weiteres Glas ein, ansonsten rührte er sich nicht. Sie machte das Licht aus und ging auf den Gang. Dabei fiel ihr auf, daß der Hund seltsam atmete und seine Zunge heraushing.

Der Hinterhof war menschenleer. Überall standen schmutzige Eimer, Kindertöpfchen und ungespültes Geschirr. Ifeyiwa legte den Hund neben der Küche auf die Erde. Dann nahm sie einen Eimer mit etwas Wasser, ging zum Waschraum und wusch sich. Sie mußte die Erniedrigung hinnehmen, sich mit dem Handtuch eines Nachbarn abzutrocknen, das an der schmierigen Blechwand hing. Dann kehrte sie ins Zimmer zurück.

Es brannte Licht. Ihr Mann blickte starr durch sie hindurch, als sie auf dem Gang stand. Sein Mund war halb geöffnet, und seine Zähne waren vom Kolanußkauen verfärbt. In seinen Augen lag der Schmerz furchtbaren Wissens. Er versuchte etwas zu sagen, doch dann schüttelte er den Kopf und seufzte. Sie betrachtete ihn ruhig.

Er stand auf, setzte sich und stand wieder auf. Er wankte zum Fenster. Er öffnete es und schloß es wieder. Er packte die Flasche am Hals und kippte etwas *ogogoro* hinunter. Die brennende Flüssigkeit rann ihm über die Bartstoppeln. Er verzog das Gesicht und hielt sich den Bauch.

Ifeyiwa stand da und beobachtete ihn genau, während sich ihre Ruhe allmählich in Unsicherheit verwandelte. Je länger sie ihn ansah, desto deutlicher nahm sie ihn wahr. Das Mitleid ließ ihren Mann einen Augenblick nicht ganz so häßlich erscheinen. Sie sah die unterdrückte, gequälte Güte in seinem Gesicht, sah durch seine Grobheit hindurch und erkannte, daß auch er möglicherweise von Dämonen verfolgt wurde. Sie wußte so wenig über ihn, hatte nichts über ihn erfahren wollen. Während der Eheschließung, die in ihrem Dorf stattgefunden hatte, hatte sie ihn kaum angesehen, und auch seither nur selten. Zum erstenmal, seit sie verheiratet war, entdeckte sie, daß er fähig war, unaussprechlichen Schmerz zu empfinden. Die Tatsache, daß er sie an diesem Abend noch nicht geschlagen hatte, erfüllte sie mit einer gewissen Dankbarkeit, einem gewissen Respekt. Sie entdeckte seine Menschlichkeit, entdeckte, daß er nicht unbedingt nur jemand war, der sie bedrohte, schlug, ihr ohne Erklärung den Slip herunterzog und sie unsanft befühlte, um in Erfahrung zu bringen, ob ihre Schenkel noch von einem anderen Mann feucht waren.

Sie empfand ihm gegenüber eine Mischung aus Güte und Kälte. Nach all dem, was bei Tuwos letztem Besuch geschehen war, war ihr Wunsch, wegzurennen und in ihr Dorf zurückzukehren, immer größer geworden. Sie hatte sich schon immer davor gefürchtet, eines Tages etwas Gefährliches zu tun. Doch als ihre bösen Träume aufgehört hatten, war sie zwischen dem, was sie wußte, und dem, was sie nicht wissen konnte, hin und her gerissen worden.

Ihr Mann setzte sich wieder. Er versuchte auf dem Stuhl mit gerader Rückenlehne hin und her zu wippen wie ein Kind. Dann begann er zu weinen. Es war das erstemal, daß Ifeyiwa ihn so sah. So schutzlos. Sie wandte sich ab. Sie wollte nicht etwas mitansehen, was einer Ehefrau nicht zu sehen erlaubt war. Sie spielte mit der kranken Blume. Sie hörte, wie ihr Mann weinte, und wollte aufschreien und etwas Wertvolles zerbrechen, damit er seinen Ärger an ihr auslassen und sie schlagen konnte.

Plötzlich wurde er still. Dann sagte er:»Womit spielst du da?«
Ifeyiwa fuhr zusammen. Die Blume fiel ihr aus den Händen und
segelte in Kreisen zu Boden.»Mit einer Blume.«
»Wer hat dir die Blume gegeben?«
»Niemand. Es ist eine abgestorbene Blume. Ich habe sie im Busch
abgepflückt.«
»Wer hat dir eine abgestorbene Blume gegeben?«
Sie sagte nichts. Seine Stimme veränderte sich.»Ich habe gefragt,
wer dir diese abgestorbene Blume gegeben hat.«
Sie blieb stumm.
»Hat dieser Junge sie dir gegeben, hm?«
Schweigen.
»Ich rede mit dir. Hat *er* sie dir gegeben, hm?«
Ihr Gesicht nahm einen abwesenden Ausdruck an. Plötzlich sprang
er auf und streckte die Hand nach ihr aus. Ifeyiwa duckte sich, weil
sie glaubte, er wolle sie schlagen. Doch er schlug sie nicht. Er griff
nach seinem Mantel, der an einem Nagel an der Tür hing. Dann
mühte er sich trunken ab, den Mantel überzuziehen.
»Du kommst jetzt mit mir.«
Sie blickte ihn fragend an. Sein Gesicht bekam wieder einen leidenschaftlichen Zug. Seine Bewegungen schienen nicht mehr in
Beziehung zu seinen Gedanken zu stehen. Seine Kinnlade sackte
herunter, und seine Stirn legte sich in Falten. Er blickte Ifeyiwa
hinterhältig an. Ein seltsamer, wollüstiger Ausdruck verzerrte sei-
nen Mund. Takpo torkelte auf sie zu, packte sie mit boshafter
Miene und zitternden Armen und versuchte sie zu küssen. Sein
Atem stieß sie ab, und sie wich zurück. Mit obszöner Geste küßte
er die Luft. Er drückte sie roh an sich und preßte kräftig ihren
Hintern.
»Du tust mir weh«, sagte sie kühl und sanft.
Er hörte auf. Dann packte er sie wieder und preßte noch einmal
ihren Hintern mit eisernem Griff, während ihr sein widerlicher
Atem ins Gesicht schlug. Nur an ihrem verzerrten Mund war ihr
Schmerz zu erkennen. Sie stieß ihn zurück. Er fiel aufs Bett. Er
stand wieder auf und sah plötzlich entschlossen aus. Er ging zur
Tür und sagte:»Komm. Ich nehme dich jetzt mit.«
»Wohin?«
»Das wirst du schon sehen.«

Zum erstenmal in dieser Nacht hatte sie Angst. Im Geist tauchten Bilder von unerklärlichen Leichen in dunklen Winkeln vor ihr auf. Er packte sie am Arm und schob sie nach draußen in die Nacht. Er löschte das Licht und verschloß die Tür. Dann schob er sie die Straße hinab. Ifeyiwa fürchtete sich, doch sie konnte sich seinem Willen nicht entziehen.

Er nahm sie auf dem Motorrad eines Freundes mit. Er fuhr langsam und äußerst vorsichtig über die Schnellstraße nach Badagry. Sie kamen am Markt von Alaba vorbei und bogen Richtung Ajegunle ab. In der Nähe der Kaserne verlangsamte er, bog in einen Buschpfad ein und fuhr tief in den dichten Wald.

Es war dunkel. Die Stille wurde vom Zirpen der Grillen und dem rhythmischen Quaken der Frösche unterbrochen. Es war stockdunkel, und Ifeyiwa wurde vom Geruch der Erde und dem Kräuterduft aus dem Unterholz überwältigt. Ihr Mann befahl ihr abzusteigen und versteckte mit den geübten Handgriffen eines Mannes, der sein Vorhaben sorgfältig geplant hat, das Motorrad hinter ein paar Büschen. Ifeyiwa war so verstört, daß sie sich kaum rühren konnte. Sie sah überall Grauen. Sie sah Maskengeister und Dämonen in der Dunkelheit. Die Palmen schwankten hin und her. Die Grillen schienen lauter zu zirpen. Das Quaken der Frösche wurde unerträglich. Sie vernahm seltsames Geflüster in den Blättern und war ein wenig erleichtert, als sie ein Auto hörte, das mit stotterndem Motor langsam die Straße hinabfuhr. Als das Auto beschleunigte, wurde sie mutlos. Sie dachte daran, zur Straße zu rennen, um Hilfe zu rufen und zu versuchen, das vorbeifahrende Auto anzuhalten. Doch sie wußte, daß niemand, der noch einigermaßen bei Verstand war, in einer Zeit, in der es von bewaffneten Straßenräubern nur so wimmelte, in solcher Umgebung anhalten würde, auch nicht für eine Frau. Es war zu offensichtlich eine List. Jeder würde sie eher überfahren als anhalten.

»Komm her, du gebildetes Huhn!« schrie ihr Mann irgendwo in der Dunkelheit.

Sie rührte sich nicht und versuchte herauszufinden, wo er war. Sie wartete angespannt wie ein Tier in der Falle. Er sprang sie von hinten an, hielt sie fest und schob sie vor sich her über den Pfad. Sie stolperte, und er schob sie weiter. Sie fand das Gleichgewicht wieder und eilte blindlings geradeaus, während sich die Dunkelheit wie eine Wand vor ihr erhob, die sich ständig auflöste. Ihr Herz klopfte. Ihre Augen waren weit aufgerissen. Sie zitterte bei jedem Geräusch im Dunkel. Sie blickte sich immer wieder um, und als sie sich einer Lichtung näherten, auf die etwas Licht aus einem Fenster im obersten Stockwerk der Kaserne fiel, sah sie, daß das Gesicht ihres Mannes undurchdringlich geworden war. Er machte immer wieder den Mund auf und zu.

Als sie die Lichtung erreicht hatten, sagte er zu ihr, sie solle stehenbleiben. Der Mond kam hervor. Auf der Lichtung standen überall Pfähle und Pfosten. Ifeyiwa wußte nicht, ob es ein verlassenes Farmgelände, ein Müllplatz oder ein Gettofriedhof war.

»Hast du Angst?« fragte er in ruhigem, mörderischen Ton.

Sie sagte nichts.

»Fürchtest du dich?«

Sie sagte wieder nichts.

»So so. Du hast also keine Angst?«

Er holte ein Taschenmesser hervor und klappte es auf. Panische Angst durchzuckte sie, und sie wich zurück. Er packte sie. Mit aufgerissenen Augen stieß sie verzweifelt hervor: »Ja, ja, ich habe Angst.«

Er gluckste. Lachte. Dann wurde er wieder still.

»Was hast du mit mir vor?« fragte sie.

Seine Augen glänzten hell. Seine Hände zitterten. Er machte den Mund auf und wieder zu.

»Willst du mich umbringen?«

Schweigen.

»Willst du mich erstechen?«

»Wie wär's, wenn ich ja sagte?«

Schweigen. Und dann: »Worauf wartest du? Soll ich meine Bluse ausziehen? Willst du mir in den Bauch, in die Brust oder in den Hals stechen?«

Schweigen.

»Sag mir nur, wohin du stechen willst, dann helf ich dir. Ich bin dieses Leben sowieso leid.«

Wieder Schweigen.

»Worauf wartest du? Mach schnell, ehe ich mich erkälte.«

Seine Hände zitterten erbärmlich. Der Wind legte sich. Die Grillen schienen eine kurze Pause einzulegen. Die Bäume schwankten nicht mehr hin und her. Die Nacht wurde dunkler, die Stille tiefer.

Der Wind erhob sich wieder. Ifeyiwa zitterte. Ihr Mann klapperte mit den Zähnen. Ihre Kleider flatterten in der Brise. Die Palmen schwankten wie ein kraftloser Zombie in einem Alptraum. Die Frösche quakten anhaltend. Ihr Mann sagte mit lauter Stimme in der Dunkelheit:»Ich will dich umbringen. Ich hab alles für dich getan, tue alles für dich, und trotzdem behandelst du mich schlecht. Du behandelst mich wie eine Kröte. Ich liebe dich mehr als alles andere auf der Welt, aber ich will dich umbringen. Was habe ich nicht für dich getan, hm? Ich biete dir ein Dach über dem Kopf, ich kaufe dir Kleider, ich ernähre dich, ich arbeite mich für dich halb zu Tode, ich beschütze dich. Deinetwegen muß ich einer Schlägerbande Geld geben, um meine Ruhe zu haben. Und trotz alledem verhältst du dich nicht wie eine Ehefrau. Du magst nicht, daß ich dich anfasse. Und obwohl wir schon so lange verheiratet sind, bist du noch immer nicht schwanger.«

Er hielt inne. Er spielte mit dem Messer und kam näher auf sie zu. Je länger sie ihn anstarrte, desto deutlicher konnte sie sein Gesicht erkennen. Er kam ihr völlig fremd vor, und sein Gesicht war eine Maske der Verbitterung und Qual.

»Ich weiß nicht, was du mit deinem Bauch machst. Aber neulich hab ich in deinen Sachen ein paar Pillen gefunden. Warum willst du kein Kind von mir? Bin ich mißgestaltet? Bin ich so häßlich? Bin ich etwa eine Schlange, eine Kröte, eine Ziege, eine Ratte, hm? Ich bin ein Mann, und ich will Kinder. Ich hab dich nicht nur zum Angeben geheiratet, hörst du? Was hab ich dir getan, hm? Liegt es daran, daß ich nicht mehr so jung bin? Bin ich etwa der erste alte Mann, der eine junge Frau heiratet? Außerdem bin ich gar nicht so alt, das weißt du ja. Ich bin besser im Bett als jeder junge Mann, und ich bring es länger. Alter ist Erfahrung. Alter ist Weisheit und Macht. Du weißt nicht, was Demut ist, das ist dein Fehler, dein Stolz wird dir zum Verhängnis. Deine Angehörigen haben mir gesagt, du seist ein nettes Mädchen, schüchtern, wohlerzogen und respektvoll. Ich hab davon nichts gemerkt. Deine Familie hat eine ganze Menge Geld für dich verlangt – und ich hab bezahlt. Ich hab eine teure Hochzeit für dich im Dorf ausgerichtet. Ich hab dich in die Großstadt mitgenommen. Deine Familie ist ein jämmerliches Pack, sie sterben einer nach dem anderen, und du machst hier Ärger, bist stolz und das nur, weil du auf der höheren Schule warst. Bin ich eine Schlange oder eine Kröte, daß du mich so behandelst? Und als hättest du mir nicht schon genug weh getan, ziehst du jetzt auch noch meine Ehre in den Dreck: Ich hab gesehen, wie du mit diesem Jungen in das Zimmer einer Prostituierten gegangen bist...«

Er hielt inne und gab ein seltsames, lautes Geräusch von sich. Er machte mehrmals den Mund auf und zu wie ein Fisch auf dem Trockenen oder jemand, der an Maulsperre leidet. Dann begann er wieder zu weinen. Die Tränen strömten ihm übers Gesicht. Sein Körper zuckte krampfhaft. Dann platzte er mit einem seltsamen Geständnis heraus.

»Ich bin immer einsam gewesen«, sagte er mit erstickter Stimme, »hab immer allein gekämpft. Mein Vater hat neunzehn Kinder von fünf Frauen gehabt. Meine Mutter ist gestorben, als ich noch ein Kind war. Mein Vater begann, mich zu hassen. Seine Frauen haben ihn dazu aufgestachelt. Sie waren eifersüchtig, weil ich der Älteste war. Dann hab ich allmählich angefangen, meinen Vater zu hassen. Daran sind seine Frauen schuld gewesen. Es wurde so schlimm, daß ich von zu Hause ausgerissen bin. Als sie mich geschnappt und zurückgebracht haben, hat er mich so lange verprügelt, bis ich mir in die Hose gemacht hab. Ich bin eine ganze Woche krank gewesen und wäre fast gestorben. Er war ein schlechter Mensch, grausam, ein Wirrkopf, ein Versager. Er konnte seine Kinder nicht leiden, und wir sind einer nach dem anderen aus dem Dorf geflüchtet. Und weil ich als erster ausgerissen bin und ein schlechtes Beispiel gegeben hab, hat er mich verflucht. Das hat man mir erzählt. Ich bin der einzige unter meinen Brüdern, aus dem nichts geworden ist, und muß mich jeden Tag wie ein Verrückter anstrengen. Ich hab mich in fast allen Berufen versucht. Ich bin Zementhändler gewesen, Bettler, Bauer, Angestellter, Lastwagenfahrer, *garri*-Händler, und in keinem Beruf hab ich Erfolg gehabt. Immer hat mich dieses Pech verfolgt. Als mein Vater gestorben ist, war ich froh. Ich hab gedacht, daß mein Pech nun vorbei ist. Ich bin nicht zu seiner Beerdigung nach Hause gefahren. Ich bin hier geblieben und hab mich betrunken. Danach ist es langsam aufwärts gegangen. Ich hab einen Laden aufgemacht. Ich bin sehr vorsichtig gewesen. Ich hab keinen Kredit gegeben. Ich bin hart geworden. Und jetzt hab ich Geld, viel Geld. Aber das weiß keiner. Ich tue so, als wäre ich arm. Ich lebe hier im Getto, um den Schein zu wahren, und mach meine Arbeit. Niemand steht mir im Weg. Ich hab gelernt, hart und rücksichtslos zu sein, um zu überleben. Aber du brauchst bloß ein bißchen am Lack zu kratzen, dann merkst du, daß ich ein guter Mensch bin, liebevoll, mit gutem Blut und gutem Mut. Wenn du länger mit mir zusammen bist und mich besser kennenlernst, wirst du überrascht sein. Aber sieh mich an. Ich seh älter aus, als ich bin. Du wirst überrascht sein, wie jung ich in Wirklichkeit bin...«

Seine Stimme wurde schleppend und kalt. Der Wind wehte heftiger. Ifeyiwa zitterte immer mehr. Ihr Mann wischte sich die Tränen aus dem Gesicht.

»Ich fleh dich an, fleh dich an. Sag mir nur eins...«

Ifeyiwa öffnete den Mund. Er war trocken. Kein Laut kam heraus.

»Hast du mit ihm geschlafen, hm? Los, sag schon, hast du mit ihm geschlafen?»

»Nein.«

»Sag die Wahrheit. Ich bin ein Mann. Ich kann was vertragen. Also, hast du mit ihm geschlafen oder nicht?«

»Nein.«

Er machte etwas ganz Seltsames. Er stürzte sich mit dem Messer auf sie. Sie sprang zur Seite. Er wandte sich um, ging wieder auf sie los, schrie ein paar wirre Worte in seiner Muttersprache und blieb plötzlich stehen. Er streckte die Hände aus, wandte sich zum Himmel und stieß einen markerschütternden Schrei aus. Sie hatte noch nie zuvor einen so animalischen Schrei gehört. Es war entsetzlich. Er wirkte wie ein völlig aus dem Konzept geratener Schauspieler, der seine Rolle verpatzt und seine tiefsten Fieberträume spielt.

»Ich möchte nur, daß du mich ein bißchen liebst. Nur ein bißchen. Lieb mich so, wie man es von einer Frau erwarten kann, einer ganz normalen Ehefrau, einer pflichtbewußten Frau. Gib mir eine Chance. Schenk mir Glück und Kinder. Hilf mir, diesen Kampf durchzustehen, ja. Lieb mich wie eine gute Ehefrau. Mach mich nicht lächerlich, mach mich nicht vor aller Augen in dieser bösen Welt zum Narren...«

Seine Stimme veränderte sich. »Du mußt mir hier auf der Stelle versprechen, daß du von jetzt an eine gute Frau sein willst, eine ehrenhafte, pflichtbewußte Frau, und daß du diesen Jungen nie wieder ansiehst, nie wieder mit ihm sprichst, nie wieder seinen Compound betrittst, ihm nie einen Brief schreibst, nie an ihn denkst, nie wieder diese Pillen nimmst und daß du schwanger wirst, bevor das Jahr zu Ende geht…«

Ifeyiwa hielt den Atem an. Sie hob die Hände vor die Brust.

»Sonst bringe ich dich jetzt um.«

Ifeyiwa wich zurück.

»Wenn du versuchst wegzulaufen, ist das dein Ende.«

Sie erstarrte.

»Wenn ich dich jetzt umbringe, was kannst du tun? Wer kann was tun, wer kann dir helfen? Kann dir dieser Junge jetzt helfen, hm?« Es entstand eine kurze Stille. Dann lachte er. Sein teuflisches Gelächter wurde zu einem Wehklagen. Er entblößte die Zähne, ballte die Faust und boxte wie wild ins Leere, als steckte die Dunkelheit voller Gegner, als kämpfte er mit einer Schar von Geistern. Sie merkte, wie betrunken, wie besessen er war. Und plötzlich, während er noch mit den Dämonen kämpfte, schrie er auf, und seine Schenkel zitterten unbeherrscht.

»Ein Krampf, ein Krampf!« sagte er leise.

Das war ihm oft passiert, wenn er die sich verweigernde Ifeyiwa nahm. Der Krampf ließ ihn nicht los, seine Beine zuckten, er knirschte mit den Zähnen, schlug sich mit den Fäusten auf die zitternden Schenkel und bat Ifeyiwa, ihm beim Kampf mit den wahren Teufeln in seinem Körper zu helfen. Das Messer fiel ihm aus der Hand. Er krümmte sich, fiel dann zu Boden, und sie kam und massierte ihm die Schenkel, rieb sie sanft, hämmerte darauf, während er wimmernd und zuckend das Gesicht verzog.

Als der Krampf in seinen Schenkeln nachließ, stand er auf und ging versuchsweise auf und ab. Der Wind tobte. Irgendwo in der Ferne knackte ein Ast. Und dann begann es zu regnen. Erst prasselten die Tropfen wie Bohnen nieder. Dann wurden die Tropfen größer. Und schließlich schlug der Regen trommelnd auf die beiden ein, peitschte die Bäume und ließ den Schlamm auf dem Pfad aufspritzen. Der Regen ging gnadenlos auf sie nieder, besänftigte das Zittern in Takpos Schenkeln, und die beiden rannten zum Motorrad. Takpo hatte große Mühe, das Motorrad zu lenken, und sie fuhren in Schlangenlinien über die Schnellstraße. Der Regen prasselte auf sie nieder, der Wind drückte sie bald in die eine, bald in die andere Richtung, und es war so stürmisch auf der Fahrt, daß sie fast in die Gosse geweht worden wären. Doch der heftige Schauer ließ schnell nach. Als die beiden zu Hause ankamen, hatte es aufgehört zu regnen, aber sie waren bis auf die Haut durchnäßt.

Unterwegs wechselten sie kein Wort. Als sie ankamen, war es fast Mitternacht. Der Strom war abgeschaltet worden. Ifeyiwa hatte das Gefühl, daß diese Nacht sie irgendwie verändert hatte. Sie hatte das Gefühl, als habe sich eine Tür, von deren Existenz sie bisher nichts gewußt hatte, in ihr geöffnet. Sie fühlte sich seltsam erleichtert und von etwas befreit.

Als sie erfüllt von einem schmerzenden Gefühl der Freude vom Motorrad stieg, zündete sie als erstes eine Petroleumlampe an. Dann eilte sie auf den Hinterhof, um nach dem Hund zu sehen. Der Hinterhof war aufgeweicht. Die in wildem Durcheinander herumstehenden Teller, Eimer und Kindertöpfchen waren umgestürzt worden, und der Regen hatte alles mit Schlamm bespritzt. Ifeyiwa suchte an der Küchenwand und in jedem erdenklichen Winkel, doch der Hund war nicht mehr da. Er war verschwunden.

2

Omovo kehrte von seiner ziellosen Wanderung zurück, raffte sich aber nicht auf, als sich der Wind erhob. Er beschleunigte nicht den Schritt, als es zu regnen begann. Der Schauer war ihm willkommen. Er verschaffte seinem erregten Gemüt etwas Kühlung. Er spülte das Übermaß der Gefühle fort. Omovo empfand den Regen als unverdienten Segen. Doch als der Schauer plötzlich zu Ende war, war er enttäuscht. Als er den Streifen mit den dunklen Büschen erreichte, fiel der Strom aus. Am Ende der Büsche stand ein Mann. Omovo sah ihn und wußte, daß dieser Mann auf ihn gewartet hatte. Er wußte es, ohne Angst oder Neugierde zu empfinden. Er war müde. Er wußte, daß Ifeyiwas Mann etwas unternehmen würde, und war fast froh, daß das Warten bald vorbei sein würde. Er blickte sich um und sah einen weiteren Mann. Sie gingen beide auf ihn zu. Beide trugen Masken, die furchterregenden Masken der Begräbnisgeister. Omovo dachte nicht einmal daran, aufzuschreien. Er wußte, daß ihm in einer Nacht wie dieser niemand zu Hilfe kommen würde. Die Gettobewohner würden sich die Ohren mit den Kopfkissen zudecken, dankbar, daß jemand anders der Nacht zum Opfer gefallen war und nicht sie selbst oder eines ihrer Kinder.

Die Männer kamen näher.

»Was wollt ihr?«

Sie näherten sich unerbittlich.

»Was wollt ihr von mir?«

Er ging unbekümmert weiter. Einer der Männer schlug ihn. Omovo unternahm keinen Versuch, sich zu verteidigen. Der Schlag traf ihn auf die Brust. Sein Hut flog davon. Omovo stöhnte. Dann hustete er heftig. Der Schmerz belebte ihn. Er versetzte dem Mann hinter ihm einen Fußtritt. Der Mann war so stämmig, daß der Tritt ihn nicht ins Schwanken brachte. Statt dessen verlor Omovo das Gleichgewicht. Er versuchte einen Karateschlag anzubringen, aber irgend etwas ging dabei schief. Er war nicht richtig bei der Sache. Ein kräftiger Hieb landete auf seinem kahlrasierten Schädel. Ein anderer traf ihn im Magen. Omovo wurde übel. Irgend etwas knickte in ihm ein. Er konnte nicht mehr richtig sehen, als seien seine Augen verdreht worden. Er sank auf die Knie. Er spürte, wie sein Kopf mit barbarischer Kraft zur Seite gezerrt wurde. Omovo stürzte zu Boden wie ein brüchiger Baumstamm. Lichter drangen in seinen Schädel. Fäuste hämmerten auf seinen Körper ein. Omovo rollte sich zu einer Kugel zusammen. Die Männer traten ihn immer noch mit den Füßen. Er spürte, wie die Haut in seinem Gesicht aufplatzte. Er glitt in ein dunkles Reich hinüber. Wie ein Schatten über einem roten Meer trieb er wieder ins Bewußtsein zurück, und in der Stille hörte er, wie einer der Männer sagte: »Versuch nicht, sie jemals wiederzusehen, hörst du?«

Eine andere Stimme sagte: »Beim nächsten Mal rührst du besser nicht mehr die Frau eines anderen an.«

Und wieder eine andere: »Wenn du eine Frau haben willst, dann heirate doch.«

Der erste Mann: »Du Narr!«

Der zweite: »Du Schwein! Dieb! Ehebrecher!«

Omovo unternahm noch einen schwachen Versuch, sich zu verteidigen. Er bemühte sich auf die Beine zu kommen. Er wankte erst zu dem einen, dann zu dem anderen Mann. Er hielt ihnen das Gesicht entgegen, so, als wollte er sich bewußtlos schlagen lassen. Er drängte sie, weiterzumachen. Spornte sie an. Stachelte sie mit Worten an. Die Männer schienen sich vor seinem plötzlichen, selbstzerstörerischen Wahn zu fürchten. Einer von ihnen gab ihm einen Schubs. Er stürzte. Sie lachten höhnisch.

Omovo versuchte aufzustehen, schaffte es aber nicht. Er glitt immer wieder durch eine rote Dunkelheit. Dann schossen ihm viele Farben durch den Kopf. Jede Farbe war ein anderer Schmerz. Bis auf die Grillen war die Nacht still.

Er grub die Finger in die nasse Erde. Die Erde lockerte seinen Griff. Die Dunkelheit umfing ihn. Er kämpfte gegen sie. Es gelang ihm, sich hinzuhocken. Dann übergab er sich. Er streckte die Hand nach den Büschen aus, bekam einen Strauch zu fassen und zog sich hoch. Omovo entwurzelte dabei den Strauch und stürzte wieder zu Boden. Er blieb liegen. Die Nässe der Erde drang in ihn. Mücken fielen über ihn her. Der Wind erhob sich und wehte die unterschiedlichen Düfte des Lands herüber.

3

Mit dem zerknitterten, schlammbefleckten Hut in der Hand schleppte er sich zitternd zum Compound. Als er zu Hause ankam, stellte er fest, daß er den Schlüssel verloren hatte. Er klopfte an die Tür, erhielt jedoch keine Antwort. Aus einem der Zimmer des Compounds drang Musik. Omovo klopfte noch einmal. Dann blickte er durchs Fenster. Auf dem Tisch in der Mitte des Zimmers stand eine Kerze. Sie war so weit heruntergebrannt, daß sie die Holzplatte schon fast versengte. Omovo fragte sich, wo Blackie und sein Vater waren.

Sein Kopf schien vor Schmerz größer geworden zu sein. Die Wunde auf der Stirn fühlte sich wie ein heißes rotes Loch an. Seine Lippen waren geschwollen, ein Auge fühlte sich ungewöhnlich groß an, er spürte einen stechenden Schmerz im Kiefer, und die Zähne wackelten. Blut rann ihm die Kehle hinab.

Er legte den Kopf auf die Arme und schloß die Augen. Das geschwollene Auge ließ sich nicht schließen. Er fühlte sich durchnäßt und schmutzig, er fror. Das war ihm ziemlich gleichgültig. Er war überraschend ruhig und gefaßt. Unter der Ruhe schwelte unbestimmte Wut.

Eine Tür öffnete sich verstohlen im Dunkeln. Omovo hörte Geflüster. Er hob den Kopf. Lichter tanzten in seinen Augen. Dann kamen Schritte auf ihn zu. Ein Kind heulte. Plötzlich hielten die Schritte inne, machten kehrt und eilten zum Hinterhof. Omovo horchte auf das Rauschen der Dusche. Nach einer Weile hörte er wieder die Schritte. Vor ihm tanzte die Dunkelheit und wurde dann zu einer Stimme.

»Was ist denn mit deinem Gesicht passiert, hm?«

Schmerz schoß ihm durch den Kopf. Er spürte, wie aus einem Nasenloch Blut rann. Er wischte es weg. Sie schlug unwillkürlich die Hände vor die Brust. Er spürte den Geruch ihres Körpers. Es war ein erdiger Moschusgeruch nach Leidenschaft, der von frischem Wasser gemildert wurde. Ihm brannte die Stirn. Er zeigte auf die Tür.

»Warum haste so'n geschwollnes Gesicht?«

Sie hatte den Schlüssel aus dem Büstenhalter gezogen und fummelte am Schlüsselloch herum.

»Einfach so.«

»Einfach so? Dieser blöde Schlüssel...«

Sie fummelte am Schlüsselloch herum, und die Dunkelheit zitterte in Omovos Augen. Ein Nerv hämmerte in seinem Kopf, der fast zu zerspringen schien. Sie mühte sich immer noch mit dem Schlüsselloch ab. Sie sah sich den Schlüssel genau an und versuchte es noch einmal.

»Die Tür will nich aufgehen«, sagte sie. »Omovo, versuch du's mal.«

Ohne sich zu rühren sagte Omovo: »Das ist nicht unser Schlüssel.«

»Was? Woher weißt du das?«

Ihr Gesicht wurde maskenhaft. Ihre Augen weiteten sich. Ihr Mund zuckte. Ihre Finger begannen zu zittern. Dann wurde ihr Gesicht sanft und traurig. Sie warf den Schlüssel auf den Boden und hob ihn wieder auf. »Ich hab wohl den falschen Schlüssel genommen«, sagte sie.

»Wie kommt das denn?«

»Ich hab wohl den Schlüssel von jemand anders genommen. Ich war beim Fernsehen.«

Mit leisen Schritten schlich sie davon. Er stützte die Hände auf die niedrige Mauer und legte den Kopf auf die Hände. Er wollte nicht denken. Er war müde. Denken verursachte nur noch größere Schmerzen. Er bedauerte alles. Dann wurde ihm übel. Er lief über den Gang. Er hörte, wie Blackie in leisem Ton in einem verdunkelten Raum sprach. Er erreichte noch rechtzeitig die Toilette und übergab sich. Die Übelkeit blieb noch eine Weile und verging. Er fühlte sich leer. Er ging zum Waschraum, wusch sich das Gesicht und nahm schließlich eine kalte Dusche. Er rannte zitternd zum Zimmer zurück, während ihm das Wasser vom Gesicht tropfte. Die Tür war offen. Er nahm den Hut ab und ging ins Wohnzimmer. Auf dem Eßtisch brannten drei Kerzen. Die Kerze von vorher hatte den großen Tisch angesengt. Vom Herd drang der Geruch nach gebratenen Zwiebeln und Tomaten herüber.

»Aufm Feuer is Wasser für dein Gesicht.«

»Will keins.«

»Warum nicht?«

»Einfach so.«

»Was is mit dir passiert?«

»Nichts.«

»Das Essen ist gleich fertig. Yamswurzelbrei mit Stockfischragout.« Das war ein seltenes Angebot.

»Will nichts.«

»Was willst du essen? Ich tu dir alles kochen, was du willst. Mußt nur sagen, was.«

»Danke. Ich hab keinen Hunger.«

»Biste mir böse?«

»Nein.«

»Du mags mich nich. Weil deine Brüder wegen mir abgehaun sind, oder?«

»Nein.«

»Glaubste vielleicht, ich bin in dies'n Haus glücklich?«

»Weiß nicht.«

Eine kurze Stille entstand. Die drei Kerzen brannten unregelmäßig mit flackernder Flamme. Schatten hüpften über die Wände.

»Ich weiß, ich tu dich nich immer gut behandeln. Aber was vorbei is, is vorbei. Ich mag dich. Mußt mir nich böse sein, hörste? Is nich meine Schuld, wenn das hier im Haus nich klappt. Wenn ich das vorher wissen tät, tät ich nich in dies Haus heiraten.«

»Das macht nichts.«

Es wurde wieder still. Eine der Kerzen flackerte, sprühte Funken, knisterte und schien fast zu erlöschen. Dann erstrahlte sie wieder zu neuem Glanz und brannte heller als zuvor.

»Dein Gesicht is nich so bös geschwolln. Is immer noch schön. Aber auf der Stirn tuste bluten. Ich kuck mal, was's Wasser macht.«

Sie ging nach draußen. Er öffnete die Tür zu seinem Zimmer und ließ den Hut in einer Ecke des Zimmers auf den Boden fallen. Dann setzte er sich aufs Bett und versuchte nicht zu denken.

»Das Wasser is fertig«, rief sie.

Er wartete eine Weile, ehe er sein Zimmer verließ. Er hatte gerade seine Wunden gereinigt und seine Prellungen mit einem feuchten Tuch betupft, das er ab und zu in eine Schale mit heißem Wasser und einem Desinfektionsmittel tauchte, als die Wohnungstür plötzlich aufsprang. Sein Vater torkelte ins Wohnzimmer. Seine

Augen waren feucht, groß und gerötet. Sein Hemd stank nach Bier und Schweiß. Er hatte einen Zwei-Tage-Bart, der ihm einen gehetzten Ausdruck verlieh. Er sah aus, als käme auf seinem Gesicht eine verborgene Schande zum Vorschein, als sei sein Körper von einem verwirrten Fremden bewohnt. Er wirkte so entsetzlich betrunken und würdelos, so gänzlich ungewohnt, daß Omovo ihn einen Augenblick für einen vertrauten Vagabunden hielt, der sich in ihr Haus verirrt hatte.

»Papa!« rief Omovo.

Sein Vater schwankte, taumelte und gewann wieder Halt. Er starrte Omovo mit glasigen Augen und verschwommenem Blick an. Sein Kiefer sackte herunter. Ein dünner Speichelstrom rann ihm übers Kinn.

»Mein Sohn!« sagte er schließlich, während er mit seiner Trunkenheit kämpfte und versuchte, klar zu sehen. »Bin ich... bin ich... nicht ein Chief, hm?«

»Das bist du, Papa.«

»Ein... ein... großer Chief... Chief, meine ich, hm?«

»Ja, Papa.«

»Nie... mand... niemand glaubt mir...«

»Mach dir nichts draus, Papa.«

Sein Vater blinzelte ständig. Mit jedem Blinzeln wurde sein Blick noch verschwommener. Omovo wußte nicht recht, was er tun sollte. Sie standen alle drei in dem Raum herum, als wären sie mitten in einem Tanz erstarrt, der bedrohlich wurde. Omovo hatte den verzweifelten Wunsch, etwas zu tun und trotz seiner schmerzenden Wunden eine bedeutsame Geste zu machen, doch durch die Kluft, die im Laufe der Jahre zwischen seinem Vater und ihm entstanden war, war es schwierig geworden. Während er dastand, wurde ihm bewußt, daß irgend etwas zerrissen und und für immer preisgegeben war, und ihn erfüllte mit Entsetzen, was hinter seines Vaters und der eigenen Maske lauerte.

Omovo dachte über seinen Vater nach. Er hatte offensichtlich große berufliche Schwierigkeiten. Schon seit geraumer Zeit. Sonst würden sie nicht mehr hier im Getto leben. Sein Vater hatte jedoch immer den Eindruck vermittelt, daß er alle Schwierigkeiten überwinden würde. Bei manchen Gelegenheiten – die gegenwärtige Situation zählte dazu – sah Omovo hinter der Fassade so viele

Dinge, daß es ihm wehtat. Doch sein Vater verhielt sich der Welt gegenüber auf eine Weise, die den Glauben erwecken sollte, daß jeder Schritt in seinem Leben geplant und er selbst so stark sei, daß er seine Macht nicht zu zeigen brauchte. Sein Ruf unter den Leuten aus dem Compound wurde immer schlechter. Omovo erinnerte sich etwa an die Zeit, als die Familie noch einig war und er in den Schulferien nach Hause zurückkehrte. Er erinnerte sich an seine Ängste, erinnerte sich, wie er jedesmal seine Mutter, die gekommen war, um ihn abzuholen, gefragt hatte, ob es jetzt einen Fernseher oder ein Radio im Haus gäbe, ob sein Vater ein Auto habe oder ob sie in ein schönes Haus umgezogen seien. Diese Fragen machten seine Mutter traurig, so daß sie oft log, und wenn sie zu Hause angekommen waren und er seine Enttäuschung überwunden hatte, vergaß er immer, daß sie gelogen hatte.

Er erinnerte sich an die erbosten Besuche betrogener Kunden, an die Prozesse, an die Lügen, mit denen er den Gläubigern hatte weismachen müssen, daß sein Vater nicht zu Hause oder daß er verreist sei. Er erinnerte sich an Gläubiger, die mit lautem Gebrüll in allen Einzelheiten ausgeführt hatten, wie sein Vater das Geld ergaunert hatte. Er erinnerte sich an die Beschimpfungen, die sie schreiend vorgebracht hatten, damit die ganze Welt es hören konnte. Er erinnerte sich an seine Ängste, an seinen Wunsch, seinen Vater zu beschützen und zu trösten, erinnerte sich an die steinerne Ruhe auf dem Gesicht seiner Mutter bei all diesen Demütigungen. Er erinnerte sich auch, wie gefühllos sein Vater dadurch geworden war, wie er seinen Zorn an den Stühlen, am Geschirr und an Mutter ausgelassen hatte. Omovo erinnerte sich besonders an einen aufgebrachten Gläubiger: Nachdem er unzählige Male vergebens gekommen war, war er mit lauten Schimpfworten ins Haus gestürmt und hatte, da er sich nicht so leicht zufrieden geben wollte, die Bücher von Omovos Vater und sogar Omovos Bücher über Malerei mitgenommen, außerdem war er mit der großen Uhr verschwunden, die Mutter zu irgendeinem Hochzeitstag während ihrer schwierigen Ehe gebraucht gekauft hatte. Omovo erinnerte sich, wie sein Vater oft nachts allein auf der Straße geschrien hatte – und als er sich an all das erinnerte, erfüllte ihn großer Kummer.

»Papa!« schrie er noch einmal ohne bestimmte Absicht.

Sein Vater blickte ihn an, als sei er ein Fremder. Dann starrte er

Blackie an. Mit zu Herzen gehender Stimme sagte er:»Meine Frau,
wo bist du gewesen?«

Das war sein erster heller Augenblick, seit er ins Haus gekommen
war. Doch die Klarheit hielt nicht lange an. Er wankte wieder.

»Ich habe ferngesehen«, sagte sie.

Es wurde völlig still im Raum.

»Wo?«

Es gab eine lange Pause.»Im Compound«, erwiderte Blackie.

»Ich... ich... habe auf dich... auf dich gewartet«, sagte er.»Auf
dich... gewartet.«

Schweigen.

»War so... so... allein...«

Wieder Schweigen.

»Da bin ich... bin ich... los... und hab mich... hab mich betrunken...«

»Ich bin nicht lange weggewesen. Als ich wiederkam, war das Haus
leer. Also bin ich wieder zurück.«

Der Vater starrte erst Omovo, dann sie an. Er ging ein paar Schritte
vor und hielt sich an der Rückenlehne eines Stuhls fest.»Ich hab...
hab mich... betrunken«, sagte er.»Die Mücken... Mücken... haben mir... Dinge... Dinge über dich... erzählt...«

»Lügen!«sagte Blackie, rührte sich auf einmal und zog sich halb in
die Küche zurück.

Ihr Gesicht war im Schatten. Seine Stimme war plötzlich einen
Augenblick lang klar.

»Ist es... weil ich kein... kein Fernsehen... hier hab...?«

Schweigen. Die Kerzen sprühten Funken. Schatten tanzten überall,
Gestalten in einem düsteren Schattenspiel.

»Nein.«

Ohne sie anzusehen, sagte Omovos Vater mit Nachdruck:»Ich...
ich... ein großer Chief... kaufe... kauf dir... morgen... zehn
Fernseher...«Pause.»Aber... aber... sieh nie... nie wieder...
bei andern Leuten... Leuten... fern!«

»Ja.«

Sein Vater schwankte. Ein Schwall zusammenhangloser Worte kam
aus seinem Mund. Das Kerzenlicht fiel auf sein Gesicht und machte
seine Verwirrtheit erbarmungslos deutlich. Blackie zog sich in die
Küche zurück und ließ sich nicht mehr sehen. Während Omovo

seinen Vater betrachtete, der hilflos schwankte und sich an den Stuhl klammerte, spürte er, wie sich sein Magen von einem unheilvollen Gefühl zusammenzog. Auch Omovo brauchte Halt. In seinem Kopf wüteten Schmerzen. Er hatte das Gefühl, als drehte sich alles in seinem Leben, alles, was ihn betraf, in einem seltsamen Tanz, drehte sich langsam im Kreis, geriete außer Kontrolle.

»Mein Sohn!« rief sein Vater schwach.

»Ja?« Omovo ging um den Stuhl herum.

»Gib mir... gib mir noch was... zu trinken...«

»Du hast genug getrunken, Papa.«

»Was?«

»Leg dich hin und versuch zu schlafen. Du brauchst Ruhe. Soll ich Blackie holen?«

»Gib mir was zu trinken! Ich... will... was... trinken!«

»Nein, Papa.«

»Du bist... genau wie... deine Mutter...«

»Das ist ungerecht, Papa.«

»Immer... immer wollt ihr mich... kontrollieren...«

»Das ist nicht wahr, Papa.«

»Mehr zu trinken!«

»Nein.«

Sein Vater starrte ihn an. Dann brach er in blödsinniges Gelächter aus. »Du willst... es wohl... genauso machen... wie deine Brüder, hm...?« sagte sein Vater, nachdem er aufgehört hatte zu lachen. Dann machte er eine wilde Handbewegung und sagte: »Hau ab! Lauf weg!... Verlaß das Schiff!... nutzlos... Hau ab... genau wie sie...«

»Nimm's nicht so schwer, Papa.«

»Warum nicht?«

Er machte wieder eine Handbewegung, stolperte und fiel kopfüber nach vorn. Omovo fing ihn noch rechtzeitig auf und richtete ihn wieder auf. Sein Vater fluchte heftig, bis ihm Bier und Speichel übers Gesicht liefen.

»Söhne dieser Hexe! Deine Mutter... war eine Hexe... eine Hexe!«

»Meine Mutter war keine Hexe.«

»Eine Hexe, sag ich dir... Sie ist schuld... an meinem Mißerfolg... hat immer versucht, mich zu kontrollieren... mich zu verbessern... hat mich um meine Freiheit gebracht... mich nicht tun lassen, was ich tun wollte... überall hatte sie ihre Finger drin...«

»Blackie hört zu, Papa.«

»Na und? Weiber!... Deine Mutter... hat es geschafft... mich in die Knie zu zwingen... sie will mich nicht in Ruhe lassen... laß mich in Ruhe!...«

»Sie ist tot, Papa. Tot!«

»Gut!«

Omovo ließ seinen Vater los und stellte sich neben die Tür zu seinem Zimmer. Sein Vater torkelte, griff nach dem Stuhl und hielt sich daran fest. Betrunken nuschelnd blickte er sich in dem kahlen Raum um. Er bewegte sich langsam mit glasigen Augen, schüttelte ruckartig den Kopf.

»Gut, habe ich gesagt!« Er hob die Stimme, bis er schließlich fast schrie: »Blöder Sohn... Deine Mutter war eine Hexe. Sie zieht mich immer noch runter. War ich vielleicht in so einer Lage wie jetzt, als sie gestorben ist?... Haben... haben wir damals nicht in Surulere gewohnt? Sieh uns doch jetzt mal an... sieh dir diese Gosse an, dieses Getto, das wir mit diesem Gesindel teilen... mit Ratten und Eidechsen...«

»Daran bist du selbst schuld, Papa.«

Entweder hörte sein Vater diese Bemerkung nicht, oder er nahm sie einfach nicht zur Kenntnis. »Sie wollte mich umbringen... mich verrückt machen... ›Mach dies, mach das‹, hat sie immer gesagt... ›Steck hier Geld rein, steck da Geld rein‹... ehrlich... sie wollte mich verrückt machen... und dann für sich allein aus meiner harten Arbeit Profit schlagen...« Er stieß wieder das seltsame Lachen aus. »Sie verdirbt mir noch heute das Leben... zwingt mich in die Knie... macht mir das Geschäft kaputt... bringt mich durcheinander... flüstert mir Sachen über Blackie ins Ohr...« Er lachte wieder. »Und jetzt hat sie sich in eine Mücke verwandelt... tratscht über meine Frau... ich sehe sie... wie sie mich in die Knie zwingt... Sie schickt mir die Leute von der Steuer auf den Hals... vertreibt die Kunden... Als sie mit ihrer Hexerei nichts mehr erreicht hat, hat sich die Sache gegen sie gekehrt. Ich hab zu Hause gesessen und zugesehen, ja, zugesehen, wie sie von ihrer Schlechtigkeit aufgefressen und umgebracht wurde... Am Tag, als sie gestorben ist, habe ich gelacht... Ich hab eine Flasche Whisky aufgemacht... Sie hat mich seitdem nicht in Ruhe gelassen...« Erneutes Lachen. »Hast du... schon jemals gehört... daß einer an einer unbekannten Krankheit stibt, hm?«

Danach herrschte lange Schweigen. Es schien eine Ewigkeit zu dauern. Das Schweigen war häßlich. Das Kerzenlicht verlosch fast und flackerte wieder auf. Omovo konnte es nicht länger ertragen, konnte sich nicht länger zurückhalten. Seine Wut durchbrach alle Schranken des Mitleids. Er fuchtelte wild mit den Händen, um alles im Haus in seine Anschuldigung einzuschließen, und sagte mit scharfer, lauter Stimme: »Ich schäme mich für dich, Papa. Du siehst nicht, was direkt vor dir ist. Du bist blind. Und taub. Und ein Feigling. Deshalb hast du versagt. Du hast uns allen gegenüber versagt. Dein Leben ist nur noch leerer Schein, und jetzt machst du eine tote Frau dafür verantworlich!«

Omovo war wütend, doch was er gerade gesagt hatte, überraschte ihn. Er hatte nur seine Empörung zum Ausdruck bringen wollen, aber dabei waren diese Worte herausgekommen. Und während diese Worte herauskamen, ging seine Empörung mit ihm durch und legte sich dann wieder. Omovo fühlte sich verletzt. Er fühlte sich niederträchig. Er wünschte, er hätte die Worte zurücknehmen können. Doch der Schaden war angerichtet. Der Schmerz im Kopf ließ nach. Seine Schenkel zitterten. Eine ekelhafte Leere öffnete sich in ihm.

»Ich, ich, ein Versager...?« sagte sein Vater ungläubig mit schwacher, flehender Stimme.

Genau in diesem Augenblick überkam Omovo ein absurdes Gefühl der Liebe.

»Omovo! Mein Sohn! Du nennst MICH EINEN VERSAGER?«

Der Vater blinzelte. Dann wankte er zu einem Polsterstuhl und setzte sich auf die Armlehne. Tränen rannen ihm über das von Trunkenheit gezeichnete Gesicht. Er weinte wie ein Kind, das vergeblich eine Demütigung zu bekämpfen sucht.

»Papa, ich habe es nicht so gemeint... ich habe nicht...«

Sein Vater, der ein Stückchen seiner Würde wiederfand, hob die Hand und befahl seinem Sohn, still zu sein. »Sag kein Wort. Geh raus... laß mich allein... bitte.«

Omovo rührte sich nicht. Nach einer Weile glitt sein Vater von der Armlehne auf das Sitzpolster. Er zuckte krampfhaft. Tränen rannen ihm übers Gesicht. Bald hörten jedoch die Zuckungen auf. Sein Unterkiefer fiel herunter. Omovos Vater schlief in unbequemer Stellung schnarchend auf dem Stuhl ein. Er wirkte gehetzter denn je. Aber er wirkte auch wie ein Kind, das etwas verloren hat und sich selbst in den Schlaf weint.

Omovo rief Blackie. Er wußte, daß sie gelauscht hatte. Sie kam und schleppte Omovos Vater ins Schlafzimmer. Er wachte nicht auf. Omovo ging in sein Zimmer, löste die unbemalte Leinwand aus dem Blendrahmen und kämpfte mit der Schlaflosigkeit.

4

Am Morgen nach ihrer Rückkehr aus dem Wald wurde Ifeyiwa krank. Drei Tage lang phantasierte sie über ihre Mutter und die Rückkehr ins Dorf. Der Geist ihres Bruders schwebte über ihr. Die Gestalt ihres Vaters, der sie auf den Knien um Vergebung bat, quälte sie. Sie konnte es nicht ertragen, ans Bett gefesselt zu sein. Sie erstickte fast vom Geruch nach Staub und Kampferkugeln im Raum. In der Toilette fühlte sie sich noch schlechter. Die Gänge mit dem Durcheinander von Eimern, Besen und bekleckerten dreibeinigen Tischen und der Lärm von sich zankenden Mietern, kreischenden Kindern und laut plärrenden Radios verursachten ihr Kopfschmerzen, ihre Augen brannten. Nirgendwo konnte sie Ruhe finden. Am ersten Tag ihrer Krankheit ließ ihr Mann sie allein und blieb im Laden. Als er zurückkam, hatte er einen gedankenverlorenen, aber milderen Gesichtsausdruck. Am Abend raffte sie sich auf und kochte etwas für ihn. Sie konnte nicht essen und saß, zitternd und in Wolldecken gehüllt, zusammengekauert auf einem Stuhl und sah ihm mit stumpfem Blick zu. Sie konnte die ganze Nacht nicht schlafen und rief nach ihrer Mutter.

Am zweiten Tag kamen ein paar Verwandte ihres Mannes zu ihr. Sie wirkten alle wie Gespenster. Sie waren arm, hatten von Hunger und Verbitterung entstellte Gesichter, sahen mager aus, hatten erbarmungslose Augen, und wenn sie Ifeyiwa berührten, um sie zu trösten, waren ihre Hände so kalt und knochig, daß sie Ifeyiwas Schwäche noch zu vergrößern und ihr alle Kraft zu entziehen schienen. Die Leute machten Ifeyiwa angst. Die Armut hatte diese Menschen entstellt. Die Frauen sahen aus wie bekehrte Hexen, und die Männer waren ernst und seltsam. Als sie gegangen waren, wurde Ifeyiwa zum erstenmal klar, daß die Verwandten ihres Mannes etwas gegen sie hatten, sie verdächtigten und irgendwie verurteilten. In ihrem verwirrten Zustand begriff sie, daß sie ihr vorwarfen, nicht schwanger zu sein und ihren Mann von ihnen fernzuhalten. Ifeyiwa vermutete sogar, daß diese Leute sie haßten und sie für die Gemeinheiten ihres Mannes verantwortlich machten. Sie war erleichtert, als sie fort waren.

Auch Tuwo besuchte sie. Er trug seinen geliebten französischen Anzug, stank nach billigem Rasierwasser und hielt lange Reden über Politik, während ihr Mann dabei saß, auf seinem Kauhölzchen herumbiß und mit abwesendem Blick zuhörte. Der Unterhaltung der beiden Männer entnahm sie, daß Omovo ebenfalls krank war. Sie hörte, wie die beiden darüber sprachen, sie zum Arzt zu schicken oder in ihr Heimatdorf zu bringen, damit sie sich erholen konnte. Als Tuwo fortging, versprühte ihr Mann ein Insektenvertilgungsmittel im Raum und zündete zwei Kerzen an, eine auf dem Tisch und die andere neben der Tür. Dann vollzog er seltsame Riten mit einem Juju, von dessen Existenz sie nichts gewußt hatte. Er trug ein weißes Wickeltuch, bat sie, aufzustehen, rieb sie mit einer Kräuterpaste ein, vollzog Trankopfer und richtete heftig schwitzend inbrünstige Gebete an seine Ahnen. Dann ging er nach draußen, kam mit einem ängstlich gackernden weißen Huhn wieder, schlachtete es und ließ das Blut auf den Boden, auf den Kerzenteller und das Juju tropfen, das er über dem Türbalken aufgehängt hatte. Als das Huhn nicht mehr flatterte, legte ihr Mann den abgehackten Kopf des Tieres auf den Teller, vermischte das Blut mit der Kräuterpaste und rieb ihr die Mischung auf Bauch und Brüste. Er ließ sie bestimmte zeremonielle Worte nachsprechen. Dann trug er sie ins Bett, gab ihr einen kräftigen Schluck *ogogoro*, der mit Wurzeln versetzt war, und verschwand mit dem geschlachteten Huhn auf dem Hinterhof. Ifeyiwa dämmerte für eine Weile ein. Sie träumte, daß ihr Mann sie seinen Verwandten opfern wollte. Sie sah ihn, wie er völlig nackt und mit einer Erektion, ein furchterregendes Messer in der Hand haltend, dastand. Wohin sie auch rannte, der Weg wurde ihr von seinen Verwandten, Frauen mit schmalen, verbitterten Gesichtern und harten Augen, versperrt. Sie schrie auf. Sie sah eine freie Straße und rannte darauf zu – doch plötzlich tauchte ihr Vater auf, ohne Kopf und mit der Flinte in der Hand. Sie blieb stehen, sank auf die Knie und wartete auf ihren Mann. Mit schweren goldenen Halsketten geschmückt und dem Messer in der Hand kam er lächelnd auf sie zu. Durch eine offene Tür hinter ihm sah sie Omovo, der malte. Ihr Mann hob die Hand, um sie zu erstechen. Sie war einen Augenblick innerlich ganz ruhig. Dann wurde sie von panischer Angst erfaßt und machte plötzlich einen Schritt auf ihn zu und spürte, wie sich, un-

beabsichtigt, das kalte Messer in sie hineinbohrte. Als sie aufwachte, wußte sie nicht, ob sie tot war oder nicht.

Er stand über sie gebeugt und hatte ihr die Hand auf die Stirn
gelegt. Im Zimmer waren Fremde. Sie standen alle im Dunkeln.
Ifeyiwa konnte nur ihre zerlumpten Kleider, ihre rauhe Haut und
ihre Schatten erkennen. Sie schrie auf. Ihr Mann beruhigte sie. Sie
hatte keine Ahnung, wie lange sie geschlafen hatte.

Nacheinander verließen die Fremden den Raum. Sie gingen fort,
doch sie hinterließen seltsame Gerüche. Sie hinterließen negative
Gefühle, unausgesprochene Gedanken und den Eindruck von der
Anwesenheit finsterer Mächte. Sie ließen ihre Schatten zurück.
Ifeyiwa beklagte sich über die Dunkelheit. Ihr Mann zündete fünf
weitere Kerzen an. Dann sah sie die weiße Schüssel mit dampfendem Wasser auf dem Tisch. Und daneben ein blitzendes Messer,
das noch mit dem Blut des geschlachteten Huhns befleckt war. Auf
dem Geschirrschrank bemerkte sie einen neuen Topf mit dampfendem Essen. Auf einem Stuhl sah sie ein weißes Tuch. Auf dem
Boden lag die verwelkte Blume, die sie mitgebracht hatte, als sie
Omovo zum letztenmal gesehen hatte.

»Wo bin ich?« fragte sie.

»Es geht dir schon besser«, sagte er.

Sie konnte sein Gesicht nicht sehen. Seine Stimme klang ein wenig
anders.

»Aber was ist denn geschehen?«

»Du warst krank. Jetzt geht's dir wieder gut.«

Sie versuchte sich aufzurichten, doch es gelang ihr nicht. Er saß da
und starrte sie lange an. Er sagte nichts. Sie schlief ein, und als sie
aufwachte, saß er noch immer so da. Jetzt brannten noch drei Kerzen.

»Fühlst du dich besser?«

Sie richtete sich auf.

»Gut.«

Er stand auf und brachte die Schüssel ans Bett. Er legte ihr das
weiße Tuch über den Kopf und goß dann etwas heißes Wasser in
die Schüssel. Der Wasserdampf hüllte sie ein.

»Atme tief ein«, sagte er.

Sie atmete Kräuteressenzen ein, die im Hals brannten. Der Dampf
machte sie blind. Sie fühlte sich von dem beißenden Geruch und

der bitteren Kraft benommen, und wenn sie atmete, hatte sie das Gefühl, in ein Loch voller Rauch zu fallen. Nach einer Weile nahm er ihr das Tuch vom Kopf und half ihr, sich lang auszustrecken. Danach ging er hinaus und schüttete das Wasser weg. Als er zurückkam, holte er eine Schale und einen Löffel. Dann füllte er ihr etwas von der frisch gekochten Pfefferschotensuppe auf. Ifeyiwa weigerte sich, die Suppe anzurühren.

»Was ist los?« fragte er streng.

»Ich weiß nicht, wer sie gekocht hat.«

»Meine Verwandten.«

»Ich habe keinen Hunger.«

»Nimm wenigstens etwas von der Flüssigkeit, das wird dir guttun.«

»Ich habe keinen Durst.«

Er versuchte ihr einen Löffel Suppe mit Gewalt in den Mund zu schieben. Doch sie preßte die Lippen fest zusammen und sträubte sich so heftig, daß die Suppe über das Bett verschüttet wurde. Er geriet in Wut, beruhigte sich aber schnell wieder.

»Ich will keine Pfefferschotensuppe«, sagte sie.

»Was willst du dann, hm? Willst du nicht gesund werden?«

»Ich will nach Hause.«

»Du bist zu Hause.«

»Ich will nach Hause zu meiner Familie.«

Er sah sie schweigend an, während die Kerzen niederbrannten und das Morgengrauen durch den Fensterspalt hereindrang. Ihm fielen fast die Augen vor Müdigkeit zu.

»Warum?«

»Um meine Mutter zu sehen.« Sie machte ein Pause. »Bevor ich sterbe.«

»Was ist nur los mit dir, hm?« sagte er heftig in jenem Ton, den sie gewohnt war. »Warum redest du solchen Unsinn? Was soll das heißen, sterben? Wer stirbt? Iß deine Suppe, Ifeyiwa, das ist Medizin.«

»Nein.«

Sie streckte sich aus und zog die Decke über den Kopf. Ifeyiwa hörte den schweren Atem ihres Mannes und die seltsamen Drohungen, die er murmelte, hörte ihn wie eine schwerfällige alte Frau auf und ab gehen und Gegenstände im Raum verrücken. Ifeyiwa nickte wieder ein und wurde davon geweckt, daß er sie rüttelte. Sie blickte auf. Der Morgen dämmerte. Die Hähne krähten. Auf dem Gang waren Schritte zu hören. Die Geräusche des Gettos drangen an ihr Ohr. Die Radios, die Stimmen alter Frauen, kleiner Mädchen. Ihr Mann hatte sich geduscht, das Haar gekämmt und saubere Kleider angezogen. Auf seinem Gesicht lag ein freundlicher, hoffnungsvoller Ausdruck. Er half ihr, sich im Bett aufzurichten, brachte ihr etwas zu essen, das sie jedoch nicht anrührte, und sprach mit ihr. Er war auf seltsam kühle Weise zärtlich. Wie um sich selbst zu beweisen, daß er sie liebte, zeigte er ihr dann die Halsketten aus unechtem Gold, die gedrehten Armringe aus Bronze und die gefärbten Kaurimuscheln, die er für sie gekauft hatte, als er spürte, daß sich ihre Haltung ihm gegenüber geändert hatte. Er zeigte ihr die Truhe mit Kleiderstoffen, die Spitzenwickeltücher, die roten Schuhe, die teuren weißen Blusen und die gestärkten Kopftücher, die er besorgt und heimlich aufbewahrt hatte. Er sagte ihr, daß er die Absicht gehabt habe, ihr all das zu schenken, wenn sie schwanger geworden wäre. Doch nun habe er beschlossen, ihr diese Geschenke sofort zu geben, damit sie sich in seinem Haus als Ehefrau wohlfühlte und bald gesund würde. Während er auf sie einredete, fiel sie in einen langen Schlaf, phantasierte, schwitzte und knirschte mit den Zähnen.

Als ihr Mann in der dritten Nacht seit Beginn ihrer Krankheit durch die Tür kam, sprang Ifeyiwa auf, stieß ihm ein Messer ins Herz und drehte es in der Wunde um. Seine Brust war entblößt, und Ifeyiwa war völlig nackt. Er fiel nicht um. Sie stach ihm mehrmals in die Brust, in die Rippen, in den Magen. Anfangs blutete er nicht. Je mehr sie auf ihn einhieb, desto unbeteiligter wurde sie. Dann stieß sie ihm das Messer in die Augen. Er fiel nach vorn und stürzte lautlos zu Boden. Als sie ihn umdrehte, hatte sich sein Gesicht verändert. Eines seiner Augen war blau und dick geworden. Ifeyiwa sah plötzlich nicht mehr ihren Mann vor sich, sondern Omovo. Sie wachte schreiend auf.

Als sie aus dem Alptraum erwachte, merkte sie, daß sie keinen Ton von sich gegeben hatte. Sie atmete schwer. Im Zimmer herrschte Stille. Ifeyiwa rührte sich nicht. Ihr Mann lag schnarchend neben ihr. Er schwitzte stark, und sie hielt den Schweiß für Blut. Zutiefst erschrocken, mit stummem Entsetzten im Herzen, stieg sie aus dem Bett, schlich über den dunklen Gang voller Hindernisse und schaler Gerüche und wusch sich auf dem Hinterhof.

Als sie zurückkam, hatte das Schnarchen ihres Mannes nachgelassen. Sie breitete eine Matte aus, nahm ihr Kissen und legte sich auf den Boden. Sie erschrak über ihre eigene Ruhe; sie fürchtete, sie könne in verbotenes Gebiet eingedrungen sein, in eine innere Zone des Wahnsinns. Alles in ihrem Inneren hatte eine ungewohnte Dimension bekommen. Sie blickte sich in der Dunkelheit um, horchte auf das Nagen der Ratten, fragte sich, was in ihrem Kopf und in ihrer Seele nur vorgegangen sein mochte, daß sie die Widrigkeiten ihres Lebens einfach so hingenommen hatte. Sie forschte in der Erinnerung nach versöhnlichen Momenten, nach Dingen, die ihrem Leben einen Sinn gaben und sie mit ihrem Dasein versöhnen würden, doch sie fand nichts. Plötzlich ging ihr mit der Macht einer grausamen Handlung, deren Zeuge man wird, auf, wie unwirklich das alles war. Im Dunkel neben der Matte entdeckte sie die plattgedrückte Blüte, die wie ein Stoffetzen aussah.

Ifeyiwa lag zur Decke blickend auf der Matte und fragte sich, wie ihr Leben wirklich war. Sie stellte im Geist eine Liste auf: Fieber, schlechtes Essen, Überarbeitung, keinerlei Freiheiten, ein despotischer Ehemann, unerfüllte Träume und Wünsche, nicht genug Zeit zum Ausruhen, weder Spiel noch Tanz oder Musik, kein Kontakt mit Gleichaltrigen, eine endlose Folge von mühseligen Aufgaben im Haushalt, eine endlose Reihe von neuen Vorschriften und Verordnungen ihres Mannes, die sie zu befolgen hatte, die Unterdrückung aller jugendlichen Regungen, die sie empfand, Zermürbung, Erschöpfung, ein ganzes Leben voller Heuchelei, Demut und der Unterdrückung ihrer Fähigkeiten und hundert andere Dinge. Diese Liste machte sie schwindlig, erschöpfte sie. Sie drehte sich auf der Matte um und schloß die Augen.

Sie hatte Omovo nie erzählt, wie sehr sie litt. Sie hatte nur Andeutungen gemacht. Wenn er Seufzer zu deuten verstand, deren Tiefe einzuschätzen wußte und sich vorstellen konnte, auf welch stumme Leiden sie zurückgingen, dann, so hoffte sie, würde er alles verstehen. Und wenn er nicht begriff und sie ihm eine Erklärung geben mußte, dann würde er sowieso nie etwas begreifen.

Sie dachte an Omovo und sich, wie nah sie sich räumlich waren und welch große Kluft dennoch zwischen ihnen lag. Sie dachte an die Atmosphäre, in die sie hineingeboren worden waren und in der sie überleben mußten: Eine Atmosphäre der Verwirrung, der Gewinnsucht, ein Zeitalter der Korruption, der Armut, der Gettoträume, eine Epoche der Vergeudung und des Verlusts, eine Generation, die von ihren Eltern verraten worden war. Sie ärgerte sich bei dem Gedanken, daß in einer besseren, einer anderen Welt eine Liebesbeziehung zwischen Omovo und ihr möglich gewesen wäre. Doch dieses Zeitalter hatte ihre Hoffnungen vereitelt, und sie war gegen ihren Willen und ohne ihr Wissen verheiratet worden, und erst nachdem sie sich damit abgefunden hatte, hatte sie den Mann kennengelernt, den allein sie gern geheiratet hätte. Sie wünschte sich einen Augenblick, sie wäre ein Dorfmädchen geblieben, hätte nie Bücher, Schule, Filme und Platten, die Wünsche und Sehnsüchte kennengelernt, deren Erfüllung die Gesellschaft ihr nicht erlaubte. Dann wäre alles einfacher gewesen. Doch er war dort, und sie war hier in der Dunkelheit, und zwischen ihnen die Liebe, die sie verband, und eine ganze Welt, die sie trennte.

Ihre Augen hatten sich an die Dunkelheit gewöhnt. Ifeyiwa starrte auf die Lumpen. Mit tiefen Sorgen dachte sie an die Wirren, die ihr Dorf in Flammen aufgehen ließen. Sie fühlte sich auf eine irgendwie uralte, geheime Weise mit diesen Wirren verbunden. Da sie nicht ergründen konnte, wie oder warum, überließ sie sich dem Glauben, sie könne helfen, könne zur Abwechslung auch einmal Frieden stiften und eine überraschende, bedeutsame Rolle spielen. In dieser Nacht träumte sie auf seltsame Weise von sich als einer Art Friedenstifterin, als jemand, der Grenzen überqueren und zwischen den Dörfern vermitteln kann und Reden hält, die die Leute dazu bewegen, die Feindseligkeiten einzustellen. Sie spürte einen starken Drang, einen unbekannten Ernst, als zöge etwas ihr ganzes Wesen in ihr Heimatdorf zurück.

Sie erinnerte sich an den Tag, an dem sie in der Schule an einer Debatte teilgenommen hatte. Das Thema lautete: Die Rolle der Frau im heutigen Afrika. Ifeyiwa war eine der beiden Hauptrednerinnen gewesen. Ihre Gegenrednerin hatte mit den alten Themen aufgewartet, daß Frauen gute Mütter sein und Afrika helfen sollten, die traditionelle Lebensweise beizubehalten. Ifeyiwa hatte gesagt, daß Frauen sich wandeln müßten, wenn sich die Zeiten wandelten. Sie sollten sowohl Mütter wie auch Führungskräfte sein. Sie sollten Heilerinnen, Pilotinnen und Priesterinnen sein, und wenn Gott ihnen Klugheit geschenkt hatte, sollten sie diese so gut nutzen, wie es ging. Ifeyiwa hatte mit unbeholfener Leidenschaft gesprochen, ein wenig zu ungestüm, und sie war äußerst nervös gewesen. Durch ihre Verlegenheit und Nervosität war sie derart erregt und auch kühn geworden, daß sie übers Ziel hinausschoß. Ihre Gegenrednerin gewann den Wettstreit, doch Ifeyiwa vergaß nie die seltsame Erregung bei dieser leidenschaftlichen Debatte, als sie zu weit ging, stotternd weitersprach, trotzig mit den Worten kämpfte und ihre Rede zu Ende führte. Sie hatte nie gewußt, daß sie dazu fähig sein würde, und ihre Freundinnen und ihre Lehrerinnen betrachteten sie danach mit anderen Augen. Dieser Triumph hatte insgeheim immer ihren Stolz, ihr Selbstgefühl genährt. Seither nahm sie an, daß sie irgendwie etwas Besonderes war.

Ihre Gedanken wurden verworren. Sie nahm sich etwas vor, plante irgendwelche Schritte, die dann durch andere Pläne verdrängt wurden. Als erstes beschloß sie, ihrer Ehe zu entfliehen, in ihr Dorf heimzukehren, ihre Familie zu überreden, den Brautpreis zu erstatten und anschließend in die Stadt und zu Omovo zurückzukommen. Doch dann sagte sie sich, daß das zu sehr einem Traum gliche. Statt dessen würde sie einfach nach Hause zurückkehren, Frieden zwischen den Dörfern stiften und die vagen Vorstellungen, die sie von ihrem Schicksal hatte, erfüllen. Aber dann erhoben sich Schatten in ihr. Von einer plötzlichen Vorahnung erfüllt, schloß Ifeyiwa die Augen. Sie konnte sich nicht vor den Schatten verstecken. Sie waren überall in ihr, groß und formlos, ungeheuerlich, aufmerksam, wie Silhouetten, die sich nie enträtseln lassen. Die Schatten wurden zum Gesicht ihres Vaters, der nach dem ungewollten Kindesmord erblindet war, ein gebrochener Mann; die Schatten wurden zum Gesicht ihres Bruders mit wirrem Blick und zu dem ihrer Mutter, deren Mund in einem flehenden Ausdruck erstarrt war. Die Gesichter von allen wirkten wie Geister, die für immer die Erde verlassen.

Und wegen dieser Gesichter wurde der Entschluß, ihren Mann zu verlassen, stärker. Sie sah in ihm nicht mehr nur den furchterregenden Mann, sondern eine uralte, unbeugsame Macht, die ihrem Schicksal im Weg stand, und ein Schreckgespenst, das sie in die Knie zwang, ihre Bücher versteckte, sie zu einer Analphabetin machen wollte, so wie alle anderen Frauen um sie herum. Zum erstenmal seit sie verheiratet war, sah sie in ihrem Mann einen natürlichen Feind, von dessen Herrschaft sie sich befreien mußte, wenn sie eine Chance haben wollte, zu leben.

Sie sah deutlich, wie ihr ursprüngliches Zugeständnis sich gegen sie gerichtet hatte. Sie hätte sich nie auf die Heirat einlassen sollen. Dann würde sie jetzt vielleicht ihr richtiges Leben führen. Sie sah, wohin sie ihre Einwilligung bringen würde: Sie würde eine dieser alten Frauen werden, von denen es im Getto so viele gab, eine dieser Frauen mit stinkendem Wickeltuch um den Hüften, zahnlosem Mund und schlaffen, hängenden Brüsten, eine dieser Frauen, die die Kinder für eine Hexe hielten.

Es machte sie traurig, daß sie außer ihrer Mutter und den langweiligen Lehrerinnen ihrer Schule keine andere Frau kennengelernt hatte, zu der sie hätte aufblicken und die sie hätte anleiten können. Dann ärgerte sie sich, daß sie sich vom Leben so hatte hereinlegen lassen. Abscheu brodelte in ihr auf. Bilder vom Tod, vom Ertrinken erfüllten sie plötzlich. Sie war zwischen dem, was sie nicht sicher wußte, und dem, was sie nie kennen würde, hin und her gerissen.

Sie fühlte sich verlassen. Gestrandet. Sie dachte traurig, daß nicht einmal die Liebe sie retten oder ihr helfen könne, der Selbstzerfleischung zu entgehen, die sie wie ein großer Raubvogel überfiel. Sie hatte das Gefühl, daß die Liebe sie erst recht betrogen hatte, denn in ihrem Namen hatte sie noch mehr hingenommen, noch mehr gelitten und ertragen, ihretwegen war Ifeyiwa im Getto geblieben, im Haus ihres Mannes, als Dienerin, als Besitztum. Außerdem wußte sie nur zu gut, daß Omovo mit seinen eigenen Drachen, seinen eigenen Dämonen zu kämpfen hatte. Die Landschaft der Verluste hielt sie beide in den einfachen Dingen des Daseins wie in einer Falle gefangen. Ifeyiwa dachte an das tote, verstümmelte Mädchen im Park. Sie fühlte sich ein bißchen wie dieses Mädchen, verstümmelt und von niemandem wahrgenommen. Sie hatte das Gefühl, verstümmelt herumzulaufen, und niemand merkte, wie die Welt, wie ihr Mann sie jeden Tag verletzte. Sie mußte wegrennen. Dieser Gedanke erfüllte sie mit ruhiger Gewißheit. Sie war bereit zu vergeben. Sie vergab alles, jedem und sogar sich selbst. Und dann verfluchte sie alles, jeden und sogar sich selbst.

Im Dunkeln schmiedete sie Pläne für den folgenden Tag. Sie suchte ihre Sachen zusammen. Ihr Mann bewegte sich im Bett. Er begann wieder zu schnarchen. Sie stellte sich ihre Heimkehr vor. Vor ihren Augen tauchten Bilder auf, wie sie als Heldin empfangen wurde und wie Leute, die sie nicht kannte, mit Lobgesängen auf sie zueilten, um sie zu begrüßen, zu berühren und zu großen Taten anzuregen. Sie stellte sich vor, daß sie an einem strahlenden Tag nach dem Regen eintreffen würde. Sie sah, wie die Bäume im warmen, nach Erde duftenden Wind schwankten. Ihr Mann bewegte sich wieder. Sie horchte auf das schneller gewordene Schnarchen, während sie die Gewißheit ihrer Entscheidung tief in ihren Körper sacken ließ. Sie sank in ihren letzten Schlaf in der Stadt.

Am nächsten Morgen sprach ihr Mann liebevoll mit ihr. Er stank aus dem Mund. Er lächelte unentwegt. Streichelte sie. Er war ungewöhnlich freundlich, ging auf ihre Stimmungen ein und fragte sie immer wieder, ob sie sich nach der Ruhe in der Nacht besser fühle. Er gab ihr sogar fünfzehn Naira, damit sie sich etwas kaufen konnte. Sie nahm das Geld äußerst demütig an. Er sprach über die Zukunft und daß er sein Geschäft vergrößern wollte. Er sprach über die hübschen Kinder, die sie haben würden, das Haus, das er bauen wollte, und das Auto, das sie fahren würden.
»Ich will, daß wir uns mehr gönnen«, sagte er.
Sie nickte.
Während er sprach, reinigte er sich die Zähne mit einem Kauhölzchen und spuckte die zerquetschten Fasern auf den Fußboden. Ifeyiwa holte Wasser und erhitzte es über dem Holzfeuer. Während er sich wusch, horchte sie auf die Ratten, die in verborgenen Winkeln des Raumes raschelten. Sie machte ihm etwas zu essen, das köstlichste Gericht, das sie je in diesem Haus gekocht hatte – gebratene Yamswurzeln und Kochbananen, Ragout mit Krebsfleisch und zartes Ziegenfleisch mit würzigen Kräutern. Er aß voller Genuß. Er erzählte ihr lustige Geschichten über seine verschiedenen Kunden. Sie lachte an den Stellen, wo es von ihr erwartet wurde: Ihr Lachen überraschte ihn. Sie erzählte ihm die Geschichte von der Debatte in der Schule.
»Du hast recht«, sagte er. »Du hättest den Wettstreit gewinnen sollen, meine liebe Frau.«
Als er gegessen hatte, hielt er sich noch eine Weile im Haus auf. Sie

wurde still. Widerwillig fuhr er schließlich in die Innenstadt, um ein paar dringend erforderliche Waren für seinen Laden zu kaufen. Als er fort war, setzte sie sich aufs Bett und blickte sich in dem Zimmer um, das sie in all diesen Monaten so gehaßt hatte. Sie betrachtete ihren kleinen Tisch, ihre Kleider auf der Leine, seine schweren Schuhe und die zerlöcherten Hausschuhe, den Geschirrschrank, das Einzelbett, die Stühle, die Tür, das Fenster. Es kam ihr merkwürdig vor, daß die Aussicht, all das zurückzulassen, sie ein wenig traurig stimmte. Sie war überrascht, daß sie trotz allem das eine oder andere Ding unter diesen Lebensumständen liebgewonnen hatte.

Sie dachte an den ersten Tag zurück, als sie in der Stadt und in der Wohnung ihres Mannes angekommen war. Sie wunderte sich, wie sie damals dem Dorf, aus dem sie fliehen wollte, hatte nachtrauern können und wie sie nun den Einzelheiten und der Atmosphäre des Zimmers, vor dem sie fliehen mußte, bereits im voraus nachtrauerte. Das Leben ist ein ungeheures Geheimnis, dachte sie. Sie fragte sich, warum ihr niemand von den Dingen erzählt hatte, die sie wissen mußte, warum ihr niemand den Schlüssel gegeben hatte, der das Tor zum Verständnis öffnet.

Sie fegte das Zimmer. Sie sang leise, mit sanfter Stimme. Sie machte das Bett, reinigte den Schrank, spülte das schmutzige Geschirr und sorgte dafür, daß alles im Zimmer ordentlich und sauber war, glänzte. An jenem Morgen spürte sie, daß sie auf geheimnisvolle Weise genesen war. Sie spürte eine ungewohnte Klarheit, als hätte sie ihr ganzes Leben geschlafen und würde erst jetzt aufwachen.

Sie nahm einen Bleistift, um Omovo einen Brief zu schreiben. Doch sie wußte nicht, was sie sagen sollte. Oder eher, sie hatte ihm zuviel zu sagen und wußte nicht, womit sie beginnen sollte. Er müßte das eigentlich verstehen, dachte sie. Dann hinterließ sie für ihren Mann eine Nachricht. »Ich bin fortgegangen«, stand darauf.

Sie packte eilig ihre Sachen. Sie trug ihre übliche Kleidung, als habe sie nichts Besonderes vor, verließ den Raum und legte den Schlüssel unter die Fußmatte. Ihr Koffer war leicht. Sie nahm nur ihre Bücher und etwas Kleidung mit. Es tat ihr leid, daß sie nichts von Omovo hatte, kein Foto und nicht einmal eine seiner Zeichnungen. Sie ging auf den Hinterhof und warf noch einmal einen Blick auf alles. Sie grüßte die Nachbarn mit heiterer Stimme. Ihnen fiel nichts Ungewöhnliches an ihr auf.

Als sie das Haus verließ, sah sie nicht zurück, warf nicht einmal einen Blick auf Omovos Haus und wagte nicht zu hoffen, ihn flüchtig zu sehen. Doch sie war sicher, daß sie ihn wiedertreffen würde und daß sie eines Tages zusammensein würden. Überall spielten die Kinder. Der Wind wehte die Abfälle des Gettos auf sie zu, die um sie herumwirbelten. Sie sah zwei sich paarende Hunde, die ineinander feststeckten. Sie sah alte Männer, die auf Stühlen saßen, mit wäßrigen Augen auf die Straße starrten und sich krampfhaft an Zigaretten und *ogogoro*-Flaschen klammerten, als könnten diese Dinge ihr Leben verlängern. Ihr fiel auf, wie aggressiv und verwirrt die jungen arbeitslosen Männer waren. Niemand schien irgend etwas, irgendeinen Verrat zu bemerken. Jeder schien sich damit abzufinden, daß das Leben auf diese Weise zu verlaufen hatte und immer so verlaufen würde. Zum erstenmal war Ifeyiwa darüber empört, daß niemand andere Möglichkeiten zu sehen schien, andere Wege zu den Meeren, von denen Omovos Bruder in seinem Gedicht sprach. Es tat Ifeyiwa leid, all das hinter sich zu lassen. Doch sie hatte gleichzeitig das Gefühl, als habe sie auf einem Fluß gelebt, der allmählich austrocknete.

Omovo tat ihr leid, und sie sprach ein Gebet für ihn. Es war ein strahlender Nachmittag, und die Luft war voll schimmernder Spiegelungen. Als Ifeyiwa fortging, war sie sicher, daß sie überall Geister sah, daß das Getto zu einer Geisterstadt wurde, daß sich die Dinge ohne Wissen oder Zustimmung der Leute verwandelten und daß die Gettobewohner zu Geistern und Schatten ohne Stimmen wurden.

5

Auch Omovo war drei Tage lang krank gewesen, nachdem er zusammengeschlagen worden war. Er hatte nicht im Büro Bescheid sagen können und war sicher, daß man ihn gefeuert hatte. Er bekam hohes Fieber, spürte in den Augen einen pochenden Schmerz, und sein Kopf schien immer mehr anzuschwellen, als würde sein Gehirn bald platzen. Er schlief schlecht, und im Fieber wurden die Dinge so verworren, daß er sich immer wieder durch merkwürdige Regionen des Geistes wand. Er phantasierte von Ifeyiwa und von seiner Mutter. Er träumte, seine Brüder seien zurückgekommen und hätten das Haus auf den Kopf gestellt, die Möbel umgestürzt, Tische und Stühle zertrümmert und den Vater mit einer Axt durch den Compound gejagt.

Blackie kam oft in sein Zimmer, um nach ihm zu sehen. Er versuchte, ihre Bemühungen zurückzuweisen, doch schließlich reichte seine Kraft nicht mehr, und er mußte ihre Pfefferschotensuppen, ihre heißen Kompressen und Salben ertragen. Während sie ihn pflegte, machte sie einen leicht besorgten Eindruck und schien die ganze Zeit einen Wunsch äußern zu wollen, doch sein Schweigen hatte eine Mauer zwischen ihnen errichtet, und wenn sie das Zimmer verließ, lag er mit ausgestreckten Gliedern durstig, erschöpft und zitternd auf dem Bett.

Am zweiten Tag seines Fiebers war er sich nicht mehr sicher, ob er phantasierte oder nicht. Sein Vater tauchte in regelmäßigen Abständen auf und verschwand wieder. Er erschien in voller traditioneller Aufmachung, dem langen Wickeltuch, dem weiten Hemd, einer Halskette aus Kaurimuscheln, mit einem Fächer aus Adlerfedern in der einen Hand und einem Fliegenwedel in der anderen. Wenn er wie ein Geist, wie der Abkömmling eines mächtigen Geschlechts hereinkam, redete er Omovo gut zu und stärkte seine Lebensgeister mit weisen Sprichwörtern; er begann Geschichten über magische Flüsse und Nixen zu erzählen, über Helden aus alten Zeiten, doch er beendete seine Geschichten nie.

Am selben Tag hatte Omovo, von der Hitze geschwächt und mit

pochendem Kopf, später eine weitere Sinnestäuschung. Dr. Okocha erschien ihm. Der alte Maler trug seine *agbada*, und als Last auf dem Rücken schleppte er alle Schilder, die er je gemalt hatte. Er wirkte sehr traurig, seine Augen lagen tief in den Höhlen, seine Stirn war faltig, und Schweiß rann ihm über die Runzeln. Mit einem Ausdruck des Schmerzes stand er über Omovo gebeugt und sagte mit zittriger Stimme: »Alles was jetzt mit dir geschieht, ist bloß ein Teil deiner Vorbereitung.«

»Was für eine Vorbereitung?« hörte Omovo sich selbst fragen.

»Aufs Leben. Dies ist nur eine heimliche Lehrzeit.«

Dr. Okocha schwieg eine Weile. Omovo betrachtete ihn.

»Warum hast du all diese Schilder auf dem Rücken?«

»Ich will sie zerstören. Ich bin herumgegangen und habe sie eingesammelt. Sie erfüllen mich mit Scham. Sie haben mich dreißig Jahre lang bedrückt. Wenn ich statt all dieser Schilder die fünf Bilder gemalt hätte, die ich malen wollte, dann wäre ich jetzt zwar tot, aber die fünf Bilder würden leben. Und so sterbe ich jetzt.«

»Warum hast du die Schilder denn gemalt?«

»Um meine Familie zu ernähren, warum wohl sonst?«

»Soll das heißen...«

»Ja.«

»Soll das heißen, du hast das Schild am Hotel...«

»Ich habe es abgenommen.«

»Und das beim Schneider...«

»Von der Tür gerissen, ja.«

»Haben sie nicht versucht, dich davon abzuhalten?«

»Nein. Ich habe sie nachts weggeholt. Ich habe mich noch nie so frei gefühlt. Ich male nie wieder ein Schild.«

»Aber du malst die besten Schilder in Lagos.«

»Und ich könnte fünf am Tag malen. Aber ich will lieber ein kleines Porträt von einem Adler oder das Gesicht des alten Mannes aus dem Getto malen...«

»Wer ist er?«

»Er ist unser Schicksal. Wenn wir nicht aufpassen. Er ist mein Freund. Wir trinken einmal in der Woche zusammen Palmwein und spielen Dame. Er kennt alle Tricks. Ich habe ihn nie schlagen können, und deshalb spiele ich weiter mit ihm. Er lacht nie. Eines Tages...«

»Kann ich ihn kennenlernen?«

»Eines Tages. Noch nicht. Noch lange nicht.«

»Warum nicht?«

»Wenn er junge Leute sieht, fängt er an zu weinen.«

»Warum?«

»Ich habe ihn nie gefragt.«

»Ist er eifersüchtig auf die jungen Leute?«

»Nein. Er beweint die jungen Leute.«

»Das verstehe ich nicht.«

»Dir geht es nicht gut. Schlaf ein bißchen.«

Dann verschwand der alte Maler. Omovo fiel in tiefen Schlaf und wachte mitten in der Nacht auf, überzeugt, er habe mit leblosen Körpern gesprochen, die er im Krieg gesehen hatte. Er blieb wach auf dem Bett liegen, bis der Morgen anbrach.

Am dritten Tag, als er wieder etwas kräftiger war, hörte er Lieder, die ihn an seine Mutter erinnerten. Er schlenderte durch den Compound. Alles kam ihm ein wenig seltsam vor. Sein Vater war nirgendwo zu sehen. Eine der Frauen aus dem Compound sagte ihm, daß Blackie zum Markt gegangen sei. Auf dem Hinterhof stieß er auf Tuwo, der seine Hemden und Hosen, seine Unterwäsche und seine Socken wusch. Tuwo wollte gerade etwas zu ihm sagen, doch Omovo, der sich Tuwos Blicken nicht aussetzen wollte, floh zurück in sein Zimmer. Am Nachmittag wagte er sich aus dem Compound heraus und ging zu Dr. Okocha. Dessen Werkstatt war geschlossen. Die Leute aus der Nachbarschaft sagten, sie hätten ihn seit Tagen nicht gesehen. Die Hitze und der Staub auf dem Rückweg, der brüllende Lärm der Plattenläden, der Gestank der Abfälle auf der Straße und der Anblick von alten Männern und Frauen vergrößerte noch Omovos Schwäche. Er ging nach Hause. Er versuchte zu malen, fühlte sich jedoch zu schwach, um einen Pinsel zu halten, und wurde müde von der Anstrengung, sich zu konzentrieren. Seine Augen taten immer noch weh, und seine räumliche Wahrnehmung war vorübergehend verzerrt. Er legte sich aufs Bett, las und schlief bis zum Abend.

Er schlief noch halb, als er eine lautstarke Auseinandersetzung zwischen Blackie und seinem Vater vernahm. Er hörte, wie sein Vater Blackie wegen ihrer rätselhaften Abwesenheiten anschrie, und hörte, wie sie sich verteidigte. Sie sagte, sie sei zum Markt gegangen und habe nicht die Nahrungsmittel gefunden, auf die sie besonderen Wert legte, und habe deshalb abends noch einmal hingemußt. Und als sie zum Markt zurückgekehrt sei, sagte sie, habe sie eine ihrer Verwandten getroffen und sei mit dieser Frau zu deren Wohnung gegangen, um ihr Neugeborenes anzusehen. Omovo blieb in seinem Zimmer, bis sich die Auseinandersetzung gelegt hatte. Als es wieder still im Haus war, wagte er sich ins Wohnzimmer. Niemand war zu sehen. Er ging zur Vorderseite des Compounds und setzte sich zu den Männern dort, weil er hoffte, etwas von Ifeyiwa zu hören. Doch er erfuhr nichts. Die Leute aus dem Compound bedauerten ihn zwar wegen des Fiebers, waren jedoch erstaunlich kühl zu ihm. Tuwo war nicht da.

Als Omovo, von der Hitze des Tages geschwächt, die sein Fieber bewirkt zu haben schien, in dieser Nacht im Bett lag, sah er auf einmal Tuwo vor sich. Omovo versuchte, ihm zu entkommen. Doch Tuwo tauchte immer wieder auf und bat um Verzeihung. Omovo wachte auf und stellte fest, daß der Strom ausgefallen war. Er legte sich wieder hin und schloß zitternd die Augen. Erneut tauchte Tuwo auf. Er war völlig nackt, hatte eine riesige Erektion und begann vor Omovos Augen mit Blackie zu kopulieren. Sie flehten ihn beide um Vergebung an, während sie sich mit hemmungsloser, lüsterner Ungeduld liebten. Ihre Wollust steigerte sich, ihre Bewegungen wurden immer fieberhafter, ungezügelter und ihr Flehen zugleich eindringlicher. Als sie schließlich erschöpft innehielten und sich auf den schwitzenden Gesichtern der beiden ein Ausdruck des Ekels abzeichnete, merkten sie, daß sie ineinander feststeckten, wie Hunde, und sich nicht mehr voneinander lösen konnten. Sie versuchten es, schafften es aber nicht. Blackie wurde von panischer Angst ergriffen. Tuwo warf Omovo einen entsetzten Blick zu. Sie baten ihn beide, ihnen zu helfen, sie voneinander zu trennen. Omovos Mutter tauchte auf und begann irrsinnig zu lachen. Plötzlich war auch sein Vater da, mit einer Machete in der Hand. Das Paar lief unbeholfen durch das Zimmer, Blackie in gebeugter Haltung, Tuwo hinter ihr. Sie wirkten wie Tiere in der Falle, gefangen. Omovos Vater folgte ihnen langsam mit furchterregender Würde. Als sie stehenblieben, ging er auf sie zu. Mit einem Ausdruck gelassenen Wahnsinns in den Augen hob er mit beiden Händen die Machete. Tuwo schrie auf. Bevor sein Vater die beiden mit einem Schlag voneinander trennte, wachte Omovo auf. Die Lichter brannten wieder. Der Ventilator surrte. Omovo schlief den restlichen Teil der Nacht nicht gut. Am nächsten Morgen sah er weder seinen Vater noch Blackie. Obwohl er sich schwach fühlte, seine Glieder schmerzten und sein Gesicht noch geschwollen war, beschloß er, daß er es nicht länger ertragen konnte, im Bett zu bleiben.

Zum erstenmal seit Wochen fuhr Omovo früh zur Arbeit. Er stellte fest, daß noch niemand anders im Büro eingetroffen war. Es war neun Uhr. Er setzte sich an seinen Schreibtisch und war verwirrt über die ungewohnte Anordnung der Sachen. Die Schriftstücke waren durcheinander geraten, einige fehlten, in den Akten und Karteien herrschte völliges Durcheinander. Omovo entdeckte Fehler bei den Zuteilungen, bemerkte, daß ihm die Handschrift auf den Briefen völlig unbekannt war. Beunruhigt über große Fehler in der Aufzählung der Chemikalien ging er zum Lager. Alle sahen ihn an, als sei er ein Geist. Der Lagerverwalter war auch noch nicht zur Arbeit erschienen. Omovo ging zur Buchhaltung. Nur zwei Angestellte waren da. Joe war nirgends zu sehen. Omovo ging in die Kantine und frühstückte. Es war halb zehn, als er ins Büro zurückkehrte.

Der Raum war kalt. Die Klimaanlage war bis zum Anschlag aufgedreht. Niemand blickte auf, als Omovo hereinkam. Simon aß seinen Teekuchen, tunkte ihn in ein Glas Wasser und starrte auf die halbnackte Frau auf dem Wandkalender. In seinen Augen lag ein verlorener Ausdruck. Der Vorsteher tippte angestrengt auf seinem Taschenrechner, als hinge sein Leben von den Zahlen ab, die das Gerät anzeigte. Chako, der seine Zettel fürs Fußballtoto studierte, hielt einen Augenblick inne, um ein Stück von der durchweichten Kolanuß abzubeißen. Dann putzte er sich die Nase. Er wirkte sehr nüchtern. Er hatte offensichtlich viel Geld bei der Wette der vergangenen Woche verloren. Er blickte zu Omovo auf, sah durch ihn hindurch, nahm eine Prise Schnupftabak, schüttelte energisch den Kopf und nieste. In diesem Augenblick begann der Wasserkessel zu pfeifen. Der Deckel bewegte sich klappernd im Dampf auf und ab.
Omovo schlich um seinen Schreibtisch herum und fühlte sich

irgendwie am falschen Platz. Die Atmosphäre im Büro hatte sich verändert. Omovo spürte, wie ihn ein kalter Schauer überlief. Der Vorsteher seufzte und legte dann den Rechner zur Seite. Er schien mit seinen Berechnungen zufrieden sein. Mit der Maske neuer Autorität im Gesicht drehte er sich auf seinem Stuhl um und sagte zu Omovo: »Was ist denn mit deinem Gesicht passiert?«

Erst in diesem Augenblick nahmen die anderen Omovos Anwesenheit zur Kenntnis. Sie blickten auf und musterten Omovos verquollene Züge.

Chako sagte: »Oder bist du beim Stehlen erwischt worden?«

»Vielleicht war er zur rechten Zeit am falschen Ort«, sagte Simon.

»Oder hast du etwa das richtige Bild von der falschen Frau gemalt?«

»Oder er hat sich geweigert, einer Nutte Geld zu geben, und sie hat ihn verprügelt«, sagte Simon schon wieder.

»He, Simon!« rief der Vorsteher, der so tat, als könne er's nicht glauben. »Du scheinst ja zu wissen, wie Nutten prügeln.«

Sie lachten.

»Vielleicht hat er auch einen Freund gebeten, es zu machen.«

»Warum denn das?«

»Immerhin ist er drei Tage nicht zur Arbeit gekommen. Wer kennt schon die Tricks der jungen Leute heutzutage?«

Der Vorsteher wandte sich an Omovo und sagte: »Ich hoffe, du hast eine gute Entschuldigung.«

»Ich bin nachts überfallen worden.«

Alle brachen wieder in Gelächter aus.

»Von Frauen?«

»Dieben?«

»Hast du es mit der Frau eines Nachbarn probiert?«

»Oder bist du mit dem Zeichenblock rumgelaufen und hast irgendwelche Leute gezeichnet?«

»Bist du zu lange aufgeblieben?«

»Oder hast du dich betrunken und dich daneben benommen?«

»Ich bin überfallen worden«, entgegnete Omovo mit Nachdruck.

»Das sieht man«, bestätigte Simon.

»Man sieht es nicht«, erwiderte der Vorsteher.

»Und dann hat mich das Fieber fertig gemacht«, fuhr Omovo fort.

»Das Fieber?« fragte Simon ungläubig.

»Daß ihn irgendwas fertig gemacht hat, kann man wohl sagen«, sagte der Vorsteher.

»K.o. geschlagen«, sagte Chako.

»Ich habe mich zwei Tage lang nicht rühren können.«

»Zwei Tage!«

»Zwei ganze Tage!«

»Ja.«

»Und am dritten Tag?« fragte der Vorsteher spöttisch.

»Da habe ich mich langsam erholt.«

»Da hast du dich erholt.«

»Ja, langsam.«

»Da hat er sich langsam erholt«, sagte Simon.

»Ja.«

»Ich verstehe«, sagte der Vorsteher.

»Wir verstehen.«

»Das erzählst du am besten dem Abteilungsleiter.«

»Ja, geh hin und erzähl ihm das.«

»Nicht ohne meine Erlaubnis«, rief Chako.

Omovo blickte einen nach dem anderen an, sein Herz klopfte schneller. Er spürte Wut in sich aufwallen. Wut und Trotz. Omovo wollte gerade etwas sagen und alle im Büro beleidigen, als die Tür aufging. Der Neffe des Abteilungsleiters kam eilig herein, jener junge Mann, der dreimal nacheinander durch die Abschlußprüfung gefallen war. Er sauste auf den Wasserkessel zu und begann mit den Tassen herumzuklappern. In der Stille begriff Omovo, warum sich die Atmosphäre im Büro geändert hatte. Der Neffe des Abteilungsleiters war jung und sah frisch aus. Er trug eine schwarze Hose, ein weißes Hemd und eine rote Krawatte. Er sah aus, als besitze er die nötige Unterwürfigkeit. Sie nickten sich gegenseitig zu.

Omovo drehte sich um und stürmte, ohne anzuklopfen, in das Büro des Abteilungsleiters. Chako versuchte ihn aufzuhalten, kam aber zu spät. Omovo ging hinein und schloß die Tür hinter sich. Der Abteilungsleiter blickte kurz mit ausdrucksloser Miene auf, wandte sich dann wieder seiner Kaffeetasse zu und knabberte weiter an einem Keks. Omovo näherte sich dem Schreibtisch, blieb stumm davor stehen und starrte den Abteilungsleiter an.

Nach ein paar Sekunden bemerkte Omovo einen beißenden Gestank im Büro. Er rümpfte die Nase. Er wußte den Geruch zu deuten. Der Abteilungsleiter rutschte auf seinem Sitz hin und her und wußte, daß Omovo es wußte. Das Schweigen dauerte an. Omovo zog sein Taschentuch hervor, hielt es vor die Nase und trat zwei Schritte zurück.

»Darum habe ich einen Sekretär«, sagte der Abteilungsleiter schließlich.

Der Gestank wurde schlimmer, als postuliere auch er ein neues Gesetz der Körperschaftsphysik, das besagt, daß heiße Luft aufsteigt. Omovo weigerte sich eine Weile, den Mund aufzumachen. Er hielt den Atem an, stieß die Luft aus und atmete dann verhalten ein. Er sah sich im Büro des Abteilungsleiters um. Er musterte den Schreibtisch. Er bemerkte das gerahmte Foto der jungen Frau des Abteilungsleiters, dessen vergoldetes Namensschild, die dicke, braune Brieftasche und Tausende von Schriftstücken. An der Wand hinter dem Schreibtisch hing neben den großen Porträts des Staatschefs und des Firmendirektors auch ein Bild des Abteilungsleiters, das in England aufgenommen worden war. Man sah ihn zusammen mit englischen Firmenangehörigen. Er stand im Hintergrund und hob sich unter all den weißen Gesichtern nur durch seine schwarze Hautfarbe hervor. An den anderen Wänden hingen viele Kalender, darunter einige aus seiner Firma, alle mit romantischen Szenen aus den Hauptstädten der westlichen Welt.

»Setzten Sie sich, Omovo«, sagte der Abteilungsleiter nach langem Schweigen.

Die Klimaanlage summte leise. Der Gestank hatte allmählich nachgelassen.

»Also, was wollen Sie?«

Omovo blieb stehen und sagte: »Ich möchte wissen, ob man mich rausgeworfen hat.«

Der Abteilungsleiter lächelte zum erstenmal. »Nein, im Gegenteil. Sie bekommen eine Lohnerhöhung.« Er machte eine Pause. »Aber Sie sind nach Mile Twelve versetzt worden, in unsere Zweigstelle.«

»Die Abteilung ist sehr großzügig«, sagte Omovo und nahm eine andere Haltung ein.

»Was meinen Sie damit?«

»Was ich gesagt habe.«

»Hören Sie zu, Sie sind drei ganze Tage nicht zur Arbeit gekommen. Sie hatten keinen Krankheitsurlaub und nichts.«

»Ich war krank. Man hat mich zusammengeschlagen.«

Der Abteilungsleiter sprach weiter, als hätte er nichts gehört. »Ich hätte ganz leicht dafür sorgen können, daß Sie rausgeworfen werden. Doch ich bin ein rücksichtsvoller Mensch, und unsere Abteilung ist überaus entgegenkommend. Sie kommen in den Genuß der alten Devise: Im Zweifel für den Angeklagten. Wir geben Ihnen die Möglichkeit, Ihre schlechten Angewohnheiten zu ändern.«

»Und dabei kommt Ihr Neffe in den Genuß einer Anstellung.«

Der Abteilungsleiter blickte ihn an, während seine Augen wütend aufblitzten. »So etwas kommt vor, wissen Sie.«

»Sicher. Und wenn ich das Angebot ablehne?«

»Dann wären wir leider gezwungen, Sie zu entlassen. Draußen warten Millionen von Menschen auf so eine Stelle.«

»Na schön, ich nehme die Versetzung nicht an. Das ist ja der reinste Hohn. Sie wissen genau, daß ich von Alaba nie rechtzeitig nach Mile Twelve kommen kann, selbst wenn ich um fünf Uhr aufstehe.«

»Gut. Sie haben Ihre Meinung gesagt. Die Sache ist klar. Wie schon gesagt, die Abteilung ist entgegenkommend. Reichen Sie mit sofortiger Wirkung Ihre Kündigung ein, verlangen Sie Ihren Lohn, die Zuschläge und gehen Sie. Ich wünsche Ihnen viel Glück. Ich habe noch zu tun, verstehen Sie.«

Der Abteilungsleiter nahm sich eine Akte vor und bedeutete Omovo, daß die Unterredung beendet war. Omovo starrte ihn an und sagte dann mit einer Stimme, in der unterdrückte Wut mitschwang: »Ihr Vorwand mit dem guten Arbeitsklima im Büro ist reichlich durchsichtig. Damit können Sie mich nicht beeindrucken. Sie brauchen sich nicht länger anzustrengen, mir das Leben zu versauern. Sie sind sehr höflich, sehr dezent, aber ein Scheißkerl. Die Zeit wird auch mit Ihnen fertig.«

Der Abteilungsleiter warf die Akte auf den Tisch und explodierte. »Sie sind verrückt, Omovo. Gott wird Sie strafen für das, was Sie gerade gesagt haben. Holen Sie sich Ihr Geld und verschwinden Sie! Leute wie Sie wollen wir hier sowieso nicht!«

Omovo lächelte und ging hinaus.

Er holte seinen Monatslohn ab, das Überstundengeld und den ihm zustehenden Anteil am Urlaubsgeld und der Weihnachtsgratifikation für dieses Jahr. Es kam ein stattlicher Betrag zusammen. Omovo hatte noch nie soviel Geld in der Hand gehabt.

Er ging ins Büro zurück. Niemand redete mit ihm, und er sprach niemanden an. Er sah seinen Schreibtisch durch, packte seine Sachen zusammen, seinen Zeichenblock, seine Filzschreiber und verschiedene Gegenstände, die sich im Lauf der Zeit angesammelt hatten und die er beim Malen brauchen konnte. Er steckte sie in eine Plastiktüte. Der Neffe des Abteilungsleiters tauchte nicht auf. Simon verließ das Büro. Der Vorsteher ging früh zum Essen. Chako saß unerschütterlich an seinem Platz und studierte die Tippzettel fürs Fußballtoto. Als Omovo den Schreibtisch aufgeräumt hatte, hinterließ er seinem Nachfolger eine Notiz über die Fehler in der Aufstellung. Omovo wollte gerade gehen, als er plötzlich traurig wurde. Der Gedanke an die Entlassung, an die ungewisse Zukunft, an die Gesichter, die er zurücklassen und vielleicht nie wieder sehen würde, und das Gefühl, versagt zu haben, stimmten ihn traurig. Er empfand einen schmerzenden Stich des Verlusts, als er an die kleinen Dinge im Büro dachte, die Klimaanlage, die immer auf vollen Touren lief, die Kühle des Raums, wenn niemand anders dort war, die Ruhe nach der Arbeit, wenn er im Büro blieb, um zu zeichnen, statt wie von ihm erwartet, Überstunden zu machen. Er wußte schon im voraus, daß ihm der eigentümliche, in der Firma übliche Umgangston fehlen würde, der Klatsch, den er so oft mitangehört hatte, der überreich vorhandene Unmut und sogar jene Seiten seiner selbst, die nur im Büro zum Ausdruck kamen und nach seinem Fortgehen verkümmern würden.

Doch so schwer es ihm auch fiel, eine Haut abzustreifen, die ihm zu klein geworden war, er mußte gehen. Seine Schuhe knarrten, als er über den Gang lief. Die Wände waren frisch gestrichen, waren gelb und sauber. Der Flur war leer. Wenn sich eine Tür öffnete, spürte er die kühle Luft, die ihm aus den Büros entgegenschlug. Eine leichte Erregung, eine fast trotzige Freude überkam ihn, als er dem Räderwerk der Firma entkam. Er fühlte sich frei. Er hatte einen klaren Kopf. Er hatte beschlossen, nie wieder in einem Verwaltungsapparat zu arbeiten, nie wieder ein Rad im Getriebe zu sein. Er hatte sich geschworen, die Segel zu setzen, um das unsichere Kap der Kunst anzusteuern. Wie konnte er wissen, durch was für unbarmherzige, rauhe Meere sein Schiff fahren würde?

Als er am letzten Büro vorbeikam, öffnete sich die Tür, und einer der Vertreter aus dem Verkauf steckte den Kopf hinaus. Er hatte einen dichten Bart und war ziemlich dick. Er sah Omovo und sagte drängend: »Omovo! Koch zwei Tassen Kaffee für mich und meine Freundin. Aber mach schnell! Und wenn du fertig bist, hol uns ein paar Fleischpasteten. Wir sind halb tot vor Hunger.«

Mit einem boshaften Lächeln auf den Lippen ging Omovo ein paar Schritte zurück. Durch die offene Tür sah er die Freundin des Verkäufers. Sie war sehr dünn, trug ein langes seidenes Gewand und war reichlich mit Lidschatten, Rouge und Lippenstift bemalt. Ihre Haut war mit Aufhellungscremes unnatürlich gebleicht. Die Freundin betrachtete ihr knochiges Gesicht in einem kleinen Spiegel.

»Was guckst du so? Beeil dich! Ich habe noch was anderes zu tun. Oder muß ich dir erst Geld zustecken, hm?«

Omovo grinste. »Das ist nicht nötig«, sagte er.

»Gut.«

»Ihr könnt nämlich Pisse trinken, du und deine Freundin – und wohl bekomm's!«

Dem Verkäufer blieb vor Erstaunen der Mund offenstehen.

»Und paß auf deinen Mund auf. Falls eine Fliege vorbeikommt«, fügte Omovo hinzu.

Ohne auf eine Antwort zu warten, ging er weiter. Er verließ die Büros und verabschiedete sich vom Pförtner. Omovo war nicht mehr so traurig. Er fühlte sich stark. Die große Hitze draußen überraschte ihn. Aus den überlaufenden Gossen stieg der Geruch von Dieselöl auf. Auf allen Straßen staute sich der Verkehr. Neben einem Schuhladen schlugen sich zwei Männer. Omovo beobachtete, wie ein Polizist von einem Taxifahrer, der ein Verkehrsdelikt begangen hatte, heimlich Bestechungsgeld einsteckte. Die Luft war voller Fliegen und kleiner Mücken. Doch Omovo fühlte sich doppelt befreit: Er hatte seine Arbeit aufgegeben, und er hatte sich von seinem Fieber erholt.

Er blieb vor dem Restaurant Valentino stehen. Er war immer daran vorbeigegangen und hatte einen sehnsüchtigen Blick hineingeworfen. Die Fenster waren getönt, und es machte einen luxuriösen Eindruck. Omovo hatte sich schon immer gewünscht, hineinzugehen und ein verschwenderisches Menü mit drei Gängen zu bestellen. Nun hatte er zum erstenmal genug Geld. »Warum nicht jetzt?« dachte er. Er stieß die Tür auf und ging hinein.

Die Klimaanlage blies ihm kalte Luft ins Gesicht. Das Restaurant war von innen genauso gemütlich, wie es von außen gewirkt hatte. Es war luxuriös eingerichtet. An den zur Hälfte mit Marmor verkleideten Wänden hingen schlechte Gemälde. Die Beleuchtung war blau, von der Decke rieselte Musik, und es gab ein Aquarium mit Goldfischen. Das Restaurant war mit Sesseln, Sofas und Polsterstühlen ausgestattet, die mit unechtem Samt bezogen waren. Omovo fand einen freien Tisch und setzte sich. Kurz darauf kam ein Ober und fragte: »Was darf es sein, Sir?«

»Ich habe mir die Speisekarte noch nicht angesehen.«

»Lassen Sie sich Zeit, Sir.« Der Ober, ein Mann mittleren Alters in blauroter Uniform, verbeugte sich steif und ging davon.

Fast alle Speisen auf der Karte waren Omovo fremd. Er war ein wenig verwirrt über die exotischen Namen der Gerichte. Vorspeisen: Pâté maison, Champignons à la Grecque, gefüllte Zucchini. Omovo beschloß, die Vorspeisen zu übergehen. Hauptgerichte: Poussin chasseur, Tournedos maison, Escalope de veau à la crème, Entrecôte au poivre, Emincés de cabestu, Scampi provençale, Avocado vinaigrette, Pizza, Geflügelsalat, Jollof-Reis und gestampfte Yamswurzeln. Omovo verwünschte seine geringen Kenntnisse der internationalen Küche. Und dennoch wollte er sich nicht mit einem vertrauten Gericht begnügen.

»Haben Sie gewählt, Sir?« fragte der Ober, nachdem er auf rätselhafte Weise mitten in Omovos Verwirrung aufgetaucht war.

»Ja. Hmm. Geben Sie mir eine Pizza, Geflügelsalat und Jollof-Reis.«

Ein spöttisches Lächeln glitt über das Gesicht des Obers. »Weine? Vorspeisen? Etwas Süßes hinterher?«

»Etwas Süßes? Was denn Süßes? Ach so. Nein, nichts Süßes für mich.«

»Schön, Sir. Weine? Vorspeisen?«

»Keine Vorspeise.«

»Darf ich Ihnen die gefüllten Zucchini empfehlen, Sir?«

»Nichts Gefülltes für mich, danke.«

Der Ober hustete. Diskret. »Wein, Sir?«

»Wein?«

»Ganz richtig, Sir.«

»Hmm. Rotwein. Nein, Weißwein. Nein, streichen Sie das. Nur ein Glas Wasser bitte.«

»Nur Wasser.«

»Ganz richtig.«

»Schön.«

»Und bitte ... «

»Ja, Sir?«

»Ich bin kein ›Sir‹.«

»Wie Sie wünschen.«

Der Ober ging buckelnd davon. Omovo seufzte erleichtert auf. Er hatte begonnen zu schwitzen. Während er dort saß und auf das Essen wartete, erinnerte er sich an etwas, das Dele gesagt hatte: »Wenn du dich verzweifelt danach sehnst, ins Ausland zu kommen, geh einfach in ein gutes Restaurant, das ist fast so, als wenn du dort wärst.« Omovo lächelte über diese Erinnerung. Wer sehnt sich schon verzweifelt danach, ins Ausland zu gehen? dachte er. Er fragte sich, ob Dele wohl in die USA gefahren war. Er fragte sich, wie Okoro, der unbedingt dorthin wollte, das aufnehmen würde. Er dachte darüber nach, wie sehr die Reisen ins Ausland zum neuen Symbol für den Fortschritt geworden waren – Reisen in die USA, nach London oder Paris. Omovo hatte nicht den Wunsch, ins Ausland zu gehen. Er wollte zu Hause bleiben und Zeugnis ablegen. Seine Brüder waren beide fortgegangen: wenn auch er ging, wer sollte dann die Festung zu Hause halten? Wer würde für Kontinuität sorgen? Außerdem, wohin sollte er schon gehen, was sollte er tun, wer würde die Studiengebühren für ihn bezahlen? Er beneidete Leute wie Keme um ihre Standhaftigkeit: Sie kannten die Verhältnisse, waren an sie gewöhnt, kämpften mit den Veränderungen, verfolgten die historische Entwicklung, gaben nicht auf. Diese Standhaftigkeit brauchte auch er, um ein erfolgversprechendes, aber anspruchsvolles Feld zu bestellen. Ja. Er würde die Segel setzen, um das unsichere, rauhe Kap der Kunst anzusteuern. Er würde in die Verhältnisse hineinwachsen, Wurzeln schlagen. Wie konnte er auch wissen, daß er den beschwerlichsten Weg gewählt hatte?

Omovo warf einen Blick auf die anderen Gäste. Eine Gruppe an einem großen Tisch erweckte seine Aufmerksamkeit. Drei weiße Männer schienen in eine verworrene Diskussion mit zwei Nigerianern verwickelt zu sein. Sie paßten nicht recht zueinander. Die Weißen waren leicht gekleidet. Die Nigerianer trugen Anzüge mit Krawatten und schwitzten. Sie waren Geschäftsleute. Die Weißen saßen im Halbkreis und beherrschten die Tischrunde völlig. Sie redeten mit seltsamem Akzent und herablassendem Tonfall auf die Nigerianer ein. Sie waren alle sonnengebräunt und sprachen laut, wie Leute, die überzeugt sind, daß das, was sie sagen, wesentlich ist. Omovo schnappte ein paar Fetzen ihrer Unterhaltung auf und wunderte sich. Einer der weißen Männer war hergekommen, um bei einer Erdölgesellschaft zu arbeiten. Er sagte: »Bei uns glaubt man immer noch, Sie seien Wilde, dabei sind Sie bemerkenswert zivilisiert.«

Einer der Nigerianer, der offensichtlich nicht verstanden hatte, was gesagt worden war, brach in Gelächter aus. Der andere sagte: »Wie bitte?«

Der zweite Weiße, ein Schotte, kehrte in seine Heimat zurück.

»Ich hab genug von diesem Land. Es ist das totale Chaos. Sie sollten Ihr Land wirklich besser organisieren«, knurrte er.

Der erste Nigerianer lachte wieder und schlug sich auf die Schenkel. Der zweite blickte fort.

Der dritte Weiße war Journalist. Er trug eine schwere Armbanduhr. Auf seinem niederträchtigen Gesicht lag ein gelangweilter, geringschätziger Ausdruck, als er sagte: »Ich bin gekommen, um über die Engländer im Ausland zu schreiben. Für die *Times*, verstehen Sie?«

»Und was ist mit den Einheimischen?« fragte der Mann, der für die Erdölgesellschaft arbeitete.

»Wer? Ach die. Die haben doch jetzt ihre Unabhängigkeit. Die können selbst für sich sorgen.«

»Aber ihr Land ist ein einziges Durcheinander.«

»Dennoch sehr zivilisiert. Ein freundliches Volk.«

Die nigerianischen Geschäftsleute lächelten während des ganzen Wortwechsels, als nähmen sie Scherze, die sie nicht verstanden, höflich zur Kenntnis. Sie blickten sich immer wieder im Restaurant um, als hofften sie, irgend jemand aus ihrer Bekanntschaft würde sie in dieser gehobenen Gesellschaft sehen. Und wenn sie etwas sagten und dabei versuchten, wie die weißen Männer zu klingen, sprachen sie mit falschem Akzent. Die ganze Unterhaltung an diesem Tisch bestand ausschließlich aus Mißverständnissen. Nur das verlegene Gelächter des jovialeren der beiden Geschäftsleute lockerte die unbehagliche Atmosphäre ein wenig auf.

Als der Ober schließlich das Essen brachte, war Omovo zornig. Er kochte vor Wut. Er dachte an Ifeyiwa und die Grenzstreitigkeiten in ihrem Dorf und daran, daß die Vorfahren dieser weißen Männer hundert Jahre zuvor dieses Problem geschaffen hatten. Er wunderte sich über deren Unverfrorenheit und Überheblichkeit. Die Unterhaltung hatte ihm fast den Appetit verschlagen. Wer sehnt sich schon verzweifelt danach, ins Ausland zu gehen? fragte er sich wieder. Wenn die Weißen im Ausland so unsensibel sind, wie mögen sie dann wohl bei sich zu Hause sein? Omovo war wütend, wollte aufstehen und sie anschreien, sie beschimpfen, doch es gelang ihm, sich mit einer großen Willensanstrengung zu beherrschen. Seine Hände zitterten. Er trank das Glas Wasser und atmete tief. Als der Augenblick vorüber war, versuchte er sich auf das Essen zu konzentrieren. Er war von der Pizza enttäuscht und konnte sie nicht aufessen. Letztlich aß er nur sehr wenig. Er bestellte ein Chapman. Er trank sein Bier und versuchte, den lauten Stimmen am anderen Tisch nicht zuzuhören. Plötzlich wollte er hinaus an die frische Luft. Er bat um die Rechnung.

Als er sie sah, wäre er fast vom Stuhl gefallen. Die Rechnung betrug ein Fünftel seines Gehalts. Mit unbeweglicher Miene nahm er das Wechselgeld entgegen. Der Ober blieb länger als notwendig neben dem Tisch stehen und lenkte dadurch die Aufmerksamkeit der anderen Gäste auf Omovo. Die weißen Männer starrten ihn an. Omovo beachtete sie nicht. Er wischte sich den Mund mit der Serviette ab und lächelte dem Ober zu. Als Omovo aufstand, brach einer der beiden Geschäftsleute wieder in dröhnendes Gelächter aus. Die Weißen blickten sich verdutzt an.

Der Journalist sagte: »Vielleicht erwähne ich kurz ihren Sinn für Humor.«

»Den hat man hier verdammt nötig«, sagte der Schotte. »Sonst wird man bekloppt!«

Der ruhigere Geschäftsmann sagte: »Als ich in London war...«

Am ganzen Tisch, ja im ganzen Restaurant wurde es still.

»... habe ich gesehen, wie eine dicke Frau von einem kleinen Hund über die Straße gezogen worden ist.«

Die Gespräche wurden wieder aufgenommen, die nichtssagende Bemerkung nicht beachtet. Der Ober versperrte Omovo den Weg. Die Nackenmuskeln des Mannes waren angespannt, und in seinen Augen lag ein entschlossener Blick, während er Omovo anstarrte. Als Omovo zwanzig Kobo auf das Tablett fallen ließ, lächelte der Ober.

»Ich hoffe, es hat Ihnen geschmeckt – Sir?«

Omovo, der überzeugt war, daß der Ober die Rechnung zu hoch ausgestellt hatte, schwor sich, daß er nie wieder dort essen würde, und verließ fluchtartig das Restaurant, während ihm noch die hochmütigen Stimmen der Weißen in den Ohren klangen.

Auf dem Weg nach Hause spürte er, wie er schwitzte. Als er in das Wohnviertel Apapa kam, hatte er gegen die zweite Welle des »Exodus« anzukämpfen. Die Arbeiter kamen in Scharen zur Nachmittags- und Nachtschicht in die Stadt. Omovo schob sich gegen den Strom an den Menschenmassen vorbei. Er spürte das Drängen, die Gewalt, die Angst der Menschen. Er brauchte lange, bis er nach Waterside kam. Die Menge schob ihn bald hierhin, bald dorthin. Omovo beobachtete die Gesichter der Menschen, bemerkte den ständigen Wechsel zwischen Widerstandskraft und Leiden. Er sah die Muskeln unter den Kleidern, die Form der Nasen, die hellen und dunklen Augen, die groben Kiefer und die seltsamen Flecken auf den verblichenen Hemden. Omovo betrachtete die Umgebung mit ihrem Wohlstand und sah hinter den sauber geschnittenen Hecken und rauschenden Pinien die weißen Ausländerkinder, die hoch oben vom sicheren Platz eines Balkons die Menge durch Ferngläser beobachteten.

Während er gegen die wogenden Körper all der Menschen ankämpfte, die ihn leicht hätten zertrampeln können, spürte er, wie ihm das Hemd am Rücken klebte, die Achseln feucht und seine Socken klamm wurden. Dann spürte er, wie ihm etwas auf die Schulter fiel, etwas Feuchtes. Er sah nach und entdeckte Vogeldreck. Er warf einen Blick nach oben und entdeckte über ihm am Himmel nichts. Omovo fühlte sich irgendwie gezeichnet. Es war ein strahlender Nachmittag.

6

Als er vom Büro nach Hause kam, traf er Blackie im Wohnzimmer.
»Weißt du, daß Ifeyiwa weggelaufen ist?« fragte sie sanft.
Omovos Gesicht verzog sich schmerzlich. Ihm wurde übel.
»Wann?«
»Das weiß niemand. Ihr Mann vermutet, daß sie heute morgen verschwunden ist. Er ist gekommen und wollte dich sprechen. Ich hoffe, er macht keinen Ärger.«
Omovo blieb stumm.
»Sie war ein liebes Mädchen.«
»Sie war unglücklich.«
»Warum?«
Omovo sagte nichts.

Die Compoundbewohner hatten sich auf dem Hinterhof versammelt. Takpo beklagte sich, daß Ifeyiwa ihn verlassen hatte. Seine Stimme zitterte. Tuwo versuchte ihn mit Sprichwörtern zu trösten. Die Frauen rieten ihm, ihr zu folgen und die Angelegenheit mit ihrer Familie ins reine zu bringen. Es war eine lärmende Versammlung; jeder sagte, wohin seiner Meinung nach Ifeyiwa gegangen sein könnte und was zu tun sei. Jemand schlug vor, Takpo solle zur Polizei gehen. Andere meinten, er solle Geduld aufbringen. Omovo kam unglücklicherweise auf dem Weg zur Toilette an ihnen vorbei. Augenblicklich breitete sich vorwurfsvolles Schweigen aus. Alle Gesichter wandten sich Omovo zu, die Augen durchbohrten ihn. Jemand sagte: »Männer des Compounds! Paßt auf eure Frauen auf, hört ihr? Es sind Diebe am Werk!«
Jemand anders sagte: »Ha, stille Wasser sind tief.«
Takpo bahnte sich einen Weg durch die Menge. Die Frauen schrien auf. Die Männer versuchten ihn zurückzuhalten, doch er schüttelte sie ab. Er baute sich vor Omovo auf, so dicht, daß sich ihre Gesichter fast berührten. Er blies ihm seinen Atem in die Nase. Er roch nach *ogogoro*. Seine Augen waren blutunterlaufen und weit aufgerissen, der Mund verzerrt. Sein Gesicht war jämmerlich eingefallen.

»Omovo?«

»Ja?«

»Meine Frau is abgehaun, hörste? Ifeyiwa is ausgerissen, hörste?«

»Ja.«

»Sie is ausgerissen und hat nur'n paar Worte aufn Zettel gekritzelt, verstehste? Siehste, was du mit mein' Leben machst? Siehste, was du gemacht hast, hm?«

Omovo blieb stumm. Er senkte den Kopf.

»Ich hab gesehen, wie ihr zusammen in das Haus seid, alle beide. Mit eignen Augen hab ich's gesehen, ja, hörste? Siehste, was du mit mir gemacht hast, hm?«

Omovo wich zurück.

»Na gut, ich bin ein alter Mann. Und jetzt bin ich hin. Biste nun zufrieden, hm? Zufrieden? Also, was habt ihr beiden geplant, hm? Was habt ihr für'n Plan?«

Omovo schüttelte den Kopf. Takpo redete weiter auf Omovo ein und blies ihm seinen heißen Atem ins Gesicht.

»Weißte, wieviel ich für das Mädchen bezahlt hab, hm? Selbst wenn du alles verkaufst, was du hast, kannste ihren Brautpreis nicht bezahlen, kannste nich. Ich versuch sie glücklich zu machen, ich versuch alles, ich geb ihr Geld, ich kauf ihr Schmuck, ich mach'n Laden für sie auf, ich geb ihr Gold, ich kauf ihr Kleider, ich geh mit ihr aus, ich schick sie zur Schule, ich kauf ihr Bücher, ich kümmer mich um sie wie um ne Prinzessin. Aber sieh mal. Wegen dir hat sie mein Geld mitgenommen, hat all mein Geld mitgenommen, hat alles mitgenommen, was ich ihr gegeben hab, und rennt dann weg. Siehste, was du mit mein' Leben machst, hm?«

Omovo blieb stumm. Er hielt den Atem an. Er war verwirrt.

Takpo wandte sich an die Menge, hob die Hände und sagte mit schriller Stimme und Gesten tiefer Qual: »Wie kann ein Mann wissen, was eine Frau im Kopf hat, hm? Wie kann er das riechen? Wie kann ein Mann eine Frau verstehen, sagt mal, hm? Das möcht ich mal wissen!«

Er wandte sich wieder an Omovo. »Die ganze Zeit, wo sie bei mir ist, hat sie dauernd an dich gedacht, nur an DICH! Vielleicht hat sie sich darum geweigert, ein Kind zu kriegen! Was habt ihr geplant? Ich will's wissen! Ich will es wissen...«

Außer sich vor Wut stürzte Takpo sich plötzlich auf Omovo,

schlug ihn, trat ihn, kratzte ihn, spuckte ihn an und jammerte wie ein Verrückter. Omovo ließ ihn gewähren, ohne sich zu rühren oder mit der Wimper zu zucken. Takpo hämmerte mit den Fäusten auf ihn ein und schrie: »Ich bring dich um! Ich geb ein paar Männern Geld, um dich zu killen! Bring meine Frau zurück, Mann! Bring sie zurück!«

Die Männer aus dem Compound stürzten zu ihnen und trennten sie. Omovo blutete aus der Wunde auf der Stirn. Auf den Wangen waren lange Kratzspuren. Er ging zum Waschraum und wusch sich das Gesicht. Dann ging er wieder an der Menge vorbei zu seinem Zimmer. Er setzte sich hin und starrte aus dem Fenster.

Er saß lange da, ohne sich zu rühren. Die Stimmen auf dem Hinterhof verstummten allmählich. Doch Takpo schrie noch immer. Nach einer Weile wurde auch seine Stimme leiser. Einer plötzlichen Eingebung folgend stand Omovo auf und packte seine Tasche. Er würde auch fortgehen. Keme hatte ihm einige Zeit zuvor den Namen und die Adresse der Familie eines Freundes in B. gegeben, der ihm in diesem Küstenort außerhalb von Lagos vielleicht ein Zimmer vermieten würde. Omovo hatte oft von seinem Wunsch gesprochen, außerhalb der Stadt etwas zu finden, wo er malen könne. Während Omovo seine Kleider zusammensuchte, fand er den Ring, den Ifeyiwa ihm geschenkt hatte. Er legte ihn in die Cellophantüte zu den Büscheln seines abgeschnittenen Haars. (Viel später sollte er den Ring an einem besonderen Ort aufbewahren, als sei er ein Glücksbringer. Und noch später würde er ihn am kleinen Finger tragen. Er behielt den Ring bis an sein Lebensende.) Das Brot, das seine Verwandten ihm gegeben hatten, war verschimmelt. Er warf es weg, ebenso Okoros Hut. Omovo packte seine sauberen Hemden und Hosen in eine Ledertasche. Dann konzentrierte er sich auf die Dinge, die er zum Malen brauchte. Er nahm ein paar Bücher mit, aber keines über die bildenden Künste. Als er fertig war, zog er den Reißverschluß der Tasche zu. Er hob die Tasche prüfend hoch, sie war nicht zu schwer. Er ging in das leere Wohnzimmer und setzte sich hin. Er mußte sich sammeln. Zu viele Dinge auf einmal.

Die Atmosphäre im Wohnzimmer schien sich nicht verändert zu haben. Auch nicht tief im Innern. Er versuchte an nichts zu denken.

Kindheitserinnerungen überkamen ihn. Er dachte daran, wie er zusammen mit seinen Brüdern in ein Zimmer eingesperrt worden war, während sich die Eltern stritten. Stühle waren umgestoßen, Gläser zerbrochen worden. Harte Worte waren geschrien und endlos wiederholt worden. Er erinnerte sich besonders an eine Nacht. Seine Eltern hatten sich erbittert gestritten, während es draußen heftig stürmte. In jener Nacht hatte Omovo mit dem Gefühl drohenden Verhängnisses wach gelegen und auf das Wüten des Sturms und die zerstörerischen, leidenschaftlichen Ausbrüche seiner Eltern gehorcht. Seine Mutter kreischte. Eine Tür wurde knallend zugeschlagen. Draußen rüttelte der Wind am Wellblechdach. Omovo begann zu weinen. Okur nahm ein Buch und schleuderte es quer durch den Raum.

»Ist schon gut, Omovo, ist schon gut«, sagte er.

»Das geht vorbei«, fügte Umeh hinzu, stand auf und blickte durchs Fenster nach draußen. Omovo weinte weiter. Okur stand auf und ohrfeigte ihn. Einen Augenblick war es still. Der Sturm heulte, und der Donner grollte. Omovo spürte, wie seine Halsmuskeln zuckten, während er versuchte sein Entsetzen zu meistern. Dann nahm Okur Omovo in den Arm. Und Umeh nahm sie beide in den Arm.

»Es ist gut«, sagte Umeh.

Omovo bezähmte den Drang, lauter zu weinen. Zu viele Dinge auf einmal.

Und dann die Erinnerungen an seine Mutter. Omovo war noch auf der Schule, als sie starb. Er spielte gerade Fußball, als er erfuhr, daß jemand gekommen war, um ihn zu besuchen. Es war eine der Schwestern seiner Mutter. Sie war gekommen, um ihn nach Hause zu bringen. Während der ganzen Fahrt war sie fröhlich. Bei der Beerdigung weinte sie so lange und heftig, daß sechs Männer sie festbinden mußten, bis sie sich beruhigt hatte. Es wurde erzählt, sie habe neun Tage kein Wort gesagt. Das war das erstemal, daß Omovo der Kopf geschoren worden war.

Woran war seine Mutter gestorben? Niemand schien es zu wissen. Die Ärzte sagten, es sei ein Herzanfall gewesen, zu viel Anspannung. Der Vater zog vor zu glauben, sie habe eine unheilbare Krankheit gehabt. Seine Brüder schworen, sie sei vergiftet worden und einem Fluch zum Opfer gefallen. Es war letztlich unwichtig. Sie war gestorben, Schluß.

Der Gedanke an sie war für Omovo lange eine bittere, nutzlose Erforschung des Gedächtnisses gewesen. Was behält man von seiner toten Mutter in Erinnerung? Ihr Gesicht? Ihre Augen? Eine unvollständige Reihe halbvergessener Handlungen? Ihre Stimme? Oder eine Haltung, eine Stimmung, die für immer bleibt? Daß die Erinnerung an seine Mutter so vage war, machte die Sache noch schmerzhafter.

Sie war eine hart arbeitende Frau gewesen, entschlossen, stolz, auf dem Weg zum Wohlstand. Sie hatte einen kleinen Laden besessen, in dem sie Verschiedenes verkaufte – Kekse, Zigaretten, Süßigkeiten, Petroleum, Wasser. Sie hatte es schließlich sogar mit Kleidung versucht. Sie nahm regelmäßig an den Versammlungen im Stadtviertel teil, wurde von den Frauen ihres Dorfvereins geachtet und zu den Festen anläßlich der Namensgebung, den Beerdigungen und den Hochzeiten der Marktfrauen eingeladen. Die Leute fürchteten sie. Sie hatte stechende Augen. Sie war schlank, fast knochig, hatte aber eine seltsame, unbändige Macht. Sie hatte eine scharfe Stimme und hielt mit ihrer Meinung nie zurück. Sie konnte leicht einen Streit anfangen und einen Gegner niederschreien. Aber sie war auch eine gute Vermittlerin, wenn sich andere stritten, und als sehr gutherzig bekannt. Omovos Vater, der sie beneidete und sich vor ihr fürchtete, behandelte sie schlecht. Je erfolgreicher sie war, desto schlechter behandelte er sie. Dann kam eine andere Frau ins Gespräch. Sein Vater wollte eine zweite Frau heiraten. Manchmal wurde die Frau auf der Straße gesehen. Eines Tages wurde seine Mutter krank. Ihr Gesichtsausdruck veränderte sich. Ihr Kampfgeist ließ nach. Sie wurde launisch. Sie klagte über Kopfschmerzen, Alpträume und behauptete, Geister in ihrem Laden zu sehen. Ihr Geschäft ging schlechter. Ihre Kunden gingen anderswohin. Sie magerte ab, vernachlässigte ihr Äußeres, ihre Augen bekamen einen verwirrten Ausdruck, und sie begann barfuß herumzulaufen. Sie wirkte leicht verrückt.

Hoffnungsvolle Stimmung erfüllte das Haus, als sein Vater verkündete, daß sie bald ein Kind bekommen würde. Omovo erinnerte sich an den Nachmittag, als sie von einem Bekannten ihres Vaters zum Krankenhaus gefahren worden waren. Als sie in der Halle saßen und auf die gute Nachricht warteten, schlossen Omovo und seine Brüder Wetten darüber ab, ob es ein Junge oder ein Mädchen war. Sie wurden in einer seltsam trübsinnigen Atmosphäre nach Hause gebracht. Sie erfuhren, daß dem Baby irgend etwas zugestoßen war und es sich dem Leben verweigert hatte. Als sie vom Krankenhaus zurückkamen, war eine andere Frau im Haus. Sie verschwand durch die Hintertür. Ihre braune Unterwäsche wurde unter dem Kopfkissen gefunden.

Später, als der Streit zwischen seinen Eltern mit jedem Mal heftiger wurde, ging sein Vater oft so weit, die Mutter vor die Tür zu setzen. Sie schlief inmitten ihrer Habseligkeiten, die Kinder an sich geschmiegt, vor dem Haus.

Manchmal ging sie monatelang fort. Durch ihre Abwesenheit wirkte die Stille im Haus unnatürlich. Einmal rief sie bei ihrer Rückkehr Omovo und seine Brüder zu sich. Sie starrte ihre Kinder mit weit aufgerissenen, furchtsamen Augen an, als würde sie sie nie wiedersehen. Sie starrte die Kinder nur an und sagte nichts. Okur und Umeh begannen zu weinen. Omovo ging aus dem Haus. Er streifte lange durch die Straßen und weinte nicht. Es war ein Sonntag. Alles war ruhig. Er lief so lange umher, bis er müde war, und als er halt machte, wußte er nicht mehr, wo er war. Alles sah eigentümlich aus. Er hatte das Gefühl, in einen Traum geraten zu sein.

Er setzte sich an den Straßenrand und schlief ein. Es war schon dunkel, als ihn eine seltsame Frau weckte. Sie hatte weißes Haar, anmutige Glieder und ein hübsches, längliches Gesicht. Sie nahm ihn an die Hand und brachte ihn zu seiner Straße. Bevor er zu Hause ankam, verschwand sie in der Dunkelheit.

Als er ins Haus kam, waren seine Eltern nicht da. Sie waren weggegangen, um ihn zu suchen. Seine Brüder fragten ihn verärgert, wo er gewesen sei. Okur wollte ihn schon schlagen. Umeh verhinderte es. Dann fielen sie sich in die Arme und hielten sich verängstigt fest.

Omovo riß sich mit Gewalt von diesen Erinnerungen los. Er stand auf und ging in sein Zimmer. Der Tag verging. Es wurde Abend. Omovo schlief viel und las. Hinter seinen Fenstern war es Nacht. Er starrte lange auf die leere Leinwand, spürte, wie der Drang zu malen in ihm aufkam, ihn jedoch nicht ganz beherrschte. Der Drang zu malen erreichte nicht den Grad, an dem Omovo keine andere Wahl mehr blieb. Neben dem schwankenden Wunsch zu malen verspürte er das Verlangen, seinen Vater zu sehen, mit ihm zu sprechen und die alte Eintracht wiederherzustellen. Er sah seinen Vater weder an jenem Abend noch am folgenden Morgen. Omovo wagte nicht, sein Zimmer zu verlassen. Er hatte das Gefühl, sich selbst irgendwie eingeschlossen zu haben.

Er hatte eine ganze Weile geschlafen, ohne zu träumen, als er plötzlich aufwachte. Er war aus keinem ersichtlichen Grund wach geworden und fragte sich verwirrt im Dunkeln, wo er war. War er in einen Traum geraten? Nichts hatte mehr Sinn oder Funktion. In jenem Augenblick gab es zwischen ihm und den Dingen in der Dunkelheit keine Beziehung mehr. Das Bett schien in der Luft zu schweben. Die Stühle, die Wände, die Zimmerdecke, die Umrisse seiner Gemälde, seine nachlässig hingeworfenen Kleider, nichts hatte mehr Bezug zueinander. Sein Bewußtsein schien die Fähigkeit, Dinge miteinander in Verbindung zu bringen, verloren zu haben. Er hatte das Gefühl, auf einem schwarzen Meer zu treiben, meinte in einem Keller zu sein, im dunklen Raum einer anderen Welt, in einer anderen, nicht bekundeten Zeit. Ringsumher waren Geister und Schatten, die buckligen Formen prähistorischer Felsen, fremder Wesen. Omovo konnte nicht mehr denken, sich nicht mehr rühren. Ein unsichtbares Gewicht lastete auf ihm. Er versuchte, ruhig zu bleiben. Er versuchte, sich zu konzentrieren wie beim Gebet. Der Augenblick wurde immer intensiver. Irgend etwas in Omovo, ein formloser, aufrührerischer Geist, eine lebendige Kraft, die genau die Form seines Körpers besaß, drückte gegen die Grenzen seines Wesens, als wolle sie hervorbrechen, seine Sinne zerstören und sich unerträglich heftig entflammen. Omovo atmete tief. Dann atmete er langsamer. Seine Gedanken wurden wieder klarer. Er betete für alles, für jeden. Er betete für all die Gesichter, die er je gesehen hatte. Er rief sich die Gesichter ins Gedächtnis zurück, begann sie als Schutzschild gegen seine Angst einzusetzen. Und die Gesichter wurden zu Menschenmengen. Er konnte die Menschen nicht benennen, konnte weder den Gesichtern noch deren Zügen Namen geben, um sie so bei jedem Blick schärfer hervortreten zu lassen. Die Sprache versagte sich ihm. Er wollte Worte hervorbringen, Lieder anstimmen, die einen Bann brechen konnten, Lieder, die ihn seine Mutter gelehrt hatte, Lieder, die zu Geschichten gehörten, die im Mondlicht im Dorf erzählt wurden. Er konnte die Lieder nicht auf englisch singen. Der Raum, den die Sprache einnahm, schuf eine neue Leere. Er konnte die Lieder auch nicht in seiner Muttersprache singen. Und so konnte er die Menschenmassen nicht zurückhalten, die er ins Leben gerufen hatte. Sie gerieten in ihm in Aufruhr, redeten alle durcheinander, schrien, diskutierten, doch es kam kein Wort über ihre Lippen. Ihre Gesten waren dramatisch, leidenschaftlich, die Leute sprachen gleichzeitig dreihundertsechsundfünfzig Sprachen und waren nicht zu hören.

Die Sehnsucht, sie zu hören und gehört zu werden, der Wunsch, eine Sprache, die ihm ganz natürlich über die Lippen kam, zu sprechen und in ihr verstanden zu werden, erhob sich in seinem Inneren.

Eine Stimme in ihm sagte: »Du brauchst eine neue Sprache, um gehört zu werden.«

Die Menge verschwand. Wurde durch Farben ersetzt. Die Farben flossen in erstaunlicher Zusammenstellung vor ihm her. Die Farben leuchteten von seltsamen Kräften. Dann kehrte die Menge zurück, wurde wirklich, zu Gesichtern aus der Erinnerung. Menschenmengen in Waterside. Auf den Fuhrplätzen. Auf den Marktplätzen. An den Bushaltestellen. Menschenmengen beim »Exodus« aus dem Getto. Massen, die sich durch die Straßen ergossen. Eine Masse von Menschen, die am späten Abend über die Hauptstraßen strömten und nur als Umrisse zu erkennen waren. Straßen, die mit Autos verstopft waren. Autos, die von Straßenhändlern umringt waren, die gekochte Eier verkauften. Die Menschenmassen der Apokalypse. Sie hatten sich irgendwo versammelt. Und während sie in verschiedenen Sprachen schrien und diskutierten, erstarrten sie plötzlich mitten in einer Bewegung.

Dann begannen sie zu randalieren. Sie rissen die Häuser auf den vornehmen Rasenflächen nieder. Sie zerstörten die rauschenden Pinien, die Hecken. In ihrer Raserei, ihrer Gier, ließen sie ihre Wut an allen Symbolen der Macht aus, brannten Tankstellen nieder, steckten Regierungsfahrzeuge in Brand, stürzten Lastzüge und Tankwagen um und fingen dann selbst Feuer, ihre Körper verglühten, ihr Haar flackerte gelb auf, die Kleider verbrannten mit blaugrünen Flammen, die ganze Menschenmenge verwandelte

sich in blendende, stumme Farben. Und während das Feuer an-
schwoll und Schatten sich darin krümmten, schwoll auch in
Omovo etwas an, zersprang, brach plötzlich aus seiner Haut hervor und entwich in die Luft, als sei ein Geist aus ihm herausge-
platzt, und zum erstenmal hörte Omovo sich selbst schreien. Das
unsichtbare Gewicht drückte ihn nicht länger nieder. Ein Luftzug
strich über seinen Kopf. Irgendwo aus der Dunkelheit hörte er die
abgehackten Schläge der Sprechtrommeln, die Klänge eines Akkordeons. Fetzen von Bedeutung durchströmten ihn. Der Augenblick der Unwirklichkeit war vorüber. Anschließend schlief er
fest.

Es wurde Morgen. Lichtpunkte tanzten in geometrischen Mustern
auf dem Bett. Omovo lauschte den Geräuschen des Compounds.
Er spürte die aufsteigenden Gerüche und die Düfte eines neuen Tages. Er hatte wieder das Gefühl, in seinem Zimmer gefangen zu
sein. Er starrte auf die Gegenstände an den Wänden, auf die zerbrochenen Kalebassen, die er mit Schnitzereien verziert hatte, auf
seine Gemälde und die seiner Lieblingsmaler, das buddhistische
Lied »Der Gruß an die Morgendämmerung«, das er in seiner
schönsten Schrift auf ein Blatt Papier gemalt hatte, und die Schnek-
kenmuscheln, die an der Decke hingen. Er stand auf, wusch sich, aß
etwas und räumte sein Zimmer auf. Es war der Morgen seiner Ab-
reise.
Als er all dies gemacht hatte, stellte er seine Ledertasche ins Wohnzimmer. Sein Vater war nicht da. Omovo vermutete, daß er unterwegs war, um irgendeine obskure Rettungsaktion zu versuchen.
Blackie war zum Markt gegangen. Omovo stand auf der Schwelle
zur Haustür. Er ließ den Blick durch das düstere Wohnzimmer
schweifen. Für die Dauer eines trügerischen Augenblicks hatte er
das Gefühl, alles in neuem Licht zu sehen, als könne er die Dinge,
die ihn umgaben, und die Kräfte, die in ihm steckten, auf bessere
Weise nutzen. Doch dann spürte er die seltsame Stille des Hauses,
und dem Schatten eines großen Vogels gleich legte sich die Angst
über ihn. Das trügerische Gefühl war bald vorüber. Doch der
Schatten der Angst hielt inne, wie ein jäher Schrei in einsamer
Nacht, der in die hintersten Winkel des Hirns dringt.

Bevor er fortging, schrieb er einen Brief:

> Lieber Vater,
> Ich habe bei meiner Firma gekündigt. Wenn Du diese Zeilen liest,
> werde ich schon auf dem Weg nach B. sein. Ich habe keine Ahnung,
> wie lange ich dort bleibe. Ich muß zu mir selbst zurückfinden, die
> Dinge in mir wieder ins rechte Gleis bringen und brauche Zeit zum
> Nachdenken. Außerdem will ich der Hektik unseres Lebens entrin-
> nen. Mach Dir keine Sorgen um mich. Ich hoffe, daß es mit Deinen
> Geschäften aufwärts geht und Du den Mut nicht verlierst. Ich besu-
> che Dich, wenn ich zurückkomme. Ich lege Dir die Kleinigkeit bei,
> um die Du mich gebeten hast. Ich hoffe, es hilft Dir. Viel Glück, Papa.
> Dein Dich liebender Sohn,
> Omovo.
> PS: Ich möchte gern, daß Du meine neuen Gemälde siehst.

Er legte den Brief auf den Tisch und machte sich auf den Weg.

Spätabends, umgeben von den Parfümdüften seiner Frau, die nicht
im Hause war, las Omovos Vater den Brief. Er glaubte, darin verborgene Gefühle, verborgene Bedeutungen zu sehen. Er las ihn
zweimal.

Er erinnerte sich an den Tag, an dem er seine beiden Söhne vor die
Tür gesetzt hatte. Er erinnerte sich voller Scham an Umehs Worte,
die ihn in so zügellose Wut versetzt hatten.

»Papa, du gewinnst jede Auseinandersetzung und verlierst jede
Schlacht. Es gibt nichts in unserm Leben, an das man sich halten
könnte. Die Jahre haben unsere Familie überrundet. Ich habe
Angst um uns.«

Seine Söhne hatten einen empfindlichen Nerv getroffen. Und weil
sie gewagt hatten, den Vater zu kritisieren, waren sie sogleich zum
unausweichlichen Symbol seines Versagens geworden.

Jetzt, nachdem die beiden fort waren, verfolgten sie ihn ständig. In
jüngster Zeit hatte er immer öfter Alpträume, in denen sich Okur,
der ein Messer in der Kehle stecken hatte, auf ihn stürzte. Alpträume, in denen Umeh hinter ihm stand und lachte. Und wenn er
sich umwandte, sah er seine erste Frau mit silbrigen Augen und
zahnlosem Mund.

Seit seine Söhne das Haus verlassen hatten, schrieben sie ihm
Briefe, die die Absicht zu verfolgen schienen, Schuldgefühle in ihm

zu wecken und ihn dadurch aus dem Gleichgewicht zu bringen. Er las alle Briefe. Seine Söhne schrieben über ihr elendes Leben. Sie schickten Fotos, auf denen sie wie Landstreicher aussahen, und in ihren wirren Blicken loderte die Auflehnung.

Sie schrieben über ihre Krankheiten. Ihre Schulden. Die Schlägereien, in die sie verwickelt worden waren, über die Aufenthalte im Gefängnis, darüber, wie sie von Banden weißer Männer, die die Schwarzen haßten, überfallen worden waren. Über die Schiffe, auf die sie sich geschmuggelt hatten. Sie bezeichneten sich selbst als heimatlose Waisen. Sie schrieben über die Kämpfe, die sie untereinander ausgetragen hatten, ihre Zerwürfnisse, ihre Aussöhnungen. Sie machten ihm keine Vorwürfe und hatten keinerlei Selbstmitleid. Sie schienen nicht zu wissen, warum sie ihm schrieben. Ihre Briefe waren ohne Absender und kamen fast jedesmal aus einer anderen Stadt, aus einem anderen Land. Zuletzt hatte er von ihnen gehört, daß Umeh nach einem Glücksspiel mit einem Messer in den Rippen gefunden worden war. Der Vater wußte nicht, ob Umeh noch lebte oder nicht. Im selben Brief schrieb Okur, daß er beschlossen habe, nicht nach Hause zurückzukehren, und daß das einzige Zuhause, das er besitze, die Straße sei.

Im letzten Brief stand außerdem, daß sie es satt hätten, ihm zu schreiben und es fortan nicht mehr tun würden. Sie hofften, daß sich Omovo um sich selbst kümmerte und seine künstlerische Begabung nicht vernachlässigte. Sie wünschten ihrem Vater alles Gute.

Er brauchte diese Briefe. Wartete auf sie. Sie hielten seine Hoffnung aufrecht. Er hoffte, daß das, was seine Söhne dazu veranlaßte, ihm zu schreiben, was immer es auch sein mochte, sie eines Tages dazu bringen würde, nach Hause zurückzukehren. Er träumte von einer großartigen Versöhnung, von einer mythischen Heimkehr der verlorenen Söhne. Ihr letzter Brief war niederschmetternd für ihn. Tagelang lief er umher, als habe sich irgend etwas in seinem Inneren verflüchtigt. Er tat seltsame Dinge. Er wurde vergeßlich. Er hatte schlechte Träume. Er verhielt sich falsch, so daß seine Geschäfte darunter litten. Seine Konzentration ließ nach, seine Augen waren oft starr und abwesend auf den Horizont gerichtet, er nahm nicht mehr wahr, was um ihn herum vorging. Und er trank immer mehr. Er trank, um schlafen zu können. Trank, um wieder einen klaren Kopf zu bekommen. Trank, um etwas zu feiern. Trank, um zu vergessen. Trank, um das Scheitern seiner Firma zu überleben. Omovo gegenüber nahm er eine Haltung ein, die genau das Gegenteil von dem ausdrückte, was er tatsächlich empfand. Er verhielt sich seinem Sohn gegenüber, der diesen widersinnigen Namen trug, ein wenig feindselig. Er wurde kühler, während er in Wirklichkeit eine größere Zuneigung zu Omovo empfand. Aber niemals gab er zu oder erwog nur, zuzugeben, daß seine Söhne recht haben könnten. Sein Leben war nicht leer. Es war viel zu kompliziert, als daß seine unerfahrenen Kinder es hätten verstehen können. Ihre Zeit würde kommen, und dann würde er sehen, ob sie die Wirren des Lebens überstehen würden, die jeden in die Klemme bringen. Er hatte immer eine besondere Zuneigung zu Omovo empfunden, dem Sohn, der sich dafür entschieden hatte, zu Hause zu bleiben, dem Sohn, in dem er die Liebe zur Kunst geweckt hatte. In den letzten Jahren hatte er Omovos Gemälde immer weniger verstanden. Sie waren düsterer und beunruhigender geworden. Selbst sie schienen ihn anzuklagen. Er fragte sich oft, warum sein Sohn nicht erfreulichere Themen malen konnte. Nun hatte er die Verbindung zu dem einzigen Sohn, der ihm nahe stand, verloren, und anscheinend die Verbindung zu fast allem, bis auf Blackie, die der Mittelpunkt seines Lebens war. Er brauchte sie so sehr, verließ sich so auf sie.

Doch Omovos Brief hatte ihn gerührt. Wie auch immer er es betrachtete, es ließ sich nicht leugnen, daß dieser Brief trotz allem eine Geste der Liebe war.

Er hatte Omovo oft fragen wollen, warum er sich den Kopf hatte kahl scheren lassen. Was betrauerte er? Er fand es beunruhigend, daß sein eigener Sohn so seltsam, so knochig, linkisch und stumm wirkte. Er hatte oft den Wunsch gehabt, Omovo unvermittelt in den Arm zu nehmen, ihm Geschichten zu erzählen. Er hatte manchmal gespürt, daß Omovo mit ihm sprechen wollte: Er hatte die Worte gesehen, die sich auf Omovos Lippen abzeichneten. Doch da er unfähig war, seinen eigenen Kummer zu ertragen, hatte er sich immer abgewandt, bevor Omovo etwas sagen konnte. Er kam nicht gegen diese Reaktion an.

Am Tag, an dem er Omovo Okurs Brief gab, hatte er nur mit Mühe das Bedürfnis unterdrückt, sein Herz auszuschütten, Omovo von seinen Schwierigkeiten und Ängsten zu erzählen und ihn um Rat zu fragen. Am Tag, an dem er den letzten Brief von Okur und Umeh gelesen hatte, war er zutiefst erschrocken gewesen, als Omovo ins Zimmer geplatzt war. Es war, als wären seine Söhne heimgekehrt, um alte Streitigkeiten wieder aufleben zu lassen. Immer wenn er in der Zeitung von Unruhen und Rassenkämpfen in westlichen Ländern las, bangte er um seine Söhne, betete für sie. Er bangte um sie, doch vor allem fürchtete er sich vor ihnen. Er fürchtete sich vor ihrer Macht, ihm wehzutun.

Er starrte auf Omovos Brief. Dann starrte er auf die Flasche *ogogoro* auf dem Tisch. Und plötzlich wurde ihm schwarz vor Augen, als habe ihm jemand von hinten einen Schlag auf den Kopf versetzt. Einen Augenblick später wurde ihm klar, daß der Strom abgeschaltet worden war. Die Mücken fanden ihn in der Dunkelheit. Die Hitze stieg unter seiner Haut auf. Er nahm den schwachen Duft von Blackies Parfüm wahr, der im Raum schwebte. Sie war zum Markt gegangen, und dennoch hing ihr Parfüm noch im Raum. Er fragte sich, was mit ihr war. Er fühlte sich schon so einsam genug. Doch der Duft ihres Parfüms gab ihm das Gefühl, noch einsamer zu sein.

7

Ifeyiwa war während der ganzen Fahrt krank; sie phantasierte unentwegt. Die Reise kam ihr wie ein Traum vor. Sie fühlte sich noch immer fiebrig, als der Lastwagen sie an der Abzweigung zum Dorf absetzte. Der Fahrer des Lastwagens weigerte sich, weiter zu fahren. Die Frauen im Lastwagen rieten ihr, nicht zu dieser nächtlichen Stunde ins Dorf zu gehen. Sie schlugen ihr vor, sie solle sich eine Unterkunft in der Stadt suchen und dort den Morgen abwarten. Eine der Frauen bot ihr sogar an, sie für die Nacht aufzunehmen.

Doch Ifeyiwa hatte dreihundertzwanzig Meilen zurückgelegt, und ihre Beine waren steif. Der Rücken tat ihr weh. Sie hatte nicht ein einziges Mal an ihren Mann gedacht. Sie hatte nur an ihre wiedergewonnene Freiheit gedacht. Sie erinnerte sich, daß sie sich in der Nähe ihres Dorfes immer uneingeschränkt hatte bewegen können. So weit sie sehen konnte, hatte sich nichts verändert. Als sie ihre Tasche von der Ladefläche des Lastwagens holte, bemerkte sie mehrere Frauen, die mit Feuerholz auf dem Kopf und einer Lampe in der Hand im Gänsemarsch die dunkle Straße entlangstolperten. Ifeyiwa war so weit gefahren und konnte endlich wieder die Luft ihrer ältesten Träume atmen.

Als sie beschloß, von der Abzweigung zu Fuß in ihr Dorf zu gehen, hatte sie einen Augenblick das Gefühl, klar zu sehen und wiederaufzuleben. Sie wollte ihre Familie überraschen, wollte, daß ihre Heimkehr unerwartet war. Die Ratschläge der Frauen bewirkten nur, daß sie sich in ihrem Beschluß bestärkt fühlte. Sie konnte den Ratschlägen anderer Leute, wie sie ihr Leben einrichten sollte, nicht mehr so recht trauen. Die Leute hatten sie zu oft hintergangen. Sie waren daran schuld, daß sie jetzt hier war. Ifeyiwa war erfüllt von der Freiheit, die direkt vor ihr in der Dunkelheit lag, hinter dem ausgetretenen Pfad, der sich am Dorfheiligtum vorbei zu ihrem Haus schlängelte, und sie war sicher, daß sie von nun an ihre Entscheidung selbst treffen und ihre eigenen Wege gehen würde, wohin sie auch führen mochten.

Und ihre kranke Mutter war nur einen Fußmarsch entfernt.

Als Ifeyiwa ein paar Schritte vom Lastwagen zurücktrat, warnten die Frauen sie noch einmal. »Geh da nicht hin, du!« sagten sie. »Da ist was in der Luft.«

Ifeyiwa spürte, wie sehr die Frauen um sie besorgt waren. Der Mond stand leuchtend am Nachthimmel. Die Blätter raschelten im Wind. Ifeyiwa roch den Rauch von Holzfeuern in der Nachtluft. Sie spürte die rätselhafte Klarheit der Genesung, den starken Druck der Hoffnung. In jenem Augenblick glaubte sie an die Güte der Welt, vertraute ihr. Vertraute ihrer Freiheit. Es würde nicht vergeblich sein. Die Frauen sprachen ein traditionelles Gebet für sie und wünschten ihr viel Glück. Ifeyiwa wünschte ihnen eine gute Weiterreise. Der Lastwagen setzte sich in Bewegung und fuhr langsam davon, bis die Rücklichter, zwei roten Augen gleich, in der Ferne verschwanden.

Ein ekstatisches Gefühl der wiedergewonnenen Freiheit überkam sie, als sie im Mondschein über den ausgetretenen Pfad lief, allein im Dunkel. Sie sprang in die Höhe. Sie rannte. Sie sang. Sie war jung. Sie war fast zu Hause.

Starke Gerüche von brennenden Holzfeuern in der Nacht, von Fisch, der auf Rosten trocknete, wehten zu ihr herüber. Der Duft der Ackerpflanzen berauschte sie. Von der Erde ging ein kräftiger Geruch aus. Ein heftiger Wind erhob sich. Äste knackten, als hätten unnatürliche Kräfte an ihnen gezerrt. Plötzlich kamen bohrende Fragen in ihr auf. Welche Freiheit erwartete sie? Der Lastwagen war fort. Hatte sie einen Fehler begangen? Innerlich ruhig blieb sie stehen. Sie hörte die Stimme ihrer Mutter im Wind. Sie erinnerte sich daran, was sie empfunden hatte, als sie noch ein Kind war und unter der Aufsicht des Mondlichts gesungen und gespielt hatte. Sie erinnerte sich an die Nächte, in denen Geschichten erzählt wurden. Die nächtlichen Zeremonien, wenn Ziegen geschlachtet wurden und das Blut aus ihren Hälsen die dunkle Erde düngte. Sie erinnerte sich an die Feste, die sieben Tage dauerten und ihren Höhepunkt in der Nacht der unberechenbaren Maskengeister hatten – den Maskengeistern, vor denen die Frauen und Kinder geschützt werden mußten.

Sie erinnerte sich an die Felder ihres Vaters mit dem großen *obeche*-Baum in der Mitte. Ab und zu war im Dunkeln der Gesang seltsamer Vögel zu hören. Der Himmel nahm eine violette Färbung an.

Von ungewöhnlicher Klarheit erfüllt, eilte sie nach Hause. Diese Vögel, ja, diese Vögel. Sie lauschte ihnen. Vögel des Mondes. Vögel der Verheißung. Ifeyiwa hatte sie in ihren Träumen gehört. Als sie am Dorfheiligtum vorbeikam, das sich in einer Hütte ohne Tür befand, hatte sie wieder eine Vision ihres zukünftigen Lebens, ihrer zukünftigen Persönlichkeit. Kurz darauf hörte sie, wie eine schroffe Männerstimme sagte: »Halt! Wer ist da?«

Plötzlich wurden die Büsche in der nebelhaften Nacht lebendig, und Ifeyiwa, jäh aus ihren Gedanken gerissen, mußte feststellen, daß sie kein Wort herausbrachte. Ihre Kehle war wie ausgetrocknet. In dem Glauben, all das sei ein entsetzlicher Traum, wandte sich Ifeyiwa um und sah ihren toten Vater, der sie mit leeren Augen und einem Gesicht anstarrte, das wie der Mond scharf umrissen war. Sie hörte sich überschlagende Stimmen.

»Das ist ein Geist.«

»Ein Tier.«

»Ein Feind.«

Dann fiel ein Schuß.

Zwei Tage später wurde ihr lebloser Körper am Ufer des brackigen Flusses in der Nähe des Nachbardorfes gefunden. Niemand wußte genau, wer für ihren Tod verantwortlich war. Doch ihr Dorf nahm es als ein Zeichen für einen unverzeihlichen Überfall, und das Blutvergießen im Kampf zwischen den Dörfern erreichte einen neuen Höhepunkt. Drei Tage später wurde ein junger Mann auf dem Rückweg von den Feldern erschossen. Ifeyiwas Mutter flehte um Frieden. Versammlungen wurden abgehalten. Eine Waffenruhe wurde ausgerufen. Für eine Weile herrschte Frieden an den Dorfgrenzen.

Beide Seiten hatten im übrigen andere Probleme. Die Regierung beabsichtigte, eine Schnellstraße zu bauen, die mitten durch die beiden Dörfer führte. Das bedeutete unannehmbare Umsiedlungen. Die Ernteerträge waren seit Monaten schlecht. Die Dörfer hatten keinen Strom und waren nicht an die Wasserversorgung angeschlossen. Die jungen Leute wanderten in die Städte ab, die Dörfer wurden immer gespenstischer und nur noch von ganz alten und ganz jungen Leuten bewohnt.

Die Zeit verging. Ifeyiwas Tod bekam andere Dimensionen. Manche Leute sagten, sie habe ihren Mann umgebracht und habe sich auf der Flucht befunden. Andere sagten, sie sei lebensmüde gewesen und habe ihr Leben geopfert. Eine Zeitlang sah es so aus, als würde ihr Tod unter den Menschen, die ihre wahre Geschichte nicht kannten, zur Legende werden.

Auf einer der Versammlungen, die das Ziel hatten, eine ständige Aussöhnung zwischen den Dörfern zu erreichen, sagte ein Ältester: »Wir bringen uns gegenseitig wegen eines Problems um, das ursprünglich die Weißen geschaffen haben. Laßt den Tod dieses unschuldigen Mädchens das letzte Opfer sein. Laßt uns das Problem auf unsere Weise lösen.«

Der Friede währte, bis andere Dinge geschahen und den alten Haß, der nie ergründet, nie ausgetrieben worden war, neu entfachten.

Auf einer anderen nutzlosen Versammlung kurz vor dem Ausbruch neuer Gewaltsamkeiten sagte der Priester des Dorfheiligtums, daß die Geister der Erde erzürnt worden seien. Niemand hörte ihm zu.

»Wozu hat das Opfer gedient?« fragte er. Niemand antwortete.

FÜNFTES BUCH

1

Als Omovo sich auf den Weg machte, hatte er keine klare Vorstellung davon, wovor er floh oder was er zu finden hoffte. Er kam in der Stadt B. an und wußte nicht wohin. Die Adresse, die Keme ihm gegeben hatte, schien ziemlich eindeutig zu sein, doch die Suche nach dem Haus erschöpfte Omovo. Er mußte um die halbe Altstadt laufen, wurde oft in die falsche Richtung geschickt, und die Hitze war unerträglich. Die Stadt verwirrte ihn. Er begriff das Transportsystem der Stadt nicht. Und der Name, den Keme ihm gegeben hatte, war falsch geschrieben. Es stellte sich heraus, daß Omovo bei einem der wichtigsten Chiefs der Stadt unterkommen würde. Und zu allem Übel befand sich das Haus ganz in der Nähe des Fuhrplatzes.

Der Chief war nicht zu Hause, als Omovo eintraf. Er mußte stundenlang hungrig und verwirrt auf einer Bank warten, ehe eine der Frauen des Hauses sich entschloß, ihm das Zimmer zu zeigen. Sie war die jüngste Frau des Chiefs und sprach kein Englisch. Auch sie war erst seit kurzem in der Stadt und schien sich dort nicht auszukennen. Sie führte ihn über den Markt, alle möglichen schmutzigen Wege entlang, ging mit ihm durch große Compounds voller Kinder und alter Frauen, blieb oft stehen, um mit irgend jemand ein paar Worte zu wechseln, und lief tatsächlich noch einmal mit ihm um die Stadt zu drei verschiedenen Häusern, ehe sie ans Ziel kamen. Es war ein kleines Haus, das eigentlich nur aus einem Raum bestand. Erst glaubte Omovo, es sei ein verlassener Schrein. Auf dem Hinterhof befanden sich Kultmasken und Jujus auf Stöcken. Nicht weit von dem Haus war ein Friedhof. Dahinter hörte man das Rauschen des Winds über dem Meer.

Omovo war völlig erschöpft, als er ankam. Er bewegte sich wie ein Schlafwandler. Er hatte das Gefühl, als sei sein ganzes Wesen irgendwie durcheinandergeraten. Die jüngste Frau des Chiefs zeigte ihm das Zimmer. Er verstand nicht ein Wort von dem, was sie sagte. Und er hatte nichts von dem verstanden, was er an diesem Tag alles erlebt hatte. Es war, als hätte er geträumt und jemand hätte seine Beine festgebunden. Er war erleichtert, als die Frau fortging.

Das Zimmer war klein. In einer Ecke befand sich ein schmales Bett mit quietschenden Sprungfedern. In der Mitte standen ein Tisch mit einer roten Decke und ein alter Rohrstuhl. Die Luft im Zimmer war stickig. Es roch muffig. Und es roch nach Tod und Ritualen. Omovo riß das Fenster auf. Frische Luft strömte herein, und Sonnenstrahlen fielen schräg in den Raum. Spinnweben hingen hoch oben in den Ecken unter der Decke.

Omovo war so erschöpft, daß er plötzlich, noch während er aus dem Fenster blickte, merkte, wie er über einen Gang lief. Nach einer Weile stellte er fest, daß er nicht mehr wußte, wo er war. Während er ziellos über den Gang schlenderte, kam er an einer normalen blauen Tür vorbei. Durch die Türöffnung drang wunderschöne Musik an sein Ohr. Er hatte Lichter gesehen, die durch den Raum dahinter wirbelten, Lichter in violetten und silbernen Farben. Er war schon an der Tür vorbei, als er merkte, was für ein Glücksgefühl die Musik und der Anblick in ihm hervorgerufen hatten. Er hatte etwas Magisches gesehen, und die Tür hatte in seiner Erinnerung einen goldenen Farbton bekommen. Doch Omovo ging immer weiter. Es gelang ihm nicht, stehenzubleiben. Er wußte nicht, wie er das machen sollte. Er war rastlos und fühlte sich unvollkommen. Er hatte das Gefühl, etwas verpaßt zu haben. Die Jahre gingen vorüber. Er ging durch seltsame Städte, durch deren Straßen Sklaven schreiend getrieben wurden, Städte mit alten Seehäfen, Städte, in denen Fischer ihre Netze auswarfen und die Fische dem Meer wieder zurückgaben. Er kam an Städten vorüber, die in uraltes Felsgestein gemeißelt waren und in denen Menschen, dem Opfertod geweiht, Lieder sangen, ehe sie einem König in sein tiefes Ahnengrab folgten. Er reiste durch Orte, in denen das Volk in der Erde nach Gold grub und die Elite das Gold verschlang, es zertrampelte, verbrannte, Kleider daraus herstellte und es Fremden jenseits der Meere gegen Spiegel und bitteren Kaffee verkaufte, Orte, in denen die jungen Leute hungrig und verwirrt umherliefen und die Frauen dreißig Kinder zur Welt brachten und kopflose Hühner jagten. Und je mehr Jahre vergingen, umso stärker sehnte er sich danach, durch diese blaue Tür zu gehen und den Raum dahinter zu betreten. Omovo ging zurück, um nach der Tür zu suchen, und begegnete einer alten Frau, die stumm war. Sie gab ihm ein Zeichen, und er folgte ihr. Doch dann änderte sich alles, er ver-

lor die Frau aus den Augen und wurde von einem riesigen Markt-
platz abgelenkt, der immer größer wurde, je weiter Omovo vor-
drang. Hinter ihm schloß sich die Straße. Omovo wurde von seltsamen Tieren abgelenkt, Straußen mit Eulenaugen, Schafen mit
Hyänenköpfen und grünen Katzen mit silbrig glitzernden Augen.
Er sah Bettler mit ungeheuerlichen Mißbildungen. Manche von
ihnen wirkten wie Schlangenmenschen, die sich ständig verrenk-
ten. Er sah Zauberkünstler ohne Beine, Musiker mit dunkler Brille
und ohne Arme, die ihre Instrumente mit den Zähnen spielten.
Und währenddessen wurde er immer wieder auf unerträgliche
Weise vom Gedanken an die blaue Tür und das, was unerforscht
dahinter lag, verfolgt, von der Glückseligkeit, die er empfunden
hatte. Und als es ihm in höherem Alter gelang, sich von den bekannten Ablenkungen zu befreien, suchte er wieder nach dem
Raum. Omovo wanderte viele Jahre. Er wanderte durch irdische
Musik sinnlicher Wonnen, durch Schenken, in denen die Getränke
kostenlos waren und süchtig machten, wanderte durch Bilder der
Vergangenheit. In einer Stadt sah er Ifeyiwa, die durch die Straßen
floh. Er verfolgte sie, doch sie rannte vor ihm davon, und als er sie
schließlich an einer abgesperrten Straße einholte, verwandelte sie
sich in einen Schatten und verflüchtigte sich durch die Mauern.
Omovo irrte durch die Stadt und verbrachte seine Zeit damit, den
farbigen Geschichten alter Männer und Piraten zu lauschen, die
von Zirkuszelten erzählten, die auf Meeren schwammen, von Ba-
saren in der Luft, von Städten, die sich im Laufe der Zeit an verschiedenen Orten neu erhoben. Die alten Männer starben, die
Piraten folgten dem Ruf der salzigen Gischt. Omovo ging hinter
den Piraten her und stellte fest, daß sie Schiffe bestiegen, die nie in
See stachen.
Die Zeit beschleunigte sich. Omovos Sehnsucht verwandelte sich
in Bitterkeit. Die Jahre wurden zu Wüsten. Würmer nagten an ihm.
Fliegen klebten an seinen honigsüßen Brauen. Krähen folgten ihm
geduldig. Und an dem Tag, an dem er entdeckte, daß er ein alter
Mann geworden war, fand er den Gang. Als Omovo weiterlief, verzweigte sich der Gang zu vielen Gängen. Der Boden glänzte wie
ein blauer Spiegel. Omovos Augen waren müde geworden. Seine
Füße waren voller Blasen und Geschwüre. Er war verwirrt, ge-
brechlich und wurde allmählich blind, und plötzlich kam ihm in

den Sinn, daß er jetzt ein Geist war und sich zu den Toten gesellte. Übelkeit erregende, panische Angst überkam ihn, doch dann sah er in der Ferne die Tür. Ein seltsamer Morgen schimmerte durch den goldenen Spalt. Die Fliegen hatten Omovos honigsüße Brauen verlassen. Die Krähen waren verschwunden. Er fühlte sich gleichzeitig zu schwer und auch zu leicht. Die Tür bewegte sich auf ihn zu. Er hörte die Musik, die eine unsägliche Seligkeit hervorrief. Das Licht aus der Türöffnung wurde unerträglich gleißend, je näher es kam. Omovo wachte auf, bevor ihm die Tür ihre furchterregende Pracht preisgab. Voller Schrecken wachte er auf. Die Sonne brannte ihm ins Gesicht. Draußen zwitscherten die Vögel. Er lag verstört auf dem Bett. Diese Verstörung dauerte den ganzen Tag und noch viele Jahre danach an. Er hatte achtzehn Stunden geschlafen.

Nachmittags besuchte ihn der Chief in seinem Zimmer. Er sah so aus, als sei er zweihundert Jahre alt. Sein Gesicht glich einer alten Kultmaske, runzlig, vom Alter zerfurcht, von Macht gezeichnet. Er trug eine Perlenkette um den Hals, ein verblichenes weites Hemd über einer ausgebeulten Hose und hatte Gummischuhe an. In der einen Hand hielt er einen breiten Fächer aus Adlerfedern und in der anderen einen Spazierstock. Er kam mit zwei von seinen Dienern. Der Chief setzte sich nicht und blieb nicht lange. Omovo wußte, daß der Mann bald sterben würde. Omovo lauschte aufmerksam seinen von einem starken Yoruba-Akzent gefärbten Worten. Und während er lauschte, spürte er, wie sich etwas in ihm regte.

Abends kam einer der Söhne des Chiefs, um Omovo zu zeigen, wo der Waschraum war und wo er alles Nötige bekommen konnte. Er teilte Omovo mit, daß die Verpflegung im Mietpreis enthalten sei. Der Sohn des Chiefs ging auf die örtliche höhere Schule. Er hatte sinnliche Lippen, feine Hautritzungen auf der Stirn, und seine Augen glänzten fröhlich. Er trug Khaki-Shorts und ein kariertes blaues Hemd. Er sagte: »Ich heiße Ayo. Mein Vater hat mir gesagt, daß du eine Zeitlang hier bleibst. Ich bringe dir jeden Tag das Essen. Bist du Maler? Wir haben in der Schule Kunstunterricht, aber wir haben einen schlechten Lehrer. Ich gehe jetzt in die achte Klasse. Ich hab gern Physik und Mathematik. Hast du die höhere Schule besucht?«

Omovo mochte ihn sofort.

Die Nacht brach an. Omovo war allein in seinem Zimmer und horchte auf die Geräusche der Stadt. Es waren Geräusche, die er schon fast vergessen hatte. Er lauschte mit gieriger Begeisterung und spürte, wie insgeheim zahllose Empfindungen in ihm erwachten. Er lauschte dem Wind und dem Meer, den menschlichen Stimmen, die einen gereizten Unterton kaum zu kennen schienen, den Kindern, die Verstecken spielten, den Ältesten, die *ayo* spielten und Geschichten erzählten, und den Müttern, die einen Streit schlichteten. Er lauschte Mädchen, die mit heimlichen Liebhabern flüsterten. Sie erfüllten die Dunkelheit mit leisem übermütigem Leben. Er lauschte den Hunden, den Ziegen und den Vögeln. Er betrachtete den Mond, der hell am Himmel stand und ab und zu von vorüberziehenden Wolken verschleiert wurde. Die Geräusche versetzten Omovo in die Zeit der magischen Abenddämmerung zurück. Er war in jener Nacht glücklich, doch er schlief nicht gut.

Ayo nahm ihn zu den Stränden mit, die der Junge am liebsten mochte. Omovo betrachtete das Licht auf dem Meer, das schimmernde Wasser, die Sonnenstrahlen, die in der Gischt zu feinen Regenbögen wurden. Er war von der Frische der Luft überwältigt, von der Helligkeit übermannt. Das Meer glitzerte im verblassenden Abendlicht. Omovo beobachtete die im Wasser treibenden Seegrasbüschel und lauschte dem fernen Gesang der Fischer, die von der täglichen Arbeit heimkehrten. Der Himmel wurde grau, das Meer braun. Darüber spiegelten sich wie ein rotgrauer Teppich die Lichter der Stadt. Ayo, der gespürt hatte, daß Omovo allein sein wollte, schlich sich davon und überließ ihn seinen Träumereien.

Die Tage brachen an, entfalteten sich, gingen dahin und waren vorüber. Im flutenden Sonnenlicht streifte Omovo über die Strände. Er streifte über die Buschpfade. Er ging in seinem Zimmer auf und ab. Er war ruhelos. Er spürte undeutlich, wie verschiedene Dinge begannen, sich in ihm zu Bildern von Klarheit und Schrecken zusammenzusetzen. Er spürte seltsame Kräfte in seinem Inneren, die bereit waren, hervorzubrechen. Doch die Dinge setzten sich nicht zusammen. Er beobachtete, horchte, wartete. Die Tage schlichen vorüber, und der Wunsch seines Lebens verwirklichte sich nicht.

Am Abend des dritten Tages gab es einen Stromausfall. Während Omovo in der Dunkelheit die Mücken abwehrte, erinnerte er sich plötzlich an eine bestimmte Zeit seiner Kindheit. Während des Bürgerkriegs waren die Soldaten des Bundesheeres durch die Städte gestürmt und hatten Jagd auf die Ibos gemacht. Sie zogen zu den Läden und Buden, die den Ibos gehörten, brachen die Türen auf, zerrten die Menschen heraus und nahmen sie mit. Manche Leute aus der Stadt, die einen Groll gegen bestimmte Ibos hatten, verrieten deren Verstecke. Oft übernahmen auch die Leute aus der Stadt selbst die Arbeit der Soldaten. Es war eine schlimme Zeit. An jenem Tag waren die Soldaten in die Bierkneipe neben ihrem Haus gestürmt. Alle Anwohner der Straße wußten, daß eine Prostituierte dort einen Ibo-Studenten versteckt hielt. Als die Soldaten in das Lokal eindrangen, rannte der Student hinaus. Die Frauen kreischten. Der junge Mann rannte auf die Straße und schrie: »Chineke! Chineke!«
Einer der Soldaten schoß ihm in den Rücken, der Student krümmte sich, stolperte und fuchtelte mit den Armen. Der Soldat schoß noch einmal, und der junge Mann rief: »Mein Gott!«
Dann fiel er auf den Rücken, blieb zuckend auf dem Boden liegen und starb mit weit aufgerissenen Augen, die Finger zwischen die Zähne geklemmt.
Der Soldat, der ihn erschossen hatte, ging mit schußbereitem Gewehr zu ihm hin, starrte auf ihn herunter und bespuckte ihn. Und dann versuchte er aus irgendeinem Grund – vielleicht, um sicherzugehen, daß der junge Mann tot war –, ihm die Finger aus dem Mund zu ziehen. Er zerrte am Arm. Zerrte immer stärker, jedoch ohne Erfolg. Die Finger ließen sich nicht herausziehen, statt dessen bewegte sich der Oberkörper des Toten auf und ab, als werde er von obszönen Krämpfen geschüttelt. Das Todesgrinsen, die zerfetzte Brust, das blutgetränkte Hemd und die weit aufgerissenen Augen boten einen entsetzlichen, unmenschlichen Anblick. Enttäuscht und verärgert darüber, daß er nicht geschafft hatte, was er wollte, zerrte der Soldat die Leiche an den Straßenrand und beför-

derte sie mit einem Tritt in die Gosse. Die übrigen Soldaten gesellten sich zu ihm. Sie zündeten eine Zigarette an, ließen sie herumgehen und beratschlagten mit rauher Stimme, was ihr nächstes Ziel sein würde. Als sie die Zigarette aufgeraucht hatten, zogen sie waffenschwenkend wie siegreiche Helden die Straße hinab und setzten die Jagd auf die Ibos fort.

Auf der Straße war alles still. Die Leute aus der Stadt hatten den Vorfall im sicheren Schutz ihrer Fenster verfolgt. Niemand hatte sich gerührt. Und dann, kurz nachdem die Soldaten fort waren, erklang schriller als eine Sirene ein lautes Klagen aus der Bierkneipe. Die Prostituierte rannte mit zerzaustem Haar und zerrissenen Kleidern fluchend und schreiend nach draußen. Sie weinte und warf sich untröstlich auf die Straße. Dann verstummte sie und rührte sich nicht mehr. Sie lag regungslos auf dem Boden, als sei sie tot. Schließlich stand sie auf und leerte mit seltsamer Ruhe und tränenüberströmtem Gesicht ihre Geldbörse über dem Körper ihres toten Liebhabers aus. Sie ließ all ihre Münzen, all ihre Pfundnoten auf den Körper fallen. Dann wankte sie die Straße hinab, raufte sich dabei das Haar und verschwand.

Nachts sahen die Leute aus der Straße, wie sie zurückkehrte. Sie zog den leblosen Körper ihres Liebhabers aus der Gosse, zerrte ihn die Straße entlang, und dem Gerücht zufolge soll sie die Leiche, ohne haltzumachen, drei Meilen bis zum Friedhof geschleppt und sie dort begraben haben. Die Frau wurde nie wieder gesehen.

Am folgenden Morgen hatte sich die Sache bereits herumgesprochen, und aus der ganzen Stadt kamen jugendliche Banden, um in der Gosse nach dem Geld der Prostituierten zu suchen.

Omovo hatte das alles aus dem Wohnzimmerfenster verfolgt. Er schlief die ganze Nacht nicht. Die Angst hielt ihn wach. Er sah Jungen in seinem Alter, die rangen, in der Gosse herumstocherten und versuchten, die Münzen und Pfundnoten herauszufischen. Omovo sah all das, doch er verstand nicht, was er gesehen hatte.

Jetzt verstand er es. Während er im Dunkeln in einer fremden Stadt saß und mit den Mücken kämpfte, brachte ihm die Erinnerung eine bittere Erkenntnis. Er war innerlich ruhig, als er dachte: »*Das ist meine Generation. Sie reißen Blutgeld an sich. Bestechungsgeld. Reißen das Geld der Toten an sich. Das Geld der Bestechung. Das*

Geld des Fluchs. Reißen unsere Zukunft, unsere Geschichte an sich.
Eine Generation der Schuld, der Blindheit, der teuflischen Verant-
wortung. «
Stunden später gab es wieder Strom. Omovo hörte, wie die Kinder
aus der Stadt die Rückkehr des Lichts jubelnd begrüßten. Er hörte
reges Treiben, Musik und Geräusche der Hoffnung. Doch das
Licht bot Omovo nur die Möglichkeit, den grausamen Erinnerungen zu entrinnen.

Später am selben Morgen brachte Ayo ihm das Essen. Nachdem
Omovo gegessen hatte, gingen die beiden an eine kleine Meeres-
bucht. Omovo setzte sich auf den Boden und starrte zum Himmel
hinauf. Ayo versuchte, mit der Hand Fische zu fangen. Der Wind
blies kreuz und quer laufende Wellenlinien auf die Wasseroberfläche.
Ayo gab den Versuch auf, Fische zu fangen, und schlug vor, schwimmen zu gehen. Doch Omovo hatte keine Lust. Ayo zeigte auf etwas
im Wasser. Omovo stand auf und blickte hin. Er sah eine Schneckenmuschel mit zauberhaften Farben, die sich im Seegras verheddert
hatte. Während Omovo noch über diesen Anblick staunte, glitt er
plötzlich aus und fiel ins Wasser. Ayo lachte und sprang hinterher.
Sie planschten herum. Ayo tauchte, und als er wieder an die Oberfläche kam, hielt er die Schneckenmuschel in der Hand. Ein herr-
licher Anblick. Die wunderschön gestreifte Muschel war in der
Mitte seltsam angefressen und glich einem unvollkommen geformten Herzen. Als Omovo sie in die Hand nahm, umdrehte und mit
angehaltenem Atem genauer betrachtete, durchfuhr ihn etwas. Er-
schauernd wandte er sich um und rief: »Ich hab's! Ich verstehe!«
Ayo fragte: »Was?«
Omovo blieb stumm. Der Ausdruck der Erleuchtung schwand aus
seinem Gesicht. Omovo sank zu Boden. Er schlug die Hände vors
Gesicht und sagte mit enttäuschter Stimme: »Nichts. Es ist weg.«
Kurz darauf gingen die beiden triefend naß nach Hause.

Auf dem Rückweg blieben sie stumm. Omovo betrachtete immer
noch die hübsche Muschel, als sei sie das nicht enträtselte Sinnbild
einer mystischen Erkenntnis. Mit ruhiger und zugleich verzweifelter Stimme sagte Omovo: »Dein Name bedeutet doch ›Leben‹,
nicht wahr?«

»Ja. Aber das ist eine Kurzform für Ayodele, und das bedeutet soviel wie: ›Leben hat das Haus betreten‹.«

»Ich weiß.« Omovo fuhr fort: »Ich möchte dir eine Geschichte erzählen.«

Dann erzählte Omovo ihm von dem seltsamen Traum mit der Tür und dem Raum. Als er fertig war, sagte Ayo: »Und was ist passiert? Bist du in den Raum gegangen?«

»Nein, der Raum ist auf mich zugekommen.«

»Bist du sicher?«

»Ich weiß nicht so genau.«

»Bist du ganz sicher?«

»Nein. Ich glaube nicht.«

Ayo schwieg eine Weile. Sein jugendliches Gesicht nahm erstaunlich weise Züge an. Schließlich sagte er: »Ein Glück, daß der Raum nicht auf dich zugekommen ist.«

»Warum?«

»Mein Vater hat solche Träume gehabt. Sie waren etwas anders, aber sehr ähnlich.«

»Ja?«

»Wenn der Raum auf dich zugekommen wäre, hätte das bedeutet, daß du bald stirbst«, sagte Ayo.

Omovo sagte nichts. Nach einer Weile fragte Ayo: »Wann ist dir das passiert?«

»Am ersten Tag, als ich hier in die Stadt gekommen bin.«

Ayo sagte: »Das ist traurig.«

Sie trennten sich. Omovo ging zu seinem Zimmer und wurde von einem seltsam wohligen Gefühl erfüllt, als er über den Traum nachdachte. Wenig später überkam ihn die unbestimmte Trauer einer Vorahnung.

An jenem Abend badete er zum zweitenmal und ging ins Bett. Er warf sich hin und her und kratzte sich an den Stellen, wo ihn die Wanzen gebissen hatten. Er schloß die Augen ganz fest, als wäre die Dunkelheit ein Fluch, dem er sich nicht aussetzen wollte. Er hörte den Lärm aus der Stadt. Die Geräusche waren nicht so verzaubernd wie beim erstenmal, als er sie gehört hatte. Die muffige Luft im Zimmer und der Geruch nach Tod flößten ihm Angst ein. Die wiederholten Stromausfälle erfüllten ihn mit ohnmächtiger

Wut. Die Sprungfedern des Bettes quietschten bei jeder Bewegung. Farbige Felder tanzten vor seinen Augen. Die Farben wurden zu bedrohlichen Formen. Als er die Augen öffnete, glaubte er Geister im Raum zu sehen. Er glaubte Ketten rasseln zu hören und die wimmernden Stimmen geknebelter Sklaven. Er drehte sich auf die andere Seite und zog die Decke über den Kopf. Die bedrohlichen Formen tauchten wieder auf und bedrängten ihn. Er versuchte, sie mit seiner ganzen Willenskraft zu verscheuchen. Doch das hielt ihn nur wach. Er spürte, wie seine Muskeln zitterten. Seine Schultern waren angespannt. Der Rücken tat ihm weh, und er spürte ein Pochen im Hals. Die Farben bewegten sich und wurden zu leeren Feldern, die sich nach innen zu tiefen, unermeßlichen Räumen öffneten. Selbst während er schlief, fügten sich in ihm Dinge zusammen.

Plötzlich wachte er auf. Er hörte ein Geräusch. Eine Bewegung. Einen halb unterdrückten Schrei. Der Wind rüttelte am Wellblechdach. Irgendwo in der Dunkelheit hörte Omovo eine Explosion. Er richtete sich auf. Verängstigt. Wartete. Er strengte die Augen an. Er war verwundert. Und seine Verwunderung überfiel seine innere Stille mit Bewegung. Im Halbdunkel konnte er die Schneckenmuschel erkennen. Sie lag auf dem Tisch. Sie schien auf dunklen Wellen zu schwimmen. Während er sie anstarrte, geschah etwas in seinem Inneren. Er stand auf, zog Hemd und Hose an, nahm die Muschel und verließ den Raum.

Zunächst wirkte die Stadt ruhig. Sie wirkte ruhig in ihrem uralten Verfall. Ein frischer Wind wehte ihm ins Gesicht. Die Morgendämmerung war kühl. Nebelfetzen hingen in der Luft. Der Wind raschelte in den Blättern und bewegte die Palmwedel hin und her. Omovo ging an stillen Häusern vorbei. Er überquerte Felder. Er horchte auf das Krähen der Hähne, das Meckern der Ziegen, die spitzen Schreie der Vögel. Er fragte sich, ob man eine Musik schaffen könne, die nur die verschiedenen Tierlaute verwandte. Während er über die weiten Flächen und Äcker ging, spürte er den Geruch des Grases und nahm die unterschiedlichen Grüntöne wahr. Er lief über Buschpfade. Er war barfuß, und die Berührung mit der Erde, die Nässe des Taus und das bestätigende Geräusch bei jedem Schritt waren Empfindungen, die schimmernd deutlich her-

vorstachen. Während er durch die Durchsichtigkeit der verlang-
samten Zeit ging, sah er die Stadt, so wie sie in vergangenen Zeiten
gewesen sein mochte – ein Ort, von der Geschichte verwüstet, ein
Ort, durch den die Sklavenkarawanen gezogen waren, ein Ort alter
Fehden und untergegangener Königreiche, ein Ort des Haders und
der mörderischen Kriege.

Der Himmel wurde heller. Das Meer verfärbte sich und bekam
einen verhaltenen Glanz. Und plötzlich war die Luft mit Vögeln
erfüllt: Adlern, Vögeln der Morgendämmerung, Vögeln mit seltsamem Gesang. Überall um Omovo herum ereignete sich etwas
Wunderbares. Die Fischer sangen in der Ferne, während sie in
ihren Einbäumen aufs Meer hinausfuhren. Dann kam ihm eine
Erleuchtung. Er atmete tief die feuchte Luft ein, schloß die Augen und sah ein Gesicht, aus dem ein seltsam zitterndes, blenden-
des Licht hervorbrach. Während er einatmete, saugte er eine Kraft
in sich auf, fühlte sich merkwürdig schwach, spürte, wie er in
einen Strudel urzeitlichen, unbeständigen Seins fiel. Und als er
wieder ausatmete, hatte er das Gefühl, eine Entdeckung zu machen, auf ein Geheimnis zu stoßen, das schon seit langem offenbar
war.

Er rief jubelnd: »DER AUGENBLICK!«

Und er überließ sich dem Wunder, das in ihm erwacht war.

*Seine Erleuchtung wurde zu einem Strudel von Worten, die in sei-
nem Kopf herumwirbelten und als Gedanken und Sprache, Seins-
weisen und Worte, Visionen und Gefühle, tiefer als sein Drang zu
malen, hervorbrachen. Während er in diesen Zustand versank, sah
er, wie sich die Zeit in unzählige Augenblicke, in unermeßliche
Möglichkeiten des Lebens aufspaltete. Die Zeit war das Meer – Millionen von Lichtern kreisten auf jedem Wellenkamm – die Vergangenheit begegnete der Gegenwart, die Gegenwart der Zukunft.
Zitternd vor überschäumender Liebe sah er ein furchterregendes,
unvollendbares Bild der Menschheit vor sich –
Er spürte die Reinheit der Hilflosigkeit, die Zerrüttung der Hoffnung – er sah Höhlen unermeßlicher Korruption, spürte die Last
verzweifelt vorgebrachter, ungehörter Gebete – die Gebete der
Sklaven – den Verrat an den Ahnen – die Niedertracht der Herr-
schenden – die Lügen und die Korruption der alten Generation –*

ihr Werk der Zerstörung an den Träumen der Zukunft – sie haben
unsere Vergangenheit geplündert, wir plündern unsere Zukunft –
wir werden nie eine Lehre daraus ziehen – die Geschichte schreit
auf, und Gettos, in denen der Tod und wild gewordene Jugendliche
wüten, schießen aus dem Boden – sie haben für unseren Kontinent
gekämpft, und wir kämpfen nun für die Erdöleruption der Unab-
hängigkeit – überall Verräter und Uneinigkeit – wer der Geschichte
mit tauben Ohren begegnet, ist dazu verdammt, von ihr versklavt
zu werden – wir haben uns durch unsere Haltung, unseren Stam-
meswahn selbst versklavt, jeder für sich selbst – das Lächeln der
Reichen wird räuberischer, während die Kinder weinend ihr Leben
verlieren und im Höllenfeuer von Hunger und Krankheit verbren-
nen – unsere Geschichte hat uns offensichtlich nicht genug gequält,
sonst würde der Verrat aufhören und die Straße in Aufruhr geraten,
bis wir von der Notwendigkeit überwältigt würden, uns grundle-
gend zu ändern – wir lechzen nach einem Ideal – einem klaren, rei-
nen Ideal – einem Ideal gepaart mit Tatkraft – denn ohne Ideal
geht mein Volk zugrunde – ohne Tatkraft geht es zugrunde – in den
Träumen – in den Träumen beginnt die Verantwortung – denn wir
sind zu einem Volk geworden, das seine Träume verschlingt und die
Altäre der Korruption anbetet – wir können unserer Geschichte
nicht entrinnen – wir werden dahinschwinden, abnehmen, der
Kontinent wird schrumpfen, raubgierige Mächte werden ihn über-
nehmen, verschlingen, auspressen, plündern, wenn wir uns nicht
ändern – im Wunsch – im Ideal beginnt die Verantwortung – und
selbst während wir sterben, dahinschwinden, vereinnahmt oder er-
niedrigt, als Tiere betrachtet und zu unsichtbaren Wesen werden,
während die Straßen vor armen Menschen überquellen, während
wir unsere Leben vertanzen, die Mächtigen preisen und wie Diener
ihre Geieraltäre verehren, selbst dann noch können wir aus uns
heraus Entscheidungen treffen und Kräfte in Bewegung setzen, die
unser Leben für immer verändern könnten – mit dem Ideal beginnt
die Tat – mit der Tat beginnt unser Schicksal – denn die Dinge, die
du tust, verändern dich – und die Veränderungen wirken sich auf
die Dinge aus, die du tust – wer da hat, dem wird gegeben – suchet,
so werdet ihr finden – wer aber nicht hat, von dem wird auch ge-
nommen, was er hat – werde oder stirb –

Der Augenblick der Erleuchtung hielt Omovo noch immer in Bann.

Ich bin hergekommen, um zu fliehen, und ich stoße auf unsere Vergangenheit, die an diesen Ufern auf mich wartet – jetzt sind wir zum Spielball fremder Mächte geworden – wir bewegen die Welt nicht – wir erdulden zuviel Leid – unsere Anpassungsbereitschaft ist unsere Schwäche – weil sie keinen Zucker hatten, haben die Weißen die halbe Welt kolonisiert – wir haben die Sklaverei erduldet, den Verlust unserer Kunst, wir erdulden Dürrezeiten, wir fügen uns selbst Wunden zu und überwinden dennoch unsere Schwäche nicht – unser Blut hat ihre Fabrikanlagen in Gang gehalten – und das nur für den bitteren Geschmack im Mund, den Geschmack von bitterem Kaffee – die Bitterkeit in uns hätte schon lange gären, sich in Säure verwandeln und zur Süße der Veränderung werden müssen – veränder dich oder stirb – in den Träumen beginnt die Verantwortung –

– der Augenblick löst sich in ungehörte Gebete auf – unbeachtete Schreie – verschmähte Warnungen – ungesehene Visionen – der Augenblick zerfließt in Schritte auf zerstörten Brücken, nicht eingeschlagene Richtungen, nicht wahrgenommene Zeichen, mundtot gemachte Propheten – vernichtete Künstler – der Augenblick verliert selbst die Mitte, findet neue Zentren – Ausbrüche von Unsinnigkeiten – Wanderungen durch die Wildnis verlorener Möglichkeiten – und ich bin hier an diesen Ufern, in dieser fremden Stadt, erdrückt von den Fesseln unnützen Wissens, von der Meinung anderer Leute, den schöpferischen Gefahren, in einer aufgezwungenen Sprache zu denken – von der Sprache verraten – aus der Geschichte getilgt – betrogen – als Kinder haben wir gelesen, wie die Weißen uns entdeckt haben – hat es uns nicht gegeben, bevor sie uns entdeckten? – erdrückt von tendenziöser Geschichtsschreibung, verfälschten Geschichtsbüchern, verfälschten Landkarten des Kontinents – erdrückt von Lügen – und diese Lügen haben wir geglaubt – haben sie geschluckt – uns selbst damit gefüttert – sie gierig verschlungen – meine Generation kennt nur den Verlust – wir erben nur Wahnsinn, leere Tresore, ungeheure Schulden, die Eitelkeit der alten Generation, ihre Verblendung und ihre Habgier – wir erben das Chaos – das Durcheinander – den Müll – überall schädliche

Dämpfe – Gewalt – einen Staatsstreich nach dem anderen – doch das Chaos ist der Beginn der Schöpfung, der Urzustand – Gott schuf das Chaos, ehe er die Ordnung schuf – eine höhere Ordnung – das Chaos ist reich an Möglichkeiten – in der Vision beginnt die Verantwortung –

Und während sich in Omovos Kopf alles drehte, drängte sich ihm immer wieder ein Wort auf:

Umgestaltung – die durch die Erziehung vervielfachte Enttäuschung umgestalten – jede Erziehung ist schlecht, ehe man sich nicht selbst erzieht – von Anfang an – beginne ganz von vorn, mit den einfachsten Dingen – nimm nichts als gegeben hin – stelle alles in Frage – begib dich noch einmal von den Schöpfungsmythen ausgehend auf die Reise – betrachte alles noch einmal – sieh genau hin – sei wachsam – versteh die Dinge langsam – verarbeite gründlich – handle schnell – erträume eine neue Welt – gestalte dein Ich um – alle Bausteine sind im Chaos vorhanden – BENUTZE ALLES *– BE-NUTZE ALLES KLUG – ALLES HAT EINE BEDEUTUNG –*

Und während der Himmel immer stärker von der Sonne erhellt wurde, schwächte sich seine innere Erleuchtung. Und während er tiefer in den Born des Wissens und Verstehens fiel, zu dem er keinen Zugang zu besitzen geglaubt hatte, ließ die Vision allmählich nach. Doch seine Meditation ging über die Worte hinaus. Stieg zu höheren Dimensionen in ihm auf, öffnete Türen, riß Mauern ein und dehnte die Räume in ihm zu neuen Formen des Bewußtseins. Lichtpunkte verschwinden für immer. Visionen sind stets unvollständig. Zwischen dem Chaos und der Klarheit, dem sich stets in Bewegung befindlichen regungslosen Sein, zwischen den Unterbrechungen und dem Tosen des Augenblicks bildete sich ein geheimes Ich, und ein neuer Mensch trat in Erscheinung. Omovo hatte eine unbenennbare Seinserweiterung erlebt, und wie die meisten von uns wußte er nicht, wie er sich diese Erfahrung ganz zu eigen machen konnte.

Das Wunder war bald vorbei. Omovos Kopf war leer, als seien all seine Kräfte in einem Wirbelsturm, den er selbst ausgelöst hatte, verbraucht worden. Der Augenblick war vorüber. Ein heftiger Wind wehte, und Omovo fühlte sich leichter denn je, als habe er bei der Erleuchtung Gewicht verloren. Die Venen auf seiner Stirn klopften. Er fühlte sich zerschlagen, gebrochen und hatte furchtbare Kopfschmerzen. Er fror und fühlte sich verletzlich, verängstigt wegen dem, was in ihm vorgegangen war. Die Dämmerung hatte sich aufgelöst. Omovo fühlte sich schwach, und die Morgensonne schien ihn noch mehr zu schwächen. Er ließ sich auf den Boden sinken, lag dort und starrte in den Himmel.

Leute, die zu ihren Feldern gingen, Männer auf dem Weg zur Arbeit, Marktfrauen, Kurzwarenhändler, fahrende Sänger, Zimmerleute und Schmiede, Menschen aus allen Berufen gingen an ihm vorbei, während er dort auf dem Boden lag. Er sah, wie sie ihm Blicke zuwarfen. Er hörte, wie sie Bemerkungen über ihn machten. Er hörte, wie sie flüsterten, er sei ein Fremder, ein verrückter Sonderling. Sie eilten vorüber. Nach einer Weile stand er auf. Er war traurig, daß er die Schönheit, die ihn im Morgengrauen erfüllt hatte, mit seinen Gedanken und Selbstgesprächen vertrieben hatte. Er ging hinunter zum Strand. Er begegnete einem kleinen Mädchen, das den Silberreihern etwas vorsang, am Ufer spielte und aus Sand und Steinen etwas baute. Die Kleine sah glücklich aus, schien sich dessen aber nicht bewußt zu sein. Omovo wußte intuitiv, daß sie Ayos jüngere Schwester war. Als sie ihn kommen sah, lächelte sie ihm zu und rannte fort, der Wind verwehte ihr Lachen. Omovo wandte sich um und ging zu seinem Zimmer, mit vom Meersalz tränenden Augen lief er gegen den Wind.

Am Nachmittag brachte Ayo das Essen und sagte: »Mein Vater ist krank. Schon seit sechs Jahren, und trotzdem geht er noch auf die Felder. Jetzt liegt er im Bett und kann die Beine nicht mehr bewegen. Er sieht seltsam aus.«
Omovo tröstete ihn und sagte: »Er ist ein guter Chief und ein starker Mann.«

Später bemerkte Ayo: »Du siehst manchmal einsam aus.«
»Das Leben ist eine einsame Sache.«
Ayo blieb stumm. Omovo sagte: »Wir sind alle einsam. Wir tragen alle die Einsamkeit in uns, was wir auch tun.«

»Wirklich?«

»Ich glaube, ja. Manchmal sind wir uns dessen bewußt, und manchmal nicht.«

Wieder Stille.

»Was ist mit dir geschehen?«

»Was meinst du damit?«

»Was ist mit deinem Kopf geschehen?«

»Meinst du meine Haare?«

»Ja.«

»Nichts.«

»Warum hast du dir den Kopf geschoren?«

»Das hab ich nicht getan, das war ein Friseur.«

»Es wächst ein bißchen nach.«

»Tut es das?«

»Ja.«

»Das habe ich noch gar nicht bemerkt. Aber das ist gut.«

»Kennst du die Geschichte von Samson und seinem Haar?«

»Ja. Das ist eine schöne Geschichte.«

»Glaubst du, daß du stark wirst, wenn das Haar nachwächst?«

»Bin ich jetzt etwa nicht stark?«

»Vielleicht, aber du siehst einsam aus.«

»Das bin ich aber eigentlich nicht.«

»Bist du traurig?«

»Manchmal.« Und dann: »Wenn ich Glück habe, werde ich stärker.«

»Ich hoffe, du hast Glück.«

»Danke. Ich hoffe, ich weiß was damit anzufangen.«

»Ich denke schon.«

»Du bist ein lieber Junge. Ich hoffe, deinem Vater geht's bald besser.«

»Das hoffe ich auch. Wie lange bleibst du denn?«

»Nicht lange.«

»Du wirst mir fehlen.«

»Mach dir keine Sorgen.«

»Wenn du mit dem Essen fertig bist, zeige ich dir was.«

Omovo blickte Ayo an. Dann nickte er.

Als Omovo aufgegessen hatte, gingen die beiden nach draußen. Ayo führte ihn über staubige Wege. Er brachte Omovo zu einem verfallenen Haus. Omovo war schon oft daran vorbeigegangen und hatte mehrmals gesehen, wie der alte Chief mit traurigem Blick davor gestanden hatte. Es war ein altes einstöckiges Haus, ungestrichen, vernachlässigt, unbewohnt: ein trauriges Haus, heruntergekommen vor Scham, unauffällig, altersschwach und ein wenig in den weichen Boden gesunken.

»Dort werden die Ketten der Sklaven aufbewahrt. Ich habe den Schlüssel. Willst du sie sehen?«

Omovo betrachtete noch einmal das Haus und bemerkte, daß es anscheinend etwas zur Seite geneigt war, bemerkte die ungestrichene Tür, das leicht verrostete Vorhängeschloß. Dann blickte er in Ayos junges, ahnungsloses Gesicht, auf dem ein gespannter Ausdruck lag. Rasende Wut erfüllte Omovo. Er schüttelte den Kopf, wandte sich um und ging fort und ließ Ayo stehen, der auf den Schlüssel in seiner Hand starrte und sich fragte, was er nur falsch gemacht haben könnte.

Omovo war auf dem Rückweg vom Haus der Schande, als plötzlich ein Verrückter aus den Büschen sprang und sich auf ihn stürzte. Omovo schrie auf. Er wäre bei dem Zusammenstoß fast ohnmächtig geworden. Der Verrückte lachte, ging ein paar Schritte weiter und versperrte Omovo den Weg. Omovo wurde wieder ruhiger. Der Verrückte war von der Hüfte abwärts nackt. Seine Beine und seine Füße waren voller Schnittwunden. An seinem Geschlechtsteil traten die Venen hervor, sein Schamhaar war staubig, verfilzt und voller Wildblumen und Gras. Er trug die schwärzlichen Überreste eines Hemds. Seine Augen waren teilnahmslos und starr. Er hatte einen struppigen Bart, in dem Reste von zerkautem Essen klebten. Sein Haar war mit Abfällen bedeckt. Plötzlich kreischte er auf und wiederholte seltsame Worte, als wolle er böse Geister abwehren. Er warf sich auf die Erde, blieb still liegen und stand dann mit der dämonischen Starre eines Schlafwandlers wieder auf. Anschließend kratzte er sich und tanzte seltsam. Er kratzte sich an den Ohren, bis sie bluteten. Er kratzte, als versuche er, irgendeinen winzigen Widersacher herauszuholen. Dann begann er zu schreien, als könne er sich selbst nicht hören. Worte sprudelten aus seinem Mund. Die Vögel ringsumher flogen von den Bäumen auf.

Als sich der Verrückte auf ihn gestürzt hatte, hatte Omovo zunächst schreiend in den Busch fliehen wollen. Doch nachdem er den Mann abgeschüttelt und gemerkt hatte, wie harmlos er war, wurde Omovo ruhiger. Der Wahnsinn des Mannes schien hauptsächlich in Worten zum Ausdruck zu kommen, in unzusammenhängenden Worten. Er stieß mit schäumendem Mund einen endlosen Wortschwall hervor. Er starrte Omovo mit leerem Blick an, einem Blick ohne jede böse Absicht oder irgendein Anzeichen, daß der Verrückte Omovo als menschliche Gestalt wahrgenommen hatte. Als Omovo sich dem Mann näherte, um an ihm vorbei nach Hause zu gehen, war er überrascht, daß er sich von einer unbestimmbaren, schemenhaften Wesensverwandtschaft mit dem Verrückten geschützt fühlte. Der Mann sah ihn mit wirren Augen an, die Omovos Geist einzusaugen schienen. Omovo zog den schützenden Mantel seines aufgeladenen Bewußtseins enger um sich und ging an dem Verrückten vorbei. Ruhig.

In jener Nacht starb der Chief. Omovo wußte es. Er war von den Sprechtrommeln, lärmenden Geräuschen, Glocken und Kulttänzen geweckt worden. Und später war das unmißverständliche Wehklagen aus der Stadt zu hören. Das Wehklagen ertönte überall um ihn herum, als habe es allen und allem mitgeteilt, welcher Kummer es ausgelöst hatte.
Im Morgengrauen klopfte Ayo an Omovos Tür. Er brachte das Essen. Omovo bat ihn hereinzukommen, doch Ayo weigerte sich. Er setzte sich auf die Türschwelle. Er sah anders aus. Sein Kopf war kahlgeschoren. Tiefer Ernst lastete auf seinem Gesicht. Er hatte den verstörten Ausdruck von jemandem, der aus einem tiefen, schönen Schlaf gerissen worden ist. Er schien nicht zu wissen, was ihn geweckt hatte.
»Ayo!« sagte Omovo.
Der Junge blieb stumm.
»Ayo, komm rein.«
Wie betäubt stand der Junge auf und ging stolpernd davon. Omovo rief ihn noch einmal. Doch als der Junge seinen Namen hörte, schien er aus seiner Erstarrung zu erwachen und rannte mit schlenkernden Armen fort. Omovo sah Ayo den ganzen Tag nicht wieder. Der Tod des alten Chiefs schwebte über der Stadt wie eine dro-

hende Wolke. Er hatte gehört, wie die Frauen auf dem Markt ihre Kinder warnten, abends nicht draußen zu spielen, weil der alte Chief gestorben sei. Er hatte gehört, wie sie sagten, daß in den folgenden sieben Nächten furchterregende Gestalten auf der Suche nach Kindern und Fremden durch die Straßen schleichen würden. Omovo dachte an den Chief. Er hatte oft gesehen, wie der Chief mit dem Fliegenwedel in der Hand durch die Compounds und das lärmende Treiben seiner zahlreichen Ehefrauen hin und her geschlendert war. Omovo hatte oft gesehen, wie der Chief mit den Ältesten der Stadt diskutiert oder auf einem Rohrstuhl gesessen, auf einer Kolanuß gekaut und *ogogoro* getrunken hatte. Er hatte die Augen dabei starr auf dem Horizont ruhen lassen, dort wo die Gischt den Himmel berührte, während eines der Kinder dem alten Mann Luft zufächelte.

Und eines Tages hatte er den Chief vor dem Haus der Schande wie einen unfreiwilligen Pilger stehen sehen, eine Geisel der Geschichte. Er stand da, und auf seinem gesenkten Kopf lastete ein unsichtbares, unbeschreibliches Gewicht. Vielleicht hatten seine Ahnen mitgeholfen, Sklaven zu verkaufen. Der Anblick des Chiefs vor dem verfallenen Haus ging Omovo nie aus dem Sinn. Der Chief war das wandelnde Bild eines bestimmten Lebensstils gewesen. Und er war ein wandelnder Erbe des Todes, der Ketten und der verratenen Geschichte gewesen.

Am selben Tag packte Omovo seine Sachen. Er gab der jüngsten Frau des Chiefs, die ihm am Tag seiner Ankunft das Zimmer gezeigt hatte, die Miete. Er hinterließ Ayo eine Nachricht, seine Adresse und etwas Geld. Als er zum Fuhrplatz ging, sah er die Stadt mit anderen Augen. Er sah eine kleine, mit rotem Staub bedeckte Stadt, ein Stadt aus Hütten, Blechunterkünften und ebenerdigen Einzelhäusern. Eine verfallene alte Stadt. Eine Stadt, in der man die Schreie der Sklaven von der Küste noch zu hören glaubte, eine Stadt, die nur noch ein Schatten ihrer selbst war, als hätte die Geschichte den Geist der Stadt zerstört.

Omovo dachte über die unentrinnbare Rache der Zeit nach, während er in den Bus stieg. Diese Augenblicke würden für immer vorbei sein. Die Heimreise verlief ohne Zwischenfälle. Er schlief während der ganzen Fahrt.

2

Als er in seinen Compound kam, begrüßten ihn die Leute voller Trauer. In der Luft lag etwas Bedrückendes. Alle starrten ihn an, als wäre er ein Fremder, ein Geist. Die Haustür war verschlossen. Die Vorhänge waren halb zugezogen. Omovo blickte durch die Fensterscheibe, auf der sich eine Staubschicht angesammelt hatte, in den Raum. Bis auf eine Eidechse, die über nicht angerührtes Essen huschte, regte sich drinnen nichts.

Mit den verhaltenen Gesten von jemandem, der eine schlechte Nachricht überbringt, kam der amtierende Vizejunggeselle auf ihn zu und sagte: »Omovo, wo warst du?«

»Fort.«

»Hast du es nicht gehört?«

»Was soll ich gehört haben?«

»Hast du schon gegessen?«

»Ja.« Er hatte noch nicht gegessen.

»Hast du keinen Schlüssel?«

»Doch, ich hab einen.«

»Dann schließ die Tür auf und laß uns reingehen. Über sowas kann man schlecht in der Öffentlichkeit sprechen.«

»Was hat das alles zu bedeuten?«

»Mach die Tür auf. Es ist etwas Schreckliches passiert.«

Der amtierende Vizejunggeselle erzählte nicht die ganze Geschichte. Die Sache war dadurch ausgelöst worden, daß Omovos Vater, der »Boß des Compounds«, und zwei andere Männer am Samstag nicht dagewesen waren und aus diesem Grund die übliche Reinigung des Compounds auf einen anderen Tag verschoben worden war. Als Ersatz dafür, und um die Frauen versöhnlich zu stimmen, hatte Tuwo vorgeschlagen, einen Abend zu veranstalten, an dem getrunken und gefeiert werden sollte. Das Ergebnis war eine Überraschungsparty. Alle Bewohner des Compounds steuerten etwas zu essen und zu trinken bei, brachten Stühle und Hocker mit, Limonade, Guinness und *ogogoro*. Alle versammelten sich in Tuwos Wohnung. Er besaß die eindrucksvollsten Räume im Compound mit einer alten Stereoanlage in einer Glasvitrine, verschiedenen Pokalen für fragwürdige Siege bei Sportwettbewerben während seiner Schulzeit, exotischen Wandkalendern und vergrößerten Fotos von sich selbst an einem schneebedeckten Ort, der offensichtlich in England lag. Und die Wände waren mit Verdiensturkunden, Zylinderhüten und Chinoiserien geschmückt.

Tuwo trug seinen feinsten französischen Anzug. Die in den Hüften eng sitzende Hose brachte seine Männlichkeit zur Geltung. Während die Leute aus dem Compound in sein Zimmer strömten, war er ganz in seinem Element und begrüßte jeden mit äußerst blumigen Worten in einem gekünstelten Akzent. Tuwo trug die Getränke auf. Omovos Vater kam kurz herein und wurde mit lautem, betrunkenem Gröhlen begrüßt. Er trank ein wenig und löste durch sein feierliches Verhalten Schweigen um sich herum aus. Dann verließ er das Fest, wie es sich für einen großen Mann bei kleinen Anlässen geziemt, um einer anderen, nicht näher genannten Verpflichtung nachzukommen. Nachdem er fort war, nicht ohne Blackie vorher Anweisungen gegeben zu haben, was er bei seiner Rückkehr, womöglich zu später Stunde, essen wollte, ging die Party wieder wild und ausgelassen weiter. Die Getränke flossen in Strömen. Die Männer brachten ihre Lieblingsplatten mit. Die Frauen machten sich schnell zurecht und zogen sich schick an. Tuwo erzählte witzige Geschichten von seiner Zeit in England und seinen Liebesabenteuern mit weißen Frauen. Er stand im Mittelpunkt der Aufmerksamkeit, hielt auf charmante Weise hof, ließ noch mehr Getränke holen, legte Platten auf und ahmte spielerisch die Weißen und ihr geziertes Benehmen nach. Die Leute aus dem Compound krümmten sich vor Lachen. Die Frauen neckten ihn, er solle endlich heiraten, um nicht mehr alle Frauen des Compounds in Gefahr zu bringen. Die Männer machten sich über ihn lustig. Alle waren bald betrunken. Selbst der amtierende Vizejunggeselle brachte entgegen seinem Ruf eine Frau mit und verbreitete lautstark das Gerücht von seiner bevorstehenden Heirat, ein Gerücht, das alle mit Vergnügen aufnahmen, bis auf die Auserwählte selbst, ein schüchternes Dorfmädchen, das neu in der Stadt war und solche Sitten mißbilligte.

Die Party wurde immer ausgelassener. Gläser zerbrachen. Gepfefferte Witze heizten die Atmosphäre an. Dann wurde getanzt. Die

Männer tanzten mit ihren Frauen oder tanzten miteinander, so daß der Fußboden von ihrem schweren Stampfen zitterte und der ganze Raum von Hitze und Schweiß dampfte. Dann tanzten die Männer mit den Frauen anderer Männer. Noch mehr Getränke wurden gekauft. Einer der Männer begann eine Diskussion darüber, wer die besten Tänzer des Compounds seien. Zur Überraschung aller erklärte der amtierende Vizejunggeselle, er sei ein besserer Tänzer als alle, die er an diesem Abend gesehen habe. Auch die anderen Männer lobten sich alle selbst. Die Frauen schlugen einen Wettbewerb vor, bei dem sie die Schiedsrichter spielen würden.

Die Männer tanzten. Der amtierende Vizejunggeselle entzückte alle aufs höchste mit seiner Verwandlung von einem ernsthaften, geldhortenden Ladenbesitzer in einen lebhaften, kraftvollen Tänzer. Die Gegenwart einer Frau in seinem Leben hatte ihn aufgeputscht, und er sprang reichlich betrunken durch das Zimmer. Er tanzte mit traditioneller Hingabe, vielleicht ein wenig steif, doch sehr einnehmend. Alle überschütteten ihn mit Lob. Selbst seine schüchterne Begleiterin war stolz auf ihn. Die übrigen Männer tanzten, manche besser als andere, doch alle betrunken und eher stampfend als rhythmisch. Dann kam Tuwo an die Reihe. Um seinem Ruf als Frauenheld alle Ehre zu machen, begann er mit einer anspruchsvollen Kombination von Bewegungen. Sein Repertoire war beeindruckend. Er tanzte zu traditioneller Musik, zu modernen Platten und zu unvergessenen Oldies. Durch seine männlichen Beckenstöße, die zitternden Hüftbewegungen, die Charleston-Imitationen, die viel Gelächter und Anerkennung ernteten, durch seine Bravour, seine ununterbrochenen, gewandten Kommentare der Ereignisse, sein Feuer und seine Gastfreundlichkeit war ziemlich klar, auch wenn ihm bei einem seiner improvisierten traditionellen Tanzschritte eine Naht an der Hose platzte, daß er der bei weitem beste Tänzer des Compounds war. Als die Frauen ihre Wahl bekanntgaben, schrien alle durcheinander, manche Männer protestierten, andere warfen den Frauen Begünstigung vor, der amtierende Vizejunggeselle verließ wütend den Raum, kehrte aber bald danach zurück, und dann tanzten und tranken wieder alle bis in die frühen Morgenstunden. Selbst den Kindern gelang es, sich während der wüsten Orgie zwischen den Erwachsenen durchzuschlängeln, ein paar Flaschen Bier und *ogogoro* zu stiebitzen und sich den ersten seligen Rausch anzutrinken. Es war die verschwenderischste Party, die je im Compound gefeiert worden war. Alle schienen glücklich zu sein.

Das würdevolle Weggehen von Omovos Vater überspielte nur die Tatsache, daß er sich verzweifelt auf den Weg gemacht hatte, um eine Reihe von Verwandten zu besuchen, die er schon lange nicht mehr gesehen hatte. Er versuchte, Geld aufzutreiben, um sein angeschlagenes Geschäft zu retten. Es war seine letzte Rettung. Seine Verwandten führten vieldeutige Sprichwörter an, die alle auf die Aussage hinausliefen, daß sie ihm nicht helfen konnten. Sie erzählten ihm von ihren Schwierigkeiten, ihrer Verzweiflung. Ihre Probleme waren schwerwiegender als seine. Einer seiner Verwandten hatte zwei kranke Kinder im Krankenhaus, und eins davon mußte dringend operiert werden. Ein anderer schuldete drei Monatsmieten und sollte in Kürze vor die Tür gesetzt werden. Einem dritten war gerade ein Kind geboren worden, und er hatte all sein Geld für das Notwendigste ausgegeben. Und so ging es weiter. Omovos Vater sah in all dem nur Entschuldigungen, die vorgebracht wurden, um ihn noch weiter zu demütigen. Er ging wütend und enttäuscht nach Hause zurück. Unterwegs kehrte er in drei Bierkneipen ein und wurde immer betrunkener, je näher er dem Compound kam.

Es war schon spät, als Omovos Vater den Compound betrat, und das Fest war fast zu Ende. Betrunkene, streitsüchtige Stimmen drangen aus den Zimmern. Ein paar Männer, die sich gegenseitig stützten, wankten laut singend aus dem schmiedeeisernen Tor. Seine Zimmertür stand weit offen. Das Essen stand auf dem Tisch. Es war nicht zugedeckt, kalt geworden, und in der Suppe schwamm eine tote Fliege. Fremde Kinder rannten ins Wohnzimmer und wieder hinaus. Er erfuhr, daß sich das fröhliche Beisammensein bei Tuwo zu einer großartigen Party entwickelt hatte. Er rief nach Blackie. Sie war nicht zu Hause. Jeder hatte sie anscheinend noch wenige Sekunden zuvor gesehen. Man erzählte ihm, daß Tuwo den Tanzwettbewerb gewonnen habe. Omovos Vater scheuchte die Kinder aus dem Wohnzimmer. Mitten in ihrem ersten Rausch beschimpften sie ihn und lachten ihn aus. Er ging los und holte seinen berüchtigten Gürtel mit der schweren Schnalle.

Die Kinder rannten fort. Er wartete. Dann ging er zum Waschraum, um zu urinieren.

Er hörte leise Stimmen im Waschraum. Als er anklopfte und fragte, wie viele Leute in dem Raum seien, verstummten die Stimmen. Er klopfte noch einmal an. Es war still. Dann sagte Tuwo, er sei gerade dabei, sich zu waschen. Omovos Vater ging zur Toilette, fand sie besetzt und wollte schon in sein Zimmer zurückgehen, als er das Parfüm seiner Frau roch. Ohne nachzudenken, hämmerte er gegen die Tür des Waschraums. Zwei Stimmen fluchten. Er drückte gegen die Tür, bis der kümmerliche Haken, der sie von innen verriegelte, aufsprang. Omovos Vater stürzte hinein und sah Tuwo, der schützend den splitternackten Körper einer Frau umklammerte. Die beiden klebten aneinander, und als Omovos Vater vor Entsetzen aufschrie, geriet die Frau in Panik. Sie kreischte laut, konnte sich nicht befreien, konnte nicht fliehen, war in dem kleinen Raum gefangen. Es dauerte eine ganze Weile, ehe Omovos Vater den reifen, befremdlich nackten Körper Blackies erkannte. Es dauerte eine ganze Weile, bis sich seine Augen an das trübe Licht gewöhnt hatten, das auf ihren schweißnassen Körpern schimmerte. Sie standen bis zu den Knöcheln in Schmutzwasser. Blackie lehnte mit dem Rücken an der Wand, die mit klebrigem Schleim überzogen war. Betäubt von dem überwältigenden Geruch, der ihm aus dem Raum entgegenschlug, wich Omovos Vater zurück, doch plötzlich wurde er durch den Gestank des stehenden Wassers ernüchtert. Er stieß einen markerschütternden Schrei aus. Dann stürmte er wieder in den Waschraum, schlug auf seine Frau ein, packte Tuwo am Hals, trat mit den Füßen nach den beiden, hämmerte auf sie ein, rutschte aus und fiel in das ekelhafte Wasser. Das nackte Paar stolperte über ihn hinweg und floh aus dem Waschraum in den Compound.

Omovos Vater rannte mit wahnsinnigem Geschrei hinter ihnen her. Er verfolgte das nackte Paar über den Gang. Tuwo floh in sein Zimmer und verriegelte die Tür. Nur mit einer dünnen Bluse bekleidet, die sie im Vorbeilaufen von der Wäscheleine gerissen hatte, um ihre Blöße zu bedecken, rannte Blackie die Straße hinauf. Omovos Vater stürmte in sein Zimmer, kam mit einer Machete zurück und trat Tuwos Tür mit ein paar kräftigen Fußtritten ein. Er jagte Tuwo durch das Zimmer. Die Leute aus dem Compound eilten herbei, doch es war zu spät. Omovos Vater hatte Tuwo neben der Stereoanlage in eine Ecke gedrängt. Mit schäumendem Mund ließ Omovos Vater seine furchtbare Wut an allem im Raum aus, zertrümmerte den Tisch, den Fernseher, die Stereoanlage. Er bot einen furchterregenden Anblick. Die Leute aus dem Compound sahen, wie er die Machete hob. Tuwo versuchte, sich auf Omovos Vater zu stürzen, verfehlte ihn jedoch und fiel zu Boden. Als er sich aufrichten wollte, ließ Omovos Vater die Machete mit ungestümer Kraft auf Tuwos Hals niedersausen. Die Luft wurde von einem Schmerzensschrei zerrissen, der erstarb, ehe er den Höhepunkt erreicht hatte. Dann war Stille. Nachdem er seine Wut abreagiert hatte, ging Omovos Vater, die blutige Machete in der Hand, mit irrem Blick durch die Menge. Alle machten ihm Platz. Er ging in sein Zimmer und schloß sich ein. Die Frauen aus dem Compound begannen zu schreien. Überall war Blut.

Wenig später tauchte Omovos Vater wieder auf. Er trug seinen besten Anzug, seinen Hut mit der Feder, hielt in der einen, blutbefleckten Hand einen Fliegenwedel und in der anderen einen Spazierstock. Er war gekleidet, als ginge er zu einem wichtigen Treffen, als wollte er einen mächtigen Würdenträger empfangen. Er verkündete, daß er zur Polizeiwache gehe, um sich zu stellen. Er verkündete es ruhig. Die Leute starrten ihn an, als sei er ein völlig Fremder. Er machte sich auf den Weg. Zwei Männer aus dem Compound folgten ihm, um sicherzustellen, daß er nicht wegrannte und sich aus dem Staub machte. Der amtierende Vizejunggeselle war einer der beiden.

Omovo hörte völlig ruhig zu. Als der Vizejunggeselle mit seinem Bericht fertig war, blieb Omovo stumm und bewegte sich nicht. Nur sein Blick war hart geworden, und seine Gesichtsmuskeln zuckten. Es war, als hätte er nichts gehört. Wie viele unsensible Menschen, die eine schlechte Nachricht überbringen, glaubte der Vizejunggeselle, Omovo habe alles tapfer aufgenommen, und beging daraufhin einen furchtbaren Fehler. Er teilte ihm noch mit, daß Ifeyiwa tot war, erzählte ihm von ihrem angeschwollenen Leichnam, und daß sie in einem nicht gekennzeichneten Grab beerdigt worden sei. Er sagte, daß Takpo in ihr Heimatdorf gefahren sei, erfahren habe, was geschehen war, in die Stadt zurückgekehrt sei und tagelang auf der Straße vor Kummer geschrien habe. Dann habe er seinen Laden geschlossen, seine Sachen gepackt, das Viertel verlassen und sei nie wieder gesehen worden.

Plötzlich begann Omovo zu zittern. Er klapperte mit den Zähnen. Er setzte sich und stand wieder auf. Seine Augen wurden immer größer. Jetzt erst merkte er, daß sich die Leute aus dem Compound vor der Haustür versammelt hatten, während er all das erzählt bekam. Sie blickten durch das Fenster in den Raum. Einige von ihnen waren bis ins Wohnzimmer vorgedrungen. Er schloß die Augen, legte die Hand an den Hals, verdrehte den Kopf, stolperte und stürzte zu Boden. Er hörte, wie ein Kind laut lachte. Er stand auf. Übelkeit überkam ihn. Seine Augen füllten sich mit Tränen. Er setzte sich, der Stuhl kippte zur Seite, da sprang Omovo auf und griff wie ein tobender Blinder ins Leere. Sein Blick wurde klar, er sah die anwesenden zudringlichen Leute aus dem Compound, die Männer mit gierigen Gesichtern, die Frauen mit ihren ewig neugierigen Augen, die Kinder mit hervorstehenden Bäuchen, und er schrie auf.

Kochend vor unbezähmbarer Wut schrie er immer wieder Ifeyiwas Namen, rannte in die Küche, warf Pfannen und Töpfe durcheinander, stürzte den Geschirrschrank um und tauchte mit der blutverschmierten Machete in den Händen wieder auf. Er fuchtelte wild damit in der Luft herum und stürzte sich auf den amtierenden Vizejunggesellen, jagte ihn durch das Wohnzimmer, schlug auf die Fenster ein, auf den übergroßen Tisch und auf die verblichenen Bilder an der Wand. Dann schrie er die Leute aus dem Compound an, die sich auf dem Gang drängten: »Haut ab, ihr Voyeure! – ihr Aasgeier! – ihr Spione! – ihr erfreut euch am Unglück anderer – haut ab!«

Sie starrten ihn an, als biete er ihnen bloß ein verrücktes Schauspiel. Dann stürmte er auf sie zu. Er verfolgte sie durch den Compound, rannte hierhin und dorthin und schuf ein unglaubliches Durcheinander.

»Der Junge ist verrückt geworden!« sagten immer wieder irgendwelche Stimmen.

»Haltet ihn!«

»Fesselt ihn!«

»Nehmt ihm die Machete ab!«

»Nimm du sie ihm doch ab!«

»Haltet ihn, bevor er das Verbrechen seines Vaters wiederholt.«
Omovo raste hinter ihnen her, folgte ihnen in den Hinterhof,
schlug mit der Machete gegen die Blechtür des Waschraums, in
dem ein paar Leute Zuflucht gesucht hatten, jagte dann die übrigen
zur Vorderseite des Compounds und hackte auf die Zimmertüren
jener ein, die sich eingeschlossen hatten. Er brüllte und schrie,
während er zur Vorderseite des Compounds rannte. Als er mit der
Machete gegen das schmiedeeiserne Tor schlug, sprühten die Fun-
ken, und die Machete flog ihm aus der Hand. Die Männer aus dem
Compound stürzten sich auf ihn und übermannten ihn vorüber-
gehend. Doch sein durch Wut entfesselter Kampfgeist war nicht zu
bändigen. Spuckend und boxend kämpfte er sich frei und entwand
sich dem eisernen Griff der Männer.
»Haltet ihn!«
»Fesselt ihn!«
»Holt ein Seil!«
»Wo rennt er hin?«
»Holt den Doktor.«
»Was für einen Doktor?«
»Dr. Okocha, seinen Freund, den Schildermaler.«
»Schnappt ihn erst!«
»Er ist weg!«
»Dieb! Dieb!«
»Packt ihn!«
Doch Omovo rannte die Straße hinauf zur Bushaltestelle. Wut und
Kummer gingen in seinem Kopf durcheinander, während er ziellos
über die Straße lief, ohne zu wissen, was er tat. Er drängelte sich
vor und ergatterte einen Platz in einem Kleinbus, und als der Bus
anfuhr, sprang Omovo wieder hinaus. Er rannte schreiend mitten
auf die Hauptstraße, ohne sich umzusehen. Er hörte verschwommen das Hupen von Autos. Er hörte wildes Quietschen, ein fernes
Krachen und das Geschrei von Menschen um ihn herum. Er wäre
beinah überfahren worden. Wie im Traum lief er immer im Kreis
über die Straße und merkte erst, als er die beißende Hitze des Motors spürte, daß ein Auto ein paar Zentimeter vor ihm zum Stehen
gekommen war. Der Himmel schien auf ihn herunterzukommen.
Mitten darin sah er einen Schwarm von Drosseln, die auf ihn zu-
flogen. Er sah Augen, die auf ihn gerichtet waren. Sie verschwan-

den, als der Fahrer den Kopf durchs Fenster steckte und schrie: »Hau ab, du Spinner! Hau ab hier! Wenn du schon sterben willst, dann nicht durch mein Auto!«
Omovo wankte über die Straße und stürzte vor einem Verkaufsstand zu Boden. Menschen umringten ihn. Er murmelte unverständliches Zeug, strampelte mit den Beinen, als sei er tatsächlich völlig verrückt geworden, und weinte jämmerlich. Die Menge starrte auf den kahlköpfigen jungen Mann und wunderte sich über die Tiefe seines Schmerzes.

Die Männer aus dem Compound fanden ihn vor dem Verkaufsstand und versuchten, ihn nach Hause zu tragen. Dr. Okocha war bei ihnen. Sie versuchten Omovo auf die Beine zu helfen, doch es war unmöglich, ihn zu bewegen, er war seltsam schwer geworden. »Haut ab! Zischt ab! Ihr verdammten Aasgeier!« schrie er.
Dr. Okocha befahl ihnen mit gebieterischer Stimme, ihm die Sache zu überlassen. Die Männer aus dem Compound zogen sich zurück. »Laßt den Schildermaler das machen«, sagten sie.
Dr. Okocha näherte sich Omovo langsam, als wäre der junge Mann ein gefährliches, unberechenbares Tier. Er beugte sich über Omovo und sagte etwas zu ihm. Eine Weile herrschte Stille, dann schlug Omovo um sich und schrie: »Aasgeier! Spione! Ifeyiwa ist tot! Mein Vater ist ein Mörder! Was wollt ihr denn jetzt noch von mir? Aasgeier! Laßt mich in Ruhe! Ihr könnt mir nicht helfen!«
Dann gab ihm Okocha eine Ohrfeige. Einen Augenblick blieb Omovo still. In seine Augen kam ein heller, wirrer Glanz. Der alte Maler schlug ihn noch einmal. Heftiger. Omovos Augen füllten sich mit Tränen. Die Venen am Hals traten hervor. Er weinte nicht. Der alte Maler sagte: »Bist du verrückt geworden, hm? Du bist noch gar nicht richtig auf die Welt gekommen. Hast du deine – hast du deine Verpflichtungen vergessen? Reiß dich zusammen. Du bist ein Mann – ein Künstler – ein Kämpfer.«

3

Omovo ging nicht mit den Männern aus dem Compound nach Hause, sondern wurde von Dr. Okocha zu dessen Werkstatt geführt. Dort verbrachte er die Nacht. Dr. Okocha räumte die Schilder, die auf dem Boden lagen, zur Seite, holte eine Matte und ein paar Kissen und versuchte, Omovo dazu zu bringen, sich hinzulegen. Omovo setzte sich stumm, mit wirrem Blick. Dr. Okocha benachrichtigte seine Frau, sie solle einen Topf starker Kräutersuppe kochen. Dann kaufte er eine Flasche *ogogoro* und ein paar Flaschen Bier. Als die Pfefferschotensuppe gebracht wurde, aß Omovo sie auf. Dr. Okocha schenkte Omovo und sich selbst ein großes Glas *ogogoro* ein. Er leerte es zur Hälfte und seufzte. Er forderte Omovo auf, das gleiche zu tun. Omovo tat es. Er hatte immer noch nichts gesagt. Es dauerte Tage, ehe ein Wort über seine Lippen kam. Dr. Okocha wartete einen Augenblick, schenkte etwas *ogogoro* nach, und dann begann er zu sprechen.

»Mein Sohn«, sagte er, »mir ist klar, was dir alles passiert ist. Es wird noch mehr passieren. Und danach noch mehr. Aber merk dir eins: selbst das geht vorüber. Es wird schlechte Dinge geben und auch gute Dinge. Dein Leben wird voller Überraschungen sein. Wunder ereignen sich nur dort, wo es vorher Leid gegeben hat. Darum lebe deinen Kummer voll aus. Versuch nicht, ihn zu unterdrücken. Versteck dich nicht vor ihm. Fliehe nicht vor ihm. Auch der Kummer gehört zum Leben. Er ist die Wahrheit. Aber er geht vorüber, und die Zeit versüßt die Bitterkeit mit seltsamem Honig. So ist nun mal das Leben.«

Dr. Okocha hielt inne. Er nahm einen Schluck aus seinem Glas. Omovo blieb stumm. Seine Augen glühten. Dr. Okocha stand auf, stöberte in dem Durcheinander auf dem Tisch, nahm ein paar Kolanüsse und Alligatorpfeffer und gab Omovo davon. Omovo kaute unwillkürlich auf dem Pfeffer. Mit den langsamen, besonnenen Bewegungen eines Wahrsagers teilte der alte Maler eine Kolanuß und fuhr fort: »Sieh mich, zum Beispiel. Ich habe zwei von meinen Kindern begraben. Beides Jungen. Sie waren *abiku*, Geisterkinder. Der Kräuterheiler hat den Körper des Jungen, der zuletzt gestorben ist, mit Zeichen versehen. Und genau diese Zeichen habe ich jetzt auf dem Körper meines Kindes wiedergefunden, das seit einiger Zeit krank ist. Wir versuchen immer noch, seinen Geist dazu zu bewegen, auf dieser Welt zu bleiben. Abgesehen davon habe ich miterlebt, wie mein Dorf im Krieg in Flammen aufgegangen ist. Ich habe gehört, wie meine Geschwister und meine Mutter aufschrien, als eine Granate neben unserm Haus runterkam. Das war nicht leicht. Unser Herz ist klein, und ich habe nie begriffen, wie es soviel Leid ertragen kann und dennoch weiterschlägt. Aber es tut's. Es tut's. Ich weiß auch nicht wie.«

Als Dr. Okocha die Kolanuß aufbrach, warf er die beiden Hälften auf einen Teller und betrachtete ihre Struktur. Er stand auf, stolperte über ein Schild und suchte nach seiner Brille. Er fand sie, setzte sie auf und studierte die beiden Hälften auf dem Teller genauer. Die Brille veränderte sein Gesicht, das aus hartem Teakholz geschnitzt zu sein schien, verlieh seinen Zügen eine uralte, überirdische Weisheit und vergrößerte seine Augen seltsam. Während er aus den Kolanußhälften den Sinn der Dinge las, sagte er, ohne aufzublicken: »Und ganz abgesehen von mir, sieh dir doch dieses Getto Ajegunle an. Jeder hat hier eine Geschichte, die schlimmer ist als unsere. Dieses Viertel ist eine einzige Wunde. Die Augen tun mir weh, wenn ich es ansehe, wenn ich all das Elend sehe und daran denke, wie wir leben. Es gibt Leute, die in Häusern ohne Dach leben. Alle paar Jahre sterben ihre Kinder. Blechhütten voller Löcher. Große Familien, die nur einmal am Tag einen Teller *garri* essen. Sie können sich nicht leisten, zum Arzt zu gehen. Das bißchen Geld, was sie haben, nehmen ihnen die einheimischen Quacksalber ab. Ihre Kinder verkaufen von morgens früh bis abends spät leere Flaschen und alte Zeitungen. Keine Arbeit. Ganze Familien von Krankheit geplagt. Ihre Kinder scheißen Würmer. Die kleinen Jungen rennen weg und werden Kundenschlepper auf dem Fuhrplatz. Die Kinder leiden an Unterernährung. Und trotzdem. Und trotzdem schlägt das Herz des Gettos. Sie leiden und lächeln, wie der Sänger gesagt hat, sie machen weiter und kämpfen. Ich sehe das alles mit eigenen Augen an. Tag für Tag. Von morgens bis abends. Das ist meine Aufgabe. Ich sage dir, eines Tages geht alles hier in Flammen auf. Alle Gettos. In Flammen. Am Tag, an dem die Leute aufwachen. Ich will das Getto malen. Ich will, daß die Regierung sieht, wie das Volk lebt. Ich will, daß wir aufwachen. Ich male kostenlos Schilder für einarmige Männer, die einen Friseurladen aufmachen. Für Schneider mit Tb. Männer mit kranken Kindern. Was kann ich anders tun? Wenn ich dich ansehe, schäme ich mich für mich selbst.«

Er nahm die Kolanußhälften und warf sie noch einmal auf den Teller. Er betastete sie und sah sich an, welche mit der runden Seite nach oben und welche nach unten zeigte. Während er die Bedeutung entzifferte, bewegte er den Mund ständig mahlend hin und her, und in seinen Stirnfalten sammelte sich der Schweiß.

»Die eigentliche Verantwortung beginnt damit, daß man klar sieht. Ja, ich schäme mich. Ich bin über fünfzig. Ich male jetzt seit dreißig Jahren. Und ich habe nicht mehr als meine Werkstatt. Meine eigentliche Verantwortung hat mich jahrelang angestarrt, mir in den Augen gebrannt, mir weh getan, und ich habe sie nicht mal richtig wahrgenommen. Da mußtest du erst kommen, ein Kind der jungen Generation, und mich darauf stoßen. Ich habe geschlafen. Du hast heute nacht mein Leben verändert, weißt du das? Du kannst hier so lange bleiben, wie du willst. Du kannst hier malen. Ich laß dir einen Schlüssel nachmachen. Betrachte das hier als deine Werkstatt. Aber laß dich nicht vom Kummer übermannen. Du bist noch gar nicht richtig geboren. Du hast noch nicht genug gemalt. Du hast noch keine eigene Ausstellung gehabt. Du bist dem Leid, das dich jetzt erfüllt, schuldig, zu überleben. Das bist du uns schuldig, deinem Volk. Die Griechen haben ein Sprichwort, in dem es heißt, daß die Feldlerche ihren Vater in ihrem Kopf begraben hat. Begrabe dieses Mädchen in deinem Herzen, in deiner Kunst. Und lebe, mein Sohn, lebe mit unauslöschlichem Feuer. Das, was du jetzt erduldest, muß dir jeden erdenklichen Grund geben, dein Leben und deine Kunst zu meistern. Lebe dein Leben in vollen Zügen. Sei furchtlos. Sei wie die Schildkröte – laß dir einen harten Panzer wachsen, um dein starkes Herz zu schützen. Sei wie der Adler – schwing dich über deinen Schmerz auf und trag das Banner und das Wunder unseres Lebens in die hintersten Winkel der Welt. Bau deine Kraft auf. Das Schicksal ist schwierig. Die Leute werden, ohne es zu wissen, immer auf deiner Seite sein. Sie werden deine Seele nähren. Vergiß nie, daß die Leute auch leiden und kämpfen, dann kann dir in der Kunst nichts passieren.«

Er warf die Kolanußhälften zum drittenmal, schüttelte den Kopf, lächelte, nahm eine Hälfte und gab Omovo die andere. Er sprach ein Gebet, trank und blickte Omovo an. Seine Augen waren teilnahmslos und stumpf. Omovo trank einen tiefen Schluck *ogogoro*, während sich alles in ihm drehte und sein Kopf unsichtbare Kreise in der Luft vollzog.

»Wir alle müssen weitermachen, die unerfüllten Träume unserer Väter und Mütter fortsetzen. Ihre Träume haben uns auf die Welt gebracht. Ihre Träume und ihre Fehlschläge sind unser Auftrag. Wir fügen unsere eigenen Vorstellungen hinzu, versuchen, es besser zu machen, geben die Verantwortung weiter und sterben.«

Okocha hielt inne. Omovo war der Kopf auf die Brust gesunken, er war im Sitzen eingeschlafen, während der alte Mann mit ihm sprach. Okocha streckte ihn auf der Matte aus, schob ihm ein Kissen unter den Kopf, trank stumpf seinen *ogogoro* zu Ende und redete weiter auf die schlafende Gestalt ein, während Geckos über die Wände huschten.

»Als ich noch ein Kind war, wollte ich Priester werden. Der Priester unseres Dorfheiligtums. Das ging nicht. Dann wollte ich Kräuterheiler werden. Das hat man mir nicht erlaubt. Und dann Arzt, aber es war kein Geld da, um mich zur Schule zu schicken. Und jetzt bin ich Maler. Schildermaler. Die Leute nennen mich Doktor – Schilderdoktor. Sie sagen, daß ich die besten Schilder in dieser Stadt male. Früher war das auch so.«

Okocha lachte mit verzerrtem Gesicht. »Du hast recht, mein Sohn. Ich kann dir nicht helfen. Worte können keine Kalebasse füllen. Nur du kannst dir selbst helfen. Aber sei wie David in der Bibel – benutze deine eigenen Waffen.«

Und so redete Okocha weiter auf Omovo ein, der fest schlief, bis er selbst träge und schläfrig wurde. Dann löschte er das Licht in der Werkstatt, schloß die Tür hinter sich und wankte in eigener Sache hinaus ins Getto.

Omovo wachte plötzlich auf. Es kam ihm vor, als seien mehrere Tage vergangen. Er hatte keine Ahnung, wie lange er geschlafen hatte. Die Zeit war aus den Fugen gegangen, hatte sich irgendwie verändert. Es hatte geregnet, und jetzt hatte es aufgehört zu regnen. Die Luft war geladen von der Stille nach dem Sturm. Ein gleichmäßiges Geräusch wie ein Strom gemurmelter Worte erklang in seinen Ohren. Omovo stand von seiner Matte auf und starrte in das Dunkel von Dr. Okochas Werkstatt, die wie eine Unterwasserlandschaft wirkte, und fragte sich, wo er war. Er fühlte sich seltsam erleichtert. Er hatte das Gefühl, in eine neue Welt des Seins vorgedrungen zu sein. Und er hatte Angst.

Seine Augen gewöhnten sich an die Dunkelheit. Er schaltete das Licht nicht ein. Er sah einen weißen Juju-Beutel, der mit Opfergaben gefüllt über der Tür hing. Er sah, daß das Durcheinander in der Werkstatt noch größer geworden war, und wunderte sich über das Vorhandensein von alten, verwitterten Egungun-Masken, Teakholzschnitzereien, Ebenholzskulpturen, Silhouetten wiedergeborener Mütter, geschnitzten Holztafeln und *abiku*-Babys, alle mit dem Kopf nach unten und mit vor Übermut geweiteten Augen im Bauch von Müttern, die Todesqualen erlitten. Er sah Schilder, die vor den Wänden aufgestapelt waren. Er zündete eine Kerze an und war über die vielen, ihm unbekannten Gemälde verblüfft, die an den Wänden der Werkstatt hingen, sie waren alle neu, waren alle von einer unbändigen Kraft beseelt. Große Gemälde von Menschenmengen, von Frauen mit dicken Bäuchen, grelle Bilder von Menschenscharen an Bushaltestellen, von lachenden wahnsinnigen Kindern, und er sah ein Gemälde, das ihn selbst im Schlaf darstellte, und dahinter die Silhouette eines alten Kriegers, der über der schlafenden Gestalt wachte. Er sah die Spinnweben, die Dachsparren und die Insekten. Er blies die Kerze aus und bewegte sich durch die Dunkelheit vorwärts. Er öffnete die Tür und schloß sie hinter sich. Er starrte das Auge an, das auf die Tür gemalt war, das Auge mit der roten Träne. Dann ging er durch das dämmerige Getto, sah alles mit neuen Augen, hatte das Gefühl, als wäre eine Binde, die auf seinen Augen, seinen Sinnen gelegen hatte, weggenommen worden.

Gettolandschaften gingen ihm durch den Kopf. Er sah den Schmutztümpel, die riesigen Abfallhaufen auf den Straßen. Er sah die abbröckelnden, halbfertigen Häuser, die durchlöcherten Blechunterkünfte, die in den Boden sinkenden freistehenden Häuser, die Hütten, die halb unter Wasser standen. Er kam an Bettlern vorbei, die eng aneinandergeschmiegt am Straßenrand schliefen. Er kam an betrunkenen alten Männern vorbei, deren Gesichter wie

zerquetschtes Blech aussahen und die krankhaft hustend von Stand
zu Stand stolperten; an alten Frauen mit Augen voller bitterer Tränen, Mündern wie offene Wunden, schlaffen Brüsten, die eine Generation von an Hunger und Armut gekettete Kinder genährt hatten, und Händen wie die entfleischten Balken eines Kruzifixes.
Eine der alten Frauen hielt eine Flasche umklammert und beklagte
sich schreiend, daß ihre Kinder sie betrogen hätten. Wenig später
begegnete Omovo einem Mann mit erschöpftem Gesicht, der mit
den Händen in der feuchten Erde nach seiner verlorenen Zigarette
suchte. Nicht weit von ihm war ein Baby unbemerkt in den
Schmutztümpel gefallen. Es planschte hilflos im Wasser. Seine
Mutter war nirgendwo zu sehen. Omovo holte das Baby aus dem
Tümpel. Es hörte nicht auf zu weinen. Omovo ging weiter und
kam an einem jungen Verrückten vorbei, der aus einem anderen
Schmutztümpel trank, als sei dieser eine Oase in einem Land der
Bitternis. Der Wind wehte den Dreck an dem auf der Straße wild
entstandenen Abfallhaufen entlang. Es war dunkel. Die Land-
schaften glitten vorüber. In der Ferne, hinter dem Getto, leuchte-
ten die Lichter der multinationalen Konzerne auf, die Lichter der
Reichen, die flackernden Flammen der Erdölraffinerien, in denen
kostbares, ungenutztes Gas in der Nachluft verbrannte. Kleine
Windhosen wirbelten um Omovo herum, während er durch die
Straßen ging und dem sonderbaren Herzschlag der harten, vibrierenden Stadt lauschte.
Blitze zuckten am Himmel. Donnerschläge grollten über Omovo.
Ein Regenschauer ging nieder. Omovo war erschöpft vom vielen
Sehen. Sein Kopf hallte von Geräuschen, die wie das Knirschen
schlechter Zähne klangen. Er war völlig vom Regen durchnäßt. Er
glitt aus und empfand eine seltsame Süße, als er fiel. Die Dunkelheit zog an seinen Augen vorüber.
Er blieb lange auf der Erde liegen. Ab und zu nahm er Schritte
wahr, die vorbeikamen. Es hatte aufgehört zu regnen. Irgend etwas
zerbrach in ihm, zerbrach und wurde zu Stille. Und er sah sich
selbst mitten auf einem Feld. Ein verdorrter Orangenbaum stand
auf der weiten Fläche. Dann sah Omovo ein nacktes Kind über das
Feld rennen. Es stolperte, fiel hin und rannte weiter. Die Erde war
wie eine Tretmühle, denn so schnell das Kind auch rannte, es blieb
stets auf der Stelle, kam nicht näher und entfernte sich auch nicht.

Doch wie der Geist eines unbesiegbaren Wesens rannte es immer weiter.

Das Geräusch eines Motors näherte sich. Ein Lastwagen fuhr vorbei und bespritzte Omovo mit Wasser. Zum zweitenmal durchnäßt lag er auf der Erde und horchte auf die Geräusche des fließenden Wassers.

Die Zeit verging. Ein alter Bettler mit einer offenen Wunde als Mund und einem erloschenen Zigarettenstummel zwischen den Lippen kam vorbei und schüttelte ihn. Omovo versuchte aufzustehen. Alles drehte sich um ihn, als befinde sich die Welt in einer Schale mit durchsichtiger Flüssigkeit. Er sah die schwärenden Wunden auf den Beinen des Bettlers und bekam Kopfschmerzen. Der Bettler verzog den Mund zu einem Lächeln, das ihn noch häßlicher erscheinen ließ. Omovo stand auf, wühlte in seinen Taschen, fand eine Münze und ließ sie in die hingehaltene Schale des Bettlers fallen. Mit steifen Muskeln setzte er einen Fuß vor den anderen und bewegte sich so unbeholfen, als lerne er gerade gehen.

Omovo ging wie im Rausch zu Okochas Werkstatt zurück. Unterwegs stellte er fest, daß in den Straßen irgend etwas fehlte. Alles sah unvertraut nackt aus. Omovo konnte den Eindruck nicht genauer deuten. Doch alles wirkte kahler, als sei eine unbestimmbare Schönheit, die die Straßen fast erträglich gemacht hatte, verschwunden. Das leuchtende, phantasievolle Fresko tanzender Gäste, das die Wände des Hotels geschmückt hatte, war plötzlich mit blauer Farbe überstrichen. Das Schild des Schneiders war nicht mehr da. Die ungewöhnlich bunten Schilder an der Straße waren verschwunden. Omovo war verblüfft. Kein einziges Schild war mehr zu sehen. Die Wandgemälde an den schäbigen Bordells waren übermalt, die Schilder an den Bierkneipen und den Friseurläden mit den witzigen Abbildungen verschiedener Haarschnitte, die Schilder an den Wettbüros, auf denen das sündhafte Vergnügen, Geld zu verlieren, dargestellt war – all das war verschwunden. Die Schilder waren einfach nicht mehr da. Plötzlich kam Omovo die ganze Straße nackt und erschreckend vor, als habe ein arglistiger Wirbelwind die typische Eigenart des Ortes weggefegt. Mit dem Gefühl, sich verirrt zu haben und am falschen Platz zu sein, ging Omovo weiter.

Ohne zu überlegen schlug er den Pfad ein, der in den Wald führte.

Als Omovo merkte, wo er war, schreckte er zusammen. Er befand sich in der Nähe der eingestürzten Brücke, unweit der Stelle, wo die Frau ihr Kind ausgesetzt hatte. Er machte kehrt und ging zurück. Der Weg war menschenleer. Omovo kam an das Tor der seltsamen Organisation. Das unbemalte Schild am Tor war verschwunden. Das Schild mit Okochas bizarrer Darstellung eines schwarzen Messias, der von Hieroglyphen und Vögeln mit menschlichen Gesichtern umgeben war, stand noch da. Allein, ohne jeden Bezug. Es stand allein auf einem leeren Grundstück. Das Gebäude dahinter, vor dem Omovo die seltsame Begegnung gemacht hatte, war verschwunden, als habe er es nur im Traum gesehen.

Omovo eilte zu Dr. Okochas Werkstatt zurück. Rings um den Schuppen lagen überall Berge von Schildern aus dem Getto. Hinter der Werkstatt verglühte ein ganzer Stapel in den Resten eines Feuers. Die Tür stand offen. Drinnen war es dunkel. Dr. Okocha war nicht da. Omovo versuchte, das Licht einzuschalten. Es gab wieder Strom. Von plötzlicher Wut erfüllt suchte Omovo aus dem Durcheinander eine leere Leinwand hervor, stellte sie auf, richtete eine Palette mit Farben her und wartete mit einer Mischung aus Trauer, Verwunderung und Verwirrung.

Er war hungrig. Er war schon den ganzen Tag hungrig gewesen. Er trank etwas Wasser. Das Wasser verstärkte noch seinen Hunger. Omovo stand vor der Leinwand und starrte auf einen leeren Fleck. Der Fleck begann sich zu bewegen, dann wurde er größer. Ein Schleier legte sich über seine Augen. Omovo schloß die Augen. Dann öffnete sich etwas in ihm, wurde von seiner ängstlichen Erwartung erleuchtet.

Er begann zu malen. Er malte eine leicht unrealistische Parklandschaft. Sie war idyllisch, doch von etwas Drohendem überschattet. Einen Nachthimmel, ein wenig erhellt von einem verhüllten Mond. Wasserflächen mit glitzerndem Mondlicht. Hinter einer Wand aus Bäumen stellte er den Atlantik mit mächtigen, heranrollenden Wellen dar. Am Strand landeten seltsame, in Nebel gehüllte grüne Schiffe. Neben den Schiffen die Gestalten von Eindringlingen. Raubvögel mit drohenden Umrissen tauchten am Himmel auf. Im Vordergrund des Gemäldes befand sich ein Baum, der wie der biblische Feigenbaum verdorrt war. Unter dem Baum sah man die Hauptfigur, die Leiche des Mädchens. Omovo verlieh ihr eine leuchtende, phosphoreszierende Hautfarbe, als glühte der Körper. Sie wirkte wie ein Trugbild, ein erträumtes Wesen in einer naturalistischen Landschaft. Ein schönes, blutendes Wesen in kräftigen Farben. Ihr Kleid ist zerrissen. Auf ihren Brüsten und ihrer Kleidung ist Blut. Ihr Unterleib ist als stilisierte, furchtbare Verstümmelung dargestellt. Er malte ein schimmerndes Kreuz, das um ihren Hals hing. Omovo arbeitete schnell und konzentriert, er wollte den Strom der Eingebung nicht unterbrechen. Dann hielt er inne. Er hatte Schwierigkeiten mit dem Gesicht des Mädchens. Er hatte völlig vergessen, wie das Mädchen aussah. Daher stellte er sich Ifeyiwas Gesicht vor und malte die Gesichtszüge immer wieder neu. Er änderte mehrmals deren Ausdruck. Zuerst verlieh er der Toten ein gequältes Lächeln. Dann den starren Ausdruck einer Madonna. Er malte das Gesicht eines Bauernmädchens. Ein Gesicht mit rituellen Hautritzungen. Ein stilisiertes Gesicht. Keiner dieser Versuche befriedigte ihn. Er hätte am liebsten geschrien. Seine Unfähigkeit, dem Mädchen ein Gesicht zu geben, machte ihn fast verrückt. Nach einer Weile wischte er die Gesichtszüge aus und wandte seine Aufmerksamkeit etwas anderem zu. Er wollte gerade ihrem hellen karierten Kleid ein paar neue Farbtupfer hinzufügen, als es ihm schwarz vor den Augen wurde. Mit einem Fluch ließ er den Pinsel fallen. Dann schrie er laut auf, weil er fürchtete, daß in seinem Gehirn etwas zersprungen sei, sein Geist die Fesseln abgeworfen habe und er nun in irgendeinem Bereich des Wahnsinns schwebe. Nach einer Weile wurde ihm klar, daß wieder einmal der Strom ausgefallen war. Omovo zündete eine Kerze an. Als er das Gemälde betrachtete, krümmte sich etwas in ihm. Er wußte auf einmal, daß das Bild für immer unfertig bleiben mußte, unvollendet, und daß das Mädchen ohne Gesicht zu existieren hatte.

Er zündete zwei weitere Kerzen an, weil er sich vor der Dunkelheit und vor dem, was er malte, ein wenig fürchtete. Er gab dem Bild einen Namen: »Die Schönen sind noch nicht...« und wollte gerade den Satz wie im Titel von Armahs Roman vollenden, doch dann besann er sich anders. Er zog es vor, seine eigenen Worte zu gebrauchen. Nach ein paar Sekunden schrieb er: »Verwandte Verluste«.

Doch sieben Jahre später, nachdem er seine sieben Gemälde von Ifeyiwa geschaffen, mehr gesehen, mehr gelitten, mehr gelernt hatte und mehr zu wissen glaubte, nahm er ein paar Veränderungen an dem Bild »Verwandte Verluste« vor und bemühte sich vergeblich, etwas zu vervollständigen, von dem er genau wußte, daß es sich nicht vervollständigen ließ, versuchte er, ein umfassenderes Gemälde auf der Grundlage von Bedingungen zu schaffen, die für immer feststanden. Nachdem er der gefährlichen Versuchung erlegen war, zurückzublicken, und lange unter der Schmach gelitten hatte, in seiner Jugend aus Mangel an Kunstfertigkeit ein Bild nicht fertiggestellt zu haben, veränderte er unter dem Vorwand, in der formalen Gestaltung weiterkommen zu wollen, das Gemälde von Grund auf. Er verbannte die Schiffe, die Eindringlinge und den stürmischen Atlantik. Entfernte die Raubvögel am Himmel. Tilgte die unnötigen Symbole, die nicht zum ursprünglichen Erlebnis gehörten. Er malte die Bäume dichter zusammen und hob den leblosen Körper des Mädchens stärker hervor. Er ließ eine geisterhafte Gestalt über der Toten schweben, eine Ahnengestalt oder die der Ungeborenen. Das Kleid des Mädchens malte er hellgelb. Er stellte die Verstümmelung als etwas obszön Schönes dar, als würde das Mädchen eine ungeheure, mythische Kraft gebären; eine mystische, fast messianische Geburt aus einer blühenden Wunde. Dann malte er dem Mädchen nackte, kleine Füße. Übersäte sie mit Schnittwunden, Prellungen, Dornen. Doch die Füße waren glänzend, fast ockerfarben, als sei das Mädchen über magische Straßen gegangen. Und schließlich schuf Omovo zwei liebliche Augen, eine hübsche kleine Nase, die Nase einer begnadeten Prinzessin, und dicke, stolze Lippen: sinnlich, stumm und mitteilsam, ohne eines Wortes zu bedürfen.

Aber in jener Nacht hatte er heftigen Hunger. Der Hunger brannte wie Säure in seinem Magen. Doch Omovo hatte keinen Appetit. Als er voller Kummer über das gesichtslose Mädchen aufhörte zu malen, setzte er sich völlig erschöpft auf einen Stuhl.
Später ging er zu Keme. Kemes Mutter war nicht überrascht, ihn zu sehen. Sie umarmte ihn, bat ihn, hereinzukommen, ließ ihn duschen, überredete ihn, etwas zu essen und gab ihm das beste Bett ihres armen Haushalts.

4

Wochen vergingen, ehe Omovo seinen Vater besuchen konnte. Er durfte ihn nur kurz sehen. Omovo trug Ifeyiwas Ring. Es wurde erzählt, sein Vater habe sich geweigert zu sprechen, habe noch kein Wort gesagt, seit er im Gefängnis war. Das hatte Schwierigkeiten verursacht. Die Polizei war es schließlich leid geworden und hatte den Vater mehrere Male zusammengeschlagen, damit er endlich etwas sagte. Der Rechtsanwalt war von der ganzen Angelegenheit nicht sonderlich angetan, um es milde auszudrücken. Omovo war nicht gekommen, um seinen Vater zum Reden zu bringen. Er war gekommen, um seinerseits mit seinem Vater zu sprechen. Die kurze Zeit, die ihnen zustand, ging zu Ende. Ohne Bezug zu dem, was Omovo sagte, nickte sein Vater hin und wieder. Er starrte unentwegt auf das Fenster hinter Omovo. Seine Augen lagen tief in den Höhlen und waren rot geädert. Seine Wangen waren fleckig, und sein Stoppelbart verlieh ihm einen gespenstischen Ausdruck. Seine Finger zitterten.

Omovo konnte die Empfindsamkeit seines Vaters nicht ertragen und redete daher einfach darauf los. Er erzählte seinem Vater harmlose, unzusammenhängende Dinge aus dem Compound und dem Getto. Der amtierende Vizejunggeselle hatte geheiratet und seinen legendären Namen verloren. Eine Frau aus dem Compound hatte Drillinge zur Welt gebracht. Ein Lastwagen hatte beim Zurücksetzen den Wassertank vor dem Haus zerstört. Die Latrinenleerer hatten drei Tage gestreikt. Omovo erzählte seinem Vater vom Verschwinden der Schilder und der dadurch hervorgerufenen Wut der Ladenbesitzer. Sie hatten Nachtwächter aufgestellt, um die Diebe zu fassen. In den Zeitungen war witzig über die Geschichte berichtet worden. Omovo erzählte von dem Friseurlehrling, der ihm den Kopf geschoren hatte. Anscheinend hatte er einem anderen Kunden das gleiche angetan, aber der hatte sich als weithin gefürchteter Schläger herausgestellt. Der Mann hatte den Lehrling vor aller Augen zusammengeschlagen und diesem dann zum Zeichen seines mangelhaften Könnens mit einem stumpfen Rasiermesser den Kopf geschoren. Anschließend wurde der Lehrling von seinem Chef entlassen. Seitdem trieb sich der arme Junge auf den Straßen herum und löste Gelächter aus, wo immer er auftauchte. Der Gesichtsausdruck von Omovos Vater hatte sich die ganze Zeit über nicht geändert. Ein Polizist kam herein und ging wieder. Es wurde still. Um diese Stille auszufüllen, sagte Omovo, daß Umeh ihm geschrieben habe. Die Augen seines Vaters bekamen einen gehetzten Ausdruck. Dann erzählte ihm Omovo, daß Umeh ihm mitgeteilt habe, er werde in sein Heimatland abgeschoben. Sein Vater blieb stumm, ein Bild des Jammers.

»Die Zeit ist um, Papa.«

Sein Vater sah alt aus. Der Aufseher kam herein und zögerte. Omovo beugte sich zu ihm herüber und küßte seinen Vater auf die Wange. Er spürte die Bartstoppeln und roch den Schweiß.

»Ich besuche dich jetzt oft. Es wird schon alles wieder in Ordnung kommen.«

Sein Vater nickte. Er starrte immer noch auf das Fenster. Omovo wandte sich um und sah das Fenster. Die Scheiben waren gesprungen und beschmutzt, doch dahinter konnte man einen staubigen Guavenbaum in voller Blüte sehen und noch weiter hinten einen schmalen Ausschnitt der tosenden Stadt.

»Papa...«, sagte Omovo.

Doch er fand nicht die richtigen Worte. So viele Dinge schossen ihm durch den Kopf. Er wollte mit möglichst deutlichen Worten sagen, wie sehr er seinen Vater liebte. Doch er schüttelte nur den Kopf. Dann spürte Omovo, wie der Polizist ihm die Hand auf die Schulter legte, und sagte: »Ich habe gestern Geburtstag gehabt.«

Er stand auf. Plötzlich ergriff der Vater Omovos Hand und hielt sie zwischen seinen rauhen Händen fest. Eingekeilt zwischen dem Polizisten und dem Vater, der den Griff nicht lockerte, konnte Omovo sich nicht rühren. Er setzte sich wieder. Sein Vater drückte ihm etwas in die Hand.

»Die hat mir deine Mutter gegeben. Sie soll Glück bringen. Ich habe sie nie getragen.«

Es war eine Kette mit einem Herz aus Bronze. In dem Herzen befand sich umgekehrt ein zweites Herz. Omovo stand wieder auf und war völlig verwirrt. Als er den Raum verließ, glaubte er, auf dem Gesicht seines Vaters ein leises, verschwommenes Lächeln zu erkennen, das einen Augenblick hervorbrach. Alles andere wurde unwichtig. Omovo ging aus der stickigen Polizeiwache in die Hitze, den Lärm und die Gerüche der Stadt. Die Straßen waren immer noch verstopft, und die zahllosen Stimmen der Straßenhändler erfüllten die Luft.

Keme wartete ein Stück weiter die Straße hinauf mit seinem Motorrad, von dem er sich so gut wie nie trennte, auf Omovo. Keme trank seine Flasche Fanta aus. Sie liefen eine ganze Weile schweigend nebeneinander her. Sie gingen in eine Bar, betranken sich und sagten kein Wort. Auf dem Heimweg, während Keme sein Motorrad schob, sagte Omovo: »Das Leben ist eine Hölle.«

»Wie geht's ihm?« fragte Keme schließlich zaghaft.

»Das Leben ist eine Hölle.«

»Wie ist es gelaufen?«

»Quälend. Er hat kein Wort gesagt. Bis zum Schluß. Er hat nur genickt. Dann ist der Polizist reingekommen. Ich wollte tausend Dinge sagen und habe es nicht getan. Doch als ich weggegangen bin, hat er mich angesehen, und zum erstenmal habe ich etwas verstanden, aber ich weiß nicht genau was. Der Rechtsanwalt sagt, die Chancen seien nicht schlecht. *Affekthandlung* und so weiter. Eine Zwecklüge.«

Keme wechselte das Thema. Sie sprachen über ihre Freunde. Keme erzählte Omovo, daß Okoro im Krankenhaus sei.

»Was ist passiert?«

»Er hat am Straßenrand gestanden, und ein Militärfahrzeug, das aus dem Stau raus wollte, ist vorbeigerast und hat ihn angefahren. Der Fahrer hat nicht mal gehalten.«

»Ist er schwer verletzt?«

»Ja. Sein Bein. Es sieht schlecht damit aus.«

»O Gott!«

»Ja.«

»Wir müssen ihn unbedingt besuchen.«

»Das habe ich schon getan. Als erstes hat er mir gesagt, daß seine Freundin ihn verlassen hat. Wegen einem anderen Kerl. Ein Typ mit großen Zähnen, ein Diskjockey. Der arme Okoro hat sein ganzes Geld für dieses blöde Mädchen ausgegeben.«

»Ich habe sie kennengelernt. Ich habe gedacht, es klappt mit den beiden.«

»Ich auch.«

Sie schwiegen.

»Es ist komisch«, sagte Keme dann, »er hat die ganze Zeit geredet. Er hat erzählt, daß Dele in die USA gegangen ist. Er sagt, daß Dele ihn versetzt hat, denn sie hatten geplant, zusammen hinzufahren. Und dann hat er die ganze Zeit über den Krieg geredet. Er sagt, er hat ein Jahr lang gekämpft, ohne verwundet zu werden, und jetzt, wo eigentlich Frieden herrscht, kommt ein Militärlaster und fährt ihn einfach um. Er hat seltsame Dinge gesagt.«

»Was denn?«

»Er sagt, daß alle Ärzte im Krankenhaus Spione, ehemalige Soldaten, tote Soldaten sind. Er sagt, sie hätten sich verschworen, ihm das Bein abzunehmen.«

»Stimmt das?«

»Nein. Sein Bein ist in Gips. Er sagt, er hat geträumt, er ist ein alter einbeiniger Bettler, der sich am Rand der belebten Straßen entlangschleppt und sein Bein um den Hals gewunden hat. Ich habe ihn noch nie so verstört gesehen. Er wollte mich nicht weglassen, als ich gehen wollte. Sie haben ihm eine Beruhigungsspritze geben müssen. Er hat gezuckt und gezittert. Ich konnte es nicht ertragen. Ich bin weinend geflohen und nicht wieder hingegangen.«

Nach kurzem, bedrückendem Schweigen fuhr Keme fort: »Dele hat Okoro einen Brief geschrieben.«

»Einen Brief?«

»Ja, ein paar Zeilen.«

»Und was schreibt er?«

»Rate mal.«

»Daß er eine Bank überfallen hat?«

»Nein. Er schreibt: ›Die Staaten sind Spitze. Hab heute meine erste weiße Frau gehabt.‹«

»Oh!«

»Ja. Und sein Vater hat ihn enterbt.«

»Warum denn das?«

»Weil er ihm nicht gehorcht hat, nehme ich an.« Wieder Schweigen.

»Denkst du noch an das tote Mädchen, das wir gesehen haben?«

»Ja. Ich habe ein Bild von ihr gemalt. Mein erstes richtiges Bild. Irgendwas Neues?«

»Nein. Ich habe nichts rausgekriegt. Ich wünschte mir, die Sache würde ablaufen wie im Film. Weißt du, ein Reporter schnüffelt ein bißchen rum, findet einen Hinweis, kommt den Mördern auf die Spur und bringt sie vor Gericht.«

»Das wünsch ich mir auch.«

»Aber das ist jetzt ein alter Hut. Mein Chefredakteur fängt jedesmal an zu gähnen, wenn ich ihm mit dieser Geschichte komme. Jeden Tag gibt es einen neuen Skandal: Korruption in Regierungskreisen, Unterschlagungen von Riesensummen, Tausende von Tonnen Zement, die in unsern Häfen darauf warten, entladen zu werden, Wohnungsbauprojekte der Regierung für Häuser, die nie gebaut werden, ein Reporter, der von der Geheimpolizei ermordet wird, Studentenunruhen, Gewerkschaftsführer, die verschwinden und tot aufgefunden werden, geheime Hinrichtungen von Verschwörern, die einen Staatsstreich planen, und Hinrichtungen von unschuldigen Demonstranten. Was soll man da als einzelner bloß tun?«

»Das weiß ich auch nicht.«

»Aber ich träume immer noch von ihr. Dieses Land ist auf dem falschen Weg. Irgendwas braut sich über unsern Köpfen zusammen. Wir können nicht in solch einem Durcheinander leben, ohne daß nicht eines Tages etwas Furchtbares passiert. Es ist unmöglich, irgendwelche Nachforschungen anzustellen. Alles verschlechtert sich unglaublich schnell. Die Schwierigkeiten sind uns schon über den Kopf gewachsen, ehe wir überhaupt etwas von ihnen erfahren. Niemand hört zu. Unsere Geschichte verwandelt sich in den schlimmsten Alptraum, und wir tun fast nichts dagegen. Die ganze Sache macht mich verrückt.«

Kurze Stille.

»Und dann die Geschichte mit Ifeyiwa.«

»Wer ist das?«

»Habe ich dir nie von ihr erzählt?«

»Nein.«

»Ich kann dir das nicht im einzelnen erzählen. Es ist zu schrecklich. Zu nah. Das kann ich nicht.«

»Gut.«

»Sie hat gelitten. Vielleicht habe ich sie auch geliebt, weil sie litt. Ein gefährlicher Grund, jemanden zu lieben.«

»Braucht Liebe einen Grund?«

»Ich weiß nicht. Aber vielleicht ist Liebe eine gefährliche Sache.«
»Ich bin nicht sicher. Wir haben zu viel Phantasie.«
»Und Phantasie ist wie ein Spiegel.«
»Ein Schutzschild.«
»Scheuklappen.«
»Es ist nicht einfach, die Menschen so zu sehen, wie sie sind; und sie so zu lieben, wie sie sind.«
»Ich weiß. Es ist ein Geschenk des Himmels, einfach lieben zu können. Ifeyiwa hatte diese Gabe, und jetzt ist sie tot.«
»Erzähl mir was von ihr.«
»Das kann ich nicht, das kann ich nicht, das tut zu weh.«

»Habe ich dir schon von dem Polizisten erzählt, der mein Motorrad beschlagnahmt hat?«
»Nein.«
»Ich war auf dem Weg zur Arbeit. Er hat mich angehalten. Da habe ich gemerkt, daß ich den Führerschein und die Versicherungskarte zu Hause vergessen hatte. Er hat ein Schmiergeld von fünfzig Naira verlangt, wenn ich mein Motorrad wieder haben wollte.«
»Hast du sie ihm gegeben?«
»Natürlich nicht. Nachdem wir zwei Stunden lang verhandelt haben, hat er mir die Maschine wiedergegeben. Er sagt, daß sie schlecht bezahlt werden. Er muß fünf Kinder und eine Frau ernähren. Er ist in Ordnung.«
»Ja. Die Leute haben es nicht leicht. Das ist alles.«
Das forderte Keme zu einem ungewohnten Redeschwall heraus.
»Das stimmt. Weißt du, Omovo, wir sind eine betrogene Generation, eine Generation, die eine schwere Bürde hat. Unsere Erbschaft sind die bösen Absichten und die Kosten für all die Vergeudung und die Korruption. Wir müssen uns mit diesem Chaos herumärgern, in das unsere Eltern dieses Land gestürzt haben, mit den Gelegenheiten, die wir verpaßt haben, mit dem Erdölboom, dessen Erträge sie eingestrichen haben. Die alte Garde muß erst weg sein, muß erst sterben, ehe wir geboren werden. Sie haben zu viele Sünden begangen, und ich bin nicht sicher, ob wir der Aufgabe schon gewachsen sind. Wir müssen erst ihre Fehler in Ordnung bringen, bevor wir uns mit vollem Vertrauen der Aufgabe widmen können. Wir müssen Ninjas sein, um zu überleben, und

dann müssen wir unseren Beitrag dazu leisten, Afrikas Schicksal zu meistern. Haben wir eine Chance, hm?«

»Ich weiß nicht«, sagte Omovo. »Wir rennen unseren Schwierigkeiten immer davon. Das wird schwer sein.«

»Aber haben wir die Wahl?«

»Nein.«

»Wir müssen unser Bestes tun.«

»Noch mehr als unser Bestes.«

»Ja. Wir müssen die Welt überraschen.«

»Uns selbst überraschen.«

»Unser Schicksal verändern, sonst sind wir am Ende.«

»Sonst kommen wir gar nicht erst in Gang.«

»Dann sind wir ewig die Opfer.«

»Und wir haben viel.«

»Viel zu geben.«

»Und viel, was noch getan werden muß.«

»Du bist ein Aufrührer«, sagte Keme. »Ein stummer Revolutionär.«

»Ich weiß nicht. Aber ich habe nachgedacht. Verantwortung hat etwas mit Handeln zu tun. Mit Wachsamkeit. Handeln wird Charakter und Charakter Schicksal. Ich habe viel nachgedacht, als ich weg war. Von dem Augenblick an, da man ein Unrecht sieht, trägt man wohl eine gewisse Verantwortung.«

»Das sehe ich auch so.«

»Entweder man sagt seine Meinung oder man hält den Mund.«

»Richtig. Ich sage lieber, was ich denke. Aber der Journalismus ist in dieser Hinsicht nicht sehr befriedigend. Ich habe auch viel nachgedacht. Ich bin nun der Auffassung, daß wir klüger sein müssen als unsere Eltern. Wir brauchen Zeit.«

Eine Pause entstand. Omovo sagte: »Als ich in B. war, hatte ich eine Idee vom Augenblick. Von jedem Augenblick. Einer Lebensweise. Einer Seinsweise. Und dann habe ich die Gelegenheit verpaßt, weil ich zuviel über sie nachgedacht habe. Ich habe den großartigen Augenblick durch Nachdenken verscherzt. Ich war auf der Schwelle zu einer Erleuchtung, die mein Leben hätte verändern können. Aber irgendwie habe ich sie verloren.«

»Das glaube ich nicht. Sie ist bestimmt da. Irgendwo.«

»Ich hoffe es.«

»Bestimmt. Wo soll sie schon hin?«

»Ich habe einen Traum.«

»Was für einen?«

»Ich träume davon, ein Lebenskünstler zu werden.«

»Und ich werde Staatspräsident.«

Omovo blieb stehen und blickte Keme durchdringend an. »Das wirst du wahrscheinlich auch. Ich unterstütze dich. Aber nur, wenn du kein Tyrann wirst. Sonst bekämpfe ich dich bis aufs Messer.«

Keme lachte. Sie gingen weiter.

»Was machst du heute abend?« fragte Omovo.

»Ich gehe ausnahmsweise mal auf eine Party. Ein Namensgebungsfest.«

»Ich gehe in den Park.«

»Den... besagten Park?«

»Ja.«

»Ich komme nicht mit.«

»Hör zu...«

»Gut. Aber ich warte draußen auf dich. Ich behalte das Tor im Auge.«

»Habe ich dir je von dem Gedicht erzählt, das Okur mir geschickt hat?«

»Nein.«

»Willst du es hören?«

»Ja. Ist es lang?«

»Nein.«

»Dann laß hören.«

Während sie von Lärm und Rauchschwaden umgeben, inmitten von Soldaten durch die wilden Straßen gingen und die leuchtenden Farben durch den Anbruch des Abends matter wurden, las Omovo das Gedicht seines Bruders vor:

> Als ich ein kleiner Junge war,
> lief ich am weiten Strand entlang,
> suchte nach seltsamen Korallen,
> nach glänzenden Steinen.
> Doch ich fand Zeichnungen im Sand,

und im Wind besangen Stimmen
den Schlüssel zu geheimen Wegen
über die endlosen Meere.

Keme sagte, das Gedicht gefalle ihm.

Omovo starrte eine Weile unglücklich auf den Ring, den Ifeyiwa ihm gegeben hatte, und sagte schließlich: »Vielleicht war sie die große Liebe meines Lebens, vielleicht war sie die Frau, die von Geburt an für mich bestimmt war. Doch unser Schicksal ist irgendwie durcheinandergeraten, und nun habe ich sie für immer verloren. Ich vermute, daß ich jetzt wohl verdammt bin, weil sie nicht da ist.« »Wenn sie dich wirklich geliebt hat, dann sorgt sie dafür, wo auch immer sie sein mag, daß du nicht verdammt, sondern gesegnet bist«, sagte Keme.

5

An jenem Abend gingen sie zum Park. Keme blieb am Eingang
zurück. Omovo hatte sich die glücksbringende Kette seiner Mutter um den Hals gehängt und ging durch das Tor. Der Park leerte
sich. Alle, die ein bißchen frische Luft gebraucht, Frieden gesucht
und sich etwas Ordnung in ihrem Land gewünscht hatten, kehrten
zur Nacht nach Hause zurück. Omovo begegnete Liebespärchen,
Familien, Anhängern der neumodischen Sekten in ihren weißen
Soutanen. Die Dunkelheit war wohltuend. Über ihm bewegten
sich die Zweige hin und her, raschelten die Blätter. Die knorrigen
Baumstämme wirkten wie die Gesichter alter Männer, die Schreckliches erlebt haben. Unsichtbar brandeten die Wellen ans Ufer und
ließen den Boden erzittern. Am klaren Himmel stand ein großer
Mond. Omovo konnte den Wind in den Blumen hören.
Er ging über die Holzstege, ließ die Bäume hinter sich und lief am
Ufer entlang, das im Mondlicht glitzerte. Omovo hatte seine
Schneckenmuschel mitgebracht, die hübsche, in der Mitte ange-
fressene Muschel, die einem unvollkommen geformten Herzen
glich. Während er gegen den Wind am Ufer entlangging, meinte er,
die Stimmen der Ertrunkenen zu hören, die Stimmen derer, die die
Überfahrt nie geschafft hatten, das gespenstische Geflüster der
Geister des Waldes und des Atlantiks, all derer, die in Gefilden
unfaßlicher Zeit weilen.
Omovo setzte sich ans Ufer und betrachtete die sich brechenden
weißen Wellen. Er sah zu, wie die Wellen aufbrandeten und weißen
Schaum vor seine Füße spülten. Das Wasser zog den Sand unter
ihm zurück. Omovo stemmte sich gegen den Sog. Er sah zu, wie die
Wellen die Opfergaben wieder ans Ufer spülten, die die hungrige
Bevölkerung in den Atlantik geworfen hatte, Gaben, die den Zorn
der Götter besänftigen sollten, Kerzenbündel, Limonadendosen,
die mit Gebeten dargebracht worden waren. Die Wellen spülten sie
zusammen mit Trümmern und Treibgut zurück ans Ufer.
Einer plötzlichen Regung folgend stand Omovo auf und warf die
Schneckenmuschel hinaus in das mächtige Wasser. Sollte der Atlantik nur das zurückbekommen, was ihm zustand, so brachte er es

nicht zum Ausdruck. Omovo stand auf, klopfte sich den Sand von der Hose und ging in den dunklen Park. Er spürte, daß er einen Teil seiner selbst für immer zurückließ. Er spürte, daß überall zwischen den Bäumen, tief in der Dunkelheit, Geister lauerten. Die Geister von Tigern und Adlern, die Geister von verstörten jungen Mädchen. Sie flößten Omovo keine Angst mehr ein. Doch als er unter den Bäumen entlanglief und den Weg zurück zum Tor suchte, ließ ihn eine Stimme zusammenfahren. Er stolperte über eine hochstehende Baumwurzel und stürzte. Er blieb auf dem Boden liegen. Er spürte den Wind am Kopf. Sein Herz pochte sanft gegen die Erde. Er spürte das Herz der Erde, das sanft unter ihm schlug. Er hörte eine Stimme, die ihn aus dem Atlantik rief. Und während er horchte, hörte er auch die Hupe eines Motorrads. Er stand auf und sah, wie zweimal der Scheinwerfer aufleuchtete. Als er aufstand, bemerkte er eine Ebenholzmaske, die neben ihm auf dem Boden lag. Er hob sie auf und folgte den silbernen Fingern des Mondlichts. Eine Eule starrte von einem Baum auf ihn herab und zwinkerte, als wollte sie ihn in einem neuen Zyklus willkommen heißen. Zitternd, als spüre er einen Wind aus der Zukunft, Anzeichen der schwierigen Zeiten, die bevorstanden, suchte er seinen Weg durch die vertraute Dunkelheit. Er wußte nicht, wie schwierig die bevorstehenden Zyklen sein würden. Er lauschte dem Wind in den Blumen.

ANMERKUNG DES AUTORS

1981 habe ich einen Roman mit dem Titel *The Landscapes Within* veröffentlicht. *Verfängliche Liebe* geht auf diesen Roman zurück. Dieses frühe Werk – seine Handlung, die Figuren und Themen, die Darstellung des Nigerias jener Zeit – war mir damals sehr nahe und hat mich seither ständig verfolgt und gequält, weil ich spürte, daß es im Geist und in der Substanz unvollständig war.

Ich war einundzwanzig, als ich den Roman beendet hatte. Dieses Buch kam mir aus dem Herzen; doch das Herz allein reicht nicht, in der Kunst ebensowenig wie im Leben. Ich hatte einen Roman schreiben wollen, in dem sowohl die kleinen Dinge des Lebens wie die großen, die inneren wie die äußeren, gewürdigt werden. Ich hatte das Leben, wie es gelebt wurde, getreu darstellen und dennoch eine lesenswerte Geschichte erzählen wollen. Die vielen Dinge, die ich zustande bringen wollte, waren zu ehrgeizig für mein damaliges Können.

Ich bin im Laufe der Zeit zu der Ansicht gekommen, daß jener Roman der Schlüssel zu einem Großteil meines bisherigen und vielleicht auch meines künftigen Schaffens ist, und war mir sicher, daß er mich nicht loslassen würde, bevor ich nicht endlich den Versuch gemacht hatte, die Aufgabe zu lösen. Viele Jahre vergingen, ehe ich mir das Rohmaterial noch einmal vornahm, und daraus ist dieser neue Roman entstanden. *Verfängliche Liebe* ist das Ergebnis einer lange währenden Rastlosigkeit. Ich hoffe, daß es mir endlich gelungen ist, den Geist des Romans zu befreien.

Ben Okri
Januar 1996

Ben Okri
Die hungrige Strasse

Roman

Titel der Originalausgabe: *The Famished Road*
Aus dem Englischen von Uli Wittmann
Gebunden

Der Roman *Die hungrige Straße* des nigerianischen Autors
Ben Okri ist ein literarisches Ereignis. Azoro, der Held und
Ich-Erzähler, ist ein Geisterkind, das aus der Geisterwelt
zu seinen Eltern zurückgekehrt ist und mit besonderer Intui-
tion die reale Welt der Armut wahrnimmt und erfährt.
Ein Roman voller turbulenter Ereignisse, Poesie, Witz und
Magie.

Kiepenheuer & Witsch

GABRIEL GARCÍA MÁRQUEZ
NACHRICHT VON EINER ENTFÜHRUNG
Titel der Originalausgabe: *Noticia de un secuestro*
Aus dem Spanischen von Dagmar Ploetz
Gebunden

Der kolumbianische Nobelpreisträger, große Romancier und Journalist Gabriel García Márquez erzählt in einer aufrüttelnden Reportage, in deren Mittelpunkt die Geschichte zweier Frauen steht, von einer spektakulären Entführung durch das Medellinkartell in Kolumbien.

KIEPENHEUER & WITSCH

JOHN BANVILLE
ATHENA

Roman
Deutsch von Lilian Faschinger

Leinen

Der Roman des bedeutenden irischen Autors John Banville
über eine maßlose Liebe und das Unvermögen eines
Kunstexperten, zwischen Echt und Falsch zu unterscheiden,
ist eine faszinierende, außergewöhnliche Lektüre.

»Nostalgie, so melancholisch und verführerisch, ist eine große Lüge, ein köstlicher Betrug«. *The Observer*

KIEPENHEUER & WITSCH

JAMES HAWES
EIN WEISSER MERCEDES
MIT HECKFLOSSEN

Roman
Titel der Originalausgabe: *A White Merc with Fins*
Aus dem Englischen von Wolfgang Mittelmaier

Gebunden.

Ein origineller Roman, schnell, ironisch, gut geschrieben.
Eine witzige Clique und die Angst, 30 zu werden ... und vor
allem die spannende Geschichte eines ungewöhnlich kreati-
ven, gewaltlosen Banküberfalls.

In einem Mini liegt die Knautschzone zwischen Scheinwer-
fern und Rücklicht

KIEPENHEUER & WITSCH

Nick Hornby
High Fidelity

Roman
Titel der Originalausgabe: *High Fidelity*
Deutsch von Clara Drechsler und Harald Hellmann

Gebunden

Ein ebenso komischer wie trauriger, verspielter wie weiser
Roman über die Liebe, das Leben – und die Popmusik. Nick
Hornby schildert mit entwaffnendem Charme scharfsinnig
und direkt das Lebensgefühl seiner Generation, er trifft seine
Leser mitten ins Herz und in den Kopf.

»Ich kann mir nicht vorstellen, mit jemandem befreundet zu
sein, der dieses Buch nicht liebt.«   *Daily Telegraph*

»High Fidelity zu lesen, ist wie einer guten Single zuzuhören.
Du weißt, es ist von der ersten Minute an wunderschön, und
sobald es vorbei ist, willst du es von vorn anhören.«
Guardian

»Ein Triumph, bewegend, wahnsinnig komisch, unglaublich
authentisch.«   *Financial Times*

Kiepenheuer & Witsch

Michael Chabon
Wonder Boys

Roman
Titel der Originalausgabe: *Wonder Boys*
Deutsch von Hans Hermann

Leinen.

Ein wildes Wochenende in Pittsburgh, ein nicht mehr ganz junger Collegelehrer und Schriftsteller, der sich in bizarre Abenteuer verstrickt, ein witzig-spritziger neuer Roman von Michael Chabon.

»Mit diesem Roman läßt Michael Chabon keinen Zweifel daran, daß er der junge Star der amerikanischen Literatur ist.«
Washington Post

»Das Tempo dieses unterhaltsamen Romans läßt keine Sekunde nach.« *Publishers Weekly*

»Ein amüsanter und ungewöhnlich intelligenter Roman . . . eine satirische Komödie.« *Los Angeles Times*

Kiepenheuer & Witsch

Ingmar Bergman
Sonntagskinder

Roman
Titel der Originalausgabe: *Söndagsbarn*
Aus dem Schwedischen von Verena Reichel

Leinen

In einer dichten, bilderreichen Sprache erzählt Ingmar Bergman von einem Sommer auf dem Land. Er erzählt eine zauberhafte Kindheitsgeschichte, seine Geschichte.

»Bergman bewegt sich wie der greise Victor Sjöström in ›Wilde Erdbeeren‹ durch die Landschaft seiner Kindheit, in wehmütiger Betrachtung dieser versunkenen Welt . . . Bergman hat sich den Zauberstab des Sonntagskindes bewahrt. So entspannt und abgeklärt hat er noch nie in Worten erzählt.« *Dagens Nyheter*

»Ingmar Bergman schreibt eine dichte, bilderreiche Prosa, die wie eine registrierende Kameralinse über die Szenerien schwenkt.« *Expressen*

Kiepenheuer & Witsch

J. M. G. Le Clézio
Fliehender Stern

Roman
Titel der Originalausgabe: *Etoile errante*
Aus dem Französischen von Uli Wittmann

Gebunden

Die poetische Sprache Le Clézios und die bewegenden Schicksale der Jüdin Esther und der Palästinenserin Nejma in einer von Krieg und Verfolgung bestimmten Zeit machen diesen Roman zu einem eindringlichen Leseerlebnis.

»Le Clézio sucht die Zeichen des Friedens und des Unglücks im Herzen, im Innersten des Lebens, in der Begegnung mit der Zeit und den Elementen, den Rätseln des Anfangs und der Zukunft.« *Le Monde*

Kiepenheuer & Witsch